伊藤虎丸著

近代の精神と中国現代文学

汲古書院

著 者 遺 影

目次

Ⅱ　創造社・郁達夫関係論考

Ⅲ　中国関係論考

近代の精神と中国現代文学

近代文学における中国と日本

まえがき

本書の成立の基礎となったのは、一九七〇年代から八〇年代初めにかけての、ほぼ一〇年近い間継続した、私たち中国近代文学研究者と、日本近代文学研究者との共同の研究会であった。この「総合研究」の具体的な経過やそこから生まれた本書の内容や意図については、後に、「序説に代えて」と題して記すこととし、ここでは、この研究会が続けられた一〇年間という時代の日中関係についての、私個人の雑駁な感想を書かせていただくことで、「まえがき」としたい。

と言うのが、この一〇年間は、今ではもう誰の目にも明らかになった劇的な中国政府の政策転換と日中関係の「正常化」とが次第に進行すると共に、戦後以来の日本人の中国像が大きく揺らぎ始めた時期と、ちょうど重なっていたのである。

七二年の田中角栄による国交正常化は、確かに私たちが長らく願って来たことの実現ではあったが、同時に私などがかつて漠然と願って来たようなものではなかった。むしろ皮肉にも（と私などには思えるのだが）、私たちが願って来た日中国交回復は、戦後以来の私たちが中国革命に抱いて来たイメージに決定的な転換を迫るような形で実現した。七六年、毛沢東の死後、「プロ文革」の失敗が誰の目にも明らかになり、そのなかで、私たちが予想していた以上の様々な非人間的な事態が起っていたことが暴露され、またしても「後れた中国」というイメージが拡がるのと並行して、「国交」は拡大していった。とりわけ「文革」の失敗と中国政府の劇的な政策変更は、少くともかなりの人々には、中国＝社会主義の失敗、日本＝資本主義の成功という構図として受けとられ、それがまた日本国内での革新思想の無力化にはねかえるという形で事態は進行してきた。

このような事態に対する受けとめ方は私たちの中でもさまざまで、研究会の席上で正面から対立することさえ稀ではなかった。いずれにせよ〝中国像の再構築〟という作業は（本書もそのための一歩でありたいと願うのだが）、私たちにとって、〝日本像〟の再検討と切り離し得ず、それはなおこれからの課題だと言うしかない。

中国像の再構築をめぐって

いったい、〝中国像の再構築〟という場合、ことを中国近現代文学研究に限っていえば、私たちが踏まえておかなければならない歴史として、今日の新しい事態を迎えるまでに、二、三の段階があったことが指摘できる。

第一に、一九三〇年代に発足した竹内好、武田泰淳、松枝茂夫らの「中国文学研究会」の人たちが、はじめて中国近代文学を〝世界文学〟の中で〝同時代の文学〟として見ようとした段階がある。

第二の段階として、戦後は、何よりも中国革命への共感、憧憬乃至は敬意が、中国文学への関心の出発点であった。

第三に、一九六〇年代の後半「プロ文革」が開始されて以後の一〇年間がある。この時期「文革」をめぐってそこに、西欧近代を超える人類的「実験」を見る者とそれを否定する者との間で意見は大きく分裂したが、いずれにしても、〝革命〟あるいは〝社会主義〟というものが中国への関心、中国像構築の核であったことは変らなかったという意味で、この戦後から七〇年代中頃までを含めて一つの段階とすることもできよう。

こうした中国近代文学研究史における二つ乃至三つの段階は、私たちの研究会メンバーの問題関心にも反映していて、時に、世代的にもかなりはっきりした見解の差異を生んだりもして来たが、いまこうした段階を経た上で、現在私たちが直面している「中国像の再構築」という課題との関わりから言えば、ここから、私たちが困難を感じている二つの問題を取り出すことができるだろう。

㈠　中国理解の軸をどこに求めるか、という問題——余りにも極端な単純化であることを承知の上で言えば、「中国文学研究会」の世代は、同時代の〝文学〟という観点を軸に、戦後世代は〝革命〟あるいは〝社会主義〟という観点を軸にして、中国との間の相互理解の道を尋ねて来たが、今日、そのいずれもが困難に逢着している。

前者についていえば、戦前にはなお僅かながら存在した〝文学〟上の〝同時代性〟は、戦後には、ほとんど失われたままに推移して来ており（この点については、後に「序説」でも触れる）、今日では、日本の〝文学〟そのものの衰弱という状況が加わって、これを軸とする相互の理解乃至は対話を困難にしている。

後者についていえば、中国政府の急激な政策転換以後、「土工法、はだしの医者に集約」される「中国型社会主義」のイメージは、「再編」を迫られ（たとえば松下圭一　一九七八・二・二七〈朝日新聞〉夕刊）、さらには、こうした中国社会主義の変貌とその背後にあった経済的困難とが明らかになってくると共に、それが日本における社会主義思想の後退に一層の拍車をかけ、資本主義から社会主義へというマルクス以来の発展段階説自体が、改めて問い直されている情況の中で、戦後以来の「革新思想」を軸とした中国との相互理解乃至は対話も、やはりある種の困難あるいは困惑の中にあるといえるだろう。

㈡　日本の近代と中国の近代とをどうとらえるかという問題——戦後に、侵略戦争を生んだ日本近代への反省の軸として竹内好が提起した中国像は、日本近代が西欧近代の「優等生」つまり「転向」型の擬似近代だったのに対して、中国近代は「回心」型の近代であり、こちらにこそむしろ「真の近代」があるという考え方を含んでいた。これはたとえば、丸山真男氏の「カッコ付きの近代を経験した日本と、それに成功しなかった中国とにおいて、大衆的地盤での近代化という点では、今日まさに逆の対比が生まれつつある」（『日本政治思想史研究』「あとがき」一九五二・一二）という言葉にも見られるように、単に竹内個人のみに止まらず知識人の中にかなり広く存在した、いわば〝戦後民主主義の中国像〟とでも呼ぶべきものであった（丸山昇の指摘による）。このような中国近代への視角は、その後、〝中国は西欧化は拒否したが独自の近代を生み出した〟という観点や、中国に〝ヨーロッパ近代を超えるもの〟を見ようとするものから、さらには「文革」の中国に〝反近代〟の思想や「日本の高度成長政策の生み出した歪みに対するカウンター・ビジョン」（上掲松下氏）を見るものまで、いくつかのヴァリエーションをも生んで来た。

しかしながら、この一〇年間に私たちの眼に明らかになって来た中国の実状は、こうした、中国に「真の近代」「独自の近代」乃至は「近代を超えるもの」を見ようとする視点を動揺乃至は崩壊させるに十分だった。とりわけ、「文革」の実態が明らかになるにつれて、「大衆的地盤での近代化という点で」、中国の現実が「近代を超える」ものであるというよりは、むしろ甚だしく前近代的なものを残していたことを、私たちは認識せざるを得なかった。

と同時に、そこで言われはじめた「中国像の再構築」が、実は単に〝近代化の後れた国〟という戦前のそれへの逆行（その〝繰返し〟）にすぎず、それにさらに（或いはたまたま）社会主義の失敗、資本主義の優位という、戦後とは逆方向の、しかしやはり一種の事大主義的な認識が重なったにすぎないものであるとしたら、それはまさしく、戦後に、侵略戦争とその敗北に帰結した明治以来の日本近代への反省として、竹内好が鋭く指摘したところの、前近代的な身分制意識を残存させたままの（西欧近代を、権威として、いち早く受けいれ得たのもそのためである）擬似近代という日本近代の体質は、今も少しも変ってはいなかった、という証拠になるのではないだろうか。――「日本の社会の矛盾がいつも外へふくれることで擬似的に解決されてきたように、日本文学は、自分の貧しさを、いつも外へ新しいものを求めることによってまぎらしてきた。自分が壁にぶつからないのを、自分の進歩のせいだと思っている。そして相手が壁にぶつかったのをみると、そこに自分の後進性を移入して、相手に後進性を認める。」（「魯迅と日本文学」一九四八）という指摘は、そのまま今日の〝新しい（？）中国像〟にも当てはまらないだろうか。――もし、こうした疑念がなにがしか当っており、日本人の中国像（それは経済繁栄の上にのって思い上った日本人の日本像と表裏一体のものだ）が戦前に逆もどりしてしまおうとしているとしたら、それは過去の歴史に照らして、日本自身の運命にとって、不吉な予兆をはらむものだろう。

＊　＊　＊

一九七〇年代から今日まで、私たちが直面して来た状況という時、そこには少くとも、以上のような二つの問題（二つの困難）があっただろう。

とりわけ、竹内好の提起した問題をどう理解するかは、私たちの中で見解の対立が最も鮮明にあらわれた論点であった。いまそれについて詳論する余裕はないが、私個人としては、少くとも次の点だけは言っておきたい。

第一に、中国にこそ、「真の近代」をみるという視角は、敗戦を契機とする日本近代への反省として提起されたものであって、その点と切り離してこれを論ずることは無意味だろうということである。つまりそれは日本近代批判のための「批評装置」だったのであり、言いかえれば、まず第一に「方法としての」中国像だったということである。

第二に、かなり広範囲に存在した竹内への誤解がある。たとえば「竹内好の視角に象徴されるように……日本から見て中国は思想的先進国とみなされつづけて来た」（上掲松下圭一氏、傍点伊藤）といった竹内理解は、あるいはそのように「みなされつづけてきた」という事実は存在したにしても、上のような意味で、「日本近代の批評装置として、これほど包括的で、内的整合の度合の高いものは、少いだろう」（加藤周一「竹内好の批評装置」）と言われた竹内の問題提起に対する、明らかな誤解を含んでいるだろうということである。つまり、竹内は、中国を「日本から見て」、たとえ「思想的」にも、決して「先進国」などとは見ていない。竹内の指摘の独自性とそれが私たちに与えた衝撃は、むしろ、「進歩的」だった日本近代から見て、中国近代が「保守的」だったことを（そのゆえに中国が陥った「悲惨」をも）見た上で、それを「先進国——後進国」という図式で見ること自体を、つまりそこにある日本近代の（身分制的、ドレイ的な）意識構造を批判したところにあった。竹内は、「保守」的な中国に、「自己を固執することで自己が変る」型を見、「進歩」的な日本に、「自己を固執しないことで自己の変らない」型を見た。後者はつまり、「新しいものを次から次へとうけいれてゆくこと自身が、すでに伝統と化しているということだ。西洋に追いつき追い抜こうとする明治維新以後の日本の近代化の『成功』の背景は、そういうものである。」（加藤周一同上）。戦後日本の高度成長の「『成功』の背景」も、そういうものではなかったのか。そして、以上のような竹内の「近代主義」批判を、「反近代」の思想と見るもう一つの見解が、皮相な見方にすぎないことは、言うまでもなく明らかであろう。それを言うなら、「真の近代」の立場からの「擬似近代」批判だったと言うべきである。

第三に、むろん、竹内とは逆に、そういう「進歩」性こそが、日本に今日の繁栄をもたらした、世界に誇るべき日本人の特性だとする立場も成り立つ。むしろ現実にはその方が日本人の中の多数派であろう。〝日本人は卑屈で自虐的だ、日本人はもっと自分に誇りを持つべきだ〟といった民族感情をくすぐる議論がこれに加わる（そこで言われる〝誇り〟は、竹内が主張して止まなかった「民族の自立（主体性の確立）」とは逆方向のものだ。あたかも魯迅における〝民族〟と国粋派のそれとがそうだったように）。「ジャパン・アズ・ナンバーワン」という外国人の本の翻訳紹介のされ方などにはそれが感じられる。そういう立場に立てれば、確かに気は楽になる。しかし、簡単にそう出来ないのは、繰返し言ってきたように、竹内の問題提起が、「戦後の反省」の一環だったということがあるからだ。つまりそれは「戦争責任」論、乃至は日本人の「倫理」性の回復というモチーフと切り離せないものだった。

竹内は戦後の「戦争責任」論の中で、丸山真男氏や鶴見俊輔氏らが引いたヤスパースの『戦争の責罪』（橋本文夫訳、一九五二）に言う「四つの罪」（刑法上の罪、政治上の罪、道徳上の罪、形而上学的な罪）の概念区分に賛成し、「私は坊主主義の立場ですから、形而上学的責任を深く感ずる」（一九五六）と言った鶴見氏の立場に同調し、「罪は客観的に存在するが、責任は『責任意識』に主体化されなければ」ならぬとし、「戦争責任という曖昧な……範疇でとらえるのではなく、いきなり（中国に対する）侵略の罪という媒体を投入する」ことを主張している（「戦争責任について」一九六〇・二）。彼が日本人の「進歩」性の中に、民衆と知識人（それも進歩派と体制派を含む）に共通する「ドレイ性」を指摘したのは、「客観的に存在する」中国への「侵略の罪」の、刑法上、政治上、道徳上の問題の根底にある「形而上学的な罪」に対する反省の一つの試みだった。そしてそれは、戦後の戦争責任論が、いわば中途半端なまま、やがて起って来た高度成長の波の中にのみこまれてしまった結果として、この四〇年の間に刑法上、政治上、乃至は道徳上の「罪」への反省は、確かにかなり定着したにしても、「形而上学的な罪」への反省は、中途半端なまま今日にまで持ち越されてしまったと見える以上、現在もなお、問題提起としての意味を失ってはいないであろう。

第四に、右の「形而上学的な罪」への反省として竹内が提起したのは「文化」の問題であったと言えるであろう。たとえば先に見た中国像再構築の要求には、戦後の「中国共産党の高い倫理性」「人間革命としての中国革命」といった理想化された中国像は「虚像」に過ぎず、実際の中国は未だに重い封建性を引摺る後れた国であったといった幻滅感を含んでいるだろう。文革後の中国の小説に描かれた建国当時の回想などを見ても、それは決して虚像だったわけではないようだが、しかし、やはり一九五六、七年頃までの、革命の成功、新国家誕生の直後という高揚した時代の一面を反映したに止まるものだったことは否めない。私自身、一度の革命によって人間の一切が一挙に変貌し得る、またし得た、と幻想して来た自分の観念性を深く思い知らされてはいる。

だが、だからと言って、竹内の「問題提起」が既に無用になったとは、私には思えない。竹内の「虚像」を否定する「実像」が、つまりは「後れた、前近代的な中国」というだけのものなら、それが竹内を越えた、「新しい」中国像とは、私には到底思えない。そもそも竹内の中国像は、そうした「後れた中国」という「実像」（?）が広く日本人一般の常識だった時代に、「それが後れとしか見えない」ことへの批判として提起されたものではなかったか。とすれば、それは、むしろ今日においてこそ改めて強く想起さるべきではないのか。

言いかえれば、竹内が問うた「近代」とは、あくまで「文化」即ち「精神」の問題であって、それが産み出した結果としての「モノ」（思想を含め）の問題ではなかった。彼はその立場から、日本近代には、「文化がない」とさえ言い切っている。彼は日本近代の「変る」ことの早さ（進歩性）の中に「精神」の欠如、つまり「変らない」もの（封建制）を見、中国の「変らない」こと（保守性）の中に確乎とした「文化」（彼のいう「精神に似たもの」に当るだろう）の「抵抗（＝自己固執）」を見て、そこに中国とヨーロッパとの文化的「対決」（丸山真男氏が「単なる反対ではない」と言ったもの）、即ち「真の近代化」の形相を見出した。そしてそれを見得ない日本人を「ドレイはドレイであることを意識しない時に最もドレイ的である」という言葉で批判した。――「竹内好の問題提起」と呼ばれたものの、戦後の進歩思想の中に首まで浸っていた私にとっての衝撃性は、まさにこの点、彼が中国近代の「後れ」そのものの中に「真の近代」を指摘した事にあった。

以上、竹内を代表とする「戦後民主主義の中国像」が再建を迫られていると言う時、それにもかかわらず私たちがそこから引き継がねばならぬ遺産は何か。

(1)　中国近代の「後れ」を問題にするなら、同時に、それでは日本には近代があるのかという問いを忘れてはならない。その時、私たちは、文化はモノではなく、人間は精神であるいう立場に立つ限り、竹内が「文化がない」と言ったように、日本近代の文学や芸術や科学の中に、新しい文化と呼び得るものを見出すことに大きな困難を覚えるのではあるまいか。そして、そうした反省的立場に立つことによってはじめて、同じくヨーロッパの衝撃を受けてトータルな「文化＝様式」の転換を迫られ、新しい文化を産もうとして産み得ずにいるアジアの近代の苦悩と混乱という、いわば共通の相の下に、日・中の近代をとらえる視点が与えられるのではあるまいか。——「中国像の再構築」は「日本像の再構築」でもあると言った所以でもある。

(2)　その上で、封建と近代という、いわば歴史的な普遍性の視点と、ヨーロッパと中国・日本という文化的な個別・特殊性の視点とを、手続きとして一応分けた上で、両者を統合する〝方法〟が見出されなければならない。——前者は「生産力」の発展に還元される側面を持つだろうが、それが産み出す近代文化は民族をこえてすべて均質なものになるのか。竹内が言った固有文化への「自己固執」の結果は、「封建制の残存」とどう異なり、どう関連を持つのか。竹内が、自己固執を欠くために「新しいものが古くなる」だけの日本と対比させて、中国近代に見出した「古いものが古いままで新しくなる」という現象は、果してアジアが「ヨーロッパ普遍主義をこえる新しい普遍主義」を産み出す道につながるものなのか。もしそうなら、この現象は如何なる構造を持ち、それは、今日の「不透明」な時代の中で、私たちに如何なる態度を示唆するのか——。ここには、なお遺された問題があるであろう。

そして「態度」といえば、竹内が遺したものは、何よりまず日本近代の精神的貧困への反省の欠落、それと表裏をなす浮薄な先進国意識や、既に西欧近代をも超えたかのように思い上った錯覚が克服されぬ限り、アジア諸国民との間に真の友好と理解を作り出していく道は「方法的に」閉されているという問題ではないであろうか。――今日、日中の相互理解の軸をどこに求めるかを苦慮して来て、私は、多くの人とは逆に、結局、竹内の視点以外には、そこから出直すべき糸口を見出せないのである。

＊　＊　＊

この一〇年間に「日中の新時代」は、私たちの予想をこえる速度で進行してきた。だが、友好や交流を説くことは易しくとも、真の友好は、確かな相互理解の上にしか築かれ得ないだろう。戦前・戦後のレベルを超える新しい相互理解の深化がない限り、〝歴史は繰返〟し、「新時代」は新時代でなくなるだろう。

私たちは、この一〇年間に明らかになって来た現実を冷静にみつめ、中国像の再検討が迫られていることを率直に認めつつ、同時に〝新しく〟構築されようとしている中国像が、私たちの気付かないところで、実は、戦前のそれへの逆もどりになることを恐れる。再建さるべき中国像は、(竹内好の用語でいえば)過去の「繰返し」ではなく新しい「発展」でなければならない。

そのためには、果してどのような道があるだろうか。いま考えられる方向は、二つの問題(困難)と呼んだそのいずれについても、あくまで「戦後の反省」に固執しつつ、実証的研究の積み上げを通して、両国の「近代」の比較研究を、「文化」すなわち「人間」の問題へ深めかつ発展させることにしかないのではあるまいか。

私たちの力量の問題を抜きにして言っても、右のような方向が果して有効性を持つか否かということにも多くの議論があるだろう。ただ、上に見て来たところは、両国民の相互理解の軸をどこに求めるかという問題にせよ、「近代」乃至は「社会主義」とは何かという問題にせよ、今やそれを「文化」＝「人間」の問題に求め、そのレベルからとらえ直さない限り、もはや一歩も前に進めないところにきていることを示しているのではないかというのが、私たちの

（と言うことが僭越だとすれば、少なくとも私個人の）思いである。そして、本書が、そうした意味で、中国像の再建の道を模索している人々に、多少の材料なりとも提供できたらというのが、編者としての、余り大きくない願いであると言っても、それは、それぞれに力のこもった各分担者の論文の、学術上の価値を貶しめることにはならないだろう。

共同研究のめざしたものと小野忍先生のこと

終りに、本書の書名と同じ研究題目を掲げて、前後三回にわたり文部省科学研究費助成を受けて続けられた、私たち日本文学研究者と中国文学研究者との協力による総合研究のめざしたものと、こうした協力関係の中心だった故小野忍先生への、これまた私的な思いを述べて「まえがき」の結びとしたい。

上に書いた一〇年の時代についての感想は私個人のものにすぎず、共同研究者それぞれの見解はまたそれぞれであったにしても、またそうした時代的問題と各個の研究テーマが直接にかかわるか否かを問わず、私たちが共通して、自分たちの研究の営みの背後に、常に現代を意識しており、さらに、たとえ中国文学を研究対象としていても、どこかでそれを日本の問題として考えていた、と言うことはできるだろう。私たちが領域を異にする研究者との共同研究を企画したことは、このことと関わっている。つまり私たちは、「境界領域」の研究などといわれるものとはやや異なる意味で、「総合研究」――学問の総合性の追求――が要請されていることを感じていた、といえよう。そしてその際、現代と日本という二つの観点から問題を出発させるということは、実は、私たちの総合研究が本拠を置いた、和光大学の人文学部文学科の理念とも無関係なことではなかった。――私は、このような学問の総合化（それは人間化と同義である）への志向も、戦後理念の一つだったと考えているのだが、これまた、この一〇年間に、急速に色褪せて来たように思われるのである。

このことと同時にもう一つ、私たちは、既に触れた中国近代文学研究の歴史の継承と反省の中で、実証的研究の必要を強く感じていたといえよう。実証作業の前提に明確な仮説が必要なことは言うまでもないが、その際に日本的な文学通念や社会通念を安易に持ちこむことの危険というだけではなく、細かな事実についても、一見些末にさえみえる実証を抜きにして迂闊に従来の事実認識に拠りかかることはできないことを私たちは感じていた。それは、たとえ些末に見えようとも、今は、そうした実証研究の辛棒強い積み上げの先にしか、「中国像の再構築」は期待し得ないという感覚であり、また、そうした実証研究によって、両国文学の背後にある諸条件と、両国の文学上、文化上、また社会上での差異を具体的、客観的に把握することを通して、はじめて、両国民の当面している人間的課題の共通性をさぐり当てることも可能になり、そこからはじめて温かい文学的、人間的共感も生まれ、真の友好の基礎もそこにこそはじめて見出されるのではないかという、いわば、実証性が生む温かさとでもいうべきものへの感覚であった。

＊　＊　＊

このような、総合性と実証性への志向が、本書において、どの程度実現されているかは、読者の批判に俟つしかないことだが、研究計画の中では、各研究分担者の研究発表とそれをめぐる討議を通じて、またそれでカバーし切れない時代やテーマに関しては、中村忠行氏をはじめ何人かの正式メンバー以外の方たちの継続的な協力を得ることによって、通時的にも共時的にも諸領域の研究の相互連関性についての認識を深めることが出来た。実証研究の面でも、各個の分担研究の外に、鹿地亘氏、佐藤操氏（陶晶孫未亡人）などの方々を招いて貴重な同時代的証言を聞くことが出来たし、メンバーによる、幾つかの調査企画の中で、たとえば東京大学文学部に保存されていた大正期の中国人留学生作家に関する調査によって、これまで未発見の新資料を発掘することなども出来た。前後ほぼ一〇年、少くとも私個人にとっては、これは、学問の総合性を追求した実践の記念であり、誠に学ぶことの多い場であった。

この研究会が、個々にそれこそ些末でさえある実証研究をタテ・ヨコに結びつけて多少とも幅広い文化的視野を開かれる場となり得たのには、一九三〇年代に青春を過した世代、具体的には実質上の会の主宰者だった小野忍先生の力に負う所が大きく、またほぼ同世代で、改造社の雑誌〈文芸〉の編集長として、またエスペランチストとして、既に戦前から中国現代文学の紹介に尽力され、中国文学研究会の同人との間にも交わりの深かった小川五郎先生のような方が、日本文学研究者と中国文学研究者との間で、いわば〝橋〟になって下さったことが大きかったと思っている。また東京大学東洋文化研究所の「中国一九三〇年代文学研究班」とは、メンバーが重なっていたこともあって、諸種の研究会活動は、屢々両者合同の形で、大半は研究所を会場として行なわれた。私たちが挙げ得た成果の多くは、実は、研究所教授、研究班主任の尾上兼英氏の助力に負うていたことも、言っておかなければならない。

そして、以上の全体を通して、この総合研究が、総合性と実証性を志向したといったことを含めて、このようなものであり得たのは、何よりも私たちの中の数人の者には恩師に当る小野忍先生のおかげであった。先生は、初めから終りまでこの共同研究の指導者であり、この研究会が、領域を異にする研究者の共同研究としては、珍しく息の合った、また長く続いたものとなり得たのも、先生の幅広い学識と温かいお人柄とがあってのことであった。今なお学恩に報いることの薄いことを恥じつつ、本書を御霊前に捧げて、先生の名を記念する所以である。

（『近代文学における中国と日本』汲古書院　一九八七年）

Ⅰ　魯迅関係論考

『故事新編』の哲学——序説及び「補天」論——

序説　問題の所在

一　『故事新編』の鳥瞰——三つの時期・四つの主題——

『故事新編』は、周知のごとく、『吶喊』『彷徨』『野草』『朝花夕拾』に続く、魯迅の第五創作集である。初版は一九三六年一月、上海の文化生活出版社から「文学叢刊」の一つとして出版された。

まず、この創作集を全体として外側からいわば鳥瞰的に眺めて、誰にでもすぐ気付くことを挙げておけば、

一、『朝花夕拾』以後、約十年近い空白を置いて出版された魯迅の最後の創作集であること。しかもこの十年間には、「革命文学論戦」「自由人論争」等の激しい論争と「左翼作家連盟」を率いての周知のごとき戦いがあったこと。言いかえれば、魯迅がマルクス主義を受け入れて後に書かれた創作としては、この『故事新編』に収められている五篇の作品以外にはないこと。

二、『故事新編』は八篇の「歴史小説」(?)から成るが、それらはすべて書名のごとくに、「故事」すなわち古典に典拠を持つ説話に材を取り、それを新たに再編成したものであること。

さらに、編集の仕方として、他の四つの創作集と異なる点を挙げれば、

三、八篇の作品は、前後十三年にわたって書かれたものであること。また、そのうちで最後の四篇は、一、二ケ月のうちに一気に書き上げられたものであり、また後半五篇は、一篇を除いて、通常彼の作品がそうであるように、一度雑誌等に発表されたものを収めたのではなく、いわばこの集をまとめるために書き下された形になっていること。

四、魯迅の他の創作集、雑文集がすべて執筆年月日順に排列されているのと異なり、各作品の題材(あるいは主人公)の歴史的年代順に排列されていること。

などが挙げられるであろう。そして、これらはそれぞれ、すでに何らかの問題を示唆しているかに思われるが、その点に触れる前に、これら十三年間に書かれた作品群を、執筆年月日順に並べかえて、『故事新編』の世界の形成の軌跡を鳥瞰してみたい。

	(作品名)	(原題)	(主要人物)	(執筆年月日)	(発表年月日)
(1)	「補天」	(「不周山」)	女媧	一九二二・一一	(二二・一二〈晨報〉四周紀念増刊)
(2)	「鋳剣」	(「眉間尺」)	黒い男	一九二六・一〇	(二七・四〜五〈莽原〉二巻八・九期)
(3)	「奔月」		羿	一九二六・一二	(二七・一〈莽原〉二巻二期)
(4)	「非攻」		墨子	一九三四・八	

(5)	「理水」	禹	一九三五・一一
(6)	「采薇」	伯夷・叔斉	〃・一二
(7)	「出関」	老子	〃・〃（三六・一〈海燕月刊〉一期）
(8)	「起死」	荘子	〃・〃
(9)	「序言」		〃・〃

右の表をみてすぐに気付くことは、執筆の時期が大きく三つに分かれること、およびこれまた非常に大まかに見て、これらの作品群が、各篇に描かれた主題（もしくは類型）によって、ほぼ四つに分け得ることである。

第一期は、「補天」である。一九二二年末、つまり『吶喊』時期の最後に書かれ、最初は「不周山」という題で、『吶喊』初版本ではその末尾に入れられていたことは周知のとおりである。主題という面から見ると、よくわからぬながら、ともかく、神話時代に場面を借りることによって、女媧という主人公に「作者の理想を人格化」しようとしたものらしく思われる。つまり、作者の理想としての〝創造的人間〟〝奮闘的人間〟の奮闘と滅亡（あるいはその滅亡と共に歴史時代が始まったこと）を描いたものと考えられる。言い換えれば、「補天」は、『吶喊』「随感録」時期の〝超人〟像の造出の試みとは言えないだろうか。

第二期の作品は、「鋳剣」（原題は「眉間尺」）と「奔月」である。同じ一九二六年の十月と十二月に書かれ、同じく雑誌〈莽原〉に発表された（発表の順序は執筆順とは逆になっている）。つまりこの二篇は、厦門時代の終り、広東行きの直前の時期に、ほとんど同時に書かれている。先の「補天」とこの二篇との間には、一年間の休止と、一九二四年から書き始められた第二小説集『彷徨』、同じ頃に始まる散文詩集『野草』、一九二六年の一年間に書かれた『朝花夕拾』の各集に収められた創作とがあり、『朝花夕拾』の末尾の数篇、「藤野先生」「范愛農」などの執筆が、ちょうど「鋳剣」の執筆と時期的には重なる関係にある。

主題という面からいうと、「鋳剣」の「黒色的人」の、いわばニヒルな破滅型の〝復讐者〟像と、「奔月」の羿のいわば時代に取り残され挙句は妻にも逃げられてしまう〝老いたる戦士〟の、どこかユーモラスな気配を漂わせた像とは、類型としてはほとんど対極的である。しかしそのことは逆に、「補天」以来の〝孤独な戦士（あるいは超人）〟と〝俗衆〟という構図の中で、すでに女媧のごとき創造的人間には滅亡しかなかった以上、そこから始まった歴史時代の中で、可能な〝超人〟像としてはこの二つの類型しかあり得ず、魯迅はそれをこのような両極として描いたのではないか、という想像を誘うのである。つまり、この二篇の主題は、共に〝彷徨〟の果ての〝超人〟の相対化あるいはそれからの脱却として一括できないであろうか。

第三期は、上にも見たように、魯迅のマルクス主義受容以後の時期である。この時期の作品群は、さらに前期の二篇と後期の三篇に大別できる（前・後期といっても時期的にはほとんど接続しているが）。

前期と呼んだ時期の作品は、「非攻」と「理水」である。ここに描かれた、墨子と禹の人間像には、先の「鋳剣」と「奔月」との場合とは異なり、著しい共通性が認められる。それはいわば、「補天」における創造的人間像の新たな復活であるといえよう。そして、〝新たな〟と言ったのは、「補天」における女媧像と「非攻」「理水」における墨子と禹との像との間のちがいには、恐らく、作者魯迅における進化論からマルクス主義へという思想の発展が反映されているだろうと思うからである。つまり、これは、新しい〝超人〟像であり、十三年の曲折の末に作者が漸くに作り出した積極的肯定人物であったと見ることが出来る。そしてそれが女媧の「復活」だったという面とその否定乃至はそれからの脱却だったという面と、この二つの面に魯迅における進化論とマルクス主義（あるいは、唐突をかえりみずにいえば、中国文学における「近代」と「現代」）との間の連続と非連続を見ることが出来るのではないだろうか。

第三期の後期と呼んだ時期、つまり『故事新編』の最後に書かれた三篇、「采薇」「出関」「起死」は、いずれも解りにくい作品ではあるが、ともかく大まかに言って、「非攻」「理水」が肯定的積極的人物を描いたのに対して、これは否定的消極的人物を描いたものと概括することは出来るだろう。そして、これまでの、「補天」以下「理水」までの作品の主人公たちが、いずれも何らかの形で、若き日の日本留学時代以来の〝超人〟のイメージを宿していたのと対応して、これら三篇の主人公たちの像には、同じく日本留学時代の諸評論にすでに見られる老・荘・儒などの伝統思想への批判と共通するテーマが認められる。

この最後の三篇を、いわば急いで一気に書き上げることによって、魯迅はこの連作を打ち切る。そして、あらためてこれらの八篇を歴史的年代順に並べかえることによって、作者は、〝新しい故事〟の世界を作った。言いかえれば、魯迅は、ここで、四千年の重さを持つ中国伝統文明の全体像を、新しくよみがえらせた。最後に書かれた「序言」は作者のそのような意図を暗示している。ここには、魯迅における「国粋」と「洋化」との関係をかなり明確に見ることが出来る。――私には、このように思えるのである。

おおまかに言って『故事新編』の世界の形成の軌跡を以上のようなものと考えることは、これを魯迅の文学の全体像との関わりから言えば、従来魯迅文学を概括するに当って屢々言われて来た「旧社会の暗黒曝露」ということといわば裏腹な関係にあると考えられる「新しい人間像の追求」というモチーフを、彼のこの「第五創作集」の中に見ようとするものと言うことが出来よう。そして、もしこのような見方が可能だとしたら、そこには、今日の私たちにとって如何なる意味のある問題が含まれているであろうか。いや、そもそもこのような仮説に基づいて『故事新編』の世界を再現してみたいと考えたのは、私自身いかなる現代的な問題意識、観点に立ってのことであったか。――以上のごとき鳥瞰からは粗く言って、㈠魯迅における進化論とマルクス主義、㈡そうした西欧思想と伝統思想との彼における関係、㈢両者を含めて、『故事新編』の小説世界を構築した彼の文学の方法（「醒めたリアリズム」と言われてきたもの）が、それぞれどのようにとらえ得るかという問題が抽き出せるであろうが――これらの点について、本論に入るまえに、以下、若干のことを述べておきたい。

すなわち、先の「学園紛争」を契機に改めて魯迅の読み直しを迫られた私にあった問題意識は如何なるものであったか、それとの関係において、ここに『故事新編』を、以上の如き鳥瞰の下に検討していこうと思うことの、私にとっての意味・目的を（本稿を書くことでそれが達成出来るか否かの可能性は別にして）最初にまず、明確にしておきたいと思うのである。

二　新しい人間像の追求

先年、私はたまたま三木清が、昭和十一年末から翌年初めにかけて書いた二つの教養論――「現代教養の困難」（昭一一・一二・一〇〈読売新聞〉）「哲学の復興」（昭一二・正月〈毎日新聞〉）――を目にして、そこに指摘されていることが、一九六八、九年以来、広島大学で私たちが大学改革運動の課題また目標として取り上げて来ていた戦後改革の理念と、あまりにも共通していることに驚かされた(1)。

これらの文章で三木氏が言っていることを、ここでの問題意識に従って概括すれば、次の二点になる。

㈠　それぞれの時代にはそれぞれに固有の「教養観」があり、さらにその根底にはそれぞれ「人間の観念」（深い意味での「倫理」（といってもよい）がある。今日（昭和十一年当時）における文化の混乱、社会的不安の根底にあるのは、こうした意味での「教養」＝「人間観」の動揺であり、それらは、従来の「人文主義的教養観」が困難に逢着していることを語っている。

㈡　そこで、旧来の「教養」に代るべき「新しい教養は」、「当然、科学的教養でなければならぬ」。しかるに、「今日」みられるところの「智育偏重の排撃」、「〝哲学の復興〟の気運」は「反科学主義」「非科学主義」の傾向を含むものであって、それは、「ファシズムからの呼び声」である。

こうした危険を指摘しつつも、三木氏は、あの戦争とファシズムの時代の前夜に、なお、そこにあった「哲学の専門家集団からの解放」や「文化諸領域の相互関連もしくは相互作用が促進されている」という事実に、積極的な意味を見出し、そこから、「社会的歴史的立場に立」った、新しい「現代ヒューマニズム」が、「下からの哲学」として形成され、「この時代において、欠けている」「統一的な文化の理念」を与えるべきことを、期待しているのである。

私が、ここに改めて『故事新編』の「哲学」を取り上げてみたいと考えた理由は、まさしく右の三木清の指摘する二点に関わっている。

㈠　個人主義とマルクス主義——魯迅における西欧受容——

まず、日本が中国との全面戦争に突入していく直前に書かれた三木清のこれらの文章に指摘されている所の、「社会評論家の恋愛事件」「人生論哲学の流行」「新興宗教の隆盛」等々から、知識階級の間にある「深いペシミズム」に至る社会の諸現象、またその背後にあると指摘される「文化の統一の理念」の喪失、すなわち「教養」、つまり何をもって「人間らしさ」とするかという「人間の観念」そのものの動揺といった状況は、まさに、四十年後の今日、ほとんどそのままに繰返し現われている文化状況であるように、私には思われるのである。

とすれば、竹内好氏（『現代中国論』等）以来繰返し指摘されて来ているように、同じく西欧近代の侵入を契機にそれぞれの「近代」を形成して来ながら、日本の場合とはいわば対極的なあり方を示して来たとされる中国近代史において、とりわけ、竹内好氏によって「思想史的には、孫文を毛沢東に橋渡しする」「否定媒介者」と位置づけられた魯迅において、その抱いた「人間の観念」はいかなるものであったか、それは作品の中で、どのように形象化されたか、を見直してみることは、私たちの今日置かれている文化状況の中で、無用なことではあるまいと考えられるのである。私の『故事新編』への問題関心の第一は、まずこの点にある。

いったい、中国革命史あるいは中国近代史（とりわけ思想史・文学史）は、全体として〝西欧の衝撃《ウエスタン・インパクト》〟を契機とする、封建的世界観・人間観から、所謂「個人主義」の段階を経て、やがて共産主義的世界観・人間観への、まさに右に見たような意味での「文化の統一の理念」としての「人間の観念」そのものにかかわる根本的な価値観の変革・転換の過程――その意味での百年の「文化革命」の歴史――であったと言ってよいであろう。

同時に、この「文化革命」の過程は、他面では、四千年の豊かな伝統と重く厚い蓄積を持つ中国の思想＝コトバが、資本主義列強の侵入に伴ってもたらされた、これとは全く異質なヨーロッパ近代の「人間の観念」に、いかに頑強に「抵抗」し、かつその「抵抗」を通してそれを自らのうちに受肉させたか、という過程としてもとらえることが出来よう。

ヨーロッパに生まれた近代思想の、単なる流入・雑居ではなく、それを契機とする伝統そのものの自己更新として新しいものを自らの内から生み出した過程といわれる（竹内好『現代中国論』）中国近代史は、こうした二つの側面からとらえられる「人間観」そのものの変革の過程だったということになろう。よく引かれる毛沢東の魯迅に対する評価が、彼を「新中国の聖人」「中国文化革命の主将」と呼ぶに当って、一方では「マルクス主義者以上にマルクス主義的」であったことを言うと同時に、他方では、「一片の媚骨も持たぬ」反植民地主義的な気骨、「民族」の英雄という面を強調していることは、恐らくは上に述べた中国の「文化革命」の二側面にかかわることとして、私には興味深い。[2]

「人間観」の変革・転換ということが、このような二側面を持つとして、いま、魯迅が「中国近代文学の父」と呼ばれることに関わって言えば、そもそも「近代文学」の主要な任務は、ネガティブには、旧い封建的な人間観とそれに根を置く様々な社会的規制・規範に対する批判・抗議にあったと同時に、ポジティブには、新しい近代の人間観を、新しい人間像として、これに血肉を具えた形象を与え、新しい英雄人物・典型人物を造り出すことにあったはずである。そして、「阿Q正伝」を頂点とする魯迅の創作は、彼自身「旧社会の病根を曝露して人々の注意を促し……」と言うごとく、前者すなわち、ネガティブな暗黒曝露・封建主義批判を主要なモチーフとするものと、これまで考えられて来ている。だが、たとえそうだとしても、それでは後者、すなわち、新しい人間像を生み出そうという意図乃至は営為は、彼の文学の中に全く見出せないであろうか。

そもそも、旧い価値の否定、旧来の人間観への糾弾は、すでに何らかの形で、新しい価値の到来への胸の慄えるような予感、新しい人間観への目覚めを、前提としてはいないだろうか。これは、一方では、すでに竹内好氏によって、「新しい価値をふりかざすことによって古い価値に対抗しようとした同時代の進歩主義者とは、かれは一度も同調せず、むしろそれらと執拗に戦った。これは道徳にかぎらず、科学・芸術、社会制度、すべてのものに関してそうである」（「思想家としての魯迅」）と指摘されていることがら、また、かれは「類推はするが演繹はしない。直観はするが、構成はしない。目的や方法をもって世界に立ち向うこと、つまり立場というものが、かれには欠けている」

（同上）と言われていることの意味と関わって、恐らく魯迅観の根本に触れる問題を含んでいよう。そしてこの問題は、私が、いわば本稿全体を通して問わねばならぬ課題であり、ここでは、そのことを述べるだけでこれ以上は触れない。

ただ新しい人間像創造の意図ということに関していえば、少くとも、「阿Q正伝」がすでに私たちを途惑わせ、阿Q像の解釈をめぐって様々な論争が起って来たというのは、阿Qが、単に否定的形象としてだけ、全く抹殺さるべき対象としてのみ描かれたのではないということに関わっているということはできるであろう。この中国農村社会の底辺に生きるルンペン雇農は、作者自身によって「阿Qが革命すれば中国も革命し、阿Qが革命しなければ中国も革命しないでしょう」と言われるごとく、いわばこの否定的人物を土台とし、その自己変革としてしか、肯定的積極的人物像はあり得ないという、そういう意味ですでに新しい人間像造出の意図を内に含んで、「負の英雄」像、あるいは「積極的暗黒人物」（木山英雄[3]）として描かれたと言えるのではあるまいか。

そして、この「阿Q正伝」を頂点とする小説集『吶喊』の最後に収められた「補天」（原題「不周山」）を起点に、一九二二年から一九三五年までの十三年間にわたって書き継がれた八篇の小説を集めて、後に改めて『故事新編』という題の下にまとめられた作品群には、後に見るように、阿Qの場合とはいわば対極的な形で、より積極的な〝新しい人間像〟の模索の跡が見えるように、私には思われるのである。勿論、ここではまず、この八篇の小説を一つのまとまりとして、そこに一貫するモチーフを認め得るか否かがすでに問題である。「前後十三年間には、一貫した意図があったにせよ、途中でさまざまな屈折を経ていると想像される」（竹内好）という見解に、私も同感であるが、しかし私は後にのべるような私がよみ取った「さまざまな屈折」自体の中に、魯迅が、新しい「人間の観念」に何んとか生きた像を与えようとした意図と努力（その失敗や挫折を含めて）の軌跡を見得るように思うのである。ごく荒っぽく言って、ここには、魯迅がその若き日に、鋭い緊張感をもって受容したヨーロッパ近代の人間観（その象徴的なイメージとしてあったのはニーチェの「超人」である）を、神話・伝説・古典中の人物に、つまり中国伝統文明の中に、受肉させようとした作家としての営みを見ることが出来るのではあるまいかというのが、私のここでの問題視角の第一点である。

この場合、問題は、上に、中国近代史における「人間観そのものの変革」が二つの側面からとらえられると言ったことに関わって、やはり、二つに分かれる。

第一は、進化論からマルクス主義へ移ったといわれる魯迅の思想の発展との関わりで、『故事新編』の諸作品の主人公の形象の中に見られるはずの「人間観」に、どのような変化発展が見出されるか、或いは見出されないかという問題である。

とくに、ここでは、私たちが課題として取り組んで来た一九三〇年代の中国文学との関連において、魯迅のマルクス主義とはいかなるものだったかということが問題となる。

これも周知のごとく、魯迅はほぼ一九二八年を境に、マルクス主義を受け容れたとされる。そのこと自体は、その受けいれ方の〝個性的〟であったことなどの留保はつけられるにしても、大筋として異論は立てにくいであろう。彼がこの時期、マルクス主義文芸理論の翻訳紹介に力を注いだこと、またたとえば新月派などとの論争において、明確に「文学の階級性」を主張していること、「二心集序言」などにおいて自ら、「新興の無産者にのみ将来がある」と認め、それまでの進化論にのみとらわれて来た自己の思想の誤りを認めていること等々は、よく知られている。

しかし、彼はこの時期、たとえば「新現実主義」とか「弁証法的創作方法」とかいったたぐいの〝理論〟を提唱するといったことは一度もなかったし、自らの創作について語った文章の中でも、少くともあらわな形でマルクス主義の創作方法といったことに触れたものは見当らない。何より、作家としての彼は、この時期、所謂「プロレタリヤ文学」と呼び得るような作品を一篇も残していない。この時期に彼が書いた創作は、『故事新編』に収められた五篇の歴史小説（?）のみである。つまり、『故事新編』後半の五篇は、いわば作家としての魯迅のマルクス主義を考える上でのほとんど唯一の材料であるといえよう。ところが、それらはいずれも古代の説話に取材した作品であり、少くとも表面上は、「マルクス・レーニン主義の学説」や「共産主義的世界観」に基づいた創作とは見えない。そればかりか、作品の持つ社会性、戦闘性という点から言っても、これらの諸篇は、『吶喊』期の諸作品と較べた時、作品にこめられた旧社会の暗黒に対する呪詛・憎悪の切迫した激しさは、少くとも表面上稀薄になっており、作品構成における「階級的」な観点という点から言っても、むしろ「階級論」受容以前の作品の方がよほどはっきりしていたという感じさえ与えるのである。

　とは言え、『二心集』以後の彼の雑文を見ただけでも、晩年の彼が、何らかの意味でマルクス主義をうけいれたことは、まず疑えない。政治的にも、国民党支配に対して、文字通り不屈の戦いを行なったことはもとより、トロッキストの誘いに対しても、「毛沢東氏たちの一致救国論」にはっきりと支持を表明し、「あの、大地にしっかりと足を踏まえ、現在の中国人の生存のために血を流して奮闘している人たちを、同志と呼び得ることを、私は自らの光栄と考えています」（「トロッキー派に答える」一九三六）と言い切ったことも、周知のことである。だが同時に、たとえば中国共産党との関係だけとってみても、それが決して単純に忠実な「党の一兵卒」（許広平）と言ってしまえるようなものではなかったことは、彼と中共との間に確執のあったことを強調する台湾やアメリカの研究者の指摘をまつまでもなく、党員批評家を含む革命文学派の人たちとの論争をごく平心に読んだだけでも想像はできることである。周揚批判・三〇年代文学批判以後、中国でも、ある意味でそれを裏付ける資料が次々に発表されたりもしていること及びそれをめぐる幾つかの問題は、すでに丸山昇氏の指摘するところである。

以上のような、一九三〇年代の魯迅に関する文学上、政治上のいくつかの問題は、私に、よく知られているところの毛沢東の、

「魯迅は共産党の組織内の人ではなかったが、しかし、彼の思想・行動・著作は、すべてマルクス主義化されていた」（「魯迅論」一九三七・一〇）（傍点伊藤）

ということばが、今日では誰も疑わぬほどにオーソライズされているとはいえ、その実、決して当然の評価ではなく、毛沢東という人をまってはじめて可能だった極めて「個性的」な、その意味で当時にあってはむしろ特異でさえある見解であったのではないかということを思わせるのである。――現に、革命文学当初の党員作家・批評家たちの魯迅評価の多くが、むしろ「封建の遺物」「ブルジョア作家」「プチ・ブル」といったものであり、後には「魯迅先生との連合」という方針は出されたものの、いわばこれはシンパサイザーという位置づけであり、また、ことをあまり単純化してしまうことはできぬにしても、蕭軍・胡風・馮雪峯あるいは瞿秋白といった、当時魯迅に近かった人々、文学上で彼の弟子と目された人々の大部分は、この二十年間にそのほとんどが批判を受け文壇から姿を消しているのである――。

また、このことを逆に言えば、毛沢東が魯迅に認めた、彼におけるマルクス主義とは何だったのか（それは、彼における「思想」とはいかなるものだったかという問題と共に、毛沢東におけるマルクス主義とは何なのかという問題をも含んでいるだろう）という、甚だ素朴な疑問を、私は抱かされるということである。

毛沢東の言うごとく「彼の思想・行動・著作はすべてマルクス主義化されていた」とすれば、『故事新編』の後半五篇に彼が描いた人間像と、共産主義的人間像との間には、何らかの関係が見出されなければならないはずである。

またもしマルクス主義を、社会認識の観点・方法と考えるなら、これらの作品の創作の方法・観点の中にも、マルクス主義受容以前の作品における方法・観点とは、何らか異なったものとして、それが見出されねばならないはずである。また、もしそれが見出されないとしたら、そこでは、あらためて、魯迅における〝思想と芸術〟の関係が問題として浮かび上って来るだろう。

第二は、上述の如く、『故事新編』において、留学時期のラジカルなヨーロッパ近代の「精神」の把握を契機とする、いわばポジティブな「新しい人間像」形成の営為が認め得るとした時、それが、「故事」の「新編」、すなわち、古代の伝説・説話の書き直しという形で書かれたことの意味、つまり、魯迅における「伝統と革新」あるいは「洋化と国粋」の問題である。

毛沢東が魯迅を評価するに当って、マルクス主義者以上にマルクス主義的という面と共に、民族の魂の代表者という側面を強調していることはすでに述べた。そもそも、中国近代の特色がその「保守性」すなわち、伝統文明の頑強な「抵抗」を通しての、伝統そのものの自己変革にあったこと（逆にいえば、日本近代の問題性は、その後進性にあるのではなく、むしろ中国におけるような「抵抗」を欠いた「進歩性」にこそあること）は、つとに竹内好氏によって指摘されたことである。氏は日本近代を「転向」型と呼び、「優等生文化」と「ドレイ根性」の結びついた「近代主義」者によって担われたものとみて、これと中国近代とを対置した。魯迅はこのような「近代主義」すなわち、「新しい価値をふりかざすことによって旧い価値に対抗しようとした同時代の進歩主義者」とは「一度も同調せずむしろこれと執拗に戦った」という。同じことを反対側から言えば、新中国は、「徹底的な伝統否定を通して伝統を継承」したということになる。

これを、初期魯迅における「国粋主義」と「洋化主義」（あるいは「民族主義」と「個人主義」）の関係としていえば、初期評論の中に見出されるものは、一方では、彼が、進化論、自然科学（地質学・医学・生物学等）、個人主義の文芸・思想（ニーチェ・キルケゴール・バイロン等）の中にとらえ、伝統思想とは「水と火のごとく」異質で、かつ「東亜を凌駕している」ものと認めた、ヨーロッパ近代の「精神」の極めてラジカルかつトータルな把握と、伝統思想に対する徹底した否定であると共に、他方では、「エセ志士は追放せよ、迷信は保存せよ」という言葉に見られるような洋化主義者、啓蒙主義者等々への批判と、「朴素の民」の「純白」な心、そこから生まれた宗教性やその豊かな空想力の産物である神話・伝説の擁護等々であった。これは、所謂「国粋の擁護」と呼ばれるようなものではなく、むしろ「根元は崩れ精神は彷徨う（本根剝喪、神気傍徨）」（「破悪声論」）といわれるような、「国粋」すなわち伝統文明の全体性の崩壊への深い嘆きであり、外来の「精神」を受けとめるべき〝国粋〟を、詩文や経書に代表されるような士大夫階級のそれに求めるものではなく、「迷信」つまりは民間説話や神話に代表されるような民衆の「純白の心」（それも「民生艱難のゆえに、日々に薄れ」てしまっているものではあるが）にしかそれは求め得ないとする志向であった。

このような二つの顔を持った思想受容のかたちは、ヨーロッパ近代の「外形」でしかない制度・文物を、それを産んだ「精神」・「内質」と切離して、新しい権威として外から中国人に押しつけようとした（と彼が非難している）同時代のたとえば富国強兵論者や立憲議会主義者とも、また中国人の「倫理改造」をこそ急務としながらも、それを教育によって可能なことと考え、「民智開けざる」民衆にではなく「中級社会」に期待をかけた梁啓超の啓蒙主義とも、魯迅を区別するものであった。つまり、ここにあるものは（魯迅が所請「国粋主義者」の自大・偏狭との対比において、「漢・唐」の文化をつくった人々の、外来文化を恐れることなく受けいれた精神の闊達さを高く評価することからも知られるように）、今や〝国粋〟地に墜ち、従って中国人には〝洋化〟の能力すらないのだという認識である。(4) 言いかえれば、魯迅におけるヨーロッパ近代の「精神」のラジカルな把握とその肯定、それに基づく伝統思想に対する徹底的な否定（すなわち彼における〝洋化〟主義）は、はじめから、そうした「精神」を受けとめるべき自らの側の主体（そういう意味での〝国粋〟）を、四千年の伝統を持つ民衆の思想の中から再発見しなければならぬという志向と、一体のものとしてあったと言えよう。

『故事新編』が、古代の説話・伝説に材を取って書かれたことの背景にあったものは、右のような初期評論以来の彼の問題意識に直接つながるモチーフではなかったかと、私は考えるのである。

『故事新編』を、古典の再解釈、すなわち「歴史小説」とみるか、それとも「古を借りて今を撃った」もの、つまり「雑文の精神」につながる「諷刺文学」とみるか、という点をめぐって中国でも論争に似たものがあったようである。[5]『故事新編』は、確かに、方法としてこの両者の要素を含むであろう。しかし、その主要なモチーフは、若き日の魯迅をはげしく揺すり、その心を「激昂」させた外来の「精神」を、四千年の重くしかも豊かな伝統文明に直接ぶつけてみることにあったのではないか、そしてそれは、伝統思想とは全く異質な外来の「精神」を、何んとかして中国人に受肉させ、リアリティを持った新しい人間像を作り出そうというういわば〝洋化〟につながるモチーフと、逆にこのような外来の精神をしかと受けとめ得る主体としての〝国粋〟を再発見（それは伝統思想の再評価と同時にその総批判の作業をも含んでいた）しようというモチーフとを一体のものとして含んでいたのではないかと私は考えるのである。

(二)　魯迅文学のリアリズム——「科学主義」と「文学主義」——

さて、冒頭に引いた三木清の文章が、強く私の関心を惹いた第二の点は、氏が当時の日本に文化の混乱を見、「文化の統一の理念」の欠落を見て、日本文化に新しい統一を与えるべき新しい哲学的理念の形成の必要を言うに当って、それは、「社会的・歴史的立場に立つ」ものでなければならぬと言い、新時代の教養は「科学的教養」でなければならぬ、としていることであった。

私はここで、戦後の大学改革をふくめた諸改革の中核をなしていた理念が、戦前すでに三木清らによってすでに唱えられていた主張復活だったことをはじめて知ったのである。それは「科学主義」の復活と呼んでよいだろう。戦後、私たちが中国近代文学に関心を抱きはじめた頃、ちょうど学界では学問論が改めて問われていた。そこに強くあった志向は、戦前の学問が、思想や人間と切離されたものであったがゆえに（まさに「文化の統一の理念を欠」いていたがゆえに）、たやすく戦争に奉仕することにもなったことへの反省に立って、諸科学分野の研究が対象としてきたもの自体を、あらためて学問の全体性の中で問い直そうという志向であり、その際、諸学問に新しい統合の理念を与えることを期待されていたのは、社会科学や歴史科学だったと言ってよいだろう。こうした志向に立って、日本学術会議とか民主主義科学者協会とかいった団体やまた様々な民間の研究会などの実践活動も行なわれた。しかしそうした志向は結局結実をみることなく、その後個別諸科学は、自然科学のみならず、社会科学や歴史科学までも、ひたすら分化の途をたどることとなった。下からの、横の連帯と相互関連は弱まり、専門家集団と素人の分離が起こり、部分人間とされた研究者は、もはや自己の研究の社会的意味を問うことさえ少くなった。そして、一九六〇年代の後半に至って、このような形に「高度発展」をとげた学問＝科学のあり方への反撥として、その点では、戦後の学問論とよく似た、しかし戦後の「科学主義」とは逆の方向からの、つまり、私たちのよく知るように極めて文学主義（＝反科学主義）的な、「近代科学」や学問一般への問責・糾弾、また情念の復権のよび声を暴発させることとなった。――それは私に、三木清が「智育偏重の排撃」や「〝哲学の復興〟の気運」の中に見た危険な兆候と同じものを感じさせる。

いったい、昭和文学史が、大正末・昭和初め、マルクス主義の到来と共に、文学に対する「政治（＝科学）の優位の原則」が猛威をふるった時期から、それへの反撥として、昭和八年前後から「文芸復興」の呼び声が起こり、「科学主義と文学主義」の論争の時期（冒頭に引いた三木清の文章はそのほぼ終りに位置している）を経て「政治」のヴェクトルの逆転と共に「政治（＝文学）の優位」という状況が生まれ、やがて太平洋戦争を迎えるという経過を辿ったことを私たちは丸山真男氏の指摘によって知っている。――そして、戦後三十年の歩みは、どこか、この戦前の過程をそのまま繰返しているような所があるかに、私には思われる。

戦後民主主義に統合原理を与えるかにみえた科学主義が何ゆえかく無残な分化と頽廃を生むに至ったのか。私には、その根本原因の一つは、日本近代の始点からすでに根深くあった「文学」と「科学」を対立させたとらえ方（科学は一般的・概念的にしか事物をとらえ得ないが文学や芸術はそうではないといった）が克服されぬままに今日に及んでいるということにあるのではないかと考えられる。

これに反して、初期魯迅におけるヨーロッパ近代の受容は、近代自然科学と十九世紀の個人主義文芸とを、それぞれバラバラな（相互に関連を持たぬ）成果として、つまり魯迅のいう「外形」として受け取るのでなく、それらを産み出した根底にある共通の「精神」すなわち「人間」から（従って両者を一体の「内質」として）受け取ったものであった。

そうとすれば、このような留学期におけるヨーロッパ近代文学（及び近代科学）との出会いは、その「内質」を深い眠りの中にある国民の前につきつけてその覚醒を促そうとした最初の文学運動（及び辛亥革命の運動）が挫折した後、約十年の沈黙を経て、一九一八年、「狂人日記」によって作家となった彼の創作の中に、何らかの形で反映していなければならないはずである。そしてその反映は、まずすでに上段に見たような（魯迅が留学期に右のような近代文学と近代科学の「根底」にあるものとしてとらえた「精神」としての人間の観念に血肉を与え、一個の人間像として造型しようとした営みのあとと考えられるところの)、『故事新編』の諸篇の主人公の性格の中に見出し得ることが予想されるというだけでなく、「狂人日記」以後の魯迅の小説の全体を貫いている彼の創作方法の中にも見出し得るはずだと考えられるのである。

すなわち、確かに、差当り「文学的」としか言いようのないような彼の作家としての営為は、同時に「科学的」な方法によって貫かれていたと言い得るのではないか。私が上に「ネガティブな」という言葉で言った、「狂人日記」以後「阿Q正伝」等に到る諸作品における「暗黒曝露」が、科学的な方法(リアリズム)による「暗黒社会」の再構成によってなされているだけでなく、それと対極をなす、「ポジティブな」と私が言った、『故事新編』における「新しい人間像の追求」もまた、竹内好氏がこれを「歴史小説と呼ぶよりむしろ空想小説と呼んだ方が適当のような気もする」(岩波版選集「解説」)といわれたような側面を確かに持ちながらも、しかもやはり「空想小説」という言葉では蔽い切れないような、あるリアリズムの枠をもって書かれているように私には思われるのである。

いったい、我が国における魯迅研究の出発点となった竹内好氏の『魯迅』は、氏が「狂人日記」の背後に見出した魯迅の「回心」(宗教者における宗教的自覚に比せられる文学的自覚)を「核心」とする、「魯迅の文学を贖罪の文学と呼ぶ体系」をうち立てた。その魯迅像は、「啓蒙者魯迅と、小児に近い純粋の文学を信じた魯迅の二律背反的な同時存在としての一個の矛盾的統一」としての魯迅像であった。そこでは、「魯迅の小説はまずい。作品がコスモスを持たない」といわれ、さらに「かれの小説は詩的であり、評論も感性的である。かれは概念による思考には気質的にも縁が遠い。類推はするが、演繹はしない。直観はするが、構成はしない……」といわれる。これは確かに魯迅の本質の少くとも一面を深くとらえたものと私も考える。(6) だがここでは、啓蒙者(革命者、教育者、政治家等々)魯迅と文学者魯迅との矛盾、いいかえれば、魯迅における「政治と文学」の関係は深くつきつめられていても、文学者となる前に、まず地質学・生物学・医学を学び、最初に翻訳した西洋小説は、ジュール・ベルヌの空想科学小説『月界旅行』（一九〇三）『地底旅行』（一九〇六）であり、最初に書いた論文は「中国地質略論」（一九〇三）であった魯迅、「ラジウムについて」「人の歴史」「科学史教篇」等々を書いた、いわば科学者魯迅は、氏の問題視角の中に入っていない。いいかえれば、魯迅における「文学と科学」の問題は、まだ問題にされていない。そして、私自身の関心は、上に粗く述べたように、まさにこの問題にあり、私の竹内氏の「体系」への疑問もまたこの点にかかわっている。

いま『故事新編』にかかわっていえば、右に触れたような氏の「体系」からは、『故事新編』は「棄てて惜しいとは思わない。蛇足である。あってもなくても差支えないものである。」ということになる。そうなることが当然であると思うし、そう言い切った竹内氏の決意を私は立派だと思う。同時に氏は、そう言い切ることに「二分」の「あるいはという疑惑の残ることは、何んとしても否定されない」と言う。「『故事新編』は、正直のところ私には不可解である」と、正直に言っておられる。最初は「叙述から除外してかまわぬつもりであった。」「最初の計画では『吶喊』から『野草』までを書けば『故事新編』は当然その中に含まれてしまうと考えていたのが、書き終ってみると、『故事新編』はその中に含まれるどころか、むしろその全体に対立するような、新しい世界が感じ出されてくるのである……」とも書かれている。いずれにしても、『故事新編』が竹内『魯迅』の体系からは、はみ出してしまうことと、それは恐らく「蛇足」だろうが、「ひょっとするととんでもない作品かもしれぬ」という二分の「予感」が「もしかすると的中するかもしれぬ」と竹内氏が感じておられたこととは明らかであろう。

別な所でもすでに書いたことなので[7]これ以上繰返さないが、ここでもすでに上に述べたような「文学主義と科学主義」の対立・分裂ということにかかわる問題意識から、私は、我が国の魯迅研究が、いまだにそれを強く縛り続けている竹内『魯迅』の体系のもつ強烈な呪縛から、もはや脱け出なければならないと感じている。『故事新編』のわからなさ（竹内『魯迅』の体系に立つ以上そうなるのは当然だし、今の私にもそれはわからないと言うほかないのだが）を解くことは、その脱出のための関鍵であるとも言えよう。ここに『故事新編』を取り上げることは、私自身にとっては、私がこれまで自らそのエピゴーネンたることを自称して来た竹内好氏の『魯迅』からの脱却ないしはそれへの挑戦の試みをも、意味している。

㈢　本稿の目的——魯迅におけるリアリズムの展開——

以上要するに、「大学紛争」以来の、私の大学教師としての問題は、㈠学問・文化の全体性の回復、㈡科学主義と文学主義の分裂の克服、という書くのも気恥ずかしいような問題であった。この問題を魯迅論に移して、これまでに私は、㈠に関わっては、留学期の魯迅は、精神の「自由」（という人間観）において、ヨーロッパ近代文明をその全体性において捉えたと考えた（拙稿「初期魯迅におけるヨーロッパ」「魯迅におけるニーチェ思想の受容について」等）[8]。㈡に関しては、竹内好氏が「狂人日記」の背後に見た魯迅の「回心」を、右のように把握された外来の精神原理に拠って旧中国の全体に立ち向かった若き日の魯迅にあった自意識（指導者意識＝被害者意識）からの自己脱却と考え、このような「文学的自覚」は、同時にリアリズム作家（すなわち「科学者」）魯迅の誕生を意味していたのだと考えた（拙稿「魯迅の進化論と〝終末論〟[9]」）。

本稿の目的は、右のような私なりの作業の継続として、魯迅における〝新しい人間像〟造出の努力の軌跡を追ってみることにある。言いかえれば、私が魯迅の「回心」（「文学的自覚」）の持っていた性格（終末論的な）からは当然生まれたはずだとしたそのリアリズム（科学的方法及び科学的人間像）を、竹内氏の一種の文学主義的な体系からはみ出すものだった『故事新編』について、実地に検証してみることにある。

従って、本稿での具体的な作業は、まず、右のような問題意識に立って、個々の作品を出来るだけ丁寧にときほぐしてみることから始められねばならないだろう（それは竹内氏によって「彼は直観はするが構成はしない」と言われた魯迅について、敢えてその作品構成の努力のあとを追ってみることになる）。その上での彼の創作方法とそれによって彼の作り出した人間像との両者を併せたその〝哲学〟を、イ〝洋化と国粋〟、ロ〝進化論からマルクス主義へ〟、という二つの視点から、たとえ朧ろにでもとらえることが出来たら、というのが、これはむしろ望外の、期待である。

第一章「補　天」

一の一　女媧――「理想の人間像」――

(1)「ヴィーナスの誕生」

女媧像の転換　「補天」は、女神の目覚めから書き出される。

女媧忽然醒来了。

伊似乎是従夢中驚醒的，然而已経記不清做了甚麼夢・只是很懊悩，覚得有甚麼不足，又覚得甚麼太多了。煽動的和風，暖暾的将伊的気力吹得瀰漫在宇宙裏。

伊揉一揉自己的眼睛。

…………

女媧は突然眼がさめた。

何か夢を見ていたようだったが、どんな夢だったか、もう思い出せなかった。ただ、なにやら胸がもやもやして、何かが足りないような、また何かが多すぎるような気持だった。心を煽るそよかぜが、暖かく吹いて、彼女の気力を宇宙いっぱいに吹きひろげた。

彼女は自分の眼をこすった。

…………

桃色の空（粉紅的天空）にはいく筋ものザクロ色（石緑色）の雲が漂い、星がチカチカとまたたいている。天の一方には、血のように赤い（血紅的）雲に、四方に光芒を放つ太陽が、さながら太古の熔岩に包まれた金球のようだ。その反対側は、鉄のように白く冷たい月である。

大地は、若葉の緑に覆われ、常緑樹の松柏の緑さえ、ことのほかなまめいて（嬌嫩）みえる。そして、桃色や青の（桃紅和青白色的）桝ほどもある花々が、見わたす限り、遠くは、まだらな霞のように、咲き拡がっている。

〝唉唉，我従来没有這様的無聊過！〟伊想着，猛然間站立起来了，擎上那非常円満而精力洋溢的臂膊，向天打一个欠伸，天空便突然失了色，化為神異的肉紅，暫時再也弁不出伊所在的処所。

「あーあ、こんなにつまらなかったことってないわ」そう思いながら、彼女は、つと身を起こすと、まるまると肥って力に溢れた両腕を伸ばし、天に向って伸びをした。と、天はにわかに色を失い、あやしい肌色に変って、しばらくは、彼女の居場所も、見分けがつかなかった。

伊在這肉紅色的天地間走到海辺，全身的曲綫都消融在淡玫瑰似的光海裏，直到身中央纔濃成一段純白。波涛都驚異，起伏得很有秩序了，然而浪花濺在伊身上。這純白的影子在海水裏動揺，彷彿全体都正在四面八方的迸散。……

彼女はこの肌色の天地の間を海辺へと歩んだ。全身の曲線は淡いバラのような光の海にすっかり融けて、ただ体の中央が一段と濃く真っ白に見えるだけとなった。波はみな驚き、秩序正しくうねりを起こしたが、しぶきは彼女の体にふりかかった。この真っ白な影が海の水の中を揺れ動くと、まるで体ごと四方八方にほとばしり散っているかのようだった。……

以上のような「補天」の冒頭部分の描写は魯迅の全作品の中においても、極めて特殊だと言わねばならない。この「粉紅色」「桃紅色」「肉紅色」等々、桃色を基調にした背景の明るい色彩描写は、全体としていわば〝暗い絵〟である『吶喊』の他の作品群の中で、きわだったコントラストをなしているだけではなく、魯迅の全作品の中でも、恐らく他に類を見ないものであろう。しかも、この明るい色調を背景にして、ここに魯迅が描いているものは、豊満な女体の全裸の像である。バラ色の光の海に身を沈める純白の女体、ふり濺ぐ波しぶき……、それは私たちに暖かいエーゲ海の波と「ヴィーナスの誕生」――それは、ルネッサンス芸術を象徴する画題だったと言うことが出来るだろうし、また「補天」が書かれたと同じ頃、大正期の日本の文学青年や若い芸術家たちの憧憬をそそったものでもあった――を想起させる構図である。

ところで、魯迅が『故事新編』の最初の作品の主人公に女媧を選んだことについては、彼がその少年時代に「最も心愛した宝物」だったと言う、挿絵入りの『山海経』のことを考えないわけにはいかないだろう。そこに描かれていた「人面の獣、九頭の蛇、一本足の牛、袋のような帝江、頭がなく〝乳をもって目とし、臍をもって口とし〟、また〝盾と斧を持って舞う〟刑天」等々が、少年魯迅をどんなに夢中にさせたかを彼は書いている（「阿長与山海経」）。魯迅が最初に知った女媧は、まずこのような世界のものだったはずである。『山海経』「大荒西経」の郭璞注には、

「女媧は古の神女にして帝なる者なり。人面蛇身、一日の中に七十たび変ず云々」

とあり、『史記』「三皇本紀」にも、

「女媧氏、亦た風姓、蛇身人首、神聖の徳あり云々」

とある。今日私たちが『山海経』の絵図に見る女媧も、このような「人面蛇身」の奇怪な姿に描かれている。

しかるに、「補天」に描かれた女媧像は上に見たごとくである。それが「民族風格」と「中国風味」を欠くことは、すでに本国でも指摘されていることだが、『山海経』の女媧と「補天」のそれを較べた時、魯迅の女媧像が、いかに、いわば西欧風であるかは一層明らかであろう。このことは、つまり、魯迅の女媧像が、幼少年期の神話・伝説への愛好と直接つながるものではなく、恐らくはそれを出発点としつつも、その後の、日本留学期等におけるヨーロッパ近代から受けた強い衝撃を媒介にして造り変えられたものであることを語っていよう。

フロイド学説（魯迅におけるエロス）　では、魯迅はどのような意図をもって女媧像を造り変え、冒頭に引いたような、「ヴィーナスの誕生」とも見まがう筆致で女神の目覚めを描いたのであろうか。

「補天」の創作意図について、魯迅は、「序言」の中で、「当初は、ごく真面目だった。とは言っても、フロイド説をもって来て、創造――人と文学との――の由来を解釈しようとしたにすぎなかったが。」と言っている。この言葉を手がかりにして先の引用部分を見直してみると、「なんだかひどく悩ましく、何かが足りないような、また何かが多すぎるような気持」で眼をこする女媧のめざめ、暖かく吹く煽情的なそよ風、咲き乱れる枡ほどもある花々、精力に満ち溢れた豊満な肉体、そして、「あーあ、こんなにつまらなかったことってないわ」という女媧の独り言。こうした描写は、確かにフロイドを意識して、女媧の溢れんばかりの、そしてどこかにはけ口を求めずにはいられないような生命力＝性的な衝動を描こうとしたものと受け取れる。つまり上に私は、「ヴィーナスの誕生」という画題を想起させると書いたが、魯迅が描こうとしたのは、まさに「美の女神」ではなく、「愛の女神」としての女媧だったといえよう。

魯迅は、性の問題には触れず、エロスを描かなかったとされる。中国近代文学でそれを最初に取上げたのは郁達夫だったとも言われる[(10)]。確かに、一応はそのとおりだろう。だが、ここで魯迅は、フロイド説に拠って性と愛を、エロスを描いたとは言えないだろうか。現に彼自身、『我怎様做起小説来』（一九三三）では、「補天」は、「最初の考えでは性の発動と創造からその衰亡までを描写するつもりであった」と書いている。同じ意味で、魯迅が女性の裸像を描いた作品は、この「補天」のほかには、『野草』の中の「復仇」（一九二四・一二・二四）と「頽敗線的顫動」（一九二五・六・二九）の二篇しかないと思われるが、この三篇はある種の対をなして、魯迅における愛と性の観念を語っているようにも私には思われる。そして、私がここで注目したいのは、ここに描かれた魯迅における〝セックス〟の、たとえば郁達夫におけるそれと較べた時の、近代性である。

郁達夫における〝性慾描写〟の背景には、厨川白村風の「近代」理解があった。そして、それは結局、自己の潔癖感の裏返しの主張としての〝頽廃〟＝悲痛の表白、そういう意味での〝自我表現〟ではあっても、何らかの〝新しい性道徳〟や性の観念の主張・提示を含むものではなかった（そういう〝芸術家〟の姿勢がそのまま封建的な社会への反抗となり得たということは、また別個の問題である[11]）。それに較べて、魯迅がここに描いたものは、彼を嫌悪し攻撃してやまなかった道学者流の、硬直した、虚偽の、その意味でまた猥せつな旧来の性の観念に明確に対置される、いわば「本源的な生命力[12]」とでも言うべきものとしての性の衝動である。それは、私には、郁達夫におけるものより、ずっと新しく、また〝近代的〟に思われる（両者のちがいは、後に触れるつもりの、魯迅がとらえた「近代精神」と創造社がとらえた「近代自我」とのちがい、つまり両者の「近代」把握のちがいに関わっているだろう）。

ともあれ、魯迅はまずこのような原初的な生命力＝性の衝動力をもって、人類の創造者女媧を性格づけた――そのような生命力が人類を創造したというのが、彼が「フロイド説を借りた」という彼の人類創造の由来についての「解釈」だったわけであろう。だから、先に引いた「補天」冒頭部分での女媧の描写はただちに人類創造の話に続いていく。そしてそこで魯迅は、女媧にもう一つの性格づけをしている。

(2) 人類の創造——労働の喜び——

創造説話の書きかえ　魯迅が「補天」の冒頭に描き出した女媧像は『山海経』に見えるそれとはおよそ遠い、いわば〝原女性〟とでも言うべき〝創造者〟の像であった。では、人類創造の説話については、魯迅はそれをどのように書き変えたか。「補天」第一章は、『太平御覧』巻七八に引かれる『風俗通』の次の一節に拠っていると言われる。

俗に説《い》う、天地開闢のとき、未だ人民有らず、女媧黄土を摶ちて人を作る。劇務、力を供するに暇あらず、乃ち縄を泥中に引き、挙げて以って人を為《つく》る。故に富貴なる者は黄土の人なり。貧賤凡庸なる者は絙人なり、と。

これは、人間にはなぜ「富貴者」と「貧賤凡庸者」とがあるのかという、その差別の原因に説明を与えたもの、つまり「原因譚」に分類される性格の説話であろう。魯迅はこの説話の筋をかなり忠実に取りながら、全体としては、これを、女媧の人類創造が、当初の労働の喜びから、それが失われて苦闘に変っていく過程（つまり、上に引いた「性の衝動とその衰亡」）に作り変えている。そして、とくに「劇務力不暇供」という部分に力点をおいて肉付けを行ない、女媧にいわば〝奮闘的人間〟という性格を与えている。

先に引いた冒頭部分で、女媧に、すでに見たような形象を与えた魯迅は、海辺の波と戯れる女媧——彼女を海辺に連れて来たのは、著者自身にも恐らく「ヴィーナスの誕生」などへの連想が働いていたためだろうが——が、海の軟かい泥をこねて人類を作ったという形で話を創造説話につないでいる。

（……正在四面八方的迸散。）但伊自己並没有見，只是不由的跪下一足，伸手掬起帯水的軟泥来，同時又揉捏幾回，便有一個和自己差不多的小東西在両手裏。

「阿，阿！」伊固然以為是自己做的，但也疑心這東西就白薯似的原在泥土裏，禁不住很詫異了。

然而這詫異使伊喜歡，以未曾有的勇往和愉快継続着伊的事業，呼吸吹嘘着，汗混和着……（傍点伊藤）

（……）だが彼女自身には、それは見えない。彼女はただ何んとはなしに片膝をついて、手を伸ばして水をふくんだ軟かい泥を掬い上げると同時にそれを手の中で何度かこねた。と、自分と余りちがわない小さなものが、両手のなかに出来ていた。

「おや、おや」。もちろん自分が作ったものだとは思ったが、また、それがさつまいものように、もともと土の中にあったような気もして、どうにも不思議だった。

だが、その不思議さが彼女を喜ばせた。かつてなかった意気ごみと愉快さで、彼女はその事業を続けた。息を弾ませながら、汗にまみれながら……

ここでは、人類は、女媧の満ち溢れた生命力から、いわば無意識の中に創造されたことになっている。「さつまいものように、もともと土の中にあったような気もして」といったあたり、魯迅の筆づかいは、いかにも生き生きとして楽しい。女媧は天真だ。彼女には、邪心はもとより何の成心も意図もない。そして、ここでの人類の創造は、子供の遊びのようでもあり芸術家の創作のようでもあり、汗にまみれて働く労働者の生産労働のようでもある。それは「フロイド説」に拠っているかも知れないが、魯迅はここで、人間の最も願わしい生のあり方、いわば〝楽園喪失〟以前の姿を、遊びと芸術と生産労働とが分化しないで一つになっている状態として描こうとしたのではないか。

「文学の起源」　そして、このようにして創造された人類の発した最初のコトバの描写がこれに続く。

「Nga! nga!」那些小東西可是叫起来了。

「阿、阿！」伊又吃了驚，覚得全身的毛孔中無不有甚麽東西飛散，于是地上便罩満了乳白色的烟雲，伊纔定了神，那些小東西也住了口。

「Akon, Agon!」有些東西向伊説。

「阿阿，可愛的宝貝。」伊看定他們，伸出帯着泥土的手指去撥他肥白的臉。

「Uvu, Ahaha!」他們笑了。這是伊第一回在天地間看見的笑，于是自己也第一回笑得合不上嘴唇来。

魯迅が「補天」を書くに当って、「人間と文学」との創造の由来をフロイド説によって解釈しようという「真面目な」意図を持っていたと言っていることはすでに見た。そうとすれば、この「Nga!」「Akon, Agon!」「Uvu, Ahaha!」という三語が、魯迅が考えた「文学」(＝コトバ)の起源なのだろうか。

「Nga」という語は、嬰児の啼声のようだが、また、後の「無常」(『朝花夕拾』)にも使われていて、魯迅の郷里の口語で、「Nga 者，〝我的〞或〝我們的〞之意也」と魯迅は書いている。前後から推すに、それは庶民(魯迅は「下等人」という言葉を使っている)の間で、ある種の親愛の感情をもって使われる言葉のようだ。「Akon, Agon!」の方はそもそも意味があるのかないのかも不明な語だが、大事なことは、ここで、Nga にせよ Akon にせよ、それが女媧にはわかったということだ(あとでは、人間たちの言葉は、女媧には「次第に聞き分けられなく　漸漸的懂不得」なり、やがて「どうせ話は通じない　照例是説不通的」なものになってしまう)。そこで女媧は「おお、かわいい」と応じ、「泥だらけの指をのばして、そのよく肥えた頬をつついた」。それはまた人に通じ、人は「女媧が、天地間ではじめて見た笑い」を笑い、それはまた女媧の「はじめての」「口も合わぬほどの」高らかな笑いを誘い出すのである。

このやりとりは、母親と幼児との最初の〝対話〟に似ているが、魯迅は、このような、純粋な〝対話〟と、明るく天真で喜びに溢れた笑いとに、もっとも純粋な「文学の起源」を見ていたのであろうか。

ともあれ、以上までが魯迅が書き変えた創造神話の前半である。私たちは、ここに魯迅における「人と文学」との理想の姿——愛と労働と喜びと生命力に溢れた——を見てよいのではあるまいか。

(3)　喜びから奮闘へ

楽園喪失　創造説話の後半「劇務力不暇供、乃引縄于泥中、挙以為人」という部分では、魯迅は、これを当初の理想の姿が——愛と喜びとが——次第に失われていった過程として描いている。

まず言葉が通じなくなる。人間たちは「次第に多く喋るようになり、彼女にも次第に聞きわけられなくなり、ただもう耳もといっぱいガヤガヤと叫び立て、頭がボーッとなりそうだった」（この表現は、「破悪声論」における、「今の中国は喧騒の世」であり、「その悲しみを増すことは、寂寞よりも甚だしい」という認識を想起させる）。

そして女媧自身、「長く続いた喜びの中で、すでに疲れを感じていた。」「ほとんど息を吐きつくし、汗を流しつくし、その上頭もボーッとなって来た。両の眼はかすみ、両の頬も熱くなってきた。自分でも無意味な気がして来たし、しかも面倒くさくてならなかった。」しかし、それでも彼女は「相変らず手を休めず、無意識にひたすら作りつづけた」。

ついに足腰の痛みに耐えかねて立ち上った彼女は、手に触れた藤の木を引き抜いて、それを振り廻して泥をはね上げることで、なおも人間創造の作業を続ける。出来たものの「大半は間抜けてこすっからい風態で、いささかいやらしかった」。だが、「彼女はそんなことに構っている暇はなかった」。そして最後に、

伊近于失神了，更其掄，但是不独腰腿痛，連両条臂膊也都乏了力，伊于是不由的蹲下身子去，将頭靠着高山，頭髪漆黒的搭在山頂上，喘息一回之後，嘆一口気，両眼就合上了。紫藤従伊的手裏落了下来，也困頓不堪似的懶洋洋的躺在地面上。

彼女はほとんど失神しかけながらなおも振り廻し続けた。だが、腰や腿が痛むばかりか、両腕もすっかり力が抜け、我知らず身をかがめて頭を高い山にもたせかけた。髪を黒々と山の頂にかけ、しばらく息を喘いたあと、ホッと息を吐くと、そのまま眼が閉じた。藤は彼女の手から落ちて、これも疲れ切ったかのように、ぐったりと地上に横たわった。

奮闘的人間　こうして女媧の創造の「事業」は終る。要するに、ここに魯迅が描いているのは、創造と労働に喜びが失われても、なおかつ全精力を使い果たすまで奮闘をやめぬ〝奮闘的人間〟の像である。

このような〝奮闘的人間〟としての女媧像は、第二章の「女媧補天」の神話に基づく部分において一層鮮明に浮彫りにされる。しかも魯迅は、そういう女媧像を、ずい分と力を籠めて（いささかの「ふざけ　油滑」もまじえず正面切って）書いているように思われる。たとえば、天地の裂ける音に正気に返った女媧は、天地の振動がおさまったところで、様々な奇態な人間どもを見る。何事が起こったのかときいてみるが、彼らの言葉は彼女には全くわからないといっ

た状態の描写のあと、魯迅はこんな風に書いている。

女媧倒抽了一口冷気，同時也仰了臉去看天。天上一条大裂紋，非常深，也非常濶。伊站起来，用指甲去一弾，一点不清脆，竟和破碗的声音相差無幾了。伊皺着眉心，向四面察看一番，又想了一会，便擰去頭髪裏的水，分開了搭在左右肩膀上，打起精神来向各処抜蘆柴：伊已経打定了〝修補起来再説〟的主意了。

女媧はホッとため息をつき、同時にふり仰いで天を見た。天には一筋の亀裂が走っていた。非常に深く非常に広い亀裂だった。立ち上って、指の爪で弾《はじ》いてみると、澄んだ音はせず、かけた茶碗の音とあまりちがわなかった。彼女は眉をしかめ、四方を見廻し、しばらく考えていたが、すぐさま髪の毛の水を搾ると左右の肩に振り分け、元気を振い起こしてあちこちの葦を引き抜きはじめた。彼女はすでに「修理してからのことにしよう」と考えをきめていたのだ。

ここで魯迅が生き生きと描き出しているのは、人間たちがどのようであれ、また事の原因はどうあろうとも、現在自分の眼に見える現実の状況を見定めると、「ちょっと考え」て、すぐさま、まだぐしょ濡れの黒髪を乾かす暇もなく、「水をしごくと左右の肩に振り分け」、すでに人類創造の事業で使い果たしていた精根を、もう一度「振るい起こして」、ただちに「補天」の大事業にとりかかろうと身づくろいする、一個の奮闘的人間＝戦士の姿である。

とりわけ、「修理してからのことにしよう（修補起来再説）」という言葉には、いかにも魯迅らしい精神のあり方が端的に語られているといえよう。それは、完全を求めたり、原理や原則をかざして〝高尚〟な議論を展開したりする前に、まず現実の必要から出発し、自らを犠牲にすることからはじめようとする態度（このような態度こそ、後にも見るように、まさに「近代的」な人間の精神態度の特徴とされるものであろう）ということも出来よう。この部分の直後でも、魯迅は、女媧が天の亀裂を埋める石を集めるのに、はじめは「天と同じ真青な色」だけを使うつもりだったが、それが足りぬとなると、「大きな山を使ってしまうのは惜しいし」、「止むを得ず白い石も少しまぜ、それでも足りぬので、赤味がかったのや黒ずんだのまでかき集め」、しかも、心ない人々の妨害や迫害を受けつつ、小さい石を拾い集めて、やっとどうにか亀裂を埋めた、と書いている。——ここには、魯迅がかつてその若き日に「科学史教篇」の中で、力をこめて描いたフランスの科学者モンジュの像（丸山昇は、そこに〝自力更生〟の精神につながるものを見ている）や「破悪声論」にいうポーランドの将軍ベム、イギリスの詩人バイロン等々のイメージにもつながる、魯迅に一貫してあったとみられる〝戦士〟のイメージを認めることができるだろう。

(4)　魯迅における「天才」像

西欧近代の衝撃　さて、以上、私は魯迅の描いた女媧像を、おおまかに言って二つの側面——〝エロスの女神〟と〝奮闘的人間〟——から見て来た。それは、根源的な生命力（性慾もそのような生命力と結びついたものとしてとらえられる）、そこから生まれる創造性、天真無垢な闊達さ、現実的（観念的でない）な行動力、艱苦をいとわぬ強烈な意志力、労働精神、犠牲的精神等によって特徴づけられるものであった。「他物にたよらず、自己の全力をつくして天を補修し、人間を作った女媧の像は、作者の理想を人格化したもののようである」（傍点伊藤）とは、竹内好氏がすでに指摘されたことだが、私は、これを、魯迅がすでに留日時代に、中国の伝統文明と較べた時、「水と火のように」異質なものと把えた（「文化偏至論」）ヨーロッパ近代の文明、その根底にあるものと彼が認識した〝人間〟の観念に、一個の人間像として具体的な形象を与えたものと考える。つまりそれは西欧近代の人間観の人格化（性格化）であり、その意味で上にも少しく触れたように、すぐれて西欧風な人間像であった。言いかえれば、女媧の形象化は、魯迅における〝西欧の衝撃《ウエスタン・インパクト》〟の受けとめの一つの形であり、西欧近代の精神原理を伝統の中に受肉させようとする試みの一つの側面であったと考えるのである（その際、それが神話に取材されたということに関わって、魯迅の方法は、たとえば日本の自然主義作家が「和服を着たルーヂンやラスコリニコフ」[13]を作ろうとした場合のそれと著しく異なるものであったということが、私の主要な論点の一つなのだが、その点については後に述べる）。

ルネッサンス的人間　そこで今、女媧に形象化された魯迅における西欧近代の人間像を代表するものはなにかと考えた時、屢々指摘されてきたニーチェの「超人」などとともに思い当る一つは「天才」という言葉である。

よく知られているように、魯迅は初期評論以来、屢々「天才」という言葉（時に「性解（Genius）」とも書いている）を使っている[14]。南京時代に厳復訳の『天演論』を読んだのを手はじめに、留学時代にかけて、ヨーロッパ近代の自然科学及び十九世紀の文芸・思想に触れて受けた新鮮・強烈な驚きを契機とする初期魯迅における中国の伝統文明に対する批判は、ある意味では、「中国人は昔から物質を愛し天才を憎んできた」（「文化偏至論」）という一句に集約される。――ここに言われる「物質」とは、「物質を排して精神を重んじ云々」というよく知られる言葉のように、彼が屢々「精神」と対置する言葉である。「物質を愛する」心とは、物慾・金銭慾、それと同じ意味しか持たぬ性慾等を含む、要するに「自由な精神」の欠落、従ってまた反抗＝発展の欠落した〝精神（?）〟を言うであろう。――そして、魯迅の言う「天才」という言葉を考える時、まずそれが郭沫若ら創造社の人々の言った「天才」という言葉とは、明らかに意味を異にしていることに気付く。「天才主義」「霊感主義」を掲げたことで知られるのは、むしろ創造社であるが、その際言われた「天才」とは〝衆人に先んじて、その感じ得ない時代の苦悶を感じ得る感覚鋭敏な人〟とでも言うべきものであったと言ってよいだろう。これに対して魯迅の言う「天才」は、全く意味を異にしていた。

下村寅太郎氏は、ルネッサンスの人間観について次のように言う。

> 古代の人間理想が「賢者」、中世のそれが「聖者」であったのに対して、ルネッサンスの人間理想は、確かにデモーニッシュな「天才」であったと言い得るであろう。レオナルド・ダ・ヴィンチ、ミケルアンゼロ、マキアヴェリ、サヴォナロラ等の典型的ルネッサンス的人間は「独創的」「創造的」「形成的」「行動的」を性格とする人間である。人間そのものが Genius や Ingenium となる（「魔術の歴史性」[15]）。

下村寅太郎氏の諸著書に一貫してみられる氏の論の特徴は、ヨーロッパ近代を形成した原点になった三本の柱として、屢々対立的に把握されるところの、「ルネッサンスのヒューマニズム」と「宗教改革の精神」と「近代自然科学」（あるいは「十七世紀の『経験主義』」）とが、右にも見られたような〝人間観〟あるいは、〝精神観〟の観点から、統一的に捉えられているところにあると、私には思われる。[16]

> 近世に於ける所謂「人間の発見」や「自覚」は単に理論的な省察や抽象的な意識の自己確実性として成立したものではない。レオナルドやマキアヴェリやガリレイの如き最もルネッサンス的な人間はすべて創作的、行動的、実践的＝技術的なデモーニッシュな人間――Genie の典型である。近世的人間の概念や Subjekt の概念はこのような所に於てこのような仕方において形成されたのではないか。近世の「理性」の概念もかかる性格を持つものではないか。ロゴス的な古代の理性に対して、言説や論議において最もよく自己を顕わす理性に対して、行動すること、

形成することに於て自己を自覚する如き理性が近世の理性ではないか。ガリレイの力学は決して「純粋認識」ではなく、技術的形成的な力の意志を根底に持っている。デカルトの『方法叙説』もこのような実践的技術的精神を漲らせている。実験的方法はかかる理性の方法である。……（同上）

下村氏は、「魔術」から「近代科学」への道を、右のような「近世の主体的な Subjekt の精神が魔術を把持した」、「受動的懇請的」な原始的魔術から、「能動的形成的」な「新しい魔術」即ち Experiment への歩みととらえる。「新しい方法としての実験は、デモンによるものではなく自らデモンになること」であり、それには「デモンの実在性の否定」すなわち「真に唯一たる神の定立」が、必要であり、それはカルヴィンに至ってはじめて徹底し、「ここではじめて世界には Occult なるものがなくなる」として、近代科学の、Exaktheit の精神、Methodik の精神、System の精神がピューリタンに由来することを説かれる（これらの点については、後に「非攻」の墨子像を考える時にもう一度触れたい）。

既に述べたように、初期魯迅において、近代文学と近代科学とを分離しない、それらを産み出したヨーロッパ近代の「精神」が、具体的には「天才」という人間像においてとらえられたと考えた時、右のような、下村氏の指摘は甚だ興味深い。つまり、魯迅が言う所の「天才」、また私たちが女媧の人間像において見出すものは、まさしく下村氏が指摘されるような意味での、ルネッサンス的人間――ヨーロッパ近代の精神の〝原型〟とでも言うべきもの――であったと言うことが出来よう。そして、「補天」という作品の重要性は、実に、この点にこそあると、私は考えるのである（このような「天才」と創造社の「天才」とのちがいは、魯迅がその青春時代にバイロン・シェリー・キルケゴール等々の「悪魔派詩人」から受けとった意志的な〝近代精神〟と、創造社が日本近代文学から受けついだ感性的な〝近代自我〟とのちがい、つまり両者における「近代」理解のちがいを反映しているだろうが、この点には今はこれ以上は触れない）。

このような「天才」こそ、彼があの「天才の出ぬ前は（未有天才之前）」（一九二四・一・一七　北京師大付属中学校友会にて『墳』所収）という講演であからさまに語っているように、魯迅が、中国にその出現を切に待望し、同時に、現実の中国社会にはそれの出現と生存を許す条件が全くないことを深く感じていたところのものである。そして、このこと――つまり、「天才」の出現が切望されるにもかかわらず、そのような人間像が中国の現実社会の中ではリアリティーを持ち得ないこと（リアリティーを持ち得るものは阿Qであり孔乙己であり単四嫂子でしかあり得ない）――が、「補天」つまり神話伝説に取材した小説が書かれたゆえんではなかったのか。以下この点に関わって、女媧という「天才」が、作品の中で辿った運命と、「補天」という作品の作品集『吶喊』の世界の中で占める位置について考えてみたい。

一の二　女媧の「衰亡」

(1)　まじめ（認真）から「ふざけ（油滑）」へ

「故事新編序言」『故事新編』の「序言」は、その紙数の大半を「補天」に関する自作解説、あるいは『吶喊』の中で「補天」のみを賞揚した創造社の評論家成仿吾に対する皮肉な反論という形で書かれた〝歴史小説論〟とでもいうべきもの、に費やされている。ここに書いているのとほぼ同じ問題を、魯迅は「私はいかにして小説を書くようになったか（我怎様做起小説来）」でも書いており、このことは、魯迅が「補天」――『故事新編』の最初の作品――を書くという試みを企てるに当って、そのことに作家としてかなり重い意味をかけていたことを感じさせる。その点については後にもう一度触れるとして、差当り、見ておきたいことは、そこで魯迅が次のように書いていることである。

第一篇の「補天」――はじめの題は「不周山」――は、一九二二年の冬に書き上げたものである。そのときの気持では、古代からも現代からも題材を取って短篇小説を書こうと思った。「不周山」は、〝女媧石を煉って天を補う〟という神話に取材して手はじめに試作した第一作である。はじめはごく真面目（認真）であった、とはいっても、フロイド説によって創造――人と文学との――の由来を解釈しようとしただけだったが。ところが、どういうわけだったか覚えていないが、途中で筆をおき、新聞を見ていたら、不幸にしてたまたま誰だったか――今では名前を忘れてしまったが――の、汪静之君の『蕙の風』（詩集―引用者）に対する批評を見てしまった。彼の言うには、涙ながらにお願いする、青年よどうか二度とこういうものを書かないでほしい、と。この憐れむべき陰険さは私に滑稽を感じさせた。そして、もう一度小説を書き継ぐ段になって、どうしても、一人の古代の衣冠をつけた小男を、女媧の両股の間に出現させずにはおられなくなった。これが、真面目（認真）からふざけ（油滑）に落ちた始まりだった。ふざけは創作の大敵である。私は自分自身に対して不満であった。

私は二度とこのような小説は書くまいと決心し、『吶喊』を編む時、それを巻末におき、これが最初で最後のつもりにした。

このあとに、成仿吾が『吶喊』の諸作を批評して「庸俗」と呼び、ただ「不周山」だけを佳作としたことへの反論と、そこで『吶喊』の第二版を出す時にわざと「不周山」を削って、自分の集のなかに「庸俗」だけを残した、という話が続くのだが、そこでも魯迅は、重ねて、

「自分の病気は自分でわかる」、「不周山」の後半はなげやり（草率）に書かれたもので、決して佳作とはいえない。

と書いている。

この文章はかなり複雑な動機を持っていると考えられ、そのまま素直には受け取れない（この点は後に詳述する）が、差当っての私の問題は、ここで魯迅が、はじめは「まじめ」だったが、途中から「ふざけ」におちいった、といい、この小説の「後半はなげやりに書かれた」と言っていることを、実際の作品について検証してみることを通して、この魯迅の言葉をもう一度〝解釈〟してみることである。

(2)「戦士と俗衆」の構図

「補天」は三章から構成されている。第一章は、人類創造の話である。これはすでに見た。

第二章は、人類の創造に精根を費い果たして倒れていた女媧が、天地崩壊の轟音によって目を覚まし、もう一度葦を積み、石を融かして天の亀裂を補う大事業をやりとげると同時に、力尽きて息絶えるまでの話である。この女媧の奮闘と死の物語には、この時期の魯迅に屢々見られる俗衆の中での戦士の滅亡という主題が認め得るように思われる。そして第三章は女媧の死後の、いわば後日譚となっている。

四種類の人間たち　そこで、第二章であるが、女媧は、水が引き、大地の動揺がおさまった後、まず四種類の人間――彼女が作った「小さいもの（小東西）」――に出会う。

第一は、神仙家である。それらの人間は、はじめ自分が作ったものとはなかなかわからないほど奇妙なものに変っていた。それらは女媧にとっては、「毛虫にさわったように」気持の悪いものだった。彼らは憐れっぽく「上真、上真」と女媧を呼び、しきりに「頭を上げたり下げたりする不思議な動作」を繰返し、「命を助け、仙薬を賜え（請救蟻命，並賜仙薬）」と懇願する。

第二は、共工氏と顓頊氏の戦争の敗者側の人間である。彼らは「全身をあまたの鉄片で包み、顔には失望と恐怖の表情がみえた」。何が起ったのかと尋ねてみると、「嗚呼、天喪ヲ降セリ。顓頊不道ニシテ我ガ后《キミ》ニ抗ス、我ガ后躬ヅカラ天討ヲ行ナヒ、郊ニ戦フモ、天徳ヲ祐ケズ、我ガ師反走ス……我ガ后爰《ココ》ニ厥《ソ》ノ首ヲモツテ不周之山ニ触レ、天柱折レ、地維絶シ、我ガ后亦殂落シタマフ。嗚呼、是レ実ニ惟レ……」という答が返ってくる。こういう言葉は、「彼女がこれまできいたことがなかった」ものだ。彼女には彼らの言うことの意味がわからない。

第三は、勝者の側である。これも同じく鉄片で全身を包み、しかし楽しく誇らしげな顔付をしている。彼女は「この時はじめて、これらの小さいものが、かくも様々にちがった顔に変り得ることを知った」。そこでもう一度同じことをきいてみると、これまた、「人心古ノゴトクナラズ、康回実ニ豕心アリ、天位ヲ窺《ウカガ》フ。我ガ后躬《ミ》ヅカラ天討ヲ行ナヒ、郊ニ戦フニ、天実ニ徳ヲ祐ケ、我ガ師攻戦敵ナク、康回ヲ不周之山ニ殛《タフ》セリ」といった答が返ってくる。彼女はやはりわけがわからなかったようで、ついに腹を立ててしまう。

第四は、「鉄片で身を包んでいないやつ」である。「素裸で、傷の跡があり、まだ血が流れていた。ただ腰にだけはボロ切れをまとっていた」とあるから、戦争の被害者である民衆であろうか。そいつは、たった今、別の死んでいる仲間の腰からそのボロ切れをほどいて、急いで自分の腰にまとったところだったが、「顔付はいたってケロリとしていた」。これと女媧との対話は次のように叙述される。

「あれは何事だったの?」

「あれは何事だったのでしょう」彼はちょっと頭を上げて言った。

「さっきのあの騒ぎは……」

「戦争かい?」彼女は仕方なく自分の方から言ってみた。

「戦争でしょうか?」しかし相手もまたききかえした。

彼女はガッカリしてため息をつき、同時にふり仰いで天を見た。


ここで魯迅は、第一章の創造説話の中で描いてみせた女媧像といわば対極をなすような否定的な人間像を、この四つのタイプにわけて描いているようにみえる。

第一の神仙家では、卑小なエゴイズムと結びついた迷信（たとえば「中国地質略論」）を、第二の敗者と第三の勝者とでは、「獣性の愛国」（「破悪声論」）とその裏側でしかない悲痛感を、第四の旁観者的民衆では、虐げられそして麻痺してしまった精神を（たとえば「故郷」）魯迅は描いているように思われる。そして、多くを述べないが、ここからは、初期の評論以来、魯迅が屢々書いて来た彼の戦争観・人間観・文明観（たとえば「奴隷と奴隷の主人は同じである」――それは奴隷が「様々にちがった顔に変り得る」だけだ――といった命題その他に示されるような）を例証として引き出すことが出来るだろう。そして、これらはすべて、上に見た「天才」の「独創的」「創造的」「形成的」「行動的」性格とは、いわば正反対のものである。

文語と口語　同時に魯迅は、ここでこの四種の人間に、それぞれ異なったコトバを語らせている（逆には、第二と第

三、つまり戦争の敗者と勝者には、上の引用にみるごとく、ほとんど全く同じコトバを語らせることによって、両者が同じものであることを示している）。そしてこれらのコトバはすべて、女媧には「わからない」言葉であった。それらは、彼女を当惑させ、面倒くさくならせ、あるいは腹を立てさせ、ガッカリしてため息をつかせるものでしかなかった。

　ここではまず、上に見た人類創造当初の、素朴な原初のコトバとの対比が意識されているように思われる。これは、「序言」に魯迅が「人間と文学」との創造の由来を解釈しようとしたと言っていることに関係しているかもしれない。つまり女媧における「性の衝動とその衰亡」に対応させて文学における〝楽園喪失〟を書こうとしたのだとも思える。また、ここでは、明らかに女媧の素朴な口語（民衆のコトバ）と、勝者・敗者の古文（神仙家の言葉もそれに近い）とが対置されている。言うまでもなく、ここには新文化運動以来の、文語文対口語文の争いがほとんど封建対反封建の戦いとイコールだったことの反映があるだろう[17]。

　最後に、第四に出てくる民衆のコトバの曖昧さには、「補天」のすぐ後に書かれた「吶喊自序」（一九二二・一二）にある有名な〈幻灯事件〉の話――魯迅が仙台で見せられた幻灯に出てきた、同胞の処刑をとりまいて見物する民衆の「薄ぼんやりした（麻木的）」表情を想起させるものがある。これは口語ではあるけれども、魯迅はやはりここにも〝奴隷の言葉〟を見ていたというべきだろう。そして、これまた『吶喊』『熱風』期の魯迅の主要なモチーフの一つにかかわっている。

　もし、以上のように見ることが出来るなら、第二章前半に登場させられる四種類の人間とそのコトバは、一面においては、「人と文学」との起源について、「性の発動と創造から衰亡まで描写するつもりであった」といわれる、その「衰亡」の描写に当るであろうが、同時に他面では、現代なお生きている思想を古代に投影し、古代を借りて現代を諷刺しているという側面をも含んでいると言うことができるであろう。そして、このような方法は、後に重ねて見るように、この後『故事新編』の諸篇に一貫して見られる重要なかつ顕著な特色となっていくものであるやに思われる。

ともあれ、このような四種類の人間たちは、女媧という「天才」＝「近代精神」の像との対比において描かれた。そして、これらの人間たちにかこまれて、彼らの言葉は女媧に通ぜず、女媧は孤独である。

孤独な戦士　こうした人間たちに絶望した女媧は、しかし、もう一度「元気を振るい起こし」、補天の大事業に取り組もうとする。そのような〝奮闘的人間〟として女媧を、魯迅が描いたことはすでに上段に見た。先の引用に続く部分。

（……伊已経打定了「修補起来再説」的主意了。）

伊従此日日夜夜堆蘆柴，柴堆高多少，伊也就痩多少，因為情形不比先前，——仰面是歪斜開裂的天，低頭是齷齪破爛的地，毫没有一些可以賞心悦目的東西了。

これより彼女は日夜葦の薪を積んだ。葦の薪の山が高くなるだけ、彼女はそれだけ痩せていった。というのも、状況は以前とすっかり変ってしまっていたからだ――仰いで見れば、歪み傾いて裂け目を開いた天、伏して見れば、破壊狼藉を極めた大地で、心を楽しませ目を悦ばせるものは何一つとしてなかった。

ここにはすでに創造と労働の喜びはない。情況は一変し、彼女の心を慰め励ますものは何一つとしてない。彼女は日々に痩せ衰えていく。しかも、彼女のこの身を削っての労働は、誰にも理解されない。「時に賑やかな場所にこまごました石を拾いに行くと、人々は嘲り、罵り、時には奪い返そうとし、ひどいのになると彼女の手に咬みつくやつさえいた」。このような「冷笑」と「悪罵」と迫害の中で、彼女は、ほとんど力尽きようとする肉体の疲労と戦いつつ、〝補天〟の事業に献身する。しかも、「大きい山を使ってしまうのは惜しいので」、こまごまとした小石までを拾い集めて――。

先に上段に奮闘的人間像として見たところと併せて見るとき、このような女媧の像は、「性格」としては、「ルネッサンスの人間理想」としての「天才」であったとともに、その社会的な機能・役割は、まさしく一個の「戦士」あるいは「猛士」であったといえよう。さらに、上に見た四種類の人間との対比や女媧が人々から受ける冷笑、悪罵等を併せて見れば、ニーチェ風とでも言うべき、「超人と末人」、あるいは「戦士と俗衆」という構図が、この「補天」第二章の下敷きとなっていることは間違いないといえるだろう。

そして、このような、「俗衆」に対置される孤独な「猛士」が、若き日に、ニーチェやバイロン等々を知った時以来の、魯迅の「理想的人間像」であったことは、たとえば、よく知られている「摩羅詩力説」終章の「これらの詩人たちは……いずれも剛毅不撓、あくまで真実を守り、衆に媚びず、旧習に随順せず……」という言葉や、「破悪声論」の次のような一節を見ただけでも、十分に明らかであろう。女媧がどこか物悲しいという点を除けば――

「……ゆえに、今日貴ぶべく望むべきことは喧騒の世論に追随することなく、唯一人自己の見識を持して立つ人物の現われることである。彼は……惑える者と是非を同じくすることなく、ひたすらおのれの信ずるところに向って進む。世間の全ての人から賞賛されても喜ばず、非難されても挫けず、従う者があればその来るにまかせ、嘲笑悪罵に囲まれて孤立しようとも恐れない。かかる人物があらわれてこそ天日の光をもって暗黒を照らし、国民の内なる輝きを発揮させ、人はおのおの自己を持ち、風波のままに流されることなきにいたるであろう。かくしてこそ中国もまた存立を全うし得よう。」

つまり、「補天」の女媧像は、魯迅がバイロン、ニーチェらに見出した「精神」を、「破悪声論」に言う「純白の心」を持った「朴素の民」即ち労働農民の魂に、受肉させたものと見ることも出来よう。

ここで重要なことは、後にも繰返して言うが、魯迅が若き日にヨーロッパ近代（科学と文芸）から、観念（人間観）として得たもの、そして評論あるいは翻訳の形で中国人に紹介し、三千年の伝統と対峙させようとしたもの（あるいは、そういう形でしか書けなかったもの）に、ここではじめて具体的な人間像として形象を与えたことである。

二つの「無聊」の間　さて、もう一度「補天」第二章にもどる。上の引用のごとく、人々の無理解と迫害の中で、女媧はともかくも、あとは火をつけて石を融かしさえすればよいところまで仕事を完成させる。だが、その時には、彼女は、「眼はかすみ、耳は鳴り、それ以上立っていられないほどに疲れ果てていた」。

「唉唉，我従来没有這様的無聊過。」伊坐在一座山頂上，両手捧着頭，上気不接下気的説。

「あーあ、こんなにつまらなかったことってないわ」彼女は、とある山の頂に腰を下ろし、両手で頭を支えながら、息も切れ切れにこう言った。

この「唉唉，我従来没有這様的無聊過」という言葉は、実は、既に見たように第一章の冒頭部分でも使われている。そこでは、この女媧の独り言は、人類創造の原初のエネルギーとなった彼女の生命力＝性的衝動の、いわば充ち溢れてはけ口を求め、その愛を注ぐべき対象を求めての身もだえを表わしていたと言ってよいだろう。つまりそれは生の充実を語る言葉だった。そして今ここでは、その同じ言葉が、女媧の心の深い疲労（ないしは絶望）をあらわす言葉として使われている。この二つの「無聊」の間に、「性の発動と創造、およびその衰亡を描写」しようとした作者魯迅の、これは、かなりはっきりと意識的な構成だったと考えてよいだろう。

とすれば――まことにくどくどしい叙述になったが――「補天」第二章のモチーフは、第一章に提示した「天才」としての女媧の性格を発展させ、その「戦士」としての奮闘を描写すると同時に、それのみに止まらず、そのような「孤独な戦士」としての「天才」が「俗衆」の中で――「天才はおろか、天才を育てることができる土＝民衆すら全くない（「天才の出ない前」）中国の現実の中で（すでに古代世界の現実の中でも）――辿らなければならなかった運命、すなわち疲労と滅亡を描くことにあったと言えよう。「（このような中国で）どうして天才が生まれよう。たとえ生まれたところで、生きてはいけないだろう」（同上）という魯迅の現実認識は、この、神話世界に生を与えられた主人公女媧の奮闘をも枠づけてしまっていると言ってもよいだろう。

この二度目の「無聊」の独り言において、あの人類創造のはじめ、「口もふさがらないほど」に高らかに笑った女媧はすでにない。天真素朴な女媧の性格は変らないが、それはすでに悲劇的である。そして、この悲劇的な天才像を、魯迅は力をこめて、「まじめ（認真）」に描き出した。――以上、ここまでが、『不周山』の後半はなげやりに書かれたもので……」と魯迅が「序言」に言う、その前半であると考えられる。この後、上に引いた「序言」に言われる「古代の衣冠をつけた小男」が女媧の股の下に登場することになる。

(3)「なげやり（草率）」ということ

「ふざけ」について　魯迅が「序言」で、「補天」執筆の中途で筆を停め、新聞の文芸批評を読んだために、「まじめ」（認真）から「ふざけ（油滑）」におちいった、と書いていることはすでに述べた。では、実際の作品の中には、それはどのように書かれているだろうか。

女媧はやっとあとは火をつければいいまでに仕事を完成するが、もはや息も切れ切れなほどに疲れ果てていたという上の引用部分にすぐ続いて、女媧は、この時なお燃え続けていた「崑崙山上の古森林の大火」から火を取って葦の薪に点火しようとするが、その時足の指をつついたものがあった。見ると、ゴテゴテと異様な衣裳をつけ、「長方形の板」の冠を頭にのせた男が、あわてて一枚の青竹の札を差し出した。小さな字をいかにも精巧に書いてある。つい「これは何？」とたずねると、男が、「すらすらと暗誦するように」読み上げた文字は、「裸裎淫佚ハ、徳ヲ失ナヒ礼ヲ蔑ミシ度ヲ敗ル、禽獣ノ行ナリ。国ニ常刑アリ、ココニ禁ズ。」

「どうせ話は通じない（照例是説不通的）」ことはもうすでにわかっていたので、とりあわず「竹札をひょいと、そいつの頭の上の長方形の板の上に置くと、返す手で火の森から燃えている大木を一本引き抜いて、葦の薪の山に点火しようとした」。すると、「突然泣声（嗚嗚咽咽的声音）がきこえた、これまで一度も聞いたことのない代物である（可也是聞所未聞的玩芸）」そこでもう一度見やると、「長方形の板の下の小さな眼に芥子粒よりも小さな涙が二つうかんでいた（小眼睛裏含着両粒比芥子還小的眼涙）。それが、先頃彼女がよく聴いた「nga nga」という泣き声とあまりにちがうため、これまた泣き声の一種だということがわからなかったのである」。――

以上が、作者が「ふざけにおちいったはじまり」と言っている部分の全部である。

巨大な女媧の股間を見上げて「あわてて（倉皇的）」禁令の竹簡を差出す小男、その小男の眼に「涙をうかべ（含涙）」させ、しかも、その泣き声が、あの人間創造の原初の泣き声と同じ泣き声の一種とは、女媧にはどうしてもわからなかったという。これは、「含涙的批評家」に対する魯迅一流のいささかあくどいまでの諷刺であり、「ふざけ（油滑）」

といえば、確かに悪ふざけとは言えよう。この部分が、この小説全体、とくにその前の部分及び後に続く女媧の最期を描写した一種の緊張と格調を持った部分に対して、文体の上でも多少不調和な感じを与えることも指摘できるかも知れない。

さらに、作者が、これが「ふざけに落ちいったはじまり（開端）で」と言っているとおり、また同じ「序言」の後の方で、『故事新編』の他の諸篇も、結局みな「『不周山』の流にあらざるはなし」である、と言っているとおり、ここと同じ形での諷刺乃至「ふざけ」は『故事新編』の他の作品のすべてを通じて多かれ少かれ見出されるもので、ここにはじまるこのような〝諷刺〟は、この後、いわば、『故事新編』における魯迅の方法の主要な特徴の一つとなったといえる。そして、それは、時にある煩わしさを感じさせ、テーマの分裂を招き、作品の完整性を傷つけていると感じられる場合があることも認められよう。「ふざけは創作の大敵である」という魯迅自身の言葉には、彼の自作批評の眼の確かさがある。

だが、ここでは、少くとも二つのことが指摘できるだろう。

一つは、このような諷刺の要素の混入が、作品の完整性を傷つけたとしても、逆に、この種の作品で、一九二〇年代の中国で、極めて完整度の高い作品が作られたとしたら、それはどこかおかしいのではないか、ということである。言いかえれば、作者が、神話の世界を借りて（或いは、借りてでも）、彼が抱く理想的人間の観念に、一つの具体的な生を与えようとした意志と、彼が、『蕙の風』の恋愛詩に対する批評に諷刺を加えずにはいられず、それが作者自身「ふざけ」と感じるようなものになったということとは、作者において一つの楯の両面であった（従ってこの道学者のエピソードの挿入には一定の必然性があった）だろうということである。この点については後にもう一度触れる。

もう一つは、これも右の点と関連するが、もし、諷刺の要素が混ったという点でいうなら、すでにこれ以前に女媧が出合った四種類の人間の描写には、明らかにそれが見てとれることはすでに述べた。もし、この「小男」についての描写が「ふざけ」であるなら、たとえば、旁らでピンとのびてしまっている仲間の腰からボロをはぎ取って急いで自分の腰にまきつけ、「顔付はケロリとしていた」といった描写をはじめ、四種類の人間についての描写は、いずれも「ふざけ」ではないとはいえない。何もこの時が「ふざけにおちいったはじまり」ではないのである。

しかも、既に見たように、「補天」第二章のモチーフが、「孤独な戦士とそれをとりまく俗衆」という構図を下敷きに、「天才は生まれもせず、もし生まれても生きられないだろう」ところの現実の中での、「天才」の「哀亡」を描くことにあったとしたら、この「小男」（〝道学者〟）の登場は、先の神仙家、戦勝者、戦敗者、旁観者的民衆の四者に加えて、むしろ不可欠であり、必然性を持っていたといえよう。その意味で、この「小男」の登場は、一読して、この章の中で不自然ではない。前四者とのちがいは、たまたま、この〝道学者〟の場合、特定の個人及び事件にモデルをもっていたことだけである。

つまり、私が言いたいことは、魯迅のいう「ふざけにおちいった」ことと「後半はなげやりに書かれた」ということは同一の事柄ではないだろうということである。魯迅が、「もう一度小説を書きつぐ段になって、どうしても、一人の古代の衣冠をつけた小男を……出現させずにはいられなかった（無論如何，止不住……）」と書いているように、その現実社会の問題への強い関心が、彼の諷刺の態度を「ふざけ（油滑）」にさえ傾かせずにはおかなかったということはあるだろう。しかしだからと言って、それがそのまゝ、「『不周山』の後半はなげやりに書かれた」（と彼が書いている）ことの原因であったという風にそう単純には言い切れない。作者が執筆途中で新聞にのった『蕙の風』の批評を読んだことは、一つの直接の契機になったかもしれぬが、ことの本質はもう少し深い所にあるように思われるのである。

「後半はなげやりに書かれた」ということについて　そこで、もう一度「私はいかにして小説を書くようになったか」（一九三三）の中の、このことに関わる部分を見てみよう。

ここで魯迅は、自分の小説に出てくる事件も人物も、すべて複数のものの合成であって、一人だけを専らモデルにするようなことはしない、ということを言った後で、次のように言う。

ただこういう書き方には一つの困難が伴なう。それは最後の結末がつけにくくなることである。一気に書いて行くと、その人物は次第に動き出し、その任務を尽す。ところがもし何か気を散らすことがあって、傍道にそれたが最後、長い間書きさした後でまた書き出す場合、性格の様子が変ってしまうかも知れないし、場面も前に予想していたものとちがって来ることがある。たとえば私の書いた「不周山」がそれで、最初の考えでは性の発動と創造からその衰亡までを描写するつもりであったが、途中で新聞を見たら、ある道学者的な批評家の情詩を攻撃した文章が出ており、それを読んで甚だ腹をすえかね、そこで小説の中で一人の小人物を女媧の両股の間に走りこませたわけである。これは不必要なばかりか、構成の雄大さをぶち壊してしまった。……

ここでも、魯迅は、新聞を見たことが「気を散らす」きっかけとなり、そのため「傍道にそれ」、その結果「構成の雄大さをぶち壊してしまった」というふうに一種の言い訳をしているように見える。だが、この〝道学者〟のエピソードの挿入は果して「傍道」だったのかどうか、たとえ魯迅にとっては、「前に予想していた」構想にはなかった「傍道」だったにしても、それには一定の必然性があったのではないかと考えられることは、前段にも見たとおりである。

しかし、ここから「補天」に関して、次のような事情を読みとることは可能だろう。すなわち――まず、魯迅の方法では、「最後の結末をつける」ことが難しくなる。「補天」を書くに当って、魯迅は何らかの「構成の雄大さ」を予定していた。彼が性格を与えた女媧という「人物」は、「次第に動き出し、その任務を尽」しはじめた。「ところが」、二章前半を書き終ったあたりで（筆をおいて新聞をみたことが一つのきっかけになったかも知れないが）、「場面も前に予想していたものと変ってしまい」、女媧の「性格」も維持できなくなり、つまり、当初の「構想の雄大さ」は行き詰まり、崩壊を余儀なくされ、ついに「なげやりに」、「最後の結末」をつけざるを得なくなった――。

そこでもう一度「補天」の構成を見直してみると、次のようにまとめられる。

第一章　女媧のめざめ――人類創造――喜びから苦闘へ――疲労――昏倒。

第二章前半　二度目のめざめ――四種類の人間たちとの会話――〝補天〟事業の開始――奮闘――疲労。

第二章後半　作業再開――「小男」の出現――最後の奮闘（〝補天〟事業の完成）――疲労＝死。

第三章　後日譚（神話の時代から歴史の時代へ）

一見してわかるように、二章前半までに、「奮闘―疲労」というモチーフが二度繰返され、先に見たように、二つの「無聊」のつぶやきの間に、「天才の生存を許さない」中国の暗い現実という「枠」の中での、「性の発動と創造から、その衰亡へ」というテーマは、すでに一応完結している。そして二章後半では、今問題の「小男」出現のエピソードをはさんで、ストーリーも文体も、二章前半の末尾の部分にもどり、女媧の最後の奮闘のさまと、その「自己の一切を使い尽くした」死が描かれる。つまり、二章後半では、「俗衆との出会い――奮闘――疲労」という二章前半のパターンがもう一度繰返されるだけで、新たなモチーフの展開はみられない。

上に考えたように、ここで作者が、「予想」として、「雄大な」構想を考えていて、少くとももう少しの、モチーフの新しい展開なり、主人公の「性格」の発展なりが、あり得ることを、たとえ漠然とにせよ、執筆の当初には予想していた、ということは考え得る。だがもし、新聞で道学者的な批評を読むということがなかったとしても、二章前半で（二つの「無聊」のつぶやきの間で）一応完結したと見られる上記のモチーフに、これ以上どのような展開があり得ただろうか。――もし、あり得たとしたらそれは「鋳剣」の黒い男のごとき破滅か、「奔月」の羿のごとき老年でしかあり得ないのではあるまいか――二章後半では、前半のモチーフがもう一度の繰返されるに止まり、いち早く主人公の死に到り着いてしまう。もしこれが「なげやり（草率）」と言われたことの意味だとすれば、それはこうした、作者が逢着した行き詰まり（つまり「最後の結末をつける」ことの「困難」）を語った言葉なのではあるまいか。

言いかえれば、作品の後半が、作者自身にとって「なげやり」と感じられたような、いち早い結末に至らざるを得なかったのは、「ふざけにおちいった」ためというよりは、実はそのことをも含めて、より深く、作者によって作り出され、「次第に動き出し、その任務を尽」しつつあった女媧という「人物」の運命そのものにかかわることがらではなかったか。あるいは、女媧という自らが作り出した主人公に、さらにその生を維持し、その奮闘を持続させようとする作者の意志と、この神話世界にも投影されている「天才の生存を許さない」という中国社会の現実の持つリアリティーとの間の葛藤、せめぎ合いの力関係にかかわることではなかったか。魯迅自ら「なげやり」と言ったのは、彼の側での女媧の奮闘を持続させようとする意志のいち早い放棄を、彼自身が意識していたことを語っているのではないか。

阿Qと女媧　ここで、女媧との対比において想起されるのは、かの阿Qの運命である。女媧と阿Qは『吶喊』の世界の中で、いわば両極をなす「人物」である。前者が魯迅がヨーロッパ近代から受取った「人」の観念の形象化であるとすれば、後者は、魯迅が現実の中国から抽象した「奴隷」＝「人ならぬ人」の典型であろう。前者が架空の神話世界においてはじめて形象を与えられた原初の「人」であるのに対して、後者は現実の農村社会の最底辺に生きる現実在の「人ならぬ人」（木山英雄）である。そして、両者の関係は前者が積極的英雄人物であるのに対して、後者は、「積極的暗黒人物」（同上）であるところにある。つまり、魯迅が「自己の信ずる暗黒の中から」、阿Qという「ひとりの積極的暗黒人物を育て上げ」たことについて、木山英雄が、

「当然この人物は、同じ作者が『随感録』で進化の展望の中に予定したような〝人〟には相当しない。だがこれはむろん人である。そのわけは、これを措いて如何なる人も実在しないから、いいかえれば、彼の信ずる世界を闊歩し得る程の英雄は、〝超人〟が可能でないいじょう、このようなものとして以外にありえないからである[18]」

と書いているような事情が、いま、女媧という〝人〟（「天才」）が、神話故事という人類の架空の原点たる空想世界においてつくり出され、またそこにおいてしか作り出され得なかった理由にほかならない、という関係である。だから、このような意味で、「阿Q正伝」と「補天」とは、上に引いた「私はいかにして小説を書くようになったか」に述べられているような方法の点で共通している。

木山は、「阿Q正伝」について、

「締めくくっていえば、『阿Q正伝』は、生と、生の破滅の物語以外ではなく、作者の側にあっては、辛辣な芸当で体験の吸引力に抗いつつ、暗黒の中に生の運動すなわち作品を確保する悪戦苦闘と、その果ての敗退の過程であった。」

と言う。そして、『吶喊』の中での「阿Q正伝」の特異さは、「まず、阿Qの人格にもその背景にも、先立つ作品との間に根本的な相異は見出されない。ただ阿Qにおいては、これまでの作中人物の無知、感覚鈍麻、卑怯その他の性格の、意識的積極的に誇大化されている点が、特異なのである」として、「この否定的性格による阿Qの徹底的な武装

だけが」、たとえば「どんな恥辱にも慣れたとはいえ、落ちぶれても読書人、という誇りだけは捨てない孔乙己の末路が、あまりに早く一抹の抒情さえ漂わせながら到る」のと較べて「阿Q正伝」が「唯一の長篇体の作品」たり得た、つまり阿Qにあそこまで生を持続させ得た保証だったとする。だが、それにしても、「その敗退の意外に早かったのは、作者が暗黒を信じることの余りに深かった故であろう」というのが木山の見解である。[19]

ここまで引いてしまえば、私の言いたいことはすでにほぼ尽されている。「補天」が、空想の神話世界を設定したにも関わらず、やはり、「阿Q正伝」ほどにも作品世界を維持出来なかったのは、作者の信ずる暗黒のリアリティーが「枠」として存在したからであり（そこに、後に述べるように、私は『故事新編』に独特な〝リアリズム〟を見るのだが）、女媧が阿Qとは対極的に、非武装＝天真、素朴であったからであろう。加えて、魯迅はここでは、「阿Q正伝」におけるほどの「芸当」も「悪戦苦闘」も試みていない。それは、彼自身の言葉を借りれば、「私は古人に対しては現代人に対するほど真剣（「誠敬」）ではないから」（「序言」）であったからだろうか。

以上が「『不周山』の後半はなげやりに書かれたもので、決して佳作とはいえない」という作者の言葉についての私の解釈である。

言いかえれば、私は、「補天」という作品は、魯迅が若き日にヨーロッパ近代との接触を通じて受けとった「外来の」「人」の観念（それを周作人のいう「進化論的倫理観」と呼んでもよい）を、神話の世界を借りてこれに生を与えようとして、中途で挫折せざるを得なかったもの、と考えるのである。

こうして、女媧にはもはや、いち早い滅亡しか残されていなかった。二章の末尾、魯迅は、女媧の最後の奮闘の姿と、「自ら自らのすべてを使い果した」死とを、ほとんど抒情的ともいえる筆づかいで、力をこめて描き出している。

一の三　神話から歴史へ

二つの後日譚　「補天」第三章は、女媧の死後の、いわば後日譚で、二つの挿話から成る。

一つは、女媧の死後、ある寒い日に、禁衛軍が攻め寄せて来た話である。「彼らは、火の光や煙が見えなくなるのを待っていたので、到着がおくれたのである」、はじめはおっかなびっくりだが、女媧が身動きしないのを知って、「そこで彼らは女媧の屍体の腹の皮の上に陣を敷いた。その場所がいちばん脂肪が厚かったからで、こうした選択において彼らは実に賢い」。しかも、彼らは、「急に口吻を改めて、自分たちこそが女媧の直系だと称し」はじめる。――こうした描写には、戦士の屍体にいち早くたかる蠅（「戦士と蠅」）とか、屍肉を食うハイエナ（「狂人日記」）の比喩で魯迅が屡々語ったところの、「随感録」風な（あるいはニーチェ風な）モチーフを認めることが出来るだろう。

もう一つの話は、第二章の前半に出てくる、女媧が神仙家たちを山ごと巨大な亀の背に乗せていかせたという「重大ニュース」が、いかに伝誦されたか、秦の始皇帝や漢の武帝が方士に命じてその仙山を捜させたが見つからなかったが、それはなぜか、といった話である。

二つの挿話は、いずれも、よく知られている『山海経』や『史記』の記事にもとづく潤色で、いわば、作者が、これら周知の記事に、ここでの架空の女媧の物語をつなげて、これに説明、注釈を与えるという形で語られている。このような形での作品の結末は、いかにも便宜的とも言えるのであって、確かに上にみた、作者自身言うところの「最後のつづまりをつけることの困難」に苦しんだ挙句の、「草率」な結着のつけ方だったと見ることも出来よう。

「『不周山』の後半はなげやりに書かれたもので云々」というのが、魯迅の正直な言葉だったことは、この結末を見ることにおいていっそうはっきりするということも出来よう。それがそうならざるを得なかった理由についての私の考えはすでに上段に述べた。

「狂人日記」への回帰　ただ、そのことと関連して、ここでより重要に思えることは、魯迅がこの第三章で、上のように、「後日譚」の形で、女媧の物語を、『史記』や『山海経』の周知の記事につなげる形でこの小説に結末をつけたことは、この空想の神話世界の物語を、以後四千年、現代にまで連綿とつながっている現実の人間の歴史世界に結びつけた形になっていることである。

女媧の死してなお豊満な腹の上に旗を立てた禁衛軍は、自らその「直系」を僭称した。創造者女媧のあの天真と豊饒と勇気は、この狡滑と涸渇と卑劣とによって簒奪された。以後の〝歴史〟は、これらの「直系」の支配するところとなっていく。始皇帝に「重大ニュース」を伝えたのは、女媧を、「毛虫に触ったように」ゾッとさせた白鬚の神仙家の弟子たちであった。巨大な女神のやさしい愛と力と自己犠牲は、不老長寿のみを願うあさましくも卑小な欲望とエゴイズムによって歪められて〝迷信〟に変形し、それを利用して「物質を愛した」歴代の権力者に取り入ろうとした方士たちの卑屈と、それに動かされた皇帝たちの空しく滑稽な努力を生むことにしかならなかった。――つまり、ここでは、女媧という「天才」すなわち「人」の死が、「人ならぬ人」の歴史の始まりになっているのである。「人」の神話は終り、「人ならぬ人」の歴史が始まる。女媧の死の後に残ったものは、「四千年の食人の歴史」をつらぬいて現代にまで続く「暗黒」のみであったというのが、この小説の到り着いた結論であったと言ってもよいであろう。

「補天」は、このようにして結ばれる。——そうとすれば、最初、初版本の小説集『吶喊』ではその末尾に置かれたこの小説の結末は、結局、この小説集の冒頭の作品「狂人日記」の末尾、あの「子供を救え……」という叫びの地点まで返ってしまったといえるのではないだろうか。なぜなら、指摘されるごとく、「子供を救え」とは「未来を救え」と言いかえてもよく、それは「現在」にはもはや救い得ない「暗黒」しかないという絶望の確認の、裏返しの表現にすぎなかったとも言えるだろうからである。

つまり一見、暗い『吶喊』の世界の中で一篇だけそれからはみ出して、異質な世界を作っているかに見えた「補天」も、結局は、この『吶喊』の世界の暗黒のワクから出てはおらず、女媧も結局は、木山英雄が阿Qについて指摘したのと同様に、作者の信ずる暗黒の「系」内にとどまる人物であったということである。

一の四 『吶喊』のリアリズムと「補天」の位置

(1) 「補天」までの過程

そもそも、私が「補天」という作品に関心を持った最初は、そのわからなさからであった。とりわけ「狂人日記」にはじまる『吶喊』の諸作品の中に、なぜ一篇だけ孤立してこのような作品があるのか。「中国社会の病根を曝露」しようとしたといわれる『吶喊』の他の作品の、いわば暗くネガティブなリアリズムの中に、どうして、この一篇だけ、神話に取材した、竹内好氏が「歴史小説というよりむしろ空想小説」と言ったような、ロマンティックに見える作品が入っているのか。この両者の関係はどう理解し解釈すべきなのか。そういう疑問が私の出発点であった。

そこで、ここまで、誠にくどくどと作品の筋を追いながら見て来たことの上に立って、もう一度「補天」が書かれるまでの過程について、「序説」の終りに述べたように、私がこれまですでに別の所に書いてきたことを、「補天」が書かれるまでの魯迅の文学が形成されて来た歩みに沿って要約整理しておきたい[20]。

㈠　**初期魯迅におけるヨーロッパ**　魯迅が作り出した女媧の性格には、すぐれて西欧的なものが認められた。これは、南京時代から日本留学（一九〇三〜〇九）期にかけての魯迅における甚だ根源的《ラジカル》なヨーロッパ近代の「精神」の受容が反映されていると考えてまず誤りはないだろう。「文化偏至論」「摩羅詩力説」（一九〇八）「破悪声論」（一九〇八）等を代表とするこの時期の彼の評論に見られるものは、一言でいえば、西欧の物質文明の「根底は人間にある」という認識であり、その「人間」とは、㈠外面の容儀《ジェスト》ではなく、「主観内面之精神」であり、㈡情緒や感性ではなく意志であり、㈢強烈な意志の力により世俗に反抗し、㈡反抗を通して無限に発展するものであった。つまり、それは「自由な精神」としての人間であった（これが魯迅のニーチェ主義であり、「進化論的倫理観」であった）。そして、魯迅は、このような〝外来〟の精神原理であるヨーロッパ近代の精神を、これまで四千年の中国伝統文明にはいまだかつて見られなかったもの、それとは「水と火のように」異質なものとして受けとった。同時に、このような西欧受容は、近代科学と近代文学――具体的には、進化論、地質学・医学・生物学等の自然科学、ニーチェ・キルケゴールなどの十九世紀の文芸・思想――を一つのものとして、「ヨーロッパ近代」をトータルにとらえ、それを「その結果よりも、それを産んだ精神においてとらえ」たものといえる。

㈡　**初期の文学運動**　魯迅においては、近代文学は、右のような「精神」としての真の人間（「精神界の戦士」「詩人」「賢者」）の発するコトバであった。それは本質において、生きて働くところの「力」であった。春雷が万物の目覚めを呼ぶように、旧態に埋没しようとする人間の心を打って「恐れ」を生じさせ、その主体性を喚起する（「破悪声論」）。その意味でこれは〝予言〟（〝使命予言〟）的な文学観であったといえる。

上記の諸評論及び『域外小説集』（一九〇九）二巻を頂点とする彼の最初の文学運動は、まず、右のように把握された近代文学を、深い眠りの中にある中国の人々にぶっつけて、その覚醒を促すことをめざすものであった。そこで、それは、評論と翻訳による、外国文学とその精神の異質性の紹介という形をとった。それによって、今は喪われている民衆の主体性を呼び醒まし、その立上りを期待するという意味で、この文学運動はそのまま政治運動でもあった。

以上の時期の魯迅の文学運動は、従って、四千年の伝統に対するラジカルな否定と問責の姿勢によって特徴づけられるが、いま、『故事新編』の作家の誕生への過程として注目したいことは、ここではそれが、文明批評及び外国文学の作家・作品の紹介という形では行なわれたが、リアリズム小説という方法では、まだなされなかったということである。私はそれを、当時の、青年魯迅における「人みな酔えるに我ひとり醒めたる」人間が持つ或る種の指導者意識にかかわることであったと考える。

㈢　辛亥革命と「狂人日記」　このような意識と姿勢で革命運動に加わってきた魯迅は、当然、積極的に辛亥革命を迎え、これに参加した。「民国元年には、すべてが光明に満ちて」（『両地書』）いたのである。

挫折と「寂寞」はその後に来た。「狂人日記」の、「狂人」の発狂（実は覚醒）――中国社会とその歴史の「研究」――村人や兄への改革の呼びかけ――その挫折――「俺も妹の肉を食った人間だ」という罪の自覚、という筋は、彼自身のそうした精神史を語っているだろう。そこに書かれた「人に食われる」というおそれから、「俺も人を食った」というもう一つのおそれへの意識の転換は、その意味で、「吶喊自序」の、「私はもはや自分が臂をふるえば集まる者雲のごとしという英雄ではないことを知った」という言葉に対応する。それは、初期の文学運動における、自らを「精神界の戦士」、「賢者」になぞらえた自意識（「指導者意識」＝「被害者意識」）からの自己脱却（狂気からの治癒）を語っている（竹内好氏以来指摘されて来ている、魯迅における「回心」である）。そして、ここではじめて魯迅の「リアリズム」

（＝科学的方法）が生まれたと、私は考える。

㈣『吶喊』の世界の展開　こうして、「狂人日記」の末尾、「子供を救え……」という叫びから、「孔乙己」以下の諸作品が、次々に生まれることになる。それらは単に感性的・主情的な反抗の叫びでも、また権威としての外来の新しい思想をふりかざしての中国の封建主義の糾弾でもなく、むしろ明確な科学的方法による（その意味で意志的・倫理的な）旧社会の構造の内側からの再構成の営みだったと私は考える。

そして、このようなリアリズムによる『吶喊』の世界の展開の最後に、ここに取り上げた「補天」が書かれることになる。その女媧像が、たとえば阿Qなどと、いわばポジとネガの関係にありながら、しかし、この二人の人物は共に、「原則として」作者の信ずる暗黒の「世界系」内の人物であって、「虚構の自由が系の網の目を犯すときは、やがて虚構じたいの崩壊を導かざるを得ない」（木山英雄）という事情を共通にしていること、つまり、「補天」が結局は『吶喊』の世界の外に出るものではなかったことは、すでに上に見た。このような作品としての「補天」が、『吶喊』の世界の展開の中で、どのような位置づけを持つかについては、なお、若干の問題があるだろう。

⑵　魯迅の歴史小説論と成仿吾の批評

近代文学の成立における中国と日本　先に序章において、私は、「近代文学」の任務は、ネガティブには封建的諸規範に対する反抗・批判、ポジティブには、新しい近代的な積極的人間像の創出にあったであろうと考えることを述べ、魯迅文学のモチーフは、従来主として前者にあったとされてきていることに触れた。

日本近代文学の成立に関して、このような積極的人間像を造り出し得なかったところにその「半産」あるいは「未成熟」を指摘する見解は、私たちのすでに知るところである（たとえば片岡良一『近代日本文学手帖』昭二五など）。それが近代市民社会の未成熟を反映したことがらであり、従ってたとえばロマン・ローラン風の、市民社会の積極的英雄人物を造出できなかったのは、いわば当然の結果であったという点では、同時期の中国近代文学も、日本文学と、その点に限っては事情を同じくしていたと言える。しかしながら、両国近代文学の性格がかなりはっきりと分かれるのは、そこから先の問題においてである。

日本近代文学は、明治十年代の浪漫派文学に始まり、三十年代末の自然主義文学において一応の成立を見たというのが定説であろう。そしてそれは、よく言われる二葉亭四迷の挫折や、片岡良一氏が幸田露伴の『天うつ浪』について指摘されるような、近代社会の下からの形成を担うべき意志的な積極的肯定人物の造出に失敗した後、小説の仮構性を否定し（それは同時に文学の社会性を切り捨てることをも意味していた）、共同体から切り離されて都会生活者となった知識人の、つまりは伊藤整氏のいう「逃亡奴隷」の、いわば、社会から疎外された感傷的な自我感情を、ありのままに、「客観的」に描写することによって成立したものといえよう（それはちょうど魯迅の留学の終りの時期と重なっている）。このような日本自然主義文学は、ヨーロッパの自然主義文学の影響、しかも、「社会批判の方法としての近代リアリズムに対する重大な誤解の上に成り立った」ものであり、「写実主義によって偽装されたロマン派文学」であったとされる（中村光夫『風俗小説論』）。またそれは、西洋近代文学の受容の仕方としていえば、西洋文学の作品の内容（作者の方法・手つきではなく）に感動し、その作中人物になり切ったつもりで演戯する自分自身を主人公としてその生態をありのままに描写することによって作品を作るという方法によって、時代が要求していた、「和服を着たルーヂンやラスコリニコフ」を、血肉の通った像として描き出したもので、西洋近代文学のアダプトの方法としては、それなりに強力な方法だったとされる（同上）。

これに対して、魯迅の「狂人日記」を起点とし、「阿Q正伝」を頂点とする中国「近代文学」は、積極的肯定人物を作り出せなかった点では同様ではあったが、日本の自然主義文学の場合とはちがって、ヨーロッパ文学の作品の内容よりむしろ作者の方法を学び、前段に見たような作者が抱いた進化論＝個人主義という近代思想によって、中国社会の封建性を対象化し、その暗い現実を「仮構《フィクション》」として再構成することによってこれを社会批判の戦いの武器としたものであったと考えられる。そういう意味では、これは、上にみた同時期の日本自然主義文学に較べた時、ヨーロッパの自然主義から、「近代リアリズム」の持つ意味を、はるかにオーソドックスに学び取ったものだったといえよう。中村光夫氏の言うごとく、近代リアリズムとは、本来、作者が抱いた「熱烈な思想」によって社会批判を行なうための「武器」であり、その意味で「元来他人（『社会』）を『蓋然的な一般性』において捕らえるための技術」だったはずだからである。「狂人日記」のあと次々に書かれた「孔乙己」以下「阿Q正伝」に至る『吶喊』の（少くともその前半の）諸作品は、まず、このようなものであったと考えられる。この時期の彼の戦いが、「随感録」の雑文と、『吶喊』の創作といういわば二本立てで進められたことも、こうした彼の小説の性格、その作家にとっての意味からしても解釈できることがらであろう。

魯迅の「歴史小説」論　ところで、そうした営みがいずれにせよすでに「熱烈な思想」（留学期にバイロン、ニーチェらから学び取ったもの）を前提としていた以上、上に言ったような、暗黒の現実の再構成を通しての社会批判という〝ネガティブ〟な作業自体が、常にその裏側に、作者の思想を体現すべき〝ポジティブ〟な人間像を、たとえ実体のない虚像としてにせよ持っていたといえるであろう。問題は、このような〝虚像〟乃至は「熱烈」な〝願望〟に如何にしてリアリティーを与え血肉を与えるかということであった。「補天」が、神話世界の物語として書かれねばならなかった理由も、この辺りにあるであろうと考えられることはすでに述べた。

だが、それは如何なる方法によってなされたのであろうか。既に上段に阿Qと女媧との関係について見たところだけでは、なお解釈として不十分であろう。ここに日本近代文学成立時の性格との対比において見た（それは甚だ乱暴な裁断ではあったが）『吶喊』のリアリズムとの関係において、「補天」の方法はどう位置づけられるであろうか。

この問題に、まず、手がかりを与えてくれるのは、『故事新編』の「序言」（一九三五）に、「補天」への評価にかかわって作者が語っている「歴史小説」についての彼の見解である。

我是不薄〝庸俗〞，也自甘〝庸俗〞的；対于歴史小説，則以為博考文献，言必有拠者，縦使有人譏為〝教授小説〞，其実很難組織之作，至于只取一点因由，随意点染，鋪成一篇，倒無需怎様的手腕；……

私は〝庸俗〞をバカにしない。むしろ自ら〝庸俗〞に甘んじたいとさえ思っている。歴史小説についていえば、博く文献を漁り、言うことに必ず根拠があるといった作品は、たとえ、〝教授小説〞と非難する者があろうとも、実は構成の至難な作品なのであって、ちょっとしたタネをみつけて、勝手な潤色をほどこし、一篇の作品をこしらえ上げるには、別にさしたる技倆は要しないのである。……

ここでの、元来成仿吾が使った「庸俗」という言葉については若干の説明がいるが（後述）、ともかく魯迅はここで、たとえ「教授小説」といわれようとも、実証科学としての学問の方法にも通ずる、綿密な文献考証の上に立った歴史世界の「再構成」こそが、「歴史小説」の本道だと考えるということを言っているとみてよいだろう。それは、現代に取材した場合の、社会の現実からの再構成を、文献からの再構成に置きかえただけの、同じくリアリズム（実証的・科学的方法）の立場に立った見解だといえる（彼は「その時の考えでは、現代からも古代からもひとしく題材を取って、短篇小説を書こうと思っていた」――上掲――と言っている)。すでに見たごとく、魯迅のヨーロッパ近代の精神に対する把握が、「文学」と「科学」を分離しないトータルなものであったことを考えれば、このような見解は当然のものであっただろう。そして彼は、「補天」は、このような彼が考える「歴史小説」のあるべき形からは外れたものであり、その上、その後半は「なげやりに書かれたもので、断じて佳作とはいえない」というのである。

ところで、このような見解は、前にも触れたが、実は創造社の批評家成仿吾の『吶喊』とくに「補天」についての批評・評価への反論として書かれたものである。ここでの問題に深入りする前に、まず、その点を見ておきたい。

成仿吾と魯迅　まず、魯迅の言うことをざっと見ておきたい。

這時我們的批評家成仿吾先生正在創造社門口的〝霊魂的冒険〟的旗子底下掄板斧。他以〝庸俗〟的罪名，幾斧砍殺了《吶喊》，只推《不周山》為佳作――自然也仍有不好的地方。

この頃(『吶喊』初版本が刊行された頃…引用者)我らの批評家成仿吾先生は、創造社の門口にかかげた〝魂の冒険〟という旗の下で大鉈を振るっていた。彼は〝庸俗〟の罪名で『吶喊』をズタズタに切り殺してしまったが、ただ「不周山」だけは佳作だとほめた――もちろんやはり欠点はあるそうだが。

ここに言われていることは、成仿吾の「『吶喊』的評論」(一九二四・一〈創造季刊〉二・二)を指している。そして魯迅は、これに対して、「正直に言おう、これこそが、私がこの勇士に対して心服できなかっただけでなく、軽蔑するようにさえなった原因である」と書く。その後に、「私は〝庸俗〟をバカにしない……」という上に引いた部分が続き、しかも、「庸俗な言葉で言えば〝自分の病気は自分が知っている〟、『不周山』の後半はなげやりに書かれたもので、断じて佳作とはいえない」と言った後、「もし読者がこの冒険家の言葉を信じたとしたら、必ずや自ら誤ることになるし、私も人を誤らせることになる。そこで、『吶喊』の第二版を印刷する時には、この一篇を削除して、この〝霊魂〟先生に返礼の一棒をお見舞いした――私の作品集の中に、〝庸俗〟だけを残して、跋扈させたのである。」と書いているのである。

ここに見られる魯迅の、「庸俗」という言葉を屢々引き合いに出しての、成仿吾に対する激しい不信乃至反撥は、上に見た、日・中両国近代文学の成立時の性格のちがいと、無関係ではないと、私は考えるのである。

というのは、周知のように成仿吾は、共に創造社を結成した同志である郭沫若・郁達夫らと同じく日本留学生出身の当時新進の評論家であった。彼らの留学は、魯迅よりほぼ十年おくれている。それは、中村光夫氏によれば、上に引いたような日本自然主義文学の文学観が、「決定的」な勝利を得て、その後の大正期の文壇を「流派の別をこえて」支配し、文学を語るに当ってほとんど疑い得ぬ前提として信じられていた、ちょうどその時期に当る。彼らのそこから影響の受け方は、当然魯迅とは異なっていた。「『吶喊』の評論」で、成仿吾は、こうした日本から持ち帰ったばかりの文学論・文学観をたのんで、「作者はその名天下に聞こえ、門人弟子は到る処に溢れ、しかもかしましいばかりの呼び声が、異口同音に讃美している」ところの『吶喊』を斬ったのである。

そして、上に引いたように、魯迅は、十余年を経てなお執拗にこれに反論していることには、一九二〇年代末からの「革命文学」めぐる対立・論争を経て、恐らくは「序言」執筆時（一九三五年末）になお尾を引いていた根深い文学観（あるいは思想のあり方）そのものにかかわる根本的な対立があったのではないか、そしてそれは日中両国近代文学の基本性格にもかかわる問題を含んでいるのではないかと、私は考えるのである。

成仿吾「『吶喊』的評論」　そこで、成仿吾の『吶喊』の批評のあらましを見ておきたい。

彼はまず『吶喊』十五篇のうち前半九篇と後半六篇とは、内容・作風ともに全くちがっているとし、前半を「再現的」、後半を「表現的」と呼ぶ。

「狂人日記」から「阿Q正伝」に至る前半の作品の共通の特色は、それが「再現的記述（description）」であることにある。この「記述」の目的は「さまざまな典型的性格（typical character）」を「築成（build up）」することにある。そこで典型は造型されたが、彼らの住む世界は逆にかすんで（「模糊的」）しまった。世人は作者が典型を造型したことに作者の成功の原因をみて盛んにほめそやすが、作者の失敗もまたここにあることを知らない。作者は「典型的なもの」を「再現」することをあせりすぎたため、「普遍的なもの（allgemein）」をたずね当てることが出来なかった。……

「狂人日記」が、「自然派が極力主張する記録（document）」であることは言うまでもなく、『孔乙己』『阿Q正伝』が浅薄な紀実的伝記であることも言うまでもない。前期の中で最もよい『風波』にしてもやはり事実の記録である。」だから、前期の作品は、「自然主義的作品であると概括することが出来る」と彼は言う。そして、我々は自然派の主張には賛成できないが、自然主義的だからという理由で右の諸作品を抹殺するつもりはない。なぜなら、作者は自分に先立って日本に留学した人で、その頃の日本の文芸界はちょうど自然主義盛行の時期だった、作者がその影響を受けたことは恐らく疑いのない所だろうから、彼が現在自然派的作品を多産するのはごく自然だし、それが「我々の文芸の進化の順序の中での一つの空白を埋め」たという位置を認めるにやぶさかではない、という言い方を彼はしている（こういう、新しさ自体を価値として古いものを叩き、「主義」に当てはめて相手を裁断するやり方自体、成仿吾が日本の文芸批評から学び帰ったものだったかも知れない）。

「『狂人日記』は甚だ平凡だ。『阿Q正伝』の描写はうまいが、構成は全くひどい。『孔乙己』『薬』『明天』はみな庸俗を脱していない。『一件小事』は拙劣な随筆である。『頭髪的故事』もまた随筆体で（小説ではない）、ただ『風波』と『故郷』だけはなかなか得がたい作品である」。これらの作品の持つ多くの欠点は、「作者がかつて学んだ医学が彼を害ない、自然主義が彼を害なった」もので「私が作者のために最も残念に思う所である」。

総じて、作者の「描写の手腕」は確かにすぐれているが、「文芸のスローガンは、究極のところ『表現』であって『描写』ではない。描写はつまりは文学者の末技にすぎない」。「部分をもって全体を暗示してこそ、はじめて文芸の効果を発揮したといえるので、全体で全体を示そうとするなら、これは労して功なきこととなる」。そういう意味で『吶喊』前半の作品は「労して功なき」ものであり、「一般の庸俗の徒と異なる所がない」というのが彼の『吶喊』前半への批評である。

ところが、「阿Q正伝」と次の「端午節」との間で、作品の表現も内容もがらりと変る。「厳格に言えば、前者は物語（Tale）にすぎず、後者こそはじめて真に、我々の近代で言うところの小説である」。「阿Q正伝」までずっと読んで来たとき、「私は、まるで私が読んでいるのは半世紀あるいは一世紀前の作者の作品ではないかという感じを持った」。「端午節」まで来て、「私ははじめて、我々の作者がやっと我々の所に帰ってきたように感じたのである……」。最も注意をひくのは、「端午節」の表現方法が、私の幾人かの友人たちの作風と全く同じであることである。ともかく、作者は「その自我を表現しようとする努力」によって、我々と接近した（それが成仿吾のいう作者の「復活」である）。「白光」は私に達夫の「銀灰色的死」を連想させるが、「惜しいことに全く表現不足で、ひどく薄弱だ」……このような評価の最後に、成仿吾は、いま問題の「不周山」に触れて、これを「全集中で特に注意すべき作品」であり、作者は、日頃「写実の門戸を拘守してきた」がこの一篇によって今や「純文学の宮廷に進み入ろう」としていることを示したものとして、「やはり不満な点はあるが、何んといっても全集中第一の傑作である」と言うのである。――そして、「もし『吶喊』に一読の価値があるとしたら、その価値は後半の幾篇かにある」というのが彼の結論である。

「写実主義と庸俗主義」〈創造週報〉五　一九二三・六）この成仿吾の「『吶喊』の評論」は、実はこれに先立って彼が書いた「写実主義与庸俗主義」における彼の主張を『吶喊』の批評に適用したもの、ということができる。この論文を見ると彼が先に引いた「庸俗」という言葉に独特の意味を持たせていたことがわかる。

この論文で、成仿吾は、「どんなものにもすべてほんもの（真的）とにせもの（仮的）がある」ということから説き起こし、「にせ」の写実主義を「庸俗主義」、「ほんもの」のそれを「真実主義」と呼んで区別すると共に、「文学は、浪漫的から写実的に変ってきた」こと、それは「我々が夢の王国から醒めて自己に復帰した」ことであるとして、自分たちの立場を「ほんもの」の写実主義すなわち「真実主義」と呼んでいる。「庸俗主義」とは、M. Guyau のいうTrivialism の訳である。そして、この「真実主義」と「庸俗主義」とのちがいは、彼によれば、「ただ一つ、一方は表現 Expression であり、一方は再現 Representation であることにある。再現には創造の場はない、ただ表現のみが、広々とした海空のごとく、天才の馳騁にゆだねられている」のである。

『吶喊』前半を「再現的」とよび、これに「庸俗」すなわち Trivial という「罪名」を着せたのは、彼のこのような「自我表現」こそを文学の真髄とする文学観であった。成仿吾のここに引いた二つの論文に語られている彼の（あるいは創造社の）文学観は、これをたとえば中村光夫氏などの指摘する大正期の日本文学の理念と比較しながら見ると幾つかの点で、後に革命文学派の驍将となった彼における「政治と文学（芸術）」との関係にかかわる魯迅との対立点がすでに顔を出しているやに思われて興味深いが、ここでは「不周山」すなわち「補天」に直接かかわる一、二の点のみに触れておきたい。

文学主義と科学主義　第一は、「庸俗」という言葉をめぐる対立である。成仿吾が『吶喊』中第一の佳作とした「補天」を、魯迅は逆に削って、「私の作品集中に〝庸俗〟だけを残してはびこらせた」と言っていることは既に見た。その理由として、これもすでに見たように「私は〝庸俗〟をバカにしない、むしろ自ら〝庸俗〟に甘んじたいとさえ思っている。歴史小説についていえば……」と、綿密な文献考証の上に立って「言うことに一々根拠のある」作品は、たとえ「教授小説」と非難されようとも、「実は構成のもっとも困難な作品なのである」と言った時、魯迅は、作家として、社会批判の方法としての近代リアリズムにとって「最も困難な作業」（『風俗小説論』）がどこにあるかを、明確に把握していたと言えるであろう。成仿吾が軽蔑した「庸俗」即ち Trivialism（瑣末主義）を、魯迅が敢えて「私はむしろ自らそれに甘んじたい」、と言ったのは、単なる言葉の上でのやりとりではない。私自身の、序章に述べたような、今日の問題意識に引きつけていえば、ここにあるのは、リアリズムの理解をめぐる一種の「文学主義と科学主義」との間の対立である（現に成仿吾が、魯迅の欠点を「医学」と「自然主義」が作者を害したのだと言っていることにもそれは端的に語られている）。そしてこの異同・対立は、恐らくは後の「革命文学論戦」における魯迅と成仿吾らとの対立を考える上でも、少くとも重要な要素の一つだろうと私は考えるのである。

「再現」と「構成」（技術の問題）　ここに「文学主義と科学主義」との対立と呼んだものにかかわって、成仿吾が、恐らくはついに理解できなかったのではないかと思われることは、彼が「表現」と対置して「再現」（＝「庸俗」）と呼んだものと、魯迅が「……たとえ『教授小説』と非難されようとも、実は組織（上には〝構成〟と訳した　引用者）のもっとも困難な作品なのであって……」と言った時の「組織」ということとのちがいである。それは、彼が「狂人日記」「孔乙己」「阿Q正伝」を、それぞれ「自然派が極力主張する記録」、「浅薄な紀実的伝記」であることは「言うまでもない（不待説）」と言っていることからも知れるだろう。ここから彼は『吶喊』前半を「自然主義的」と概括するのだが、ここには、自然主義への日本文学風な誤解と、魯迅の作品への誤解という二重の誤解がある。つまり彼は、ヨーロッパの自然主義文学で言われる「事実の記録」が、実は、作者がその抱く「熱烈な思想」によって「細部の真実」を構成（「組織」）して作り上げた「荘厳なる虚偽」であること（あたかも近代でいう「科学的真理」が仮説であるのと同じく）を、当時の日本の文壇と同じく、理解しなかった。同時に彼は、魯迅の「狂人日記」や「阿Q正伝」が、単なる「記録」や「紀実的伝記」ではなく、作者による仮構であることを理解しなかった。「典型の築成（build up）」ということは言いながら、それをどうやらおよそ機械的な作業としか考えていない。つまり、自己の思想によって、他者（社会）を一般的な蓋然性においてとらえるという、近代リアリズムにとって「最も困難な作業」の部分が、彼の視野からは完全に死角になっているのである。これは、言いかえれば、リアリズムが、他者をとらえるための技術であるということを彼が全く無視していたことを示している。

いったい、成仿吾の論は（郁達夫らにも共通していることだが）、一方では、現実を離れた「空想的（＝捏造的）」な浪漫主義と、他方では、事実の「再現」にすぎぬ自然主義との、この両方の否定によって特徴づけられる。これはいずれにしても技術の軽視であるということができよう。先に引いたように、彼が魯迅の「描写の手腕」を認めながら、「文学のスローガンは〝表現〟にあって、〝描写〟にはない」、「〝描写〟は所詮は文学者の末技にすぎぬ」と言うのは、こうした彼の文学観（芸術観）にかかわっている。

この成仿吾の議論は、魯迅が、これとはちょうど正反対に、たとえば「革命文学論戦」において、若いプロレタリヤ作家の観念性を指摘し、まず技術を鍛錬すべきことをすすめていることを想起させる。

ここで私がかなり重要な問題だと考えることは、成仿吾が「描写は末技にすぎぬ」と言った時のそれと魯迅の場合との、技術というものの意味のちがいである。魯迅のいう「技術」は、これを「歴史小説について言えば」、上に引いたように、文献を博捜し、そこに一々根拠を持った作品を「組織（構成）」するという「困難」な作業を意味していた。「ちょっとしたタネをみつけて勝手に潤色をほどこし、一篇の作品をこしらえ上げるには、別にさしたる技倆を要しない」のである。より一般的にいえば、成仿吾が「庸俗」つまりトレヴィアルだとしてバカにした、現実社会の、自己の思想による「再現」、実は再構成の技術（方法）である。「私は〝庸俗〟をバカにしない……」と魯迅が言うとき、従って、技術は、単に（成仿吾が「末技」と呼んだ場合のように）、所謂「技術的」な問題ではない。

そもそも、近代科学の成立に先立って近代芸術の成立があり、そういう意味で、近代科学の精神史上の特色はそれが技術に源を持ち、根本的に技術的性格を持つ点にあることは、上にも引いたように、すでに下村寅太郎氏などによって指摘されている事柄である。私は上に「補天」における女媧像が、魯迅における「天才」すなわち「ルネッサンスの人間理想」のイメージを反映しているであろうことを指摘したが、右のごとき意味では、これを〝技術的人間〟とみることも可能であろう。つまり技術の問題は、世界を自己の自由な変革の対象とした能動的な人間の主体性の問題である（この問題は、後に「非攻」墨子像や「理水」の禹の像と「補天」の女媧像との関係を見る時に、もう一度触れる予定なので、ここではこれ以上は述べない）。

上に、成仿吾は、彼のいう「再現」と魯迅の「組織」とのちがいを理解できなかったようだと言ったが、これは、右のような意味で彼は技術の意味を理解できなかったと言いかえてもよいことであろう。そして、このことは、実は、「近代」あるいは「近代文学」乃至は近代の「リアリズム」の受取り方の根本的なちがいにかかわる事であったと言い得るであろう。そして、一九三〇年代まで続く両者の対立の根底には、少くとも一つこうした問題があったと考えるべきではないだろうか。

(3)「補天」の位置——小結——

さて、以上に見たことは、魯迅が『吶喊』第二版を出す時に、成仿吾がほめた「不周山」だけを故意に削ったという有名なエピソードが、単に両者の感情的な対立、乃至は魯迅の論争の姿勢にかかわって屡々言われて来たような、その一種したたかな気質を語るに止まるものではなく、成仿吾が使った「庸俗」という言葉の意味を考えるならば、魯迅は、ここで、彼らの一種の文学主義的な文学理解に対して、科学的（すなわち実証的・合理的）リアリズムの主張をぶつけたのだと言えるであろうということであった。

とすれば、そうした彼自身のリアリズム論に照らしてみた時、「不周山」という作品が作者自身にとってどのように位置づけられるものであったかという、もう一つの問題が浮んでくる。それはまた、魯迅が、『吶喊』第二版から「不周山」を削ったこと（及び後に『故事新編』という作品群にこれを再録したこと）のほんとうの意図なりその時の気持なりは、どこにあったかという問題でもある。

『吶喊』における「不周山」の位置　先に引いた『故事新編』の「序言」によれば、魯迅は、成仿吾が『吶喊』に「庸俗」の罪名を着せてこれを斬ったが、「『不周山』だけを推して佳作だとした」ので、第二版を出すときこれを删除して「私の作品集の中に〝庸俗〟だけを残してはびこらせ」「この〝霊魂〟先生に返礼の一棒をくらわせた」のだと言っている。ところが、成仿吾の批評を見ると、彼が「庸俗」の「罪名」を着せたのは、『吶喊』の前半（ただし「故郷」は除いている）の九篇だけである。確かに「不周山」を「集中第一の傑作（総是全集中第一篇傑作）」と言ってはいるが、後半の「端午節」以下の六篇全体を「作者の復活」と呼んで評価しているので、魯迅が「序言」で、「『不周山』だけを云々（只推《不周山》為佳作）」と書いているのは、嘘ではないが、成仿吾の言っていることとは少しズレがある。従って「不周山」だけを刪除したのでは、実は「〝庸俗〟だけを残して……」ということにはならないわけである。とすれば、『吶喊』第二版からの「不周山」一篇の故意の刪除は、確かに、成仿吾がそれを「第一の傑作」と言っているということがあって、その彼に「返礼の一棒をお見舞いする」意図はあったにしても、やはり、成仿吾の批評の如何とは別に、作者自身、『吶喊』の他の諸篇とは異なった性格を、この作品に認めていたということはあったと考えてよいだろう。

ことは今二つの面から考えられよう。

まず、「序言」における魯迅の「私は〝庸俗〟をバカにしない、むしろ……」という上に引用した言葉は、成仿吾の、魯迅はこの一篇によって「平生かたくなに守り続けて（拘守着）来た写実の門戸」に甘んぜず「純文芸の宮廷に進み入ろうとしていると言えるので、「このような意識的転換は、私が作者のために最も欣喜するところである」という批評に対応している。ということは、ここで魯迅は、ある意味では成仿吾の批評にいう「転換」があること、つまり彼がそれまで「拘守」してきた「写実（＝庸俗）」的な方法をこの作品では多少とも放棄したことを認め、ただ成仿吾がそれを評価し「作者のために最も欣喜」したのに対して、逆にその点にこそこの作品の欠陥があるのだとして、そういうやり方には、「さしたる技倆を要しない」のだと、自作を批判する形で成仿吾の論を切りかえしているのだと、ひとまずは読めるのである。

とは言っても、ここには実は、こう割り切ってしまえないある含みのようなものが感じられる。つまり、すでに上に見たように、魯迅はこの作品で、『吶喊』の他の諸篇に見られるような「写実」的方法を放棄しているように見えて、事情は実はそう割り切れるようなものではなかった。「補天」は「歴史小説」として、「博く文献を漁り、言うことに必ず根拠があるといった作品」ではないとは言い切れないし、「ちょっとしたタネをみつけて勝手な潤色をほどこし、一篇の作品をこしらえ上げ」たものとも言い切れないのである。言いかえれば、そこには、作者の信ずる「暗黒」のリアリティーの枠と、それをつき破ろうとする作者の熱烈な思想や願望との間の緊張があり、その緊張の中に作品世界が維持され構築されたという関係があった。「序言」のこの辺りの叙述には、こうした作家としての苦闘において結局は成功し得たとは自ら考えていない魯迅の醒めた自己批評の眼と、そうしたことをさえ、つまり「芸術」の営みの何たるかをまるで理解できない「批評家」成仿吾への「軽蔑」との二重にからみあった作者の心理が感じられるのである。ここにあるのは、自作への批判が同時に自信の表明でもあるような（本来、謙遜と自信を卑屈と傲慢から区別するのは、それがそういうものであることにあるだろうが）自己批評である。

以上要するに、「補天」は、魯迅にとって、私が先に〝ネガティブな〟ということばで言った、所謂「批判的リアリズム」（成仿吾の言う「自然主義」的作風）から、何とか一歩踏み出そうとする試みであった、そういうものとして彼自身においても『吶喊』の他の諸篇と区別されるものであった。それが、『吶喊』第二版でこれだけを削除した理由の少くとも一つであったと考えられるのである。だが、このことは、初版本『吶喊』ではその中に入れられていたということを含めて、執筆当初には、作者において、必ずしも自覚的ではなかったと考えられる。

『吶喊』からの「不周山」の削除について　いま、『吶喊』の諸作品を、魯迅の年表に従って執筆順に読み直してみると、「阿Q正伝」以後、成仿吾の言うような作風の転換が認められる――彼は浅薄にもそれを時代の（実は日本の文芸界の）思潮の変遷の反映とみているのであるが――ことは事実である。

一九一八年の「狂人日記」（私はこれを一種の象徴的手法による自伝小説とよむ）における「自己脱却」＝リアリズムの成立を起点に、まず「孔乙己」（一九一九年三月）「薬」（同四月）「明天」（同六月）と一気に続き、「阿Q正伝」（一九二一年一二月）にいわば集大成されるまでの、切迫した気配をこめた「暗黒曝露」がある。成仿吾のいう自然主義的作品群である。そして「端午節」(一九二二年六月)「白光」(同年同月)以下、確かに若干「私小説」風な手法への転換と共に、内容の上でも、「病態社会」の暗黒への直接の指弾というより、むしろ作者自身の「寂寞」がやや傷懐的に語られるようになっていく推移が認められる。そしてそれが「兎和猫」(同年一〇月)「鴨的喜劇」(同)を経て、〝回想〟の傾向を深め、「社戯」(同)に至って、作者の眼が、「薬」や「明天」に代表されるような農民の愚昧・感覚麻痺・滑稽等々によりは、むしろすでに「故郷」の閏土の形象に見られたような少年時代の思い出に結びついたその朴訥・天真な美しさの方に向かった時、それはすでに『朝花夕拾』の世界に近づいており、次の「補天」(同一一月)の神話の世界につながっていくすじみちは、さほど無理なく了解できるのである。

しかも、後半の作風の転換といっても、これは実は「明天」につづいて書かれた「一件小事」(一九二〇年七月)「頭髪的故事」(同一〇月)「風波」(同)「故郷」(一九二一年一月)という成仿吾が前半に入れた一連の作品にすでに始まっていることとであった。そうした点を含めて、しかしともかくもここに認められるこうした作風の変遷は、恐らく五・四文化革命の高潮とそのいち早い退潮とを反映した、作者自身の「吶喊《さけび》」とその「哀亡」を語ってはいるだろうが、同時にすでに述べたように、『吶喊』のリアリズムが、留学期に得た「熱烈な思想」に基づくものであった以上、(イ)「一件小事」にはじまる作品中への「私」の登場と「孔乙己」「薬」等の自然主義的な暗黒社会の再構成、及び(ロ)「故郷」において語られる農民の消極面への嫌悪・批判とそれとは対照的なその積極面への憧憬・期待とは、作者の中で二律背反的に存在するものではなかった。同様の意味で、作品中への登場人物としての「私」の直接の登場と、たとえば「狂人日記」や「阿Q正伝」の末尾にあらわれるような虚構の崩壊とは、作者にとって自身の「叫び」の直接の表白という意味でそう遠い別の事ではなかったと思われるし、同様の意味で、暗黒を〝客観的〟に描いた「薬」の末尾で、革命家の墓に花輪を出現させた「曲筆」と、逆に理想の人間像を描こうとした虚構の「補天」での、現実の新聞記事に心を動かされて「小男」を出現させた「油滑《ふざけ》」とは、いわば対偶的な関係にあったといえるだろう。

　このように考えて来ると、上に見たような作風の漸次的な推移は、上に私が言った「補天」での、積極的人間像を造出しようとしたモチーフは、執筆に着手した時点では、作者の意識の中では、恐らく暗黒の曝露というモチーフと連続的なものであったことを語っているだろうと思われてくるのである。

　言いかえれば、「序言」で、魯迅が、「補天」執筆の当初は、「その時の考えでは（那時的意見）、古代からも現代からもひとしく題材をとって（都採取題材）、短篇小説をつくろうと思い……」と書いているその時の意図と、同じ「序言」の後の方の、「鋳剣」と「奔月」の執筆に触れた部分で、「一九二六年の秋になって……。この時私は眼の前のことに考えを向けたくなかった（這時我不願意想到目前）。そこで回憶が心中から出土し、十篇の『朝花夕拾』を書き、さらに引きつづき（仍旧）古代の伝説などを拾い上げて八篇の『故事新編』を完成しようと思った」と書いているこの時の意図の間には、はっきり断層があった。「序言」の叙述はそのように読めるのである。つまり、魯迅が『故事新編』という一つのまとまりを持った作品群を構想したのは、どうやら一九二六年秋以後、『朝花夕拾』の執筆とかかわる（『朝花夕拾』と「鋳剣」及び「奔月」との関係は、「社戯」と「補天」の関係を想起させる）ことであったと考えてよさそうである。

　そして、魯迅が『吶喊』の第二版から「不周山」を删った時期は、人民出版社版『魯迅全集』第一巻の巻頭の「第一巻説明」及び「補天」の注釈によれば、一九三〇年一月第十三次印刷の時である（沈鵬年の『魯迅研究資料編目』によれば一九二八年三月？　第九版の時とされる）。つまり、八篇の『故事新編』を完成させようと構想した後のことである。とすれば、删除の理由は、成仿吾に、「返礼の一棒をお見舞いする」意図はあったにしても、それは、『吶喊』中に“庸俗”のみをのこしてはびこらせ」ることを意味していたというより、むしろ「不周山」を新たに構想した

『故事新編』の方に含めようという意図が、この時になってようやく固まったことを意味していたと見るべきなのではあるまいか。その点については、次章以下にあらためて見ていくことになろう。

以上、まことにくどくどと作家の周辺をまわるばかりで少しも核心をとらえ得ていない叙述になってしまったが、私なりに、「補天」という『吶喊』の世界の中でやや特異にみえる作品を、何んとか、『吶喊』のリアリズムの中に位置づけてみることを試みたつもりである。

『吶喊』自序」の有名な叙述――「ただ自分自身の寂寞だけは除かないわけにはいかなかった。……そこで私は種々の方法によって、自分の魂を麻酔し、自分を国民の中に沈め、自分を古代に返らせようとした。」――は、直接には、例の拓本集めを言っているにしても、魯迅にとって、少年時の体験と結びついた「国民」と「古代」が、彼の自我が傷つき、「寂寞」に耐え切れなくなった時の回帰の場であり、拠点であったことを語っているのではあるまいか。このあと、「狂人日記」に始まった彼の吶喊は、「鴨的喜劇」の「寂寞」に至って、もう一度一つの輪を描き切ったように、私には思われる。かくて、「補天」は、魯迅の眼が再び少年時代の美しい記憶へ（「古代」と「国民」へ）と回帰して来た時点で書かれた（「個人主義と民族主義の起伏消長」である）。それは少年期の回憶の中に生きる「朴素の民」の魂に、青年期に彼の心を激しくとらえたヨーロッパ近代の「精神」を受肉させようとする営みだった。方法の上では、それは、ネガティブな（自然主義的な）所謂「批判的リアリズム」をこえようとする試みをすでに含んでいたし、その背後には、『吶喊』の世界の暗黒の絶ち難い環を断ち切ろうとする願望があった。「補天」の女媧の奮闘と「衰亡」は、その試みの挫折（それははじめから予想されていたことであったと言えるかも知れない）を語っていた。「補天」の末尾（第三章）は、「狂人日記」の末尾に戻り、暗黒の環はもう一度完結し、閉じられる。そういう意味で、「補天」は『吶喊』の最後に位置するにふさわしい作品だった。それは『吶喊』の世界の完結と、「彷徨」の始まりを示すものであった。こうして魯迅の眼がもう一度、「国民」と「古代」、幼少期の回憶と神話世界にもどってくるまで、つまり『朝花夕拾』の終りに「鋳剣」と「奔月」が書かれるまでの間には、『彷徨』と『野草』の時期が、『吶喊』をもう一度繰返す形で経過されねばならなかった。その時、ある意味では女媧の後身ともいえる黒い男と羿とが、どのような形象を与えられて出現することになったか、そこでどうして、『故事新編』の世界がはじめて構想されることになったか、それらについては、次章以下に見てゆくこととしたい。

（一章おわり）（『東京大学東洋文化研究所紀要』第六九冊　一九七六年四月）

注

（1）戦後大学改革の理念についての私の理解は、拙稿「大学改革における〝教養〞の思想」（〈思想〉岩波書店　一九七〇・一）を参照されたい。

（2）毛沢東「論魯迅」（一九三七・一〇）同「新民主主義論」（一九四〇・一）。

（3）木山英雄「野草的形成の論理ならびに方法について」（〈東洋文化研究所紀要〉第三十分冊　昭三八・三）。

（4）木山英雄「荘周韓非の毒」（〈一橋論叢〉六九巻四号　一九七三・一）。

（5）たとえば、文芸月報編輯部編『〝故事新編〞的思想意議和芸術風格』新文芸出版社　一九五七・一　上海。

（6）拙稿「初期魯迅におけるニーチェ思想の受容について」（広島大学教養部紀要〈外国文学〉vol. 19　昭四八・三）。

（7）（8）（9）拙稿「魯迅論にあらわれた〝政治と文学〞」及び「魯迅の進化論と〝終末論〞」（『魯迅と終末論』昭五〇・一一　龍渓書舎　所収）。

（10）岡崎俊夫「中国作家と日本」（〈文学〉二一巻九号　一九五三・九　岩波書店）。

（11）拙稿「『沈淪』論——日本文学との関係より見たる郁達夫の思想＝方法について——」。
（12）丸山昇『魯迅』（東洋文庫47　昭四〇・七　平凡社）。
（13）中村光夫『風俗小説論』。
（14）たとえば、「中国之治，理想在不攖，而意異于前説。……故性解（Genius）之出，必竭全力死之。」（「摩羅詩力説」人民文学出版社『魯迅全集』第一巻　一九五六　一九九頁）。
「使其羞白心于人前，則不若伏蔵其論議，盪滌穢悪，俾衆清明、容性解之竺生，以起人之内曜。」（「破悪声論」人民文学出版社『集外集拾遺』一九五六　二五頁）。

「『域外小説集』為書，詞致朴訥，不足方近世名人訳本。特収録至審慎，迻訳亦期弗失文情。異域文術新宗，自此始入華土。使有士卓特，不為常俗所囿，必将犁然有当于心，按邦国時期，籀読其心声，以相度神思之所在。則此雖大涛之微漚与，而性解思惟，実寓于此。中国訳界，亦由是無遅莫之感矣。」（「域外小説集序言」人民文学出版社『魯迅訳文集』第一巻）。

なお全集第一巻（一九五六）注釈には「性解，即天才。」（五一七頁）とある。
（15）下村寅太郎「魔術の歴史性——近代科学の形而上的系譜についての一試論——」（昭一七・一二〈思想〉二四七号　岩波書店）。
（16）たとえば『近代の超克』（知的協力会議　昭一八・七　創元社）に収められている、下村氏の「近代の超克の方向」と西谷啓治氏の「近代の超克」という二つの論文の基本的なちがいはこの点にあることが私の関心を惹く。
（17）文言と白話の問題に関しては、木山英雄「文言から口語へ」（〈言語〉三巻八号　一九七四・八　大修館）に拠った。
（18）注（3）に同じ。
（19）同右。
（20）初期魯迅におけるヨーロッパ近代の把握及び、留学期の文学運動については拙稿「初期魯迅におけるヨーロッパ覚書」（〈野草〉第九号・一〇号）、「狂人日記」におけるリアリズムの誕生については同じく「魯迅の進化論と〝終末論〟」（〈道〉一九七四年五月号・七月号）を参照されたい（いずれも前掲の『魯迅と終末論』所収）。

『魯迅全集　第一巻「墳」「熱風」』解説

一　はじめに

巻頭の「刊行にあたって」に述べられているごとく、本『魯迅全集』は、人民文学出版社刊（一九八一年、北京　第一版）の、『魯迅全集』全十六巻の、原本につけられている「注釈」を含めた全訳である。都合により原本の十六巻を二十巻に編み直したが、内容については、作品の配列等を含めて、すべて原本に忠実に従っている。

日本で魯迅の全集が翻訳出版されるのは、実は今回が初めてのことである。

戦前（一九三七年）に、中国近代文学に深い関心を持っていた当時の改造社社長山本実彦の企画で、佐藤春夫らの編集による『大魯迅全集』全七巻が刊行されている。この『全集』の刊行は、魯迅歿後間もない時で、中国でもまだ全集は完成していなかった時だったし、またここに収録された日本人宛の手紙には、後に中国で出版された『魯迅全集』にも収録されなかったものも含まれていた。そうした点だけをとってみても、これは、岩波文庫の『魯迅選集』と並ぶ、日中文化交流史の上でのまことに記念碑的な仕事だったとも言えるが、翻訳された作品の数から言えば、実質は「選集」であって、「全集」とは言い難いものであった。

戦後の代表的翻訳である岩波書店の、竹内好・増田渉・松枝茂夫らの編集による『魯迅選集』（一九五六年初版は全十二巻、一九六四年改訂増補版は全十三巻）の出版は、戦後民主主義時期のある時代の雰囲気を背景としたもので、そこにはその時期の日本人の中国観・魯迅観が反映されているという意味でも貴重な仕事だったし、作品数の上でも、今日までのところ、最も多くの翻訳を収めたものであるが、やはり「全集」ではなかった。

その他、最も新しいところで竹内好のすぐれて個性的な個人訳による『魯迅文集』全六巻（一九七六—七八年　筑摩書房）にいたるまで、魯迅の翻訳は幾種類もあり、それは、わが国における中国近代文学の翻訳の中で唯一の例外的なことでもあるが、しかし、そのいずれもが「全集」ではないのは、まだまだ欧米志向の強い日本の読者層の中で、たとえ魯迅といえども、その全集の出版が、商業的にも可能な条件がまだなかったことを示している。その意味でも、真にその名に値する今回の全集の出版は、やはり画期的な事だと言ってもよい。この企画が、そうした状況をうち破って新しい時代を生み出す、その一助ともなり得たらというのは、訳者の一人に加えられた者として抱く、切なる願いでもある。

今回、底本とした一九八一年人民文学出版社版『魯迅全集』（以下、十六巻本と略称する）の成立ちについては、「刊行にあたって」のあとに訳出した原本の「出版説明」にあるとおりだが、この全集の全体の構成について、それが現行の形になるまでの経過を含めて、若干の補足的な説明をしておこう。

これまで私たちが、普通に眼にすることのできた『魯迅全集』は次の三種である。

㈠　一九三八年版。全二十巻。魯迅先生記念委員会編、上海復社刊（以下、二十巻本と略称する）。

これは、魯迅逝去の直後から全国的な協力の下に編集が始められ、日本軍占領下の上海で秘密出版に近い形で出版され、その後の全集の基礎となったものである。なおその後この二十巻本の編纂の際に漏れた作品を収集、整理して、次の二冊が出版されている。

『魯迅全集補遺』（一九四六年　唐弢《タンタオ》編　上海出版公司）

『魯迅全集補遺続編』（一九五二年初版、五三年増訂再版、同上）

㈡　一九五六―五八年版。全十巻。人民文学出版社編集部編、人民文学出版社刊（以下、十巻本と略称する）。

この十巻本は、新中国成立後の新しい時代の空気の中で、それまでの研究の成果をふまえて編まれた新版だった。これが先の二十巻本と異なる主要な点は、第一に、二十巻本が魯迅自身の著作のほかに、翻訳と、魯迅が輯《しゅう》校《こう》・編纂《へんさん》した古籍（たとえは『古小説鉤沈《こうちん》』など）とを含めていたのに対して、十巻本は魯迅自身の著作に限っていること、第二に、上記の『全集補遺』、『同続編』などの二十巻本編集の際に漏れた作品を収録したこと、第三に、「注釈」が加えられたこと、である。

㈢　一九七三年版。全二十巻。魯迅先生記念委員会編、人民文学出版社刊。

これは、「プロレタリア文化大革命」の中で、右の十巻本の編纂の責任者たちが政治的に批判され、特にその「注釈」の一部が、事実を歪曲《わいきょく》しているなどの批判を受けて絶版になったあと、「注釈」を一切削り、一九三八年版の二十巻本を簡体字に改めて出版されたもので、上記の『補遺』、『補遺続編』など、三八年版出版以後、唐弢氏他の努力で収集、整理されたものをも含まず、一時つなぎの感を免れないものであった。そのせいか、今回の十六巻本の「出版説明」にも一言も触れられていない。

さて、以上のような経過を経て、新たに編纂され直したのが、十六巻本『魯迅全集』である。これは、「出版説明」にもあるように、基本的には、先の十巻本の方針を踏襲して、翻訳・輯校の仕事そのものは収めず、また、全面的に書き改めた「注釈」を加えている。ただ、いくつかの点で十巻本に大きな変更が加えられ、面目を一新したといえるものになっており、それらの点については、丸山昇氏の詳しい書評（東京大学『中哲文学会報』第七号　一九八二）もあり、具体的には該当の巻の解説に譲ることとして、ここでは触れない。

今回の全集の翻訳が、通常のそれと最もちがっている点は、原本の「注釈」のすべてを忠実に訳出したところにある。つまりこの翻訳は、魯迅の翻訳全集というより、人民文学出版社一九八一年版十六巻本『魯迅全集』の翻訳なのである。その結果、日本の読者にとっては不必要と思われる注釈も、できるだけ訳出することにしたが、しかし、それは、八一年版全集の全容を忠実に伝えることとなり、日本の読者にとってもかえって興味深いものになるであろう。訳者として、原本の「注釈」と異なる見解があった場合や、日本の読者のために必要と思われた事項については、別に訳者の責任において、「訳注」を付した。

原本の「注釈」について一言いえば、中国の国家的事業というに近い形で行なわれたと聞くだけあって、全体としては、さすがに中国の学界の水準の高さを物語る業績であるといえよう。

二　『墳』『熱風』について

本巻には、魯迅が生前自ら編定した十数冊の評論集のうちの最初の二冊を収めた。

初版は、まず『熱風』が一九二五年十一月に北京の北新書局から出版され、『墳』は、一九二七年三月に北京の未名社から出版されている。しかし、両書に収められている文章の執筆年代から言えば、『墳』は一九〇七年から一九二六年まで、『熱風』は一九一八年から一九二四年までと重なっており、『墳』が早い時期の文章を含んでいるためであろうか、『熱風』の前に置かれている。『墳』は、魯迅自身の言によれば、「論文集」であり、『熱風』は短評を収めている。

両書、すなわち本巻所収の評論は、おおよそ三つの時期に分けることができる。

第一は、日本留学時代。『墳』の冒頭の四篇は、いずれも一九〇七年、東京留学時代、魯迅二十六歳の青年時代の作である。留学時代に書かれたものは、この四篇のほかにもかなりあり、本全集第九巻、第十巻、第十二巻に収録されている。いま、その中の主なものを挙げると、

一九〇三年

『月界旅行』ジュール・ヴェルヌの空想科学小説の翻訳。本全集第十二巻『訳文序跋集』に、その「弁言」を収録。

「ラジウムについて」同第九巻『集外集』所収。

「中国地質略論」同第十巻『集外集拾遺補編』所収。

「スパルタの魂」同第九巻『集外集』所収。

一九〇六年

『地底旅行』ジュール・ヴェルヌの空想科学小説の翻訳。本全集には収めない。

『中国鉱産志』顧琅《クーラン》との合編。本全集には収めない。

一九〇七年

「人の歴史」本巻所収。

「摩羅詩力説」本巻所収。

「科学史教篇」本巻所収。
「文化偏至論」本巻所収。

一九〇八年

「ペテーフィ詩論」ハンガリー文学史家ライシーの評論の翻訳。その「訳者前記」を本全集第十二巻『訳文序跋集』に収録。
「破悪声論」同第十巻『集外集拾遺補編』所収。

一九〇九年

『域外小説集（上・下）』その「序言」を第十二巻『訳文序跋集』に収録。

第二は、それから約十年の空白を置いた、一九一八年から二二年にいたる時期。これは、魯迅が、文学革命の運動の中ではじめて「狂人日記」を雑誌『新青年』に発表して以後、後に第一創作集『吶喊』に集められた十五篇の小説をあいついで書いた時期である。『熱風』所収の各篇は、末尾の「『校訂』はやめてほしい」（一九二四・一）だけを例外として、他はすべて『吶喊』の執筆時期と重なっている。『墳』所収の「私の節烈観」と「我々はいまいかにして父親となるか」もこの時期に入る。

第三は、一九二三年の一年間の空白を置いて、一九二四年から二六年までの時期。『墳』所収の「ノラは家を出てからどうなったか」（一九二三年末に講演、二四年発表）以下の十六篇と「題記」、「『墳』の後に記す」および『熱風』の最後の一篇と「題記」がこの時期に入る。二三年を空白と言ったが、ただ、『墳』の「宋代民間のいわゆる小説およびその後」（一九二三・一二）という小説考証風の文章一篇だけが例外となる。

この時期は、『新青年』の運動が分裂と沈滞の季節を迎えた、いわゆる「五四退潮期」に当り、第二創作集『彷徨』、散文詩集『野草』、そして評論集『華蓋集』、『同続編』が書かれたのと時期的に重なっている。『墳』の末尾「『フェアプレイ』急ぐべからず」（一九二六・一）まではすべて北京時代の文章だが、「題記」（一九二六・一一）と「『墳』の後に記す」（同・一一）だけは、北京脱出後、厦門《アモイ》で書かれており、それは、十四年間の北京での生活をしめくくった文章というに止《とど》まらず魯迅がそれまでのおのれの前半生をここに埋葬し、まさに文字通り、自ら「墳《はか》の後ろに記」した、自らの墓誌銘であったことを思わせるのである。

三　魯迅の生涯と仕事

本巻は第一巻であるので、魯迅の生涯を簡単に紹介しておく。

魯迅《ルーシュン》、本名は周樹人《チョウシュレン》。幼名は樟寿《チャンショウ》。字《あざな》は予才《ユーツアイ》。魯迅はそのペンネームである。ほかにも唐俟《タンスー》、黄棘《ホワンチー》、風声《フォンション》など、一生のうちに使ったペンネームは、一回切りのものも含め百四十余にのぼることが知られている。清朝末年の一八八一（光緒七、明治十四）年九月二十五日、中国江南の浙江省の小都市、紹興の旧家の長男として生まれ、一九三六（民国二十五、昭和十一）年十月十九日、上海共同租界の寓居《ぐうきょ》で逝去した。その生年の、日本の年号でいえば明治十四年というのは、夏目漱石より十四年おそく、森田草平などと同年、志賀直哉、高村光太郎、鈴木三重吉らより二年早いということになる。そして、その逝去は、蘆溝橋《ろこうきょう》にはじまる日本の全面侵略戦争開始の前年のことであった。

魯迅の生涯は、かりにその住んだ場所で区切れば、次の七つの時期に分けられる。

(一)　郷里紹興での幼少年時代（～十七歳）

封建的な大家族制度の中で、一家の没落を経験。読書人家庭の子弟として、幼時から徹底した中国古典の暗記教育を受ける。封建道徳の陰湿な非人間性をつぶさに知ると同時に、農民の美しい淳朴な心をも知り、正負を含めて古い文化的伝統と因襲の中で過ごした時期。

㈡　南京遊学時代（十七～二十一歳）

脱れるように郷里を離れ南京の江南水師学堂（海軍学校）に入学、ついで江南陸師学堂付設礦務鉄路学堂（鉱山鉄道学校）に転学し、ここを卒業。この時期はじめて自然科学に触れ、また厳復《イエンフー》訳の『天演論』（進化論）を読み大きな影響をうける。それまで知ってきた伝統的教養とは全く異質な西洋近代の物の考え方に新鮮な驚きを感じた時期。

㈢　日本留学時代（二十一～二十八歳）

一九〇二（明治三十五）年から七年間、まず弘文学院で日本語などを学んだ後、仙台医学専門学校に入学するが、有名な「幻灯事件」などをきっかけに、当初の医学への志を捨て、文学に転じる。一九〇六年東京にもどり最初の文学運動を開始するが、計画した雑誌『新生』の発刊は流産に終わり、出版した翻訳小説集『域外小説集』上・下も、ほとんど何の反響も得られぬまま帰国する。この間、革命団体「光復会」結成に参加、実際活動にも加わったという。はじめて、ニーチェをはじめとするヨーロッパ十九世紀の文芸に触れて強い衝撃をうけ、南京時代に得た西洋の異質性への〝驚き〟を一層深め、その後の魯迅の思想の骨格が形成された時期である。

㈣　杭州・紹興での教員生活時代（二十八～三十一歳）

一九〇九年、留学を切り上げて帰国し、杭州・紹興で生理学・化学などの教員として熱心に科学教育に携わるなかで、辛亥《しんがい》革命を迎える。地方の有力な革命派教員の一人として勇躍して革命に参加、師範学堂の校長となり『越鐸《えつたく》日報』創刊の発起人にもなるが、わずか三ヶ月で窮地に立たされて校長を辞任、南京に赴く。

㈤　南京・北京での役人生活時代（三十一～四十五歳）

一九一二年二月、中華民国初代の教育総長蔡《ツァイ》元培《ユワンペイ》の招きを受けて、南京に成立したばかりの臨時政府の教育部の科長として赴任。四月、政府の移転に従って北京に赴き、以後十四年間、中央政府の官僚として北京で生活することになるが、暗黒の時代に深く絶望して沈黙し、拓本収集や古典研究の中に沈潜する。

やがて、文学革命の運動が起こる中で、一九一八年、友人のすすめで雑誌『新青年』に中国文学最初の近代小説となった短篇「狂人日記」を発表、以後あいついで小説を発表し（第一創作集『吶喊』）文学革命に実質を与え、中国近代文学の基礎を築いた。これと同時に、『新青年』の「随感録」欄などに、鋭い社会批評の短評（本巻『熱風』所収）を書き、のちに雑文、雑感などと呼ばれるようになる独自のジャンルを拓《ひら》いた。

やがて訪れた運動の退潮と分裂の中で、再び挫折を経験し深く内面に沈潜。生涯で最も虚無の色濃い時期を迎える。第二創作集『彷徨』、散文詩集『野草』の諸篇を執筆。またこの間、北京大学、世界語（エスペラント）学校、北京女子師範大学等の講師を兼ねた。

次いで、一九二五年、国民革命の高揚期を迎えんとする中で、北京文化界の新旧対立を背景に起こった北京女子師範大学の校長排斥運動で学生側を支持して当局側およびこれを支持する文化人と鋭く対立した。以後生涯にわたって続くいくつかの論争の最初である。このころから次第に虚無を越え、翌二六年に起こった「三・一八事件」では激しく軍閥政府を弾劾するが、八月、当局の弾圧を避けて北京を脱出し厦門に赴く。

㈥　厦門・広東時代（四十五～四十六歳）

一九二六年八月、厦門大学教授に就任するが、同地の空気に不満で、二七年一月、当時の革命中心地であった広東に移り中山大学教授となる。同年四月の蒋介石の反共クーデター後に、進歩派学生の逮捕などに抗議して辞任、十月ひそかに上海に移る。

(七)　上海租界時代（四十六～五十五歳）

一九二七年十月、上海租界で愛人の許広平と同居。以後、逝去の日まで上海に住む。二八年、プロレタリア文学を提唱しはじめた創造社などから、ブルジョア作家、封建文人といった激しい批判を浴びたが、却《かえ》ってその革命観、文学観の安易さをついて反論し、「革命文学論争」を展開する一方、ソ連のプレハーノフの「芸術論」やソヴィエト文学などを精力的に翻訳するなかで、〝個性的に〟マルクス主義を受けいれていく。三〇年二月、国民党の言論弾圧に反対する中国自由運動大同盟に参加。三月、中国左翼作家連盟の結成にあたっては実質上の盟主となる。その後、国民党の御用文学である「民族主義文学」や左翼作家連盟から分化した「第三種人」などとの論争にも指導的役割を果した。三六年、文芸界の抗日統一戦線のあり方をめぐって起こった「国防文学論戦」では左翼陣営の中のセクト主義などをも批判し、少数派をひきいて論争を起こすが、そのさなかに逝去した。

私たちが通常、「近代文学」というとき、真っ先に連想するものは「小説」というジャンルである。そして魯迅は、「中国近代文学の父」と呼ばれる作家である。一九一八年に書かれた短篇「狂人日記」（『吶喊』本全集第二巻所収）は、中国最初の近代小説であり、一九二〇年に書かれた中篇「阿Q正伝」は、やがて彼の代表作とされ、同時に中国近代文学を代表する作品とも言われて来た。

しかし、魯迅全集のなかで小説が占める分量は、実は多くはない。魯迅自身が「強いて創作と称し得るもの」（『自選集』自序」、第六巻『南腔北調集』所収）として挙げているものは、本全集では第二巻と第三巻に収められている『吶喊』、『彷徨』、『野草』、『朝花夕拾』、『故事新編』の五冊だけである。

このことを、あき足らなく思う読者もあろう。魯迅自身もこうした自分の仕事、特に長篇小説が一篇もないことについて、これは自分が作家でない証拠だ、と言っている。しかし実はこのような魯迅の仕事ぶりにこそ、言いかえれば、魯迅は、私たちがふつうに考えるような意味での単なる「小説家」ではなかったところにこそ、まさに、その「文学」の独自性があるのだということも言えるのである。

前に述べた二十巻本全集の半分に当る十巻は、外国の小説や評論の翻訳で占められている。残りの十巻が魯迅自身の著作であるが、そのうち、小説等のいわゆる創作は二巻分にみたず、四巻は評論文であり、三巻分が古典研究、あと一冊は補遺である。このような魯迅の全集の構成からまず気づく顕著な特色は、自身の創作や評論をはるかに上廻る多量な翻訳があることである。それは、中国に、なんとかして新しい文学の育つことを願った魯迅の、そのためには、外国文学のすぐれた作品や評論の紹介を、なまじな創作以上に重んじた姿勢と、そのために自ら地道な努力を惜しまなかった労苦のあとを、語っている。

次に、とりわけて彼の仕事の特色をなしているのは、創作に倍する量の評論があることである。本全集でいえば、第一巻から第八巻までのうち、第二、三巻を除いた六巻に収める十四冊の評論集と、第九、十巻に収める佚文《いつぶん》の大部分とが、これにあたる。それは、翻訳とともに、ほとんど、彼の仕事の中心部分を占めているかの感さえある。評論とはいっても、その大部分は、「雑文」あるいは「雑感」と呼ばれる独特の短い時事批評の文章であるが、これは、時に「魯迅の雑文」といった呼ばれ方がされるように、彼が開拓した独自の文学ジャンルだとされ、「寸鉄人を殺し、一刀血を見る」と評された酷薄なまでに鋭い文明批評性と論争性は、ある意味では創作以上に魯迅の文学の特徴を示すものと言われて来た。その練り上げられた簡潔な文体の「雑文」は、一方のフィクションとしての小説といわば並行して、彼の文学の営みの二つの側面を形づくっている。そしてそれはまた、今日私たちがいう「文学」という言葉ではどこか覆い切れないもの、むしろ古くから「文章」という言葉でいわれて来たものの伝統を、私たちに感じさせてもくれる。

彼が自ら編んで『三閑集』（本全集第五巻所収）の末尾に載せた「魯迅著訳書目録」を見ると、前述の創作、評論、古典研究、翻訳を並べたあとに、なお、彼の考証学者としての側面を示す古書の校勘や古小説の編纂、彼が責任を負って編集、発行した『莽原《もうげん》』、『語絲』『奔流』などの雑誌、彼が選定し校訂し出版した後進の青年作家たちの作品集、同じく彼が校閲して出版した他の人の翻訳、さらには彼が出版した外国の木版画の画集等々までが列挙されている。このことは、彼がこうしたいわば煩瑣《はんさ》な仕事を、自分自身の創作の仕事と同等に、自らの大切な仕事として意識していたことを物語っている。この目録の後に、魯迅は短い文章を書いている。その中で、彼は自分のやって来た仕事について、たとえば他人の翻訳の校閲一つにしても、一字一句おろそかにすることはなかったことをいい、自分の「生命」は、こうした仕事の中で消費されて来たと書いているが、そこから浮かんで来る魯迅の仕事ぶりは、いわゆる作家・小説家というよりは、むしろ勤勉な学者・編集者、あるいは後進のために労を惜しまぬ誠実な教師のそれである。

このように、実に多方面にわたっている彼の仕事をみると、彼の生涯がどれほど誠実な奮闘の生涯だったかがわかる。彼の死に立ち会った日本人須藤医師の証言によれば、彼の生命を奪った病気は、胃拡張、腸弛緩《しかん》、肺結核、右胸湿性肋膜炎、気管支喘息《ぜんそく》、心臓喘息および肺炎だったという。長い奮闘の生活の中で、彼がすでに肉体を酷使し切っていた様子が察せられる。彼は、「私は牛のようなものだ。食うのは草で、搾り出すのは乳と血だ」と書いたことがあるが、それは嘘《うそ》でも誇張でもなかったのである。

四　国民作家魯迅

魯迅は中国近代文学を代表する国民的作家である。戦後の一時期、日本の近代文学のなかに「国民文学」と呼べるようなものがあるか、といった議論がたたかわされたことがあった。その時にも魯迅は、竹内好らによって、真の国民文学の可能性を示す例として引き合いに出されたものだった。

たしかに、もし、近代の根底にある新しい人間観（尊厳なる人間）の提示という、世界文学に通ずる普遍性を持ちつつ、同時に、個別の民族の国民的課題と取り組み、明らかな民族的国民的な個性を示しているという意味での「国民文学」というものが、成り立ち得るとしたなら、「阿Q正伝」を代表作とする魯迅の文学は、まさしく「民族の魂」を深く描き出すことによって、同時に世界文学に通ずる普遍性を獲得した「国民文学」と呼ぶにふさわしいものであろう。

その意味で魯迅は、私たちに中国および中国人の心を語ってくれるとともに、今日の日本および日本人にとっても、もはや解決済みとは決していえない根深い課題、人間にかかわる課題を、今もつきつけている。それがもし「近代」の課題と呼べるとしたら、誤解を恐れずに言えば、それは日本および日本人にとって、すでに達成され、あるいはもはやその「超克」が課題となっているようなものでは到底ない。我々にとって「近代」は今ようやく実現の端緒をつかんだばかりであり、むしろ今やたやすく破壊、後退の危険にさえさらされているもののように、私には思われるのである。そして、そういうことを、何よりも私自身の「近代」理解の浅薄さを、私に気づかせてくれたのは、ほかならぬ魯迅であり、とりわけ本巻に収められた初期の諸評論だったのである。

西洋の衝撃

では、いったい魯迅のような国民文学が、いかにして可能になったのだろうか。むろん個人の資質や中国文化の伝統などといった様々な要素が考えられなければならないだろうが、少くとも、魯迅の生きた時代が長く重い伝統を持つ旧《ふる》い中国から新しい中国が生まれ出る新旧交錯の時代と重なっていたことと、無関係には考えられない。

魯迅が生まれた清朝の末年は、長く続いて来た封建帝国の体制とそれを支えて来た儒教道徳とが、ようやくに腐朽と崩落の気配を濃くしつつも、なお彼の故郷、中国南方の農村の小都市を重い滓《おり》のように支配していた時代だった。そうした世界から出て来た彼が、はじめてヨーロッパ近代の思想や文学に接触したその青年時代は、ちょうど日清戦争での敗北の数年後から、日露戦争の前後の時期に当っていた。一八四〇年の阿片《あへん》戦争での敗北から始まった中国のヨーロッパ近代との出会いは、西欧列強の侵略に敗北に敗北を重ね、一歩一歩後退を強いられることを通じて、当初の、「夷狄《いてき》」から学ぶべきものは軍事科学の優越性のみであって精神文明においては四千年の伝統を持つ中国にまさるものはないとしていた段階から、ようやくにヨーロッパ近代の精神文明——学術、思想、倫理、文学等にまで眼を向ける所にまで深まっていた。当時の最大の啓蒙思想家梁啓超らは、中国の危機、中国の弱体の根本原因は、単なる軍事力などの外的要因以上に、中国人の「独立の精神」の欠如（＝「奴隷根性」）にあるとして、「倫理改造」の必要を説いていた。

そうした時代の中で、魯迅は、まず当時の思想界を風靡《ふうび》した進化論に触れ、近代自然科学を学び、ついでバイロン、ニーチェをはじめとするヨーロッパ十九世紀の「個人主義」、「主我主義」の文芸思潮を知った。そして、彼がそれまでその中で育って来た伝統文明とは「水と火のごとくに」異なるその異質性を新鮮な驚きをもって感じ取り、それが伝統文明に優越する（「文化偏至論」）ものであることを認識し、深くこれに傾倒した。本巻所収の『墳』冒頭の諸篇は、その記念碑である。そこに見出される西洋近代の新しい人間の原理としての「個人主義」への深く本質的な把握は、今日、日常風俗的に「西欧風」「近代的」なものの中に浸って暮らしている私たちの近代理解から却って脱け落ちているものであるように、私には思われる。自分の近代理解の浅薄さを教えられたと言ったのは、このことである。

魯迅は、たとえば日本における福沢諭吉などの世代と同じく、新・旧二つの時代を経験し、東・西二つの文明の対決を、自らの内面において体験した人だった。そして、明治以来の私たちの先人の多くが、この両者の隔絶をあまり意識せず、進歩を信ずることにおいて頗《すこぶ》る楽観的だったのとは異なって、魯迅は、あたかも夜の闇《やみ》の濃いほどに星の輝きはより明らかに見られ、あるいは強い抵抗に媒介されてこそはじめて物事の理解や受容はより深いものとなるように、彼が見ていた旧中国の暗黒の深さゆえに、あるいは彼が負うていた文化伝統の厚い重さゆえに、彼がとらえた西洋近代の精神原理はそれだけ深く、彼が見た理想の光はそれだけ強く、彼はその両者の間の埋めがたい隔絶を知ったのである。

以上が、魯迅における「西洋の衝撃《ウエスタン・インパクト》」の一面だとするならば、他の一面をも見落とすことはできない。それは、列強による中国分割への危機感から生まれた民族主義と、異民族満州人の王朝たる清朝の支配に反抗する民族（当時の言葉でいえば「種族」）意識の二重の民族意識、近代ナショナリズムである。

先に見た日清戦争敗北後という時代は、これを中国知識人の西洋近代に対する認識の深化という点から見るなら、確かに、西洋物質文明の優秀さの背後に、東洋にまさるとも劣らない精神文明のあることに気づきはじめた時代だったが、しかし、それは、国際政治の上で西欧のアジア侵略の進展という点から見た時には、「眠れる獅子」中国の実態を知った列強が先を争って鉄道敷設権、鉱山開発権等の利権を求め、各地に租借地を要求し、中国分割の危機が一つの頂点に達したときでもあった。清朝政府はもはや中国の独立を守り得る力を持たないことが明らかになりつつあった。

魯迅が留学した日露戦争前後の東京の中国留学生界は、こうした危機的状況を背景に、救国の方向をめぐって、日本の明治維新に倣い立憲君主制に改革して富国強兵をはかろうという康有為、梁啓超らの「変法維新」派と、列強の侵略を防ぐには、まずその前提として異民族支配者の清朝を覆し、一挙に共和制を樹立することが必要だとして「滅満興漢」のスローガンをかかげた孫文、章炳麟らの「種族（民族）革命派」とに分かれて、激しい論戦をくりひろげていた。大勢はしだいに後者に傾いていった。魯迅は留学一年後に民族的屈辱の象徴である辮髪《べんぱつ》を切った。彼は早くから浙江革命派の政治結社「光復会」のメンバーであった。当時の彼の思想の基礎にあったのは強烈な民族意識であり、民族の運命への深い危機感だったことは、すでにしばしば指摘されてきていることである。先に言った〝新しい人間の原理〟との出会いがもたらしたものが、いわば個人の内面における「奴隷」の自覚、すなわち「個」の主体的精神の欠如の自覚であったとすれば、ここに言う近代的民族意識のめざめとは、いわば民族のレベルでの「奴隷」の屈辱意識のめざめだったとも言うことができよう。その屈辱を最も日常的に彼らに感じさせずにはおかなかったのは、彼がのちのちまでも繰返して取り上げて語っている辮髪——清朝が漢民族に強制し、しかも多くの中国人がもはやそれを強制されたものと自覚することさえなく、却ってそれを切った者を「ニセ毛唐」と排斥していた辮髪であった。

彼は「奴隷」の自覚が生んだ苦悶を「寂寞《せきばく》」と呼び、この「奴隷」の屈辱が生むものを、「復讐《ふくしゅう》」と呼んでいる。日本留学時代の青年魯迅が発見した「寂寞」と「復讐」という二つの観念は、この時期の評論（とりわけ「摩羅詩力説」における東欧の文学の紹介など）の底を貫いて流れる基調音となっている。このことは、言いかえるなら、魯迅の文学が、いわば、すでにその出発の当初から、民族の危機をいかにして救うかという政治的な課題と、人間の魂をいかにして救済するかという文学本来の課題とが分かちがたい形で結びついている、すぐれて「政治的」な文学だったということを意味していよう。魯迅において、政治は、はじめから文学の外にある問題ではなかったのである。それには、中国の巨大な貧困や悲惨が人の魂の救済という課題をさえ埋めつくしてしまうといった状況があったといえるかもしれないが、ともあれ彼における「文学」が、日本の、少くとも大正期以後における、「政治」はいわば「黙認」して、その外に自我を追求した「文学」とはなにがしか概念を異にし、同時に彼における「政治」が、日本における「文学」プロパーの世界の外にあるものと考えられて来た「政治」と、やはりどこか概念を異にするものであったことは、魯迅を読むときに、私たちが知っておかねばならないことである。彼の文学、彼の生涯は、そのまま中国革命の歴史であるといわれるのも、そのことのゆえであろう。

以上に見て来たような、日本留学を通じて、魯迅の文学運動の出発点となったと考えられる二つの要素——西洋近代との出会いを契機とする、新しい人間の原理の発見と、民族的危機感（屈辱ないしは羞恥感）——が一つに合わさったものが、後に彼がいう「国民性の改造」というテーマであった。

魯迅の文学、少くともその前半期の文学が、課題として「国民性の改造」をめざすものであったということは、この言葉の解釈についての見解の分岐はあるにしても、まず広く異論のないところであろう。日露戦争の最中の一九〇五年、魯迅が仙台医学専門学校の二年に在学していたとき、授業後に見せられた日本軍の勝利をうつした幻灯の中に、ロシアのスパイとして処刑される中国人とそれを取りまいて見物させられている「屈強な体格、薄ぼんやりした表情」の大勢の中国人を見、これをきっかけに医学を捨てて文学運動に志を転じたというのは、彼自身が何度か書いている有名なエピソードである。およそ「愚弱な国民」は、たとえ体格がどんなに健全で、どんなに長生きしようとも、せいぜい何の意味もない見せしめの材料とその観客になれるだけだ、「我々が第一になさねばならぬことは、彼らの精神を変えることだ。そして精神を変えることができるものは、当時の私の考えでは、当然まず文芸だった。そこで文芸運動を提唱しよう思ったのである……」（『吶喊』「自序」一九二三・八）と、彼は十余年後に書いている。この「愚弱な」国民性を象徴するイメージとして描かれる、処刑される罪人とそれを取りまく無関心な見物人（傍観者）という構図は、実は「自序」だけではなく、たとえば「阿Q正伝」の末尾をはじめ、この北京時期の魯迅の作品の中に、繰返しあらわれるものである。それは、「国民性の改造」という課題が、この一九二〇年代にもう一度改めて魯迅の課題になったことを示している。この「自序」に描かれるエピソードも、そういう意識から再構成された一種のフィクションではないかという説すらある。

科学と文学

魯迅がはじめて西洋近代に触れたのは、十七歳で故郷を離れて南京の洋務派の学校に入った時のことであった。はじめて自然科学を学び、また当時厳復によって翻訳出版されたばかりの『天演論』（進化論）を読む。その時の思い出が『朝花夕拾』所収の「こまごましたこと（瑣記）」などに見えるが、そこで私が何より注目することは、彼がはじめて触れた、新しい物の考え方に、これまで彼がその中で育ってきた儒教的教養とは、全く異質なものを若々しい感覚で感じ取り、新鮮な驚きを感じていることである。

この西洋文化の〝異質性への驚き〟は、日本留学を通じて、自然科学から文芸・思想へと対象がひろがるなかで、いっそう深められた。

前に見たように、日本留学期に彼が発表した文章は、前半は主とし自然科学に関するもの、後半は文芸評論ないしは文明批評的なもの及び外国文学の翻訳、紹介で、空想科学小説の翻訳がその間をつなぐ形になっている。

仙台での経験をきっかけに、彼が科学救国から文芸救国へと志を転じたという魯迅自身の説明は、一応そのままうけいれてもよいが、しかしここで言うべきことは、むしろ、彼が一連の科学論文で自らの同胞に伝えようとしているものは、決して単に科学知識に止まるものではなく、「科学者の精神」であったことであり、また、その「精神」が、後に力をこめて紹介されるバイロン、シェリー、レールモントフ等々の「悪魔派」詩人や、ニーチェ、キルケゴール、シュティルナー等々の個人主義の思想家など、彼が「詩人」、「天才」、「賢者」などの名で呼ぶいわゆる「精神界の戦士」（「摩羅詩力説」）の精神と明らかに連続するものであったことである。彼が「科学史教篇」などでギリシアの自然科学者や十八世紀ヨーロッパの自然科学者について強調するのは、旧習にとらわれず真理のみを求めたその主体的、能動的「精神」であり、さらにその「科学者」像は、科学によって祖国の危急を救った愛国者（政治的能動者）のイメージさえ帯びさせられているのである。つまり、科学は、中国にはなかった新しい「精神」として、受けとられているのである。

このことは、魯迅の西洋受容の特色として見逃せないことである。それは、明治以来の我々の先人が、一般に科学を「精神」としてではなく、単に便利な知識や技術として学ぶ傾向が強かったことと比べたとき、そう思われるのである。

ではその「科学者」像なり「詩人」像なりはいかなるものだったか。当時、中国の危機の根本原因は、単に国力や兵備の弱少のみにあるのではなく、より根本的には中国人の精神のあり方、その「奴隷根性」にあるとする認識は、単に魯迅のみでなく、革命派、変法派を通じて広く知識人の中にあった。梁啓超は、「倫理改造」を提唱し、「独立の精神」の涵養《かんよう》を強調していた。魯迅の「精神界の戦士」像も、まず基本的には、このような「奴隷」に対置される主体的人間の像であった。それは「剛毅不撓《ごうきふとう》の精神をもち、誠真な心をいだき、大衆に媚《こ》び旧風俗習に追従することなく、雄々しき歌声をあげて祖国の人々の新生をうながし、世界にその国の存在を大いならしめた」（「摩羅詩力説」）といわれるものであった。単に主体的というだけでなく、その祖国の人々をめざめさせ、「その国の存在を大いならしめ」る、いわば民族の魂を代表する者であり、政治的能動者であった。

このような「精神界の戦士」すなわち「真の人間」の性格を整理すれば、第一にそれは、伝統的な「君子」に要求される外面の容儀ではなく、「主観内面の精神」と呼ばれるものである。第二に、「円満な人格」や美しい心情などではなく、むしろ「傲慢《ごうまん》なまでの」強烈な「意志」である。第三にそれは、既成のモラルや秩序への温良な随順ではなく、それへの「反抗」である。そして第四に、そうした「反抗」を通しての無限の「発展」、「向上」である。当時魯迅の最も信頼する同志でもあった弟の周作人は、これらを一言で「ニーチェの進化論的倫理観」だったと言っている。そして、このような「真の人間」の精神を、いまは暗黒と虚偽に蔽《おお》われている同胞たちの魂につきつけることが、彼のいう「国民性改造」のための文芸運動であった。そして、このような「精神界の戦士」の「心声」をきいて、今は「民生艱難《かんなん》」なゆえに無気力の中に眠っている「朴素の民」（「破悪声論」）が、春雷にめざめる生物のように、主体性を喚起され、「雲の如くに」（「摩羅詩力説」）立ち上がってくることを期待したのが、当時の魯迅の革命のイメージだったといえるであろう。

洋化と国粋

「国民性改造」の思想が以上のようなものであったとすると、それは一見、中国人の魂にまで及ぶ徹底した洋化あるいは近代化の主張であるように見える。確かに魯迅は、一九二〇年代になっても、たとえば「中国の書物は一切読むな」（本全集第四巻『華蓋集』所収「青年必読書」）とか、一切の小細工をやめて、我々を鉄砲でうち負かした「毛唐」から虚心に学ぶしか、中国の救われる道はない（同上「ふと思いつく（十一）」）とかいった激越なことまでいっている。『墳』の「私の節烈観」以下の女性問題にせよ、『熱風』の主要テーマである迷信や国学への批判にせよ、魯迅の文学の最大の特徴の一つが、その激越なまでの徹底した伝統批判にあることは、いうまでもない。

そうなると、魯迅のこのような徹底した伝統批判は、たとえば胡適《フーシー》にみられるような全面洋化論や近代化論とどこがちがうのか、魯迅が「民族主義者」と呼ばれるゆえんのものは、どこにあるのか、ということが問題になる。

いま二つのことを言っておく。一つは、魯迅の「洋化」論、つまり彼の西洋近代受容の主張は、中国人の主体のあり方を問題にしているのだ、ということである。確かに彼は、近代の自然科学と文芸とを生んだ西洋近代の「精神」が伝統中国にはいまだかつてあったことのない、中国文化とは全く異質のものであり、かつ、それが「古代を越え、東亜を凌駕《りょうが》している」（「文化偏至論」）ことを承認し、「精神界の戦士」に「思いを昂《たか》ぶらせ」（『墳』「題記」）、心酔し傾倒している。だが、彼は、中国人がそういうものに接近あるいは同化すべきことを主張しているのではない。そうしたものに触れて、中国人自身の精神のあり方が変革されることを願っているのである。言いかえれば、彼は、「精神界の戦士」の「心声」に触れることによって、中国人の主体性が呼びさまされ、中国人が、いわばよりよく中国人になること、他人になるのではなく自己を回復することを願っているのである。

したがって、初期魯迅の思想をニーチェ流の「個人主義」だったと呼ぶ（例えば瞿秋白《チュチウバイ》の「魯迅雑感選集序言」）ことは誤りではないにしても、その「個人主義」とは、民族「主義」と対立する意味での個人「主義」を主張するものではなかった。彼は、中国人が何らかの「主義」を捨てて別の「主義」を受けいれさえすれば問題が解決すると考えるような皮相な考え方とは無縁だった。

後に彼は、有名な許広平宛の手紙の中で「……だから、今後もっとも大事なことは国民性を改革することです。でなければ、専制であろうが、共和であろうが、他のなんであろうが、看板はかえたけれども品物はもとのまま、というのではまったくだめです」（『両地書』第八信）と書いているが、ここに言う「品物」とは、私が言う「主体」と言いかえてもいいものだろう。「主義」はいわば「看板」にすぎないのである。

このように「主体」の「精神」の有無が問題である以上、「国粋主義」か「洋化主義」かという争いは、全く皮相のことでしかなくなる。留学時代から、後の『熱風』『墳』の時代に至るまで、魯迅が叫びつづけたことは、西洋近代を受容すべき主体としての国粋が地におちてしまった以上、もはや今の中国人には洋化の能力すらもないのだ、中国はそのような自己を認識し直すところから出直すしかないのだ、ということだけであった。彼は、「国粋」を唱える「国学家」たちには、彼らのいうものがおよそ真の国粋（の精神）とは無縁なものでしかないことを鋭くあばいて、よく外来文化を受容した「漢、唐の魄力」を説き、「洋化」主義者には、主体の精神の回復をぬきにして「自由」や「フェアプレイ」に類する借り物の西洋近代を持ちこんでも、権力者を利し、「私欲の助成」に役立つにすぎないと切りかえしたのである。

もう一つは、それが民族の回心、あるいは民族の倫理的回復をめざす民族主義だったということである。

留学期の重要な論文の一つに「破悪声論」（一九〇八年、第十巻『集外集拾遺補編』所収）という文章がある。その中で彼は、中国人が本来持っていた「情性」は今や日々に失われて、素朴な農民と古代の記録の中にしか見出すことができなくなっているということを言っており、そのあとに、有名な一句「エセ志士は追放せよ、迷信を保存せよ、これこそが目下の急務である」という言葉が出てくる。農民に向かって「迷信打破」を叫ぶ啓蒙主義の「志士」たちは追放せよというのである。むろん、『熱風』の主要テーマの一つである、激しい迷信批判を引きあいに出すまでもなく、この留学期においても「迷信打破」は、「国民性改造」をめざした科学者魯迅の主要なテーマの一つだった。だからといってここの「迷信を保存せよ」という命題を、単なる逆説と読んでしまうことはできないように、私には思われる。

これは、この時期の魯迅が、「精神界の戦士」の「心声」を受けとめて、自ら真の洋化（自由変革）をすべき「主体」としての「国粋」（それはしばしば「固有の血脈」とか「黄帝の血」とかいった言われ方で出てくる）を、農民の持つ「迷信」のうちにしか見出せなかったことを語っているのではないだろうか。それは、代表作「阿Q正伝」の主人公阿Qが、一方ではむろん徹底的に否定さるべき中国人の奴隷根性の典型であったと同時に、「中国が革命すれば、阿Qも革命するでしょう」（『華蓋集続編』所収「『阿Q正伝』の成立ち」）と魯迅自ら言ったごとく、まさに阿Qの「回心」によってしか中国革命の主体が成立し得ないものだったのと同様なのではあるまいか。そう読まないと、辛亥革命から取り残された中国農村社会の最底辺に生きるルンペン雇農阿Qの、グロテスクなまでの奴隷根性に対して突き放した批判をすると同時に、彼に注がれる作者の眼にどこか温かいものが感じられることが理解できないのである。さらに、古代神話に題材を取って、理想の人間像を描こうとした『故事新編』の諸作も、現実の中国社会には見出し得ない積極的な「国粋」主体を神話の世界に求めたという意味で、阿Qのちょうど裏側をなす関係にありつつ、同じく、国民「主体」を模索した営みだったと言えるのではないだろうか。

このような、依拠すべき誇るべき「国粋」を実体として何一つ持たない民族主義とは、方法としての民族主義としか言い得ないものである。「個」としての民族とでも言おうか。「個」に同化を強い、「個」に犠牲を強いるものとしての「民族」とは本質的に異なり、これは、自己であり続けようとする意志である。このような抵抗（自己固執）としての民族主義を通してはじめて、普遍的な西洋近代への単なる同化や接近ではない民族の「回心」、民族の再生、民族がもう一度自己の「個性」を自覚的に回復することが可能になる。この時期の魯迅がその評論や翻訳を通してめざしたものは、このような意味での民族の回心であり、民族の倫理性の回復であった。それが、彼のいう「国民性改造」のための文芸運動でもあったのである。

魯迅と日本文学

ところで、以上のような、民族の回心を願う、いわば文明批評的な性格を持った民族主義、愛国主義は、魯迅の留学時代の日本文学にも例のなかったものではない。たとえば「摩羅詩力説」第二章の末尾に出てくるテオドール・ケルナーは、今日の日本人には馴染《なじ》みの薄い名前だが、明治十年代から三十年代までは何度も取り上げられて紹介されている「愛国詩人」である。そのケルナーには時代とともに変化がみられるが、魯迅のそれは明治三十七年四月に書かれた斎藤野《の》の人《ひと》のケルナー論と一致する（『日本文学』一九八〇・六　松永正義氏の指摘）。石川啄木はこの野の人のケルナー論の、魯迅とほぼ同じ箇所を引いてそれを読んだ感動を語っているが（「渋民村より」）、その愛国主義に見られる文明批評的性格、個の自立と民族の文化的自立とを求める二重の要求（米田利昭『啄木とはいかなる詩人か』）には、明らかに魯迅と共通するものが認められる。「摩羅詩力説」四章以下が、木村鷹太郎、浜田香澄らに多くを負っていることは本巻の北岡氏の「訳注」にあるとおりである。そもそも初期魯迅の思想がニーチェに基づくということも、魯迅が日本に来た一九〇二（明治三十五）年という年が、明治二十七、八年から始まった日本でのニーチェの流行が一つの頂点を迎えた年だったことと無関係ではない。魯迅の日本文学を見る眼は的確であり、彼が影響を受けたのは日本文学では傍流にしかならなかった者だったというのは、すでに早く竹内好が指摘したことだが、逆に魯迅を見ることは、明治にはあったがその後消えてしまった日本文学の可能性に光を当てることにもなるだろう。

だが、魯迅のニーチェ像が十九世紀の物質文明に対する「文明批評家」といった面で、日本の明治期のニーチェ像と多くの共通点を持つにもかかわらず、最終的には、高山樗牛《ちよぎゆう》、登張竹風《とばりちくふう》らの「本能主義者」ニーチェの像が、魯迅の「精神界の戦士」像とは対極的といえるほどに異なったものになっているように、ほぼこのころから、民族主義は文学プロパーのモチーフとしては、日本文学から姿を消す。そしてその後の日本の民族主義《ナショナリズム》が傲慢《ごうまん》な国家主義《ナショナリズム》（魯迅の言う「獣性の愛国」）への道をたどることになったことは周知のとおりである。その悪の頂点までを経験してしまった私たちは、今や「民族」という言葉をきいただけで拒絶反応を起こし嫌悪と警戒心を抱いてしまうが、同時にそれと裏腹に、既に西洋先進国に追い付き追い越した日本人の優秀性への誇りを取りもどせとか、東洋古来の思想の独自の価値を見直せとかいった呼び声も（あたかも『熱風』期の魯迅が繰返し「国粋保存」の声を聞いたごとく）たえず耳に聞こえてくるのは、それがあらゆる民族が持つ隠された欲望をくすぐる誘惑だからだろうか。――そんなふうに分裂した「民族」感情に対して、魯迅のあの過激なまでの「国粋」否定の民族主義は、今も鋭い警告を投げかけているとともに、全く別な民族主義のあり方を教えてくれている。少くともそれは、単なる洋化主義の否定とか、今の日本ではもう古臭くなった、後れた中国の封建性への批判とだけ読んではならないであろう。

「寂寞」から「吶喊」へ

一九〇九年、最初の文学運動が反響らしい反響も得られぬまま、失望を抱いて帰国したとはいえ、郷里で辛亥革命を迎えた時には、彼はなお革命成功の喜びと希望にもえていたかに見える。一二年一月紹興で新聞『越鐸日報』を創刊した時の創刊の辞（本全集第十巻所収）には当時の彼の高揚した使命感が高らかにうたわれているのを見ることができる。彼は、この新聞をめぐるトラブルで紹興にいられなくなるが、初代教育総長蔡元培の招きで南京に成立した直後の中華民国臨時政府教育部に加わった時にも、なおこの生まれたばかりの民国の将来に希望を捨ててはいなかった。職は蔡の教育改革で新設された社会教育司第二科長、「博物館・図書館、動植物園、美術館・美術展覧会、文芸・音楽・演劇、古物の調査と収集」を管轄する職務で、蔡元培の教育改革の理念、とりわけ「美育」をもって宗教（孔子崇拝）に代えるというその主張の実現のために不可欠な一翼を担うはずのポストだった。だが挫折はいち早く訪れる。新政権は弱体で、成立わずか一か月で孫文は軍閥袁世凱に臨時大総統の職を譲り、政府は北京への移転を余儀なくされる。一三年には国民党指導者宋教仁の暗殺、第二革命の失敗、孫文の亡命、国民党の非合法化、一五年には袁世凱の帝政復活、一七年には張勲が廃帝溥儀《ふぎ》を擁立して清朝の復辟《ふくへき》をはかるなど、民国初年は、暗黒な時代だった。蔡元培は在任半年で辞任。軍閥の政権争奪のなかで魯迅が在任した十四年間に教育総長は三十八回もかわったという。この時期に味わった深い絶望を彼は自ら「寂寞」と呼んでいる（『吶喊』「自序」）。魯迅は尨大《ぼうだい》な量にのぼる古書の書写と古代の石碑などの拓本の収集に自らを「国民」と「古代」の中に（同上）沈潜させていた。

だが第一次世界大戦中から戦後にかけての世界的な民主主義と民族主義の高潮の中で、中国にも新しい動きが起こって来た。一九一五年、陳独秀が上海で『新青年』を創刊（当初の誌名は『青年雑誌』）。翌一六年、蔡元培が北京大学総長に任命され、広く人材を集めて大学を改革し、陳独秀を文学部長に招いたころから、運動は次第に活撥《かっぱつ》化する。一九一七年、『新青年』誌上に、当時アメリカ留学中の胡適《フーシー》が「文学改良芻議《すうぎ》」という一文を投稿して口語文の提唱を中心とした八項目の提案をし、これを受けて陳独秀が「文学革命論」を書いたのが、「文学革命」の発端だった。

『新青年』は、辛亥革命で実現されなかった「思想改造」と「社会改造」をめざす一種の啓蒙雑誌で、中国の「根本思想」たる儒教道徳とそれに支えられた家族制度の打倒、婦人解放などが当面の目標だった。文学革命はこうした社会・思想の改造運動と切り離し得ない運動の柱の一つだった。やがて起こった保守派の攻撃に対して、彼らは「デモクラシーとサイエンス」の旗印をかかげて果敢に反撃した。「個性の解放」の呼び声は、しだいに青年たちのなかに浸透し、それはやがて一九一九年の「五四運動」を呼びおこして、一挙に全国的な高揚期を迎える。中国ではこれを五四文化革命と総称し、この時から以後を「近代」と区別して「現代」と呼んでいる。

『熱風』に代表されるこの時期の魯迅の評論活動も、基本的にはこのような『新青年』の運動の一環であった（『熱風』「題記」参照）。その意味でこれを魯迅における啓蒙運動の時期ということもできる。しかし、陳独秀や胡適ら同時期の啓蒙家たちが、それぞれに中国社会の根本問題を取り上げて、あるいは高い理想を掲げ、あるいは具体的な改革の方策を提示しているなかで、魯迅がそうした「大問題」を取り上げることなく、また改革の方向について何一つ具体的な方策を提示することもしていないことは、そのいちじるしい特色をなしている（『熱風』「題記」などを参照）。それは恐らく、留学期の西洋近代経験の深さ（ラジカルな「精神」の把握）およびそれに続く十年の空白期の経験と無関係ではない。処女作「狂人日記」の主人公の挫折と「私も妹の肉を食った」という反省（自己相対化）は、恐らく魯迅自身のものだ。すでに一度深い挫折と絶望と反省を経験したことが、この時期の彼の「暗黒暴露」と呼ばれてきた文章に、ある深さを与えている。同じく文学革命期の啓蒙的思潮の中にありながら、外から持ちこんだ新しい思想の権威をたのんで中国の後進性を糾弾する「指導者意識」や自己絶対化から、魯迅の雑文を救ったのは、この経験から彼が得た「個」の自覚、竹内好が「罪の自覚」と呼んだもの、であった。魯迅の文章が苛酷《かこく》なまでに過激で党派的でありながら、同時にいつもどこかに感じさせる温かいやさしさ（客観性＝寛容）は、ここに由来していよう。

この時期の彼の作品はすべて、自らも青春の夢をかけた辛亥革命を挫折させ、志士たちを「食った」中国の暗黒の正体を、いわば後ろ向きにもう一度とらえ直す作業だった。そして彼がとらえたものは、たとえば、中国人は「類人猿」と「人類」との間の「類猿人」（「随感録四十一」）、「暴君の臣民は暴君よりも暴虐である」（「同六十五」）、「人の主人となる者はまた容易に奴隷に変わる」（「写真を撮ることなどについて」）などという言葉で表現しているもの、すなわち「真の人間」（個人・精神）に対置される「奴隷（＝奴隷の主人）」、「人を食う人間」だった。つまり、それが彼のいう「国民性」だった。この時期の彼の仕事は、思想の内容としては留学時期のものと基本的に違いは認められない。結局、この暗黒の「国民性」をもう一度確認するだけに終わっている。その意味では、彼の作品は限りなく暗い。だが、その描く暗黒の深さのゆえに、逆に、留学期に見た発展してやまぬ「人間」の「尊厳」や「生命」（「随感録六十五」）の輝きで、人を、また私たちを励ましている。

だが、魯迅は、さらに、『新青年』を主力とした啓蒙運動の沈滞と分裂とをもう一度経験する。『彷徨』、『野草』、そして『華蓋集』の時期が始まるのだが、その時期のことについては、第二巻以下の解説に譲ることとしたい。

五　翻訳について

魯迅の文章、とりわけ雑感文は頗る難解で翻訳には困難を感ずることが多い。外国語を日本語に置きかえようとする時の一般的な困難に加えて、魯迅の場合、第一に古典の教養の深さと知識学問の博さ、第二にとくに雑感文の場合、魯迅自身言うごとくおよそ「不滅の文章」を残そうといった意図は全くなく、その時々の、時に瑣末《さまつ》とさえ見える具体的な問題をとらえての「筆の戦い」だったのがその特色なので、国と時代を異にする今日の我々には、魯迅が取り上げた当の事柄自体とそれをめぐる社会状況そのものが、もはやわかりにくいということがあり、第三に、これは「春秋の筆法」以来の中国文化の伝統ともいうべき、いわば含蓄の多い遠廻しな表現方法と、彼独特の、ニーチェ風ともいえる冷徹辛辣《しんらつ》な諷刺《ふうし》性とが生む屈折の多い文体が、翻訳者に、たとえば「然」とか「而」とかいった接続詞一つにしても、作者の真意を誤解してはいないかという不安を、たえず与えるのである。

とりわけ本巻には『墳』の最初に、難解で知られる留学時代の評論四篇がある。これは魯迅自身も「題記」で「やたらに奇怪な言い廻しをし古い文字を使っている」というような、章炳麟ばりの古文で書かれている上に、彼が当時弟周作人とともに苦心蒐集《しゅうしゅう》し、執筆にあたって援用した日本書、外国書の数も頗る多かったことが知られている。訳出には当然ながら多大の困難が予想される。その中の「摩羅詩力説」については、その「材源考ノート」を雑誌『野草』に二十回近く連載中で、中国本国において『摩羅詩力説材源考』（一九八三　北京師範大学出版社）を出されている関西大学北岡正子氏、同じく科学論文については、これまたすでに翻訳、注釈の業績のある横浜市立大学伊東昭《てる》雄《お》氏がふさわしいと考えた。幸いに両氏が多忙のなか労のみ多い翻訳分担を快諾して下さったことは、本巻の責任者として感謝に堪えぬことであった。

最終的には、『墳』については、「人の歴史」、「科学史教篇」、「文化偏至論」及び「宋代民間のいわゆる小説……」を伊東氏にお願いし、そのうち二篇は伊東氏を介して林敏氏に御協力をお願いし、「摩羅詩力説」を含む残りの全部を北岡氏にお願いした。伊藤は「題記」と「『墳』の後に記す」のみを訳出して、わずかに責任担当の責を塞《ふさ》ぐ形となった。『熱風』については、本文は伊藤が全篇を通して担当したが、「注釈」部分の訳は一九二〇年までを茨城大学代《しろ》田《た》智明《ともはる》氏に、それ以後を九段高校大沼正博氏にお願いして、基づく所を一々点検する最も労多き部分を分担していただくとともに、関連する本文の訳にも多くの示唆を与えられた。心より感謝したい。

訳出にあたっては、従来の研究の成果をできる限り採り入れることにつとめた。たとえば、中島長文氏の「藍本『人間の歴史』」（『滋賀大学国文』第一六、一七号）などを参照させていただいた。さらに、魯迅の文章の初出の雑誌、論争相手の文章など、参照すべき資料の入手については、国内各大学、図書館などの友人たちの援助を得たほか、国内で入手困難な資料（たとえば、留学期の雑誌『河南』など）については、学研の魯迅全集編集室を通じて、北京の人民文学出版社の労を煩わせた。――いずれもここに記して感謝の言葉に代える。最終的に伊藤が訳文全体の統一をする予定だったが、これは実際には不可能な作業であることが、やってみてわかった。期限に迫られながら能力の及ぶ限りの努力はした、というしかない。

結果として心残りの多いものになったが、今はこの翻訳がいささかでも今日の日本の思想状況への問題提起となり得ることを願いつつ、このまことに拙《つたな》いけれども、私たちがそれなりに全力を傾けた訳文を、読者の前にささげて、御批判をまつしかない。

最後に、いわゆる「上海事変」のあと、魯迅が西村真琴博士の求めにこたえて贈った有名な詩「三義塔に題す」（『集外集』本全集第九巻所収）を引いて、この第一巻解説の結びとしたい。思えば、過去の中国侵略戦争への反省こそが、日本人自身の再生の道をたずね求めた戦後の我々の魯迅研究、中国現代文学研究の出発点だった。本全集が、詩中に言われる「精禽《せいきん》」（精衛という神話中の小鳥）が、日中間の「劫波《ごうは》」（深い断絶）を埋めようとして、今もその嘴《くちばし》に銜《ふく》んで運んでいる小石の一つになり得たらという願いは、恐らく私一人だけのものであるに止まらず、この翻訳に参加した者一同の願いでもあるだろうと信ずるからである。

奔霆飛熛殲人子　奔霆飛熛《ほんていひひょう》　人の子を殲《つく》し、
敗井頽垣剰餓鳩　敗れし井　頽れたる垣に餓えし鳩を剰《のこ》す。
偶値大心離火宅　偶ゝ《たまたま》大心に値《あ》いて火宅を離れ、
終遺高塔念瀛洲　終《つい》に高塔を遺《のこ》して瀛洲《えいしゅう》を念《おも》う。
精禽夢覚仍銜石　精禽は夢覚めて仍《なお》石を銜《ふく》み、

闘士誠堅共抗流　闘志は誠堅くして共に流れに抗す。
度尽劫波兄弟在　劫波を度《わた》り尽して兄弟《けいてい》在り、
相逢一笑泯恩讐　相逢《あいおうて》一笑すれば恩讐《おんしゅう》泯《ほろ》ぶ。

一九八四年八月十五日

（『魯迅全集　第一巻「墳」「熱風」』解説　学習研究社　一九八四年）

魯迅思想の独異性とキリスト教
——近代文化の受容をめぐって——

一　はじめに

本稿は、東京女子大学比較文化研究所で行われた「東アジアの近代化過程」に関する総合研究[1]における筆者の分担課題の報告である。私が分担した課題は、中国の近代化過程におけるナショナリズムの問題、なかんずく私が〝文化上のナショナリズム〟と呼んできた問題だった。だが、ここではそれ（伝統文化の継承または再生の問題）に直接触れることはひとまず先に送る。以下に取り上げるのは、この問題と初めから分離出来ない関係にはあるが、私の立場からは、一応の手続きとしてこの問題の前にくる、〝魯迅におけるヨーロッパ近代文化の受容〟という甚だ古い問題の蒸し返しであることを、最初にお断りして置かなければならないだろう。この問題を、魯迅における「文化としてのキリスト教」という視点から、「狂人日記」の前後で二段階に分けて、あらためて整理し直してみることが本稿の目的である。

二つの問題　ここに〝古い問題〟と呼んだものは、（一）魯迅における「近代」とは何か、（二）魯迅の独異性はどこにあるか、という二つの問題を含む。これはまた、戦後以来の日中両国の中国近代文学研究の、観点が大きく分かれて来た問題でもあるが、いまそのことには触れない。前者から言えば、我が国では、中国の近代文学を魯迅の「狂人日記」（一九一八年）から始まるとすることは、殆ど文学史の常識である。後者については、竹内好以来のある種の魯迅像がある。周知のごとく、竹内は、魯迅の特異な「文学的自覚」を「狂人日記」の背後に読み取った。そして、このことが、実はまた「狂人日記」以後を近代文学とする根拠にもなっているといえよう。つまり、魯迅の「独異性」（あるいはその背後にあった「自覚」）をどのようにとらえるかということは、「近代とは何か」という問題（本国でもいま問題の文学史の分期の上での根本問題でもある）と別の事ではない。

魯迅とキリスト教　こうした意味で魯迅における「西洋近代」とは何だったかを考えるに当たって、ことさらに〝魯迅とキリスト教〟などという、かつて尊敬する友人の一人によって「比較文化のテーマとしても余りきのいたものではない」といわれたりもしているような題目を、敢えて取り上げたことには、二、三の直接の動機もあるが、それ以前に、（一）上述の「近代とは何か」という問題との関連からいえば、いわゆる「唯物論」を含む「ヨーロッパ近代」の諸思想を産んだ根底にあって、その「座標軸」（丸山真男『日本の思想』）をなしてきたものはキリスト教であり、特に魯迅が強い影響を受けたニーチェやマルクス等はその直系の子孫と考えられること、（二）同じく「魯迅の独異性」ということでいえば、彼の文学についてしばしば指摘されてきた、「中庸」の徳などとは対極的な、激越なまでの過激さや徹底した否定性の中に、かねて漠然とした感じとして、ある種の非中国的なもの（例えば老舎や郁達夫などとはまるで違うもの）ひどく西洋風なもの（しかも日本で一般に西欧的と考えられているのとはかなり違うもの）それもギリシャ的というよりユダヤ的なもの、多神教的でなく一神教的なものを感じてきたということがある。そうした意味で、アジアの近代の今後の課題を考える上でも、これは、一度は取り上げてみてもいい視点であろうと思うのである。

文化としての近代　言いかえれば、ここにキリスト教を取り上げるのは、第一に「西洋近代」を一つの〝文化〟として考えることを意味している。ここに「文化として」というのは、（一）近代の科学、文学、芸術・宗教・倫理等をバラバラのものとしてではなく、一つの全体性をもつものとして総合的にみること、（二）近代の諸思想等を既成品としてではなく、それらを産んだ根源にある人間の精神の働きから、とらえようとすること、（三）近代の普遍性を認めつつも、それをヨーロッパという一つの特殊性、個性を持った文化の産物として見ること、というほどの意味である。第二には、これは「アジアの近代」を、西洋の衝撃（Western Impact）の結果、アジアに「新しい」文化が産み出される〝自己変革〟の過程としてとらえる立場に立つことを意味している。

このような立場は、これまた竹内好以来の〝古い〟ものであるが、[2]今ことさらにこのような立場にこだわるのは、今日の中国に顕著に見られる所謂「文化熱」の流行や我が国における「日本文化論」や「儒教文化圏」論（総じてイデオロギー論・体制論から文化論への評壇の推移）の中に、全く相反する二つの立場・方向をみるからである。それは私に魯迅が生きた時代を想起させる。そして、私はあくまで自己変革の立場、それも「主義」の次元に止らぬ、「文化（＝人間）」の次元に及ぶ〝革命〟の立場に立ち続けた魯迅を思うのである。

二　「復讐（其二）」のイエス像をめぐって

さて、「魯迅とキリスト教」などというどこか気恥かしさを免れないテーマを、一度は正面から取り上げてみたいという気持を触発された最初は、今考えると十数年前に、高田淳氏の論文「魯迅の〈復讐〉について――『野草』「復讐」論として、併せて魯迅のキリスト教論について――」（一九六七年五月）[3]を読んだ時に遡る。

高田氏は、まず魯迅の「散文詩集」『野草』に収める「復讐（其二）」（一九二四年一二月）が、現代語訳『新約全書』の「馬可福音」第十五章（「馬太福音」第二十七章ではなく）にみえるイエスの受難物語を、「ストーリーはいうまでもなく、その主要な用字まで踏襲している」ことを見た上で、しかし魯迅は「決定的な点で聖書より離れ」ていること、魯迅の描いたイエス像と福音書のそれとを較べると、「根本的な点で両者には重大な差異が見られ」、「魯迅は『福音書』のキリスト像を根底から顛覆させようとする」ことを指摘している。

私の狭い読書範囲からいえば、これは恐らく「魯迅とキリスト教」というテーマを最初に正面から取り上げた論文だった。そして、私は、高田氏の指摘に、現在も、大筋において、ほぼ異議を提出する余地を見出さないでいるが、ただ本稿での私の関心は少しく異った所にある。

即ち、私は、たとえば、高田氏が、「『福音書』のキリスト像を根底から顛覆させようと」したものという魯迅のイエス像を（高田氏の指摘をうけいれた上で）、むしろより正しくイエスをとらえたものではないかと考えるのである。――つまり、高田氏が取り上げたキリスト教がいわば〝教義〟としてのキリスト教だったとすれば、本稿のそれは〝文化〟としてのキリスト教であるという、ちがいはあるといえよう。

以下は、そうした観点から、まずは、いわば高田氏の論に便乗しながら、私なりの解釈（高田氏と意見が分かれるのではないかと思われる場合にはその都度触れる）に従って、ここに描かれるイエス像を、もう一度見直してみたい。

「人の子」イエス　まず、高田氏は、「復讐（其二）」のイエス像と『福音書』（マルコ伝）のそれとの間に、「重大な差が見られ」ることを指摘していた。マルコ伝は、イエスを「あくまで〈神の子〉として死んだ」と伝えるのに対して、魯迅はそれを〈人の子〉として描いたという点である。

具体的には、氏は、魯迅がマルコ伝からの引用を「エロイ、エロイ、ラマ、サバクタニ」というイエスの最後の叫びまで止め、このあとに「神は彼を見捨てた。彼はついに〈人の子〉にすぎなかった。けれども、イスラエル人は〈人の子〉さえも釘づけた。〈人の子〉を釘づけた人びとのからだは、〈神の子〉を釘づけたものよりも、血腥く汚れていた。」という一句を、「福音書の伝承を越え」てつけ加えていること、また、マルコ伝では、このあとにこれを見ていた百卒長の「実《まこと》にこの人は神の子なりき」という言葉を記録しているが、魯迅はこれら（十五節以下）を「意図して」切り捨てていること、更には、四福音書すべてにある〈神の子〉イエスの復活を語る部分を一切きり捨てたことを挙げている。

これらはすべて、高田氏の指摘の通りである。そもそも、魯迅はキリスト教信徒ではなかったのだから、イエスを「神の子」乃至はキリスト（救世主）として描くはずはないので、これは当然といえば当然のことだが、しかし、この「人の子」として描かれたイエス像が「福音書のキリスト像を根底から顛覆」したものとみるか否かについては、教義上の立場によって見解は分かれるだろうと思う。

私自身は、イエスは「神の独り子」だったが、同時に、あくまで人間として苦しみを受け、神に棄てられて死んだと解釈しなければ、神の子の「受肉」の教義、イエスという「中保者」によって、人間の「血腥い」罪が贖われたとする「贖罪」の教義自体が成り立たなくなるだろうと考える。改めて多くの注解書を見てみたわけではないが、「神は彼を見棄てた、彼はついに〈人の子〉にすぎなかった」という魯迅の解釈は、この限りでは、「福音書のキリスト像を顛覆」したものとはいえないと思われる。「人を救ひて、己を救うこと能はず、イスラエルの王キリスト、いま十字架より下りよかし、然らば我ら見て信ぜん」という祭司長、学者の嘲弄に示されるイエスのありようにこそ、吉本隆明なども指摘する（『喩としての聖書』）ように、深い人間の真理が示されているといえるのだろう。「人の子」という言葉も、有名な、「鳥には塒《ねぐら》あり、狐には穴あり、されど人の子には枕する所なし」といわれる場合はイエスの自称でもあり、「人の子の雲に乗って来るを見る」などといわれるように通常はメシヤ（救世主）を意味するようで、私には、なかなかに含意の深い言葉と思える。魯迅が、この「人の子（人之子）」という言葉にどれだけの気持と意味をこめていたかはわからないが、ここでは少くとも「我が中国には子供の父は余るほどいるから、これから必要なのは〝人〟の父だけである」（「随感録二十五」一九一八年九月）とわざわざ括弧をつけて使っていた「〝人〟の父」にこめられていた〝人〟への思いは、読み取ってもよいのではあるまいか。

ともあれ、このような「人の子」としてのイエスの十字架上の苦しみと死を描いたことは、（むろん、信仰の対象としての「神の子」あるいは「復活の主キリスト」という面をきり捨ててのことであることを当然の前提としてのことではあるが）、その限りでは聖書のイエス像と矛盾することではなかったとすると、では、魯迅が具体的に描いた「人間イエス」の像はどのようなものだったか。高田氏はいくつかの点を指摘しておられた。いま、私なりにまとめてみると――

第一は、受難物語の「枠」を借りて、魯迅固有の〝復讐〟の観念を形象化したものであること。

第二は、日本留学期以来の、民衆によって迫害される先覚者というパターンが見られること。

第三に、このイエス像は、「摩羅詩力説」の「神と悪魔の価値を逆転させた」サタン（悪魔）像につながり、中国の名教的世界への批判を「現実的根拠」とするキリスト教批判と関連すること、などである。詳しくは引かぬが、問題はほぼ氏の指摘に尽きているやに見える。これらの指摘に同意した上で、以下に、本稿の問題視角から、上の第二、第三項を敷衍しつつ、若干の修正意見を含む私なりの解釈をつけ加えたい。

㈠　魯迅が描いたイエス像は、基本的に、「もし孔丘・釈迦・イエス＝キリストが生きていたら、その教徒たちは恐慌せずにはいられないだろう」（「花なきバラ」一九二六年二月）といわれているような意味でのイエス像である。

従ってそれは、既成の宗教（教義・制度）としてのキリスト教への批判を含むし、さらにそれは高田氏もいう魯迅の「中国の礼教的世界に対する姿勢と相応する」。

(二)　しかし、――というよりむしろ、それ故に、魯迅の描くイエス像は、驚くほどに聖書的である。私は、〝文化〟としてのキリスト教の基本性格を、マルクス、ニーチェなどまで含めて、その唯一超越神教的な思考の構造にあると考えるのだが、その意味では、このイエス像はすぐれて一神教「的」だ、といってよいだろう。

まず、このイエス像からは、彼の処女小説「狂人日記」の主人公や、『故事新編』に収める「鋳剣」（一九二六年）の「黒い男」等々と共通の性格を見ることができる。遡ればそれは、日本留学時代に彼が力をこめて紹介したバイロンをはじめとする「反抗と行動の詩人たち」（その「個性と精神」およびその「寂寞」感と「復讐」観）、さらには、「科学史教篇」に描かれたモンジュをはじめとする〝科学者〟像にもつながる。それらを象徴するものは、ニーチェの「超人」と、「サタンとは真理を説く者なり」とされる「サタン（悪魔）」であっただろう。いま、その「超人」が、「狂人日記」においては「狂人」として造型されるしかなかったという魯迅の精神史の上でのある種の挫折経験をひとまず別にしていえば、魯迅が中国に（あるいはその作品の中に）造り出そうとして来た人間像は、青年時代以来、ずっと一貫していた、といえよう。その性格は、いま仮りに言えば、〝主体的人間〟あるいは〝精神・個性としての人間〟とでもいえようか。それは、(一)主観内面性、(二)傲慢なまでの強い意志、(三)既成への反抗、(四)無限の発展・向上をその特性とするものだった。[4]

だがこのような主体的人間の像は、作品の構成という面からその運命を見るとき、そこには明らかに日本留学期以来の、「先覚者の民衆による迫害というパターン」（高田氏）が見てとれる。

「一人のソクラテスを、多数のギリシャ人が毒殺した。一人のイエス・キリストを、多数のユダヤ人が磔刑にした。……」（「文化偏至論」一九〇七年）

「小事件ではゴーゴリの『検察官』がある。人々はみなこれを禁止したが、皇帝は逆にその上演を許した。大事件では、総督はイエスを釈放しようとしたが、人々は逆に彼を十字架にかけることを要求した」（「随感録六十五、暴君の臣民」一九一九年十一月）

そして上に引いた「花なきバラ」では、「予言者、すなわち先覚者はいつも故国に受け容れられないし、いつも同時代人から迫害される」といい、上の引用の後に続けて「彼等（教徒）の行為に対して教主たちがどのように慨嘆するか全く分ったものではない。だから、もし生きていたら、教主は迫害されるほかはない」と、魯迅は書いている。

魯迅が「復讐（其二）」に描いたイエス像は、高田氏の指摘の如く、〝迫害される予言者〟の像である（実際にも、贖罪の教義を持たないユダヤ教やイスラム教では、イエスは「神の独り子」ではなく、予言者たちの一人に位置づけられているという）。そしてこの、処刑される者の流す〝血〟と、それを取り巻いて見物する群衆というイメージは、周知のごとくこの時期の魯迅の作品の中に（「薬」「阿Q正伝」「示衆」等から「藤野先生」その他に描かれる仙台時代の〝幻灯事件〟まで）、執拗なまでに繰返し現われるものである（ここで魯迅の「復讐」観に触れるべきだろうが、今は高田氏の論文に譲る）。

悪魔と超人――〝預言者〟の系譜――　いま、「預言者」ということを取上げるなら、これはもう屡々指摘されて来ているように、儒教文化とそれに基礎を置く天下王朝体制や古典ギリシャの都市国家が決定的に欠いていたもの、その意味でも最も一神教的な制度であり、思想であり、それを体現する人間像だったといえよう。その特質は、ひとまず、次のように言えよう。㈠直接に神の〝召命〟を受け、その〝言《ことば》〟に預《あず》かった単独者であり（真の個人）、㈡この〝啓示〟としての〝神の言〟のみの力に拠って、王に代表される既成の世俗権力の全体に対抗する徹底した現実批判者であり、そのような政治的機能を使命として与えられている職能者である（世俗権力と対立するもの）。㈢彼はこの〝啓示〟としての神の言の力によって、民衆の主体性・能動性を喚び醒ます者であるが（啓示としての言葉を持つもの）、同時にその故に、迫害を受け、屢々殺害の憂き目にあう運命にある。

　魯迅が「摩羅詩力説」において、「詩人」が「一たび撥《ばち》を握って弾ずるとき」「有情のものは皆曙の日を望むがごとく頭をあげ……汚濁の平和はここに破れる」「平和の破れることこそ人類向上のはじまりである」というのに続けて、しかし同時に「上は天子から下は奴隷に至るまで、一致協力して」「詩人」を圧殺する、それは、「旧い生活を変えたくないのが、人間の常なのだから」だというのは、まさに〝啓示〟としての詩、すなわち言葉の力と、〝預言者〟としての詩人の使命と運命とをとらえたものだったといえよう。

　彼はこの後に続けて、このような言葉（文学）が、『詩経』以来、「思い邪なし」という枷を脱することの出来なかった中国文学の中に、未だかつて現われなかったことを言っているが、それは、こうした預言者的（一神教的）な言葉（の「啓示」性）の、伝統文化には絶えて見られぬ異質性を、彼が強く意識していたことを示していよう。[5]

　ここの例からも知られるように、魯迅の初期評論における「詩人」「精神界の戦士」等々は、いずれも、上に引いた「花なきバラ」に、「予言者すなわち先覚者はいつも故国に容れられないし、いつも同時代人から迫害を受ける」と言われるところの「預言者」のイメージを、何程かずつ宿している。そしてその頂点に位置するのが、「超人」と「サタン」である。

　聖書の「悪魔（サタン）」は、善なる神に対立する悪神・邪神ではない。それは同じく神の支配の下にある天使の中の最も力ある者の一人、いわば〝はみ出し者の天使〟とでもいうべきものであることは、魯迅も見ているとおりだ。「天に抗い俗と戦う」「精神界の戦士」すなわち予言者の系譜に、魯迅はこれを置いている。

　魯迅の「サタン」は、一切の権威、権力、あるいは運命、それら一切の〝既成〟（「天」や「神」はその象徴である）への果敢な批判者、反抗者である。

それにしても、このサタンの本質を語るために「サタンとは真理を説く者なり」という一句をとらえて引いている魯迅は、まことに見事ではないか。これは、彼が伝統文学の思想を代表させた「詩三百、一言以ってこれを蔽えば、曰く、思い邪なし」の一句の対極にあって、この重い因襲を衝き破る力を秘めている。これは、伝統文学にかつてなかった「一神教的」な言語観を、的確に表現した言葉であると、私には思われる。

この点について、高田氏は、魯迅のキリスト教論が、ニーチェのほかに章炳麟の唯一神教批判論に導かれたところがあるが、「単なる一神教批判に止まらず、サタンこそ真理を説くものであるとして、神と悪魔との価値を転倒させようとした視点は、あくまで魯迅のものである」と今村与志雄氏の論を引くが、私は上述の観点から、この指摘を必ずしも十分なものとは思わないのである。

つまり、私は、ニーチェが、「ニーチェの新しい異教は、D・H・ローレンスのそれのように、反キリスト教的であることによって、本質的にキリスト教的である」[6]と言われるのと同様の意味で、サタンは、神（既成の権威）への反抗者であることによって、すぐれて唯一超越神教的思想の産物であり、その精神（その本質は自由）の体現者であることを示していると、考えるのである。五四期以来魯迅は屢々イプセンを始めとする「軌道破壊者」、「集団的自大」に対する「個人的自大」（「随感録三十八」など）について語っているが、これらについても、ことは同様である。彼らは、すべてサタンの系譜に属する人物だといえよう。「復讐（其二）」のイエスの形象が、それらの系譜に繋がるものであることは明らかである。

三　魯迅思想のキリスト教的性格

さて、魯迅が描いたイエス像が以上の如くであったとして、では魯迅はキリスト教から何を受け取り、何を拒否したかということが、次の問題である。

近代的「人間」の追求　まず最初に指摘しておくべきことは、魯迅が宗教としてのキリスト教そのものに関心を持ったという根拠はどこにも見出せないということであろう。

たとえば「サタンとは真理を語る者なり」という言葉にしても、上の如く、それを、すぐれて一神教的な思想だということは出来ても、これはあくまで近代の思想である。高田氏が指摘する「神と悪魔との価値の逆転」という問題は、実はこのことに関わっている。

つまり、魯迅が西洋に求めたものは、あくまで、民族の危急を救うべき西洋近代の科学であり文学であって、キリスト教そのものではなかったことは、言うまでもないだろう。ただその場合、彼が求めたものが、単なる既成品の「科学」や「主義」ではなく、それらを産み出した「根底」にある「人」の「精神」だったから（つまり本稿に言う「文化」だったから）、彼の眼は必然的に西洋古代にまで及んで、近代文化の「神髄」をとらえようとし、その結果、近代を産んだ根底にあったあるキリスト教「的」な伝統にまで深く及んで、これをとらえたということにすぎない。

たとえば、上に、「摩羅詩力説」に「真理を説く者」と呼ばれる「サタン」像が、「科学史教篇」に「真理のみを標準とする科学者の精神」といわれる科学者像とも深く通ずることに触れたが、この場合、魯迅はこの「サタン」なり「科学者の精神」なりを、「キリスト教」的だと意識していたわけではむろんなく、むしろ高田氏も指摘していたごとく、その逆である。バイロンを首とする「反抗と行動の詩人」の場合と同じく、それらはむしろ既成のキリスト教への反抗者、反逆者である。ただ同時に、この時魯迅は、この近代の「詩人」たちの声が、預言者エレミヤの「哀歌」と相通ずるものを持つことと、それが中国では絶えて聴くことの出来ない「新しい声」であることを、青春のみずみずしい感受性で、感じ取っていたということは指摘できよう。

言い換えれば、彼のサタン像にせよ、イエス像にせよ、ある種の二面性を持っていた。

一面は、それが高田氏の指摘する「直接魯迅のキリスト教論としてよりも、むしろ中国の聖人の教の虚偽に対する暴露と批判として展開される。……その展開としてキリスト教論、イエス論が含まれる。……魯迅はそのようにしかイエス及びキリスト教に対しなかった」という面である。ただこのような、中国の封建礼教と欧州のキリスト教とを重ね合わせてみるパターンは、五四啓蒙期の個人主義、反封建の主張の中で、時折見られたもので、とくに魯迅独特のものということは出来ない。

ここでむしろ見落とせないのは、ことのもう一つの面である。すなわち、この時魯迅が求めていたのは、この「聖人の教」への反逆者、破壊者であり、イエスやサタン等々の中に、彼が中国の伝統世界の歴史の中には見出し得なかった、異質の、新しい反逆者、「軌道破壊者」の像を見出していたという一面である。

「見出し得なかった」と書いたが、より正確には、魯迅は、「古代の民」「朴素の民」あるいは「唐の僧」（いずれも聖人の世界からはみ出た人たち）の中に、僅かにそれに似たものを見出していたといえよう。そもそも「摩羅詩力説」は、「古き源を求め尽した者」が、今日の中国の「心声」絶えた「寂寞」を知り、「懐古に触発されて」「別に新しき声を外国に求め」ようとしたものだった。既に見た「破悪声論」におけるルソーやアウグスチヌスの「白心」と「朴素の民」の「純白な心」、あるいは「科学者」の「精神」と「農人」「古民」の「迷信」や「神思」という一見奇妙な響き合いも、容易には見出し得ない中国変革の主体を（「外来の新しき声」を受けとめて、自己変革を通して中国の変革の主体となり得るものを）、何んとかして民族の魂の中に見出そうとした魯迅の希求を示すものであっただろう（私が「文化上の民族主義」と呼ぶものはそれである[7]）。

この「民族主義」の問題は暫く措くとして、「外来」の「精神」を具現した近代的「中国人」像（新しい民族的積極人物像）を生み出すことが、魯迅の文学の一貫したテーマだったと私は考える。そして日本留学期の「反抗の詩人」像から最晩年の『故事新編』の英雄人物像まで、その基本性格（＝精神と個性）は変っていない。[8] ――すなわち、近代の科学や文学や諸「主義」を産み出した根底にある「人間」を求めて、魯迅は既に留学時代において、まさしく近代的人間の基本的な性格とされるもの、即ち、延長たる物質としての自然から独立し、これと対立する自由な精神としての人間、多数の支配から独立した自由な個人としての人間――を発見していたといえよう。ここにおいて彼は、近代の人間・社会の成立の前提とされる内的な倫理の形成こそが、中国の「革命」の根本課題であることを、すでに発見していたということもできよう。

この「物質を排して精神を重んじ、多数を排して個人を尊重する」（「文化偏至論」）という言葉に代表される彼の人間観は、キリスト教的人間観、ひいてはヨーロッパ近代の人間観の、まさしく「根底」をとらえたものであったと、私は考えるのである。

ギリシャ的とヘブル的　いったい、ヨーロッパ近代の文化を産み出したものとしてのギリシャ思想とユダヤ・キリスト教思想との二つの系譜の果した役割や位置づけについては、ほとんど対立的な、様々な見解があるようである。たとえば、ユダヤ教やキリスト教では「一神ヤハウェとその子キリストに対する絶対服従という信仰を中心とした考え方や生き方が基調となり、それが人間の感情や理性を抑圧」しているのに対して、古典古代の世界では「一定の宗教的制約のもとにありながらも、現実に対して人間らしく反応し、信仰内容にとらわれた心によってではなく、自分自身の眼や感覚や理性により多く信頼を寄せた人間中心主義の考え方や生き方[9]」があったとするような理解は、かなり一般的であるかも知れない。

またヨーロッパ近代の形成過程についても、ルネッサンスの人文主義を古典ギリシャ的な人間中心主義によるキリスト教との闘争の結果と見、宗教改革を、強烈な神中心主義による人間性否定として、これと相反する方向にあるものとする見方（西谷啓治）も存在する。

だがまた、「ギリシャ哲学の少くとも一つの到達点を示していると思われるプラトンの『理想国』においても、その目指すところは徹底的に全体主義的な国家像である」ことを指摘し、「ギリシャ思想において、人間と世界とは究極的に同一の原理であるロゴスに支配されるものとして、人間は、マクロコスモスとしての世界の中にあるミクロコスモスにすぎない。そこに人間の固有性、独自性は真の意味では基礎づけられない。ギリシャ的理性の立場からは、個の固有性は、単に普遍的なロゴスからの感覚的なズレであるにすぎない」ので、ラテン語の Individuum（「個の固有性の含著を持つ」）という意味での人間の意識は「キリスト教を待って初めて真に成立した」（木田献一）とする立場もある。[10]

またたとえば近代科学の成立に関して、「近代科学の建設者たちはケプラーにせよ、ニュートンにせよ何れも敬虔な宗教的人間である」こと、「近代科学が単に計数的合理主義の精神や単に世俗的功利主義的な資本主義的精神の所産の如く考えられるは……極めて表面的で」あり、「近代科学の発展を促進せしめた〝発見〟や〝発明〟も、単に実際的経済的要求からの所産ではなく、近世の人間概念たる Genius や Ingenium の精神の表現という意義を持っていた」（下村寅太郎）ことが指摘される[11]（ちなみに〝Genius〟は、魯迅の初期評論に、「天才」「性解」という訳語を付けて原語のまま屢々登場する）。先に魯迅の「サタン」像と「科学者」像が相通ずるといったのも、まさにここに言われる意味においてである。私は「補天」の女媧をこの「天才（Genius）」――本来〝魔的〟なもの――の形象化だと考えている。[12]

またここでは、近代科学を成り立たせた「実験の精神」についても、「新しき方法としての実験は、デモンによる

（その魔力を借りる）のではなく、自らデモンになることであり、その意味においてデモンの実在性の否定である。これは真に唯一の神の定立であり、ただ神のみの存在性の定立である。……ここで始めて世界には Occult なるものがなくなる。世界の完全な合理化がそれにおいて実現する」ことが指摘される。このような「主体的精神」の徹底は「未だ主情的主観主義的ルッターを越えて、カルヴィンに到らねばならない。カルヴィンに於て世界の魔術性が解除される」[13]。近代科学の「厳格な『客観主義』冷徹な『実証主義』『方法』の精神史的源泉は」ピューリタニズムに見出し得る。「十七世紀の『経験主義《リアリズム》』にはピューリタンの禁欲主義がある。Exaktheit の精神、Methodik の精神、System の精神はピューリタンの信条である」[14]。

　なおつけ加えれば、「資本主義的精神」と区別される「資本主義の精神」が、蓄財欲などからではなく、却ってピューリタンの「禁欲のエトス」から生まれたとするM・ウェーバーの指摘（『プロテスタンティズムの倫理と資本主義の精神』）は余りにも有名である。

　今ここで、多神教の古典ギリシャと一神教のヘブル・キリスト教の文化の異同を論ずる学力も余裕もないが、ただ上に引いた、近代科学の精神に関する幾つかの指摘は、私がかねて魯迅のリアリズム（即ち文学における近代科学の方法）や、その作品中の人物の性格について、類同性を感じていたことである。実際、魯迅が救国の道を求めて西洋近代から受容した思想は（弟の周作人の場合と少しく異なって）強くヘブル・キリスト教の系譜の方に傾斜しているように見えるのである。

　先に引いた「摩羅詩力説」で「詩人」の職能を語った際に、プラトンがその「理想の国」で「詩人は治を乱すゆえ、追放すべし」と述べていることを引いて、「意図に高下はあっても」、方法は中国の皇帝と同じだと言うのは、プラトンの「国家」の「全体主義」を、彼が拒否していたことを示していよう。また、総じて魯迅の思想から感じられるものは、ギリシャ的な理性の冷静でなく、ユダヤ的な意志の偏激である。ニーチェやマルクスは言うまでもなく、彼が影響を受けたとされる思想家の多くは、キリスト教思想の系譜に数え得る場合が多い。進化論を受け容れた場合にも、厳復とは異なり、スペンサーの、人間社会をも自然界と同じく進化の法則（自然法則）が支配するものとする一元論を拒否し、ハックスレーの二元論に傾いたが、人間（「倫理化過程」）を自然界（「宇宙過程」）に対立させ、「倫理の進化」を説くハックスレーの倫理観が、「キリスト教的原罪観」を反映していると共に、キリスト教的人間観に基づく倫理観を「本質的に継承している」ことは、つとに高田淳氏も指摘するとおりだろう[15]。

そもそも、高田氏が上掲の「復讐」論で指摘している魯迅の、厳復が反省している「偏至」を「意識的に自己の立場とした」態度そのものが、私にはキリスト教的思想の系譜を感じさせる。魯迅の思想の特色として屢々指摘されて来ている極端なまでの偏激性や否定性は、それを個人の生来の性格等に還元してしまうのでなければ、その根本は、彼の思想のこうした〝唯一神教的性格〟とでも呼ぶべきものにあるように思われるのである。

近代の根底としての〝自由〟について　さて、右の如く、魯迅思想の偏激性・否定性の根本をユダヤ―キリスト教思想の系譜につながる〝唯一神教的性格〟にありとすれば、その本質は、〝自由〟の一語に帰結するであろう。いったい、この自由の思想は、かくも西洋近代に深く浸潤されている今日の日本社会において、未だに最も定着困難な思想であると言われ、今日における自由の概念の混乱は、近代に到って、ルッター以後、古典ギリシャの都市国家にはじまる政治的自由・市民的自由の観念と、旧約聖書時代以来のユダヤ―キリスト教の伝統における自由の観念が混淆を来たしたところにあるとされる（土居健郎『甘えの構造』）。

古代ギリシャにあっては、「規則正しい運動をなすもの」（天体の運動の如き）において「理性的存在者（神的存在）を想定」したが、近代においては、「却って逆に規則正しい運動に生命より死物を、精神的なるものよりは物体的なるものを想定する。法則的でないもの、自由なるものにおいてのみ精神を、生命を認める。これにはキリスト教的背景が認められるであろう。古代の哲学においては特に人間の自由は問題にされない。キリスト教的世界において始めて自由は人間の根本的本質として根本問題とされた」のである[16]。

「人間の自由」は、「法則的ならざる唯一のもの」である。「一切の存在が絶対者たる神の創造にかかるものとして、その神的理性に従い合法則的たるべきであるにかかわらず、ひとり人間のみがそれに背いて罪悪を犯す事実は、自由の実在を示す」ものである。自由を持たない動物（自然）に罪を犯すということが成り立ち得ない理由である。

かかる自由はまた一切の呪術、魔力、偶像の否定である。これは「真に唯一たる神の定立」を待ってはじめて可能になる。「ただ神のみの存在性の定立」を待ってはじめて他の一切のもの、あらゆる過去の教条と未来の希望との存在性（偶像化）が否定され、「純粋に現在の立場のみに立つ」ところの「実験の精神」が成立する。近代科学の成立が宗教改革を経ることを必要とした所以はここにあるとされる。

〝自由〟の思想はまた〝個〟の思想でもある。ギリシャにあっては、個は共にロゴスの支配する全体（マクロコスモスたる宇宙）の部分（ミクロコスモス）であった。これに対して、「Individuum としての個人は、単に全体の一部ではない。全体によって無視され、否定されることのできない固有性を持つものである。このような個の固有性の発見と、それにともなう全体の相対化は、全体を超え、全体を否定し得る絶対者が、個と直結することによって初めて可能である」[17]。――このような「絶対者」としての旧約文学の唯一超越神は、哲学的には「無」と呼んでよいものだが、むしろ「絶対否定」（一切の「既成」からの「個」の「自由」の保証）と呼ぶ方がより適切なものであるとされる。

このような唯一超越神による一切の既成の「全体」（家庭から国家まで、過去の教義・常識から未来への欲望・理想まで）の否定ないしは相対化（個の自由）こそが、古代ユダヤ教からキリスト教までを貫く「一神教」的思想の根本的特質をなすものであろうが、この際、近代思想との関係において重要なことは、それが人間の主体性・創造性とかかわることであろう。仏教やギリシャ哲学においても現世の否定ということはあったが（中国において仏教が殆ど唯一の儒教体制への根本的批判の拠り所となってきた理由もここにあろうが）、それはこの世界を迷妄の感覚世界として否定するのであって、「人間の帰るべき真の世界は理念的にはすでに存在するもので」人は迷妄を捨ててこの真の世界に目覚める（悟りを開く）ことを求められる。これに対して「聖書において、否定されるべきものは必ずしも感覚的世界ではない。むしろ否定さるべきものは、自己完結的なものとしての世界であり、その世界の単なる一部として全体に寄生する人間のあり方である。この自己完結的な世界を打破する神は……創造的な存在者として理解されるのであって、人間もまた創造的な主体として呼び出されるのである。……聖書においては〝この世の否定としての終末は同時に新しい世界の創造である」[18]。――ここに、ヨーロッパにおいてのみ古代の科学とは本質を異にする「近代の科学」の「実験の精神」が成立を見た理由があり、「真の唯一たる神の定立」がその前提となった理由があるだろう。

そして、これはまた、所謂「東洋的諦観」や「尚古思想」の対極に置かれるヨーロッパ近代の〝精神〟――それは竹内好も夙に指摘したように（「近代とは何か」『現代中国論』）、無限の発展を意味するもので、これはまた、魯迅が初期評論において、「反抗と行動の詩人」たちや「科学者の精神」の中に、中国の伝統思想とは「水と火の如くに」異質なものとして、鋭く認識していたものでもあるが――の成立の、精神史的背景を示すものでもあるだろう。

また、かかる「絶対者」が「個」と直結する時「人《ひと》全世界を贏《もう》くとも、己《おの》が生命《いのち》を損せば、何の益かあらん」（マルコ八・三六）という世界が開ける。ここに人の生命は全世界より重いものとなる。有名な「迷える小羊」の喩え話は（ルカ一五・三以下）、一匹の小羊が、絶対者の前では、九十九匹の大きい羊とその価値を比較出来ないという終末論的な論理を語っている。そしてここに、生物的な生命の尊重とは区別される人格としての「人間の尊厳」（「文化偏至論」）という、およそ近代個人主義の根底をなす思想が生まれる形而上学的な基礎があるだろう。

　以上、ヨーロッパ近代におけるキリスト教的なものの位置づけについて、長い引用を借りて粗雑な概論をしたが、むろん異なった観点はあり得るだろう。ただ、私が魯迅思想に一神教的性格を見出すと言ったことの意味について問われれば、ひとまずは以上のようなことになる。

　そして、魯迅が「精神」と「個人」として把握したヨーロッパ近代の人間観（その一神教的性格）の根本は「自由」（毛沢東のいう「主観能動性」はそれに近いと私は考えている）ということになるだろう。

「自由」や「個人」については、今日に至るまで多くの混乱した概念がある。魯迅は早くから「個人」を唱えることが「民賊」に等しいと考えられていることを指摘していた（「文化偏至論」）。「自由」について彼が直接に語っている文章は多くない。だがたとえば『熱風』所収の「人心はなはだ古なり（人心很古）」（一九一九年五月）一つを見ても、彼の自由概念が、「束縛に対する自由」、「組織に対する個人」といった感性的自由理解をぬきんでていたことは明らかだろう。

　救済の教義の拒否　以上の如く、一神教的思想の系譜における〝自由〟とは、〝個人〟が〝絶対否定〟としての唯一神と直接結びつくことによる、一切の〝既成の全体〟に対する否定を意味していた。だが人は果してこのような自由に耐え得るであろうか。たとえば、既成の権威である旧思想に対する果敢な否定者となることは比較的容易だとしても、その際思想上の「放浪者的無法者（loafer）」にもならず、また旧い権威を否定する新しい既成の権威としての新思想を拠り所とすることもなく、それをすることは殆んど不可能に近い。人は大小はあれ何らかの「多数」に埋没し寄生し、それを「偶像」とすることによってはじめて〝安心〟を得る。人は、「絶対否定」たる神と直結すること（即ち自由）を恐れ、自由を捨てたがっている。聖書の宗教における法律的・道徳的な罪と区別される宗教的な「罪」

は、既成の教団や教義の象徴とされてしまった「神」（それはもはや一つの偶像でしかない）への反抗にあるのではなく、むしろ反抗の放棄にある。「絶対否定」たる唯一の〝見えざる神〟を捨て、即ち自由を捨て、何らかの「全体（多数）」とその象徴たる「神」や「王」や天皇や……に身を寄せようとするところにある。もしそれを拒否する単独者があれば、魯迅が既に「破悪声論」に言うごとく、人々は「多数をたのんで」その一人を迫害し、異を立てることを許さない。イエスをはじめとする「預言者」や「詩人」を待つ運命が、死か追放しかなかったゆえんでもある。

だが「罪」がかくの如きものであるとすれば、まことに「誰か罪なきを得んや」である。旧約宗教から新約宗教（キリスト教）への宗教思想史の流れの大筋は、かかる人間の〝不自由〟（即ち罪）への認識の深化の過程として把握され得よう。新約における、神自身によるその「独り子」イエスの十字架による人類の罪の贖いという教義の発生の由来もまたここに見出し得よう。

魯迅が、留学期に既にとらえた理想の近代的人間像は、すでに見たとおり、すぐれて一神教的・旧約的な骨格を具えていた。だが、彼がとらえたのは、その自由な精神であり、それに止まった。「精神は存在する物でなく成立する働きである」（下村寅太郎）と言われる意味での自由を本質とする精神である。従って、彼は、「唯一超越神のみを正しい神として」中国の万有神教的な信仰を「迷信」とする議論をも手厳しくはねつけている（「破悪声論」）。それは「一神教批判」というよりは、むしろ、外来の新しい権威（「正しい神」や「科学」や新思想等々）をたのんで中国古来の神意や伝説、農民の中に僅かに受け継がれている「迷信」をひとしなみに貶しめる「偽士」の態度への批判だっただろう。

総じて、「偽士は去るべし、迷信は存すべし」という一句に集約される「破悪声論」での迷信打破論批判（宗教擁護論）にみられる彼の宗教観の第一の特質は、一神教、多神教、仏教等の区別を問わず、宗教の由来を、「向上を願い」

「物質生活のみに満足しない」「民」が、「自ら」「創り出した」ところに見、それらを生み出した民衆の自由（「繇己」）な心の働き（「白心」と「神思」という言葉で彼はそれを表現する）を尊いものとし、これに反して上から与えられようとする宗教を拒否しているところにある。彼がとらえた新しい精神はすぐれて旧約聖書的であったが、しかし（というより、だから）彼は外来の既成の宗教を教義として受けいれたわけではなかった。彼のキリスト教受容（と、もし呼べるなら）の第一の特徴である。

第二に、彼が新約の、神自身の（「神の子」を十字架につけるという）贖罪の行為による人類の救済という教義を全く受け入れなかったことは、先に見た「復讐（其二）」に彼が描いたイエス像において、すでに明らかである。そもそも彼はイエスの愛を復讐として描いている。

ここでもう一度最初の高田氏の論文にもどると、氏は、魯迅が晩年に日本語で日本の雑誌《文芸》（一九三六年二月号）に載せた「ドストエーフスキイの事」という一文を引いていた。「……只支那の読者としての自分は未だドストエーフスキイ的忍従、即ち横逆に対する徹底的な、本当の忍耐が腑に落ちない。支那には露西亜のキリストが居ない。支那には神の代りに聖人の礼儀が君臨して居る。殊に弱々しい女性の上に」。氏の指摘する如く、これは、魯迅が露西亜人のキリストの購罪による許しを信ずる信仰に基く「本当の忍従」を受け入れることはできず、「反抗と復讐の声をあげざるを得な」かった内面を語っているだろう。

だが、上に述べた如く、人は自由に耐え得ない。そこにイスラエル宗教において〝贖罪〟の教義の発生の必然性があった。――いったい「精神界の戦士」の「心声」（〝啓示〟としての言葉の力）によって、今は眠っている民衆の主体性が呼び醒まされて雲の如くに革命に起ち上るという、いわばやや「楽観的な」[19]革命観・人間観から、やがて「今や私は自分が、臂を振って一たび呼べば集まる者雲の如しというような英雄ではないことを知った」（「吶喊自序」）と認めるに至る魯迅の精神史の過程は、人間は自由であり得るという楽観的な人間観に立つところからやがてその不可能を深く認識するに至る旧約から新約への宗教思想史と似ている。魯迅はすでに自由を知り、やがて自由の不可能を知った。しかし彼は、「贖罪」の教義を含めて、一切の救いを拒否した。そこに、竹内好以来、「悽愴」という形容詞で呼ばれて来ている魯迅の生き方が生まれた、といえるのではないか。

人は自由に耐え得ない。だが魯迅は、様々な留保が必要であるにしても、やはり、自由の重荷に耐えて生涯戦いを持続した。それは、多くの人たちが認めて来たことだろう。

たとえば、そういう問題に鋭く気付いて、五四期の彼の思想の「仮定性」や、そこから生まれた、「全面否定」(「改革の具体的プログラムを何一つ示さない」)の、陳独秀や胡適らとくらべた時の特異さの背後にあった精神のあり方に分け入ったのは木山英雄の「『野草』的形成の論理ならびに方法について」だった。[20]

もっと早く、竹内好は、魯迅の「暗黒」や「絶望」を語って「〝家族制度と礼教〟で象徴される古いものを滅ぼすために、多くの人が、いろいろのものを持ち出した。なかでも〝デモクラシイとサイエンス〟は、二面の救世主に仕立てられた。彼らは新しいもので古いものに対抗しようとした。そのことで、対象的に取り出された古いものを媒介して、新しいもの自体が存在化された。それは権威として固定した。……魯迅は新しいものを信じない。それはあるかもしれないが、彼自身はそれではない。」(「『狂人日記』について[21]」)と書いていた。「デモクラシーとサイエンス」について言われていることは、晩年のマルクス主義に対した時についてもあてはまるだろう。

一切の救済を拒否した魯迅に、如何にしてこのような一切の思想の「存在化」を自らに許さぬような「悽愴」な戦いの持続が可能になったのか。如何にして彼がいう「個人的尊大」を持つ「天才」たちのように、「しだいに厭世家あるいは《民衆の敵》になっていってしまう」(「随感録三十八」)ことがなかったのか。彼が、「自由」に耐え得たのは何故か。
その秘密を、「宗教的な罪の意識に近い」と言うところの「文学の自覚」に見たのが、竹内好だった。私がかつて「終末的な個の自覚」と呼んだものも、竹内が「〝掙扎〟という言葉が示す激しい悽愴な生き方は、一方の極に自由意志的な死を置かなければ私には理解できない」と言った時に考えていたであろうものと、魯迅において、多分、別の経験ではなかっただろう。

四　むすび

もともとは、ここで私が旧著で「終末的な個の自覚」「罪の自覚」と呼んだものについて、中国の友人の問いに答えるために、あらためてもう一度整理を試みる予定だったが、もはやその紙数がない。これについては稿を改めることとし、以下その心覚えのために幾つかのことをメモしておくにとどめたい。

魯迅の生涯の二つの段階　既に触れたように、我が国では、従来、一九一八年の「狂人日記」をもって中国近代文学の始まりとしてきた。これは、魯迅論として言えば、彼における「近代」に関して、初期評論と「狂人日記」との間に（所謂〝寂寞〟の経験を挟んで）一つの断絶を見ることを意味する。従って、もしここに中国文学における「近代」の成立を見るという見解を受け入れるのであれば（これは文学史の分期の問題でもある）、この〝断絶〟がどのようなものであったかが問われなければならない。

〝断絶〟と言ったが、これには若干の留保がいる。それは、むしろ竹内好にならって「連続の非連続、非連続の連続としてとらえる」べきもので、そのいずれを重視するかは、「扱う側の方法の問題だ[22]」ということができる。従ってその〝連続〟面を重視する立場も当然成立しうる。ただ、もし「狂人日記」以後を「近代」とする立場を認めるとすれば、その「近代」理解にかかわって、これ以前と以後とで、何が変ったか、その〝非連続（断絶）〟が問題となるであろう。

いったい、仙台医学専門学校在学中に起こった〝幻灯事件〟などを契機とする〝医学から文学へ〟の志望の転換と東京での文学運動から、その〝失敗〟ないしは〝辛亥の挫折〟を経験するなかでのいわゆる〝寂寞〟の時代の沈黙を経て、やがて五四文学革命の運動の高まりの中で「狂人日記」を書くに至るまでの彼の精神史については、議論はもはや出尽くしている感さえある。我が国での魯迅論の一半は（とりわけ当初のそれは）、殆どこの問題をめぐって繰返されてきたとさえ言えようが、それらの議論を、ここに言う〝断絶〟を認めるか否か（またどういう意味で認め、あるいは認めないか）という論点によって分けることも可能だろう。

竹内好は晩年までこの問題にこだわり、魯迅の日本留学時代の評論を、中国近代文学の「前史」時代の「習作」と呼び、「留学時代の挫折の体験と一九一八年の再出発とが……魯迅の内部で連続していること」を認めながら、しかし「私の立場は、文学革命以後の中国近代文学の展開」つまり「狂人日記」以後と「その前史とは、一応の手続きとしてこの際は区別したい」と言う[23]。竹内が、「魯迅の前史時代は、同時代史の観点からは切り捨てるか、切り捨てぬまでも別扱いにするほうがよいと私は考える」と言うのは、まさに彼の言う「方法の問題」つまり「魯迅を同時代の位相にすえて眺めたい」という彼の「観点」と切り離せない。そして、彼がこのように「狂人日記」をもって「同時代」（即ち「近代文学」）の出発点とする前提として、その最初の魯迅論以来、彼が「狂人日記」の背後に、ある「文学的自覚」を見ていたことはよく知られている。ここには竹内の、「近代」と「文学」に対する一つの立場をみることができるだろう。

これに対して、かつて丸山昇が、「狂人日記」と「随感録」とによる魯迅の作家としての出発を「魯迅における革命の復活[24]」と呼んだのは、彼における〝革命〟の〝連続〟性を重視したものと言うことも出来るだろう。私自身も、かつて留日期の評論を、西洋近代思想の受容の観点から〝同時代の〟日本文学の場合と比較し、魯迅思想の骨格は既にこの時期に形成されており、それらを単に〝前史〟あるいは〝習作〟とは見なしえないとして〝連続〟面を強調したが[25]、これは、その意味では、丸山の観点を引き継いだものであった。

「個の思想」から「個の自覚」へ　魯迅における西洋近代文化の受容の問題に関して、私の立場は、次のように整理出来るだろう。

（一）　魯迅がヨーロッパ近代の衝撃のもとに中国の〝革命〟の課題を何に見出だしたかという意味での彼の〝思想〟は、留学時代に既にその骨格を形成され（西洋文化の「根底」をとらえ）、「狂人日記」以後も変っていない（〝連続〟している）。

彼が見出だした課題は〝文化〟即ち〝人〟の問題であり、彼の思想に名付けるとしたら、西洋文化の根底に〝個〟としての人間をとらえた（同時に、〝個〟としての民族文化を自覚した）という意味で、仮に〝個の思想〟とでも呼びうるものである。

（二）　しかし「狂人日記」以後の魯迅には、明らかにそれ以前とは異なるところがある。竹内風にいえば、思想は変わらないが、思想の「把持の仕方」は変わったと言えよう（その意味で〝非連続〟である）。その転機をなしたものは終末論的な〝個〟の自覚と呼ぶべき経験だったと考えられる。

「罪の意識」と「恥辱（羞恥）の意識」　この経験は、「狂人日記」に描かれるごとき「狂人の治癒（社会復帰）」と呼ぶべきもので、その背後には、竹内好が、「宗教的な罪の意識に近いもの」といったような意味での、ある〝自覚〟

すなわち責任意識の成立が認められた。この責任意識は何らかの「全体」の一部分としてのそれではなかったという意味で、私は、これを〝個の自覚〟とよび、それが、「死の威厳」の前で、すなわち「無」あるいは「絶対否定」と呼ばるべきものと直面することによって、初めて可能となる一切の既成の世界観の相対化を意味している点で、これを終末論的とよんだ。またそれが「指導者意識」（それはしばしば同時に「被害者意識」と結び付いている）からの脱却（自分が「加害者」でもあったことを知ったことによる自由の獲得）をも意味していたという意味でこれを「罪の自覚」とよんだ。

　魯迅が東洋人であり、無宗教者であった以上、彼にあったものを「罪」意識と呼ぶことの不適切であることは言うまでもない。竹内が「……に近いもの」と言ったとき以来、それが一種の〝比喩〟表現だったことは、まず了解して置く必要がある。それを敢えて「罪の自覚」とよんだのは、そこに認められた精神の飛躍の形式に、まさにそう呼ばるべき一神教的なものを見たからである。

　この点に関して、「狂人日記」の中で、私が「罪の意識」と呼んだものが、実は「恥辱（羞恥）の意識」と呼ぶべきものであることを指摘した丸尾常喜のすぐれた仕事[26]があることを言っておかなければならない。私は丸尾の見解に全面的に同意し、旧著での用語法の不用意を反省したが、しかし、私は、この「罪の自覚」と「羞恥の意識」とは、いわば、本質と現象乃至は形式と内容の関係においてとらえるべきもので、ここにこそ、実は、魯迅における西洋文化受容の最も端的な形、民族の伝統と近代の普遍性との関係（たとえば、『故事新編』の中の新しい英雄人物像の性格などとも通ずる）を見得るのではないか、と考えているが、これはなお今後の課題としたい。

「終末論的な個の自覚」　竹内好が「文学的自覚」と呼んだものを、私は「終末論的な個の自覚」と、いわば呼びかえた。それは竹内が「死の自覚」と呼んだものと別のものではないかも知れないが、呼びかえたのは単に言葉の問題ではなかった。私は戦後民主主義（戦後の革新思想）の全面的敗退の中で、その原因を反省し、その解答を「狂人日記」から得た。〝戦後民主主義は終末論を欠いていた〟というのが私の反省である。私の意識において、終末論（とくに近代の思想としての終末論）[27]は、民主主義や科学主義と対立するものではなく、それを救うものである。近代の合理主義を生んだ根底にあった非合理主義的な経験に眼を向けること、それが私が提起したかったことである。

「終末的」という言葉で私が指摘したかったことは、第一に竹内が「文学」に固執したように、私は「科学」あるいは科学の時代としての「近代」に固執したのである。この非合理的経験を通してはじめて真に科学的な精神が成立すること、具体的には魯迅のリアリズム文学がこの時はじめて成立したということであった。第二に、このような「絶対否定」との出会いを媒介にして、はじめて、民族文化（〝個〟としての民族）の回生もまた可能になったということである。その、魯迅における具体的な様相については、稿を改めて、魯迅における〝文化上のナショナリズム〟の問題として論じたいと考えている。

以上これまでの自分なりの思考のあら筋を整理したに止まるが、これをもって、とりあえず結びとしたい。（以上）

注

（1）一九八一年度〜八四年度総合研究「東アジアの近代化過程と文化交流に関する比較研究」研究代表者伊藤虎丸。

（2）たとえば竹内好『現代中国論』とくにその中の「文化移入の方法」など。

（3）《東京女子大学論集》第十八巻第一号（一九六七年）。

（4）拙稿「初期魯迅におけるヨーロッパ」（『魯迅と終末論』一九七五年　龍渓書舎）。

（5）拙稿「詩人とは人心に攖（さから）う者なり——初期魯迅の文学編——」（『中国の文学論』一九八七年　汲古書院）。

（6）K・レーヴィット『歴史における意味』（中村正雄『ニーチェとキリスト教倫理』昭四〇年　弘文堂による）。なおニーチェとキリスト教の関係については、同じレーヴィットの『ヘーゲルからニーチェへⅡ』（柴田訳　一九五三年　岩波書店）、K・ヤスパース『ニーチェとキリスト教』（橋本訳　昭四〇年　理想社）等を参照。筆者の見解は「魯迅におけるニーチェ思想の受容」（一九七三年広島大学教養学部紀要《外国文学研究》第十九巻、後に『魯迅と終末論』に収む）を参照されたい。

（7）この問題については、拙稿「初期魯迅のニーチェ理解と明治文学」（『加賀博士記念・中国文史哲論集』一九七九年　講談社）伊藤・松永「明治三十年代文学と魯迅」（《日本文学》一九八〇年六月号　日本文学協会）などを参照されたい。

（8）拙稿「『故事新編』の哲学」（《東京大学東洋文化研究所紀要》第六九冊　一九七六年）同「魯迅と内村鑑三」（《東京女子大学日本文学》一九八〇年）。

（9）『古代文明の発見』（講談社　現代新書）木田献一著『イスラエルの信仰と倫理』（一九七一年　日本基督教団出版局）より引用。

（10）木田献一　右掲書。

（11）下村寅太郎「魔術の歴史性」（《思想》二四七号　一九四二年十二月号　岩波書店）。

（12）（8）に同じ。拙稿「『故事新編』の哲学」。

（13）（11）に同じ。

（14）同右。

（15）高田淳「厳復の『天演論』の思想」（《東京女子大学比較文化研究所紀要》第二十巻　一九六五年）同「厳復と西欧思想」（『現代中国の思想と文学』一九六七年　大安）。

（16）下村寅太郎「科学と哲学」（『現代哲学講座』第四巻　一九五六年　河出書房）。

（17）（10）に同じ。

（18）同右。

（19）丸山昇『魯迅』（一九六七年　平凡社）。

（20）木山英雄《東京大学東洋文化研究所紀要》第三十分冊　一九六四年。

なお、近年中国でもこれらの点（魯迅思想の否定性・偏激性）に注目する論文を散見する。たとえば一九八六年一〇月の「魯迅逝世五十周年紀念〝魯迅与中外文化〞学術討論会」（北京）における王得后論文、王友琴論文。また、王得后「魯迅思想的否定性特質」阜陽師範学院学報一九八五年、〈魯迅研究〉一九八五年など。

（21）竹内好『魯迅雑記』（一九四九年　世界評論社）。

（22）竹内好『魯迅文集』第一巻「解説」（一九七六年　筑摩書房）。

（23）（22）に同じ。

（24）（19）に同じ。

（25）（7）に同じ。

（26）丸尾常喜「出発における〝恥辱〞（〝羞恥〞）の契機について」（《北海道大学文学部紀要》二十五―二　一九七七年）。

（27）たとえば、イエス論において「終末論」的な観点を強調したシュヴァイツァーの「イエスの生涯」（Albert Schweitzer, Das Messianitäts-unt Leidensgeheimnis. Eine Skizze des Lebens Jesu. 109 Seiten. 1901, 1929, 1956〈J. C. B Mohr Tübingen.〉波木居斉二訳　一九五七年　岩波書店）は、所謂「自由神学」的なイエス解釈に対抗する形で執筆されたものと理解されるし、日本においても、私が多くを得た熊野義孝『終末論と歴史哲学』（一九三三年　新生堂）もまた、三〇年代の思想状況の中において理解さるべきものである。（拙稿「戦後民主主義を救う道」『熊野義孝全集』第四巻付録　一九七八年参照）。

（東京女子大学付属比較文化研究所『紀要』第四十九巻、一九八八年）

初期魯迅の宗教観――「科学」と「迷信」――

一　はじめに――「偽士当去、迷信可存。」

もう三十年ほども昔のことになる。はじめて魯迅の翻訳をする機会を与えられ、彼の青年期の評論を分担した時[1]に、最も強く心に残った言葉の一つは、「破悪声論」の中の、

「偽士当去、迷信可存。今日急也。（偽士まさに去るべく、迷信存すべし。これぞ今日の急務なり。）」

という一節だった。以来、この言葉をどう解釈したらよいのか、ずっと心に懸かってきた。「迷信可存」の一句に、単なるレトリックという以上のものを感じたからである。

もう一つ、これもずっと引っ掛かりを感じている場面がある。「阿Q正伝」の末尾近く、白洲に引き出され、立ったままでよいと言われても、跪いてしまう阿Qに、長衫の人物が、「奴隷根性……」と、吐きすてるように言う場面である。彼の言うことは正しい。とすれば、これは魯迅が描いた「偽士と迷信の図」ではないだろうか。

本稿の目的は、この一句を中心に、初めてヨーロッパ近代文化に触れた時期の魯迅の宗教観について考えてみることにある。少々奇を衒った言い方が許されるなら、魯迅にあっては「科学」と「迷信」とは近親関係にあるのではな

いかというのが、ここで私が提出してみたい問題である。

これは、強いて分けて言えば二つの問題を含んでいる。即ち、――

第一は、科学と宗教との関係という問題。これは、周知の「政治と文学」に続く「文学と科学」というテーマをもう一歩進めて、[2]近代科学（古代の科学とは区別される）を西洋の（東洋とは異質な）文化の産物と捉え、宗教を文化の結節点と見る立場から、近代科学文化の「精神」を考えてみることである。[3]

第二は、外来の近代文化と伝統の問題、とりわけ「迷信可存」の一句が含む、ヨーロッパ近代文化の啓蒙とアジア土着文化の擁護という、相互に矛盾する二つの命題の間の関係の問題である。これは私達には竹内好以来の古い問題で、「民衆と知識人」という、これまた古い命題とも、無関係ではない。[4]

いずれにしても、これは「西洋の衝撃」に対するアジアの対応の態度についての、魯迅に例を取った、一つのケース・スタディである。これらの問題が、日本人にとって今もなお解決済みとは思えないことが、私が敢えて三十年来の古い問題にこだわる理由である。私は、今日においても、未だに、アジアの近代の諸思想の中で（進化論からマルクス主義等々までの諸「主義」の別を越えて）初期魯迅の「個人主義」と呼ばれるもの以上にラジカルな思想を知らないのである。

二　「破悪声論」について

はじめに、まず「破悪声論」全体の論旨を概観し、上記の一句がどのような文脈のなかで言われているかを見ておきたい。

「破悪声論」は、魯迅が日本留学時期に書いた何篇かの評論の最後に位置している。この、一九〇八年十二月五日、東京で出版された留学生雑誌『河南』月刊第八期の「論著」欄に、迅行の筆名で掲載された約六千三百字の未完の論文は、今見ると三箇所で改行されている。つまり四つの段落から成っていると見ることができる。

（一）〝序論〟か〝原論〟とよぶべき第一段落は、まず「根元は崩れ、精神はさまよい（本根剥喪、神気傍皇）」、悠久の歴史を持つ一大文化が、今や根底から崩壊を開始しているという予感から書き始められる。もし、少数の先覚者が現われ、その「心の声（心声）」「内なる光（内曜）」が、この「暗黒」と「虚偽」を貫き破って、百草を芽ぶきへと目覚めさせる春雷のごとくに、今は眠る民衆の主体性を喚び起こし、「国民一人一人が自己を持ち、世間に流されなく（人各有己、不随風波）」なれば、中国も存立を全うできよう。だが、現実の中国社会はただ「悪声」のみが囂々たる「喧騒（擾攘）の世」である。

（二）第二の段落は〝悪声総論〟とでも呼ぶべき部分である。つまり、上に「喧騒の世」と呼んだ清末言論界に見られた「志士英雄」たちの様々な「悪声」の概観である。それらは、一つは「汝、国民たれ」、もう一つは「汝、世界人たれ」とに大別出来るが、いずれも、自己の内なる真実に拠らず、ただ多数に追随して発せられ、その結果また他人の自由と個性を圧殺する点では同じである。その主な主張を挙げれば、前者では「迷信を打破せよ」「侵略を尊べ」「義務を尽せ」であり、後者では、「文字を同じくせよ」「祖国を棄てよ」「斉一を尚べ」である。彼らは、「科学」や「適用」や「進化」や「文明」を自己を守る楯にしているが、実はそれらの何たるかも全く理解せず、ただその美名を借りて、自分の名利を計っているに過ぎない。

（三）第三段落、第四段落は、〝序論〟、〝総論〟に続く〝各論〟の、それぞれ第一章「迷信打破論批判」、第二章「侵略礼賛論批判」とでも題すべき部分である。第四段落の末尾に「未完」とある所から推して、この後さらに総論部分に挙げられていた「義務を尽せ」以下四つの主張への批判が書き継がれる予定だったと考えても不自然ではない。ともあれ、ここでは、第三段落に魯迅が取り上げた「迷信打破論」が、二類に大別された「悪声」の中の、後者（「汝それ世界人たれ」）ではなく前者、つまり「汝それ国民たれ」（国家主義派）の主張の最初に挙げられていたものであったことに、注意しておきたい。

つまり、魯迅の「迷信打破論」批判は、確かに一種の啓蒙主義批判ではあっても、それを単純に土着主義の立場からのものとは考えにくい。彼が感じていたのはもう少し底深い問題であり、彼が当面していたのは、本来の啓蒙主義とは異なる、いわばアジア的啓蒙主義とでも呼ぶべきものだった筈である。

冒頭に引いた「偽士当去、迷信可存、今日急也。」の一句は、この第三段落に出てくる。それは、当時の魯迅が正に右のような問題に当面していたであろうことを予想させるが、ここでは、魯迅の迷信打破論批判が、このような「悪声」への、殆ど浪漫的な「個人主義」の立場からの抗議の文脈の中に位置付けられることだけを、まず押さえておきたい。

三　「破悪声論」の宗教論

「破悪声論」の宗教観には章炳麟の影響があること、またその迷信打破論批判が直接には康有為らに向けられたものであることは既に指摘がある。(5) 彼らとの比較や対比を通して、西洋受容をめぐる魯迅の「路線」の特色を見ることは興味深いテーマであるが、本稿の目的はそこにはない。ここでの関心は、本文の文脈に即して魯迅思想における科学と宗教との関係を読んでみることに限定される。

第三段落の「迷信打破論」批判は、（イ）魯迅の、いわば宗教原論とでも言うべきものを含む総論部分と、（ロ）各説、すなわち、当時の迷信打破論の具体相の幾つかを取り上げた批判の部分とに分かれる。そして初めに掲げた「偽士まさに去るべく迷信存すべし」の一句は、この原論部分の最後、いわば結びの位置に置かれている。最初から順に文脈を追って見ていきたい。

（一）「迷信」と「正信」の区別　最初に魯迅は、「迷信打破」については「今日、沸騰せんばかりの」議論があるが、論者はいずれもまず先に「正信」を説く事をしていない、と指摘する。「正信が確立されないでいったい何と比較して迷信と言うのか」と。

――ここで「迷信」と「正信」とを明確に区別し、「正信」があってこそ始めて「迷信」を言い得るとするのは、宗教をひとしなみに「阿片」とするのとは明らかに立場を異にしている。むしろ後にも触れるように、私達にかのM・ヴェーバーが「宗教の古代的状況」（呪術の園）と、それから人間を解放した「文化宗教」とを区別していることを想起させる。魯迅は宗教に関して、迷信とは別に、人間にとって奪うべからざる真正の信仰があり、それは尊重しなければならないことを認めているると、ひとまずは、言ってよいであろう。

（二）宗教の由来　魯迅によれば、

「そもそも人として天地の間に生を享け、曖昧な知識と浅薄な思慮しか持たぬ者は論外として、いやしくも物質生活に甘んじ得ない者なら、誰しも必ずや自ずと形而上の要求を持つ」。

「ヴェーダの民」、「ヘブライの民」の宗教もここから起こった。中国の「志士」たちはこれを「迷妄」というが、これこそ

「向上を求める民が、有限相対の現世を離れて、無限絶対の至上のものに向かおうとしたものである。人心には

必ずよりたのむものがあり、信仰なくしては立つことは出来ない。宗教が生まれるには必然性があるのだ。（人心必有馮依。非信無以立。宗教之作。不可已矣。）」

――ここで魯迅は、宗教の発生の由来を、三つの側面から捉えているように見える。

第一は、「物質生活」に安住出来ない民の「向上」を求める願いである。これはまず人間の「精神」性の重視であり、それは「物質を愛して天才を憎んできた」国民性に魯迅が突き付けた批判でもある。周知のように「物質を排して精神を重んじ、多数を排して個人を尊重する」の一句は初期魯迅の思想を代表するとされる。「向上」は物質が持ちえない精神の属性の一つである。「文化偏至論」や「摩羅詩力説」では、ひたすら向上発展を求めて止まない能動性に、中国の伝統思想とは「水と火のように」異なる西洋＝近代思想の特質があることが強調されていた。その意味では、ここにはヴェーバーの宗教論との近似の外にニーチェの影響を指摘できるだろう。

第二は、何か「よりたのむもの」なしには立つことのできない「人の心」の弱さである。「弱さ」と言ったのは私自身の読み込みだが、「人心必有……」と言い「……不可已矣」と言う語気は、そういう読みを許容するのではないだろうか。そして、この人間の「弱さ」は、「迷信」の「迷」ならざるを得ない部分に関わっているだろうが、しかしそれは「有限相対の現世」を離れて「無限絶対の至上」に向かおうとする民の「向上」の願いと必ずしも矛盾するものではなく、両方相まって彼の宗教観（それは同時に彼の人間観でもある）を語っているだろう。

いずれにしても、宗教観として言えば、これは「神が人間を作ったのではなく人間が神を作ったのだ」という立場を暗黙の前提としているとも言えよう。ただ、同じ事の言い換えに過ぎないにしても、この際より重要なことは、魯迅が宗教を人間のある種の積極的な精神性の表われと見ていること、そして既成の「教義」よりも、それを産み出した人間の精神態度としての「信仰」の方を重視していることである。言い換えれば、魯迅における宗教は、既成宗教の枠にとらわれず、人間の精神の在り方として把握されるものであった。彼の宗教観のこのような側面は、次の中国的汎神論擁護により一層顕著に示される。

（三）　中国人の宗教の擁護　さて、このようなものとしての宗教は、これを中国について言えば、

「古代から、普く万物を文化の根源として崇め、天を敬い地を祭り、……草木や竹石に至るまでを、ひとしく神秘な性霊を宿し玄妙な真理を潜めていると考えるなど、その崇め愛するものの広いことは世界に例を見ないほどであった。」

ただ、現在の中国では、

「民生に艱難多かりしがために、この国民性は日々に薄れ、今日に至ってはこれを僅かに古人の記録の中と、未だ天稟を失っていない農民の中に見いだしうるのみで、士大夫の中には殆ど見いだしがたくなってしまった。」

これを、もし「中国人の崇拝するものは無形の超越神ではなく有形の実態であり、唯一神ではなく万物であるから、これは迷信である」という者があるなら、敢えて問いたい、「何故に無形、唯一の神のみを正しい神と言うのか」と。[6]

魯迅はここで、「宗教の由来は、本来、向上を願う民が自ら創り出したもので」、「たとえ対象に多と一、虚と実の別があろうとも」（つまり一神教だろうと多神教だろうと、超越神教だろうと万有神教だろうと）、「人心の向上を願う要求を充たす事においては同じである」と、上段で同じく「中国の志士たちが迷妄とする」ところの「ヴェーダの民」の宗教や「ヘブライの民」の一神教を擁護したのと同じ論理を再度使って、ここでは中国古来の汎神論・万有神教を擁護している。

これは、上に言ったと同じく、既成の教義・教条より、それを産んだ人間の精神の在り方を重視する彼の宗教観の特色（思想についても同様の事が指摘される）を示すものといえるが、それにしても超越神教と木石崇拝とをひとしなみ

に擁護するというのは、教義を重んずる立場（特に唯一神教の立場）からは、余り無原則だとも言えよう。

この点について差し当たり考えられる事は、まず魯迅の目的が、一神教なり汎神論なりの宗教的立場に立って他宗教を批判することにはなく、いずれの立場に立つものであろうと、総て何らかの〝上からの権威〟を憑んで民衆の〝後れた意識〟を啓蒙しようとする者への反対にあり、具体的には（ここの文脈からは仏教、キリスト教以外のものでなければならない）康有為らの（孔子教を「正信」とする立場からの）迷信打破論への批判だったのであろう、ということである。(7)

（四）神秘に通ずる心　魯迅はこの後、

「審らかに天地万物を観ずれば、霊覚妙義を持たざるものはなきがごとくである。これぞ詩歌であり、美術であり、今日の神秘に心を通わせる士の行き着く所である」

と言い、先に言った〝精神の在り方〟として、「向上を求める」ことに加えて、詩歌や美術など芸術を生み出したものとしての、大自然の「神秘」に感応し得る心を挙げている。これは、こうした中国人の宗教が、今や「古人の記録」（彼が少年期から愛した神話伝説を指すだろう）と「天稟を失っていない農民」とに見いだしうるのみだという場合にも、また、上段に「ヴェーダの民は、凄風烈雨、黒雲天を蔽う中に稲妻のきらめき奔るのを見てインディラの神が敵と戦うのだと考え」、「ヘブライの民は天然を大観して不可思議の思いに打たれ」、今日の宗教はそこから芽生えたと書いていた場合にも同じであって、後に取り上げる空想力（「神思」）と深く関係している。

（五）「正信」の拒否　「破悪声論」の叙述を追えば、魯迅は上の引用部分に続けて、このような中国人が四千年の昔から持っていた宗教を「迷」というなら「正信とは、はたいかなるものか（正信為物将奈何矣）」と言う。上に魯迅は迷信打破論者を批判し、まず「正信」を示せと迫っていたが、それは実は彼らの無信仰を衝いた批判であって、ここは「偽士」が「迷信」と呼ぶ民衆の信仰以外に別に「正信」がある訳ではないという主張、つまり魯迅の言う「迷信可存」は一種の逆説表現だったと、ひとまずは、読める。

そして、このような民衆の信仰を抑圧する「無信仰」な「澆季末世の知識人」たちへの批判の言葉が続き、「偽士当去、迷信可存、今日急也」の一句で、私が〝魯迅の宗教原論〟と呼んだ部分が締めくくられる。

この後は〝各説〟と呼んだ部分、即ち「科学を振りかざして迷信打破を叫ぶ者」、「寺廟を接収して学校を作る者」、「村人の秋祭りを浪費だと言って禁止する者」、「神話・神物を迷信だといって嘲笑する者」など、迷信打破論者の幾つかの具体例に対する批判が続く。魯迅は「志士」たちの仏寺破壊に対して仏教を熱心に擁護し、神話を嘲笑する彼らの精神の浅薄を糾弾するが、その最後、つまり第三段落の迷信打破論批判の末尾は、「宗教を制定して中国人に信奉を強制」しようとする動き（恐らくは康有為の孔子教を国教としようという主張）への批判である。[8]

魯迅はこれを「古今未曽有の事」と言い、もしそんなことになれば「心霊は他人に奪われ信仰の自由は失われてしまう（心奪於人、信不繇己）」、「迷信打破の志士たち」は実は「欽定正教の忠実な下僕だったのだ（勅定正信教宗之健僕哉）」と結ぶ。

――この「正信教宗」の拒否に関しては、二つの問題を指摘して置きたい。

（A）信仰の自由　上段で、魯迅が一神教も多神教もひとしなみに弁護していたのは、宗教論として無原則に過ぎると見えないでもないと言ったが、ここでの上からの「正しい教」の「強制」の拒否は、先の自発的宗教の擁護と対応しており、魯迅の宗教論の原則は明確かつ一貫している。信仰とは、たとえ「迷」なるものであろうとも、民衆の「自由（繇己）」な精神の働きに基づくものでなければならず（民衆の精神の自発性・内発性の尊重）、たとえ「正」しい（と知識人が考える）教えであろうとも、上から与え、与えられるものは「偽」なるものでしかない（民心の統一への反対）というのが、ここでの魯迅の宗教論の言わば締めくくりとなっているということが出来る。

（B）「正しさ」の拒否　だが、ここでの彼の宗教論の意味は以上に止まらないであろう。というのは、これは単に「下からの自発性の尊重（上からの権威の押し付けの拒否）」というだけでなく、「正しいもの」自体の拒否・否定を意味しているだろうからである。「正しいもの自体の拒否・否定」は、「一値論理に基づく極端主義」から「多値論理に基づく寛容」へという、それこそ近代思想の基本的な方向の一つと言えよう。[9]だがこれは「寛容」を生むと同時に、周知の如き魯迅のあの苛酷なまでの現実批判、過激なまでの伝統否定をも生んだものである。

この「正しい信仰」の拒否は、強いて分けて言うなら、二つの側面をもつ。

第一は、人の心の「弱さ」の表われである「迷信」の「迷」なる部分の擁護ないしはそれへの固執である。――つまり、ここで彼が使っている「迷信」という言葉の意味は重層的であるといわざるを得ない。（イ）既に見たように、魯迅は、上段では「偽士が迷信と呼ぶもの」こそが実は「真正の信仰」だとしていた（丸山昇が指摘した、「朴素の民」の、後の「故郷」の閏土の像につながる面ともいえよう）。（ロ）だが、ここでは魯迅は、「正信教宗」の「正」（正統）に対して明確に「迷信」の「迷」（異端）の側に立とうとしている。しかもこの本当の迷信（異端）は、積極的に肯定されるもの（後の「雷峯塔の倒壊について」の民衆のテーマにつながる面）だけでなく、（ハ）それ自身は明らかに肯定出来ないものではあるが、それを権威的に上から裁いてしまってはならないもの（例えば阿Qの奴隷根性のようなもの）までを重層的に含んでいた筈である。魯迅は「迷信」と「正信」とを差別すること、何らかの「正しい」（正統の）信仰をもって来て他人、特に庶民の信仰を「迷」（異端）と裁断する「偽士」の態度を拒否している。彼は、真に信仰と呼び得るものが、常に「迷」あるいは「偏」の要素を持つし、持たざるを得ない事を見ていたとも読めるだろう。

第二に、彼の宗教擁護は偽士批判以外のものではなく、彼自身は一切の特定の既成宗教の立場を持たないという面

（かつて竹内好が「無」という言葉で言ったもの）。一切の自発的・内発的信仰を擁護するが、逆に一切の、上からの、権威ある（「正しい」）教義宗教は拒否する、このような宗教擁護論は、殆ど虚無的な宗教否定論に近い（一切の既成を拒否するという意味で、実は徹底して〝超越神教的〟なのだが[10]）。

魯迅は、「正しいもの」「権威あるもの」による思想統一と「迷信」の差別に反対し、「正」をもって「迷」を裁くことを拒否している。「正しいもの」とは、実は、ある時代の、ある社会集団の「多数」派の意見であるという意味で、これは既に「破悪声論」序論部分について見た（また「文化偏至論」「摩羅詩力説」以来の）ニーチェ風の「極端な個人主義」である。そして私が、これを、今日においてもなお最もラジカルな思想であることを失っていないと考えるのは、それが「個」（たとえ「迷」であろうとも）は、「全体（＝多数）」に優先する事を、断固として主張するものであるからである。

四　「偽士」と「迷信」

最初に見たとおり、「破悪声論」の「迷信」擁護は、「悪声―偽士」批判の文脈の中にあり、「偽士当に去るべく、迷信存すべし」という一句に、ここでの魯迅の主張の核心があると言ってよいだろう。そしてこの対句表現のごとくに、ここでの魯迅の宗教論の図式は一見甚だ明快である。この対句が意味していたことの第一は、家や国を滅亡に導いたものは「多くは信仰なき知識人（無信仰之士人）であって、田舎の農民（郷曲小民）には責任がない」と言われるように、農民の「迷信」と知識人の「無信仰」（同時に「勅定正信」）の鋭い対立である。

ここに言われる「信仰なき知識人」すなわち「偽士」とは、「精神窒息し浅薄な功利のみを追い求め、肉体は存するも霊覚は失われんとして」いる者達である。彼らは「人生には神秘に心ひかれることのあるを悟らず、天地万物の秩序ある様を見ても何の関心も抱かない（味人生有趣神秘之事、天者羅列不関其心）」ばかりか、物質生活のみに心奪われ、「ただ口腹の欲の為だけに腰を折り、そういう自分で他人をも律するから、人が信仰を持っているのを見ると、大いに奇怪なことだと考える……」（彼は儒教を宗教とは認めていないようにみえる）。

既に見たように、魯迅は宗教を「阿片」とは見なさず、「偽士」たちが「迷信」と呼ぶものを、物質生活に安住せず、向上を求め、大自然の神秘に敬虔な思いを抱く、人間のある種の積極的な精神性の表われと見ていた。ここに言う「無信仰」もまた、「物質」のみに心を奪われた精神性の欠如を指すのであって、既成の宗教を信奉するか否かは（「勅定正信教宗」は言うまでもなく）ひとまずは無関係な事だった。このような、魯迅において「偽士」と「迷信」を区別する「精神（個人）性」の内容をなすものは何か。

（一）「白心」の意味したこと　「破悪声論」の主張に見られる特徴として第一に挙げられることは、「白心」「神思」という、古典の中の言葉を用いて表現される精神の働きの強調である。まず「白心」とは、

「志士英雄が不祥なのではない、ただヴェールで顔を覆い内面の真実を告白できない（不能白心）為に、その濁った精神から発する悪気が人を毒するのだ」

と言われている。これは、『荘子』「天下」篇の宋鈃の平和主義について語った部分にみえる言葉。二、三の注釈を見た限りでは、「その心を清白に（きよく）するなり」あるいは「明白にするなり」と「その志を暴白し（さらけ出して他なきなり」と、二つの方向の訓みがあるが、大異はない。ここで後者にしたがったのは、すぐ後に続けて、「思えばアウグスチヌス、トルストイ、ルソーの懺悔の書は偉大ではないか。そこには心声が洋溢している」と『告白』や『懺悔録』が引き合いに出され、更に、

「根本に心から言いたいこともなく、ただ専ら他人に付和追随しながら、傲慢にも天下国家を救うなどと大言するなら、私は先ずその心の真実を聞きたい（吾願先聞其白心）。もし人の前で心の真実を告白することを恥じるのならば、むしろその議論を収めるがいいのだ（使其羞白心於人前、則不若伏蔵其議論）」と言われているからである。すなわちここで「白心」は、自己の内面をありのままに人前に「さらけ出す」率直な心的態度を指していると言ってよいだろう。これは北村透谷の「内部生命」を想起させる言葉だ。より積極的には自己の内面の真実への固執、一切の既成価値や外面の体裁を恐れぬ率直な心であり、外的強制や多数意見への追随を拒否する主体性、自由で暢やかな空想力（神思）にもつながるであろう。ルソーが引かれることからも知られるように、それは、西洋近代の文芸思想の基礎となったものであり、M・ヴェーバー風に言えば、「外面の容儀」つまりは「文飾」にこそ「教養人」すなわち「君子」の資格を見る中国知識人の文化の伝統とは、およそ正反対のものである。

つまり、魯迅が「白心」と言う古典の中の言葉によって中国人に提示しようとしていたものは実はヨーロッパ近代の精神であった。同時にそれは伝統の儒教的「文」明の理念の中にある種の「偽」を照らし出す言葉だった。「白心」の一語で魯迅は、中国人の「思想上の病気を治す薬」（「随感録三十八」）として、伝統文明の「文」の理念とは全く異質な、一点の虚偽も文飾も許さない近代科学の精神の一面―例えば厳密（Exaktheit）の精神、体系（System）の精神、方法（Methodik）の精神[11]―を、示そうとしているやに思われる。

言い換えれば、上に引いたような「偽士」への非難は、単に道徳上の虚偽・偽善に向けられていただけではない。むしろ彼らが借物の「科学」や「進化」を語りながら、それを産んだ精神とは無縁である所に、魯迅は、彼らの唱える近代化の「偽」なる所以を見ていたのではないだろうか。

魯迅の批判は、直接には指摘されるように康有為らへの批判だったが、実は儒教文明の根底にまでも届く文明批評だった。そして彼はこの中国知識人の伝統文化とは全く異質な心的態度を、むしろ農民の中に見いだそうとする。すなわち彼は、「朴素之民は、その心純白である」から、一年間の労働の後、秋には天を祭り、自らも天人共食の宴げに連なり杯を挙げて大いに楽しむが、「志士」たちはそれをも迷信であり、浪費であるとして、その楽しみを奪おうとする……という。「純白」もまた『荘子』「天地」篇に見える言葉で、「機心（たくらみの心）存すれば、則ち純白備わらず、云々」とあり、意味する所は、「白心」と近い。ここでも、農民の率直で暢びやかな心と志士たちの硬直して傲慢な意識とが対置されている。

（二）「神思」なき者　さて、魯迅が「偽士」たちにその欠落を見た「精神性」の第二には、彼が「神思」という言葉で呼んだものを挙げることができよう。

「神思」は『文心彫龍』の篇名にも使われている言葉である。魯迅の「神思」の概念については、既に友人たちのすぐれた論考が[12]あり、ここで繰返すことは避けるが、それらにも言われているように、これは、魯迅の日本留学時代の評論にしばしば現われる、「空想力」、「想像力」ないしは「創造力」という意味に翻訳し得る言葉で、当時の彼の文学観を考える上での、大切なキイワードの一つとされて来ている。とりわけ彼が「摩羅詩力説」のなかで、「古民の神思が天然の秘宮に接し、万物と冥契し、これと霊会し」た時、そこに「心声」としての詩歌が生まれたといい、また文学の「無用の用」を「神思を涵養する（涵養神思）ことにある」と書いていたことはよく知られている。

「破悪声論」では、まず「ギリシャ、エジプト、印度等の国々の神話をすべて嘲笑するもの」に対して、「そもそも神話の起こりは、古えの民が天地万物の不可思議を見、神思を逞しくしてこれに擬人化を施した所に始まる」といい、「これを信ずることは当を失するとはいえ、これを嘲笑することは大きな誤りである」として、「太古の民の神思の斯くの如くであったことは、後世の人間にとって、どれほど驚異賛嘆すべきことであるか知れない」と書いている。

また次には、「科学に名を借りて、中国古来の龍に疑いを懐く者」が「動物学の公理を持ち出して、龍は絶対に存在しないなどと言い張る」のに対して、

「そもそも龍なる物は、我国の古民の神思の創造したものであって、これを動物学の範疇で云々すること自体が既にその愚昧を自白したものだ」

といい、更に「自ら神話、神物を創造し得ないで、これを外国から仕入れて来る」といったことは、「古民の神思の尽き果てた」証拠で恥ずかしい極みだ、と言っている。

「神思」は想像力 Imagination と翻訳でき「ロマン主義詩論の要をなす概念」（丸尾常喜）であるとされるが、ここの用例からは、その「想像力」には、少くとも二つの方向性が含まれているように思われる。

一つは森羅万象の神秘に感応し畏敬や不可思議を感じ得る感受性。魯迅によれば宗教心や「現今の神秘に通ずるもの」（神秘主義）にもつながる敬虔で謙遜な心。魯迅は宗教の起源の一つとして「ヴェーダの民」が大自然の力に触れて「慄然として敬虔の念を生じた」ことなどを挙げていた。「神思」という言葉はないが、これも同じ想像力の働きであろう。

もう一つは、能動的な精神。「物質生活に安住せず」「向上を求める」民衆の心。一切の既成のドグマや多数意見に縛られない自由な空想力である。

後に触れる彼の科学論との関連で指摘しておきたいのは、この両面が共に「白心」と深くつながっており、またそれは、「心声」としての詩歌と、同時に偽士たちが「迷信」と呼ぶ神話や宗教をも産み、更には後に見る「科学史教篇」では科学や学術をも産んだ所の精神の働きとされている事である。

（三）「多数」と「個人」「偽士」が欠いている「精神性」の第三に挙げられるものは、魯迅が「自我」「個性」あるいは「自由」と呼ぶものである（念のために言えば、魯迅にあっては、それらは単に感性に属するものではなく精神に属するものであった）。魯迅において「人」とは「精神」であり、同時に「個人（個性）」であった。彼が「志士英雄の多くして人の少いことを憂える」と言った時、「志士英雄」即ち「偽士」とは、この「人」（後に「狂人日記」では「真の人」は言われる）の対極に意識されたものだったと言っていいだろう。

既に見た「破悪声論」第一段落（序論部分）に、「時として天下万物よりも偉大な」言葉の力への賛歌が語られ「蓋し、声が自分自身の心から発せられ……人が各々自己を持った時こそ、社会の大いなる目覚めは近いからだ」と言った後に、魯迅は次のように言う。

「しかし、万《よろず》の鳥がくちばしを揃えて鳴くごとく、口を合わせて同じ事を言い（靡然合趣、万喙同鳴）、……ただ人に従って機械のように発せられるのであれば（従人而発若機括）、その声は……その俗悪と喧噤の悲しむべきこと寂莫よりも甚だしい。」

と。「偽士」とは、まず「個人」性を欠く者、すなわち自己を持たず多数に追随するだけの者であるが、それだけではない。これは同時に、多数であることを権威として、他人の個性と自由を圧殺しようとする者である。これも既に見た第二段落（総論部分）では、魯迅は「悪声」を二つに大別し、そのいずれを問わず「個性を滅ぼすことでは同じだ」と言い次のように書いていた。

「あたかもとりどりの色彩を黒一色に塗り潰すように、人の自我を圧殺し大衆の中に埋没させて別異を立てることを許さず、もし足並みを揃えない者がいれば、たちまち大衆の力をたのんでこれを鞭打ち圧迫して、自由な馳駆を許さない。」

それに続く一段、

「かつては仇に追い詰められると衆に呼びかけて助けを求め、暴君に苦しめられると衆に呼びかけてこれを追放した。だが、今大衆に圧制されている者に誰が同情を寄せるだろうか。かくして、民の中に独裁者のあることは、今日に始まるのである。昔は一人が多数を支配したが、多数は時に離反することもできた（以独制衆者古、而衆或反離）。今日では多数が一人を虐げていて、反抗は許されない（以衆虐独者今、而不許共抵拒）。人々は盛んに自由を唱えているが自由の衰弱し無力なること（衆昌言自由而自由之蕉萃孤虚）今日より甚だしきはない」

魯迅のこの文明批評は、殆ど今日までを見通した予言者の声のようだ。「民の中に独裁者のあることは今日に始まる（民中之有独夫昉於今日）」という一句を頂点とする魯迅の言葉は、王や独裁者が実は民衆の「多数」や社会の「全体」の統合の言わば象徴として、「個」を抑圧する強大な力を振るうのだという事実、またそれが古代的な暴君支配などとは異なるものであり、むしろ近代のアジアに独特な現象であることに対する、鋭い洞察を示しているように読めるのである。

確かに、このような「多数（＝独裁・個人崇拝）」の「個」（あるいは所謂「一部少数の者」）に対する組織的支配は、魯迅の言うように、「古え」には見られなかったものかも知れない。それは単にアジア的な意識形態とだけも言い切れず、資本主義、社会主義を問わず、おしなべて大規模化、組織化、統一化を目指した「近代」の精神とも、無関係ではないだろう（上述の〝悪声総論〟部分に、迷信打破と並んで挙げられていた「侵略を尊べ」「義務を尽せ」「文字を同じくせよ」「祖国を棄てよ」「斉一を尚べ」もそれを示唆していよう）。それは、アジアにとって未だに現実の問題であるように私には思われる。長い儒教文化の伝統風土の上に、当時の進化論から後のマルクス主義に至るまでの西洋近代の諸思想が、それを育てた社会経済的な基礎を欠いたまま、それを産んだ文化伝統からも切り離されて、上からの啓蒙の形で移入されたときに、必然的に生ぜざるを得ないその意識形態は、今日に至ってもなお大枠においては変わっていない事が、今やいよいよ明らかになりつつあるといえようか。

（四）近代化と儒教　以上魯迅の迷信擁護と偽士批判を見て来て、極めて特徴的なことは、その徹底して反実体（実念）論的な思惟方法である。彼が問うのは一貫して精神態度であって思想内容ではない。迷信や神話は、内容的には「これを信ずる事は当を失しているが」、それを産んだ古人の「神思」に感嘆しないことは大間違いだという論理である。「偽士」の「偽」たる所以は、その説くところの旧さにはなく、むしろその新しさにある。その説く内容が「科学」であり「進化論」でありながら、その精神が「科学」でないところにこそ「偽」はある。誤解を恐れずに言えば、魯迅は思想の新旧、左右を問わない。問うのは自ら新しいものを創造し得る精神の有無である。「偽士」とは、そういう意味で、〝精神を欠いた知識人〟のことであった。とは言っても、ここで重要なのは、この「偽」が、あくまで中国近代化の問題を離れては成立しない概念だったことである。

すなわち、「破悪声論」の迷信打破論批判は、章炳麟らの革命派の立場に立った魯迅の康有為ら改良派への批判だったと言われる。そもそも〝総論〟に列挙されていた「悪声」の項目を見ると、「破悪声論」全体が、中国近代化の路線をめぐる諸問題に関する、国家主義派（「汝、国民たれ」）から無政府主義派（「汝、世界人たれ」）に至る諸派の主張への総批判の意図をもつものだったように見える。ただ、ここでも魯迅の批判は政治路線的であるよりは、文明批評的である。

いったい、近代文明を産んだ「精神」は、「自由」を本質とする。ヨーロッパの科学や文芸のなかに、それを深く捉えた所に魯迅の初期評論の最大の意義があったが、その中での「破悪声論」の特徴は、この「本来東洋にはなかった」（竹内好）ものである「自由な精神」の働きを、「古民」や「朴素之民」の「迷信」の中に見出そうとして、それを「白心」と「神思」という言葉で捉えた所にある。それは古代には確かにあったが、今日では、「古人の記録」と「天稟を失っていない農民」のなかに、「僅かに」見出し得るのみである。魯迅が後に「聖人君子」（道学者）を批判するのは、彼らが「白心」と「神思」、即ち「自由」を欠くからで、それ以外ではない。

「破悪声論」全体の内的構成は、先覚者の「心声」と、古民＝農民の「迷信」で、「偽士」の「悪声」を挟撃する形になっている。外来の新声と古民の心で、近世道学文明の虚偽を撃つ形である。〝挟撃〟と言ったのは、上に引いたように、「心声」と「迷信」が、共に「神思」と「白心」から生まれたものとされているからである。当時の魯迅において、「朴素の民」の「神思」や「白心」が、少くとも、先覚者の「心声」の「共鳴板」（丸山）や外来の「精神」の受けとめ手となることを期待されていたと言うことはできよう。本稿の主題である魯迅における迷信と科学の親近性を考える手掛かりも、実はその辺りにあった。以下その点に触れて結びとしたい。

五　科学と迷信の間――「仮説と思想」について――

「破悪声論」の迷信打破論批判の〝各説〟と呼んだ部分の冒頭に、魯迅は、「科学を奉じて唯一の標準としている輩」が「燐は元素の一つである。鬼火ではない」とか、「人体は細胞の集成したものである。どこに霊魂などあろうか」などと言うという例を挙げて、「事理の神秘な変化は理科入門書一冊で包括できるものではない」と、鋭い批判を投げかけている。

いったい、魯迅は「中国地質略論」（一九〇三年）では、強い民族的危機感から、迷信打破を説いて一種の科学救国論を唱えていたし、留学の動機に漢方医の迷信に苦しめられた少年時代の経験を挙げていることは、余りにも有名である。しかも、十年後には彼は中国人の精神の「昏乱した思想の遺伝」を梅毒という「肉体上の病気」に譬え、「科学」という「思想上の病気を治す薬」が「実はもう既に発明されている」（「随感録」三十八」）とさえ書いていた。このように、一貫して最も戦闘的な啓蒙者だった彼が、ここでは科学の立場に立って迷信打破を叫ぶ啓蒙派知識人を「偽士」と呼んで批判し、「迷信を保存せよ」というのは何故か、というのが本稿の出発点だった。

この問題については早くから友人たちに多くの論考があり、それらを受けて私も、従来二つの方向からこの問題を考えて来た。[13]

一つは民衆の「迷信」の問題。私は、当時魯迅が探し求めていたものはヨーロッパ近代の精神を受け止め得る「主体」（国粋）であり、「迷信可存」の一句は、魯迅が当時の中国にあって、そういう「主体」を農民の「迷信」にしか見い出し得なかったこと、同時に民族の「優れた伝統に依拠するのではなく、その最も弱く愚かな部分に固着して」、その「回心」を通して国粋の回復を意図した「一種の逆転の論理」を語っており、「後の『阿Q正伝』のモチーフは既にこの時に胚胎していたのではないか」（『魯迅と日本人』）という解釈を提出したことがある。

もう一つは、「科学と文学」というテーマ。彼にあっては両者は、その精神のあり方として、対立的な方向にあるものではなかった。後の創造社のように、科学を理性の産物、文学を感情の表現と見なすような立場を、彼は科学観としても文学観としても、取っていない。彼が「科学史教篇」で、その「真理のみを標準とする精神」を表揚する「科学者」像は、言わば〝主体的人間〟とでも呼ぶべきもので、これに続く「文化偏至論」や「摩羅詩力説」において力をこめて紹介される「詩人」像と連続するものだった。……

ここでのテーマは「科学と宗教」である。とりわけ、我々の関心は、魯迅における「迷信」と近代科学との関係にある。

魯迅の科学論の詳細な検討は後日に譲る外ない。ここでは、上に述べた二つの面を前提とした上で、これに加えて二、三の問題点の素描だけを、取り敢えず提示しておきたい。

（一）　外来の精神と古民の神思　魯迅において、科学と宗教（迷信）を結び付ける輪は、彼が、科学を「思想上の薬」として受け取った、正にその点にある。彼は両者を共に人間の「精神」の産んだものとして捉えている。「破悪声論」の前年に発表された「科学史教篇」で、魯迅はターレス、アナクシメネスらの古代ギリシャの自然哲学者に関して、ヒューウェルを引いてまずその失敗の原因を次のように言う[14]。

「自然を探求するには、抽象概念（玄念）を用いなければならないが、ギリシャの学者はこれをもたず、あってもごく僅かだった。蓋し、概念の意味を確定するには論理学の助けを借りなければならないが（中略）当時の学者は我々が日常用いている語彙を以て直接宇宙の神秘を解こうとした。」

しかし同時に彼らの「精神」については、

「しかしながらその精神は、毅然として起って古人の未知の世界に挑戦し、深く天然を探求して皮相に止まることを肯んじなかったのであって、これを近代の学者と比べても俄かに優劣を論じがたい。」

と書いている。これは、魯迅が古代ギリシャの科学と近代の科学との間の異同を、かなり的確に把握していたことを示していよう。即ち魯迅は、ここで、近代科学が、近代の所謂「主観―客観」図式の成立を前提にし、概念を用いた強度の抽象化を行なう点で古代の科学とは思想方法を異にしているが、未知に挑む「毅然」たる精神においては変わるところはないことを言っている。

この後に続けて魯迅は、ギリシャの学術を擁護し、「過去の文化現象を現今と比較するから不満が生ずるので、……」と、「神話を迷信だと嘲笑し、古い教えを愚劣だとして排斥する者」を批判している。ここの論理は、先に見た宗教論で、神話や竜を産んだ古代人の「神思」を嘲笑することを大きな誤りだと言った時の論理とよく似ている。
それだけでなく、ここで我々は、古代的な神話や迷信と近代科学を結びつける為の概念装置として、下村寅太郎氏の著名な論文を想起できるだろう。氏は科学と魔術という一見対立する二つのものの関係を考えるに当たって、まず「原始社会の神話は魔術の神話である」とし、魔術の文化的意義に触れて、「それ故魔術は未開社会の未開性に於いて成立するのではなく、未開社会の叡智に於いて成立すると言わねばならぬ」としている。――つまり、近代科学を古代人の「精神」や神話作家の「神思」と歴史的につながるものと捉えることは、科学を人間の主体的精神の産んだもの、科学史を人間の精神史と捉える事であり、換言すれば、「新しい哲学」であった近代科学を、形而上学的な性格をもつものとして把握することである。[15]
既に見たように、「破悪声論」の宗教論の最大の特色は、一切の既成の教義の拒否と、宗教を生み出した人間の精神の働き、とりわけ「白心」、「神思」と呼ぶものの尊重にあった。彼が、「迷信」を嘲笑するある種の「科学主義者」を批難するのは、この「神思」と「白心」を欠く点においてである。「自らは神話、神物（龍など）を創造し得ない」者こそ「古民の神思の豊かさを思って、自ら（空想力＝創造力の貧困を）恥じるべき」なのである。そうとなれば、魯迅にあっては、科学を産んだものもまた、詩歌を産み。神話を産んだと同じものかまたは近いものと考えられていたのではないか。もしそうとすれば、魯迅にあっては、科学は「迷信」と連続するものであって、対立するものではなかったという事になる。それらに共通するものは、「神思」即ち豊かな想像力・空想力と、その基礎をなす「白心」、即ち一切の虚飾を許さず、既成と体面を恐れぬ真実で率直な魂、物質生活に安住せず自ら向上を求める主体的精神である。
これは甚だ奇矯に聞こえるかもしれないが、近代科学と古代の魔術との間に「形而上学的系譜」が認められる事は、上に引いたごとく、夙に科学史家の指摘する所である[16]。

（二）　**仮説の精神**　実際、一々引用する煩を避けるが、魯迅が「科学史教篇」の中で語る所の「科学者の精神」、学問と「道徳力」「理想」との関係および科学が衰える原因（特にR・ベーコンを引いて言う「古人模倣、偽智、習慣拘泥、常識埋没」）等々は、前章に「白心」や「神思」について見たところと頗る近いことが指摘できる。古代ギリシャの学問に関する先の引用の続きにも、

「蓋し、想像力（神思）という点では、古代が今日より勝っている例がないわけではないが、学問とは仮説を立てて実験を行ない（構思験実）、必ず時代の進むと共に発展するものであるから、古人が知らないからといって後世の者が恥じる事もないし、それを諱む必要もないのである。」

と、科学知識というものが、「想像力（神思）」を用いて、「仮説」を立て、実験によって確かめるものであり、従ってまた時代と共に無限に発展するものである事を言っている。先に「自然の探求には抽象概念を用いなければならない」と言っていたことを併せて見ると、彼は、近代自然科学の方法である実験が、単に自然を「ありのままに」見るだけの客観主義ではないことを知っていたと言えそうである。空想的と科学的とを対立概念とするような膚浅な科学理解とは、彼は初めから無縁だったように見える。同じ書物の中で、彼は中国人の関心が実利的な「応用科学」にばかり向いていることを嘆いているが、彼自身の「理論科学」的ないしは哲学的な科学理解は驚くほど的確だったと言えよう。

三木清はかつて、「仮説という思想は近代科学の齎した恐らく最大の思想である。近代科学の実証性に対する誤解は、そのなかに含まれる仮説の精神を全く見逃したか、正しく把握しなかつたところから生じた。……仮説の精神を知らないならば、実証主義は虚無主義に落ちてゆくのほかない[17]」と書いていたが、魯迅が科学を「白心」と「神思」

の産んだものと捉えたこと、つまり科学を「迷信」との近親性において見たことは、近代科学を人間の主体的精神から学んだこと、即ち三木が言った意味での「仮説の思想」を受け取ったことを意味していよう。

（三）　唯名論の系譜　そのことはまた、哲学的には中世以来の唯名論（実念論ではなく）の立場に立つことである。それは、魯迅が科学を人間の主体的精神から捉えたことの（また、上に言った近代科学あるいは近代唯物論の「形而上学的系譜」の上からも）当然の結果ではあるが、私は、三木清が同じ文章で「仮説的なところのないやうな思想は思想とはいはれないであらう。思想が純粋に思想としてもつてゐる力は仮説の力である。……」と言っている意味で、これをその後の魯迅の文学と思想（その言語観、文学観、リアリズム論また魯迅のロマン主義と言われるもの）の根底をなしていくものであり、これこそ彼が近代科学から受け取った「最大の思想」であったと考えるのである。[18]

そして、このように、近代科学をも形而上学（観念論）の系譜の中に置いて考える事は、魯迅と共に「科学史」をいい、人間の「精神史」として考えることであり、魯迅思想の発展に関して言えば、〃ニーチェの唯心論からマルクスの唯物論へ〃という従来の（哲学的と言うよりは政治的な）余りに単純な図式への私なりの異議である。[19]

（四）　文化史・精神史の立場　以上のことを言い換えるなら、魯迅は、近代という時代を「科学と宗教との戦い」と見る「啓蒙主義」の立場は取らなかったという事にもなる。これは彼が人類の歴史を精神史（つまり哲学や宗教文学や科学等々を含めたトータルな文化を産み出して来た人間の精神の進歩の歴史、その意味での文化史）と見ていた結果である。それが彼のハックスレー風の（人類の倫理の進化としての）進化論であった。

もう一度言い換えれば、彼は近代科学やその哲学たる進化論を（我国の場合に見られたごとく）個人の主体性を圧殺する道具にはしなかった。それどころか、むしろ、科学や進化論等々を振りかざして迷信打破を叫ぶ志士たちを「偽士」と呼んで批判し、近代ヨーロッパの科学者や詩人に見いだされる「精神」と通底し得るある種の精神性を、農民の「迷信」の背後に見ようとしたことは、既に述べた通りである。「迷信」が「心声」と交響し、「すべての人が自己をもち、世間に流されない（人各有己、不随風波）」ようになったとき、「白心」と「神思」は甦る。このような中国近代化のイメージが、殆ど幻想というべきロマン主義であることを、いかに若かったとは言え、彼自身が知らなかったとは思えない。だが、近代科学の精神と農民の迷信との、古民の神思を媒介とする結合というイメージは、少しく楽観的で甚だロマン的だとは言えても、荒唐無稽とは必ずしも言えないのではないだろうか。現に上述の如く、ヨーロッパの科学史においては、魔術が科学に転生したことが指摘されているのである。真に自前の科学創造を求める時、固有の神話を嘲笑するなという魯迅の言葉は、我々に「思想はその仮説の大きさに従って偉大である」という、三木清の、上の引用部分に続く言葉をも想起させてくれるものではあるまいか。

以上、二、三の観点を提起した。なお丁寧に考えてみるべき問題は多く残ったが、「破悪声論」の一見奇異な「迷信」擁護論が、単に、指摘される民間信仰の擁護、民族主義等々、魯迅の当時の政治的・思想的な立場に帰せられるだけでなく、実は「彼の根本的な思惟方法に直接連なっている」ということを、ひとまずの結論としたい。

注

（1）『中国現代文学選集第二巻　魯迅集』（一九六三年一月　平凡社）

（2）「政治と文学」という「周知のテーマ」に「科学」を加えた三者の関係から昭和の精神史に関する見事な「ケース・スタディ」を提示したのは丸山真男氏の「近代日本の思想と文学」（岩波新書『日本の思想』所収）だった。

（3）私自身のモチーフとしては、第一の主題の背景には「戦後革新思想」の運命という問題がある。これは、明治以来の日本の教育体系の中で、近代化のための科学教育と前近代的な道徳教育とが別建てでなされてきたという問題でもある。

（4）第二の主題は、同じく戦後に竹内好が提起した「指導者意識」（『現代中国論』一九五一年）の問題に係わっている。中国近代に関して言えば、李沢厚の所謂「啓蒙と救亡のパラダイム」に、これと似た発想を認め得るかも知れない。この点を含めて中国近現代文学の全体を「鬼」から「人」への「翻身」（単なる否定ではない）の文化史として見たいというのが、私の立場である。なおこの際、文化としての「鬼」については木山英雄「やや大仰に鬼を語る」（平凡社《中国古典文学体系月報》43　一九七一年四月）などが、また阿Ｑが漂わせている「鬼」（迷信）のイメージについては丸尾常喜「阿Ｑ人名考」（《文学》一九八三年二月）その他が、私の念頭にある。

（5）　当時の魯迅が「章炳麟の陣営に属して発言した」ことの指摘は、今村与志雄「魯迅思想の形成」（『講座・近代アジア思想史Ⅰ中国編1』昭和三五年　弘文堂所収）参照。

清末の迷信打破論盛行の状況と、「破悪声論」での魯迅の迷信打破論批判と章炳麟の「建立宗教論」（《民報》九号　一九〇六年）やティンダルの「ベルファスト講演」との関係については、伊東昭雄氏の『魯迅全集』第一巻所収「科学史教篇」訳注（一九八四年　学習研究社）、同「魯迅『科学史教篇』訳文、訳注ならびに解題」（一）（二）（日本大学文理学部〔三島〕《研究年報》一五、一七輯　一九六六～六九年）参照。

（6）　「何故に唯一無形の神のみを正しい神とするのか」という一句の背景に章炳麟の「無神論」（《民報》第八号　一九〇六年）に於けるキリスト教批判などの影響があったことについては高田淳「魯迅の復讐について」（《東京女子大学論叢》一九六七年）その他参照。

（7）　康有為らへのキリスト教（唯一神教）の影響についても多くの指摘があり、本文の文脈からも、この一句は、直接、康有為らのキリスト教を借りた啓蒙主義的な迷信打破論を批判したものと読める。これを簡単に中国的汎神論の立場からの唯一超越神教批判と見ては、魯迅の宗教論の特質を見失うやに思われる。なお小野川秀美『清末政治思想史研究』（一九六九年）後藤延子「経学と西洋近代文明の受容」（《日本中国学会報》第二三集）他参照。

（8）　直接には康有為の「聖人孔子を尊んで国教とし、教部・教会を設立し、孔子紀元を用い、淫祠を廃止することを請う上奏文」（『戊戌奏稿』所収）等を指す（注（5）参照）。

（9）　丸山真男「福沢諭吉の哲学」（《国家学会雑誌》第六巻第三号）。

(10) 拙稿「魯迅思想の独異性とキリスト教」(東京女子大学付属比較文化研究所《紀要》第四九巻　一九八八年)。
(11) 下村寅太郎「魔術の歴史性―近代科学の形而上学的系譜についての一試論―」(岩波書店《思想》第二四七号一九四二年一二月)。
(12) 丸尾常喜「初期魯迅における『神思』の概念について」(『加賀博士退官記念中国文史哲学論集』一九七九年　講談社)その他。
(13) 拙稿「『故事新編』の哲学」(東京大学東洋文化研究所紀要第六八号一九七六年)。『魯迅と日本人』(朝日選書　一九八三年)等。
(14) ヒューエルらとの関係については注(5)参照。
(15) 注(11)に同じ。
(16) 同上。例えば、「近代科学の方法である実験も亦(『宗教改革の精神と』)同一の観念論の精神に基づく。実験的方法は単に自然を自然として観察する客観主義ではない。自然に手を加えて、――ベーコンの所謂自然を拷問して、自然をして答えしめるものである。」
(17) 三木清「仮説について」(『人生論ノート』一九四一年　創元社)。尚、三木、下村両氏の所説及び資料については、女子学院神鷹徳治氏からの示唆に負う所が大きい。
(18) 唯名論の言語観については、鈴木孝夫氏『ことばと文化』(岩波新書　一九七三年)等参照。
(19) これを文学史の問題として言えば、唯物史観に基づく所謂「三段文学」に代わる新しい枠組みの模索に当って、私なりには、三十年前に知ったマルクス主義の放棄ではなく、その深化をめざす試みの一つというつもりである。

(『日本中国学会報』第四一集)

魯迅の異文化接触——明治の日本を舞台にして——

はじめに——心は東棹に随いて華年を憶う——

魯迅と日本人との交友を語るとき、これまでも何度も引用されて来た作品だが、一九三一年十二月、帰国する増田渉に与えた送別の詩の結句で、このとき五十歳の魯迅は、扶桑の国日本の秋景色を思い浮かべながら、そこで過ごした自らの華年（青春）を懐かしむかの様子である。

ここで憶い出されている青春が、今世紀初頭の一九〇二年から九年までの日本留学時代であることは言うまでもない。日本の元号で言えば明治三十五年から四十二年、魯迅にとっては数え年二十二歳から二十九歳までの正に青春の七年間だった。その間ちょうど日露戦争（明治三十七、八年戦役）を挟む二年間を仙台で過ごしたことや、そこでの藤野先生との出会いなども周知の通りである。

だがこのとき魯迅の心に浮かんでいたものは、何だっただろうか。それは無論、ここに唱われているような美しい風光や、『朝花夕拾』に回想されているような様々な人や事件との出会いなどであっただろうが、同時に、その日本で過ごした青春のある日に、初めてニーチェやバイロンやゲルツェンや……を読んだ時の、魂をつき動かされるような感動などでもあったのではないだろうか。実際、魯迅思想の言わば原型は、この時期に既に形成されたということができるのだが、その意味で、魯迅の「日本経験」は、日本そのものとの出会いだった以上に、「同文同種」の国、日本を舞台とした「異文化」としての「近代（＝西洋）」との出会いだったと言わなければならないだろう。

そして、今年「誕生一一〇周年」の記念行事の一つとして仙台で開かれる予定だった国際シンポジウム『魯迅と異文化接触―「近代」精神の模索・仙台―』は、正に魯迅のこの〝日本経験〟をテーマにしたものだった（これが、中国文化部と大使館の政治的な干渉を受けて中止されたため、日本の学界の名誉のために、急遽主催者と会場を東京に移して開催されることとなった今日のシンポジウムも、テーマ自体には変更はない）。

このテーマは、まず、「近代（或は現代）」を単に一つの「時代」としてだけではなく、アジアにとって異質な別の一つの「文化」として考えようという私達の意図を示している。いったい、私達は今日、近代科学にせよ民主主義にせよ、それらを「異文化」と感じる事は少く、むしろ中国やアジア諸国の方にそれを感じている。だが、「西洋近代」の「東漸」が始まった時に遡れば、私達の日本や中国や韓国は、同じく儒教文化圏に属する国として、西欧列強の軍事的、経済的また文化的な侵入（Western Impact）という形をとった「近代」に直面するという運命を共有していたのである。その後日本は、いち早く「近代化」を進め、列強の仲間入りをしてアジアを侵略する側に回ったため、百年の両国知識人の心の交流史は鋏状に隔絶を広げて来るしかなかった。日露戦争前後という魯迅の留学の時期は、日本が、「白人侵略者」による被植民地化の危機感をアジアと共有した、いわば最後の時期に当たっていたと言えよう。そうした意味で、今世紀の初頭に、魯迅というアジアを代表する知性の一つが、異文化たる西洋近代文化と出会い、そこから何を、如何に学んだか、その「異文化接触」の精神的なドラマの舞台が明治の日本だったことが、このシンポジウムにおける日中の知識人の共同の思考に、一つの接点を与えてくれるだろう。そして、この時の魯迅の日本経験を言わば〝懸け橋〟にして、そこから今日における日中両国の精神的・文化的な「共通の課題」を発見出来ないかというのが、今日のシンポジウムへの私の期待である。共通に目的とすべき課題が発見されなければ、両国民の間の本当の友好を育てることも実は難しいのではないかと、主催者側の一人として、私は考えるのである。

Ⅰ　魯迅と明治の日本文学との〝同時代性〟——〝西洋の衝撃〟をどう受け止めたか——

ところで、上に、魯迅の〝日本経験〟が日中知識人の共同討論に一つの〝接点〟を与えてくれると言ったのは、当時の日本の知識人のある部分と魯迅との間に、「異文化接触」の態度と内容に関して、ある種の〝同時代性〟が認められ、しかもそれが、今日においても、二十一世紀のアジアの共通の文化的課題を考えるうえで、私達に一つの示唆を与えてくれると考えるからである。まず、留学期の魯迅と日本文学との関係についての、従来からの幾つかの観点から見ていきたい。

㈠　まず竹内好の「留学時代の魯迅の文学運動は、日本文学とは没交渉だった。当時は自然主義の全盛時代だが、彼は日本自然主義に興味を示さなかった。この点が、おなじ留学生の文学運動でありながら、十年後の創造社とは際立って対蹠的である」（『魯迅文集』第一巻「解説」一九七六年）という見解がある。竹内はそれ以前にも「（魯迅は）日本文学から主流を入れなかった。主流であるとか有名であるとかいう理由では、世界文学からも、日本文学からも、何も入れなかった。……魯迅が入れたのは日本文学の傍系で、おもなものは、有島武郎と厨川白村である。これはニーチェと関連して、初期の彼の傾向がはっきり示されている」（「魯迅と日本文学」一九四八年）と書いている。——この竹内の見解は、私のように「魯迅を軸とする日本近代批判」という彼の観点・方法を継承する立場に立つ限り、今日でも基本的に正しい。

㈡　ただ、竹内のこの指摘は、その後の研究の深化によって、今日では多くの事実が補足されている。例えば、魯迅がニーチェから受けた影響は、彼の来日が日本でのニーチェの流行が一つの頂点を迎えた時期だったことと無関係ではない。また彼が八年の留学期間中に発表した十数種にのぼる著者・訳書・論文等の中のかなりの部分は、当時の日本人の著作（バイロンは木村鷹太郎の著書、シェリーは浜田香澄、ケルナーは斎藤野の人の、等々）に拠っていたことが、北岡正子の「摩羅詩力説材源考」等を代表とする研究によって明らかにされている。

しかしこれらのことは、北岡も指摘するごとく、魯迅の独自性を傷つけるものではなく、むしろその引き方の中に、却ってその個性を鮮明に見ることが出来る。同じことは明治におけるニーチェ像の変遷の帰着点（「本能主義者」というニーチェ像）と魯迅のニーチェ像との違いを見ても明らかである。またもしこれが日本文学からの影響と言えるとしても、上に例に挙げた人々はいずれも日本文学では「傍系」だったという点で、上に引いた竹内好の指摘の範囲内にある。東欧の小国の小説など、翻訳紹介した西洋文学の選択の原則も日本文学とは全く異なっていたことも竹内の指摘の通りだ。——つまり、私がここで強調する魯迅と明治文学の「同時代性」とは（それは「共通の課題の発見」という私の今日的関心からする竹内の立場への多少の修正を意味しているが）、直接のこうした影響関係とは少し違う事である。

㈢　私がここに「同時代性」と言うものは、「西洋の衝撃」の受け方に関わっている。分けて言えば以下の二点になる。

第一は、彼らが共に、西洋近代文明を、様々な既成品としてのモノ（思想や制度を含む）に止まらず、それを産んだ人間の〝自由な精神〟の働きから学ぼうとしたことである。後に見るように、政治・文学・科学等を含む西洋近代文化を「物質は枝葉に過ぎず、根底は人間にある」と捉えた魯迅の異文化理解は、例えば、「東洋の儒教主義と西洋の文明主義とを比較して見るに、東洋になきものは、有形に於いて数理の学と、無形に於いて独立心と此二点である」（『福翁自伝』）ととらえた福沢諭吉や、「外部文明は内部文明の反映なり」といい、東西文明の優劣は、「内部生命」の有無、「生命」を教える宗教の有無にあるとした北村透谷（『内部生命論』）などの場合と、甚だ近い事が指摘できるだろう（これは、仮に西洋の「個人主義」の受容と呼ぶことも可能だろう）。

第二に、日本とアジアが、「白人侵略者」による被植民地化の危機感を共有していた時代だったことの結果として、文学も芸術も「国家の独立」という「政治的」な目的意識と離れがたく結び付いていた時代の精神（内田義彦「知識青年の諸類型」『日本資本主義の思想像』一九六七年所収）を両者は共有していた（それを「民族主義」と呼ぶことも出来るだろう）。

そして、このような、言わば〝文明批評〟的な「個人主義」と「民族主義」の結び付き（個人の独立と民族の文化的独立との二重の要求）こそが、魯迅と福沢諭吉や北村透谷や内村鑑三や石川啄木等々との間に共通に見いだされる最大の同時代的特色である。こうした点を軸に、「文明批評家」というニーチェ像を生んだ背景でもあった、十九世紀の「物質文明」に対する批判を含むある種の時代の雰囲気や、日清戦争後の〝文化上の民族主義〟等々、バイロン、ダンテ、カーライル、ケルナー……らの名前と共に、魯迅が明治の日本と、時代の「文化」あるいは「教養」とよぶべきもののある部分を共有していた事は否定出来ない。

彼らは共に「国家の独立の為には個人の独立が絶対条件である」（上掲書）と考えていた（李沢厚氏の『啓蒙と救国の二重変奏』に従って言い換えれば、「救国の為には啓蒙が必須の前提条件になる」ということになろう）。内田氏はここで、明治初年から二十年代までに「モラルバックボーン」を形成された者を「政治青年（明治青年）」と呼んで、近代日本に現われた知識青年の類型の最初に置き、彼らの「自我」の性格は「〝我〟の自覚は同時に〝国家の一員としての我〟の自覚」であったが、それは「あらかじめ為政者によって定められた国家意志に我を合わせる」ものではなく「国家意志の決定に参与する」積極的な「政治的能動者」だったとしているが、それは、魯迅の留学期から五四啓蒙期に至る時期の中国知識青年の「個人主義」についても当て嵌まる事ではないか。ただその際、日本の場合には、内田氏によれば、日露戦争後の「文学青年（明治・大正青年）」における自我の自覚は既に「ノンポリ」なものとなっているわけで、五四期の中国知識人との「接点」はもはやうしなわれ始めていた（創造社の運動の基本的な矛盾はこの辺りにあるだろう）。

更にその後のことを言えば、李沢厚氏によれば、中国ではやがて「救国（集団主義）が啓蒙（個人主義）を圧倒」していくことになり、日本もまた別の集団主義・愛国主義の道をひた走ったことは、周知の通りだ。そこには両者の大きな隔絶と共に、ある共通の二十世紀史が見えて来ないか。

ともあれ、ここで大事なことは、この後、魯迅にせよ福沢たちにせよ、それぞれの国の西洋近代受容の歴史の中で、決して（祭り上げられているようには）〝主流〟にはならなかったことである。この継承されなかった彼らの「異文化受容」の中から、私達は、過去への反省をこめて、今日のアジアの「共通の課題」を見いだすことが出来ないだろうか。

Ⅱ　普遍あるいは超越としての西洋の発見――魯迅の異文化受容の特色――

㈠西洋の異質性の認識　魯迅の西洋近代文化との出会いは、日本留学に先立って、十七歳で郷里の紹興を出て南京の洋式学校に入り、数学や自然科学を学び、進化論を読んだ時に始まる。十七歳の瑞々しい感性が最初に触れた西洋近代が自然科学だったことを私は重く見たい。後に魯迅は初めて進化論に触れた時の新鮮な驚きを回想しているが

（『朝花夕拾』所収「瑣記」）そこからは、彼が、数学や物理学を含めて、初めて触れた西洋の学問から、単に新奇な学問という以上に、それまでその中で育って来た伝統的な儒教的教養や土俗的文化とは全く異質な〝思想〟、すなわち「考え方」（精神の働き方）を感じ取っていたことが伝わって来る。魯迅がこのように西方文明の異質性に〝驚く〟事が出来た理由は、福沢などと同様に、西洋近代と出会う以前に既に伝統文化の世界を、正負の両面を含めて、深く知っていたことに求められよう。

続く八年間の日本留学で、魯迅は、医学に加えて、十九世紀ヨーロッパの思想文芸に触れることを通じて、この「新鮮な驚き」を一層深め、西方の思想の、伝統思想とは「水と火の如く」に異なり、三千年の中国の文学や思想の中には全く見いだせない〝異質〟性を鋭く認識した。それは、丸山真男氏が『日本の思想』（岩波新書）で指摘する日本の思想の「伝統」――外来文化の受容に際して、異なった文化の産物を自己と全く異質な（理解不能な）ものと措定してこれと対面する態度を欠いた「物わかりのよさ」と「折衷主義」の伝統――とは、対蹠的である。

㈡文明の全体性とその根底の把握　いったい、「文化」としての「西洋近代」は大きく分ければ、「近代科学文明」と「近代市民社会文化」と二つの側面をもつと言えるだろう。今日我々はそれ――道徳と科学と文学と政治等々――を別々の、むしろ対立するもののように見なしがちだが、魯迅や福沢たちは、上述の「異質性」への驚きを媒介にし得たゆえに、それをトータルな一つの「文化」としてとらえ、しかもその「根底」をなす「人間」の「精神」（それは実在するモノではなく、生きた働きである）から把握することが出来た。魯迅が「奴隷」に対置した自由な「人間」は、西洋近代の政治制度・文学作品・科学理論等々、文明全体を産み出したものだった。自由を欠く「奴隷」は近代科学をも生み出せない。

㈢科学者の精神と仮説の思想　その意味で、魯迅の西洋近代科学との接触もまた、「我々の祖先は幸いにして――

あるいは不幸にして科学を〝思想〟として受容しなかった。単に便利な知識又は技術としてこれを学習した」（下村寅太郎）といわれる日本の場合とは対照的に、これを〝思想〟また〝倫理〟として〝主体の精神〟から受容したものであった。留学中の最初の著作「中国地質略論」（一九〇三年）では資源を持つゆえに却って瓜分の危機に晒されていることを憂える「石炭亡国論」を語り、「科学史教篇」（一九〇七年）では同じ民族的危機感に立って、「科学者の精神」が振るうとき国家もまた興隆したことを語る。ここで彼は、科学とは「想像力（神思）」を用いて「仮説を立て実験を行い、時代と共に発展する（構思験実、必与時代進而倶升）」と書いている。三木清は「思想が純粋に思想としてもっている力は仮説の力である」。「仮説という思想は近代科学がもたらした恐らく最大の思想である。近代科学の実証性に対する誤解は、そのなかに含まれる仮説の精神を全く見逃したか、正しく把握しなかったところから生じた。仮説の精神を知らないならば、実証主義は虚無主義に落ちてゆくのほかない」（『人生論ノート』）と書いているが、魯迅はまさにこのような精神から科学を受容したと言えよう。

㈣**普遍的近代の発見と民族的主体の模索**　留日時代の魯迅の著作活動は、上述の科学論から、空想科学小説の翻訳などを橋渡しにする形で、文明論に重点を移し、東欧を中心にした近代短篇小説の翻訳紹介で終わる。『文化偏至論』（一九〇七年）では、西洋の物質文明の繁栄は枝葉に過ぎぬ、その「根底は人間にある」と喝破し、「人間の確立」こそが救国のための必須の前提であり、そのためには「物資を排して精神を重んじ、多数を排して個人を尊重せよ」と主張する（「立人思想」）。

この時期の魯迅の異文化受容の特色は、東西融合論を拒否し、西洋近代の精神に普遍的・超越的な価値を認め、これに拠って激越なまでの伝統批判を行った所にあるが、全面洋化論と異なるところは、何らかの既成の西洋近代の思想や主義を権威として持ち込むことは一切せず、ひたすら中国人自身の覚醒（徹底した自己否定と主体的自由の振起）を呼びかけるだけだったことである。「摩羅詩力説」（一九〇七年）や「破悪声論」（一九〇八年）には、超越的普遍としての「精神界の戦士（である詩人や哲人）」の精神と個性が発する「心声」すなわち「詩（コトバ）の力」が、「暗黒と虚偽」を貫き破って、民族的主体としての「朴素の民（農民）」の「白心」に響きを伝え、その主体的自由（精神と個性）を呼び覚まし、彼らが「雲のごとく」起ち上がる日（それが当時の魯迅の革命のイメージだった）への期待が込められている。これはまた民族の倫理的再生・文化的自立への希求ということも出来る。ここには三千年の伝統文学には曽て無かった西洋近代の文学（コトバ）の本質が、見事にとらえられていると同時に、魯迅にあっては政治（革命）が、はじめから文学そのものの問題（文学の外の問題ではなく）だったことを見ることが出来る。

だが、この「美しい夢」は、やがて辛亥革命の現実によって手痛く裏切られる。中国最初の近代小説となった『狂人日記』は、この挫折を経て初めて書かれることになる。

Ⅲ　「人」の発見と「奴隷」の自覚――「異文化」のアジア的意義――

㈠「超人」と「類猿人」の間

留日期の魯迅において、「科学者の精神」（「科学史教篇」）と「反抗と行動の詩人」（「摩羅詩力説」）の魂とは、能動的、創造的、主体的な精神の自由の輝きにおいて一つのものであった。「人類の尊厳」という言葉は「個人の尊厳」という言葉と響き合い、理想の光に輝いていた。魯迅が西洋近代の科学者や詩人や哲人に発見した「精神」や「個人」とは何だったか。

ここで、私が真っ先に思い出すのは処女作「狂人日記」（一九一八年）のキーワードともいうべき「真的人（真の人間）」と、これに対応する「喫人的人（人を食う人間）」という言葉である。この対応の図式は、思想として言えば進化論だったとされる。魯迅が受け入れた進化論は、人間の主体性を否定してしまうスペンサー主義（日本では主流になった「進化の倫理」）よりも、人間は「自由」の力で進化の公理（法則）の支配に抗って「倫理化」を実現していくとするハックスレー乃至ニーチェの「倫理の進化」論だった。「破悪声論」では、自ら弱国でありながら亡国の民を蔑み、強国を崇拝する中国人の「奴隷」性は、ロシア・ドイツの「野獣」性よりもさらに下位に位置づくとするが、こうした「真の人間」への「倫理の進化過程」の極限にイメージされるものが、「神のごとく強烈な意志を持つ」ニーチェの「超人」であり、この時、中国人は「類猿人」と分類される運命にある（「随感録四十一」一九一九年）。

「人を食う人間」は悪人や強者や権力者と同じではない。「自分と意見の違う人をすぐ『悪人』と呼んで」、「村中で『悪人』を殺してその肝を食う」多数者である。彼らは「自分は人に食われたくないくせに、自分より少しでも弱い者がいれば食ってやろうとして、互いに疑心暗鬼で様子を窺いあっている」。「狂人日記」は、むしろ抑圧を受けている善人や弱者ほど、自分より弱い者に対しては残忍だという世界である。まさに「暴君の臣民は暴君よりも暴虐である」（「随感録六十五」）のだ。それを裏返しに言えば「専制者の反面は奴隷で」「主人であるとき一切の他人を奴隷にするものは、主人ができると必ず奴隷をもって自ら甘んずる」。つまり「奴隷」と「奴隷の主人」は実は同じである。「これは、古今を貫く動かすべからざる真理である」（「諺」）。また魯迅は、Th・リップスの『倫理学の根本問題』から「人の主人である者は容易に奴隷に変わる。……」という言葉を引き、中国にも「下に向かって威張る者は上に事えると必ず諂うものだ」という諺があることを言っている（「写真のあれこれについて」）。魯迅の〝人間〟と〝奴隷（非人間）〟との区別は極めて明確である。そしてそれは、リップスが引用されることからも知れるように、ヨーロッパ近代の最も正統的・基本的な人間観であった。

㈡「異文化」としての人間　近代と前近代の根本的な違いは、前近代においては〝法則的〟なものに神的・人間的なものを認めたのに対して、近代では〝自由〟な存在にのみ人間的・生命的・精神的なものを認めるところにあるとされる。ここにはキリスト教的背景が考慮されなければならず、その意味でも近代と近代的人間は、東洋の儒教文化圏にとっては異文化だった。では、魯迅が認識した「精神」や「個性」はどういう意味で「異文化」だったか。

(イ)「精神としての人間」‥留学期の評論に言う「精神」は、何よりも、円満な調和や安定した平和を拒否し、既成への反抗を通しての無限の発展向上を目指す傲岸なまでの意志を意味していた。それが東洋にはなかったものであることは、竹内好が『現代中国論』（昭和二十六年）に「ヨーロッパでは物質が運動するだけでなく、精神も運動する……」「東洋には、このような精神の自己運動はなかった。つまり、精神そのものがなかった。もちろん、近代以前にはそれに似たものはあった。儒教や仏教のなかにはそれがあったが、それはヨーロッパ的意味の発展ではなかった。」（「近代とは何か―日本と中国の場合―」）という通りであろう。

(ロ)「個人としての人間」‥留学期の魯迅の思想は、しばしば「ニーチェの個人主義」だったと概括される。この点については繰返さない（それが封建儒教批判と十九世紀文明批判の二面を持っていたことは後で触れる）。魯迅自身が「個人」という言葉は輸入されたばかりで、これを唱えると「民賊」と見なされる（「文化偏至論」）と嘆いているように、近代社会では、先ずは旧い共同体からの個の自立があり、その個の主体的参加によって新しい集団が形成されるのであって、先に集団の意志があって個人はそれに従うのではない、その意味で「個は全体に優先する」「個は全体に対して部分の関係に立つものではない」という人間観に基づく近代社会の根本倫理は、超越を欠き集団主義の伝統の強い日本や中国等のアジア諸国にとっては、実は今日においても（最近の「日米摩擦」や「人権問題」等が、示すように）なお全くの「異文化」だというしかない。

(ハ)罪の自覚‥儒教文化にとっての「異文化」としての自由な人間と言えば、もう一つ「罪人（つみびと）」という側面がある。儒教世界では現世は基本的に肯定される。人は修養によって聖人にさえなることが出来、「罪人」は不名誉な呼称である。西方世界では、現世と超越神の要求との間には絶対的な断絶があり「全ての人間は罪の下にある」。「義人はいない。一人もいない」（ロマ書）のである。逆に、動物は罪を犯すことはなく、人間だけが神的理性に背いて罪を犯す。自由な人間そのものが罪の源泉であり、罪は人間の自由の証でもある。

魯迅は、「摩羅詩力説」で「サタンとは真理を語る者なり」という言葉を引いたとき、罪と自由と人間の尊厳との関係に近い何かを予感していたかも知れないが、精神や個性とはちがい、罪という言葉は無論のこと、それに近い意識も、留学期の評論には現われない。無神論者の彼がそれに近いものを意識するのは、辛亥の挫折を経験した後のことになる。

「狂人日記」には、まず。青春時代に「真の人間」に覚醒した（旧社会の人々から見れば「発狂」である）主人公が、暗黒社会の改革を叫んで人々に改心を迫るが誰にもききいれられず挫折する過程が描かれる。ここには彼自身の留学期の「異文化接触」の体験と「精神界の戦士」による〝革命〟への期待の挫折が反映されているだろうが、ここで重要なことは、主人公が、やがて自分もまた知らぬ間に「妹の肉を食った」かも知れぬ「真の人間に顔向け出来ない」慚ずべき人間であることを知り、その事を契機として、狂気から癒え、田舎の小役人として〝社会復帰〟を果たしたという過程が示唆されている点である。

つまり、この主人公の挫折の意識は伝統的な正義派、反対制派知識人の悲憤や牢騒（それは「正人君子」の権威主義の裏返しに過ぎない）とは〝異質〟である。彼はむしろ、自らが「英雄ではないこと」を知り、正義の側に自分を置くことをやめた時（それは権威としての既成の思想に〝所有されている〟状態から解放されることでもある）、正気に戻る（自由を得る）。その契機になったものが、自分も加害者だったと知ったことだったという意味で、私はそれを（宗教的含意を抜いて）〝罪の自覚〟と呼ぶ。近代科学の創始者たちが一般に敬虔な信仰者だったように、魯迅が小説家としての方法上のリアリズム（科学の方法）を獲得するためには、そうした自己相対化（イデオロギーからの解放）が必要だったのである。

㈢近代と反近代（「個人」の含意）　初期魯迅の思想は「ニーチェの個人主義」だったことは上にも言った。この「個人（あるいは個性）」主義は、魯迅にあって（あるいはアジアにおいては）二面の意味を持っているように見える。

(イ)その一つは、ニーチェはヨーロッパでは反近代（現代主義）の思想家だったが、後進国の日本や中国は、彼から近代主義を学んだ、という面である。ただその際、高山樗牛の「本能主義」と魯迅の「意志主義」とでは、同じくニーチェに学んだ「同時代性」の中でも、理解した「近代」の内容は既に大きくすれ違い始めていた。言うまでもなく近代とは、まず「共同体からの個の自立」を意味していた。魯迅は、中国古代の聖人は上下十等の階級秩序を作ることによって「造化の神の欠けを補い、他人の（肉体的だけでなく）精神的苦痛をも感じられなくした」（「ロシヤ語版『阿Q正伝』序」）と言ったが、個人主義はこうした身分制意識（既に見た「奴隷と奴隷の主人」や「暴君の臣民」たち）への批判であった。

(ロ)だが同時に、ニーチェ主義は、魯迅の場合にもやはり十九世紀の近代文明の「偏至」（物質主義、多数主義、画一主義的民主主義等々）への批判であり、その「虚偽」を告発するものとして受け取られている。それだけに止まらず、例えば「昔は一人が多数を支配したが、多数は時に離反することも出来た。今や多数が一人を虐げて、反抗を許さない……」（「破悪声論」）といった言葉は、独裁者というものも、近代アジアでは（古代の暴君等とは異なり）実は「多数」や「全体」の支配のいわば象徴として「個」を抑圧する強大な力を振るい得るのだという事実を見通していて、殆ど現代の日本や「文革」の中国の状況を予言しているかのようでさえある。言い換えれば、アジアにおいては、上述の封建的身分意識と近代的多数主義は実は、今もなお一つなのではないか。ここに魯迅の個人主義が、今日なお新しい理由がある。

(ハ)反近代と言えば、個人主義はもう一つ、近代の普遍主義への批判という面を含んでいただろう。例えば「破悪声論」の「偽士まさに去るべし、迷信存すべし、今日の急務なり」の一句は、西洋近代思想が、権威として、とりわけ個性と精神を欠いた知識人（「偽士」）によって、持ち込まれたときに生ずる民衆の主体性の圧殺（「迷信打破」）という問題を指摘して、予言者の如くである。ここにはなお異文化接触をめぐる民衆と知識人の問題、魯迅の農民像の積極面と消極面などの問題があるが、今はそれらが大切な問題であることを記録に留めておくだけにするしかない。

結　び――精禽は夢覚めて仍お石を銜み――

さて、今回のシンポジウムが「文化」をテーマとした背景には、近年の魯迅研究の趨勢があった。これは直接には五年前の八六年に北京で開かれた「逝去五十周年記念研討会」のテーマ「魯迅与中外文化」を受け継ぐことを意図したもので、中国側からその時の招集名義人で基調報告者だった中国社会科学院文学研究所所長劉再復氏をはじめ九人の学者を招いたのもそのためである。

実は、魯迅論と限らず、体制（イデオロギー）論から文化（人間）論への移行は日中の思想界に共通する現象である。私はそれを、日・中の知識人の「反省」や「反思」の深まりを示すものだと考える。確かに中国では八〇年代半ばの「文化論ブーム」以来の文化論の流行は、主要には、「人類の実験」とさえ呼ばれた文革が結局は悲惨な悲劇に帰結した原因が、単に共産党や毛沢東の政治路線の誤りなどに止まらず、より深く中国固有の「文化心理」にあった事を認識するに至った中国知識人の「虚心」（毛沢東）な「反思」を動機にしているやに思われる。日本では、戦後の出発点となった「戦争責任論」で、K・ヤスパースが引用され、「法律上、政治上、道徳上の罪」と並べて「形而上学的（つまり文化上の）罪」への反省の必要が指摘されながらその後中途半端に終っているのを、もう一度受け継ぐことが、個人としての私の願いだった。しかし近年では、こういう「反省」は日本人の「自虐」趣味と言われ、流行の日本論は、戦後に負の遺産とされたものを、逆に世界を驚かせた経済成長を支えた日本文化の長所として自賛するものが大勢である。果してそれでいいのか。もし、今回のシンポジウムで、日中知識人のそれぞれの反省や反思が触れ合うことが出来たら、そこから、魯迅が願った、普遍的な「人類」の一員として、アジアが世界に向かって提起出来る新しい精神的な価値への模索が、共同の知的作業として始まるだろう。そういう時が今始まろうとしている。否、始められなければならない。今回のシンポジウムのテーマの今日的意義も、また、ここにあるのではないだろうか。

（中国研究所『中国研究日報』第五二九号　一九九二年）

講演

魯迅と内村鑑三

一　はじめに

本学の日本文学科には、新任者は必ず就任講演というものをしなければならないという慣例がおありなのだそうで、私にもやるようにとのお申し付けがありまして、実は大変困ってしまいました。私は元来、慣習というものはどしどし変えていいものだと考えているのですが、この慣習については、大学としては当然そうあるべき、大変立派な尊重すべき慣習であるように思われまして、私もこの大学のファカリティーのメンバーとしてお招きを受けたものである以上、スジとして、嫌です、お断りしますと頑張るわけには参らぬことのように思われました。しかし、お話できるような材料の手持ちもありませんし、また新しく材料を集めて新しい論文を準備する余裕など、新学期、それも転任早々のことでとてもありません。すっかり困ってしまい、テーマが決められないまま期日が迫って来て、先日、「これから掲示をするから題目を出して下さい」という電話が研究室からかかって来て、その電話口で苦しまぎれに咄嗟に申し上げたのが、今日のこの題目です。

昔、徳富蘇峰が『杜甫と弥爾敦《ミルトン》』という大層大きな本を書いておりまして、学生時代に、こういうのは「対比」ではあっても、「比較」研究とは言えないものだというような話を比較文学の先生からうかがった記憶があるのですが、「魯迅と内村」などという題は、自分でも、この蘇峰の本のことなど思い出してしまうような、いかにも浅薄な題目です。そもそもこういう題目の立て方自体が、私が近年多少調べてきた魯迅を、私が所属することになった日本文学科と、女子大のキリスト教とに結びつけてお話しようという軽薄なサービス根性から出たものでして、全く「学問的」な発想ではないわけです。皆さんはこういう事をやってはいけません。しかし、言い訳のようですが、こういうテーマを立てるについては、私がこのところやって来た勉強の経過から言って、多少の必然性がなかったわけではありません。

今日お話しすることは、要するに、魯迅と内村との間には、どこか似たところがあるということを出発点にして、そのことの、意味を考えてみたいということですが、「就任講演」というのは一種の自己紹介でもあるわけでしょうから、はじめに、そういう意味を含めて、私が「魯迅と内村」などという甚だ浅薄なテーマを掲げることになった理由とその経過から話をはじめたいと思います。

×　　×　　×

何度も書いたり言ったりして来たことですから、ごく簡単に申したいと思いますが、私の出発点は、竹内好の問題提起にあったと言えます。比較近代化論とでも言うのでしょうか、日・中近代の比較というテーマを、戦後の日本で最初に提起したのは竹内好氏でした。氏は、西欧の衝撃（Western Impact）を契機としてはじまったアジアの近代化（というより「被」近代化）の過程の中での、日本と中国との西欧近代受容の態度を比較して、「中国は保守的だったために悲惨に陥ったがダラクは免れた。日本は進歩的だったために悲惨に陥ることは免れたがダラクした」と言い、

「回心と転向とは変るという点では同じだが、前者が抵抗に媒介されるのに対して、後者は無媒介である」という観点から、日本「近代」を、「抵抗」を欠いた適応型の「転向文化」、「優等生文化」と呼んで、これに魯迅における「抵抗」と「絶望」の深さを鋭く対置しました。この中国イメージは、侵略戦争に帰結した明治以来の日本型近代（「優等生」の目には中国やアジアは、「劣等生」「後進国」としか映らない）への反省、批判のための軸として中国近代を「型」として対置したもの、つまり「方法としての」中国像だったと言えるでしょう。

竹内さんは、時に誤解されるように、中国を持って来て「反」近代化を唱えたのではなく、むしろ逆に、明治維新に次ぐ第二の「開国」（つまり西欧近代化の原理に基づく新国家の形成）などとも言われた戦後の思潮の一環として、イデアルティプスとしての「近代」を堅持して、その受容のあり方における近代「主義」を批判したのだと言えます（氏の言う「近代主義」とは、西欧近代を、それを産んだ人間の主体的精神から学ぼうとせず、封建的な上下意識を残存させたまま、いや、まさにその故にこそ、西欧が産んだ結果である既成の「近代思想」や「近代技術」を権威化し、ドレイ的な勤勉さで「優等生」的にそれを学ぼうとし、また学ぶことが可能だと考えた、そういう「意識形態」のことです）。――このような「竹内好の問題提起」は、価値観のトータルな転換が強く志向された戦後の風潮の中で、私にとって大きな思想的衝撃力を持つものでした。私はその影響の下に中国近代文学の勉強を始めたわけでして、今日の話のテーマの最初の出発点として、まずこのことを申し上げておかなければならないでしょう。

卒業論文には、私は大正中期の日本留学生が作った文学グループ（「創造社」）の小説家、郁達夫を取り上げました。郁の代表作「沈淪」（一九二一）が、佐藤春夫の「田園の憂鬱」と、一見全く内容を異にするにもかかわらず、実は、方法的にはその強い影響下に書かれたものであることを推定し、それを手がかりに「創造社の浪漫主義」と言われるものが、中村光夫氏が「写実主義に偽装されたロマン派文学」と呼んだ（『風俗小説論』）日本自然主義の文学理念を継承したものであることと、そのことの中国近代文学史における意味を論じたわけですが、これは、竹内氏が「中国型」近代を代表させた魯迅の場合と対置して、同じ中国文学の中での「日本型」近代の運命を見ようとしたものだとも言えるだろうと、思っています。(1)

その後、一九六〇年代の後半から、私の関心は改めて魯迅、それも特に初期、つまり日本留学時代（一九〇二～〇九）の魯迅に向かいました。その理由については別に触れたいと思いますが、ともかく、初期魯迅の評論をいろいろ調べたり考えたりしていくと、そこには、後の文学者魯迅の思想の原型、骨骼とでもいうべきものがすでにこの時期にはっきり出て来ていること、しかも、それが当時の日本文学との間に非常に多くのものを共有していることに気付かされたわけです。(2)

つまり先に調べた創造社の人々（大正期の日本留学生）のみならず、魯迅もまた留学期の日本文学との間に、ある種の「教養」（文学観・社会観を含めた人間観）を共有していた。――前者が共有していたものが、たとえば、アーネスト・ダウスン、世紀末文学、『苦悶の象徴』、芸術家、霊感、天才などといった言葉であったとすれば、後者が共有していたものは、カーライルの『英雄崇拝論』、ニーチェ主義、文明批評家、詩人、また前者とは殆ど全くといってよいほど異なった意味での天才という言葉などであった。――さらに考えてみると、ごく大まかに見ても、このような関係は、魯迅に先行する梁啓超と明治の政治小説との間にも、またその後の中国革命文学（「創造社の左旋回」）と大正末・昭和初のプロレタリヤ文芸理論との間にも見い出し得るものです。つまり、両国の近代文学は、十九世紀末から一九三〇年代末のあの不幸な戦争による断絶に至るまでの間、それぞれの時期において、一種の〝同時代性〟を持っていたということが、或いはごく当然のことかも知れないけれども、言えるのではないかと思うのです。

更にもう一歩拡げて言えば、韓国などをも含めたアジアの近代文学が、世界規模での思潮の変遷を共有していたということが、これも当り前の事かも知れませんが、言えるのではないだろうか。たとえば、中国人留学生たちが東京で『創造』という名の〝純文芸雑誌〟の発刊を計画していた一九二〇年頃、韓国にも既に同じ誌名の雑誌を発行していた作家グループがあり、作品の傾向にもどうもある種の共通性がありそうである。そしてこの「創造」という言葉は、「大正の文化主義」の特徴として指摘される「消費における生産的契機の強調」(内田義彦「知識青年の諸類型」)を端的に表現しているように思われます。つまり、内田氏は、明治の「政治青年」、明治末・大正の「文学青年」、大正末・昭和初の「社会青年」、昭和十年代の「市民社会青年」といった日本近代における「知識青年の諸類型」の遷移を見ておられるわけですが、そこに指摘されていることは、たとえば、魯迅の世代と創造社の世代と革命文学派の世代との間に見られる知識青年像の変遷についても、ある程度そのまま当てはまる所があるように思われるのだが、それでは韓国の近代文学の場合にはどうであろうか……といったことが、考えられるように思うのです。(3)

そうした観点から見た時、少くとも初期(留学時代)の魯迅については、竹内氏はその最後の仕事になった『魯迅文集』(筑摩書房)でも、「留学時代の魯迅の文学運動は、日本文学と没交渉だった」「この点がおなじ留学生の運動でありながら、十年後の創造社とはきわ立って対蹠的である」(第一巻解説)と言っておられるが、この見解は修正される必要がある――と言うより、氏の観点は、日本近代を批評するために、魯迅と日本文学とのちがいを強調するところにあるわけで、それは今日においても大切な観点だけれども、同時に上のような、もう一つの別の観点(従ってまた方法)も成り立ち得るし、またそれが今日求められている「中国像の再構成」のためにも、また、日本近代の「伝統」の掘り起こしを通して、アジアの国々との間の文化上の交流、連帯の道を模索するためにも、必要な観点ではないかと思うのです。そして、そういう観点から明治文学と魯迅との関係を調べていった時、西欧=近代の受容の形として、私なりに理解した「魯迅型」(あるいは「抵抗」型)と、ある意味でもっとも近いかたちで西欧の衝撃をうけとめた人として、直接の影響関係は検出できないけれども、内村鑑三が浮かんで来たわけです(4)。

そこでまず留学時代の魯迅と日本文学との間の関係について、これまでにすでに明らかにされていることについて、ざっとご紹介しておきます。

二　魯迅と明治文学

魯迅は、一九〇二（明治三五）年から〇九（明治四二）年まで日本に留学しました。数え年二二歳から二九歳までの足かけ八年間の留学です。この八年間に、魯迅はかなりの数の評論や翻訳をしているのですが、その中のある部分が、当時の日本人の著作をいわばタネ本にしていることが、近年の研究で明らかになっています。詳しいことは、北岡正子『「摩羅詩力説」材源考ノート』などを見て頂きたいのですが、たとえば、バイロンについては木村鷹太郎『文界の大魔王バイロン』、シェリーについては浜田香澄『シェリー』に拠って論を組み立てている等々のことが指摘されているし、また、軍備、実学にまさる「詩」の力を語るためにに引用するドイツの青年詩人ケルナーの事蹟は、石川啄木が「渋民村より」の中でその読後感を感動を以って書いているのと同じ雑誌〈帝国文学〉に載った斎藤野の人（高山樗牛の弟）の「詩人ケヨルネル」という文章に拠っていることも知られています。――つまり、魯迅の初期評論のヨーロッパ十九世紀文芸の紹介に関する部分は、少くともそのかなりの部分が、そうした日本人の著述及び当時日本で広く読まれていた外国書（たとえばカーライルの『英雄崇拝論』等々……）の、少々乱暴にいえば、「ノリとハサミ」によるる切り貼りによって出来ているとさえ言えることが、わかって来たわけです。

もちろん、私は、こういう事実が明らかになった以上、当時の魯迅の文学運動を「日本文学とは没交渉だった」という竹内さんの見解が誤っていたことは既に明らかだ、などと言うつもりはありません。「ノリとハサミ」の作業があったことは、必ずしも「影響」関係の証明にはなりません。逆にノリとハサミが使われているために、その使い方の中に、まぎれもない作者の個性が、却ってハッキリと浮び上って見えるという場合もあります。初期魯迅の評論は概してそういうものだと言えます。況《ま》して当時の魯迅は評論の外に翻訳をいくつもしており、それらの材料として、とくに東欧の少数民族の文学などについては、翻訳はおろか原本も、日本ではなかなか手に入れることが困難で、丸善を通して直接外国へ注文したりしたことも知られているので、西欧文学の受容の全体についても、当時の日本文学での流行に、無条件、無原則に乗っていたということは言えません。私が魯迅と明治三十年代文学との「同時代性」と言うのは、こうした「ノリとハサミ」の事実そのものとは、少しちがうことです。

魯迅は明治三十五年の春に日本に来ました。その年は、橋川文三氏が、この時のような「有頂天な楽観的気分」は、その後の日本歴史の中で、もはや見られないものであった、と言われる〈日英同盟〉締結の年であり、同時に我が国における「第一次のニーチェの流行」が頂点に達した年でもありました。

この時の我が国におけるニーチェの最初の流行は、時期的にはちょうど、「日清・日露両戦後の間」の十年間に当っており、しかも、「いわば青年ファウストのように〝二つの魂〟を抱いていた」といわれるような、この時代の日本の精神状態の矛盾を反映して、僅か数年間の間のことですが、そこにはある種のニーチェ像の変遷と言うべきものが認められるように、思うのです。簡単に言ってしまえば、それは、当初の国権論などを反映した「積極的」哲学への期待から始まり、十九世紀文明の流弊に対する「文明批評家」としてのニーチェ像を橋渡しにして、結局、高山樗牛の所謂「本能主義」者という所に到りついて定着したという風に見えます。この樗牛の、日本主義からニーチェ主義への転換について、西尾幹二氏は、「絶対というものを求めて、それを樗牛は『美的』とよんだ。それは本能の赴くままという意味であって、秩序に対立する自由、組織に対立する個人という、日本のその後を支配する近代主義的社会観・人間観と結局樗牛は同じことを言っているのである」と言っておられますが、ここに言われている「近代主義的社会観・人間観」は、私などが片岡良一氏や中村光夫氏によって理解している、日露戦役後における日本自然主義文学（ここで日本近代文学が一応の成立をみたとされる）の「社会観・人間観」と同じものである。そしてそれは、「外部的拘束としての規範」とそれに対立する「拘束の欠如としての感性的自由」の意識（丸山真男『日本における自由意識の形成と特質』）という形で、今日もなお学生諸君をふくめて、日本人の中に根強く生きているものだと思うのです。
――つまり、この十年間のニーチェの流行、そこでのニーチェ像の変遷は、日本近代文学史の上で、このような「感性的」な「自由」乃至は「自我」意識の成立を橋渡しする位置にあるように思われるのです。

さらに、こうしたニーチェ像の変化といわばパラレルな現象として、たとえば、『日本人とキリスト教』（小川圭治編　三省堂）という本にまとめられた本学比較文化研究所のお仕事や、溯って、今度学長になられた隅谷三喜男氏の『近代日本の形成とキリスト教』（新教出版社）や山路愛山の『日本教会史論』にも指摘されている、明治二十年代から三十年代にかけての日本のプロテスタント教会の「変質」（小川氏はこれを「山路―隅谷仮説」と呼んだりしている）や、また、上にも申しました内田義彦氏が「知識青年の諸類型」（岩波書店『日本資本主義の思想像』所収）の中で言っておられる「政治青年」から「文学青年」への知識青年の類型の変遷などがあった、と言えるのではないかというのが私の考えです。

言いかえれば、上に申しましたニーチェ像の変遷とは、つまりニーチェの「極端なる個人主義」に対する理解の変化を意味していた。アジアの近代化という問題でいえば、ヨーロッパ近代思想のいわば根本とも言うべき「個」の思想の受容、あるいは、「凡そ近代的人格の前提たる道徳の内面化」（丸山真男『超国家主義の論理と心理』）の問題に関して、明治二十年代から三十年代にかけての時期に、ある一つの岐れ道があったのではないかということです。上の内田氏の言う「類型」に即して言えば、二十年代の、日本自身がまだ被植民地化の危機感をひしひしと感じていた時代、「国家の独立」のための必須の前提条件として「個人の独立」が考えられていた「政治青年」における「個」が、生産的能動的な性格を持つ意志的な精神（内田氏のいう「モラル・バックボーン」）だった時期から、明治の政治体制がもはや不動のものとなり、その体制の外に（体制そのものは黙認して）「自我」の目覚めを経験した「文学青年」における、消費型の、感性的な「自我」意識への変遷を、ニーチェ像の変遷は語っているのではないか、ということです。そこには、一つの岐れ道があった、つまり、「倫理の内面化」（それが行なわれぬままにヨーロッパ近代が産んだ「結果」だけが貪欲に勤勉に学ばれたのがその後の日本「近代」であった）の別の可能性がそこにはあった。ちょうどこの時代に日本に留学していた魯迅におけるニーチェの個人主義に対する理解は、そのことを語っているのではないかと思うのです。

初期魯迅の思想は、一言でいえば、「物質を排して精神を重んじ、多数を排して個人を尊重せよ」という言葉に代表されるニーチェ思想（「ニーチェ風の進化論的倫理観」「個人主義」「唯心論」……）だったと言われます。確かに、魯迅におけるニーチェの影響は非常に深いものがある。そして、そのことは彼の留学して来た時が、ちょうど我が国におけるニーチェの流行が頂点に達した年だったことと、無関係な事だったとは言い得ないでしょう。事実、初期の評論に見られるニーチェへの言及、乃至はニーチェの影響と見なし得るものを見ていくと、上に「積極的哲学への期待」「文明批評家」としてのニーチェと言ったものが、前に触れたバイロンなどの場合のような「ノリとハサミ」といった直接の形ではなく（つまり、より深い「影響」関係として）見出されます。ただ――それが私が「岐れ道」と言ったものですが――、第三に挙げた「本能主義」というニーチェ理解は、魯迅の場合、全く見出せません。魯迅がニーチェの「超人」において、いわばその象徴を見出したところの、西欧近代文明を生み出した「根底」、その「神髄」としての「精神」、あるいは「個人」としての「人間」は、㈠主観内面性、㈡傲岸なまでの強烈な意志である自我、㈢既成のものに対する反抗を通してのあくなき発展、をその本質とするものでした。

つまり、魯迅は、「極端なる個人主義」「十九世紀文明に対する文明批評家」というニーチェ像を当時の日本文学と共有した。ニーチェに十九世紀の物質主義、民主主義、科学万能主義等々への批判を見出しながらも、結局はニーチェから「反近代」ではなく「近代」を受け取ったという点でも、後進国アジアの文学者としての条件を同じくしていた。しかし、魯迅がニーチェから受け取った西欧近代文明の「神髄」たる「精神と個性」は（それがまた彼の文明批評の原理でもあった）、竹風や樗牛の場合のような、国家、制度、科学、秩序等々に対置される「感性的自由」（竹風は「自由の本能」といいます）ではなく、制度や科学や道徳を産み出す「根底」にある主体的精神（つまり意志的な自由）であり、このような精神の根底を欠いた、立憲議会、富国強兵等々……の紛々たる主義や改革案のすべてを批判したのが、当時の彼の文明批評だったわけです。――このような「ニーチェの個人主義」に対する把握は、日本文学との対比でいえば、樗牛の「本能主義」という理解への到達とはむしろ逆の方向に向かっていて、内田義彦氏の指摘されるような意味での、明治二十年代以前の「政治青年」の「モラル・バックボーン」（つまり、「個の独立」の主張、封建時代の「奴隷根性」を否定する「独立の精神」の強調）により近いと言うことが出来るでしょう。

このような、いわば、人間を「真の人間」たらしめている「精神」と「個性」を中国人は欠いている。人民の中にそれを呼び醒ますことこそが、中国革命の第一前提である。そしてそれをなし得るものは、「当時の私の考えでは、当然文学しかなかった」と、魯迅は医学を捨てて文学に転じた時のことを、後に回想しています。このような任務を担う「少数の者」こそが、魯迅における「精神界の戦士」としての「詩人」であり、「天才」でした。

かくて、かかる「詩人」の「心の声」「内なる光」が、今は「民生艱難のゆえに」日々に薄れている「朴素の民」の「純白の心」を共鳴板として、やがて「集まる者雲の如く」、全人民が立ち上ることを期待するのが、夙に丸山昇氏が指摘したように（『魯迅』平凡社東洋文庫47）、当時の魯迅におけるやや「楽観的」な革命イメージであり、青年の客気と共に自らをもこのような「精神界の戦士」に擬して、「詩人が跡を絶った」「寂寞」の中国（裏返せば、声を揃えて鳴く鳥の如き「志士」たちの「悪声」が氾濫する「喧騒の世」）に、予言者エレミヤに代って真実の言葉を発し、民の主体性を呼び醒まそうとしたのが、当時の彼の文学（＝革命）運動だったといえるでしょう。私はかつて、このような「文学」あるいは「ことば」理解を、「啓示とは主体性の喚起である」と言われるような意味で、「啓示の文学」と呼んだことがあります（『魯迅と終末論』一九七五）。

つまり、ここには、「詩人」の「心声」と、「朴素の民」の「純白の心（情性）」という〝二極構造〟がみられます。言いかえれば、魯迅が伝統文化とは「水と火のように」異質で、しかも「古代を越え、東亜を凌駕している」優越性を持ち、「長く通行する」ものと認識した、普遍的価値としての西欧近代の精神と、それを受けとめ（受肉し）自己変革（同時に自己回復でもある）、つまり「回心」を遂げ得る主体としての真の国粋（彼はそれを、今や僅かに古人の記録と朴素之民の中に見い出し得るのみだと言っています）との二極構造、とも言えるでしょう。――このような〝欧化〟と〝国粋〟との関係を、魯迅の留学時代の日本文学のナショナリズムと対比して見ていった時、いわばもっとも近い形として思い浮かぶのが、内村鑑三の有名な「二つの〝J〟」（イエスとジャパン）という命題です。なぜなら、これは時に誤解されるような〝二元論〟ではなく、普遍と主体との〝二極構造〟であるように、私には思われるからです。

――以上が、実は前置きで、今日の話は、本当はここから始まるわけです。

三　魯迅と内村が共有した時代について

内村鑑三（一八六一～一九三〇）は、魯迅より、ちょうど二十歳年長になります。年譜を見ますと、明治二十四年の「不敬事件」で一度は社会的に葬られた内村が、〈万朝報〉の英文欄主筆として迎えられて東京に帰って来たのは明治三十年のことです。魯迅が日本に留学した明治三十五年前後は、たとえば、宗教と社会主義の問題で論争したり、非戦論を唱えて堺枯川、幸徳秋水と共に万朝報社を退社したりなど、東京に住んで盛んに筆を振るっていた時期ですから、当時魯迅が内村を読んだという証拠あるいは証言は何もありませんが、少くとも雑誌等でその名前くらいは見ていただろうと思われます。また内村は文筆家である以上に講演家でもあったわけで、たとえば正宗白鳥は、「青年期の私に最も感銘の深かった内村の講演は、明治三十一年（私の二十歳の時）一月から、月曜日毎に神田の青年会館で開催された文学講演であった。私は……千里を遠しとせず通っていった」（『内村鑑三』細川書店）と書いています。時期は少しズレますが、当時青年の間で人気の高かったそうした「文学講演」の一つを、ある日、魯迅が和服に袴姿で聞きに行った、などという想像も出来ないことではないかもしれません。ともあれ、直接の影響関係といえば、以上のような程度のことで、ある時代の雰囲気を何年かの間共有したというくらいのことしか言えません。魯迅と内村が

〝どこか似ている〟と言う時、まず問題になるのは、そうした共通の時代の雰囲気あるいは教養ということでしょう。たとえば、上に引いた内村の「文学講演」と言った時の「文学」の意味です。今日では「文学」というと殆ど「小説」と同義語ですが、この時代の「文学」はもっと広い意味を持っていたといえるのではないでしょうか。講演で内村が取り上げたのは、具体的にはカーライル、ダンテ、シルレル等々で、場合によってはマーコレーの『万国史』な

どまで含まれたかも知れません。彼の『基督信徒の慰め』も彼自身の言葉では「基督教文学」と言われています。つまり、内村における「文学」は、主として、詩と評論であった（彼は小説は嫌いだったそうです）。これは何も内村だけに限ったことではなく、文学史に「詩と評論の時代」と言われたりするように、ある程度、この時代に共通することだったように思われます。

このことは、単に文学のジャンルの問題ではなく、文学と実業あるいは科学との関係の問題でもあったと思われます。つまり、先に引いた内田義彦氏が、「大正の文化主義」について、「文化を生産プロパーの外におく点で明治と区別される」と言っておられることにかかわる問題です。言いかえれば、この時期には、文学はまだ、科学や実業や政治の外にあってこれと対立するものとはとらえられていなかった。「政治（＝組織＝外的拘束としての秩序）」対「文学＝個人＝感性的自由」という、これもすでに触れました「近代主義的」文学観はまだ成立していなかったという風に言えるのではないか。（魯迅の、「幻灯事件」を契機とする文学への転向を、このような「日本的」な構図で理解することの誤りは、かって丸山昇氏が指摘したことですが、それは実は樗牛以前の日本文学についても言えることではなかったかと思うのです。）少くとも内村は、たとえば『後世への最大遺物』（明三〇刊）の中で、人が後世へ遺すべきものとして、第一に「金」をあげ、次いで「事業」―「思想」―「文学」―「教育」―「勇ましい高尚な生涯」を並べて（対立するものとしてではなく連続的に）挙げています。「文学者の事業」という言い方もしていますが、ここでの「事業」という言葉は、今日の使われ方と少しちがって、英語の「エンタープライズ」という言葉が持つ〝冒険的精神の働き〟とでもいうべきニュアンスを強く持っているようです。この講演の中で彼は日本人の「源氏物語的の文学思想」を強く攻撃して「文学といふものはソンナものではない……我々の心の有のままを云ふものです」と言っていますが、『何故に大文学は出でざる乎』『如何にして大文学を得ん乎』（明二八）において、「言うを休めよ、詩歌は科学の反対にして……」

と言い、大文学を得るためには「世界精神」の涵養こそが必要だとし、その世界精神をより具体的には、「大文学は気魄なり」といい、「人たることなり、人の面を怖れざることなり、正義を有りのままに実行することなり、与論と称する呶々の叫びに耳を傾けざることなり、富を求めざることなり、爵位を軽んずることなり、これ大文学者の特性として最も貴重なるものなり」と言っているのも、全く同一の趣旨でして、しかもこういう議論を、魯迅が「摩羅詩力説」や「破悪声論」などに書いていることと読みくらべると、ある点では同一人物の論であるかとさえ思われるほどです（魯迅のいう「心の声」「内なる光」とは「心のありのままを云ふもの」だと言ってよいでしょうし、「世界精神の涵養」ということは、後に見るように魯迅においても重要なモチーフですし、「人たること……」以下はこれまた魯迅が「詩人」「精神界の戦士」について繰返し言うところと全く符合します）。またもう一つ、内村は、その卒業講演の題目は『科学としての漁業』であり、また『地人論』を書いて、日本の地理学の草分けの一人でもあったそうですが、魯迅もまた地質学や生理学を学んだ科学者であり、彼がニーチェ等に見出した「精神」「個性」は、それに先立って、彼がとらえた「科学者の精神」「科学史教篇」などのいわば延長上にあるものだったことが、偶然とだけは言い捨てられない両人の経歴上の共通点として指摘できます。

　魯迅と内村が共有したものの第三として、たとえば、西尾幹二氏が、高山樗牛の文章について、「そこにはニーチェと同じように世を憤る声は確かにあるので、内村鑑三の『何故に大文学は出でざる乎』という叱咤激励調の声の出た時代の雰囲気というものを考えてみる必要があるだろう」と言われているような、ニーチェの流行の心理的基盤でもあったであろう「時代の雰囲気」があげられます。それは、魯迅や内村の文章の文明批評的な態度の共通の背景でした。十九世紀文明の物質主義や平等主義への批判を、少くとも枠組みとしては、両人は、時代と共有していました。ただ、その枠は同じくニーチェに拠りながら、魯迅と日本のニーチェ主義者との間には、批判の原理（すなわちニーチェ理解）に大きなちがいがあったことは、先程申したとおりです。そして、そのちがいは、ニーチェには批判的だったと思われる内村との近さでもあったように思われます。

第四に、この時期の日本にあった文化上のナショナリズムが挙げられます。これは、今申しました両者の〝文明批評〟的態度ということと実は同じ事ですが、内村が熱烈な愛国者であったこと、しかしその愛国心が、たとえば非戦論の主張などからも知られるように、決して単なる〝国家〟への忠誠心ではなかったことも、もう申すまでもないでしょう。〝国家〟が異民族支配の清朝を意味していた魯迅においては、この点は一層明確でしたし、彼の民族主義は、実は民族の回心、民族の倫理性の回復を第一にめざすものでした。このような「文化上の」ナショナリズムは、魯迅と内村が共有したものだったばかりでなく、日露開戦当初の「熱烈なる愛国少年」だった啄木についても指摘されていることです（米田利昭「啄木はどういう詩人か」〈日本文学〉一九七七・五）。そして、その背景には、新渡戸稲造の 'Bushidō'（一八九九）、岡倉天心の 'Ideals of East'（一九〇三）、'The Awakening of Japan'（一九〇四）、'The Book of Tea'（一九〇六）などが相継いで書かれた時代があったと言ってよいでしょう。内村の 'Japan and Japanese'（一八九四、後に 'Representative Men of Japan' と改題）は、それらの著作の中で、いちばん早い時期に書かれたものです。

以上、魯迅が内村と共有した時代の「精神状態」について、橋川文三氏は、「すべて曖昧な若さ」と「渾沌」を指摘しておられますが、この時代の教養ないしは文化の性格として、第一に、文学が、倫理・宗教あるいは科学や政治とまだ分化していなかったこと（「芸術家意識」や「学者意識」が成立したのは大正期の特色だといわれます）、その意味で多かれ少かれ文明批評的性格を持っていたということがあるのではないでしょうか。

このことはまた、ヨーロッパ近代の受容のかたちということでいえば、「近代」の道徳・思想・文学・科学……がまだバラバラにされず、まさに一つの「文明」、封建の旧日本のそれとは異質な文明として受けとられていたということでもあったのではないでしょうか。そしてそれは、端的には「世界精神」と言われ、より具体的には、封建的な旧道徳に対して「独立」の精神の強調という形で受取られていたと言えます（正宗白鳥は、内村が『何故に大文学は出でざる乎』で、「世界精神の涵養と注入」の必要を説いていたことを回想して、「世界精神といふ事には、あの頃の我々は文句なしに感激してゐた」と書いています）。

この「世界精神」、もう少しハッキリ言えば「独立の精神」、の涵養が、日本国家の独立という至上の命題と切り離し得ない形で結びついていた所に、この頃までの日本人の「精神状態」の特徴があったということでしょう。「日本国民」が、「四十年持ちつづけて来た国際的緊張感から解放され」、「自分の内面のなかで国家的価値というものを第一位に置くという精神構造をひっくり返して国家より高いものをつくり出すための消極的条件が生まれた」のは、日露戦争が勝利に終った後だとされます（藤田省三『大正デモクラシー精神の一側面』）。しかし、このような「世界精神の涵養と注入」、もっと拡げて言ってしまえば「欧化」が、鹿鳴館式の皮相のものにせよ、内田氏の所謂「政治青年」における「独立の精神」の強調にせよ、それが、「条約改正」等々の、いわば直接の政治的独立のため必須条件と考えられていたのが、明治二十年代までの特徴だったとすれば、そうしたナショナリズムが、文化上の独立の主張、国粋主義の形を取ってあらわれるようになったのが、直接の被植民地化の危機感がひとまずは遠のいた日清戦争勝利の後だったと、言えるのではないでしょうか。上に引いた英文の諸著作の最初に位置する内村の『代表的日本人』の序文が「黄海海戦勝利の翌日」に書かれていることは、それを象徴的に語るものではないだろうか、と考えられます。このような「文化上のナショナリズム」は、同じく日清戦後に、時を同じくしてあらわになって来た「産業社会化の病理」や、「大膨脹時代」「膨脹日本」の浮薄さへの批判という文明批評的性格を持つものでした。そしてまた、このようなナショナリズムは、国権論や「キリスト教いじめ」という面では内村のいわば〝敵〟であった高山樗牛（彼は井上哲次郎の弟子でした）の日本主義についても、共通して言えるのではないか、その意味で、内村の日清戦争支持から日露戦争反対への変化と、樗牛の日本主義からニーチェ主義（本能主義）への転換も、パラレルな現象としてとらえられるのではないだろうか——つまり、このような「文化上のナショナリズム」は、「日清・日露両戦役の間」の日本の「混沌」と「曖昧」の一つの側面、言いかえれば、この時代の日本文学の思潮の特徴的な性格の一つ、と言えるのではないだろうか、と思うのです。

このようなまとめ方が、日本文学研究者の側から見て、今更言うまでもない常識的なことであるか、それともまるで見当ちがいな非常識なことなのか、私にはわかりませんが、中国近代文学の側から見ると、ここにまとめたような諸特徴が、魯迅には見出されるが、十年後の大正期の留学生（創造社）には見出せないものとして指摘出来るように思われるのです。

そこで、もし以上のような、いわば共通の「教養」という文化史的なベースが認められるとしたら、その上で、内村と魯迅とのナショナリズムには、どのような類似とまた差異とが見出されるかということが次の問題になります。

四　『代表的日本』人の奇妙さについて

この「文化上のナショナリズム」という事に関して、思い出すのは、昔読んだ河上徹太郎氏の『日本のアウトサイダー』（新潮社）という本のことです。——明治以来の日本近代の特徴は、〝正統思想〟が形成されなかったことだ（強いて言えば「立身出世主義」しかない）。日本近代思想の〝正統〟は、〝アウトサイダー〟によって担われて来たという奇妙なことになっているとして内村鑑三、石川啄木、中原中也といった人々のことが書かれていたと思うのですが――その中で、内村に関しては、日本近代が西欧近代を手本にしたのなら、プロテスタンティズムが、とくに内村などが当然〝正統〟となるべきはずだった。内村はあまりに〝正統〟的だったから日本ではアウトサイダーになった……という風に言われていたかと思います。

この指摘は、私には今も大変大切なことのように思われます。これは近代思想としてプロテスタンティズムが、日本近代思想史の中で〝正統〟の系譜の中に位置づかなかったというだけを言っているのではない、キリスト教の中でも、内村は、今日に至るまで〝アウトサイダー〟なのではないか。実際、彼の『代表的日本人』という本などは、今日私たちが読みますと、まことに奇妙な印象を受ける本です。――昨年ある所で、二、三の学生と、この本をテキストにして読書会をしたのですが、一人の学生が質問して、「先生、内村という人は本当にキリスト教だったんですか」と言うのです。河上氏は内村は〝正統的〟すぎたから〝アウトサイダー〟になったと言われるけれど、今日〝正統的〟な教会で育ったクリスチャンからすれば、この学生のような感想が出てくるのが、当然だと思われるようなところが、確かに、内村には（少くともこの本には）あります。

『代表的日本人』は、先程も申しましたように、「黄海海戦勝利の翌日」に序文が書かれており、内容としては、西郷隆盛（これには「新日本の建設者」と副題がつけられています）、上杉鷹山（「封建領主」）、二宮尊徳（「農民聖人」）、中江藤樹（「村落教師」）、日蓮上人（「仏教僧侶」）の五人の〝代表的日本人〟を紹介したものです。日本のいわば〝代表的〟キリスト者のはずの内村の、こうした人物の選び方自体が、今日ではすでに奇妙です。まして彼は、たとえば西郷隆盛について、その城山での最期までの伝記を感動をこめて綴り、「……斯くの如くにして、武士の最大のもの、また最後の（と余輩の思ふ）ものが、世を去つたのである」と結びます。西郷の征韓論について、その「東亜征服」の

「積極政策」が「当時の世界情勢に対する彼の見解から必然的に生じたもの」であることを弁護し、むしろその「征服」の態度が「道徳家」的であったことを賞讃しています。板垣退助の尽力によって決定した西郷の韓国派遣が、岩倉、大久保、木戸らの帰国によって取りやめになった経過を語ったくだりでは、ほとんど痛恨をこめて、「彼ら（岩倉など）は、文明の中心地における文明、その快楽と幸福とを見た。彼らがもはや外国との戦争を考えなかったことは、西郷がパリやウインナの生活様式を考えなかったと同じで」、彼らは「あらゆる陰険不純の手段に訴へ」てこの決定を覆したことをいい、西郷は「『長袖者流』と彼の称《よ》んだあの臆病な公卿どもの遣り口に対し、激昂した。議の取止めとなったことが、彼を最も傷つけたのではない。其が取止めとなった方法と、其処に至った動機が、我慢なり難い彼の不満であった」と書いています。

　このような「方法」や「動機」、つまり「道徳」を重視する視点は、「彼の生活法と人生観」を述べた章では、西郷の寡欲、「無頓着と無邪気」、「謙遜と単純」等々を挙げ、「敬天・愛人」というよく知られた西郷の人生観については、「『天は人も我も同一に愛し給うゆゑ、我を愛する心を以て人を愛する也』と言ふ時、彼は『律法と預言者』に於る凡てを語ったのである」とさえ言っています。このような、西郷とキリスト教倫理との結びつけ方も、今日から見れば、やはり奇妙です。しかも、彼はさらに次のように言うのです。

「『征韓論』の抑圧とともに、政府の積極政策はすべて終焉し……そして、岩倉とその『内治派』の心中秘かに願ひし所に適ひ、此国は彼等の所謂文明開化を沢山に有つことができた。併し其と共に、甚しい懦弱、断乎たる行動に対する恐怖、明白なる正義を犠牲にした平和の愛好など、真個の武士の慨嘆に堪へない他の多くのものが、其に随伴したのである。『文明とは道の普く行はるるを賛称せる言にして、宮室の荘厳、衣服の美麗、外観の浮華を言ふには非ず。』此が、西郷の文明の定義であった。余輩は、彼の言ふが如き意味に於ける文明は、彼の時代以来多くの進歩をしなかったのではないかを惧れるものである。」

内村は、別のところでは、西郷の「嗟乎、聖賢ノ大道ニ背イテ生財豊饒ノ道ヲ求ムルコト、豈ニ智ト謂フベケンヤ。損益ノ道ニ反シテ国家ノ有益ヲ計ルコト、不智ト謂ハザルベケンヤ……云々」という言葉を引いて、これを「旧式経済学である」と我国の現代的ベンタム主義者等は言うだろうが、しかしこれこそ「ソロモンの経済学」また「『ソロモンより大いなる者』の経済学」であったと言い、西郷の言葉は、「ほどこし散らして反りて増すものあり……」「まず神の国と神の義を求めよ……」といった聖書の言葉の「適切な註解ではないか」という言い方もしておりますが、こういう言い方を見ると、私には、内村が、日本の近代化の道として、いわば西郷路線と岩倉・大久保路線とでも言うべきもの（単なる比喩として言えば、「思想優先」の毛沢東路線と、経済優先の鄧小平の「近代化」路線とのちがいが想起されます）を見ていて、征韓論政変で前者がしりぞけられ、その後二十年の日本の近代化（文明開化）が後者の路線で進められて来たことに抗議しているように見えます。その後の日本のキリスト教が、少くとも一般的には、社会主義と結びついた場合をも含めて、近代主義の傾向を持っていたことを考えると、こういう議論は、確かに、快適さの追求以外に倫理の歯止めを持たぬ今日の文化状況への批判としても通ずるとは思うものの、頗る奇妙です。

またさらに、内村が「我が国の歴史に二人の最も偉大な名を挙げるならば、余は躊躇なく太閤秀吉と西郷隆盛を指名するものである。両者は共に大陸的雄図を懐き、全世界をその行動の分野として有つてゐた」などと言うのを読むと（もっとも内村は、秀吉の偉大さは「ややナポレオン的」で、隆盛の偉大は「コロムウエル的の偉大」であったと、両者を区別するのですが）、まるで右翼の国権拡大論かなにかを見るようで、確かに、正宗白鳥の言うように、内村には「ファシズムの傾向があった」と言いたくなります。

またその反「近代主義」（倫理性の強調）も、その限りでは納得できますが、日本近代化の道として、西郷路線の反

「近代主義」と岩倉・大久保の「文明開化」路線とのどちらが賢明な選択であったかについても、今の私は、内村の言うように、西郷路線を選んでいたら「彼の言う」つまり真の「文明」に達しただろうと考えるほどロマン的にはもはやなれません（とりわけ、昨今、毛沢東の実験の失敗についてイヤというほど聞かされているわけですから）。さりとて、岩倉・大久保路線のおかげで、竹内好の言うごとく、日本は「進歩的だったゆえに悲惨を免れた」のは事実でしょうが、同時にそのために「ダラク」し、その終着点があの中国侵略戦争だったことも忘れることは出来ません。

『代表的日本人』の、ひいては内村の思想の、このような奇妙さ（というより、私たちが今日奇妙に感じること）は、何に由来するのか、またそこから、私たちは今日どのような意味を掬み取ることができるだろうか。

五　結　び――魯迅と内村――

『代表的日本人』が私たちにとって、奇妙に感じられる理由の第一は、内村がクリスチャンであるにもかかわらず（実は、であるからこそだと思うのですが）、外来のキリスト教に対して、「自己防衛の本能」を働かせ、〝抵抗〟しているからだと思うのです。

先程引きました河上徹太郎氏の『日本のアウトサイダー』で言われている、日本近代には正統思想が形成されなかったという指摘は、丸山真男氏のよく知られた「雑居文化」（日本では外来思想が在来の思想との「対決」――単なる「反対」ではない――を通じて「雑種文化」を生むということがない）という指摘とも、またこれも初めに申しました竹内好氏の、「回心」は「抵抗」を媒介にしてはじめて起こるという指摘とも、実は同じ事を言っているだろうと私は思います。

マルクス主義やキリスト教からの「転向」の問題についても、まずそれらの思想の受容自体が、「抵抗」を欠く、それらへの「転向」（回心ではなく）だったことも既に指摘されていることです。こうした竹内氏の所謂「ドレイ」的な文化状況の中では、内村のような「抵抗」（＝自己固執、自分であり続けようとする意志）は、屢々、単に保守的・反動的とみなされたり、「本来の」オーソドックスな「思想」や「教養」から離れた非正統的分派とされたり、二元論とみられたり、あるいは個人の頑固・狷介な性格のせいにされたりしがちなものではないでしょうか。近代思想史の中においてのみならず、キリスト教の中でも、内村の位置は、そのような所にあるように思われます。

日本人はキリスト教を「蒸気機関と共に」受けとるべきではないというのが彼の主張でした。最初の赴任先である北越学館で、キリスト教の教旨を徳育の基本とすることを「到底余の服する能はざる所」とし、外人宣教師の無償の教育援助に反対して伝道会社からの独立を唱え、愛国心養成を主張した内村は、ほとんど反キリスト教の立場にあるかとさえ見えます（鈴木範久『内村鑑三とその時代』による）。ずっと後まで続く、あの依怙地な排外主義とさえ見える内村の有名な「宣教師嫌い」にしても、それらのことには、内村のうちに養われていた「真個の武士」のエトス乃至は教養の、強烈な「抵抗」を見るべきであって、単に彼個人の性格にのみ帰せらるべきことではないと思うのです。

後に彼はこう書いています。

「英文『代表的日本人』改版の校正を為しつつある。……今より二十八年前に此の著を為して置いた事を神に感謝する。真の日本人は実に偉らい者であった。今の基督教の教師、神学士と雖も遠く彼らに及ばない。米国宣教師等《など》に偶像信者と称《よ》ばるるとも、鷹山や尊徳のやうな人物と成るを得ば沢山である。余は或時は基督信者たることを止めて純日本人たらんと欲することがある」（一九二二年八月一一日の日記）

岩波文庫版『代表的日本人』の訳者鈴木俊郎氏は、この日記の文章を引いて、「欧米基督教会の宗教を日本人が受けて、その霊魂を欧米の宗教的伝統の権威の下に奴隷たらしめる」べきではない、「イエスが王陽明にまさる尊厳にして恩恵豊かなる『天理』を啓示したとすれば、嘗て藤樹が王陽明に学びし如く、我等は我等自身の仕方にてイエスより直接それを学ぶべきである。欧米基督教会の信者たるよりは、鷹山や尊徳のやうな純日本人たることは、日本人たる我々には、遙かに尊貴なることである……」といい、ここに、氏のいう本書の二つの生活の一つの面、すなわち、「日本の西洋に対する自己防衛」「日本の民族的自覚に基づく西洋からの独立の主張」が、遺憾なく発揮せられている、といっておられます。

「自己防衛」「独立の主張」と言ってもいいのですか、私はむしろ、鈴木氏が言われる本書のもう一つの面、すなわち、「道徳的規範による日本への自己批判」と表裏一体をなすものという意味で、「抵抗」を通しての「回心」と、これを呼びたいのです。――つまり、「回心」とは、「抵抗」を媒介にして、旧い自己を否定することであると同時に、自己が他人になることではなく、よりよく自己になること、即ち新しい自己発見、神の前での新しい自覚をも、必ず伴うものだからです。内村が「真の日本人は実に偽らい者であった」という時、それはこのような新しい日本人の自己発見だった、「斯くの如き人のみが独り国民の脊椎骨であった」といわれるところの、日本人のモラル・バックボーンの発見を意味していた、とは言えないでしょうか。そしてそれは同時に、現実の日本人に対する鋭い批判でもありました。一九〇八年にこの本の改訂再版に当って書いた序文に、彼が、「我が国に対する余の青年時代の愛の全く冷却したるに拘らず、余は我が国民の有する多くの美しき性質に盲目たり能はざるのみならず……」といい、「余が今なお我が国人の善き諸性質――普通に我が国民の性質と考へられてゐる盲目なる忠誠心と血腥い愛国心を除いた其以外の諸性質――を外なる世界に知らしむ一助となさんこと」（傍点原著者）が、本書の目的である、と書いているのは、まさに、「回心」における、自己否定と自己発見との、上に申したような関係を語っているものではないでしょうか。

そして、このような「抵抗」を媒介とした西欧受容は、今日のいちばん初めに申しました竹内氏が、「魯迅型」として日本型近代に対置したものです。先程「魯迅と明治文学」のところで申しましたので、もう多く申しませんが、一方では激越なまでの徹底した伝統批判をしながら、他方、啓蒙主義者たちの、上からの西欧近代の輸入に対しては、「エセ志士は追放せよ、迷信を保存せよ、これこそが目下の急務である」（「破悪声論」）と言い、「朴素の民」（農民）の「純白の心」に期待をかけ、「志士」たちが「迷信」と攻撃する中国古来の神話・伝説を擁護するなど、内村の場合と同じかたちは、留学期の魯迅にも見い出されるものです。

第二に、先程から「抵抗」という言葉で言って来たことと、結局は同じことなのですが、一般に私たちは、たとえばキリスト教のような西洋渡来のものについて、「普遍的真理」は唯一つあるものと考え、その真理は何かということを追求することには極めて熱心ですが（「権威」への上昇乃至接近志向）、それを受け入れて「回心」すべき主体をあまり問題にしない、ということがあるのに対して、内村は、キリスト教による民族の回心を求めて、その回心の主体たり得る「日本人」を問題にした、それが彼が私たちの眼に奇妙に見え、あるいはまだ彼が時に誤解される、もう一つの理由ではないかと思うのです。これもすでに申しましたように、有名な「二つの〝J〟」とは、このような、一つは普遍的・超越的な真理を、もう一つはそれを受けとめて回心すべき主体を意味していたと私は思うのです。『代表的日本人』独逸語版跋で、この本を、「現在基督信徒たる余自身の接木せられてゐる砧木《だいき》の幹を示すものである」といい、西郷隆盛の最初にも、日本が二千年間、世界より隔絶されていたことを、日本を、その間に、「自己のものと称する何ら特殊のものなき無形体たらしめざるやう」、「我等の国民的性格」が「十分に形成せらるる」ようにと、神がはからい給うた「摂理」の慈しみであったと言っています。――これは彼が、民族の回心の文化的主体の問題を明確に意識し、真に普遍的なものは、必ず「特殊なもの」を通してしか実現しないことを知っていたことを示すものだろうと思います。

そして、このような、普遍的価値としての西欧近代と、それを受けとめるべき主体としての真の国粋との〝二極構造〟は、これも先程申しましたとおり、魯迅において特徴的なことでした。――というより、私の場合は、魯迅の側から見て、内村以外には同時代の日本文学の中に見出し得なかったものです。

第三に、それでは、以上のような「抵抗」を媒介にして、内村が、あらためて発見した「真の日本人」――すなわち、「特殊のもの」としての「国民的性格」の中に見出した普遍的な性格は、具体的にはどのようなものだったか。彼は「現在余自身のうちにある武士的なもの」について、「正に一人の武士の子たる余に相応はしきは、自尊と独立である」（独逸語版跋）と言います。西郷の偉大を「コロムウエル的の偉大」と言ったあとに続けて、「純粋な意志の力が、彼の場合には多大の関係を有っている」として、「これは道徳的な偉大、偉大の最善のものである」とも言っています。西郷に限らず、彼が挙げる五人の〝代表的日本人〟はみな、「自身の意志を有つ」者であり、その意味で「甚だ御し易い人間ではなかつた」とされています。

ここでも、先程（二章）魯迅について申したことを思い出して頂きたいのですが、このような「御し易」からぬ「意志」を持つ人間は、魯迅が、ニーチェ等を通して、西欧近代の「根底は人間にある」と言った時の「人間」の基本的性格でした。このことは、両者が共に「抵抗」を通して西欧近代の中に見出したものの近さをも語っているでしょう。

言いかえれば、先程、魯迅がニーチェの「極端なる個人主義」から受取ったものは、傲慢なまでに強烈な、意志としての「精神」であり、それは高山樗牛らには見出せないものだということを申しましたが、この点で、魯迅が西欧近代文明の根底をなすものとして捉えた「精神と個性」と最も近いものをとらえていたのは、同時代のニーチェ主義者ではなく、内村だったということです（内村の西郷讃美に関して、正宗白鳥が「ファシズムの傾向」が彼にはあったのだと言っていることの合意を、完全に否定することは今の私には出来ませんが、日清戦争の時と日露戦争の時との内村の態度の変化なども考え合わせると、事柄の内村における意味は、少くとも主要には、ここに申したような問題として理解すべきではないでしょうか）。

魯迅が内村と共に、ある種の文学観、文明批評的態度、文化上のナショナリズムなどを、「日清・日露両戦役間」の日本文学と共有していたことは、すでに先ほど申しました。その上でさらに魯迅の側から見て、他の文学者との間には見い出せないで、内村との間にだけ特に見出されるように思われた類似点は、ほぼ以上のような点です。

ここで私が特に興味を抱くのは、内村が「……大文学の地質吾人にあり、確かにあり、要は世界精神の涵養と注入とにあるのみ」（『何故に大文学は出でざる乎』）と言い、魯迅が「……故に曰く、国民精神の発揚は、世界識見の広博にかかる、と。」（「摩羅詩力説」）と書いたような、新しい「世界」的な精神（普遍的なまた超越的な価値と言ってもよいでしょう）に触れたことを契機とする新しい民族的主体の発見という、両者に共通するモチーフです。内村の『代表的日本人』における、「普通に我が国民の性質と考えられている盲目なる忠誠心と血腥い愛国心を除いたそれ以外の」「善き性質」をとらえ直そうとした営みは、藤田省三氏が、名著『維新の精神』の中で言われている。「普遍者の内面的形成」という課題（藤田氏は、この課題を果した唯一の「典型」として内村を取り上げておられます）と無関係だとは思われないからです。

実は私はかねて魯迅の『故事新編』という作品群（一九二二〜三五）を、右のような民族的主体の発見――つまり、魯迅が若き日にとらえた近代ヨーロッパの「精神」を、中国の伝統文化に「受肉」させようとした営み――ではないかと考えて来ました。そして、今お話して来たような意味で、内村の『代表的日本人』に、『故事新編』とかなり似たモチーフを見い出したように思ったのです。『故事新編』は、或る意味で、魯迅が書こうとした〝代表的中国人〟ではあるまいか、などと思ったのです。

もちろんこんな考えは、単なる対比としても乱暴すぎることなので、少くとももう少しいろいろな手続きが必要です。その上で魯迅が『故事新編』に描いた墨子や禹の「意志的な精神」と、内村がとらえた西郷や上杉のそれとの対比などしてみたいと思ったのですが、もはや時間がなくなりました。ここでは――これまで両者が〝似ている〟という点を言うだけに終始してしまったので――この二つの作品の対比から類推すれば、両者の間には、当然のことですが、日中両国の近代史と、両国の文化伝統の重さのちがいにかかわる、かなりの〝ちがい〟が感じられることを言うに止めます。そのちがいはたとえば、内村がとらえた「我が国民の善き性質」の典型がいわば武士であるのに対して、魯迅の場合、一方の極に「朴素之民（農民）」がいつも考えられていることや、その事にも関わって宗教と科学、科学と文学との関係についてのそれぞれの理解のズレにもあらわれているように思われるのですが、そうしたことは全て、今後の課題としたいと思います。

終りに、この大学に英文科と共にいち早く日本文学科が設けられたのも、今日お話しましたような、キリスト教という外来の精神原理に触れたことを契機とする、日本の文化伝統の再発見という課題の大切さへの洞察が創立者たちにあったからではないだろうか、という感想を付け加えて、結びとします。

注

（1）「『沈淪』論」(1)、(2)〈中国文学研究〉1・3号　一九六一～六二）。

（2）「明治三〇年代文学と魯迅」（〈日本文学〉一九八〇・六　日本文学協会）。

（3）「問題としての創造社」（『創造社研究』一九七九　汲古書院）。

（4）「初期魯迅のニーチェ理解と明治文学」（『加賀博士退官記念中国文史哲学論集』一九七九・三　講談社）。

（一九八〇年五月二十八日東京女子大学日本文学研究会主催の講演会において）（東京女子大学『日本文学』第五四号　一九八〇年）

魯迅における「生命」と「鬼」
——魯迅の生命観と終末論——

（一）戦後日本の自己反省と魯迅

（1）戦後日本の「反省の思想」　私たち戦後世代の五〇年の魯迅研究の出発点を顧みれば、そこには敗戦を契機とする「民族の自己反省」というモチーフがあったことは否定できない。「自己反省」と言うのは、戦前、K・レーヴィットが「日本人は明治以来西洋から実に多くを学んで来たが、ヨーロッパ文化の根底をなす〝自己反省〟だけは学ばず、これを日本的〝自愛〟にすり替えてしまった」と書いていた（『ヨーロッパのニヒリズム』）のを、戦後丸山真男が『日本の思想』（岩波新書）に引いたことで広く知られた言葉である。それを敢えて「反省の思想」と呼んだのは、アジア的「停滞」に対置されるヨーロッパ近代の「発展」の背後には「（自己反省を通しての）発展」という、ヨーロッパ固有の「思想」があり、それを初めて受容したことが「第二の開国」を強いられた戦後日本思想史で最大の出来事だったと思うからである。ことを中国研究・魯迅研究に限れば、侵略への反省の上に、中国革命の成功への驚きと、それを実現した中国人の精神力と倫理が全く見えていなかったことへの自己反省とが重なった。竹内好の『魯迅』と『現代中国論』にはこの二つの反省が一つに結び付いていた。この自己反省を「自虐」と非難する声高い論調が「日本的自愛」の生き残りを証明している中で、このことを再確認することから論を始めたい。

（2）「民族の反省・懺悔の文学」　こうした日本の自己反省としての魯迅研究の背後には、魯迅の文学自体を「民族の自己反省の文学」と見る魯迅理解があった。友人たちの論だけでなく、近年は中国でも、この「反省（懺悔）の思想」を西方キリスト教に基づくものと見て、その範疇で魯迅の「自我懺悔意識」などを論ずるものが目につく(1)。

竹内好は『魯迅』（一九四三）で、魯迅の文学的自覚を「宗教者における罪の自覚と似たもの」といい、「魯迅の文学の根源は無と称せらるべきある何者かである」、「魯迅を贖罪の文学と呼ぶ体系の上に立って……」と言った。竹内魯迅が戦後の研究の出発点となった最大の意義は、『狂人日記』の背後に何らかの超越との出会い（自覚）を見、魯迅の文学の「反省・懺悔の文学」という性格を深く捉えた所にあった。さらに竹内は、超越神を持たない文化風土の中での魯迅の「贖罪」意識が「何者に対して」のものであったかについて「……ただ彼は、深夜に時として、その何者かの影と対座しただけである。それが、メフィストでなかったことは確かである。中国語の『鬼』は、それに近いかもしれぬ」と書いていた。人間を「罪人」と自覚する人間観はヨーロッパ特有のものだが、魯迅の「自覚」は西欧風な超越者との出会いではなく「鬼」との対座から生まれたというのである。戦後日本の「自己反省の思想」の中で、丸山真男や大塚久雄らと竹内の違いはこの辺にあっただろう。本稿での私の関心もこの点にある。

（二）「生命」の位相

（1）「生命」としての人間　戦後日本の魯迅研究のモチーフの一つは、日本の疑似近代への反省に立って、魯迅に「真の近代」を見る所にあった。単純化を恐れずに言えば、近代とは封建的諸規制からの人間の解放、人類の尊厳の発見の時代である。では解放さるべき人間とは何か。魯迅がニーチェから学んだ人間はまず主体的「精神」だった。だが近代を「肉体」（あるいは欲望）の解放の時代とする考え方もある。魯迅がニーチェに見た「人間」は「個人（個性）」だったが、先頃までの中国では、現代は「ブルジョア個人主義を克服してプロレタリヤ集団主義へ向かう」時代とされていた。さらに近代「知性」の「精神と物質の二元論」や西洋風の「主体的個人」が公害をはじめ多くの人間疎外をも生んでいるという指摘も多い。その中で、人間を「生命」と捉える人間観は、どこにどう位置づくのか。「生命」としての人間の解放は、肉体の解放と精神の解放の両方を含んではいないだろうか……等々について、魯迅の場合を考えてみることが最初の問題である。

（2）アジアの近代の初心　私は曽て魯迅の「随感録六十六　生命の路」と北村透谷の『内部生命論』とに、「生命」としての人間の尊厳の発見と言うべきものが、共通に見られることを指摘した。[2]『内部生命論』が書かれたのは一八九三年だが、後に引く鈴木貞美氏によれば、透谷が社会的に評価されるようになったのは一九〇五年に全集が出てから後だと言う。それは丁度魯迅の日本留学期（〇二〜〇九）に当たっている。

「造化（ネイチュア）は人間を支配す。然れども人間もまた造化を支配す。人間の中に存する自由の精神は造化に黙従するを肯んぜざるなり。」

と透谷は書く。同様の思想は留学期の魯迅の評論の特徴の一つだが、実は毛沢東も、透谷とほぼ同趣旨のことを、湖南第一師範での教科書だったパウルゼン『倫理学原理』への書き込みに記している。後に「自由主義に反対」した毛沢東だが、ここでは「自由な意志力」に自然から独立した人間の主体性の根拠を置いている。魯迅も透谷も毛沢東も、アジアの若い魂が初めてヨーロッパに出会った時、恐らく共通して、発展する自由な精神という人間観に感動したのだ。それは魯迅の初期評論に言う「人類の尊厳」の発見だったと言ってよいだろう。透谷の『内部生命論』にいう

「生命」はこうした文脈の中で語られる。

「人間果たして生命を持てる者なりや。生命といふはこの五十年の人生を指して言ふにあらざるなり」「吾人は人間に生命あることを信ずる者なり、……彼の文明の如き、彼の学芸の如き、是等外部の物は……吾人の関する所爰にあらず、生命と不生命、之即ち東西思想の大衝突なり」「外部の文明は内部の文明の反映なり、而うして東西二大文明の要素は、生命を教ふる宗教あると、生命を教ふる宗教なきとの差異あるのみ。優勝劣敗の由つて起こるところ、爰に存せずんばあらざるなり。」

透谷は「生命」の有無に東西文明の区別を見、そこに「優勝劣敗」の起こるゆえんを見ている。それは後に見る魯迅の、中国書に「死人の楽観」を、西洋書にたとえ頽廃でも「生きた人間の頽廃」を見た認識と共通している。日本でも中国でも、「生命」は、「精神」や「個人」と並んで、伝統思想にはない西欧近代の思想として受け取られたのである。

昨年出版された鈴木貞美著『「生命」で読む日本近代』[3]は、書名通り「生命」をキーワードにして日本近代思想の展開を展望しようとしたものだし、また、中国でも同じく昨年出版された『中国文学観念的近代変革』[4]で、著者は、旧文学は文学を「政教」に係わる「道の顕現」と見たが、五四新文学はそれを「人生」即ち「人間の生命体験」の表現としたことを指摘し、この転換に、文学観の根本的変革を見ている。時期を同じくして日中両国で「生命」という言葉で表現される人間観を、近代と前近代を分けるキーワードと見なす本が出版されたことに、今日のアジアの共通の課題の所在が感じられる。

（三）　大正の生命主義と魯迅

（1）中沢臨川と魯迅　最近読んだ若い友人の論文[5]に、上掲の鈴木氏の本に拠りながら、魯迅の「随感録六十六」（一九一九年十一月《新青年》）と《中央公論》一九一六年一月号の巻頭に載った中沢臨川の「生命の凱歌」とを例に、魯迅に大正の「進化論的生命主義」の影響があったことが指摘されていた。孫引きだが中沢の文章を見ると、

「況んや、生命の本性は楽天的である。そは虚偽をも罪悪をも笑つて凌駕しうる。全体としての生命は死を重大視しない」「生命は笑い、踊り、戯れる。そは死の面前に於て築き、蓄え、そして愛する」「されば我らは決して失望しないでもよい。否、我等はいかなる場合にも決して失望しない……芸術、自然の無限、電子と放射能の発見、心霊……美しいもの自由なもの唯人性である。生命の大道のさても輝くよ」

念のため周知の「随感録六十六　生命的路」の関連部分だけを抜き出してみる。

「生命の路は進歩の路だ。絶えず無限の精神三角形の斜面に沿って上に向かって歩んでいく。何ものもそれを阻止することは出来ない。／自然が人間たちに与えた不調和は、まだとても多い。……だが生命はそのために後戻りすることは決してない。いかなる暗黒が……、いかなる悲惨が……、いかなる罪悪が……しようとも、人類の完全を渇仰する潜在力は、それらの鉄条網を踏んで前進せずにはいない。／生命は死を恐れない。死の面前で笑いながら、踊りながら、滅亡した人間を踏み越えて前進する。／……なぜなら生命は進歩的であり、楽天的だからだ。」

こうして並べて見ると、指摘の通り、魯迅が中沢に拠っていた可能性は高く、両者に共通する「進化論的」生命観

を見て取る事も出来る。

（2）大正の生命主義について　大正期の文芸・思想と中国人留学生との間には、現在よりもずっと親密な同時代性がみられた。最も端的な例は創造社だが、魯迅兄弟の場合もほぼ同様で、帰国後も日本の文化界の動向に注意を怠らず、雑誌や書籍の購入も続けていた。魯迅が、中沢臨川の文章の載った《中央公論》を読んだことは十分考えられる。

鈴木貞美氏に拠れば、田辺元が「文化の概念」（大正十一年《改造》三月号）で、当時の「文化主義」を「生命主義」という概念で説明し、「生命主義」とは「現代の思想を支配する基調としての生命の創造的活動を重んずる傾向」、「個人が内部にもつ自然力としての《生命》を自由に発現する思想」で、一方では内面的な宗教性や神秘的半獣主義などとなって現れると同時に、「一切の社会的不公正よりの解放」としての労働運動や階級闘争の思想をも呼び起こすとしているという。こうした「生命主義」は、魯迅の中にも認められるだろう。

（3）「人は生きねばならぬ」　だが、問題はむしろ魯迅の独自性である。電子とか放射能とか心霊透視とかをも大宇宙の生命の中にいれて考えている中沢の「生命主義」は魯迅には見られない。それ以上に、中沢の文章は楽観的で明るく、自分を生命の側に置いているが、魯迅の「生命の路」は、例外的に明るいものではあるが、中沢に比べればやはり暗い。ここで彼は進化論の宣伝者だが、自身は未来を信じてはいない。たとえ進化や生命を信じていたとしても、自分自身を進化や生命の側に置いてはいない。魯迅の言う「生命」は、大自然や大宇宙の生命の流れの中に一体化されるものではない。王得后の近著も魯迅の「生命の本体論」に触れ、彼において「生命は最高の価値基準であり、最終的価値取向だった」が、彼の関心はあくまで具体的な個人（特に他人）の内部生命、また生物的生命にあったとする。[6]「鉄条網」という言葉には第一次世界大戦の悲惨な死者への連想があるように、彼が生命を言う時にはいつもその裏側に死が考えられている。

ここで思い出すのは、竹内好の『魯迅』の冒頭部分である。竹内は、李長之が「魯迅の作品に死を扱ったものの多い」ことを指摘し、それを「魯迅の思想家でなかったこと、魯迅の思想は根本において『人は生きねばならぬ』という生物学的な一個の観念を出なかったことの傍証に利用している」として「卓見であると思う」と書いていた。実際、生物学は彼の基礎的教養の一つであるが、第一小説集『吶喊』前半の諸作品などは、大かた暗黒の郷村社会の底辺に生きる主人公の相次ぐ死の物語である。それを知って次の言葉を読むと、魯迅の生命観の、中沢にはない切迫感・現実的意味は明瞭である。

「私が現在納得している道理はしごく簡単なものだ。生物界の現象に基づくならば、一、生命を保たねばならぬ。二、この生命を持続しなければならぬ。三、この生命を発展させねばならぬこと（すなわち進化）である。生物は皆このようにしなければならず、父親もまたこのようにしなければならない。」（「我々は今如何にして父親となるか」）

ここに見られる魯迅の生命論は、宇宙論などとは縁の遠い、中国現実社会の不合理に対する鋭い抗議であり、批判である。更に同年二月の「随感録四十九」を見る。

「思うに種の延長、すなわち生命の連続は、確かに生物界の事業の中の大きな部分を占めている。なぜ延長するのか、言うまでもなく進化せんがためである。唯、進化の過程は新陳代謝を必要とする。だから新しいものは喜び勇んで前へ向かって進まなければならぬ。これが壮年だ。古いものもまた喜び勇んで進まなければならぬ。これが死だ。各々がこのようにして進んでいくのが進化の道である。／老いたるものは道をあけてやり……若者を進んでいかせる。途中に深淵があればその死で埋めて彼らを進んでいかせる。／若者は彼らが深淵を埋めて自分たちを行かせてくれたことに感謝し、老いたる者もまた、彼らが自分が埋めた深淵の上を通って、遠く遠く進んでいくことに感謝する。／このことがわかれば、幼年から壮年へ、老年へ、死へと、皆喜び勇んで歩んでいく。しかもその一歩一歩は大方が祖先を越える新しい人である。／これが生物界の広々した正当な道だ。人類の祖先たちも皆このようにして来た。」

このような生命の「新陳代謝」がこの時期の魯迅の「進化論的生命主義」である。生命は「楽天的」だと書いていた魯迅のこの進化思想にはむしろ悲哀感が漂う。しかも魯迅はここで、このような「進化」の可能すら信じ得ず、この「正当な道」を阻んでいる旧思想・老人支配に抗議しているのだ。だからこそ有名な次の一句も書かれたのであろう。

「自ら因襲の重荷をその背に担い、暗黒の閘門をその肩に支えて、彼ら（若者）を広々とした光明の世界に解き放ってやるのだ――これからは幸福に日を過ごし、道理にかなった人間らしい暮らしが出来るように。」（「我々は今如何にして父親となるか」）

屢々指摘されて来ているように、ここで彼は自分を「光明」の側に置いてはいない。「因襲」を熟知する「暗黒」の側の人間として、自らを犠牲にして「暗黒の閘門」を支え、若者の未来に道を開いてやろうとしている。――彼のこのような「進化論的生命主義」が端的に表白されているのは、「随感録六十三」に見られる有島武郎への共感であろう。

「『我々は今いかにして父親となるか』を書いてから二日目に、有島武郎の著作集の中で『小さき者へ』という小説を読み、とてもいい言葉がたくさんあるように思つた。……「お前たちは遠慮なく私を踏み台にして高い遠い所に私を乗り越えて進まなければ間違つてゐるのだ。／十分人世は淋しい。私たちは唯さういつて済ましてゐることが出来るだらうか。お前たちと私は、血を味つた獣のやうに愛を味つた。行かう、而して出来るだけ私たちの周囲を淋しさから救ふために働かう……／お前たちの若々しい力は既に下り坂に向はうとする私などに煩はされてゐてはならない。斃れた親を喰い尽して力を貯へる獅子の子のやうに、力強く勇ましく私を振り捨てて人生に乗り出して行くがいゝ。／小さき者よ。不幸な而して同時に幸福なお前たちの父と母との祝福を胸にしめて人の世の旅に登れ。前途は遠い。而して暗い。然し恐れてはならぬ。恐れない者の前に道は開ける。／行け。勇んで。小さき者よ」

このあとに魯迅は次のように書いている。

「有島氏は白樺派であり、一個の覚醒者だ。だからこそこうした言葉もあるのだが、然しこれらの言葉にはやはり、後ろ髪を引かれるような思いがこもり、思い詰めた悲しみの調子が漂っていることは否めない。／これはやはり時代の関係である。将来には……。／ただ、愛だけは依然として存在する。小さき者に対する愛だけが。」

魯迅のこのような有島への共感は、今も私たちの胸を打つ。今、大正の生命主義との関係について言えば、少くとも、魯迅が中沢よりは有島に近かったことは明らかだ。

(4)民族的危機感と生命主義　さらに、中沢にも有島にも見られない魯迅の生命観の特色は、それが中国人・中国文化は生命を欠くという深刻な民族的懺悔・危機感を呼び醒ます契機となっている点にある。それは上に引いた北村透谷の『内部生命論』における「生命を説く宗教」の有無に東西文明の差異を見る観点と共通する、ヨーロッパ近代に初めて触れたアジアの知識青年に共通する民族的自己反省だったとは言えるが、既に日本留学時代から、魯迅には「中国人は根本的な生命力とでもいうべきものを欠いている」という危機的認識があった(丸山昇)[7]。それが一層鮮明に語られるのが、これも周知の《京報副刊》の「青年必読書」のアンケートへの回答である。「中国の本は読むな、外国の本を読め」と彼は答えるが、その理由として、次のように書く。

「……中国の書物にも社会に入って行くように勧める言葉はあるが、たいていは硬直した屍体（僵尸）の楽観である。外国の書物は、たとえ頽廃や厭世のものであっても、生きた人間（活人）の頽廃や厭世である」

ここに仮に「硬直した屍体」と直訳（？）した「僵尸」とは、香港映画などにも出てくる不気味な妖怪の一種（墓場から生き返った屍体）で、手を伸ばし膝を曲げずに跳ねるようにして歩くのは、屍体は関節が硬直しているからだという。言われてみると、「僵尸的楽観」と「活人的頽廃」との対比は感覚的にも甚だリアルである。

銭理群・黄子平・陳平原の『二十世紀中国文学』（人民文学出版社　一九八八年）が、近代中国文学の諸作品を流れる美意識を一種の「悲涼」感であるといい、その由来の一つに「ショウペンハウエルやニーチェの〝生命哲学〟に触発された人生の根本的苦痛」を挙げるように、魯迅の進化論や生命主義にニーチェの影響がある事は否定できないが、彼の場合それが、深い民族的な焦燥や恥辱の感覚を引き出す契機となっている所に最大の特徴がある。

（5）「生命」を許さない支配構造　魯迅において「僵尸」の同義語というべき言葉に「奴隷」がある。これは魯迅の旧社会批判のキイワードだった（この奴隷性批判は、戦後我々が竹内好の紹介によって、そのまま日本近代批判として受け取ったものだったが）。ただ、魯迅の論争態度について、彼は常に相手の表面上の論理ではなく、その人物・思想・学派の「権勢との関係」、「権勢に対する態度」、「特定の支配関係の中での位置」に目を向けていたことが指摘されている（後引汪暉）が、「奴隷根性」批判の場合も同様である。

既に留学時代に、彼は友人許寿裳と共に「中国人の病根」を「愛と誠を欠くこと」に見、その原因は現実に長く異民族の「奴隷」状態にあったことだとしている。「随感録六十五　暴君の臣民」（一九一九年十一月）で、暴君の治下の臣民は多く暴君よりも暴虐だといい、「論照相之類」（一九二五年一月）では、リップスの『倫理学の根本問題』を引き、中国の諺に「下に威張る者は上には必ず諂う」とあることを言い、「諺語」（一九三三年七月）に「専制者の反面は奴隷である」と言うのも皆同様の趣旨である。こうした「奴隷」を生む現実の「支配関係」を最も鋭く言ったものに「灯下漫筆」（一九二五年五月）がある。

「実は我々の側でとっくに貴賤、大小、上下の差別を作って用意を整えている。自分が他人に痛めつけられても、別の他人を痛めつけることは出来る。自分が他人に食われても、別の他人を食うことが出来る。……ここで古人の作った見事な図式を見よう。

『天に十日あり、人に十等あり、下の上に仕うるゆえん、上の神に仕うるゆえんなり。故に王は公を臣とし、公は大夫を臣とし、大夫は士を臣とし、士は皁を臣とし、皁は輿を臣とし、輿は隷を臣とし、隷は僚を臣とし、僚は台を臣とす。』（左伝・昭公七年）

だが、「台」にだけは臣がないのは可哀想ではないか。心配は無用だ。彼よりもっと卑しい妻がおり、もっと弱い子がいる。しかもその子にも大いに希望がある。成人して「台」に昇格すれば、もっと卑しくもっと弱い妻子が出来て、自由に駆使出来るようになるのだ。こうした連環の中で各々所を得ているので、もし不平を言う者があれば、分に安んじない者という罪名を受けることになるのだ。」

これこそ儒教（超越者と個人の対応関係を欠く共同体倫理）の世界の現実の支配関係を最も尖鋭に指摘したものだ。しかも、ここですぐに気づくことは、この「見事な図式」、奴隷＝奴隷主の連環の輪が、「台」の妻、つまり女性において断ち切れていることである。そして、小説「祝福」（一九二四年）の中で、祥林嫂（いわば現代における「〝台〟の妻」）に地獄の有無を問われて返答に窮する知識人「我」の困惑に、この現実への魯迅の深刻な認識が示されていることについては、夙に木山英雄が指摘していた。(8)——ここまで来て、私たちは既に魯迅における「鬼」の世界に、一歩足を踏み入れていると言えるであろう。

(四)「鬼」と「迷信」

魯迅における「鬼」が論じられたのはもう古いことだ。竹内好の『魯迅』の事は既に書いた。「阿Q正伝」序章の「彷彿思想裏有鬼似的」をめぐる尾上兼英の提起[9]を受けての議論は、私などの青春の記念碑だ。その後も例えば木山英雄が、「魯迅や周作人が鬼の迷信家であったはずもないが、こういう人たちの、少なくとも私などには知解困難な部分には、件《くだん》の鬼の感覚が一枚噛んでいるように思えてならない。たとえば死霊である鬼の特性を通じて、死者とか、無数の死者の累積としての歴史とかに対する感覚にそれがあり、歴史感覚は直ちに現実世間への感覚につながってくる、と言うようにだ[10]」などと書いていたが、これを徹底的に掘り下げ、戦後日本の魯迅研究史の上で画期的な深い読解を提示してくれたのは、丸尾常喜の近著である[11]。

(1)「鬼」としての祥林嫂　まず「祝福」に関して。作品の末尾は爆竹の鳴り響く「祝福」の祭の夜の町。丸尾によれば「爆竹は病気や災害をもたらす悪霊や幽鬼を追い払う力をもつとされたもの」で、祥林嫂や阿Qのように死後は「孤魂・野鬼」となって彷徨うしかない孤独な魂を門外に追い払う。「町の人々がそれぞれわが家のエゴイスティックな祈りにふけりつつ、……祥林嫂のような人間を……自己防衛的に外に排除している」。丸尾はここに「(宗族主義的な)宗教とモラル」への「魯迅の憤りと悲しみ」を読み取っている。更に、窮死する前の祥林嫂に地獄の有無を問われて窮する「私」には、魯迅自身の無力感、懺悔ないしは罪の意識が重ねられていることも、既に指摘されていることだ。

（2）深く暗い地層としての民衆　「阿Q」や「祥林嫂」は、「中国の現実の深く暗い地層をなしている民衆」である。「胡適を代表とする自由主義者」たちは、それを「ロゴスの照明がとどかぬ闇として拒否」した。他方左翼知識人たちの「民衆を神聖視し、それと同化することをもって知識人の自己解放とする思想」は、やがて彼らの「主体性を喪失させ権力の放縦を許」すことになった。この「隘路」にあって魯迅は「（阿Q的な「自由」への）己の懐疑に抗い続けることによって、左翼知識人の民衆信仰の盲点を射抜くと同時に、現状に対してすぐれて批判的たりえた⑫」という下出鉄男の見解に、私も基本的に同意する。本稿の問題は、この民衆の更に深く暗い底辺に生きる「鬼」の意味である。

（3）「偽士と迷信」の構図　迷信や「鬼道主義」への激しい批判者だった魯迅が「破悪声論」（一九〇八年）では「偽士を追放し、迷信を保存せよ」と書いていた。迷信打破を唱える知識人が「偽」とされる所以は、彼らの議論が科学や進化論に立ち「正しい（かつ新しい）」こと、その正しさが多数の権威に拠り自らの内面から生まれたものではない所にあるだろう。「阿Q正伝」の第九章、白州に引き出され、共和国では被告も立ったままでいいのだと何度言われても、つい跪いてしまう阿Qに対して、長衫の裁判官（革命派知識人）が「奴隷根性め」と吐き捨てるように言う場面がある。彼の叱責は正しい。だが「深く暗い地層」の民衆を切り捨てただけだ。これこそ「《偽士と迷信》の構図」ではないのか⑬。ここにはアジアの近代の最大の「隘路」がある。そして、祥林嫂の問いの前に立ちすくむ「私」やこの「長衫人物」像には、魯迅自身の自己批判が重ねられているであろう。

（4）「人」「鬼」の逆転　上掲の丸尾『魯迅』は、散文詩集『野草』の中の「失われた好い地獄」について、「旧社会は人を鬼にしたが、新社会は鬼を人に生まれ変らせる」という「中国現代文学の底流となっていた基本的なテーマ」が「ほとんど百八十度」逆転していることを指摘し、ここに魯迅における五四期の「人類主義」の崩壊を見ている。

私は、上述の「阿Q正伝」（丸尾によれば「阿Q」は「阿鬼」だという）の裁判場面や、「祝福」の祥林嫂に答えられない知識人「私」の描写の場合と同様に、ここには「偽士と迷信」の構図と同じ思想――民族の生命力の再生（自前の科学の創出）の拠り所を、知識人による「啓蒙」にではなく、「鬼」や「迷信」（を生んだ古民の「神思」や底辺の農民の「白心」）に求める思想――と魯迅自身の自己批判（「罪の意識」）とが示されていないかと考える。これを裏から言えば、青年期の「破悪声論」でまさに「正論」である迷信打破論の中に鋭く「偽」を感じとった魯迅の批判態度は、実は周知のその後の生涯にわたった酷薄・多疑と言われた彼の論争の態度とつながり、生涯一貫して変らなかったが、その際、論敵のいささかの虚偽をも見逃さなかった批判の鋭さは、その視座が同じ最も低い所（「鬼」や「迷信」）にあったからだとは言えないだろうか。この点で興味深かったのは、最近読んだ汪暉の、魯迅の論争を集めた本の序文である。

（五）結び・幽鬼と生命――魯迅の終末論――

汪暉はこの序文の冒頭で「何ゆえに一人の人が、このような戦い（論争）に畢生の心力を傾注しようとしたのか」と問題を立てる。その際、最初に心に浮かぶのは、「生前最後の文章の一つ」である「女吊」（一九三六年九月）に、魯迅が描いた「首吊り女の亡霊（女吊）」の強烈なイメージだったとして、その一節を引く。

……例によって先ずもの悲しいラッパがなる。やがて入り口の幕が上がると女の登場である。真っ赤な単衣（大紅衫子）の上に黒の長い袖無しをまとい、長い髪を振り乱し、首には紙の六道銭の束を二本かけ、頭をうなだれ、手を垂れて、くねくねと舞台を一巡する。芝居通の話では「心」の字を描いて歩くのだという。なぜ「心」の字を描くのか、私は知らない。私はただ彼女がなぜ真っ赤な衣を着なければならないかという理由だけは知っている。……彼女は首を吊るとき、きっと悪鬼となって復讎したいと考えるが、赤は色の中でも陽の気があり、生きている人間に近づき易いからだ…

「女吊」は、魯迅の郷里紹興の民間で上演される、恨みを呑んで死に祀る者もない「孤魂」「癘鬼」の復讐劇である。魯迅は冒頭に「紹興人は、復讐心に富んだ、ほかのどの幽鬼よりも美しく、かつ強い幽鬼を創造した。それが〝女吊〟である」と書いている。

汪暉は、「冥土にいってからでも尚も真っ赤な単衣を着て、生きている仇を決して放さない」この「女吊」の描写は、多少とも、死んでも誰ひとり許さないと言った魯迅の「自況」だが、それを「寛容」を権力者と手下たちの道具だと考えたからだ（『死』三六年九月）というだけでは「病的というに近い彼の復讐願望を説明するには不十分である」と言い、論争における魯迅の、異常なまでの偏執、酷薄、多疑の秘密に迫ろうとする。

精彩に溢れた汪暉の論を紹介する余裕がないのが残念だが、彼は魯迅の論敵への攻撃の根拠と見えるものを順々に覆していく。その復讐願望は「一見私怨に似て実は公仇」である。彼は如何なる思想も主義も信ぜず、ただ論者や思想の「権勢との関係」に注意する。彼の偏執は、具体的個人に向けられたものではあるが、それ以上に「無限の重複と循環」である中国の歴史全体への偏執である……等々。それは我々に竹内好の「魯迅には立場というものがない」という言葉を思い出させる（実際彼は竹内を引いてもいる）。

「中国の歴史全体への偏執」と言えば、「私は、中国人が蓄積して来た怨憤は既に十分すぎると思う。それは無論強者の蹂躙の結果である。だが彼らは強者に向かってはさして反抗せず、逆に弱者をはけ口にする」（「雑憶」二五年六月）という言葉が想起される。ここには木山英雄の言う「無数の死者の累積としての歴史への感覚」が読み取れる。この歴史の水底には、累々たる死者と幽鬼の怨念が蓄積されている。魯迅は、その怨念の凝縮された象徴を、「最も美しくかつ強い幽鬼――女吊」の白い顔、長い黒髪、深紅の衣に見い出していたのではないか。魯迅の病的なまでの復讐願望の秘密に迫る汪暉の論理も、突き詰めていくと「女吊」の復讐の執念に行き着くようだ。つまり竹内好の言う如く「魯迅には立場というものがない」が、それは、歴史全体の最底辺を彷徨う「女吊」の復讐の怨憤を前にした時、彼自身を含めて一切の立場は（主義も論理も）足場を失うからだ。

私は曽て『狂人日記』の末尾に、一切の権威を相対化し「世界観に対して破壊的な地位に立つ」ところの「終末論的な罪の自覚」を認め、そこに彼のリアリズムの成立の根拠を見たが[15]、実は魯迅の場合、一切の高論、正論、公論の権威を剥奪し、虚偽を暴き得る終末論的な視点は、西欧風の至高の超越者との出会いによってではなく、逆にアジア的歴史社会の最底辺の「深く暗い地層」をなす民衆の死、或いはそのなお生きて彷徨う孤魂・幽鬼と「対座」することによって獲得されたと言うべきではないだろうか。

戦後日本思想の中心は、侵略戦争の根本に強者への卑屈と弱者への傲慢の集団心理を「反省」し、自立した主体的人間の創出と伝統文化の再生を説く所にあった。それは魯迅が明治末の日本でニーチェから学んだものに通ずる。若き日に自前の真の「科学」の可能性を、その対極とも見える「郷曲の小民」の「迷信」の中に見た魯迅は、今や、中国人が今は欠いている「内部生命」の再生の拠り所を、まさに生命の対極で「人」たる事を拒否された幽鬼の、死してなお人に近づこうとする復讐の怨念の、燃える深紅の衣の色の中に見い出していたのではなかったか。その態度は、「西欧の衝撃」を契機とする日中共通のアジア近代の自己発見の課題に一つの示唆を与えるもののように思えるのである。

注

（1）馬佳『十字架下的徘徊――基督宗教文化和中国現代文学』（学林出版社　一九九五年）その他に、竜泉明『論中国現代作家的懺悔意識』、劉小楓『走向十字架上的真理』『救拯与逍遙』等々。
（2）伊藤虎丸「中国近現代文学史の分期問題をめぐって」（『樋口進先生古稀記念中国現代文学論集』中国書店　一九九〇年四月）、同「亜洲的〝近代〟与〝現代〟」（《二一世紀》双月刊一九九二年十二月号。後に『魯迅、創造社与日本文学』北京大学出版社　一九九五年一月）。
（3）鈴木貞美『「生命」で読む日本近代――大正生命主義の誕生と展開』（NHKブックス　七六〇　日本放送出版協会　一九九六年二月）。
（4）袁進『中国文学観念的近代変革』（上海社会科学院出版社　一九九六年十月）。
（5）下出宣子「寂寞の記憶――魯迅『傷逝』について」《季刊中国》一九九六年冬季号　一九九六年十二月　季刊中国刊行委員会。
（6）王得后『魯迅心解』（浙江文芸出版社　一九九六年十二月）。
（7）丸山昇『魯迅』（平凡社東洋文庫　一九六七年）。
（8）木山英雄「『野草』的形成の論理――魯迅の詩と「哲学」の時代」《東京大学東洋文化研究所紀要》第三十冊　一九六三年。
（9）尾上兼英「『彷彿思想裏有鬼似的』から――阿Q正伝の理念について」《魯迅研究》第五号　一九五三年（今、『魯迅私論』一九八八年　汲古書院に収む）。
（10）木山英雄「やや大仰に鬼を語る」《中国古典文学大系月報》四三　昭和四十六年四月。
（11）丸尾常喜『魯迅――「人」「鬼」の葛藤』（一九九六年　岩波書店）。
（12）下出鉄男「自由の隘路」《東洋文化》七七　東京大学東洋文化研究所　一九九七年三月。
（13）伊藤虎丸「初期魯迅の宗教観――科学と迷信――」《日本中国学会会報》第四一集　一九八九年十月。
（14）汪暉『〝死火〟重温――以此紀念魯迅逝世六十周年』（後に『恩怨録・魯迅和他的論敵文選』の『序四』として収む）今日

中国出版社　一九九六年十一月。

（15）　伊藤虎丸『魯迅と終末論』（一九七六年　龍渓書舎）。

（『日本中国学会創立五〇年記念論集』一九九八年）

『魯迅と終末論』再説
——「竹内魯迅」と一九三〇年代思想の今日的意義[1]——

一　はじめに

二つの動機　「再説」と言うのは、旧著『魯迅と終末論——近代リアリズムの成立』（一九七五年十月　龍渓書舎）で魯迅の「罪意識」「終末論的な個の自覚」などを論じたことの蒸し返しという意味である。それを敢えてした直接の動機は二つある。

一つは、旧著を読んで下さった信頼する中国の友人から「お前の言う『終末論』とはどういうことか」という質問を受けることが再三ならずあったということがある。

そもそも七〇年代中頃に書いた旧著で「終末論的な個の自覚」などということを言ったのは、当時の日本の学生への私なりの発言のつもりだった。こういうものが中国で翻訳されたり紹介されたりすることは考えもしなかったし、また考えられる時代でもなかった。八〇年代になってそういうことが起こったのは、開放政策への転換後の中国の文化界に生まれた状況の中で、私のような〝唯心論〟的な発想ないしは言葉遣いが、物珍しく映ったりして、多少機に投じた所があったというだけの、いわば一時的な現象だろうと思った。しかもそれが、私が多少とも共感を抱いていた「文化革命」の失敗の結果であってみれば、些か戸惑いも覚えたものだった。ただ、何人かの信頼する中国の友人たちから質問を受けたりすると、私にも中国の知識人との間に、アジアの近代に関する問題意識を共有し、互いに心の琴線の触れ合いを持つ可能性が生まれようとしているという予感に勇気づけられもした——と言ったら笑われるだろうけれども、その軽佻を承知の上で、やはり「終末論」などという、魯迅論としては多分耳馴れないものだったはずの言葉について、精一杯の誠実で質問に答えたいと思った。何人かの中国の学者との間に、魯迅を通じて、単に学術上というに留まらない友情が育ってから既に年久しいのである。第一の動機である。

第二の動機は、この本を出してから以後に、魯迅の伝記事実の洗い出しに関連させて（例えば彼の小説『風箏』などを例に挙げて）、彼における「罪の意識」を論じた二、三の論文を目にしたということがある。私はこれらの論文に対して不満であった。これらの論者の言う「罪の意識」とは、私とは概念の全く異なったものだということ（しかも彼らはそうした区別さえ意識していない）、同じ問題を取り上げているつもりかも知れないが、そもそも今日の日本あるいはアジアの時代状況の中で、魯迅とどう向かい合い、魯迅をどう読むかという問題意識において、ほとんど触れ合う所のないものだということくらいは、どこかで書いておかなければならないと思った。これらの論の中には私の名前を挙げた批判もあるから、それにもやはりどこかで公けに答えておかなければならないだろう。ただ、私の方が世代が上なので、個人への批判になることは心苦しいので、論文名等は一切挙げないが、そもそも、これらの論は、今日の時代の中で、腰の座った立場からの、私や私達の世代の研究に対する問題提起とは受け取れなかった。それ以前に、私の言葉を理解する能力を欠いていると言いたいが、やはり自分の書き方が悪かったことを反省すべきだろう。いずれにせよ個人のことは大きな事ではない。しかし、我が国の魯迅論の関鍵の一つだった彼の「文学的自覚」について、新しい転換の時代に、どこまでを共通理解とし、それをどう深め修正乃至は放棄するかということは、大事なことのように思われる。そのために、今更蒸し返すまでもないことまで、もう一度確かめ直して置きたかったのである。

「全共闘の問題提起」　以上は、しかし、旧著の出版以後に起こった出来事に触発された動機に過ぎない。元来の旧著出版の目的は、魯迅の「個人主義」（当時は「プロレタリア集団主義」に対置される『ブルジョワ・イデオロギー』としての個人主義』といった用語例が、少くとも中国では、通例だったことから、私は、それとの混同を避けるために、これを「個の思想」と呼んだ）について語るためだった（私の批判者は、そのことさえよく理解しなかったようだ）。そしてここで取り敢えず言っておきたいことは、それが一番最初には、当時のいわゆる「学園紛争」のなかで、私達教員に「問題提起」や「論理的問責」を突き付けて私達を「糾弾」し、やがてそのある部分は挫折したり退廃したりもしていった自分の学生に、何を語るのかという問題から出た事であったということである。――上に、旧著が中国で翻訳されたり紹介されたりする事など想像もしなかったと書いたのはこの意味だったし、それだけに八〇年代の中頃になって中国の大学の紅衛兵出身の学生から「先生の書いていることは私達の問題でもある」と言われた時には、自分が「アジアの近代の共通の課題」などという事を考えていたのが、必ずしも的外れなばかりでもなかったように思えて嬉しかったものだ。

ともあれ、当時の「全共闘」の学生運動が何よりも私達を驚かせたのは、彼らが『平和と民主主義』こそ諸悪の根源」などと言い出したことだった。これは、戦後以来、言わば共産党を先頭にして、私などもその尻尾について「戦って」来た戦後の民主主義乃至は進歩主義の運動の全面否定ではないか。彼らは、一面から見れば、我々の時代には最左翼だった共産党系の学生運動よりももっと「過激」な運動だったが、この民主主義否定の面から見ると、私達が初めて見たまさに「反共」的な学生運動だった。彼らは共産党系の学生運動と激しい暴力抗争を繰り広げただけでなく、既成政党の中でも保守政党よりも共産党に対してより激しい嫌悪を示した。そこには一九三〇年代の反共右翼の言動を連想させるものさえあり、雑誌では七〇年代と三〇年代の類似性が論じられたりしていた。二、三年後の事だったが、実際にその暗い時代を経験して来られた恩師の一人などは、私に「また嫌な時代が来たね」といった感想を漏らされたりもしたものだった。

私は当時ある地方大学で大学改革委員と学生委員と広報委員を兼ね、当時の所謂「大衆団交」の常連として、私の信じる「戦後民主主義」を振りかざして、この過激派の学生達と正面からやりあっていた。彼らの追及や糾弾には一歩も譲らなかったが、私の内部では、実は彼らの主張が単なる「反共」「反動」だけでは片付けられないものであることを、少しずつ理解し始めていた。少くとも、彼らの体験した戦後民主主義は、既成の体制であって、運動ではなかったのだ。それと同時に私は（特に七二年の自民党による日中国交回復の頃から）「戦後民主主義の総敗北」を感じ始めていた。当時、東大法学部の丸山真男研究室が荒らされたり、「丸山の時代は終わった」などという言葉が流行したりする中で、私は改めて私にとって言わば偶像だった丸山の『日本の思想』（岩波新書）を読み直し、彼が既に今日の事態を予言していたように思い、改めて感銘を覚えていた。とりわけ指摘される「科学主義」と「文学主義」の分裂が、戦後にも克服されないまま持ち越された所に、私の「戦後民主主義」の思想的敗退の原因があったのではないかと思った。私が旧著で「罪の自覚」などという事を言ったのも、近代の「科学」と「文学」との共通の「魂」（自由ないしは倫理）（近代科学も近代文学も、新しい倫理を提起したのであって、倫理や道徳そのものを否定したものではない）の根拠をそこに見たからに外ならない。

この問題は後でもう一度述べる事として、まず魯迅の「罪意識」について最初に言及した竹内好の『魯迅』（一九四三年）を改めて見直すことから始めたい。

ある。

二　「贖罪の文学」――竹内好『魯迅』(2)――

宗教的な罪の意識　魯迅の文学を解く鍵として「罪」という文字を使ったのは、私の知る限りでは竹内好が最初である。

「私は、魯迅の文学をある本源的な自覚、適当な言葉を欠くが強いて言えば、宗教的な罪の意識に近いものの上に置こうとする立場に立っている。…（中略）…魯迅は、一般に中国人がそうであると言われるような意味では、宗教的ではない。むしろ、甚だしく無宗教的である。この『宗教的』という言葉は曖昧だが、魯迅がエトスの形で把えていたものは無宗教的であるが、むしろ反宗教的でさえあるが、その把持の仕方は宗教的であった、という風の意味である。あるいはロシア人が宗教的と言われるなら、私の『宗教的』はその意味である。…（中略）…魯迅の根底にあるものは、ある何者かに対する贖罪の気持でなかったかと私は想像する。何者に対してであるかは、魯迅もはっきりとは意識しなかったろう。ただ彼は、深夜に時として、その何者かの影と対座しただけである。それがメフィストでなかったことは確かである。中国語の『鬼』は、それに近いかもしれぬ。あるいは更に、周作人の言う『東洋人の悲哀』という語を、ここに注釈として援用することは、注釈である限り差支えない。」

「彼の根本思想は、人は生きねばならぬ、という事である。……魯迅はそれを概念として考えたのではない。文学者として殉教者的に生きたのである。その生きる過程のある時機において、生きねばならぬことのゆえに、人は死なねばならぬと彼は考えたと私は想像するのである。それは言わば文学的正覚であって、宗教的諦念ではないが、そこへ至るパトスの現れ方は宗教的である。つまり説明されていないのである。究極の行為の型として魯迅が死を考えたかどうか、前に述べた如く私には疑問であるが、彼が好んだ『掙扎』という言葉が示す激しい凄愴な生き方は、一方に自由意志的な死を置かなければ私には理解出来ない。」

「有名な逸話であるが、死の三年前、彼は楊杏仏の葬儀に列するために鍵を携えずに家を出たという。私はどうも、この話には嘘があるような気がする。……そのような死の決し方は、文学者としての後の死の決し方に較べてたあいもない気がする。……それより更に七年前、彼が『民国以来の最も暗黒な日』と呼んだ『三一八』事件の直後に次のような文字を認めた人が、今さら事新しく何の決するものがあろう。」（『花なき薔薇の二』を引いた後に）これは恐らく絶望の呻き声であろう。しかし絶望は、自己自身に希望を生みうる唯一のものである。死は生を生むが、生は死へ行きつくに過ぎない。」（序章――死と生について――）

「私は、魯迅の文学を、本質的に功利主義と見ない。人生のため、民族のため、あるいは愛国のための文学と見ない。魯迅は、誠実な生活者であり、熱烈な民族主義者であり、また愛国者である。しかし後は、それをもって彼の文学の支えとはしていない。むしろそれを撥無することにおいて彼の文学が成立しているのである。魯迅の文学の根源は、無と称せらるべきある何者かである。その根源的な自覚を得たことが、彼を文学者たらしめているので、それなくしては、民族主義者魯迅、愛国主義者魯迅も、畢竟言葉である。魯迅を贖罪の文学と呼ぶ体系の上に立って、私は私の抗議を発するのである。」（思想の形成・傍点伊藤、以下同じ）

周知の文章をことあらためて抜き書きしたのは、初めに触れた二、三の論者の魯迅の「罪意識」に関する議論が、この竹内による我が国の魯迅論の最初の指摘の意味をどこまで理解出来ているのか、甚だ心もとなく感じられたからであるが、それ以上に、六十年前の竹内の言葉が、現代の日本を含めたアジアの文化状況の中で、改めて取り上げられるべき意義を、今日なお残していると考えるからである。まずここでの竹内の用語について、とりあえず二、三のことを確認しておきたい。

比喩としての「罪の意識」　第一に、竹内のいう「罪の意識」という言葉は「ある本源的な自覚」を説明するための、いわば〝比喩〟だったことである。「宗教者における……に近いもの」という言い方は、それを示している。「罪意識」と「恥意識」とを鋭く対立させる発想が日本に輸入されたのはルース・ベネディクト以後のことかも知れないが、竹内のこの言い方は、少くとも、中国には超越神教の伝統はなく魯迅は無宗教者だったのだから、もともと実際に「罪の意識」を持ち得たはずはないということを前提としたものと読むべきであろう。「贖罪」という言葉も、通常の宗教的な用語としては犯した罪への贖いとして人の代わりに動物を宰して神に犠牲として捧げる行為（燔祭）であり、キリスト教の教義の中心というべき「贖罪」とは、この宗教的伝統を継いで、神が自ら独り子イエスを犠牲の十字架にかけ、「独り子の血（動物の血ではなく）」によって人類の罪を贖ったことを言うので、この場合は神自身の行為であって、人の行為ですらない。竹内の用語における「罪」や「贖罪」は、こうした宗教上の用語を比喩的に用いたと理解すべきだろう。「（贖罪）の気持（ではなかったかと、想像する）」という竹内にしては甘い表現もあるが、ここは、その前についている「ある何者かに対する」という言葉に注意すべきで、それを含めてやはり一種の比喩表現と読むしかないだろう。

「文学的自覚」　では、竹内が「罪の意識」という比喩を使って言おうとしたものは何だったか。言うまでもなくそれは、竹内が「狂人日記」の背後に見い出した魯迅の「文学的自覚」である。それは「ある本源的自覚」ともいわれ、竹内は「従って伝記に関する興味も、彼がいかなる発展の段階を経たかではなく、彼の生涯のただ一つの時機、彼が文学の自覚を得た時機、言い換えれば、死の自覚を得た時機が何時であったかが問題である。そしてその決定は私にとって容易でない」と書いている。

竹内が「魯迅を贖罪の文学と呼ぶ体系の上に立って」、「抗議」を発したのは、魯迅が仙台医専在学中の〝幻灯事件〟をきっかけに文学に志を立てたという「彼の伝記の伝説化」（増田渉の『魯迅伝』や小田嶽夫の『魯迅の生涯』等）に対してであった。それは、魯迅の文学を「功利主義」、「人生のため、民族のため、あるいは愛国のための文学」とみることへの「抗議」であった。竹内は、「魯迅は、誠実な生活者であり、熱烈な民族主義者であり、また愛国者である」ことを認めた上で、上掲のように、「しかし彼は、それをもって彼の文学の支えとはしていない。むしろ、それを撥無することにおいて彼の文学が成立しているのである」と言う。ここに所謂「竹内魯迅」の中核がある。

竹内が、「罪」という本来神に対する意識に「近いもの」という言い方で、無神論者魯迅の精神に関して示そうとしていたものは、そのいわゆる「文学者魯迅が啓蒙者魯迅を無限に生み出す究極の場所」におけるその精神の機能の構造、あるいは「その根底的な自覚を得たことが、彼を文学者たらしめているので」といわれるところの、魯迅の「文学的自覚」（「宗教的諦念」とは異なるとされる）がはらむあるダイナミズムの秘密であった。

一体、日本の魯迅研究は、この「竹内魯迅」から始まったとするのが常識だ。確かに竹内の影響は圧倒的であるが、しかし、私は、戦後竹内が正当に理解され、受け継がれたとは思っていない。竹内を正当に受け継ぎ、私を含めた戦後日本の魯迅研究に道を開いたのは、実は（竹内魯迅を伝記研究に解体したなどと批判された）丸山昇の『魯迅――その文学と革命――』（一九六五年　平凡社東洋文庫）だったと、私は考えている。そう考える場合の戦後の魯迅論の中心テーマは、《政治と文学》の問題だった。丸山昇の主張の中で特に重要に思われたのは、留学期の魯迅に関して「政治は文学の外にあるものではなかった」という指摘、同じく「魯迅が《個性》の必要を感じたという言い方は必ずしも不当ではない。しかし……一般的にそれを「集団」と対立するものとしてとらえ、さらに政治＝個性の無視、対、文学＝個性の尊重という極めて安易な理解がここに加わるならば、魯迅が志した文学の意味について、重大な誤解を生むことになるだろう」という指摘だった。これは直接には魯迅の仙台時代の「幻灯事件」を契機とする文学への「転向」を、「政治への挫折から文学へ」という「日本的な」図式で理解することへの批判だったが、丸山が批判したような魯迅理解の背後には、魯迅文学の原点（「本源的自覚」「根底的な自覚」）を、「文学的自覚」と呼んだ竹内の用語法乃至魯迅理解（への誤解）があったことは否定できない。竹内の「文学的自覚」という言葉を、敢えて、終末的な「個の自覚」と言い換えた私の立場から言えば、こうした文学主義乃至文人趣味が出て来るのは、竹内が書いている「魯迅の根底にあるものは、ある何者かに対する贖罪の気持ちでなかったかと私は想像する」という（上に「竹内にしては甘い」と言った）言葉の理解の仕方に問題があったのだろうと、考えられる。

「ある何者かに対する」について　この「ある何者かに対する」と言われ、「何者に対してであるかは、魯迅もはっきりとは意識しなかったろう」と言われる「何者か」について、まず指摘できることは、ベネディクト等々を引くまでもなく、本来「罪の意識」とは《神》の前に立った時の《恐れ》の意識であって、《人》に対する「気持」などではない。つまり、法律的な罪や、道徳的な罪や、あるいは政治的な罪というものは、無論ある。小にしてはある個人なり肉親なりに対して犯した罪、大にしては社会なり人類なりに対して犯した罪、つまり《人》や人の《集団》に対する法律的、道徳的等々の罪（あるいは責任）というものはあるが、竹内は、それらと区別してはっきり「宗教的な」罪の意識に「近いもの」、と書いているのである。その用語法は近年の論者とは違い厳密だと言えよう。

つまり、竹内のこの「何者か」という言い方は、「何者でもない者」と言うのと同様である。ここで大事なことは、竹内が魯迅に見出したものが、単に《人》や人の《集団》に対する倫理や感情等々とは違う、何らかのそれらを超える者（後述の「無」）に対する「責任意識」乃至は「罪の意識に近いもの」だったことである。竹内が「何者かに対する贖罪の気持」と書いているのは、そういうものであろう。

それは、一般的には「神」ということになるのだろう。しかし、魯迅が中国人であり無宗教者だった以上、彼が深夜に対座した「何者か」は、神ではありえない。神がない以上、天使も悪魔もいないわけだから、それがメフィストでなかったことも確かだ。そこで強いてさがせば、「鬼」はそれに「近いかもしれぬ」。「あるいは更に、周作人の言う〝東洋人の悲哀〟という語を、ここに注釈として援用することは、注釈である限り差支えない」と書いた時、竹内は魯迅の文学の根底に、ある土俗性や民族性を強く感じていたといっていい。だがそう書きながら同時に、ここでこの「何者か」について、「魯迅の文学の根源」は「無と称せらるべきある何者か」である、と言い切った竹内の読みを、私は鋭いと思う。何故なら、宗教的には「超越」と呼ぶものを哲学上の用語で言い替えれば「無」ということになるだろうし、「個」というものは何らかの「超越」との出合いなしには成立しないからである。そして、魯迅の作品が我々に感じさせる、他の中国現代作家とどこか異なった印象は、こうした超越者との出合いの在り方を抜きにしては考えられないからである。

「丸山魯迅」から十年後（「竹内魯迅」からは二十余年後）に、私は旧著で竹内（と丸山）の魯迅理解を受け継ぎながら、しかし、彼の「文学的自覚」を「終末論的」な「個の自覚」と言い換えたのは、上述のように、「政治と文学」という問題の枠組みの中では、全面的に丸山昇の主張を引き継ぎながら、もう一つ（丸山真男の）「科学と文学（の分裂）」という枠組みの必要を感じ始めていたからである。私は、全共闘運動のある種の「文学主義（＝反科学主義）」や、竹内エピゴーネン（私は自分こそがその正統派だと自任していたが）の多くが文学主義乃至文人趣味に流れたことにある不満を感じていたのである。

三　「個」の自覚と終末論——熊野義孝『終末論と歴史哲学』——

「科学の優位」から「文学の優位」へ　旧著での私の魯迅論の問題意識の枠組みは、当時の全共闘運動に触発されて改めて読み直していた丸山真男の『日本の思想』（岩波新書）所収の「近代日本の思想と文学」に拠ったものだった。私はこれを最も優れた昭和思想史乃至は文学史として読んだ。ここで丸山真男は、昭和思想史（文学史）を「政治（＝科学）の優位から政治（＝文学）の優位まで」の変遷としてとらえ、一九三四（昭和九）年のナルプ解体の前後から一九三七（昭和十二）年の日中戦争の開始頃までの「文芸復興期」と呼ばれた「中日和」の時期を、昭和初年のマルクス主義が強い影響力を持った時期（「科学の優位」の時代）から「逆のヴェクトルを持った《政治的価値》の優位の時代」（「文学の優位」の時代）への移行期とする観点を提示していた。六〇年代末にこれを読み直したとき、私には、これは丸山の全共闘（新左翼）運動への予言だったように思われた。つまり、戦後時期は、丸山の所謂「政治（＝科学）の優位」の時代の再来であり、六〇年代後半からの「合理主義の行き詰まり」「感性の復権」等々の反科学主義（マルクス主義についても、それを「唯一の科学的真理」であるとするより、むしろそのイデオロギー性を強調する傾向）は、同じく丸山の言う「政治（＝文学）の優位」の時代への移行を感じさせた。実際、旧著の序言で私は、当時のオカルト・ブームや人生論・或いは「終末論」の流行を批判し、別の本物の終末論の必要を主張した。そうした思想状況は、時に一九三〇年代との類似を指摘されたりもしていた。確実なことは「科学主義と文学主義の対立」が相変わらず引き継がれていることだった。そこに「戦後民主主義の総敗北」の思想的内因があったのではないかと、私は考えた。

竹内『魯迅』と「文芸復興」期の思想　ところで、竹内好が魯迅の「根底的な自覚」を敢えて「文学的」自覚と呼んだことには、思想というものを、イデオロギー乃至は一般的な科学的真理（既成品としての体系や理論や法則）から出来る限り引き離して文学や宗教（つまり個人の主体性）の側に引き付けようとする態度が示されている。その意味でこれは、「文芸復興期」の思想の強い影響下にあるものだった（竹内の『魯迅』自体は、昭和十八年の作品だが、その思想は、後述のように、十年前の「文芸復興期」のものであったと言うことができよう）。この竹内の一種の文学主義は、戦後丸山昇が事改めて上述のような論争をしなければならなかったことにも示されたように、その後の我が国の魯迅研究に多くの問題を招来したことは否めない。しかし、それは竹内の責任ではない。一見「文学主義」にどっぷり浸かっているように見えて、彼の立場は実は「文学の本来の役割」を、人間の「一切をすくい取らねばならぬ」所にあるとするものだった。それは倫理や論理や政治を含めて人間をトータルに捉えようとするもので、魯迅のリアリズム（科学的方法）の根拠をも、実は的確に捉えていると私は思って来た[3]。

そして、このような立場は、私に同じ文芸復興期に非マルクス主義の批評家の中で最も優れた一人と言われた井上良雄の主張を想起させた。井上は「マルクスの人間とは泣き、また笑ふ人間なのだ。……主観—客観としての、一個の最も全体的な人間なのだ」（「文芸批評といふもの」《磁場》第三号　昭和六年十一月）と書いている。この井上の言葉について、梶木剛は、「具体的全体的な人間」に希求を置くものといい、一方では「『マルクス主義』批評のスコラ性を断罪し」、「返す刀で小林秀雄のジレンマを批判」している井上の展開を、「文芸批評の原理の追究が、知識人として生きることとそのことの課題の追尋を鮮やかに突きとおして」いて「見事という外ない」と書いている（『井上良雄評論集』「解説」[4]）。つまり、この時の井上にせよ、少し後の竹内にせよ、一九三〇年代の「文芸復興期」と呼ばれた時代には、上述の「科学主義と文学主義」の分裂を突き抜けた人達がいたということである。私が六〇年代末に、後述の熊野義孝に拠って「終末論的な個の自覚」などということを書いたのも、この三〇年代の日本の知識人の思想史的経験を大切にしなければならないと、感じたからである（丸山真男は「近代日本の思想と文学」の冒頭に、「文学主義と科学主義」の問題が、「戦後において『平和論』から『昭和史論争』を経て『実感信仰』の問題に至る、社会科学あるいは歴史学的把握と文学的把握の交叉・対立の前奏曲とも見られる」と書いていた。日本の知識人は、この「交叉・対立」を、ずっと克服出来ないままに経過して来たのではないかというのが、私の問題意識である）。

「『文芸復興』という相言葉がジャーナリズムに登場するようになった」のは昭和九（一九三四）年二月のプロレタリア作家同盟の解体の頃からだとされるが、我が国の中国近代文学研究の出発点となった竹内好、武田泰淳らによる「中国文学研究会」の発足は、同じ昭和九年の四月のことである。上掲の井上良雄が同人誌《磁場》を六号で停刊したのが昭和七年四月、その後彼は急速に共産主義の実践運動に接近し、やがて評論の筆を折る。いずれも丸山真男が指摘する「文学主義と科学主義」の対立という思想状況に深くかかわる事柄だった。そして、旧著で私が拠り所とした、熊野義孝の『終末論と歴史哲学』が東京神田の新生堂から出版されたのは、昭和八年九月である。それは当時西田幾多郎の称賛を得たことで知られているが、著者自身が、「殊に殆んど大衆性を期待し難いこのやうな神学書が版を重ねるに至つたことも、著者の寧ろ驚異とするところである」（「再版の序」昭和十年）と言い、また「もと純粋に神学的な関心と努力とに成つたこのやうな著作が幾度か版を重ね一般読書界にも迎へられてゐるといふことは、私共にとつては悦ばしい不可思議である」（「第三版の序」昭和十三年）と書いているように、本書の出版自体が、丸山真男が指摘していたような時代の思想状況の、まさに時宜に適った出来事だったと言えるだろう（竹内好と西田哲学、日本浪漫派との関係、或いは彼の「シェストフ経験」とかいったテーマは興味深いが、今は言及の準備がない）。

丸山真男は、上掲書の冒頭に、戸坂潤の「文芸復興などといっても、そこで復興さるべきであったものは科学や生産技術を含めての文芸乃至文化ではなくて、単に文学としての『文芸』でしかなかった」、「文学と宗教と神学等々の復興によって打ち倒された旧権威こそ科学だということであるらしい」という言葉を引いて、「つまりルネッサンスの場合とちょうど逆だと言うわけである」と書いている。熊野のこの「神学書」の、著者自身が「驚異」といい「不可思議」と言ったような迎えられ方が、戸坂潤の鋭い批判のような側面を残したことが、今日の私たちの問題なのだが、それは実は「文学と宗教と神学等々」と「科学」との両方を含んだ思想の在り方の問題だった。

終末論と個体の自覚　私が友人の神学者に教えられて熊野のこの本を読んだのは七〇年代初年の事だった。その後で私は次のようなことを書いている。——「読書とは、『ことば』との出逢いだとも言えよう。深いことば、確乎としたことばに出逢う時、私たちは、あの胸がドキドキしてくるような昂奮を味わう。そういうことばに出逢う頻度の高い本を『名著』と呼ぶとすれば、熊野義孝氏の『終末論と歴史哲学』は、まさにそう呼ぶにふさわしい本だろう。」(「『戦後民主主義』を救う道」『熊野義孝全集』付録4　一九七八年十二月)——専門外の神学書、それもどちらかと言えば偏見を抱いていた熊野の著書に感動した興奮が今も生々しい。背景には上述のように、六〇年代末からの学生運動があった。しかし、感動の中心は実は、それまでの私の「竹内魯迅」に対する理解のどこか曖昧だった部分が、やっと基本的にはっきり理解出来たという自信が持てたことにあった。

一、「終末論」

まず私が目から鱗が落ちる思いをさせられたのは、次の言葉だった。

「終末とは此の世界の行路の最後に予想されるところの事件ではなく、此の世界そのものが根底に於いて終末的なのである。」

つまり、私にはそれまで黙示文学と終末論の区別も出来ていなかったのである。私が「竹内魯迅」を理解する根本的視座として終末論が鍵になると知ったのは、熊野の言葉によってであった。更に、私が旧著で、当時ニヒリズムと結び付けられて流行しているように見えた「終末論」が、実は「歴史を、主体的な〝個〟の愛と決断の場として確保乃至は回復しようとする」ものだと書いた（第Ⅱ部　魯迅の進化論と終末論　はじめに（一）「終末論」の流行について）のも、「終末論は希望の学である……」という熊野の立場に示唆を得たものだった。

二、「自覚」

「自覚とはもちろん抽象的な意識を指さない。存在そのものが負う責任の意識であると云つて差しつかへなからう。人間は責任あるもの、もしくは債務あるものとして正当に自己を把握することができる。これが真実の自覚である。」

「竹内魯迅」の中核は、魯迅の「文学的自覚」にあった。それは「文学的正覚」「根源的な自覚」「本源的自覚（宗教的な罪の意識に近いもの）」とも言われ、「死の自覚」とも言い換えられている。魯迅の伝記に関しても、彼がこの「自覚」を得た「生涯のただ一つの時機」にしか関心がないと言い切っている。私は「自覚」という言葉をなんとなく「抽象的な意識」としてしか理解していなかった。熊野によってそれを「責任意識」と教えられ、人間は「債務あるもの」として正当に自己を把握することができる、という言葉に触れて、竹内が魯迅を「贖罪の文学」と呼んだ意味を少しく確かにすることができた。

三、「個体」と「全体（集団）」との関係

「人間はまず個体として理解されねばならぬものである」

「もし個体の概念が全体と部分との関係において理解されるならば、永遠と時間とはまた連続的なものとなり、時間は一種の自然概念の如く成つてしまふであらう。時間における存在は其のやうなものではなくて終末をもつ存在である。自然は悠久とも考へられやうが、『私』はさうではない。人間は限界を与へられて在るところのものである。」

「人間は死すべき者である。我々に対して絶対的な限界を与えるこの死によつて人間は個体として存在するのである。」

私は現実的には日本人であるが、真理的には唯一の神にのみ属する。人間は社会や民族に責任を負うべきものだが――その意味で何らかの思想（世界観）を持たなければならないが――、しかし国家や社会やイデオロギーなど何らかの「全体」（集団）に対して「部分」の関係に立つものではないし、思想は元来個人に属するものである。この「個体」としての人間の尊厳乃至は自由にかかわる命題を、熊野程明確に指摘した言葉を、私はそれまで知らなかった。竹内が、魯迅の「文学的自覚」に関して言った「（彼は熱烈な民族主義者であり、愛国者であるが、）しかしそれをもって彼の文学の支えとはしていない、云々」という有名な指摘も、こうした人間観の深みから理解されなければならない。人間が「個体」であることで初めて「人格」（「自然」から独立し「永遠」に繋がる）が、成り立つこともここで明確にされる。竹内は曾て「天皇制は自然だ（一木一草のなかにある）」と言ったことがあるが、これは今日にも通用する

日本文化論だと私は思って来た。

私はここで、西順蔵から座談の中で教えられた「戦後民主主義の最大の誤りは、思想が個人の営みであることを否定したことだね」という言葉を思い出すのである。

「終末論は所謂世界観に対しては破壊的な位置に立つ」という熊野の言葉も、西と同じことを言っている。これは、終末論が、イデオロギーの宗教化（乃至は宗教のイデオロギー化）から「精神の自由」を保証するものであることを語るものだろう。

四、生と死

「『産まれた』といふことと『死すべきもの』といふことが、人間の存在の根本的な事実である。（むろん凡ゆる存在は何らかの意味でさう云ひ得るだらうが）然も厳密な意味で死を味ふことのできるものは、人間だけである。死は人間に於いてのみ其固有の意味を保つことができるのである。」

「抽象的な自覚は或は死の恐怖を容易に蔽ふことができやうが、具体的な自覚は死そのものの威厳を語るであらう。死はもと人間の存在に固有のものであつて、自覚とは此存在が自己責任の意識に他ならぬからである。」

「死の特殊な意味は、まさしく、人間が其存在の根拠を自己のうちに持ち得ないといふ事実、然かも此事実について自覚し反省せざるを得ぬといふこと、にもとづいて明瞭にされなければならぬ。人間は自主的な存在者ではないのである。ところで、人間の時間的な存在をそのまま永遠なものと連続的に把握せふとしたのが、近代の一般的な思想傾向であると云ふことができる。其処では死の積極的な意味の埋没されることが当然であつた。」

私はここで、生物的な死と人格的な死とがちがうことを教えられた。旧著で「狂人日記」の主人公の恐怖が、本能的な（「食われる」）恐怖から人格的な（「私も妹の肉を食った」という）恐怖へと深化していることを指摘したのは、ここに基づいている。

終末論とは「生から死を考えるのではなく死から生を考える」ことであり、人間は「死すべきものである」ことによって、初めて「個体」たり得る、と熊野は言う。そして、竹内がしばしば引用した魯迅の言葉に例えば次のようなものがある。「わたくしは一つの終点だけを確実に知っている。それは墓だ。しかし、これは誰でも知っていることだから道案内はいるまい。問題はここからそこへ行く道にある」（「写在墳后面」）。「竹内魯迅」が李長之を引きながら、魯迅の作品に死を扱ったものが多い事を強く指摘したことはよく知られている。もう繰返さないが、一つ付け加えて置きたいことは、「竹内魯迅」の中核たる魯迅の「文学的自覚」は「死の自覚」とも言い換えられていることである。ここには熊野と同様に「死の積極的な意味の埋没されること」への異議があり、戦後の竹内の思想的営為の中で最も重要だと思われる「マルクス主義者を代表とする日本の近代主義者」への批判に繋がる態度が既に示されていると言えるだろう。

四　魯迅論から見た戦後思想史——戦後民主主義は終末論を欠いていた——

魯迅研究の思想史　これまでに我が国で刊行された魯迅研究の専門書は、単行本だけでもかなりの数になるだろう。それらは、我が国での魯迅研究の積み上げの歴史として見ることもできるだろうし、また個々の著者の思想、個性あるいは問題意識の表現として読むこともできるだろう。だが、そうした面はむろんあるにしても、同時に、それらを、上に引いた丸山真男が「近代日本の思想と文学」などに描いて見せた日本の近代思想史の流れの、魯迅論における表れとして見ることも可能だろう[5]。

まず、思想史という面から見れば、国家の枠を越えた国際的な共通性も指摘出来よう。素人の乱暴な憶断を承知で言えば、本稿で取り上げた一九三〇年代は（米・英など民主主義の成熟していた国家は少しちがうようだが）二〇年代に主流だった個人主義が、ファシズムとコミュニズムというベクトルを逆にする二つの集団主義の挟み撃ちにあった時代であり、第二次世界大戦が終結した一九四五年以後は、基本的にはマルクス主義が主流となった時代で、それが終結を迎えたのが八九年（ベルリンの壁の崩壊と天安門事件とが重なった年）だったと、一応言えるだろう。但し、私の実感から言えば、八九年の前に、既に一つの転換点として、六〇年代末の全共闘（ブラックパワー、スチューデントパワー、紅衛兵）の時代があった。

当然たくさんの異議があることを承知の上で、一応こういう思想史分期の上に、我が国の魯迅研究の専門書を並べてみるとどうなるか。怠け者の私が或る程度きちんと読んで理解したと思っている本だけを拾ってみると、以下の数冊が浮かんでくる。

（1）小田嶽夫『魯迅伝』（一九四一年）[6]

我が国で最初の魯迅の専門書。研究者の著作ではなく、まさに「文学青年」そのものの「私小説」作家の著作だが、本稿の問題から見れば、上述の「文芸復興期」以前の「政治（＝科学）の優位」の時代に位置づけられる。竹内好の「花鳥風月で魯迅を処理した嫌いがある」という一撃で葬られ、戦後は「竹内魯迅」がすっかり権威化された感があるが、実は、小田以後日本における魯迅像は（「竹内魯迅」から私などの世代までを含めて）、基本的には小田嶽夫が提示した枠組みを大筋ではそのまま受け継いでいると、私は考えている。その小田の枠組みとは、日本の場合と方向を逆にする（イ）反政府の「愛国者」、（ロ）小田が、「弱国人の文学」と呼んだ民族主義、（ハ）強固な伝統（小田の言葉では「中国旧文化」「中国語文化」）との生涯の格闘、という観点である。[7]

（2）竹内好『魯迅』（一九四三年）

「竹内魯迅」は小田の提示した愛国者、民族主義者という魯迅像を前提としながら、思想としては「文芸復興期」の思想と密接な関わり、しかも「文学主義」に大きく傾斜していたことは、上に見た通りである。但しこの「文学主義」は「反政治主義」ではなかった。竹内は『魯迅』の中で「政治を白眼視するものは文学ではない」と言い切っている。この点は次の丸山昇に受け継がれる

（3）丸山昇『魯迅――その文学と革命――』（一九六五年）[8]

戦中の「政治（＝文学）の優位」の時代のあと、戦後は再び「政治（＝科学）の優位」が復活した時代と言えよう。上述の「基本的にはマルクス主義が主流となった時代」を魯迅論の領域で代表したのが丸山のこの本である。彼は、竹内の小田批判を「文学研究のイロハ」だとした上で、竹内エピゴーネンの悪しき「文学主義」を批判して、魯迅研究における、「政治と文学」という大きなテーマによる地道な実証的（つまり科学的）研究の道を開いた。同時にそれは実証的であることによって「科学主義」を装った教条主義というもう一つの主観主義への批判をも含むものだった。

（4）木山英雄「『野草』的形成の論理――魯迅における詩と「哲学」の時代――」（一九六三年『東京大学東洋文化研究所紀要』第三十輯）[9]

丸山の実証主義が伝記研究に傾いたのに対して、木山のこれは『野草』という作品群の読みに徹して、言わば研究をそのまま自分の「文学」にした所に、同時期の魯迅研究の中でももう一つの「楽しみ」を教えてくれたものである。未だ単行本になっていないが専門家の間には影響が大きく、かつ魯迅と伝統（土俗）文化という、次の丸尾の仕事に

つながるもう一つの大きなテーマに道を開く仕事だった。

（5）丸尾常喜『魯迅――「人」「鬼」の葛藤――』（一九九三年十二月）[10]

一九八九年以後の我が国の魯迅論を代表するものとしては、丸尾のこの本しかない。上の丸山の六五年の本の副題が「その文学と革命」だったのに対して、この本の副題が「人と鬼の葛藤」であることが、この間の「思想史」のテーマの大きな転換を、端的に示している。戦後思想のテーマは「政治」だったが、ここではそれは「文化」、それも「鬼」即ち中国社会の最底辺をなす民衆の土俗の文化の問題である（それは上掲の竹内が、魯迅が深夜ひとり対座したものについて「中国語の『鬼』はそれに近いかもしれぬ」と書いていたことを想起させる）。この本については別に詳しく書いたので繰返さない。[11]

以上の系列の中に、私が本稿で「蒸し返し」た旧著の割り込みを求めるとしたら、その場所は（4）と（5）の間、つまり六〇年代末から七〇年代にかけての全共闘運動の時代である。「思想史」のテーマとして言えば、当時の私は、それを戦後以来の科学主義に対する文学主義（＝反科学主義）の復活ではないかと考え、ある危険を感じていた。私が旧著の副題を「リアリズムの成立」としたのは、竹内好が「文学的自覚」と名付けたものが、実はリアリズム（つまり近代科学の方法）を生んだものでもあったことを言いたかったからである。そしてその自覚を「終末論的」な、「個の自覚」と呼んだのは、竹内が「日本ロマン派の終末思想」に関して、「『永久戦争』の理念を、教養としてではなく、思想主体の責任において行為の自由として解釈し直すためには、どうしても終末論が不可欠だが……」（『近代の超克』昭和三四年）と書いていたことなどに示唆を得たことだった。つまり、科学が真の科学になるためには、それが「主体的に内側から思想化」されなければならないという問題意識から出たことだった。[12]

二〇〇〇年を迎えた現在、その問題意識をもう一度蒸し返したのは、今や、全共闘運動とは逆の方角からの「戦後民主主義」への攻撃が、殆ど短兵急というべき勢いにあることに触発されたことである。すなわち、「日の丸、君が代」の強制から「教育基本法」さらには「憲法」の見直しまで、戦後以来五十年の「民主主義」への不満が一挙に吹き出し、時代はもう一度大きな転換点に立たされようとしているかに見える。朝日新聞に載った「君が代・日の丸」問題をめぐる座談会の記事などに現れた保守政治家たちの主張を見ると、彼らの戦後の民主主義に対する不満は、自由主義、個人主義ばかりが強調され、個人の権利だけが主張されて、国家や社会に対する責任感が失われたという所にあるらしい。青少年犯罪の増加も、そうした「戦後教育」に罪があるというわけで、そこで国旗・国歌によって国家、社会に対する責任感を育てようというのである。これは新しいナショナリズム（実は古い歌なのだが）だと言えるだろうが、これに対して従来の革新派のイデオロギー的な反対はもはや十分な説得力を持たないことが、昨年来次第にあらわになりつつあるやに見える。実際、新聞に載った彼らの中の一人が言う「民主主義とはみんなで政府に反対することだ」と考えられて来たという指摘は、戦後の民主主義理解の一面を衝いた言葉のように感じられた。確かに、私は戦後以来日本は「天皇の国」から「国民の国」に変わったのだと思い（そこまではよかったのだが）、民主主義とは多数決（多数意見に従うこと）だと思い、団結して権利をかちとることだと信じて来た。その信念（？）をはじめて疑わせたのが全共闘運動だった。彼らが流行らせた「主体性」という言葉が今改めて想起される。私が信じて来た「民主主義」は、今や教育現場でも官僚世界でも、単なる「個人」の現状維持や欲望充足志向に過ぎない「権利」主張、個人の主体的責任を問わない「無責任」な庇い合いや家族主義に陥っていることはどうやら否めない。この点への「反省」なしには、新しいナショナリズムの攻撃に対抗し、未来に向かって民主教育を育てていくことはできないだろう[13]。

言い換えれば、戦後の民主主義が国家や社会への責任感を欠落させた「無責任な個人」ばかりを作って来たという彼らの日本社会の現状に対する指摘は、その限りでは確かに一定の説得力を持っている。だが、そうなった原因は「自由主義」や「個人主義」にあるのではなく、逆にその不徹底、つまり戦後民主主義は軍国主義や国家主義は否定したが、近代以前から日本文化に骨絡みの「多数士義」は否定せず、そのまま受け継いで来た（「民主主義とは多数決」と理解した）所にある。「皆で渡れば恐くない」という言葉が平然と生き残っていることに示されるような、「民主主義」の形を取った「多数主義」の温存が、「無責任な」個人主義を育てて来たのである。それを反省して民主主義を自らに取り戻すためには、民主主義を（竹内好が言ったように）「思想主体の責任において行為の自由として」「主体的に内側から思想化する」道しかないのではないか。

そういう意味で、二十一世紀の日本の教育の目標は、日の丸・君が代論者の言うのとは全く正反対に、個人主義を徹底する（「主体的に内側から思想化する」）ことに置かれなければならない（新聞の座談会で、後藤田正晴氏がひとり、保守派政治家たちの国家主義教育論に同調せず、「責任ある個人」を育てることがこれからの教育の目標だと主張していて、さすがに法律家という筋のある人だと思わせられた）。今や日本人は、ひたすら他人の目を気にし、他人の後ばかりを追っているが、上に見たとおり、竹内好が魯迅の「自覚」を「罪の意識に近いもの」と言い、熊野義孝が「人間は責任あるもの、もしくは債務あるものとして正当に自己を把握することができる、これが真実の自覚である」と書いていたように、近代社会の根底をなす主体的な個人としての人間、或いは個人の内面的な統一（「良心の自由」と言い換えてもいい）は、目に見える「物資」や「多数」を超える何らかの超越者に対する「罪の意識」や「責任」感や「債務」感、総じて目に見えないものへの恐れ（戦後以来の「近代主義」思潮の中でそういうものは「迷信」と同一視されがちだった。しかもそれは実は日本の庶民が心の底に、良き伝統としてずっと持っていたものである）を回復することによって初めて可能になる（もし、「憲法改正」が必要だというなら、それは国家主義の方向にではなく、言論・集会等の自由に加えて、そうした民主的権利の根底をなすものでありながら、戦後の日本人に必ずしも明確に理解され規定されているとは見えない「良心の自由」という思想を、日本の民衆の文化的・民俗的伝統の中に位置づけて、より明確に表現する方向以外にはない)。旧著の刊行から二十五年後に、一九三〇年代の思想史的遺産を振り返るという立場から、敢えて改めて「終末論」を蒸し返した所以である。

(『東京女子大学比較文化研究所紀要』第六二巻 二〇〇一年一月)

注

(1) 本稿は、東京女子大学比較文化研究所総合研究一〇(一九九〇~九二年度「日本・中国・韓国の歴史教科書に関する比較文化的研究」)の研究費助成を受けた研究報告の一部である。

(2) 竹内好『魯迅』一九四四年十二月 日本評論社(東洋思想叢書18)、一九四三年に執筆され著者の出征中に出版された。四六年十一月第二刷。五二年九月 創元社(創元文庫)。六一年五月 未来社。

(3) 竹内好「近代主義と民族の問題」(《文学》一九五一年九月号)そこで竹内は指摘する。

「人間を抽象的自由人なり階級人なりと規定することは、それ自体は段階的に必要な操作であるが、それが具体的な全き人間像との関連を断たれて、あたかもそれだけで完全な人間であるかのように自己主張をやり出す性急さから、日本の近代文学のあらゆる流派とともにプロレタリア文学も免れていなかった。一切をすくい取らねばならぬ文学の本来の役割を忘れて、部分をもって全体を覆おうとした。見捨てられた暗い片隅から、全き人間性の回復を求める苦痛の叫び声が起こるのは当然と言わなければならない。

民族はこの暗い片隅に根ざしている。民族の問題は、それが無視されたときに問題になる性質のものである。民族の意識は抑圧によっておこる。たとい、のちにそれが民族主義にまで前進するためには別の力作用が加わるにも、その発生においては、人間性の回復の要求と無関係ではない……」。昨年来の俄かに居丈高な「日の丸・君が代」論も、確かに「別の力作用」そのものかも知れないが、戦後以来の我々進歩派知識人の「近代主義」に対する庶民の復讐(被抑圧意識)を味方にしているという面が、見逃せないのではないか。

（4）梶木剛編『井上良雄評論集』（一九七一年十一月　国文社）平野謙、吉本隆明、梶木剛の三人の「解説」をつけて出版されたこの本は、編者によれば井上良雄本人からは繰返し拒絶にあいながら、最後にこの本の出版が「決して井上良雄の意志に拠るものでないことを明記することを条件に」、「極めて消極的な許諾をうけとることに成功した」（編者後記）ものという。井上良雄は、明治四十年生まれ、一中、一高理乙から京大独文を出た昭和五年、処女作「宿命と文学について」を発表。芥川龍之介の自殺後三年、宮本顕治『敗北の文学』、小林秀雄『様々なる意匠』の一年後のことで、並んで注目を受けたが、名篇とされた「芥川竜之介と志賀直哉」を残して、昭和八年以後、評論の筆を断っている。その理由を、梶木剛は、井上が考えた理念上の「近代プロレタリアート（人間的本質存在）」を「現実のプロレタリアの運動に短絡させ」たところに、井上の不幸があったとする。

（5）日本における魯迅の紹介ないし研究の歴史全体については、夙に丸山昇の「日本における魯迅」（初出《科学と思想》一九八一年、後に増補して『近代文学における中国と日本――共同研究・日中文学関係史』一九八六年十月　汲古書院　に収める）に、一九二〇年の青木正児に始まる綿密な紹介がある。本稿では、この丸山の業績を前提として、魯迅論の変遷によって戦後思想史を大まかに概括するという目的に従って、時期を戦後に限り、取り上げた本も最小限にした。

（6）小田嶽夫『魯迅伝』一九四一年三月初版　筑摩書房、一九五三年七月　乾元社、一九六六年十月　大和書房、一九四九年九月『魯迅の生涯』と書名を変えて鎌倉文庫から出版。元来は一九四〇（昭和十五）年に四回に分けて雑誌（《新風》七月号《新潮》九・十・十一月号）に連載。大和書房版に「補遺」と亀井勝一郎の「感想」が加わっていたこと（未見）と、戦後の版では「あとがき」が入れ替えられている以外には、内容的には戦前戦後で全く改変はない。つまり小田の観点は戦後もそのまま通用するものだった。

（7）小田嶽夫の魯迅論（その観点と思想）については、本稿にも引用した上記丸山昇論文に的確な指摘がある外に、令息小田三月氏編の『小田嶽夫著作目録』（一九八五年六月　青英社）に、井伏鱒二・浜谷治・紅野敏郎各氏の追憶の文章の驥尾に付して、伊藤虎丸の「小田嶽夫氏と中国文学」がある。伊藤はまた《国文学　解釈と鑑賞》平成十一年四月号に「『文士』小田嶽夫と中国」を書いている。それらにも書いたが、私が小田を丸山真男の所謂「政治（＝科学）の優位」の時期に位置づけるのは彼が『魯迅伝』に「魯迅があくまで西欧の科学文明に傾倒したといふことは当時の支那にあつては必然的なことだつたのであらうが、この傾向は事変以後に於いても支那の青年の心に強く根を張つてゐることと思はれるし……」（『魯迅伝』初版本あとがき）と書いていることなどに基づいている。小田は「文学青年」の典型とされ、彼自身も『文学青春群像』（昭和三十九年　南北社）で自らを含めた「文学青年」を「左翼政治文学の怒涛のなかに芸術文学青年として生き、新人若しくは新進作家となるが早いか戦争の渦に捲き込まれた……」と書いているが、政治主義をとらなかったこととマルクス主義の影響を受けたこととは矛盾しない。ただ、念のためにいえば、竹内好は「日本のマルクス主義者を代表とする近代主義」を「西洋近代の思想が外から権威として持ち込まれたときに生まれる意識形態」と定義して、魯迅の対極にあるものとして厳しく批判した。そしてこれは「政治（＝科学）の優位」という丸山真男の指摘した思想の在り方に、そのまま重なるが、小田には竹内が批判したような権威主義は全く見られない。

（8）丸山昇『魯迅——その文学と革命——』昭和四十年七月初版　平凡社（東洋文庫47）。
「政治と文学」というテーマに関して、丸山昇の魯迅論が、むしろ竹内好を継いでいることについては、旧著『魯迅と終末論』の第三部「魯迅論にあらわれた《政治と文学》」に一章を設けて私見を述べたことがある。

（9）木山英雄「『野草』的形成の論理——魯迅における詩と「哲学」の時代——」（東京大学東洋文化研究所紀要第三十輯）一九六三年、同じ旧著の第Ⅰ部に収めた「狂人日記」の末章の読みの大半は、この木山論文に示唆を得たものである。

（10）丸尾常喜『魯迅——「人」「鬼」の葛藤——』一九九三年十二月　岩波書店。

（11）詳しくは、伊藤「魯迅研究の画期的な一歩——政治、文化から民俗への——」（書評）（《東方》一六一号　東方書店　一九九四年八月）、同「魯迅における『生命』と『鬼』——魯迅の生命観と終末論——」（『日本中国学会創立五十年記念論文集』平成十年十月　汲古書院）。

（12）我が国における文学主義と科学主義の「対立・交叉」という問題に関する、近年の日中近代思想の比較については、汪暉『無地彷徨』（一九九四年十月　浙江文芸出版社）、とりわけ「付録」の溝口雄三との対談「関于科学与道徳的対話」（翻訳尾崎文昭・孫歌）が頗る示唆に富む。

これに先立って、溝口には自身の著書として『方法としての中国』（東京大学出版会　一九八九年六月）、『中国の公と私』（研文出版　九五年四月）その他があり、本稿のテーマにも関連して示唆深い指摘に富んでいる。本来なら戦後日本の中国近代思想研究にひとつの時期を画したものとして取り上げるべきだったかも知れないが、魯迅研究の専著ではないことに加えて、私の関心が、時事的・通俗（教育）的な範囲にとどまったため、ここには触れなかった。

つまり私は、「日の丸・君が代」論者に代表される戦後教育改革への攻撃に対して、二十一世紀の日本の教育の目標は戦後改革の中で不徹底に終わった「個人主義・自由工義」を徹底させることに置かれなければならないと考えるのである。すなわち、私は「初期魯迅の宗教観」（《日本中国学会会報》一九八九年十月）以来、下村寅太郎の古い指摘（「魔術の歴史性――近代科学の形而上学的系譜についての一試論――」《思想》昭和十七年十二月号　岩波書店）に拠り、近代科学と近代キリスト教とを統一して近代ヨーロッパ精神と捉え、その根底を「自由」（近代人の道徳の根底とされる「良心の自由」と近代科学を生んだ「精神の自由」）に見て、「終末論的な個体の自覚」が「自由」を生むこと（そして竹内好が「狂人日記」の背後に見た魯迅の「文学的自覚」がこのような「個体の自覚」であったこと）を主張するに止まる。

（13）竹内好は、私がここに「科学主義と文学主義の対立」として取り上げたと同じ問題について、戦後を、彼の言う「近代主義」（丸山真男の言う「政治（＝科学）の優位」とほぼ同義である）が復活した時代と位置づけ、それは「ナショナリズムとの対決を避け」て来たと言い、次のように指摘する。

「ナショナリズムとの対決をよける心理には、戦争責任の自覚の不足があらわれているともいえる。いいかえれば、良心の不足だ。良心の不足は勇気の不足にもとづく。……いかにも近代主義は、敗戦の理由を、日本の近代社会と文化の歪みから合理的に説明するだろう。それは説明するだけであって、再び暗黒の力が盛り上ることを防ぎ止める実践的な力にはならない。アンチ・テーゼの提出だけに止まって、ジンテーゼを志さないかぎり、相手は完全に否定されたわけではないから、見捨てられた全人間性の回復を目指す芽が再び暗黒の底からふかないとはかぎらない。そしてそれが芽をふけば、構造的基盤が変化していないのだから、必ずウルトラ・ナショナリズムの自己破滅にまで成長することはあきらかである。

（「近代主義と民族の問題」）

昨年来の「憲法改正」までを視野に入れた戦後民主主義（という「近代主義」）に対する攻撃は、竹内の憂慮が杞憂に終わらなかったことを示していよう。確かにこの五十年私たちは、よきにつけ悪しきにつけ、ナショナリズムに関して強力な「ジンテーゼ」を提出できないで来たと言わざるをえない。

私は、「科学と文学」、「近代主義と民族」乃至は「民衆と知識人」の問題をつなぐ鍵は、実は、既に早く日高六郎が竹内の思想の最大の特色として指摘していた「独立の思想」（国家の独立・民族の独立・個人の自立・文学の自律が一つながりになっている）にあると考えて来た。そして、それを可能にするものは、「終末論的な個の自覚」であるというのが、旧著以来の私の論理である。それは竹内がその処女作で魯迅の「文学的自覚」中に見いだしていたものである。その観点を受け継いで、終末論を迷信ないしは特定の宗教の枠から解き放って、広い議論の対象にすることができないかというのが、本稿執筆の目的である。

Ⅱ　創造社・郁達夫関係論考

問題としての創造社——日本文学との関係から——

(1) はじめに——創造社と日本——

日本留学生の文学団体　「中国新文学の過半は、日本留学生出身者によって作られたものである」とは、確か、郭沫若が書いていたことだと思う。今、仮りに、魯迅と郭沫若を、中国近代文学を代表する二人の巨頭、と呼んでも、そう大きな異議は出ないだろう。とすれば、この二人が共に日本留学生だったという事実は、中国近代文学と日本文学との関係の深さを、端的に語っていると言ってよいだろう。

なかでも、創造社という文学団体の性格乃至は特徴、及びその中国近代文学史の中に占めた位置というものを要約して言うなら、それは次の三点になろう。すなわち、大正期の日本で青春を過ごした留学生が作った団体である、ということである。

第一に、創造社が、留学生のグループだったことについて。「創造社という団体は、一般に異軍の突起したもの、と呼ばれている。というのも、この団体の初期の主要な分子、郭沫若・郁達夫・成仿吾・張資平等は、いずれも《新青年》時代の文学革命運動には一度も参加したことがなかったし、またその時代の一群の啓蒙家たち、たとえば陳独秀・胡適・劉半農・銭玄同・周作人等と、いずれも師弟あるいは友人の関係を持っていなかった。彼らはみな、当時なお日本留学中だった……」（郭沫若「創造社的自我批判」）。この郭の言葉は、創造社という団体の中国「文壇」における位置を、簡潔にとらえている。ここにある「異軍突起」という言葉や陳・胡らを「啓蒙家」と呼ぶ言い方などは、彼ら自身が持っていたある種の〝反主流派〟意識を語っていると共に、彼らが中国近代文学史の中に占めた位置と、また、後の「革命文学」の提唱の場合などを含めて、彼らの文学運動にいつも何となくつきまとっている、外からの「持ち込み」主義とでもいうべき性格をも、語っていると言ってよいだろう。

第二に、大正時代の日本留学生の文学ということで言えば、創造社の結集した「早熟」な「文学青年」たちが抱いた文学観・社会観・芸術観乃至は「自我」意識は、日本近代文学における「大正時代」の作家たちのそれと――後に見るような一定の留保は必要であるにしても――極めて深い近親関係で結ばれていた。

また、この留学生たちの団体の文学運動の、約一〇年の歴史は、これも様々な留保や注釈が必要であるにしても、ともかく、初期の「芸術派・浪漫派」から、所謂「創造社の左旋回」の時期を経て、後期の「革命文学」、「プロレタリア文学」の提唱に至る「転換」の過程であったと概括することが出来ようが、ここにも、後にみるような、「芸術家」意識の成立、「新浪漫派」、「新理想派」等を経て「プロレタリア文学」の興起に至る、大正期の日本文学における思潮の変遷の、極めて直接的な反映のあとを見ないわけにはいかない。

創造社の文学を考える時、私たちは、まずこうした日本近代文学との、いわば骨肉を分けた密接な関係に目を向けないわけにはいかないのである。――そして、そのことは、たとえば、よく知られている魯迅と創造社との対立・論争などについて、それを、魯迅が明治文学から受け取ったものと、創造社が大正文学から受け容れたものとの対立として眺めるといった、一つの視点などを提供するだろう。

第三に、創造社の文学を日本留学生の文学だと言う時、右のような深い関係にもかかわらず、他方、言うまでもないことながら、創造社の文学は、まぎれもなく、中国革命の歴史の所産だったということを言っておかねばならないだろう。それは、文学研究会と共に、「個性の解放」「デモクラシーとサイエンス」を旗印とした、五四文化革命の嫡出子だったことは、上の郭沫若の言葉を肯定した上で、なお明らかなことだ、と言えるだろう。その「芸術派」から「革命派」への「方向転換」は、五四退潮期から国民革命の高揚、そしてその挫折に至る中国革命の情勢の転変を反映したことであった。

その作品や評論は、たとえばそれが、当時の日本文学の風潮や理論のほとんど敷き写しに近いことが指摘される場合においてさえも、そこにはやはり、変革期を生きた中国知識青年の苦悩と奮闘のあとが反映されていたし、それらは一読して明らかに、日本文学とは明瞭に異なる相貌を具えている。それぱかりか、創造社の文学の内容上の特色の、少なくとも一つは、初期における、日本人の「支那人」蔑視への留学生の痛切な悲憤の叫びから、後期の侵略者日本帝国主義への鋭い批判と怒りの表現にあったと言わねばならないだろう。

中国近代と日本近代　つまり、創造社の文学は、これを日中文化交流史の上から見るなら、大正期から昭和初年にかけての両国の文化交流を、いわば代表する位置にある。そしてその「交流」は、日本帝国主義の中国侵略政策の次第に拡大し露骨化していく過程を大きな歴史的背景とするものだった。そうした背景の下で、創造社の文学は、一面では、そうした不幸な（戦争責任意識を抜きにしてこの言葉を使っているのではないことを断わっておかねばならないが）歴史を反映して、日本帝国主義への抵抗と、日本及び日本人に対する批判や反感を内容としながら、他面では、にもかかわらず、日本「近代」文学から多くのものを学んでこれを中国文学に持ち込んだ。また私たちは、創造社の人々の作品から日本及び日本文学に対する深い理解や愛情をさえ見出すことが出来る。つまりそこには、〝文学〟をめぐって、両国の文学者が知識や概念を共有し、いわば、文学談議が——対話が——成り立ち得た幸福な（？）時代があった（敢えて「幸福な」と言うのは、今日の両国の文学の間の距離は甚だ遠くて、このような「対話」の成立は、ほとんど不可能な状況にあるのではないかと思うからである）。

こうした、いわば矛盾した関係の背景として、私たちは、たとえば、大正デモクラシーと五四文化革命との同時代性に見られるような、両国文学がある共通の時代思潮を受け容れることを可能にした共通な政治経済的な基盤乃至背景があったことと、同時に、たとえば、侵略と被侵略、繁栄と貧困といった、いわば全く対極的な歴史的社会的基盤の上に、両国文学の同時代性が成り立っていたこととの、両面を考えておかねばならないだろう。

早い話が、周知のように、当初の「芸術派・浪漫派」としての創造社の文学運動の出発点は、五四の新文化運動の高潮の影響の下に、第一期の同人たちが、大正中期の日本の所謂「文化主義」の思潮の中で、直接には新浪漫派文学の影響を受けて、当初の、医学、工学などの実学志望を捨てて文学運動に趨いたところにある。ところが、この時期の日本で、そうした「文化主義」や文学上の新しい傾向、広くいえば、所謂、大正デモクラシーや、或る種のヒューマニズムの文学などが生まれた社会的な基盤を考えると、これは実は、第一次世界大戦中から戦後にかけての日本の、とりわけ非常に強引な対中国進出政策（たとえば一九一五年の「対華二一ヵ条要求」に代表されるような）に支えられた資本主義の急速な発展と、そこから生まれた、ある「経済的余裕」にあったと言わねばならないだろう。——創造社発足当初における、日本及び日本文学とのこのような関係は、その後の日中戦争開始の時に到るまでの両国近代文学の関係を、いわば象徴しているように、私には思われる。

つまり、両者は第一次世界大戦後の、デモクラシーやヒューマニズムからやがて社会主義への傾向を深めていく世界的な思潮の変遷を共有していた。ここでは両者は共に世界規模での「資本主義の矛盾の深化」をその文学の共通の基盤あるいは背景として共有していたと言えよう。同時に、他面では、この「共通の基盤」とは、具体的には日本帝国主義の中国進出を意味していたということがある。この事態を間に挟んで、日中両国の近代文学はいわば対極的な位置に置かれていた。両者は世界資本主義の「矛盾」の「二つの側面」を、それぞれの基盤として分有していたという風にも言えるかも知れぬ。民族的には加害者側と被害者側、経済的には一方の繁栄が他方の窮乏につながり、一方の前進はそのまま他方の敗退を意味するという関係がそこにはあった。そうした関係を「共有」の基盤として、両者は、デモクラシーやマルクス主義といった普遍的な「思想」を共有したのである。「ロマン派」とか「プロレタリア文学」とかいった文芸上の時代思潮を共有し、「芸術家」「自我」「表現」等々といった文芸上の諸概念を共有し、ゾラやゲーテ等々といった西洋近代文学に関する知識のみならず、たとえば陶淵明や杜甫等々といった伝統的文学についても、両者が今日よりははるかに濃い密度で知識や教養を共有していた時代があった。日中戦争の開始以来、文化上の「国交」は全く断絶したままの、現在の両国文学の間の距離の遠さから考えると、それは一見、両国文学の懐かしき蜜月時代とさえ、私には見える。だがしかし、両者が共有していたかに見える（事実そうでもあった）これらの諸思想や諸概念が、両国の近代文学史の中で具体的に持った機能や役割、あるいはそれら諸思想や諸概念に対する両者の理解の仕方の間には、時に微妙な、時に決定的な、ズレや断絶があった。――こんなことは、上に少し触れたような背景を考えてみても、いわば当然のことである。またこうしたズレや断絶については、すでに多くのことが語られて来てもいる。にもかかわらず、それはまだ国民的規模で日中両国民の間に存在し続けているし、そこにある構造は、まだ必ずしも十分に深くとらえられているとは言えないと、私には思われる。

両者が真に基盤を共通にし、その上に対話と連帯が成立することが可能であるかに見えた時期もなかったわけではない。それは、あの、階級論に立った「プロレタリアートの国際連帯」という美しい理念に導かれた一時期である。里村欣三・小牧近江らが上海の創造社出版部を訪問し（一九二七年四月）、郁達夫の「日本の同志に訴ふ」が《文芸戦線》に載り（同六月）、あるいはまた魯迅が多喜二の虐殺に「同志小林ノ死ヲ聞イテ」を書き（一九三三年四月）、等々……といった時代がそこにはあった。こうした両者の共有する経験と、そこにあった真の「友好」への或る可能性とは、今日においても大切に振りかえって見なければならないものだと思う。だが、その後の両国のプロレタリア文学は、これまた大きく路を異にしてしまった。そして今日、「プロレタリアートの国際連帯」という美しい理念すらが、大きく揺らいでいるやに見える。

そうした事の背後には、もちろん、両国の近代史の全体と、さらに世界史的な大きな問題が横たわっている。それは私などの手に負える問題ではない。だが、そこにはまた、文学プロパー問題として、上に言ったズレや断絶といった小さな問題もあったのではないか。それを、わかる所から少しずつでも明らかにしていく努力は、私にも許されることであろう。プラス面とマイナス面を含めて、そのズレや断絶の構造を解明していくことは、両国民が共有した経験と、そこにあった真の友好・連帯の可能性を今日に生かすために、欠くことの出来ない作業の一つではないだろうか。

そして、一九三七年、日中戦争の開始は、創造社同人たちと日本の文学者たちとの間の親しい交流に終止符を打っただけではなく、それまではなおある種の同時代性を持ち続けていた両国の文学の間に、決定的な断絶をもたらした。その後も細々とした相互交流の努力がなかったわけではないが、基本的には、この時から、両国文学は、「文学」上では対話も相互関係もない、いわば全く無関係な歩みを始めることになった。そしてその状況は、今日に至っても、基本的には変っていない。

こうした両国文学の間の決定的な決裂・断絶をもたらしたものは、戦争という大きな政治的・歴史的な現実だったことは言うまでもないが、しかしそれだけでは、なお文学上の断絶をもたらした決定的要因とは言えないだろう。またここで総体としての日本文学が持っていた戦争の侵略的本質への認識の甘さといった「思想」的な要因を指摘することは比較的容易だろう。実際その点については戦後以来、さまざまな形で反省もされて来ている。

だがもう一つ、これらの要因の後に、ある意味ではそれらよりもう少し根深い要因が、それこそなお国民的レベルで、十分解明されないままに残っているのではないか。それはたとえば「中国の現代文学は面白くない」という、これは「思想」の左右を問わず一般的に日本人の中に存在する感想などともどこかで繋がっている、いわば、文学プロパーの質にかかわる要因である。

今、創造社と日本文学という問題に帰って言えば、日中戦争の開始によってもたらされた両国文学の間の決裂を、端的に象徴している出来事は、よく知られた佐藤春夫の「アジアの子」という醜悪な作品と、それに怒って郁達夫が「日本の文士と娼婦」を書いたということであろう。そして私はここには、佐藤春夫の「思想」やその戦争への態度といった問題以外に、佐藤春夫の中国近代文学及び中国作家への無理解と、同時に郁達夫の側の「芸術家」佐藤春夫への或る種の誤解とが、少くとも一つの要因として認められるように思うのである。言いかえれば、私はこの事件を、上に両国文学の「蜜月時代」と言った時代から既に存在していた「ズレ」や「断絶」が、この「疾風勁草を知る」時代の関頭に当って、一挙にあらわになったものと考えるのである。そして、このような「断絶」は、今日も、日中両国文学の間に、当時とほとんど変らぬ構造をもって横たわっているのではないかと思うのである。※

今ここに「問題としての創造社」と言う時、私が、日本人としての立場から日中近代文学の交流史から見た時のと、視点を限定した上で、創造社の文学が私たちに提起している「問題」と考えるものは、ほぼ以上のごとくである。それは、整理してしまえば、次の三つの問題になる。

(1)　創造社の文学が、大正期の日本文学から受け取ったものは何か。

(2)　そうした日本文学から受けた影響という視点から見た時、創造社の文学が、中国近代文学史の中で占めた位置や役割はどのようなものだったか。

(3)　そうした日本文学の極めて近親した関係にもかかわらず、同時代の文学として、創造社の文学と日本文学との間には、どのようなズレや断絶が認められるか。

以下、これらの問題のそれぞれについて、私なりに感じて来たことの幾つかを提示してみたい。もとより極く粗雑で表面的な「問題」の指摘（私にとって今後の研究課題だという意味での）に止まることは、あらかじめお断わりしておかねばならない。

※「共同研究・佐藤春夫と中国」（和光大学人文学部紀要№12）

(2)　留学の青春

大正の留学生生活　「年表」に見られるとおり、創造社の同人たちは、短かくても数年、長い場合には十数年に及んで、その青春時代を日本で過ごしている。その間彼らは、大学・高専・高校、人によっては中学から、日本の学校で教育を受け、日本人の学生・生徒と共に講義を聴き、試験を受け、日本の学生の間で流行していた本や雑誌を読み、評判になった映画を見、……日本の学生生活を送ったのである。彼らは、日本食を食べ、学生下宿の「赤茶けた畳の部屋」に住み、あるいは「神経衰弱」（近頃あまり聞かなくなった〝懐かしい〟言葉だ）をなおすために「東京郊外の東中野の野原の中の小さな家」を借りて婆やと暮らしたりした。東大正門前に今もそのあとの残っている喫茶店などで、例のドイツ語や英語まじりの学生語で文学や哲学を論じたり、「シャン」だの「ウン」だのという学生隠語で女性を批評（?）し合ったりしている。私が直接見た範囲でも、郭沫若や郁達夫は、仮名混りの実に上手な日本文の手紙を書いているし、郭の回想によれば時に留学生同士の間でも日本語で手紙のやりとりをしている（「創造十年」）。また郁達夫は、後年、増井経夫氏が杭州を訪ねた折など、日本人客をつかまえて長火鉢の「猫板」という言葉の由来を講釈してきかせたり、「貰うものは夏も小袖」などという冗談をとばしたり、わざと江戸弁をまねた捲き舌を使うなど、日本語に実に堪能なところをみせ、それがまたいかにも嬉しそうでもあったという。郁は日記の中に、自分は日本で過した時が長かったので、今でも病気の時など味噌汁のようなサッパリした日本食が欲しくなると書いているが、一〇代から二〇代にかけての最も多感な時期に経験した日本での生活が、いわば生活感覚の領域にまで及んで、彼らに深い影響を与えたであろうことは想像に難くない。

時代は、あたかも第一次欧州大戦を間にはさむ大正である。私たちは、創造社の人々の小説や評論や回想記を読む時、屢々、古い画報でも見るように懐かしい大正の風俗に出合う。それは、「イプセンの問題劇、エレン・ケイの『恋愛と結婚』、自然主義作家の醜悪暴露論、刺激性に富んだ社会主義の両性観」（郁達夫「雪夜」）であり、「名女優衣川孔雀・森律子らの妖艶な写真、化粧前の半裸の写真、婦女画報にのった淑女や名妓の記事、東京の名流の姫妾たちのスキャンダル等々」（同上）であり、あるいは、有楽町のアイスクリーム店や上野不忍の池や大学の図書館や理科大学の研究室や小石川の植物園や井の頭公園等々、また、佐藤春夫・秋田雨雀・厨川白村・河上肇といった人々の名であり、新ロマン派やドイツ表現派、イプセンやダウスンやゲーテ等々、映画「カリガリ博士」や「民衆座」上演の「青い鳥」、そして東京の「カフェー情調」や「世紀末のデカダンス」であった。——郁達夫は、こうした「両性解放の新時代」「世紀末の過渡時代」の渦の中に投げこまれた中国からやって来た一少年が、すっかりその中にまきこまれ「沈没」させられてしまったことを語っているが（同上）、こうした時代の雰囲気の中で、彼ら留学生たちが、日本から受け取り感じ取ったものは何だっただろうか。

「近代」への憧憬と民族的屈辱感　私たちが初期創造社の人たちの書いたものから共通に読み取るものは、「近代」日本とのはじめての接触を通してあらためて見えてきた祖国中国及び中国人の後進性への焦立ちや危機感と、同時にその日本「近代」自体への批判や嫌悪感であり、また、日本人の生活や文化の持つ素朴・清潔・平和・優美等々への深い理解や愛着と同時に、日本人の「支那人」に対する侮蔑への激しい怒りや屈辱感である。郭沫若が、福岡の箱崎海岸に立つ料理屋「抱洋閣」に自動車をのりつけ、芸妓を連れて出入りしている一見して「成金」とわかる人々について、「欧州大戦が始まってから、西欧の資本家が戦争の影響で一時挫折したので、日本の資本主義がその機に乗じて勃興してきていた。当時の日本政府はちょうど財政上積極政策をとった政友会の原敬内閣で、とくに産業熱をあおりたてた。……それらの最大の販路はいうまでもなく、わが偉大なる御中華民国だった。中国が日本人のためにたくさんの『成金』――にわか大尽――を作り出してやったのである云々」（「創造十年」）と言う時、彼は、前段にも触れたような、大正中期のデモクラシーや「両性解放の新時代」や文学上の新しい傾向を生み出した基盤が、中国進出政策を中心とした日本資本主義の繁栄にあったことを、的確に見ているといえよう。だが同じ「創造十年」に、郭は、一時帰国中に成仿吾と共に西湖に遊んだ折、妓女を連れた「上海の政治ゴロらしい数人の中国人」が、列車の中で乱痴気騒ぎをしているのに乗り合わせた時のことを書いている。「（車中には）また日本人も数人いて……時々極めて軽蔑したまなざしでその飲み食いと賭博を続けている中国人を見やっては笑った。私も仿吾も着ていた服が日本の帝大の制服だったので、彼らはどうやら私たちを日本人と思ったのだろう。中には遠くから私たちにそれらしい目くばせをして見せるものもあった。私の一文の値打ちもない涙が、ここでまたこみ上げてきた……」と。――つまり、郭沫若は、一方では一人の中国人として、日本「近代」の急成長を支えているものが中国への侵略であることを見ていると同時に、その日本「近代」のいわば象徴とも言うべき「帝大の制服」を着て、日本人の眼で中国人の「腑甲斐なさ」、その後進性を見（いや、見させられ）てもいるのである。彼の「口惜しさ」は、このある意味では矛盾した二つの視点によって二重に強められているという構造がここにはある、と言えよう。それが彼らの民族主義の宿命だった。そして、このような構造が、後に見るように、彼らの思想運動、文学運動をある種の「外からの近代主義」という形で強く性格づけてもいるやに思われる。

　こうした「民族主義」は、鄭伯奇の「最初の授業」（創造季刊第一巻第一期）や郁達夫の「沈淪」（創造社叢書第三種）などにおける、日本人の「支那人」蔑視に対する憤激や「弱少民族の悲哀」についても、同様の構造を指摘できるだろう。そしてそれは「沈淪」の末尾が、屈辱感にうちのめされた主人公の「祖国よ、祖国よ、早く富強になってくれ」という叫びで結ばれることに象徴されるように、中国の富強＝近代化を願う切なる希求につながっていく。ここに、「芸術派」と呼ばれた創造社の文学を、「頽廃派」の名をも冠せられた郁達夫の場合をも含めて、それが影響を受けた日本文学における芸術至上主義や「文化主義」（後述）と区別する根本的な特徴があったといえるだろう。後年彼らの多くが、文学を捨てて、実際の政治や教育に向う根本原因も、すでにここに胚胎していたと言えるだろう（この点も後にもう一度触れる）。

　ともあれ、彼ら留学生が、日本留学を通して、まず知ったものは、このような形での「近代」だったと言うことが出来よう。郁達夫は、当時を回想してこう書いている。

「日本において、私は始めて我が中国が世界の競争場裏で置かれている位置をはっきり見た。日本において、私は始めて近代科学――形而上あるいは形而下を問わず――の偉大と深遠を知った。日本において、私は早くも今後の中国の運命と四億五千万の同胞が受けざるを得ぬ煉獄の歴程を覚った……」（傍点伊藤。以下同じ）と。

創造社同人たちが、最初大学で選んだ専攻が、郭の医学部、成の工学部造兵学科、郁の経済学部等々、圧倒的にいわば「実学」であったことはよく知られているが、上に見て来た所から言えば、それは当然すぎるほど当然のことだったと言えよう。そしてそれは、ある意味では、黄遵憲が、「西洋の法に従って故きを改め新しきを取り入れたればこそ、日本は卓然として独立することが出来たのである……アメリカにゆき、ヨーロッパ人をみるとその政治学術はつまるところ日本と大した相違はない。今年、日本ではもう議院を開設してしまった。進歩の早いことは、古今万国未曽有である……」「ああ、我国の知識人は見聞がせまく、外国のことについては、これまで少しも注意しなかった……」（「日本雑事詩」定本序　一八九〇・七）と書いた時以来の、日本の近代化を（あるいは日本を媒介に手早く西欧近代を）学び取ろうという態度であり、そうした眼で、中国人の後進性を嘆く態度であったと言えよう。それはまた今日、国交回復後、にわかに話題となっている中国の留学生派遣が、専ら理工系と企業管理とに重点を置いていることを私に想起させるのである。

「文学青年」の群れ　創造社同人の、上のような意味での「実学」から文学への転進は、留学中の経験を通して、徐々になされた。人ごとに事情は異なるが、郁達夫が当初は医科をめざしながら、高等学校の二年生になるとき、彼を日本に伴った、いわば保護者に当る長兄の意志に敢えて背いて文科に転じながら、大学はやはり経済学部を選び、卒業後改めて文学部言語学科に再入学している（これは近年近藤龍哉・小谷一郎が東大文学部の在学証書を調査して判ったことだが）という経過は、一つの典型であろう。実学を完全に放棄した者から必ずしもそうではなかった者まで、それぞれに差はあっても、ともかく彼らは、この章のはじめに書いたような、欧州大戦中から戦後にかけての反理知主義的思潮と、大正の所謂「文化主義」（後述）の風潮の中で、まさしく日本的な意味での「文学青年」になっていったと言ってよいだろう。

郁達夫は、八高卒業と同時に（一九一八年）、高等学校での日本人同級生五人と、同人雑誌の発行を計画し、誌名もほぼ決めていたという。これは流産に終るが、多分それと前後して、郭・郁のほかに陶晶孫・何畏らも加わった留学生仲間で、同人誌《Green》が作られる。そうした動きが、やがて創造社の結成、《創造季刊》の発行へとつながっていくことになる。

ところで、後に《創造》季刊第一巻第三期に載った陶晶孫の「木犀」という小品は、最初、この《Green》に載ったのだという。

郭沫若は、そのことに触れて、この短篇が、もともとは日本語で書かれたものであり、自分はこれを愛読していたので、中国語に訳し直すことをすすめたのだが、「一国の国語というものには、それ独特の美しさがあるもので、それは他国語では表現出来ないものなので、この訳文は、原文にくらべてかなり遜色がある」と書いている（季刊第一巻第三期「木犀」の「付白」）。陶は「美しい」日本語で小説を書き、郭はそれを「細やかに味わう」（同上）ことが出来たのだといえよう。

確かに、小学生の頃から日本に来ていて、同人から「日本語の方がうまい」などと言われたりもしている陶晶孫はやや例外だとしても、彼ら創造社の同人たちが、自国語で書かれた文学を味わうのと近い程度に、日本文学を味わい得るほど、日本語に対する感覚を持っていたことを示す例はいくらでもある。ここに挙げた陶と郭についての例は、まずそのことを語っているだろうが、その他になお二つほどのことを意味していたといえよう。

一つは、初期創造社の、《創造》季刊などを飾った短篇小説が、当時の日本文学のいわば主流だった短篇小説の形式と、その形式の背後にあった、「自分の事」を語った短篇にこそ文学の真髄があると考える文学理念とを、学んだものだったということである。その代表的な例は、郁達夫の小説と日本の「私小説」との関係であるが、それらについては、私自身、かつて詳しく論じたことでもあるのでここではこれ以上触れない。※

二つめは、当時（一九二〇年代）は、中国文学が新しい口語文を生み出すべく、それぞれの作家がそれぞれに摸索を続けていた時期だったといえようが、その中で、創造社の作家たちは、それぞれの文体のちがいはあっても、全体として、当時の日本文学の短篇小説の文体を学んで、自らの新しい口語文創出の手がかりにしたと言えるだろう。――これは小野忍先生からうかがったことだが、先生が、後に陶氏に直接その点を質ねられた時、陶氏は「そういうことはありましたね」と答えられたという――。郭沫若の詩とならんで初期創造社を代表した郁達夫の小説などが、当時の中国知識青年の間で熱烈な歓迎を受けたことの理由の一つは、そうした、日本文学から学んだ、平明で情感に溢れた新しい文体の魅力にあっただろう。

そして、新しい文学理念の提示と、新しい文体の創出というこの二点は、創造社が中国近代文学の建設に貢献した、主要な点でもあったといえるだろう。

とくに前者は、形を変えて、後のプロレタリア文学にも受けつがれていったもので、文学研究会の茅盾らとの対立や、魯迅との論争も、基本的にはこれと関わっていたと考えられるが、それについては、後にリアリズム論の問題としてもう一度取り上げることにしたい。

※　拙稿「『沈淪』論(2)」（〈中国文学研究〉No.3、一九六四　中国文学の会）

二重の教養の共有　ところで、その郁達夫は、兄の郁華（曼陀）が、《万朝報》の漢詩欄への投稿を選者森槐南に高く評価され、その主宰する詩社「随鷗吟社」の客員になった漢詩人だったこともあって、別にすでに第八高等学校時代から尾張弥富の漢詩人服部担風の門を叩いていた。その頃（一九一六年、大正五年）彼が《新愛知新聞》に載せていた「日本謡」の連作を、近年稲葉昭二が発見したが、そこには、「X光線」「復活の歌」「浄琉璃」「荒川の夜桜」「活動写真」「吉原の初見世」「菖蒲湯」等々の作が並んでいる。これは明らかに、黄遵憲の「日本雑事詩」や兄曼陀の「東京竹枝詞」（後に「東京雑事詩」）の系譜に倣ったものと考えられる（『郁達夫資料』東大東洋文化研究所刊参照）。

またこれも稲葉昭二が発見した「塩原十日記」（一九二一年、大正一〇年八月）は、担風の主宰する詩社「佩蘭吟社」の機関誌としてその年発行されることになった《雅声》の第三、四、五集に連載されたものだが、俳文風の日本文約二六〇〇字と返り点送り仮名を付した漢文約八〇〇字を交互に使い、間に絶句六首、律詩一首を置いたという体裁のものである（同上）。

郁達夫は、後に（昭和一一年）、井伏鱒二氏が、著書に「鶏肋集」と名付けて出版するに当って、小田嶽夫氏から、郁達夫にすでに同名の著書があることを知らされ、了解を求める手紙を送られたのに答えて、こう書いている。

「書名『鶏肋集』の件は、無論、問題になりません。昔し、メーデルリンクがマリヤ・マグダレナの脚本を書く時、曽って、独逸の Paul Heyse が同名の本を書いた事が有るとて、手紙を出して、その名を借りる旨通知した処、ハイゼ先生仲々承知せずと聞く、実に毛唐のやつは妙なものです……」（原文のまま、伊藤・稲葉・鈴木編『郁達夫資料補篇（下）』東大東洋文化研究所刊参照）

以上のような例は、郁達夫が、たとえば、厨川白村や佐藤春夫等々を通して、イギリス世紀末文学など、西洋近代文学に関する知識や教養を、日本の文学者と共有していただけでなく、所謂、漢詩・漢文の素養、いわば漢字文化とでも呼ぶべきものをも、日本の文学者と共有していた、そういう時代があった、ということを語っていよう。そして、そういう共通の教養を基礎に、彼がこの手紙にもうかがわれるような、「毛唐」に対するのとはちがった親近感を、日本文学及び日本人に対して抱いていたということも指摘できるだろう（それは先にも触れた黄遵憲以来の、日中交流史における「同文同種」の親愛感の伝統がなお色濃く流れているということも出来よう）。

こうしたことは、何も郁達夫だけに限ったことではない。ここには、両国の文学が、ヨーロッパの近代文学と伝統的な漢字文化との、いわば二重の教養を共有していた時代があった。そして、そういう基礎の上に、小田嶽夫氏が、初対面の時の郁達夫が、あまりに日本の文壇の消息に詳しいことに、「だんだん外国人と話をしているような気がしなくなってきた……」と言っておられるような、両国文学者の間での「対話」が可能だった時代があった。――私は、そういう「対話」が、その後日本人の側から破壊されてしまったことへの痛恨をもこめて、こうした「時代」があったことを大切に考えたいのである。

「大高同学」の系統　今日、私たちは、残された写真から、彼ら創造社同人たちの、「帝国大学」の学生という地位の象徴だった角帽姿や、当時の学生風俗に従った和服に袴を着けた姿などを知ることが出来るのだが、この同人たちの顔振れをみてすぐに気付くことは、その主要なメンバーの大部分が「大高同学の系統」（「創造十年」）つまり、旧制高校、帝大の卒業生であることである。

これは、瑣末なことのようだが、しかし、彼らの文学及び文学運動の質にもかなり深い関係を持つことだったように私には思われる。

《創造》季刊第二期に郁達夫の「風鈴」という短篇小説が載っている。その中に、作者自身とみられる主人公が、

「神経衰弱」のため、名古屋から遠くないところにある「湯山温泉」に湯治に出かけ、雷雨を恐わがって逃げこんで来た隣室の日本少女と一夜を過ごす場面があるのだが、そこで、少女から郷里をたずねられた主人公は、思わず顔を赤らめる。「なぜなら、中国人は、日本では、英国におけるユダヤ人同様、どこへいっても日本人にバカにされるからである」。だが、次に少女が彼の学校をたずねた時、彼は「内心ちょっと得意（驕気）を感じながら、笑顔で衣桁にかけた二本の白線の入った帽子を指しながら言った。『ほら、あれが僕の制帽ですよ』。『まあ、X高でしたの。だったら、うちの従兄をご存知かしら、去年英法科を卒業して東京の帝国大学に入ったんですけれど……』『いや知りませんね。僕は独法科ですから』……」。

私はここで、かつて見た、郁達夫の白線帽に学生服姿や白ガスリの着物に袴姿の写真を思い浮かべる。かつて私たちが「白線帽」に対して抱いていたあの独特の誇り、「驕気」を思い起こす。ここで達夫は、いわばそういう気分まで、全く、日本の旧制高校生になり切っているといえよう。

同時に達夫は、ここでも、上にすでに言った日本人の「支那人」蔑視の「屈辱」を味わうことから逃れることが出来ない。この作品でも主人公は失恋（?）するのだが、「白線帽」に抱くプライドの高い分だけ、味わう「屈辱感」もより深いという問題があるといってもよいかも知れぬ。ここに、上に見た郭沫若（彼は日本人の妻を持っていた）とはやや異なった、郁達夫の、性的な抑鬱と民族的屈辱感とが一体になった初期作品の「民族主義」の特徴があるといっていいだろうが、先に引いた郭の場合もふくめて、このような、高校――帝大卒業生というプライドは、もう少し一般的に、創造社の文学にある性格を与えているように思われる。

たとえば、一つは、初期の「芸術派」「浪漫派」の時期にも、後期の「革命文学」提唱の時期にも共通してみられる種の啓蒙的姿勢や「指導者意識」は、こうした「大高同学」のエリート意識と無関係には考えられない。少くともそれは、我が国における、帝国大学出身者による文学運動や社会運動との類比から考えると理解しやすい面があるということは言えるだろう（この点も後に触れる）。

もう一つは、創造社が「浪漫派」として登場したことに関してである。それは通常、大正期の日本の「新浪漫派」の影響だったとされる。それは勿論間違ってはいないだろう。だがより根本的には、彼ら高校帝大出身者にとって、「文学」は、いわば学問と等価な位置におかれるものであって、大学の講義や高等学校生活の中での読書や、大学周辺の喫茶店や……で、いわばまず、新しい知識や教養として学び取られたものだったということが、彼の文学のヒューマニズムを、必然的にロマン的なものにしたといえるのではないだろうか。彼らの文学は、中国の郷村社会の土壌から生まれたものではなかった。それは留学中の日本で、それもいわば大学の講義とその周辺から生まれたものだった。それがプラスにもマイナスにも彼らの文学の性格を規定した。そういう意味で、彼らの文学は、後期の「革命文学」を含めて、帝大出身者の文学だった。その事と直接には関わらないが、彼らの文学は大正期の「都会文化」の産物だった。この点もまた（たとえば「郷土文学」の作家たちと対比した時）、創造社の文学を、中国近代文学の中で特徴づけることの一つであるだろう。

創造社の若き留学生たちが、大正の日本から受け取ったものを、具体的に考えるならば、所謂、新浪漫派、表現主義、世紀末文学等々から、プロレタリア文芸理論、とりわけ福本イズムなどに至るまで、多くの興味あるテーマがあるが、今はそれらには一切触れない。ただ、それらの全てにかかわって、創造社の人々における「政治と文学」の関係のとらえ方には、たとえば、「政治的」な郭沫若等と「非政治的」な郁達夫等といった対立をこえて、ある共通性が指摘できるのではないか、そして、それは、彼らが大正期の留学生だったということと深い関係のあることではなかったかと私は考えている。

このことは、更に、彼らを「文学青年」と呼んだことに関係する。すでに見たように、彼らは実学を捨てて文学へと転じた。この事実は、形の上からだけ言えば、ちょうど一〇年前の日本留学生魯迅の、よく知られた医学を捨てて文学へ転じた経過とよく似ている。いずれも、留学を契機とする民族的な危機感乃至は恥辱感と、留学時の日本の思想界乃至は文学界の思潮とが契機になっている点でも両者はよく似ている。だが、魯迅の場合と創造社に結集した「文学青年」の場合とでは、それぞれにおける「実学と文学」との関係、ひいては「政治と文学」との関係、つまりは両者の「文学」観の間には、かなり顕著な差異があり、しかもそれは、両者が留学していた時期の日本の社会思潮あるいは文芸思潮のちがいと密接にかかわることであったと考えられるのである。創造社の人たちが日本から受けとったものは何だったかと言う時、この点に、日中文化交流史あるいは日中比較文学の一つのテーマとしての創造社文学の研究が、中国近代文学と日本近代文学との両方に対して提起し得るもう一つの大きな問題があるように、私には思われる。以下、魯迅との対比において、その点——つまり「文学青年」の性格——を見ておきたい。

(3)　魯迅と創造社

「明治青年」と「大正青年」以前にも別に引用したことのあることだが、内田義彦氏は、「知識青年の諸類型」（岩波書店刊『日本資本主義の思想像』所収）で、近代日本における知識青年の類型を、歴史的に、次のように分けておられる。

(A)　明治初年の動乱から自由民権をへて二〇年代のナショナリズムに至る時代に、モ、ラ、ル・バ、ッ、ク、ボ、ー、ン、を形成された者（「政治青年」＝「明治青年」）

(B)それ以後、「日清戦争前後に物心がつき」（阿部次郎『生い立ちの記』）、日露戦争前後の軍国主義の雰囲気の中で自我の覚醒を与えられた者（「文学青年」＝「明治・大正青年」）

(C)大正中期以後の社会的動乱に思想的影響をうけた者（「社会青年」＝「大正・昭和青年」）

(D)「講座派」理論の圧倒的影響を受けながら政治的窒息の時代にそれぞれの専門領域で独自な知的活動を開始した者（「市民社会青年」＝「昭和青年」）

(D)は今直接関わらないので省く。はじめに大枠で言ってしまえば、上に言った魯迅と創造社とのちがいは、基本的にはここに内田氏の言う(A)政治青年（内田氏はここに言う政治とはたとえば「スミスやリカードらが経済学を政治経済学とよんだ場合の政治的志向をさすので……つまり政治青年というワクは政治活動を基準にして定めたものではない」ことを断わっておられるが）と、(B)文学青年及び(C)社会青年とのちがいと、ほぼパラレルな関係にあるのではないかと考えるのである。

魯迅は一九〇二（明治三五）年に日本に留学して来ているが、これは、我が国における最初のニーチェの流行が一つのピークを迎えた年に当る。高山樗牛の「本能主義」に代表される当時の我が国におけるニーチェ理解は、「エゴ拡張型」のニーチェ青年（所謂「ニーチェに刺激せられたる煩悶青年」）を生んだわけだが、ニーチェが輸入されてからそこに至るまでの（それはちょうど「日清・日露両戦役の間」に当る）約一〇年の間の、ニーチェ理解の変遷は、上の「政治青年」から「文学青年」への「我」の性格の変化を橋渡しする位置にあると考えられる。初期魯迅の思想がニーチェの強い影響下にあったことは、つとに指摘されていることだが、「物質を排して精神を重んじ、多数を排して個人を尊重せよ」と言った時、魯迅がニーチェから受取った「精神」や「個人」は、樗牛らが理解した「本能」よりは「政治青年」における内田氏のいう「モラル・バックボーン」に極めて近いものであったというのが私の考えである。※

同じく、郭沫若・郁達夫ら第一期創造社同人の主要メンバーが日本留学生として顔を揃えるのは一九一三（大正二）年であり、馮乃超・李初梨ら第三期創造社の同人たちが帰国するのは一九二七（昭和二）年の末のことである。この間における第一期の「自我」の表現の強調から、第三期における「階級意識」の強調までの、所謂「創造社の左旋回」の過程には、単に思想上での左傾というだけには止まらない人間類型のちがい、つまり、我が国の知識青年における「文学青年」から「社会青年」への移行の反映が見られるのではないかと考えられる。

「政治青年」と「文学青年」とにおける、「解放されるべき『我』の性格」のちがいについて、内田氏は次のように指摘する。

「明治青年における『我』の自覚は、同時に国家の独立の意識と離れ難く結びついている。……我の自覚は、同時に国家の一員としての我の自覚である。しかしまたこれは、逆にいえば、国家の独立のためには、個人の独立が絶対条件として要請せられているということを意味する。国家の一員としての我という場合、あらかじめ為政者によって定められた国家意志に我を合わせるという意味ではない。むしろ国家意志の決定に参与する政治的能動者としての我の自覚が、この場合の国家の一員としての我の自覚の意味である。……解放されるべき我はノンポリティカルな我でなく、政治的能動者としての我であり、……」。

これに対して、「文学青年」の場合は、「生産力的な性格を持っていたかつての豪農は寄生地主となり、これを抱合した日本資本主義はすでに不動の体制を与えられている」という情況の変化の中で、「米騒動までの社会主義の冬の期間中、知識青年は（体制そのものは前提として容認しながら）、体制からの脱出乃至逃避において『我』の存在を主張した」。したがって、「政治青年」の場合と対比した時、

「同じく為政者に対するレジスタンスではあっても、そのレジスタンスの構造は違い、解放さるべき我の内容も違

う。……ここでは、国家意志そのものはすでに我の外に与えられたものと前提されているのであって、したがって国家意志からの我の解放は、政治的志向そのものの放棄、政治的世界の外に我を見出すこと（我とは何ぞや――自己反省）を意味するのである。」

もう一つ、内田氏は明治青年における「我の概念」が「生産的な性格」を持っていたこと、その点での大正青年とのちがいを指摘されている。

「（明治青年にあっては）解放されるべき我は、単に消費者たる資格における我ではなく、生産的能動者としての我であった。この点は、特に大正一二年以降のサラリーマン層の中に発生する消費主義と顕著な対照をなしている。この中間形態たるものが大正期の文化主義であって、それは文化を生産プロパーの外に見る点において明治と区別され、消費における生産的契機を強調する点において、昭和の享楽主義（受動態消費）から自己を区別している。」

ここに内田氏が指摘される、「政治青年」と「文学青年」との類型的な対立は、魯迅と創造社との間の文学観（あるいはその造り出した人間像）の上での対立にもほぼあてはまる、少くともこれは、両者の対立を考える上で一つの有効な視座であろう、というのが私の考えである。

もちろんこの場合、中国文学と日本文学というもう一つの「類型的対立」を無視して、魯迅が「政治青年」の類型に、創造社が「文学青年」の類型に、そのまま同一視出来るというつもりはない。そうした日本文学と中国文学とのちがいという点は次章に譲って、差当り、この「政治青年」と「文学青年」との類型的な対立を軸に、魯迅と創造社との違いを考えてみたいということである。そういう視点から見ると、以下のような幾つかの点に気付く。

※　拙稿「初期魯迅のニーチェ理解と明治文学」（『加賀博士退官記念中国文史哲学論集』講談社）

(1)「個人主義」について「『我』の性格」のちがいは、人間観、あるいは近代的人間を前近代的人間との対比においてどう把握したか、のちがいであろう。

この点について言えば、魯迅が把握したものが、「政治青年」の場合と共通して、封建的人間の奴隷性に対置される「独立」した意志（モラル・バックボーン）であり、主体的な近代「精神」であったのに対して、創造社がとらえたものは、感性的な近代「自我」であり、後れた農村に対置された都市的な近代感覚であった。魯迅における「個人」は、彼が「強烈な意志を具え、ほとんど神に近い」ものととらえた「超人」に代表される「傲慢なまでの」意志であった。そこに魯迅は、前代ともまた東亜とも異なる西欧近代の思想上の異質と優越の根底を見出した。これに対して、創造社がとらえた近代は、たとえば郁達夫が描いた「現代人の苦悶」が、厨川白村と共に、「憂鬱症」や「病的青年心理」であったように、あくまで、感傷的な自我感情であった。※

組織に対立する個人、秩序に対立する自由という長く日本を支配することになる近代主義的な社会観、人間観が最初にあらわれたのは、高山樗牛らが、ニーチェの「極端なる個人主義」を「本能主義」ととらえた時だろう。それはちょうど魯迅が留学して来た時期に当っていたが、魯迅が強調した「個人」や「個性」は、それとは違って、むしろ前代の「政治青年」に見られたものに近かったことは、上に言ったとおりである。しかし、創造社が「内心の要求」を強調し（成仿吾「新文学の使命」他）、「個性の解放」を叫んだ時、そこにあった上に「感性的」と言った人間観は、明らかに樗牛以来の「近代主義人間観」の枠の中にあるものだった。それは日露戦争後、自然主義文学の時代にほぼ支配権を確立し、その支配はその後長く今日までに及んでいる。そのことを反映して、ここにある感性的な自我（個人）と組織や秩序や理論との対立、ひいては、文学と科学との対立という図式は、マルクス主義の影響を受けた第三期創造社の場合にも変っていない。後に魯迅と創造社との間に起こる対立や論争の根本には、以上のような人間観・社会観のちがいがあったように思われる。

これは、言いかえれば、近代の人間観・社会観の根底をなす自由の概念の把握の仕方のちがいと言えよう。魯迅が把えた精神の自由が、古い秩序や既成のドグマを打ち破り、新しい制度や秩序や科学を自ら内側から生み出す人間の主体性（意志）を意味していたのに対して、創造社のとらえた自由は、既に動かし難い既成のものとして存在するそれら（制度や秩序や科学）に対立する、あるいはそれらによって「圧迫せられ」、「思いのまま」に生きることを求めて苦悶する感性であったと言えよう。

※　拙稿「初期魯迅におけるヨーロッパ」（『魯迅と終末論』龍渓書舎所収）

⑵　民族主義に関して

魯迅が、文学によって「国民性の改造」をめざし、カーライルなどに拠りつつ、「詩人」において真に民族の魂を代表する「英雄」を見ていた時、そこにあったものは、啄木など明治三〇年代の日本文学の少くともある部分とも共通する「文化的自立の要求」であり、一種の「文化上のナショナリズム」であったと言える。

これに対して、すでに上段に見た創造社の民族主義は、こうした「文化的自立」の契機を欠いているか、あっても甚だ稀薄だったように思われる。もちろん彼らにも強烈な民族意識はあり、それが屢々彼らの作品のモチーフとなり、また彼らの実学から文学への転進の動機にもなっていることはすでに見たとおりである。それは一見魯迅の場合と同様であるように見える。だが、魯迅の場合、文学への転進の契機になったとされる有名な「幻灯事件」において見られたものは、民族的な「屈辱」感と呼ぶべきではなく、中国人の奴隷的な「国民性」への倫理的な「恥辱」乃至は「羞恥」感と呼ぶべきものだった（丸尾常喜）とされる。とすれば、創造社の場合のそれは、まさに日本人の「支那人」への「侮辱」に対応する「屈辱」感だったと言うちがいが指摘できよう。そしてこの屈辱感は、ただちに中国の後進性への焦ら立ちにつながるものだった。

このような両者の民族意識の違いは、いま個性の差を別にして言えば、ことの背景には、魯迅の留学した時期と創造社の人々の留学した時期との一〇年の間に、日露戦争を境に、日本人の対中国人意識に大きな変化があったことと、この一〇年間における日本「近代」の急速な発展が、上にも引いたように、留学生たちにとってほとんど圧倒的なまでのものになっていたということがあるだろう（その意味で、魯迅を「民族派」、創造社を「近代派」と呼ぶことは可能であろう。また魯迅の民族主義をより内向きで文化的・文明批評的、創造社のそれをより外向的で政治的・社会的、と言うことも、あるいは竹内好氏の類型に従って、前者を「回心」型、後者を「転向」型と呼ぶことも出来よう。そしてそうした違いが、両者の留学した時期の日本文学の思潮と無関係ではないだろうというのが、私が差当り、ここで言っておきたいことである）。

ここでもう一つだけ指摘しておきたいことは、このような魯迅と創造社との「民族主義」のかなり本質的な違いは、後に両者がその作品の中で作り出した近代的人間像の違いとなってあらわれているということである。※　その違いはとくに両者の歴史的人物（つまりは民族伝統）の扱い方、たとえば郭沫若の「函谷関」や「王昭君」から「屈原」等々に至る歴史劇、あるいは郁達夫の「采石磯」などと、魯迅の『故事新編』とを較べた時、甚だ顕著に見ることが出来る。

※　拙稿「『故事新編』の哲学」（東大東洋文化研究所紀要六八）参照

(3)「実学」と「文学」との関係　すでに見たように、留学中に「実学」を棄てて「文学」に転じたという点では、魯迅も創造社の同人たちも、一見共通している。しかし、少し仔細に見ると、両者のそれぞれにおける「実学と文学との関係」あるいは「実学から文学への構造」は、かなり大きく異なっているように思われる。そしてそのちがいは、上に引いた「政治青年」と「文学青年」との間の「我」の性格のちがいに対応していると考えられる。

魯迅は、中国人の精神の改造の必要を感じて、医学を棄てて文学へ転じたと、ひとまず言ってよいかと思うが、その場合魯迅が文学によって作興しようとした「精神」は、彼が文学に先立ってまず学んだ近代自然科学において見出した、主体的な「科学者の精神」と同一の線上にあるもの、それと連続したものだった。

魯迅は、近代の自然科学や政治制度の「外形」のみを鵜呑みにして持ち込むことの不可能を知って、それらを「内質」から学ぶべきことを主張したのである。文学は、中国人の、そうした「精神」の主体性を喚起すべき「心の声、内なる光」であった。それは、近代の科学（や制度）を、「結果からではなく、それを産んだ人間の主体的な精神から学ぼうとした」（丸山真男）ものだったと言えよう。そしてその意味で、彼における「精神」や「個性」は、科学や制度と対立するものではなく、むしろそれを産むべきもの、それらの根底にあるものであり、そういう意味でまた、丸山真男氏の指摘される福沢諭吉における「実学の精神」と甚だ近いものであった。それはまた、上に引いた内田氏が、「明治青年」における「我」の性格について、「生産的能動者」あるいは「政治的能動者」としての「我」であったと言われていることが、そのままあてはまるものだったと言ってよいだろう。

このように、魯迅における「文学」が、いわば「実学」としての近代諸科学（及びそれに基づく諸制度）の根底を養う（あるいは問う）ものであったのに対して、創造社における「文学」は、いわば「実学」の外にそれと対置されるものであった。留学中の魯迅の精神史が、いわば自然科学から「文学」へ求心的に深まっていったと言えるとすれば、同じく、創造社同人たちの場合は、個人差はあるが、「実学」から「文学」へはみ出していったと言ってよいだろう。やや誇張されてはいるが、郁達夫の「蔦蘿集自序」はその心情を語った典型的な例だろう。彼は言う。

「私はもともと自分が本来芸術の王国の中にしばしも留まり得るものではないことを知っている。だが、悪人の世界は私の行く路を塞ぎつくし、名声ある偉人と金銭を持つ富者と美貌の女郎とは三角同盟を結んで私を排斥し、私をして空想の楼閣のうちに、残生を寄せるよりほかなくさせたのである」

ここには、確かに、彼ら知識青年が日本の「帝大」で学んだ「実学」を生かすべき場がないという当時の中国社会の状況が、語られているだろう。だが上に「はみ出していった」と書いたことは、彼らが、「芸術」としての文学に何らの使命感をも抱いていなかったということを意味してはいない。

いったい、日本文学における大正時代は、一方での「学者意識」の独立と見合って、はじめて「芸術家意識」の成立が見られた時代とされる。「明治時代には作家というものは、人生とか国家社会に対する責任が主眼だったと思うけれども、大正期に入るとこれがいつか芸術に対する、あるいは文学に対する責任というような意識になった」（岩波書店『座談会大正文学史』での勝本清一郎の発言）。創造社の人々が「実学」から「文学」に転じ、しかもまず「芸術派」として登場したことは、こうした「大正期の文化主義」の影響を抜きにしては考えられない。

この「文化主義」は、「文化」、つまり文学や芸術を「生産プロパーの外に見る点において――つまり『実学』の外に置く点で――明治と区別され、消費における生産的契機を強調する点において、昭和の享楽主義（受動的消費）から自己を区別している」といわれる（上掲内田氏）。これはそのまま、創造社の場合にも当てはまる指摘であろう。彼らは確かに魯迅と異なって文芸を「生産プロパーの外」に見た。と同時に、彼らは文芸に「生産的契機」を見た。そして、それこそが、彼らが「文学」に見出したところの、「実学」にまさる社会的な役割、「使命」（これは成仿吾の最初の評論集の名でもある）であった。――彼らが「実学」を棄てて「文学」に趨った時にあった構造はこうしたものではなかったか。そしてこのことを何より端的に語っているのが、彼らが自らの結社とその機関紙に「創造」と名付けていることである。それはまさしく「消費における生産的契機の強調」であったといえよう。

郭沫若の「創造」発刊詞は、まさに創造への声高らかな讃美だったし、第二期創造社の周全平が「洪水」を発刊するに当って、「善美にして偉大なる世界を創造する」ためには、その前にまず「一切の醜悪なるもの」や「一切の固有勢力」の「破壊」こそが第一歩だと叫んだ（「サタンの工程」）時にも、ことは本質的には変っていない。第三期創造社に至ってこの文化主義は改めて「批判」されるやに見えるが、そこにもまた日本文学における「文学青年」から「社会青年」への知識青年の類型の移行が反映しているだろう。

(4)　「生産型」人間像から「消費型」へ　さて、以上のように、創造社にみられる、いわば、実学と文学との分離という、魯迅との違いの背後には、日本文学における「我」の性格の、「生産型」から「消費型」への移行（その中間形態としての大正期の「文化主義」）があった。このことは、はじめに書いた、意志的な近代精神から感性的な近代自我へという「近代的人間」の把握の仕方の変化とも対応している。そしてそれを典型的に示しているのは、魯迅と創造社とにおける「天才」の意味のちがいであろう。

魯迅が「中国人は古来物質を愛して天才を憎んで来た」という時、その使った「天才」あるいは「性解（Genius）」という言葉は、その語義本来の魔的（デモーニッシュ）なものを含蓄していた（「摩羅（＝悪魔）詩力説」を見よ）。それは下村寅太郎氏が、古代の「賢者」、中世の「聖者」と対比して、「ルネッサンスの人間理想」とした「天才」の系譜につながるものであり、「独創的・創造的・形成的・行動的を性格とする」ものであったといえよう。後に魯迅が『故事新編』の中で追求した「理想の人間像」（許寿裳によればこれは留学初期の魯迅が友人とよく語り合った話題の第一のものだった）――「補天」の女媧にはじまり、「非攻」の墨子、「理水」の禹に至る――には、一面では上に「(2)民族主義に関して」の項に触れたような、彼の「民族主義」にかかわるモチーフを見ることが出来ると同時に、他面では、右のような「性格」としての「天才」を、リアリティをもって造り出そうとした作家的営為の跡を見ることが出来るだろうというのが私の考えである（上掲伊藤「『故事新編』の哲学」）。

これに対して、創造社の商標の一つでもあったというべきその天才主義の場合の「天才」は、「早熟」を性格とし、「霊感」に恵まれた「鋭敏な感覚」、その感覚のゆえに衆人に先んじて衆人の感じ得ない時代の苦悶を感じ取り得る先進性を意味していたといえよう。この「天才」は、一面では、まず確かに、文化上の「創造者」である「芸術家」という面が強調される。それは「生産プロパーの外」に置かれていたが、その意味ではまさしく「消費における生産的契機」を象徴するものだった。と同時に、それは屢々その感覚的な先進性（天才気質）のゆえに実社会の外にはじき出された「余計者」だった。それは社会に先んじて「自我のめざめ」（それは「時代の精神」の先取りと意識されてもいた）を経験した者が、その「鋭敏な感覚」ゆえに味あわねばならぬ孤独、煩悶、不幸、破滅等々の方に重心を置いて描かれることにもなった。それこそが「天才」であることの証明だった。そこで、郁達夫の言う「天才の作品はすべて abnormal、eccentric 乃至は unreasonable なところをもっていて、常人の眼には所詮理解出来ない」（「芸文私見」創造季刊創刊号）ということにもなった。――その「天才」像は、そういう形で、「芸術家であることがそのまま社会的反抗者」であった時代を反映していた。

もちろん、魯迅の「天才」も社会的反抗者だった。それは強烈な「意志」と、「反抗」を通しての無限の「発展」を本質としていた。またそこには孤独な「天才」と彼を殺してしまう「衆愚」との対立という図式もある。中国には「天才」は出ない、出ても育たない、という認識もあった。それらは、創造社ともよく似ている。だがその「天才」は、すでに見たようにその性格が意志的、生産型であったというほかに、それは彼自身ではなかった、ということが言えるだろう。彼の作家としての出発は、「私は自分が、臂を振るって叫べば集まる者雲のごとし、という英雄ではないことを知った」（「吶喊」自序）という自覚にあった。「天才」は彼にとって「模範」（彼がヨーロッパ近代文芸に見出した、普遍的価値としての自由な主体的精神の具現者）であると共に、彼が作家的営為を通じて客観的に（蓋然的な一般性をもって）造り出すべき新しい人間像の原型であった。これに対して、創造社の「天才」は、その性格が、感性的、消費型であっただけでなく、「自我表現」という彼らの文学観ともかかわって、つきつめればそれは、「芸術家」であり「余計者」である彼ら自身だというところがあった。魯迅の「補天」における女媧や「理水」の禹の像と、郁達夫の「采石磯」における黄仲則の像とは、こうしたちがいを象徴的に示すように思われる。

ところで、このような「芸術家」としての初期創造社の「天才」像は、その「自我」のめざめにおける時代に先んじる先進性というものが、階級「意識」や「世界観」（そういう意味での「思想」や「時代精神」）への目覚めの先進性と置きかわった時、後期創造社における、同じく時代の先覚者としての「革命家」像になっていくことは、容易に納得出来る筋道のように思われる。そしてそこに所謂第三期創造社の「革命文学」の特徴的な性格の少くとも一つがあるだろう。第三期創造社の魯迅への激しい攻撃と、それに対する魯迅のこれまた激しい反撥として「革命文学論争」を読む時、私たちは、魯迅をあんなに怒らせたものは、彼らのこのないわば「指導者意識」（竹内好の用語）であったことを見ないわけにはいかない。これは今日の日本にとってもなお無縁なこととは言えないだろう。またこれは彼らと魯迅との、科学としてのマルクス主義理解の差異を考える上での一つの手がかりを与えてくれるものであるだろう（ちなみに、魯迅が彼らとの論争を通して「個性的にマルクス主義を受容した」後に、彼が書いた小説が『故事新編』後半の五篇のみであることは、私には興味深い）。

(5)　リアリズム論の相違

最後に、以上に見て来たところは、文学の方法の問題として言えば、魯迅と創造社との間の近代リアリズムに対する理解乃至は把握の違いとなってあらわれる。この点もすでに別に書いたことだが、私として問題と考えることについて、要点のみを述べておく。

両者の相異を非常に明確に示すものに、成仿吾と魯迅との間のやりとりがある。まず成仿吾が、「創造」季刊第二巻第二期に載せた「『吶喊』的評論」（一九二四年一月）で魯迅の第一創作集『吶喊』を斬った。彼は『吶喊』の諸作品（とくにその「前半」九篇）を「自然主義的作品」だという。「狂人日記」は「自然派が極力主張する記録（document）」であり、「阿Q正伝」「孔乙己」は「浅薄な記実的伝記」である。これらの諸作品の共通の特色は「再現的記述（description）」であることで、その目的は「さまざまな典型的性格」を「築成（build up）する」ことにある。作者はそれには成功したが、「再現」をあせりすぎたため「普遍（allgemeine）」を捉えそこなった。というのも我々より一〇年前の留学生である作者の留学期には、日本の文芸界はちょうど自然主義盛行の時期だったから、作者がその影響を受けたのは当然だ。――という言い方を彼はする。

要するに『吶喊』前半の最初の印象は、「半世紀前の作品ではないか」と思ったほど古くさい。総じて作者の「描写」の手腕は確かにすぐれているが、畢竟「文芸のめざすところは『表現』であって『描写』ではない。描写は所詮文学者の末枝にすぎぬ」。その意味で『吶喊』前半の作者は、「一般の庸俗の徒と異なる所がない」ときめつける。

ここに言う「庸俗」とは、Trivialism に成仿吾が与えた訳語である。彼が「創造週報」第五期（一九二三年六月）に書いた「写実主義与庸俗主義」によれば、彼のいう「真の写実主義」と「庸俗主義」とのちがいは、「ただ一つ、一方は表現 Expression であり、一方は再現 Representation であることにある。再現には創造の場はない、ただ表現のみが、広々とした海空のごとく天才の馳騁にゆだねられている」。

ここでの、成仿吾のいう「真の写実主義」、つまり彼におけるリアリズム理解（およびそうした文学観からする『吶喊』

批判）は、彼の留学時の日本文学におけるリアリズム観と無関係ではない。細かい問題を抜きにしていえば、ここで彼が考えているリアリズムとは、事実の「再現」ではなく、「天才」による、内面の真実の「芸術的」な、あるいは「芸術家の良心」に従ったありのままの、「表現」である。そこでは、まず「空想」や「捏造」ではない「真実」（実は主観的な）のありのままの「表現」が大切なので、「描写」は「末枝」にすぎぬことになる。

それから十二年もたってから、魯迅は「『故事新編』序言」で、「私は『庸俗』をバカにしない。むしろ自ら『庸俗』に甘んじたいとさえ思う」と痛烈に成仿吾にやり返す。魯迅の反論の紹介はここでは省くが、リアリズム論としていえば要するに、成仿吾が「再現」（またはそのための「描写」の手腕）と言ったものを、彼は、「言うことにすべて根拠がある」つまりバルザックの言う「細部真実」に支えられた「荘厳な虚偽」としての現実の「再構成」、フィクション化（彼は「組織」という言葉を使っている）と把握し、それこそが実は「至難な」ことであり、真に作家の「手腕」を必要とすることだとしているのである。ここでのリアリズムは、近代科学の方法と言ってもよいものである。

ここで私が想起するのは、中村光夫氏の『風俗小説論』の、「日本の自然派」における「近代リアリズムに対する重大な誤解」についての指摘である。氏はここで、「我国の自然主義作家は、自己の内面を普遍化し、その思想を具象化する労苦から全く解放されてしまったので、いわば近代小説のもっとも困難な作業を巧みに避けて通ったところに我国の私小説は成立したのです」と言う。この指摘はそのままここでの魯迅の成仿吾への指摘でもあると言えるだろう。

ここで成仿吾は魯迅の『吶喊』を、「自然主義」と規定し、それをいわば、もはや時代後れな作品だと攻撃する（こういう裁断の仕方は後の第三期創造社の魯迅攻撃にも共通している）。言い方こそちがうが同様の認識、つまり自分たちを、自然主義の後に来た者、その否定者とする意識は、鄭伯奇（「『中国新文学大系』小説三集導言」）にも、郁達夫（「五六年来創作生活的回顧」）にも見られる。このことはまた、当時創造社と対立していた文学研究会の理論的指導者だった茅盾が、しきりに自然主義を鼓吹し、当時の小説が「自然主義的でない」ことに不満を示していることを想起させる。自然主義をめぐる問題は、魯迅との間のみならず、所謂、文学研究会と創造社の対立といわれるものの対立点の一つだったわけだが、この場合、日本文学との関係から言えば、創造社は、自然主義を否定するが、そのリアリズム論、その反自然主義論は、実は、中村光夫氏が、大正文学は「流派の別を越えて」その延長上にあったとされる日本の自然主義文学のそれを受け継いだものだったという関係が指摘出来るのである（上掲の拙稿「『沈淪』論」）。

以上のようなリアリズム理解の相違は、要するに、リアリズムというものを、感性的な主観的真実の表現と考えるか、それとも意志的な客観現実の再構成の技術と把えるかの違いであろう。その意味で、この違いは、すでに上に見た、「我」の性格における、意志的と感性的、生産型と消費型との違いとも、また、「実学と文学」（また「政治と文学」「科学と文学」）の関係における違いとも、実は全く同じものであるといえよう。――言いかえれば、リアリズム論のちがいは文学観のちがいであり、文学の問題はつきつめれば人間の問題である以上、文学観のちがいは人間観・社会観のちがいだったということである。

この点で、文学研究会との論争での創造社側のいわば主役だった成仿吾は、郭沫若が、文学研究会との関係を決定的に悪化させたきっかけになったという「詩之防禦戦」（《創造通報》創刊号）の冒頭を次のように書き出している。

「文学は、我々の感情に直接訴えるものであって、我々の理智的創造を刺激するものではない。文芸の鑑賞は感情と感情の融合であって、理知と理知との折衝ではない。文芸の目的は、ある種の心的或いは物的現象に対する情感の伝達であって、それに関する理智的な報告ではない――こんな解り切った（浅近的）道理は、たとえ現在の一般のごく幼稚な作家にとっても、私が繰返して言うまでもないことだろう。文学は始めから終りまで情感を生命とするものであり、情感はすなわちその始めであり終りである」

郭沫若によって「人間が律気にできていて」と言われているだけあって、ここでの成仿吾の論争態度は正直すぎるほど正直である。ここには、「情感（＝文学）」を「理智（＝科学・哲学等々）」と対立させる図式が、当然すぎる、わかり切った前提として明快に打ち出されている。このような文学観は、大正期の日本文学についても指摘されているように、上のような空想性（＝仮構性）を否定するリアリズム論につながっていく。そして、文学における空想の欠如は即ち思想の欠如である（それは同時に科学あるいは科学的理論の仮構性と、そこにおける人間の空想力の働きを見ないことでもある）。

このような、感性と理性、文学と科学（あるいは哲学・思想等々）を対立させる二分法に立った文学観乃至はリアリズム論が、「唯一の科学的真理」たることを称したマルクス主義を受容した時、どのように変り、あるいは変らなかったかということが、後の第三期創造社の「革命文学」への創造社の「左旋回」に関わっての、最も今日的な問題であろうと私は考える。

上の成仿吾の文章に言う「情感」を、「世界観」あるいは「階級意識」と言いかえたら（いずれにしても、それは作家の側の「観念」あるいは「主観」である）、それがそのまま後の彼らの「革命文学論」だと言ったら、事を余りに単純化しすぎることにはなろうが、しかしまたその限りではそう間違ってもいないだろう。

たとえば、《創造月刊》第一巻第九期（一九二八年二月一日）の巻頭を飾った成仿吾の「文学革命から革命文学へ」は、創造社の「革命文学」への「左旋回」の旗幟を明らかにし、中国近代文学史に一時期を画したとされる論文だが、そこで彼はこう言う。

「我々がなおもし革命的〝インテリゲンツィヤ〟の責任を担おうとするなら、我々はもう一度自己を否定（否定の否定）しなければならぬ。我々は努力して階級意識を獲得しなければならぬ。我々は我々の媒質を農工大衆の言語に接近させねばならぬ。我々は農工大衆をもって対象としなければならぬ」

この、末尾の「民16・11・23修善寺にて」という一句が魯迅をいたく怒らせた（?）論文でも、彼の論旨はやはり「律気」で明快だ。先には「情感」の「伝達」であるとされた文学は、ここでは作者が自己の意識を「Aufheben 奥伏赫変」して「獲得」した「階級意識」を、農工大衆にわかり易い言語媒体を使って、「対象」たる大衆に伝達すべきものと考えられている。

ここでは、「情感」と「理智」の二分法の「アウフヘーベン」が説かれているとも読める。しかし、「自然生長的」な情感が、「明確な目的意識」に「転換」されたにしても（郭沫若）、それはいずれも作家の主観あるいは観念であることにおいては、先の「詩之防禦戦」の時と構造的に変りはない。別の同人の言葉を借りれば、文学は、その観念（マルクス主義理論）を、「通俗的に」大衆に伝達するものということになる。近代リアリズムの「技術」としての意味を欠落させている点では、先の「『吶喊』的評論」の場合と、少しも変っていない。「技術」の軽視は、真の意味での主体的な能動性の軽視である（逆に言えば、これは、「主観能動性」の重視が、「実事求是」という〝方法の精神〟・〝実験の精神〟の同一物であって、「主観的」な、既成のイデオロギー、つまり観念体系への忠誠乃至は「狂信的」態度を意味しないのと同じである）。この点が、創造社が大正文学から学んで中国文学に持ちこんだリアリズム論の、最大の問題点だったのではないだろうか。しかもそれは後の人民文学にいたるまで、中国現代文学における「創作方法」論議に、少からぬ影響を与えているように私には思われる。

さて、以上、魯迅――「政治青年」対、創造社――「文学青年」という類型的対立を手がかりにして、創造社の文学の中国近代文学史の中での位置と役割について見て来たのだが、これはもとより、魯迅イコール「政治青年」、創造社イコール「文学青年」ということを意味してはいない。従って、次には当然、魯迅と日本の「政治青年」、創造社の人々と日本の「文学青年」とのちがいが問題にされなければならない。

(4)　結　び――ズレと断絶の克服のために――

創造社と日本文学　前章では、「明治青年」と「大正青年」の類型的対立の、中国新文学への反映を取扱った。本章では、両者をひっくるめて、日本近代文学と中国近代文学との類型的対立を取り上げることになるわけだが、しかし、このテーマは、私たちの中国文学研究にとって、いわば出発点であると共にまた終着点とも言えるものであって、今の私に、到底結論めいたものが出せるはずのものではないことは言うまでもない。ただ、私としては、最初の章に書いたように、かつて、このような両国文学のちがいについての理解の欠如が、たやすく中国作家への不信感にもつながっていったのではないかという認識を持っている。その反省の上に、今後より正しい相互理解の上に両国の文化的な「国交回復」を進め、両国文学の真の連帯を作り出していくためには、何よりも、まずそうした両国文学の、様々な意味でのちがいについての認識を深める作業が大切であり、そのためには、今は敢えて、象を撫でる群盲の一人となって、わかることから少しずつでも解明を進め、やがて全体像をとらえ得る日の来るのを待つほかないと考えているのである。ここでは、そういう意味で、私なりに気付いた事の二、三を提起してみるに止まる。

まず、竹内好氏は、「留学時代の魯迅の文学運動は、日本文学とは没交渉だった。……この点が、おなじ留学生の文学運動でありながら、十年後の『創造社』とはきわ立って対蹠的である」（『魯迅文集』第一巻「解説」）と言われる。

魯迅を鏡にして、日本文学に支配的な「近代主義」を批判した竹内氏の立場に立てば、この仮説は今も正しさを失っていない。これを逆に言えば、確かに創造社には、すでに上に書いたように、竹内氏が批判した「近代主義」の病弊を、そのまま日本文学から受けついでいるという面が指摘できる。

しかしながら、今、第一章に見たように、創造社の文学の歴史の社会的背景には、日本帝国主義の中国進出の歴史があったということを考えると、竹内氏の仮説とは逆に、創造社と大正文学との間にあった距離乃至は矛盾は、魯迅と明治文学との間にあったそれよりもはるかに大きかった、という仮説もまた成り立つであろう。日本自身が被植民地化の危機に緊張していた時代の雰囲気をまだ残していた明治の「政治青年」の思想と魯迅のそれとの距離が、日露戦争後日本がすでにその危機を完全に脱却し、国内的にも体制を確立し、とりわけ第一次大戦を契機に中国大陸への帝国主義的侵略に乗り出していく時代を背景にして成立した大正の「文学青年」あるいは「芸術家」意識と創造社の人たちのそれとの距離よりも、より近かったのは当然といえよう。

そして、そういう視点に立ってみれば、同じくヨーロッパ近代文学との接触を契機として出発した日中両国の近代文学は、日本が、植民地化の危機を脱して逆に帝国主義の仲間入りをしていくという過程と共に、明治から今日まで（第二次大戦後の短かい時期を別にして）次第にその距離を遠くして来た――それが文学上の日中交流史だった、と言うことも出来るだろう。――こうした全体的な背景については、すでに書いたことなので、繰返さない。

「芸術派」・「人生派」・「社会派」　さて、前章で私は、創造社が当初、文学研究会の「人生派」と並称される形で、「芸術派」と呼ばれて文壇に登場したことの背後には、日本の大正期における「芸術家意識」の成立ということがあったことを指摘した。では創造社が「芸術派」である、あるいはそう呼ばれたと言う場合、それは、日本の文壇用語としての「芸術派」と全くイコールに考えてよいだろうか。勿論、これもすでに見たように、両者は、その社会的基盤を対極的なまでに異にしていた以上、全くイコールなはずはないし、実際、両者は明らかに異なった相貌を呈している、ということは誰でもが言うだろう。だが、それでは、どこがどう異なるのかということを、作家の内面にまで立ち入って論理化することは、私には必ずしも容易なこととは思えない。さらに、後期の「革命文学派」と呼ばれた時期についてはどうか。それが日本のプロレタリア文芸理論、とくに福本イズムなどの強い影響を受けたものだったという指摘などはあるが、全体として両者の文学観にちがいがあったのかなかったのか、それについての明確な議論は、まだないのではないだろうか。

ともあれ、とりあえずわかることから少しでも考えてみるほかない。そこで、まず思い浮ぶのは、郁達夫と佐藤春夫の関係である。

創造社の文学運動の、小説の面での最初の収穫と言うべき郁達夫の「沈淪」（一九二一年）は、当時の新進作家だった佐藤春夫の出世作「田園の憂鬱」（一九一八年）の影響下に書かれた作品で、春夫が「Anatomy of Hypochondria」（「改作『田園の憂鬱』の後に」）を試みたのに倣って、同じく「青年憂鬱病 Hypochondria の解剖」（「『沈淪』自序」）を試みたものと推定される。そしてそこには確かに春夫と共通する作品の構成、私小説的な手法あるいは「世紀末のデカダンス」などの影響のあとが認められもする。しかし、「田園の憂鬱」に描かれた「世紀末の倦怠」が、先に言ったような欧州大戦前後の日本資本主義の発展が生んだある種の経済的「余裕」の表現だったとすれば、「沈淪」に、達夫が描いた「世紀末の頽廃」は、実は自らの性的煩悶の心理の告白を通して、同時に、日本人の「支那人」蔑視に対する留学青年の悲憤と祖国の富強を願う切なる希求を語ったものだった（拙稿「〝沈淪〟論」〈中国文学研究〉No.1、No.3）。

この二つの作品は、共に、時代社会の中での、青年の苦悶と反抗の「芸術的」表現だったということは出来るかも知れないが、しかし両者の間には、そこに描かれた「デカダン」つまり、両者の「苦悶」の内容は対極的なばかりに異なっていたし、後者には日本文学から学んだ芸術観・文学形式によって日本への呪咀が語られているという関係がある、ということが、まず指摘できよう。

次にこの「沈論」のような作品がもし日本文学の中で生まれたとしたら、それは佐藤春夫が「芸術派」とされたような意味で「芸術派」の作品に分類されることは、到底あり得なかっただろうということが考えられる。つまり、日本文学の中においたら郁達夫や郭沫若は、むしろ「社会派」ということにはなっても決して「芸術派」と言われることはないだろうという問題がある。

これを逆に言えば、中国文学においては、日本文学におけるような、「人生派」あるいは「芸術派」と対置される「社会派」という言葉はないのではないかと思われる。つまり、「人生派」も「芸術派」も右にせよ、左にせよ、何らかの意味で「同心円的に」「社会派」だということが前提になっていると言ってよいのではないだろうか。言いかえれば、創造社が自ら「芸術派」を称する時にも、その主張はやはり、所謂「芸術のための芸術」の主張とはちがうところがある。一見それと似て、たとえば作家は「芸術への忠誠」のみを尊ばねばならぬという主張をする場合にも、その言う所の「芸術のみ」への忠誠という作家の姿勢そのものが、世俗社会への反抗という一つの社会的姿勢を強く含意している。

このことは逆に、彼らの、日本の「芸術家」への理解にも反映する。たとえば、達夫が「田園の憂鬱」の春夫を「清潔高傲」な芸術家として尊敬していたことは知られているが、その場合には、春夫に対する、いわば金銭欲や権力欲に満ちた、汚れた世俗社会に受けいれられず、「田園」に逃れた、清潔で誇り高い「芸術家」という理解がある。そこまでは必ずしも誤解とは言えないにしても、こう言う時の達夫の側には、そういう「芸術家」は、当然に、権力者・富者の支配する世俗社会への社会的乃至は政治的「反抗者」であるという理解が含まれているように思われる（それは、世紀末文人、「薄倖の天才」Ｅ・ダウスンを、庶民との間に隔てを設けない「デモクラティックな人」という場合にも同様である）。そこにはもはや、春夫への誤解というべき「芸術家」理解の微妙なズレがあったと言ってよいだろう。

こうした郁達夫の佐藤春夫への誤解（乃至は理解のズレ）は、他方日本の作家の、たとえば古谷綱武が、初対面の郁達夫について、「……ただ非常に明るく、もの腰が軽くて、きわめて社交的な態度なのが、日本の文学者ばかり見ていた僕の眼には珍らしかった。しかしそれは芸術家という印象からはどうしても遠いものであった」（《中国文学月報》第44号）と書いているような「印象」と対応しているように私には思えるのである。

第一章にすでに書いたように、佐藤の「アジアの子」と郁達夫の「日本の文士と娼婦」は、両国文学の断絶を象徴する作品といえるだろう。佐藤のこの作品は、郭沫若の「日本脱出記」が日本作家の中に生んだあるショック、敢えて言えば中国作家へのある種の不信感を、直接の契機として書かれたと私は考えるが、同時に、佐藤にあの作品で郁や郭をあんな風に書かせた動機の中には、古谷綱武の場合と似たものがあったのではないか。また達夫を、佐藤に「欺されていた」と怒らせたことには、上のような彼の佐藤への「誤解」が前提になっていたのではないか。それはいわば「芸術家」という言葉の理解のズレであった。そしてそのズレが意味しているものは根深く、今日もなお、形はちがっても、一層深くさえなっているのではないだろうか。

「文学青年」の自我意識　上に見た「田園の憂鬱」と「沈淪」との間にみられた、青年の「苦悶」の内容のちがいや、「芸術家」理解のズレは、つまりは、両者における「我」の性格のちがいを意味しているだろう。言いかえれば、前章では、魯迅における「我」の性格と、創造社の人々におけるそれとのちがいを、明治の「政治青年」と大正の

「文学青年」との類型的対立から見て来たが、ここでは、日本の「文学青年」における「我」の性格と中国の青年である創造社の人々におけるそれとのちがいという、もう一つの類型的対立を考えてみなければならないということである。

まず、ここでは、多くの場合「国家」意識と「民族」意識とが同一化（あるいは前者が後者を抱合）しがちだった日本と、両者が屢々むしろ対立せざるを得なかった中国といったちがいが、当然前提にされなければならない。たとえば、前章の引用の中の、日本の政治青年における「国家の独立」ということばは、魯迅の場合には、異民族支配の国家からの「民族の独立」と言いかえられなければならないが、そうした点を含めて、創造社の人々と日本の「文学青年」との間の距離ないしは矛盾は、魯迅と「政治青年」との間のそれより、ずっと大きくなっているといわねばならない。

そもそも彼らの場合、前章に引いた内田氏が、「文学青年」における「我の性格」について、「ここでは、国家意志そのものはすでに我の外に与えられたものと前提されているのであって、したがって国家意志からの我の解放は、政治的志向そのものの放棄、政治的世界の外に我を見出すことを意味する」と言われているのとは、寧ろ、対極的な状況に置かれていたといえる。「文学青年」の場合、日本資本主義は「すでに不動の体制を与えられ」ていたのに対して、創造社の場合には、ちょうど、中華民国という、曲りなりにも民族国家がはじめて成立したばかりという時にあった。すなわち、藤田省三氏が、「日露戦争が勝利に終って初めて、『日本国民』が今までひたすら四〇年間持ち続けて来た国際的緊張感から解放され、その結果はじめて自分の内面のなかで国家的価値というものを第一位に置くという精神構造をひっくり返して、国家より高いものをつくり出すための消極的条件が生れたのである」（『維新の精神』）と言われているような「条件」を、彼らは全く欠いていた。もし「条件」というなら、彼らの場合逆に、中華民国の成立によって、はじめて、国家意識というものを持ち得る最低限の「条件が生まれた」といえよう。ただ新しく生まれた国家の、あまりに絶望的な政治状況は、彼らに、「不動の体制を与えられて」いた国家の変革に絶望あるいはそれを「黙認」せざるを得なかった日本の「文学青年」たちと、「我」の性格を共有し得る、一種の似た「条件」を与えていたということはいえよう。だが留学を通しての「屈辱」の体験は、いやでも彼らに国家＝「祖国」を意識させずにはおかなかったし、やがて祖国での革命の進展は、結局彼らに、「自分の内面のなかで」、「国家的価値（というより彼らの場合むしろ民族的、乃至は政治的価値）というものを第一位に置くという精神構造をひっくり返して、国家より高いものをつくり出すための」、「条件」を与えなかった。彼らの自我と、文学青年の自我との出逢いは、いわばこうしたきわどいスレちがいの場において起こったのだと言うことも出来るかも知れない。

たとえば先に言った「田園の憂鬱」における作者の自我と、「沈淪」における作者の自我とのちがいは、基本的には、こうした、国家なり民族なりより「高い」価値を自己の内面に作り得る「条件」の有無にかかわっていただろう。「芸術家」理解のズレもそのことにかかわっているだろう。

彼らの自我は、同じく感性的ではあったが、日本文学の側から見れば、いわばなお外向きで不徹底な底の浅いものに見えただろうし、逆に彼らの側から見れば、日本の文学者のそれは、余りに閉鎖的で、狭小で、繊細すぎるということになっただろう。今、個別作家の個性の差をぬきにしていえば、創造社の文学と大正文学との間には、同じ短篇形式を借り、「私小説」の手法を学んで感性的な「自我」を表現したにしても、その「自我」自体の性格には、少くともこうした差異があったといえよう。

——実は、ここまでは誰でもすぐ気付く事だし、すでに指摘されて来たことでもある。この先を一歩でも二歩でも進めることが今日の問題なのだし、幾つかのことも予想出来るが、今の私の力では、今はここで筆を折るしかない。ただ、ここまでのところでも、なお指摘し得る二、三のことはあるだろう。

第一に、当時の日本の文学者の多くは、こうした隣国の同時代文学との差異に気付き、それを「問題」としてとらえることはおろか、眼は専ら西欧に向いていて、そもそも隣国の現代文学の存在にさえほとんど気付かなかった。気付いた場合にも、その技術的な幼なさばかりを見て、その意味を考えてみようとはしなかった、ということは言えるだろう。それがあの戦争の開始が、同時にここでも何度か言った佐藤春夫と郁達夫の断絶に象徴されるような、両国の文学上の断絶にそのままつながっていった、いわば大きな前提をなしていたと言えるだろう。

第二に、創造社の作家たちが、中国近代文学に果した役割は、プラス面とマイナス面をふくめて、我が国の大正文学に負うところが大きい。その意味で、創造社の文学運動全体が、いわば、日本文学の理論と方法の、中国における実験であったとも言えるので、それの中国文学に対する功罪を考えることは、同時に我々自身の日本文学の持っていた性格への反省を意味していよう。

第三に、上にみたような、たとえば芸術家意識や、自我の性格のちがい等々も、いわば右のような実験の中で起こった〝変質〟といえる。それを十分に理解するには、少くとも現実の様々な政治的社会的経済的背景（社会構造、知識人の地位等々）と、伝統的な文学あるいは文学者意識との両面にわたっての丁寧な検討がまず必要な作業になるだろう。私たちは、それを十分にして来ているとはいえない。

以上のようなことを前提とした上で、ここでの「我」の性格について、いま日本文学の側から言えば、創造社の作家たちは、明治末から大正初年の「自然主義作家」に代表されるような人々の、「地位もなく才能もない平凡な一介の『小説書き』」として「自己を含めた日本社会の現実そのものに対決し続けた」（藤田省三）精神的誠実をついに理解しなかった。それを理解し得るには、彼らは、上のように、その「条件」を欠いていた。彼ら帝大卒業者の、中国社会の中での地位は、初めからあまりにエリートでありすぎた、とも言えよう。

彼らの「自我」意識は、むしろ、前に言ったように、欧州大戦中から戦後にかけての、日本資本主義の伸長をその経済的・社会的基盤としていた大正中期の自由主義やヒューマニズムの思潮を背景としたものだった。

そうした大正期のヒューマニズムには、

「おそらく、『白樺』とか、あるいは『三田文学』とか……そういったなかでヒューマニズムの作品を作っていった人たちの意識の中には、べつに伸びつつある資本主義に支えられている、という自覚はなかったと思う、なかったればこそ、安んじてヒューマニズムの作品などが作れたわけでしょう。そういう認識なり自覚があったとしたら、作品や作風がちがってくるはずで、そこには一種のリアリズムが出て来たことでしょう。」（上原専禄、『座談会大正文学史』）

と言われているような、いわば甘さがあった。創造社の芸術主義、浪漫主義及びその根底にあった彼らにおける「我」の性格は、一面では、そうした「ヒューマニズム」に共感する「条件」と、他面、「安んじてヒューマニズムの作品など作れ」なかった中国人としての「条件」との、両方から規定されていた。たとえば、《創造》季刊創刊号の鄭伯奇『最初之課』の主人公の「国家と人類というこの両者は、結局は相容れぬものなのか」という煩悶は、こうした矛盾の表現の一例だろう。ここに問題とした、彼らが影響を受けた日本の「芸術派」「新浪漫派」と彼らとのちがいや「文学青年」の「我」の性格とのちがいも、基本的には、ここにあったと言えるだろう。そして、総じて言えば、創造社の文学は、真の人間変革、その意味での革命の前提となるべき政治的・民族的な価値を越える普遍的（乃至は超越的）価値を、自我の内面に形成し得ないまま（彼らの文学における「倫理」性の欠如はそれを語っている。ここに彼らが

「芸術派」と呼ばれたもう一つの意味がある）、むしろ、それとは逆の方向へ向って、いわばかなり教条的ともいうべき政治主義へと横すべりしていった、と言うことが出来よう。そしてそれは実は日本文学にも共通することであった。それればかりでなく、五〇年を経た今日において、それぞれに全く異なった経験をして来た両国文学にとって、改めて共通の課題となりつつあるのではないかとさえ思われるのである。

今日、めざましいばかりの経済の高度成長（しかもそれはアジアの人々には「日本帝国主義」の復活と映じている）に支えられて、自由主義やヒューマニズムや芸術主義や等々……が繁栄を競っている我が国の姿は、時に私に、郁達夫の回想記などに「世紀末の過渡時代」として描かれた、第一次欧州大戦前後の日本資本主義の大陸進出に支えられた大正社会の風俗と大正文学の情況を想起させるし、折しも、「四つの現代化」を日本に学ぶため多数の留学生が来日することなどが伝えられると、日本から「近代」を学ぶべく留学生が大量に来日した創造社同人たちの時代との妙な暗合を感じたりもするのである。――その時代にかつてあった、私が「懐かしい時代」と書いたような、両国文学の間の親密な関係がもう一度回復されることを願うと共に、またかつてそういう関係を自ら破壊してしまった歴史の轍を履まぬことを切に願わずにはいられない。書店の勧めに従って、敢えて『創造社資料』を編んだ所以でもある。

（創造社資料別巻『創造社研究』アジア出版　一九七九年）

郁達夫と大正文学[1]
——日本文学との関係より見たる郁達夫の思想＝方法について——

序章

(一) はじめに

ここに、中国近代文学の、まだ若々しい出発の時期に、その中で、一つの傾向を代表したと考えられる一人の作家について、その出世作となった小説を中心に、考え得た限りを報告したい。

彼は一九一三年秋、一七歳で日本に留学し、一高特設予科、八高を経て、東京帝大経済学部を卒業、一九二一年帰国するまで足かけ八年を日本に過した。この間、日本において高等教育をうけ、日本においてはじめて西欧近代文学に接触し、小説家となるべき芽を培われ、日本において、日本留学の生活を素材とした三篇の小説を書いた事によって、小説家としての道をはじめて歩み出した。以下の本論に見る如く、彼の文学は、その出発点においては勿論のこと、その後の彼の文学の運命もまた、日本文学から彼が学んだ所に支配された部分が大きい。

また、我々は、彼の残した自伝的な諸作品等を見るとき、同時期の留学生の中でも、彼が最も日本人の生活の内側にはいり込んでそれを理解していた中国人の一人だったことを知るだろう。そこに描かれた大正期の日本の姿に、思いがけぬ懐かしさを見出すむきも少くはないかも知れない。

しかも、彼は、一九四五年、日本敗戦の直後、スマトラ島の田舎で、日本憲兵によって殺害されたという。* しかも更に、その死の直前まで、彼が、日本帝国主義軍隊の侵略行為を憎悪しつつも、なお日本及び日本人民に対しては、最後まで好意ある理解者であったことまで伝えられている（胡愈之「郁達夫的流亡和失蹤」）。

この点が、まず、報告者が、彼について語りたい興味と、そしてある種の責任の如きものとを感じた点である。

また、報告者は、彼の思考の型に、我々の一部のうちにも存在するそれとかなり近いものを感じ、そこに、大きくは日中両国の文学の間の問題として、我々の国の文学との、共通性と異質性とに、愛着とまた問題とを感じた。

この場合、ここに問題としたのは、おおよそ、次の如き点である。

第一に、彼は、中国新文学初期の文壇を二つに分けた文学団体「文学研究会」と「創造社」の、後者の創立者の一人である。それは、前者の「人生派」「写実派」とされるのに対して「芸術派」「浪漫派」と呼ばれ、また、「反抗的浪漫主義」とも呼ばれて来た。彼の小説は郭沫若の詩、成仿吾の評論と並んで初期創造社の代表的産物とされる。

現代中国の批評家の彼に対する評価は、多少の重点の置き方の差こそあれ、おおよそ次の如き点で一致している。

すなわち、彼の初期の文学は、五四後期の革命退潮期に、反帝・反封建の闘いに、一定の積極的役割を果した。しかし反面、その「感傷と頽廃」の情緒は、青年達の中に消極的影響をも生んだ。その後、彼はいち早く進歩的思想に共鳴し、虐げられた民衆への同情を描く方向に向った。社会の現実に作家として誠実に取り組むことをやめず、詩情溢れる流麗なる文章をもって、「暗黒なる現実への反抗呪咀」の叫びを、主として自らの生活に取材した自伝的作品に書きつづけた。しかしそれは、あくまで、小資産階級の知識分子の「個人主義」の立場に立つものであり、彼は結局この立場をのり越えて「自己を改造」することが出来ず、より積極的な文学をめざして、「作風の転換」を意図しつつも、それに成功することはできなかった……。

報告者は、このような見解の大筋を肯定した上で、なお、彼の「浪漫主義」「個人主義」と呼ばれる所のものを、より作家に密着した所で考えてみたいと思った。ことに、彼が、何故「自己を改造」し得なかったかという問題を――彼の思想を――「主義」で割り切るのでなく、思考の型＝創作の方法として、その文学の内部に探ってみたいと考えた。この問題が報告者個人にとって、もっとも関心事であったと共に、作家の思想は、その創作方法と不可分のものであり、創作方法とは、また、作家が、それを取りまく現実の状況をいかにとらえたかという現実認識の方法であり、さらに現実と如何に対決したかという姿勢そのものでもあると考えたからである。

第二に、彼、及び特にその処女創作集「沈淪」について、それが当時二万部を売ったという大きな反響は、何から生じたのかというところから、彼及び「沈淪」の中国現代文学史の上の位置、それが当時の文壇に対して持った「新しさ」についても考えてみたい。中国現代文学史が、リアリズムの発展の過程として考えられる時、彼のいわゆる「浪漫主義」が、その中で全く孤立したものなのか、それともリアリズム発展の流れの中に、どう位置づけられるものかという点に一つの興味があるからである。

第三に、以上の作業を、本報告は、彼の文学における西洋文学――日本文学――中国文学の三角関係、特に日本文学との間の影響関係を検証することを通じて試みたいと考えた。もちろん、それをなし得るに足る知識を全く欠くのではあるが、第一に、そのような比較による異質性の検出が彼の文学の特徴を明らかにする上の助けになると考えられたこと、第二に特に日本文学との関係の場合、彼の文学は、ある意味で、日本私小説の理念と方法の、中国における一つの実験だったとも考えられる点に興味を持ったことから、盲蛇に怯じざる試みを敢てしてみた。

なお、この私小説との関係に関しては、中村光夫、平野謙、伊藤整ら諸氏によって、日本文学の研究に於て到達された私小説に関する一つの結論の如きものを、この中国の作家の場合に適用してみる事に、本報告における大きな関心の一つがあったことを言い添えておかねばならない。ことに中村氏の『風俗小説論』からは多くを借用した。

彼についてはすでに多くが語られてきた。つとめて重複は避けたが、本報告が、結論的に、それらの上に更になにがしかを加え得たか否かは、はなはだ覚つかない。

彼、姓は郁、名は文、達夫はその字《あざな》である。一八九六年旧暦一一月浙江省富陽県に生まれた。その生涯について、同学の友と協力して、調べ得た限りは、別に提出したので、ここでは省略に従う(2)。

※その後、鈴木正夫の調査によって、同年八月末、日本憲兵某が彼を殺害したことが確認された。

(二)　創作集『沈淪』について

郁達夫の最初の創作集『沈淪』は一九二一年一〇月創造社叢書第三種として、上海泰東書局から出版された。これは、中国で最初の単行本として出された口語小説集だった。この叢書の第一種は郭沫若の詩集『女神』であり、これらの出版は〈創造季刊〉の発刊に先立って、創造社のいわば旗挙げでもあった。

この創作集の収める所は、「沈淪自序」に続き、「沈淪」「南遷」「銀灰色的死」の順にならべられた三篇の中・短篇小説である。なお「銀灰色的死」のあとには短い英文の後書きが付されている。執筆の順序から言えば、「自序」では「付録第三篇」と書かれる「銀灰色的死」が最も早く、一九二一年一月二日脱稿。次が「沈淪」で同年五月九日

「改作」。次いで「南遷」が七月二七日に完成。続いて「沈淪自序」が七月三〇日に書かれている。達夫が留学中の東京帝大経済学部二年生の冬から三年生の夏休みに至る時期である。

日本留学中に書かれたこれらの小説の素材となったものも、また、作者の留学中の体験である。「沈淪」は名古屋の八高に在学中の事に、「南遷」は東大在学中、一時房州へ静養に赴いた時の事に取材し、「銀灰色的死」も、アーネスト・ダウスンの伝記を下敷きにしてはいるが、やはり東京の本郷、上野、牛込界隈を背景に東大在学中の生活を描いている。

これらの作品の主題については、後に彼は「懺余独白」（一九三一年一二月）に次の如く回想している。

私の抒情時代は、あの荒淫残酷な軍国専権の島国で過した。眼には故国の沈衰を見、身には異郷の屈辱を受け、感ずること思うこと、するすることなすことすべて失望でないものはなく、憂悶でないものはなく、それはまるで夫を失った若い妻にも等しく、全く無力でただひたすら哀しく悲鳴をあげるばかりであった。それが即ちあの当時多くの非難を浴びた「沈淪」である。（岡崎俊夫訳）

ここに語られているような、「沈淪」の主題となった「屈辱」「憂悶」については、すでに多くが語られているし、ことに、その背景となった日本留学中の事情との関係についても、すでに故岡崎俊夫氏のすぐれた指摘がある（「中国作家と日本」〈文学〉Vol. 21, 9.　一九五三年）ので、ここには詳しくは触れない。ただ、それらをまとめて、これからここに述べようとする事柄のいわば前提として、「沈淪」三篇の小説の主題について、次の三点を記しておきたい。

第一に、ここに描かれているのは、作者が留学当時の日本の反主知主義的な、あるいはデカダンな風潮の中で、強い刺激をうけながら、満たそうとして満たし得なかった愛情の飢えと性的な抑鬱との大胆な告白である。発表当時、それは大胆な性欲描写の故に「背徳」「不道徳」というはげしい非難をあび、それを弁護してこの作品の位置を定めたのが、周作人の晨報副刊に寄せた一文であった。周作人の弁護した如く、性の問題を「説書」の世界から「芸術」「文学」の世界に持ち込んだという点で、この作品は、中国新文学史の上に一つの位置を要求し得るであろう。またその卒直大胆な告白は、結果として、「中国の旧礼教に一個の猛烈な爆弾を投じた」こととなり、「千万年を経た甲羅の奥深くかくれていた士大夫たちの虚偽に対して全く暴風雨のような衝撃を与え、これらのえせ道学、えせ才子どもを震い驚かせ、怒り狂わせるほどであった。」なぜなら「このように露骨な卒直さは、彼らにごまかすことの困難を感じさせたからである。」（郭沫若「論郁達夫」）。

こうした意味で「沈淪」は中国文学の共通の課題であった「反封建」の戦いの一翼を担うものであったし、また、いわゆる「五四の自我解放の思想」の中に位置づけて評価されてきた。[3]

第二に、右のような性的抑鬱や愛情の飢渇は、彼が故国を離れた留学生であったこと、殊に、当時の日本社会の中で侮蔑の眼で見られた「支那人」であったことと分ち難く結びついている。性や愛情の抑鬱も「沈淪」ではそのまま、民族的な屈辱と悲哀であった。小説「沈淪」の末尾は、有名な「祖国よ祖国よ」にはじまる祖国への愛情と訴苦の叫びをもって結ばれている。

こうした意味では、中国新文学のもう一つの課題だった「反帝国主義」の戦いの中においても、「沈淪」は一定の位置を評価されている。[4]そして、「沈淪」における自我の目覚めが、このように民族的な苦痛、悲哀の叫びと分ち難く結びついていた事こそは、光明を見出す目睹すら失われていた困難な革命途上、五四退潮期と呼ばれる時期にあって、なお光明を求めた多数の知識青年の叫びでもなかっただろうか。その叫びを叫んだことにこそ「沈淪」が果した役割も意味も、また発表当時熱烈な反響を呼んだ理由もあった。そしてここに、私は、技術的な幼稚さは目立つにもせよ、救い難い程の社会的梗塞と民族的屈辱の時代の中に生まれ出たばかりの、若い中国新文学の胎動期の一つの代表作を見ると共に、そのまだ稚く、若々しい叫びの中に、すでに、やはり、時代と祖国の負うた困難な課題とまともに取り組んだ中国新文学の特徴的な姿を見るのである。

そして、以上の二点の結合が持った反抗性あるいは反抗的ロマン主義といわれるものについて、

今日の青年が革命の上に生んだ巨大な反抗性は、かの「沈淪」の中の苦悶が極点に達した反抗が生んだものだ
（黎錦明「達夫的三時期」）

といった評価は過大にすぎるとしても、一定の時期に一定の積極的役割を果したと言ってよいだろう。

第三に、しかしながら、反面「沈淪」はその発表当時すでに茅盾らによって厳しく批判されたし（郭沫若「創造十年」などにその事が見える）、またすでに触れた如く、現代の中国の批評家たちも、その反抗の消極性、そこに描かれた「病的心理」や頽廃的気分が当時の青年に与えた悪い影響についてしばしば鋭く批判を加えている。確かに、彼における反抗の叫びは、めめしく「女性的」（岡崎俊夫「中国作家と日本」）であり、「沈淪」にはじまる彼のいわゆる「浪漫主義」が、少くとも中国新文学の主流となり得なかった事は事実であるといわねばならないだろう。

以上のような点を、まず一応の前提とした上で、本稿では、まず処女作「銀灰色的死」と、その半年後に書かれ、彼の代表作ともなった「沈淪」との二篇の小説について、その制作に当っての日本文学からの影響を検証することから問題を出発させたい。

Ⅰ　処女作「銀灰色的死」について——その方法と主題——

㈠「銀灰色的死」の構成

一九一九年七月、名古屋の第八高等学校第一部丙類を卒業、その秋東京帝国大学経済学部経済学科に入学した郁達夫は、当初、本郷区東片町一三五番地　野村方に下宿、後に上野池の端の趙心哲方に移り、さらに二一（大正一〇）年夏、創造社が結成されたのは、本郷の彼の下宿「第二改盛館」においてであったことが知られている。「銀灰色的死」は、一九二〇年の冬から翌年にかけて、今も本郷界隈に僅かながら当時の面影を残しているそうした学生下宿で執筆された。彼は当初これを〈時事新報〉の〈学灯〉欄に投稿するが、何の反応もなかったという（半年後に掲載）。その後、その年の一〇月に出版された小説集『沈淪』の末尾に収められたことは、既に見たとおりである。

「『沈淪』自序」には、「『銀灰色的死』は私の試作、即ち私の最初の創作であって、今年の正月二日に脱稿したものである。」とあり、第二作「沈淪」に先立つこと約五カ月、作者が東大経済学部二年在学中に書かれた、彼の最初の創作であることが知られる。原文で約六千字程の小篇で、この小説集中の三篇の中でも最も短く、又殊に幼稚さが目立つように思われる作品で、作者自身「試作」と呼んでいる通りで、その意味では特に取り上げる作品ではないが、それだけに却って、彼の文学のその後の方向を規定した諸要素が、かなり明らかに看取される点に興味が持たれるのである。

まず簡単に梗概を紹介したい。

一九二〇年のクリスマスも近づいた冬の東京。上野不忍池のあたりに二階借りをしている二四、五才になる青年「彼」は、昨夏結婚して故郷に残してきた新妻が、肺病で死んだという知らせを受け取って以来、毎夜酒場に入り浸って昼夜を転倒した生活を送っている。ある夜は、深夜酒場を出てから、大学の鉄柵に倚って、月光に新婚の夜を回想し、妻を哀憐し、已れの身を悲しんで涙を流し、地獄のように思える下宿へ帰りたくないので、上野駅の待合室で夜を明かしたこともある。

彼のゆきつけの店で、未亡人と娘のやっている酒場がある。そこの娘「静児」と彼とは互いに悲しみを打ち明けて慰めあう仲であったが、ある時彼女がある酒場の主人と婚約したという噂をきき疑いを抱いていた所に、たまたま彼女がそれらしい男と親しげにしている所を見かけ、深く心を傷つけられ、絶交するつもりで、その店から遠ざかっていた。離れてみると亡妻の面影と、静児のそれとが重なり合い、寂しさに酒量は加わる一方である。亡妻の形見の指環を質に入れた金も使い果した或る日、彼は掛けで飲めたその店を思い出す。タンホイザーの中の Eschenbach のように高潔な愛で静児を愛そうと決心した彼は、再びこの母娘の店を訪れる。心ない母親が結婚式の迫っていることを言うと、娘は彼に対してひどく辛そうな様子で、かくして涙を拭いているように見える。彼女は一言も言わず、彼も平静を装って祝いの言葉を言う。その夜本を売って結婚祝いの香水とかんざしとリボンにかえて彼は再びこの店を訪れ、夜更けまで痛飲する。彼女は「体にさわるから」と止めるが、それを振り切って泥酔することによって、彼は一面では彼女に復讐したような、一面では自らを悼んでいるような悲痛感を味わう。夜半すぎまで彼女の部屋に居た彼は、（そこを出てから）再び泥酔して、女医専の傍まで来た時、数日前同郷者の集まりの席で知った女医専の制服を着た少女の幻をみる。その幻を追おうとして、彼はそのまま昏倒してしまう。翌日、牛込区役所の掲示板に、Ernest Dowson の詩文集一冊、五十円紙幣一枚、女持ちのハンカチ一枚を持った行路病者の死が掲示されていた。

さて、この感傷的な短篇小説について、まず気づくことは、この主人公が、大むね作者自身をモデルにしているらしいことである。即ち、作者はこの小説の場面を一九二〇年暮の東京に取り、上野不忍池のそばの下宿、大学の鉄柵、図書館、上野駅の待合室等々の背景を配し、主人公が前年夏結婚して新妻を故郷に残して来たといった情況を設定しているが、その妻が肺病で死ぬという部分が作者の虚構である外、こうした潤色はあるにしても、背景も主人公の行動も、大むねは、当時東大経済学部に在学中の作者自身の生活から取っていることは明らかである。たとえば、主人公が酒場へ入り浸っていることも、彼自身が当時の自分の生活を、後に、「小説を読む暇には、大方珈琲店で女の子を追いかけ、酒を飲んでいた。(5)」と書き、紅灯緑酒の巷に入り浸って良心を麻痺させていたと言っているし、又この小説の末尾の部分で、主人公は、牛込の女医専の傍の空地で、同郷の女医専の少女の幻を見て、それを追おうとして行き倒れになることになっており、読んでいて、この制服の少女の唐突な出現にとまどう感じを受けるのだが、これも後に書かれた自伝風な小説「風鈴(6)」に殆ど明瞭に彼自身の事として、よく似た事件——同郷の会の席上逢った女医専在学中のK女士の制服姿に熱中し、毎夜酒に酔っては女医専のあたりを彷徨し、遂にある夜ひどい風邪をひいて大病をひきおこし、長く病床につくこととなり、これが留学生間で大評判になった——があったことが記されている。

そこで、もしこうした点からのみ言えばこの小説は、作者自身の実際の生活と、そこにある感傷なり感慨なりを、多少の誇張と潤色を加えて歌おうとしたものだと言えよう。

しかしここでもう一つ注意を惹くことは、この小説のあとがきに、作者が英文で次の如く書いていることである。

The reader must bear in mind that is an imaginary tale, after all auther can not be responsible to its reality, one word however, must be mentioned here, that he owes much obligation to R. L. Stevenson's "A Lodging for the Night" and the Life of Ernest Dowson for the plan of this umambitious story.

作者はここでこの小説の構想の由る所を明らかにしている。ここで彼が'much obligation'を得たといっているもののうち、まず"Life of Ernset Dowson"については、彼がこの場合何によったかは明瞭ではないが、今ダウスンの伝記の根本資料と考えられる、アーサー・シモンズの'Memoir'（'The Poems of Ernest Dowson' London; John' Lane The Bodley Head Ltd. 所収）を見るに、ダウスンがロンドンの外人街で亡命イタリヤ人母娘の酒場に出入し、そこの娘に恋し裏切られて生涯癒えぬ心の痛手をうけ、遂には酒色の中に自らを滅ぼして悲惨な死をとげることが見えている。これから考えると彼の得た'obligation'とは、まず、この小説の中の、主人公が母娘で経営している酒場でその娘に裏切られ、泥酔して死ぬという設定を、ダウスンの伝記の中（有名な所謂〝ダウスン伝説〟）から借りたということであるように見える。

彼がこの小説の構想の上でお蔭を蒙っているというもう一つの作品'A Lodging for the Night'は、一八八二年初版のスチーブンソンの小説集『新千一夜物語（New Arabian Night）』に収められた、フランソワ・ヴィヨンを主人公とする小説であり、「銀灰色的死」との間には、ダウスンの伝記との場合のような筋の上での関係は見られず、作者がここから得ているものはむしろ主人公の性格、心情、場面の雰囲気の描写といった面にあると思われるので、ここではひとまずおくとすると、この「銀灰色的死」という小説は、まず筋の上で、大づかみに言って、はじめの、妻の死を知って酒色に沈湎する部分と、末尾の、同郷の女学生の幻を見ながら昏倒する部分とは、彼自身の生活から、中間の酒場の娘「静児」に裏切られる部分はダウスンの伝記から、それぞれ骨子を取り、或る部分では両者を重ね合わせたり継ぎ合わせたりして、それに誇張や潤色を加えることによって組み立てられていると言えよう。

(二)　主題――「近代人」の性格――

ところで、上にみたような方法でこの小説を組み立てることによって、作者の描こうとした主題は何であったろうか。

この小説が書かれた二、三年後に、彼は次のようなことを書いているのである。

「私はかつて、ある小説の中で、彼（ダウスンを指す）の性格のあらましを描写したことがある。(7)」

彼がダウスンを愛読したことは小説「南遷」などの中にも見え、又かなり詳しい紹介をも書いているが、その中でも、「アーネスト・ダウスンの詩文は、私にとって、近来、無聊の時、孤独憂鬱な時の最も良き伴侶であった。(8)」と云っている。これらを考え合わせると、この小説でダウスンの伝記から取材していることは、単に筋を借りたというに止まらず、やはり、主人公を通じて、ダウスンの「性格を描写」しようとしたものと考えられるのである。この点について、今少しく作中主人公の性格に眼を向けてゆきたい。

作者は、この小説の中で、主人公「彼」のみじめな下宿、妻を失った悲哀絶望、或いは日暮れ時ともなると、街の酒場の脂粉の香、小うたのメロディー、たばこと酒の混りあった匂い等々と共に、女達の姿態が眼前にちらついて来て、図書館に落ち着いていられなくなる生活、あるいはまた、心中「静児」の裏切りを憤りつつも口には出せず、本を売り払って結婚祝いにリボンとかんざしと香水を買ったり、女を責める代りに自らを泥酔に追いやって、そこに復讐とも自悼ともつかぬ悲痛感を味わうといった性格、そしていわば酒による自殺のような死等々を描いているが、こ

のような主人公の像は、彼が後に評論「The Yellow Book 及其他[9]」の中で、

……最も優美な抒情詩を作り、最も悲痛な人生苦を嘗め、世紀末の様々な性格を身につけていて、失恋の結果、もともと虚弱な躰を日々酒精と女色の中に投げ出して、慢性の自殺を遂げたのは、薄命の詩人アーネスト・ダウスンである……。

……

千古傷心の人アーネスト・ダウスンは……

といった風に紹介しているダウスンの像とぴったり符合しているように思われるのである。同じ評論の中で、彼がダウスンについて、「彼は生まれながらの頽廃詩人であり、彼の厭世感、嫌人癖 misanthropy は彼の天性である。[10]」などと書いている点も、細かく見れば、作中主人公について、一々、このような「性格を描写」している点を指摘出来るのである。

ところで、この評論「The Yellow Book 及其他」を、大正七年一二月に出版された『小泉先生その他』に収められた、厨川白村の「若き芸術家の群」という世紀末作家を紹介した文章と比較してみると、郁達夫のそれは、白村から殆どそのまま引き写したのではないかと思われる部分さえあり、彼のダウスンに対する関心や乃至はその性格に対する理解の仕方には、少くともこの、当時留学生の間に大きな権威をもったと考えられる[11]厨川白村からの影響があったものと考えられるのである。

つまり、作者がこの小説の中で描いた主人公の像は、厨川白村が『近代文学十講』の中で、

「頽廃の近代的傾向」Decadent Modernism のうちには、懐疑苦悶に陥るとか、或いは常に深い悲哀に鎖されるとか、またひたすら楽欲を貪り、歓楽を追うというような傾向がまず第一に数えられている。……

と書いているような言葉を媒介として考えてみる時、容易に理解出来るのである。

このように、作者が、先に引いた「あとがき」の中で'Life of Ernest Dowson'に負う所が多いと書いていることが、上のような意味でのダウスンの性格を描こうとしたのだということを意味しているとすれば、あの「あとがき」に引かれていたもう一つの'A Lodging for the Night'についてはどうであろうか。今このスチーブンソンの小説と「銀灰色的死」を読みくらべてみた時、既にのべた如く、両者の間には、前者の主人公フランソワ・ヴィヨンの性格、乃至は場面々々の雰囲気の描写といった点以外には後者と共通するものは見出されないのである。とすれば、ヴィヨンの場合にもダウスンに於けると同じような関係が考えられ、この小説の主人公の性格は、ダウスンの像の上に、更にヴィヨンの像が重ねられているということとなる。このような点についても、厨川白村がヴィヨンについて、先と同じ『近代文学十講』の中で言っている次のような言葉を媒介としてみるならば、無理なく納得出来るのである。

彼（ヴィヨンをさす）の態度と生活とは明らかに「近代的」であった。慣習に反抗し、権威に屈せず、鋭く個性を発揮して憚る所無く、また人生に対する熱烈な愛慕の情において、或いは感覚の世界に楽欲を貪り、やがてまた深い絶望悲哀に陥るところなど、彼は全く「近代的」の人であったと言える。

つまり、郁達夫が、白村を媒介としてダウスンとヴィヨンを理解していたとすれば、両者は共に、ここに引いた言葉のような意味で、「近代的」な性格として、区別して描き分ける必要のないものだったのである。

そして、この白村が言うような意味での「近代的」な人物の生活と性格とを描き出すことが、この試作につづく第二作「沈淪」が「現代人の苦悶」を描いたというのにも通じる[12]、この小説の主要なテーマであったと考えられる。

ところで、この小説のテーマを、もしこのようなものと考えるとすれば、先に見た如くそれが他面作者自身の生活をモデルとして、そこにある感傷や悲哀をうたおうとしているらしく見えることは如何に考えたらよいであろうか。

たとえば、酒場の娘に裏切られ、泥酔して行き倒れる主人公は、ダウスンに擬されたものである。と同時に、そのポケットにダウスン詩集一冊を入れて死んでいたこの主人公は、ダウスンを愛読した作者自身の心の姿でもある。このような主人公に於けるダウスンと作者との関係は、郁達夫がここで、彼自身の感慨と、ダウスンらの「近代的」な「性格」とを結びつけるために採った方法が、ダウスンなりヴィヨンなりを、「自ら所有するよりも、むしろそれに所有されて[13]」自らを彼らに擬して演技し、感傷し、その自らの姿を主人公として描くという方法であったという事を意味していたと考えられるのである。

そして、このような方法のもたらしたものは、この作品で、作者がもし、ヴィヨンなりダウスンなりの「性格」を描こうとしたのであるとすれば、それは余りに作者自身につきすぎているし、逆にダウスンらに擬した主人公を、自らの内心の叫びを托する像として描こうとしたのであるなら、それは、つぎはぎのぎこちなさと観念性のみが目立って、真実感の薄いものとなり終っているという結果を生んでいる。この小説が失敗作に終っている事には、ここにこうした分析を加えるまでもない、技術的な幼稚さがあるが、しかしそれ以上に、このような方法が決定的な役割を果しているように思われるのである。そして、それはただこの小説の失敗に関わるのみでなく、この後の彼の作風――一方に「赤裸々な自己暴露[14]」と評されながら、他面「偽悪者[15]」的だとも評された――を規定してゆくことになったと考えられる。

㈢　処女作が意味したもの

少年時代から詩詞を愛し、留学生間にかなり知られた旧体詩の作者であったらしい郁達夫が、上に見たような形で小説を書きはじめたことは、日本留学以後、西洋近代文学から受けた刺激に端を発する。一高特設予科在学中、はじめて西洋の近代小説に接触した彼は急速にこれに耽溺してゆく。八高在学四年間に読んだ露、英、独、仏、日の小説は一千部に及んだという[16]異常なまでの小説への耽溺はもと〳〵才子肌の彼が、はじめて触れた「西欧的」「近代的」なものに対して抱いた、熱烈な憧憬乃至は好奇心を示しているように思われる。そしてこの欧州大戦前後の日本に於て彼が接触した「近代」とは、すでに岡崎俊夫氏らによって言われている如き[17]、又先に引いた厨川白村の文章からも知られるような、「反理智主義的思潮」の色濃いものであった。「生来多感で意志薄弱な」彼は、この新時代の潮の中に「おしつけられ、まきこまれ、沈没させられてしまった。」とは彼自身言う所である[18]。他面彼はその留学生活に於て、いわれる所の「弱少民族の悲哀」や屈辱感を深く感じなければならなかった。こうした悲哀と、「近代」への憧憬、乃至は「沈没」とが結びついた所にダウスンらに対する強い共感が生まれ、これが先に見た如きテーマで最初の小説を書かせたモチーフとなったと考えられるのである。そこで、ここから彼の屢々「頽廃的」と評されて来た作風がはじまるのだが、この彼に於ける「頽廃」は、ダウスンら所謂「世紀末文学」から、大正期の日本を通じて彼が受け取ったものではあるが、たとえば、彼が「現代日本の小説家の中で最も崇拝している作家[19]」と言った佐藤春夫氏――私は「沈淪」も氏の「田園の憂鬱」から大きな示唆を得ていると考えているのだが――に「世紀末」の影響があると言われる場合に比較してみても、全く異なった性格を待ち、それはむしろ彼が少年時代から親しんだ中国文学、殊に「科挙不第の文人」の文学の中に近いものを見出し得る性格のものであるように考えられ[20]、そのような「世紀末の頽廃」に対する理解は、すでにここに見た最初の小説の主人公の性格のうちに見られると考えるのだが、これらの点については次章以下に詳論したい。それはより多く彼の中国の現実に対決した姿勢に関わる問題となるであろうから。

更になお、先に見たような、彼が最初の小説を書いた「方法」の問題が残される。これまた次章以下に譲るが、それへの導入として、あらかじめ、二、三の見通しを述べておきたい。

第一に、彼は西洋近代文学を耽読したが、そこから受け取ったものは内容――‘A Lodging for the Night’におけるヴィヨンの生活の如き――であって、小説の方法については、少年時代から愛した伝統的な叙情詩の発想の同じ延長線上にしか理解しなかった。彼が最初の小説に、一個の「性格」を描こうという意図を持ちながら、ああした方法しか思いつかなかった事は、かれの小説理解にかかわると考えられる。

ここに見られるような方法は、なお曖昧さを残していた「銀灰色的死」から「沈淪」に至って定着し、以後少なくとも彼の文学生活の前半を支配した。そして、一九二七年以後の、彼の「作風の転換」と云われるものは、このような方法からの脱皮の努力であったと考えられ、このような努力は、この処女作以来の方法では、激動する中国社会の現実を描き切れない行きづまりを彼が感じたことを意味していたように思われる。

そしてこのようないわば彼の限界となった方法と、更にそれを支えた文学理念とは、一面において、彼が所謂「日本自然主義」から継承したものでもあったと考えられるのである。

Ⅱ 「沈淪」と「田園の憂鬱」

(一) 「沈淪自序」と「懺余独白」との矛盾

創作集『沈淪』に収められた三篇の小説の創作動機を考える上には、「五六年来的創造生活的回顧」「懺余独白」等いくつかの直接作者がそれに触れて書き残した資料がある。その中で、先に挙げた「沈淪自序」は、それが「沈淪」の諸篇の書き上げられた直後に書かれ、この創作集の冒頭に置かれたという意味で、最も直接に執筆当時の作者の姿勢を反映しているものと考えられる。ここで郁達夫は、この創作集に収めた三篇の小説についてそれぞれの制作に於て意図した所、あるいは発表までの経過などを述べているが、ここからは、われわれが実際の作品の内容、あるいは先に「序章」に引いた「懺余独白」における一〇年後の作者自身による自作解説などから受け取るもの——われわれはそこから「沈淪」の主題を、性的抑圧と結びついた民族的な悲哀・苦痛の訴えと理解し、この作品の反帝的な意味をも引き出すのだが——とは、かなり異なった印象を受けとるのである。

今、小説「沈淪」に関して言われた部分を抜き出してみる。

第一篇「沈淪」は、一人の病的な青年の心理を描写したものであり、青年の憂鬱症 Hypochondria の解剖であるということもできよう。そこには、現代人の苦悶——即ち性の要求と霊肉の衝突——をも併せて描いた。だが私の描写は失敗した。

ここで、第一に私の注意を惹いたのは、この小説のテーマを、作者が「病的青年心理の描写」と規定していることである。一〇年後に作者が「懺余独白」の中で回顧しているようなテーマ（あるいはモチーフといった方が適当かも知れぬ）——民族的な悲哀、苦痛——については、上の引用部分の少し後に次のように言われるだけである。

この両篇（「沈淪」「南遷」をさす）の中には、何カ所か、日本の国家主義の我々中国留学生に対する圧迫に触れた箇所がある。しかし、人から宣伝のための小説だと見なされることを恐れて、描写の際には敢えて力を用いず、事に托してそれとなく幾筆かを書き添えたにとどめた。

すなわち、ここからは、執筆に当って、作者には一〇年後に回顧しているような民族的なモチーフがあったにもかかわらず、表面上は（あるいは形式としては）あくまで「病的青年心理の描写」として、この小説を書いたこと、そして、この事が郁達夫にとっては「宣伝のための小説」ではないことを示すことであったという事が読み取れるのである。

第二に、性欲の問題を描いたことがこの小説が多くの論議と非難を招いた大きな要因だったのだが、これも、ここでは重大なテーマとはされていない。ここの文脈からは、作者はこの作品の中で「病的青年心理」を「Hypochondria の解剖」として描いた、そして、その時、「現代人の苦悶」として「性の要求と霊肉の衝突」が結果として付随して描かれることとなったというように理解されるのである。

更に「Hypochondria の解剖」という言葉は、たとえば、彼自身が「懺余独白」の中で、「ただ書かずにはおられず……人が苦痛を感じた時、声をあげずにはいられないのと同様であった」と言っているような、この作品の浪漫性、主情性とはやや矛盾する或る種の客観的な描写の姿勢を匂わせている。

総じて、この「沈淪自序」の記述は、この小説の実際の内容、或いは、少くとも、後の「懺余独白」の記述と矛盾したものを含んでいる。このことは、「沈淪」の成立、ひいては郁達夫の文学の性格を考える上に一つの重大な手がかりを、少くも一つの疑問を、我々に与える。この点を解明してゆくいとぐちとして、私は、まず佐藤春夫氏の小説「田園の憂鬱」との関係を考えるのである。

㈡　「沈淪」と「田園の憂鬱」

結論から言えば、私は、「沈淪自序」に見える「青年の憂鬱症 Hypochondria の解剖」という言葉は、直接には、佐藤春夫氏が「改作田園の憂鬱の後に」（一九一九年五月）の中に書いた「Anatomy of Hypochondria」という言葉から示唆を受けており、更には、小説「沈淪」の構想自体もまた、佐藤氏の小説「田園の憂鬱」の影響の下に書かれたと考えるのである。以下この点につき少しく見てゆきたい。

「田園の憂鬱」は、その前半がはじめて「病める薔薇」と題して雑誌「黒潮」に発表されたのが一九一七（大正六）年六月、郁達夫の八高在学中の事である。それが定本として、「改作田園の憂鬱あるいは病める薔薇」と題して新潮社から上梓されたのが一九一九（大正八）年、「沈淪」が書かれる約二年前、郁達夫の東京帝大経済学部在学中の事である。

その頃、郁達夫は、「高等学校在学の四年間に読んだ露・英・独・日・仏の小説は全部で一千冊に及び、後に東京の帝大に入ってからもこの小説を読む癖は少しも改まらず云々」（「五六年来創作生活的回顧」）と自ら書いているような多読な文学青年であった。彼は同時期の留学生の中でも最も小説に耽溺していた（郭沫若「論郁達夫」他）。そればかりでなく、彼は当時の日本の文芸界の風潮の中に深くはまり込み、「沈没してしまって」いた（後に述べる）。そうした雰囲気の中で、彼は当時評判になった新進作家佐藤氏の小説を読んだものであろう。彼は、小説家佐藤春夫に特別な関心と尊敬を抱いた。東京にいた頃、はじめは田漢と共に、後には一人でも屢々佐藤氏を訪問している（佐藤氏談）。後に一九二七年、佐藤氏の中国旅行の際には、田漢と共に周旋、案内の労をとっている。「沈淪」が書かれた約二年後「海上通信」（一九二三・一〇、〈創造週報〉二四期）の中でも、数百語を費やして、佐藤春夫への傾倒を語っている。この中で彼は次の如く言っている。

日本の現代の小説家の中で、私が最も崇拝しているのは佐藤春夫である。……彼の作品中の第一には、当然その出世作「病める薔薇」即ち「田園の憂鬱」を推さねばならぬ。私はいつも彼の境地にまで達したいと思うのだが結局「虎を描いて成らず」である。
上のような事情と、こうした言葉とを考えた上で、先の「これは青年の憂鬱症 Hypochondria の解剖であるということもできよう。……だが私の描写は失敗した。」という言葉を、
　そこに暫く私が住まなければならなかったところの或る世界のアトモスフィアは、この作品で再現された時には、情ない程稀薄な、こくのないものになっているのを感ずる。私の Anatomy of Hypochondria は到底ものになっていない。……（「改作田園の憂鬱の後に」）
といわれている言葉と並べてみると、「虎を描いて成らず」というのは、「だが私の描写は失敗した」という「沈淪」の場合を指すか、少くともそれを含めて言ったものであろうと考える事は、さほど無理な推論ではあるまいと考えられるのである。
　そこで今この二つの小説を読み較べてみると、一見全く世界を異にするかに見える両者の間に、かなり大きな形式的に類似する側面を見出し得るのである。
　まず第一に、「田園の憂鬱」のあとがきに「Anatomy of Hypochondria」と言われ、「沈淪自序」に「憂鬱病的解剖」と言われている点である。今この点に焦点をあわせて「沈淪」の筋を追ってみたい。
　八節に分けられたこの小説は、劈頭、
　　他近来覚得孤冷得可憐。
と書きはじめられる。主人公は「早熟な性情」の故に「世人」と相容れない。それが第二節では、最初に、
　　他的憂鬱病愈闇愈甚了

と書かれ、

他的 Megalomania, 也同他的 Hypochondria 成了正比例、一天一天的增加起来

と言われる。主人公は学校の日本人学生から孤立してゆく。第三節では幼時から少年時代が回顧される。憂鬱病の根源はすでにこの時期に養われたものである。

他的幻想愈演愈大了、他的憂鬱病的根苗、大約也就在這時候培養成功的。

やがて留学し、N市の高等学校へ入った主人公は、はげしい懐郷病から、春と共に手淫の悪癖にとりつかれる。やめようとして止められない。

他的自責心同恐懼心、竟一日也不使他安閑、他的憂鬱病也従此厲害起来了。

第五節、話は第二節の末尾につながる。日本人女学生とすれちがった日以来、

他的循還性的憂鬱病、尚未離他的身辺過。

主人公はどこにいても安心できない気持に追い込まれてゆき、留学生仲間でも「神経病」だと言われ、完全に孤立してしまう。下宿の娘の入浴をのぞき見し、興奮のあまりに感付かれてしまったと知って、恥ずかしさに逆上して逃げ出し、ある山の上に家をみつけて引越す。

第六節

搬進了山上梅園之後、他的憂鬱病 Hypochondria 又変起形状来了。

こうして主人公は些細な事から、彼を日本へ伴ってくれた長兄とも義絶し、今や自分は世界中で最も辛い目にあった人間だと涙にくれる。以下、主人公が、性的抑鬱と民族的屈辱感と、良心の自責とに追いつめられて、死を決意するまでの心理を追ってこの小説は終わるのである。

ここで、作者が繰返し使っている「憂鬱病」という言葉の、実際に意味していた内容が実は問題ではあるのだが、上の如く、形式面に視点をおいて筋を辿る限り、この小説は、確かに自序に言う如く、一人の青年の憂鬱症の進行過程を追って、そこに生じる種々相を描いているのである。

「田園の憂鬱」については、もはや詳しく触れないが、そこには、武蔵野の一隅に移り住んだ一人の青年の、「絶間ない幻想、予感、焦燥、摸索」（新潮文庫本解説）――「沈淪」の場合とは全く様相を異にしてはいるが、やはり、所謂、「近代の病弊」（同上）としての「病的心理」――が描かれているのである。しかも、ここには「物語らしい物語のようなものは何もない」（同上）女性の運命が語られる訳でもなく、時代の風俗が写されるのでもない。ただひたすらに主人公の心理を追い、その思いを語ることで貫かれているという点で、この二つの小説は全く類似した形式を示すのである。

更に、両者は共に、一年に満たぬ期間内の出来事を、季節の流れに乗せて、時に自然描写をまじえつつ語っている。途中から回想に入り、発端の時点へ語りつがれるという筋立てまで、両者は共通している。

また、外国人の詩句の引用、時に外国語をまじえた詩句めいた咏嘆で主人公の感慨を語っている点、ことに末尾が、内容こそ全く異なれ、共に詩句めいた咏嘆で結ばれている点なども、両者に共通する形式上の特徴といえるであろう。そして最後に、このような形式を通して語られる主人公の「憂鬱病、Hypochondria」の内容は、共に「彼」という第三人称を用いてはいるが、明らかに作者自身の体験として書かれている。いいかえれば両者は共に自伝的な作品である。

以上のように見てくると、小説「沈淪」について「自序」で作者が「病的青年心理を描写したもの」「憂鬱病Hypochondria の解剖である」と言ったことの背後には、単にこの言葉が、「田園の憂鬱」のあとがきから示唆を得たものであるという以上に、実際にこの作品の構想に当って、作者はかなり細かい点にまでわたって、「田園の憂鬱」の形式を踏襲したという事実があったと推定されるのである。

㈢　内容と方法の矛盾が意味したもの

さて、「沈淪」と「田園の憂鬱」との間に、上のような関係が推定されるとすると、これは、先に、「沈淪自序」の記述と「懺余独白」等に言う所との間に、ある種の矛盾が感じられると書いた点について、一つの理解の手がかりを与えてくれる。

すなわち、同じ作品について、作者自身の言う所に先の如き矛盾があるということは、次のように考えられるのではないだろうか。――「沈淪」の主題となっているものは、確かに、すでに屢々言われてきたように、「懺余独白」に「屈辱」「憂悶」という所の民族的悲哀と性的抑鬱の問題であった。ただ作者には、これを小説として表現するに当って、日本留学を通じて得た或る種の文学観があった。ここから彼は自分の書く小説を「宣伝の文学」（前掲「沈淪自序」）から区別しようと強く意識した。ここで、彼の拠り所となったのが、かねて尊敬していた作家佐藤春夫の当時評判の出世作だった。彼は自らの体験の中から表現せずにはいられなくなっていた主題（「屈辱」と「憂悶」）を、その形式を学んで（「Hypochondria の解剖」として）描いたのである。

もしこのような想定が成り立つとすれば、そこに二、三の問題が生ずる。

第一に、作品の主題乃至は内容に関する問題がある。「懺余独白」にいう「憂悶」と「屈辱」と「自序」にいう

「病的心理」「憂鬱症」との間には何かの必然的な関係があるのか。ここでは二つの事が指摘できる。(1)確かに、「沈淪」において「憂鬱症」の実際の内容となっているものは、後に「懺余独白」で「憂悶」、「屈辱」と言われたものと同じであるといえよう。そして、それと、「田園の憂鬱」における「Hypochondria」の内容となる所謂「世紀末の倦怠」といわれる所のものとの間には、非常に異質なものがある。(2)しかし、そのような異質さにもかかわらず、ここで「病的」「憂鬱」といった言葉が使われた背後には、二つの小説の作者が共に、アーネスト・ダウスンをはじめとする世紀末文学の影響を指摘されているという事実がある。そして、これらの背景として、明治末から大正にかけての日本文壇の反主知主義的思潮があった。

第二に、彼に、「宣伝の文学とみられる事を避けるため」、強いて「Hypochondria の解剖」という形式をとらせた或る種の文学観とは如何なるものだったかという問題がある。

この点で手がかりとなるのは、上に見た二つの小説に共通する形式である。それは次の三点に要約出来る。(1)自伝的作品であること。(2)主人公＝作者の心理を感慨を語ることで貫かれていること。(3)美しい自然描写や詩句めいた詠嘆などを含めて、両者に共通する抒情詩的な雰囲気。これらは、直接「田園の憂鬱」の影響という以上に、日本自然主義の理念を継承していると考えられる。先にふれた「Hypochondria の解剖」という言葉が、何か客観的な態度を感じさせるということも、この点に関係していると考えられる。

そして第三に、はじめに「懺余独白」と「沈淪自序」との間に感じられるといった或る種の矛盾とは、結局、郁達夫の文学の内容と形式、素材と方法との間の矛盾であったと考えられる。この処女創作集においてすでに見られる矛盾が、その後の彼の文学の歩みを決定したものではなかったか、と私は考えるのである。
以上三つの問題について、以下に章を分けて順次検討を加えていきたい。

Ⅲ　郁達夫における自我の性格

(一)　近代との接触

(1)　自我解放の時代

郁達夫の文学が、「五四の自我解放の思想」の中に位置づけられることはすでに見た。[21]一体、近代文学を特徴づけるものは、言うまでもなく、その根底となった人間尊重の思想であろう。個人の尊重、自我の解放、現実の重視といったものも、そこに根ざしていよう。中国文学にしてもその例にもれるものではなく、周作人が「人間の文学」を提唱し、魯迅が「人を喰う」礼教に抗議したのも、その他、それぞれに傾向やニュアンスの相違こそあれ、五四期の中国文学は、ひとしくこうした近代文学の出発点に立っていたといえよう。その中で、彼らにすぐ続いて登場した郁達夫の文学が、同じく人間解放の思想の中にありながら、特に「頽廃と感傷」[22]をもってその特色とされ、「世紀末情調」や「病態性欲」を指摘されて来たのは、如何に理解すべき事柄であろうか。

ここでは、まず第一に、それは、彼が社会的梗塞に対する反抗の戦いにおいて、民衆の力を評価し得ず、個人的な戦いしかなし得なかったところから当然に陥った疲労と絶望と敗北の結果であったのだ、ということはできよう。[23]

だが、こう言ってしまった後にも、それでは彼をこのような、いわば出口のない戦いに追い込んだものは何だったかという問題が残る。また、外国文学の影響という面から言えば一八九〇年代の英国の文学が、どのような形で、一九二〇年代の中国の一作家に受け取られたのだろうかという問題がある。二つの問題は結局別の事ではないであろう。

(2)　郁達夫における近代との接触

初期創造社の同人の一人、鄭伯奇は、彼らが留学した当時の日本について「哲学上では理知主義が破産し、文学上では自然主義が失敗におわっていた」と言っている（中国新文学大系小説三集導言）。このように簡単に言い切ってしまう事には問題があるにしても、彼らのいわゆるロマン主義と呼ばれるものには、現実の背景があったと共に、日露戦後の日本資本主義の急速な発展を背景にしたいわゆる「都会文化」と、文学的には、スバルや三田文学などを代表とする新ロマン派、頽唐派などの強い影響があったことは否めない。

郁達夫は後年「雪夜」（『宇宙風』一一期一九三六・一）の中で、当時の東京について次の如く回顧している。

> 両性解放の新時代が早くも東京の上流社会——ことに、知識階級と学生大衆——のうちに到来していた。当時の名女優衣川孔雀・森川（森の誤りか）律子らの妖艶な写真、化粧前の半裸の写真、婦人雑誌上の淑女や名妓の記事、東京の有名な夫人たちの艶聞等々、すべて青年の心理を挑発するに足る一切の対象と事件が、この世紀末の過渡時代の中に、特に多く、特に雑然と入りこんできていた。

この「世紀末」になぞらえられた時代の中で彼は「イプセンの問題劇、エレン・ケイの恋愛と結婚、自然主義作家の醜悪暴露論、刺激性に富んだ社会主義の両性観」（同上）等々を知った。そして、中国の田舎町からやって来た、純真な、感受性に富んだ一青年、郁達夫は、たちまちこの渦の中に「推擠」「渦旋」「淹没」「消沈」（同上）させられてしまった。

こうした体験の一部として、彼はここではじめて西洋の近代小説と接触し、急速にそれに耽溺していった（「五六年来創作生活的回顧」）。そして、そこから彼の小説家としての胎動がはじまる。だから、そこには、少年時代から愛した伝奇雑劇や、詩詞（彼は当時すでに巧みな旧詩の作り手として留学生間に知られていた（「論郁達夫」『歴史人物』所収））の世界とは異質な、留学によってはじめて接触した新しい文化、新しい文学、すなわち、彼の理解した、近代及び近代文学への憧憬や傾倒が強く働いていた。

まず最初の作品「銀灰色的死」が書かれた。既に第Ⅰ章に見た如く、作者は、これが「Life of Ernest Dowson」と、R. L. Stevenson の小説「A Lodging for the Night」から示唆を得たものであることを言っている。後者はフランソワ・ヴィヨンを主人公としたものであり、郁達夫がここで、ダウスン及びヴィヨンを、自らの東京における体験と重ねあわせて描いた事は、彼がここで、上に見た如き生活の中で理解した意味での「近代」あるいは「近代人」の苦悩を描こうとしたことを示していると考えられる[24]。彼はダウスンをはじめとする世紀末作家に「近代の新傾向」を見出しているし（「The Yellow Book 及其他」）、ヴィヨンもまた、当時たとえば厨川白村などによれば「まったく近代的」な人物だとされていたことからも[25]、それは知られる。

一体、上に引いた「雪夜」の一節からも知られるのだが、当時の東京において、「病的」とか「憂鬱」とか、あるいは「頽廃」とか、「性欲」とか、「世紀末」とかいった言葉は、どれだけかハイカラな響きを持ったものであっただろう。たとえば、厨川白村の『近代文学十講』などを見れば、それはほとんど「近代」と同義語であったとさえ言えよう[26]。「田園の憂鬱」を描いた作者が、それを、東洋文学の伝統的な主題を、近代西欧文学の手法で描いたものだと言った場合についても、これは言い得ることであろう。

だからこそ、「銀灰色的死」にひきつづいて書かれた小説「沈淪」において、作者には、「病的青年心理」の描写、「憂鬱症の解剖」は、そのまま、「現代人の苦悶」を述べる事だったし、その「苦悶」は当然に「性の要求」の問題を含むものであったわけなので、それは、最初の創作が、ダウスンとヴィヨンを下敷きにして、「現代人」の性格を描こうとしたことと、切り離し得ない面を持つのである。

(二)　郁達夫に於ける頽廃の性格について

(1)　悲痛感の強調

郁達夫に、アーネスト・ダウスン、乃至は世紀末文学の影響が見られることについては、すでに多くの指摘がある。この事自体についてはは、ここでは、それには上に見たような点から、佐藤春夫氏に対する傾倒など日本文学からの影響が直接の契機となっているかも知れぬという仮説をつけ加えるに止めて、これ以上触れる必要はないと考える。

ここで、このような影響が問題となるのは、それが上に見た如く、彼、郁達夫に於ては「近代」についての理解と関係しているという点である。そこで、彼が、ダウスンあるいは世紀末を如何に理解し、あるいは如何なる点で、それに共感を抱いたか、また、同じくダウスンの影響があるといわれる佐藤春夫における「憂鬱」と、彼における「憂鬱」との間に、如何なる質的な差異がみられるかという事が問題となる。

そこで今「沈淪」を、この観点から眺めると、それは確かに、先にみたように、形式的には一人の青年の憂鬱症の進行過程として描かれているにはちがいないが、その実質となっているものには、「憂鬱症」という名にふさわしくないと感じられるものが、かなり含まれている。

第一に、それは、主人公の悲痛感の強調であり、反抗の姿勢である。

まず、ここに描かれる「憂鬱症」の進行過程には、一つの顕著な図式を見ることができる。冒頭、主人公の「早熟な性格」が、彼を「世人と絶対に相容れぬ境地に追いこんだ」と書き出される主人公の「孤独」。日本人女学生の態度から屈辱を感じて、「復讐」を叫ぶ反抗的姿勢。日本人学生から同国人の留学生仲間、更には長兄とも義絶するに至って、独り涙を流す憂悶。自慰や浴室の窺き見から、遊廓らしき場所での泥酔に至る堕落。そして自殺への過程。ここには（孤独）――（憂悶・反抗）――（堕落）――（自殺）という一つの図式がみられる。これは内容こそやや異なれ「銀灰色的死」においてもすでに明瞭に見られる。そして、このような過程の描写を通じて、我々が先ず強く感じとるのは、愛情を求め、屈辱に苦しむ、主人公の悲痛さの訴えである。

このようなプロットの上での図式は、実は、彼の世紀末＝近代に対する共感を下敷きにしている。今この点を裏づけるものとして、一九二三年九月に書かれた彼の評論「The Yellow Book 及其他」（創造週報二〇、二一期）[27]についてみよう。

彼はこの評論に、その詩文は「近来、無聊の時、孤独憂鬱の時の最も良き伴侶」であったというアーネスト・ダウスンをはじめ、A. Beardsley, J. Davidson, H. Crackanthorpe 等について紹介しているのだが、それらへの理解の仕方には、明らかに上の如き図式が見られるのである。

彼はこの評論の中で、まずこれらの作家について概説して、彼らに共通な点として次の点をあげる。第一に「芸術に対する忠誠」。第二に「当時の社会の既成状態に対する反抗、就中、英国々民の保守的精神に対する攻撃」。そして第三に、これら「年少の天才たち」が一部を除いて「すべて三〇才前後で、或いは Seine 河に身を投じ、あるいは

Absinth 酒の中に沈湎して、不幸のうちに短命にして世を終った」ことを悼んでいる。

ここでは、まず、「芸術に対する忠誠」と、保守的な「社会の既成状態に対する反抗」が並列しておかれる。それは言いかえれば、芸術家あるいは詩人であることは、そのまま既成社会に対する反抗者であるということである。しかも、詩人は詩人であることにおいて、既に世間的には敗北者たる運命の下にある。「轗軻不遇、貧賤に身を終うは本来詩人の分であるが」（Davidson について）、彼らはその中でも特に「千辛万苦を嘗めつくし、虐待侮辱の限りを受けた」（同上）人々であり、「最も悲痛な人生苦を嘗めた」（Dowson について）人々であったとされる。

世紀末的な性格とは、「彼は生まれながらの世紀末の頽廃詩人で、厭世感、嫌人癖 misanthropy は彼の天性である」といわれ、その「孤傲な性情は、また我々の敬服せざるを得ぬ彼の美徳の一つ」である（同上）。

彼らの生涯は、「失敗と奮闘の連続」（Dowson について）であり、その頽廃や自殺は、「当時の社会の歓迎する所とならず、各地を飄泊した幾年の後、フランス、セーヌ河に身を沈めた。」（Crackanthorpe について）のであり、失敗と奮闘の繰返しの果ての「貧苦の中の自殺」（Davidson）であり、また、「薄命の詩人」の「失恋の結果、もともと虚弱な体を日々酒精と女色の中に投げ出した慢性の自殺」（Dowson）であったのである。言いかえれば、その自殺も頽廃も、彼らのうけた苦痛、味わった孤独・悲哀を最も尖鋭に示す事柄なのである。

このような、若き芸術家・詩人・天才＝社会的反抗者・敗北者の味わった苦痛悲哀の証明としての生き方（孤傲な性情――失敗と奮闘・虐待と侮辱あるいは失恋――頽廃――自殺）にこそ、彼は自らの「孤独憂鬱の時」の「最も良い伴侶」を見出していたのであり、このような世紀末への共感が、「沈淪」における、先に一つの図式として取り出した所の骨組を支えていたと考えられる。

(2)「田園の憂鬱」との関係

ところで、このような世紀末に対すると共感乃至は理解の仕方については、まず、それがすでに見たような厨川白村の「近代」理解と一致することが言える。それは[28]、近代の頽廃主義の原因を「外的生活の圧迫」と「内的生活の苦悶」において見るものであった。(言いかえれば、これは、郁達夫が、白村らを媒介にして、近代文学の特徴を、まず圧迫された自我の悲痛の表現——すなわちいわゆる「苦悶の象徴」——という点に見出していたことを意味するとも言えよう。)

このような郁達夫の世紀末観について、ここで、世紀末文学が本来如何なる時代を背景にして生まれ、如何なる本質を持ったものなのか、を明らかにする事からはじめて、日本文学において厨川白村、あるいは佐藤春夫がそれを如何に理解し、如何なる影響をうけたか、それが更に中国の作家、郁達夫にうけつがれた場合にどうなったか、という事を、詳細精確に比較することは、私の能力と知識に余る。ただ、今は次のような諸点を指摘し得るのみである。

第一に、「近代の頽廃」を、現実生活の圧迫の結果、「諦めんとして諦め得ざる」苦悩の結果と見る白村流の理解自体が、(注(26)参照)たとえば、それを、「真のデカダンは——生活が維持され、欲望が満足させられた過食と安逸から生じた堕落だったのである」とし、その「主な特色は⑴背反⑵人為性⑶自己主義⑷好奇であった」とするような見解(H、ジャクソン)がある[29]ことを考えると、それ自体すでに——当否は別として——かなり特色、或いは偏向をもったものだったのではあるまいか(この点についてはなお後に述べる)。

ここで、これに関連して、第二の点として、小説「沈淪」と最も直接な関係を持った「田園の憂鬱」とその作者における「世紀末」と郁達夫のそれとの関係を考えてみなければならぬ。

「田園の憂鬱」及びその作者の世界が、「アーネスト・ダウスンと共に世紀末をくぐって来たもの」と言われていることはすでに指摘した。ところで、それが如何なる性質のものであったかについては、たとえば、河上徹太郎氏は次のように言う。

> 佐藤氏の文学的独創性を簡単にいうならば、氏は我が国で人生の倦怠ということを歌い得た最初の、そして恐らく最も優れた詩人だということである。（「詩人佐藤春夫」筑摩版、現代日本文学全集30）

氏は、このような近代の頽廃派における「倦怠」の典型をボードレールに見、それを、「ひとまず人生の無為・無感動を指す」が、それは表面の事で、実は「あるがままの人生への退屈であり、あるが儘の自然や現実の平凡さへの反感である。」「つまりあるが儘の客観世界の無為に苦しめられるだけ、詩人の中にある主観の側の神経や、情操の鋭く優れていることを示している訳である。」という。

このような理解は、先に引いた、「生活が維持され、欲望が満足させられた過食と安逸から生じた堕落」という見解と傾向を同じくしている。「田園の憂鬱」に描かれた「憂鬱」がこのように解釈されるものであるか否かについては、かなりの疑問がある。ただ、今河上氏の見解を批判し得るだけの知識は私に無い。言い得ることは、単なる印象として次の如き事である。

「田園の憂鬱」には、仕送り打ち切りの宣告をうけ「二十五歳までという期限つきで、一人前の原稿書きにならなければならなかった」（「青春期の自画像」）という、その期限のぎりぎりの所にいる焦燥を背景に、世俗の成功者と対置して考えられた、詩人（芸術家、あるいは隠者）の悲痛とでも言うべきものがあるのではないか。作者は「世紀末」とそのような古来の詩人の運命とでもいうべきものとに、ある種の共通するものを認めていたのではないか。少くとも、そうした面を含んではいなかったか。それが、この小説を、古来東洋文学の伝統的な主題を近代欧州文学の手法で描いたものだと作者が言う所の内容ではなかったか。

もし、こう考えられるとすれば、それは、世紀末の詩人を「世の所謂成功者とは異なっていた。」と言う郁達夫の場合とも、或る共通するものを含むのである。「沈淪」の作者が、「田園の憂鬱」に学んでこの小説を書いたとすれば、そこには先に見たようなハイカラ好みもあったであろうが、当時の日本文壇の多くの作家の中で、特に（同じ頽廃派の影響をうけた作家の中でも）佐藤氏に強く惹かれたということには、このような、近代の衣裳をまとった「古来東洋文学の伝統的主題」に、――単に自然・田園を描いたというに止まらず、ある種の反俗性や主我性が描かれたという意味で――彼自身の発想との親近感と、ハイカラ好みの両方を満たしてくれるものを発見していたからではあるまいか。

一見、全く素材や主題を異にする二つの小説が、類似した構造と形式を持ち、しかも、共に「憂鬱」を描いたという時（形式と内容、方法と思想が分離し得ないものと考えると）、両者の「憂鬱」が全く異質であるという事は理解に苦しむ事柄である。郁達夫は、よしんば誤解にもせよ、詩人の主我性、反俗性（あるいは感受性の鋭さ）という形式において、世紀末――春夫、を理解し「沈淪」の主人公をそれに擬したのではないだろうか。少くともこの点以外に、「沈淪」と「田園の憂鬱」との「Hypochondria」が重なり合う場は見出せないのである。

またもし、「田園の憂鬱」が河上氏などの言うような面を含むとすれば（少なくとも日本文学にはそのような「世紀末の倦怠《アンニュイ》」の受け取り方はあったのだから）それは、細部においては、郁達夫における影響と全く共通する部分を持たないとは言えないが、根本的には全く相反する理解の仕方だといえよう。

つまり、郁達夫にとっては、デカダンは、「ひと先ず人生に対する無為と無感動」ではなくて、「失敗と奮闘の連続」だったのであり、「現実の平凡さへの反感」や「あるがままの人生への退屈」ではなくて、現実社会の「虐待侮辱」をうけつくした天才の「悲痛」だったのである。そして、彼におけるデカダンは、「生活が維持され、欲望が満足させられた過食と安逸から生じた」といわれるとはまさに正反対に、「沈淪」の場合にも見られる如く、欲望を満たさんとして満たし得ざる社会的梗塞の結果なのである。

これは、デカダンを「諦めんとして諦め得ざる苦悩」の結果と見る白村の理解に近いことはすでに見た。そしてもし、ジャクソンや河上氏の言う所が、より世紀末の本質に近いとすれば、郁達夫は（白村の場合も含まれてくるが）、「世紀末」というものを、それを生んだものとは全く正反対な社会的基盤に立って――それは後進国の文学や思想にありがちな現象なのだろうが――ただ、その主我性や反俗性（既成社会への反抗）といった形式面のみで理解し、共感していたと言えよう。

だからこそ、次に見るように「Democratic」と「厭世感・嫌人癖」も矛盾なく結びついたのだし、またこうした共感は裏返せば、そのまま、後にみる如く、同じくその反俗性・主情性において、隠者文学への共感ともなり、更にまた、ある種の封建文人の〝憤世疾俗〟や、革命家の生き方への共感となり、「社会的被圧迫者」である人民大衆への同情ともつながってゆくのである。

(3)　厨川白村とのちがい

郁達夫の「世紀末」に対する理解と、日本文学との関係を見て来た。達夫のそれが、厨川白村を受け継いでいることはすでに見たが、ここに第三の点として、それにもかかわらず、両者の間には、実はある種の差異があることが指摘できる。

郁達夫の「The Yellow Book 及其他」は、白村の「若き芸術家のむれ」に拠ったか、あるいは原拠を同じくしたと考えられるが[30]、しかも、両者には、紹介の詳略、表現の仕方等に、その強調する所に差異がみられる。

つづめて言えば、白村の場合、彼のいう「外的生活の圧迫」自体についてはあまり強調されず、たとえばダウスンについても、どちらかと言えばその「憂愁」や「悲哀」の美しさが語られるのに対して、達夫の場合には、むしろ、彼らがうけた社会的な圧迫、虐待が強く言われ、その味わった「悲哀」の探さの方が強調される。端的な一例をあげれば、白村が「短いそして花やかな生涯は天才の常だ」と言えば、達夫は「天才薄命、千古同悲」というのである。

更に、最も興味深いのは、郁達夫が、ダウスンについて、彼が「自由を愛し、平等を愛し」貧民や労働者のような「社会的被圧迫者」との間に溝を設けるような事は決してなく、いつも彼らと一緒に下等な酒場や青空の下で酒を飲み合ったという事を紹介して、ダウスンは「近代的な Democratic な人」であり、「役人風を吹かせたり、富貴を誇るような世の所謂成功者とは異なっていた」と言っていることである。ここでは、「Democratic」という事と、先に見た「嫌人癖」「厭世感」とが、ダウスンの性格について、矛盾なく結びつけられていたりする所に、彼らしい世紀末に対する理解の特色がみられるのだが、ともあれこのような紹介は「若き芸術家のむれ」の中には見出せないものであるばかりでなく、もはや、白村流の世紀末理解からもはみ出しているもののように思われる。

これはまた、ダビッドソンが、社会的な「侮辱虐待の限りを受けた」ことについて、

我々は日頃「造物忌才」というが……しかし私は敢えて言おう、実際には才を忌むのは、万悪に満ち満ちた現在の経済組織下の社会なのだと。

と言っている事についても、同様であって、これらの例は、彼が世紀末の悲哀というものを、白村をうけつぎながら、強く自らの当面していた社会的現実にひきつけていたことを示していよう。右の例の如きは、むしろ、世紀末文人の紹介を借りて、彼自身の悲哀や感慨を直接もらしたものとさえ言えよう。

ここまで来ると、「世紀末」は、彼にとって、ほとんど借り衣裳でしかなかったと言えるかも知れぬ。我々は、こ

のような「世紀末」の受け容れ方の例を、彼の作品の中から数多く見出すことが出来る。ここに、一、二の例を挙げるならば、たとえば、小説「沈淪」の中に、主人公が、帰宅の途中二人の女学生に逢うくだりがある。屡々引用されて来た箇所ではあるが、ここで、主人公が日記の中に訴える自らの悲痛感の内容は、第一に、「支那人」として日本人、殊に女性からうける侮辱の悲しみであり、それは「祖国よ強くなってくれ」という訴えとなるもの、第二に、「五ヶ月留学して帰国した人」が「栄華安楽を享けている」のと対比して、「千辛万苦をうけつくし」た自分が帰国後の地位が、とても彼らいい加減な留学生に及ばないであろうことへの悲憤である。そして、これらは結局「知識も、名誉も、金銭もいらぬ、ただ一人のイブの霊魂と肉体を与えよ」という異性の愛情を求める叫びとなっている。

これは、すでに見たように「世の所謂成功者」と対置される「世紀末」の「年少の天才たち」の悲哀を下敷きにしながらより直接に彼自身の苦悶を叫んだものに他ならぬ。

更に帰国後になると、彼の苦悶の重点が移るにつれて、ここに「沈淪」について見た第二の点、すなわち社会的梗塞が悲哀の内容の中で特に大きな位置をしめるようになる。その最も直接的な例を我々は「The Yellow Book 及其他」にも引かれているダウスンの「シナラの歌」と、この評論の約二ヶ月後に書かれた「蔦蘿集自序」との間に見ることができる。ここで、彼は、「世紀末情緒」を典型的に示すダウスンの詩句を借りて、彼自身の、ダビッドソンについて言った所の、「万悪に満ちみちた現在の経済組織」の下に生きる道を見出し得ぬ悲痛を述べるのである。[31]

以上の如き例は、彼が、白村らをそのまま継承しながらも、実は「世紀末」を、自らの身を置いた中国の現実、自らの受けた社会的、また民族的圧迫にひきつけて、特に、「社会的被圧迫者」「敗北者」という面から共感し、彼らの生き方、ことに、そのうけた外的圧迫それ自体に、より強く眼を注いでいた事を示していると言えよう。

⑷　郁達夫に於ける頽廃の特質

郁達夫は、「世紀末の頽廃」に、芸術家、すなわち、社会的反抗を試み、その戦いに敗れた者の味わった悲痛さを見、その点に強く共感した。そして、このような圧迫された自我の悲痛さに、「近代」の特質を理解した。

これはまず、かなり感性的な「近代」意識であり、その悲痛感の内容の歴史性を無視した感性の形式面からの「世紀末」に対する理解であったと言えよう。

だが反面「世紀末」に対する理解が、かく形式的であったということは、それを彼自身の現実にひきつけ、結びつけることを可能にした。ここに彼に於ける「頽廃」の特質があらわれる。

ところで、上述の如き「近代」及び「頽廃」に対する理解と共感を、彼は厨川白村など（恐らくは佐藤春夫をも含めて）日本文学から継承している。彼における「頽廃」の特質は、このような継承の中にあってなおそれを「はみ出す」と先に言った部分に関わる。その部分としては、先に「悲痛さ」の強調、「外的圧迫」の重視などを指摘した。

この部分をつきつめて、日本文学とも比較して、彼における「頽廃」のもっとも本質的な特質をなしているものは何だろうかと考えた時、私は、それを彼が白村と同じような「近代自我」の理解の上に立ち、しかも、彼においては「頽廃」が直接政治的・社会的（と言ってよいであろう）抗議となっているという事であろうと考えた。

すでに見てきた所をふり返ってみるに、「近代の頽廃」を外的圧迫から生じた苦悶の結果とみる見方は白村にあった。しかし、そこでは、作家においてその苦悶がどこまで深く掘り下げられ、人間の生命をさぐり得ているか、いかに美しい人生の哀歌が奏でられたかが問題とされているのであって、外的圧迫自体が問題にされてはいない(32)。

春夫には、恐らく詩人・芸術家を世俗的成功者と対置する発想があったであろう。だがここでは、詩人が世間に成功者たり得ぬこと自体は、いわば当然の前提とされた上で、むしろその詩人の側の感性の豊富さ・美しさが追求されている。

これに対して、郁達夫においては、このような詩人・天才・芸術家を、「圧迫」「虐待」した、「万悪にみちみちた」社会の方がむしろ問題とされているのである。

「沈淪」における「頽廃」が、直接、その原因である「外的」圧迫に対して、祖国に対して「富強になってくれ」と叫びかけ、日本人に「復讐してやる」と叫ぶ抗議――それはまさに、圧迫された自我の抗議の叫びである。――となっているような関係は、もはや、白村にも、春夫にも見られないものである[33]。

「田園の憂鬱」における世紀末が、どのように解釈されるものであるにもせよ、また、多くの影響関係が認められるにもかかわらず、それと「沈淪」との根本的な異質さが、この点にあるのではないか。そしてこれは広くは日中両国の文学伝統にかかわる問題であるかも知れない。

(三)　「洋秀才」のエリート意識

(1)　「沈淪」における自然の位置

上に見て来た所と関連して、「田園の憂鬱」と「沈淪」を比較した時、注意を惹いたのは、両者における自然描写の問題である。

先に指摘した如く、二つの小説は、共に、季節の流れにのせて語られる田園の自然の描写が見られる点で共通している。だが、そこに見られる自然と作者との関係は全く異質であると言ってよいであろう。

「田園の憂鬱」における自然は「主人公の内的心象がそのまま外部の自然風景に化しているのであって、風景が独立に風景として描かれているのではない。」（臼井吉見、現代日本文学全集佐藤春夫集解説）と言われる如く、たとえば、むしばまれた薔薇にせよ、降りつづく長雨にせよ、それはそのまま主人公の心象風景に取り込まれ「肉化」されてしまっている。

　これに対して「沈淪」における自然は、たとえば次の如く言われる。

　　ここそがお前の避難所だ。世間の俗物たちはみなお前をねたみ、嘲り、愚弄する。ただこの大自然だけが、この永遠に新しい青空の太陽、この晩夏のそよ風、この初秋の清らかな大気がお前の友だちだし、お前の優しい母親だし、お前の恋人なのだ。お前はもう二度と世の中へ帰って、あの軽薄な男女と一緒になることはない。おまえはこの大自然の懐の中で、この純朴な田舎で、生涯を終ったらよいのだ。

　ここでは、自然は醜い人間社会と対置され、常に、美しい作者の抒情の対象である。それは社会における戦いに傷つき疲れた主人公にとって避難と安息の場所である。

　ここで主人公はワーズワース詩集を携えて田園を逍遙し、エマーソンの「On Nature」やソローの「Excursion」への傾倒が語られる。だがそうした西洋文学からの影響もさることながら、我々はこのような社会と自然との対置関係の前例を、中国の伝統的文学の中に数多く見出すことが出来よう。そしてこの事を「田園の憂鬱」が作者自身によって、古来の東洋文学の伝統的な主題を西洋近代文学の手法で描いたものだと言われていること、また両篇の作者が共に「東洋」の伝統的文学に対して深い造詣とまた愛着を持っていた詩人であった事を考えあわせると、ここでも両者が実際に理解していた伝統及び近代のそれぞれについてかなりの差異があったであろうことを、このような自然の捉え方の相違は、示唆しているように思える。(34)

　今は、郁達夫の側についてしか触れる余裕がない。

(2)「流氓」と「隠士」

彼は後に「海上通信」(〈創造週報〉二四期一九二三・一〇)の中でこう書いている。

　天津に着きはしたものの、僕の気持は依然としてはっきり定まらない。一体北京へ行って流氓になろうか、それとも故郷へ帰って隠士になろうか。

この時彼は、帰国以来二年間の悪戦苦闘に疲れはて、郭沫若、成仿吾らの盟友と、創造社とを上海に見捨てて、北京へ趨ろうとしていたのである。

「一川面の如き」故郷富陽の自然の中に避難と安息の場を求めることが、彼のいう「隠士」であるなら、作品の中で美しい自然の讃美をうたう郁達夫、数多くの遊記を書き、愛人と共に杭州に隠棲した郁達夫は、「隠士」郁達夫であったといえよう。同様に、「万悪満ち満ちた世界」の中でなお出口のない奮闘を続けることが「流氓」であるなら、作品のなかに、頽廃や病的心理をめんめんとして書きつづけた彼は、「流氓」郁達夫であっただろう。

　彼の生涯と作品を貫いてみられるこのような二つの一見相反する傾向は、また彼における外国文学の影響という点からも見ることができよう。図式的に言えば、「隠士」郁達夫は、「沈淪」にあらわれるワーズワース、ソロー、エマースンの他にもギッシング、ハズリット等々の「清浄な遁世文学を偏愛」したと言い、若い頃からこうした文学を「ほんとうにどれだけ収集し、どれだけ読んだか判らない」という(「静的文芸作品」『閑書』(一九三六・五)所収)[35]。他方、「流氓」郁達夫は、すでに見た世紀末の諸作家の他にも、ヘルツェンに「悲惨なりし先駆者の運命」を見、(「Alexander Herzen」)スチルネルに対してはその「孱弱なる一身をもって傲然として人類全体に反抗し」「社会に於て決して成功を得ることは出来なかった。」ことを紹介して、「千辛万苦を受けつくし、ついに一点の慰安をも得ることのできなかった薄命の生涯」に同情する（「Max Stirner 的生涯及其哲学」[37]）。そしてルソーやニーチェは、この図式から言えば、彼には、その両方にまたがるものとして意識されていたようである[38]。

このような一見相反する二つの傾向の作家に対する共感は、先の「沈淪」における、醜い現実と美しい自然との対置に、照応するものである。そして、そのような自然と俗世との対置が中国の伝統的文学に見られるものであった如く、これもまた、伝統的文学への共感とも相通ずるのである。

たとえば、「清新的文学作品」（『閑書』一九三六所収）には、明末の公安・竟陵二派の小品文をはじめ、「田園の野景、閑適の自然生活、純粋な情感」を描いた作品への愛着が語られ[39]、彼の遊記には、古来の山水記が数多く引用される[40]一方、屢々言われる所の『両当軒集』への酷愛や、ことに小説「采石磯」には、この轗軻不遇の詩人の姿が、彼自身の牢騒と分ち難い形で描かれているのを見ることができる。

このような、エマーソン、ワーズワースからスチルネル、ルソー、ニーチェから黄仲則に至る作家たちへの共感を括り得る公約数を求めるとしたら、それは、主我性、あるいは反俗性とでも言う他あるまい。

つまり、ここでも、「世紀末」について見た所の、現実へのひきつけと、感性的な形式面からの理解共感というものが見られるのである。これらの作家たちは、それぞれ時代背景を異にし、時として全く相反する内容の思想に立つにもかかわらず、その生き方と思想の主我性、反俗性という形式の一点において、郁達夫と結びつくのである。そして、「流氓」となることと「隠士」となる事とは、この反俗性の両面のあらわれである。言いかえればそれは、社会的反抗と敗北の結果として詩人の選び得る二筋の路なのである。

このように、世紀末作家をはじめ、ニーチェやエマーソンまでが、黄仲則などと一緒に共感されていたということは、一面、彼がこれら封建文人を自らの時代にひきつけて理解していたとも言えるが、他面、これは「沈淪」に見られた自然の描き方などと共に、彼の内部で、「近代自我」が、これら封建文人の主我性、反俗性とはっきり区別されていなかったことをも示していよう。

そうだとすると、これは、彼の文学における反封建、反伝統の戦いが、少くとも、かなり多くの封建文人的発想を残した立場、方法によってなされたという矛盾を持ったことを意味する。彼の場合には、それは、彼の文学の戦いを支えたものが、伝統的な感傷の美学に極めて近いものを含んでいたということであろう。

この点については、すでに早く、たとえば韓侍桁は、『沈淪』『蔦蘿』二集について、「中国文学に伝統的な感傷」と言っている（『文学評論集』一九三四、現代書局）が、更に、我々はその例を、先に挙げた「采石磯」はじめ多くの作品の中に検出できよう。今は一つの例として、彼が『老残遊記』の作者に関して次の如く言うことを指摘するに止める。

私は、もし彼がまだ死なずにいたなら、きっと革命に参加したにちがいないと思う。なぜなら、彼のあの、世を憤り邪悪をにくみ、正義を渴慕する精神（憤世疾邪、渴慕正義的精神）こそがすなわち、現在の革命の精神だからである。（「読老残遊記」一九二七・九）

(3)　理想主義者の没落

さて、上に見たような、郁達夫の作品及び伝記をつらぬいて見られる二つの相反する傾向について、彼自身、「この二重の要求こそが、私に筆を執って物を書かせる主要な動機であろう。」と述べている。彼は次の如く書いている。

……この大自然への憧れから必然的に一種の遙かな遠いものへの渇望が生まれてくる。（すなわち、ドイツ人のいう Sehr Sucht Nach der Ferne である）。この遙かな遠いものへの渇望の中から又必然的に一種の遠遊への思いが生れてくるのである（すなわち、ドイツ人の所謂 Wander Lust である）。

考えてみると、この二重の要求が大方私に筆をとって物を書かせる主要な動機であろう。現実に不満を感じると大自然の懐へ逃げ帰ろうと考える。大自然の広々とした中をさまよっていると、また、ただ飛び去りゆかんことをのみ思う。だが一つの固定した場所にいた後には、心理の変化はまた同じように起ってくる。そこで転々として止まることなく、一生はただ、Wander Lustの奴隷となるのみで一人の永遠の旅人となってしまったのである。（「懺余独白」）

ここから我々は、背徳・頽廃をもって呼ばれた「流氓」郁達夫も、心の底深くは、一個の空想的・浪漫的な理想主義者の魂を宿していたことを知るのである。そして、これは、彼の文学の自己告白の持つ懺悔性――逆説的な言い方をすれば、彼の文学における頽廃の持つ倫理性――とつながるのである。

この点について、もう一度「沈淪」にもどって、そこに描かれた「頽廃」についてみよう。たとえばこの小説の中程、春と共に、「毎朝蒲団の中で犯す罪悪」に懊悩する主人公は「本来一個の非常に高尚を好み清潔を好む人」であったと書かれる。彼は「智力」も「良心」も及ばないこの「邪念」と悪戦苦闘し敗れ、自責と恐れに苦しみ、「一日として安閑とできない」のである。また、末尾近く、遊廓らしき所へあがり酔い倒れた後、主人公は、「俺はどうしてあんな所へいってしまったのだろう。俺はもう最も下等な人間になり下ってしまった。悔いても及ばない、悔いても及ばない。俺はもうここで死んでしまおう……」と考えるのである。

作者が「沈論」に「霊肉の衝突」を描いたと言い、続く第二篇「南遷」を「理想主義者の没落」を描いたといい、この両篇は同じものだと言う（「沈論自序」）のは、このような頽廃の描き方を指しているであろう。

周作人の評論「沈淪」が、この点をとらえて、「霊肉の衝突」というが原来「情欲と圧迫の対抗」を言ったものに過ぎぬとして、厨川白村流の解釈を与えていることは一応正しい。しかも、彼の場合それが「外的圧迫」への抗議となっている点に特徴があることは既に述べた。

だが上に引いたような例は、その抗議なるものが、（頽廃の告白）＝（自らの堕落の懺悔）が、裏返しに、そのまま（生来、孤高、潔癖な自分をこうした境地に追い込んだ外的圧迫への抗議）となるという構造を持つことを示している。つまり、社会的抗議、頽廃の告白懺悔は、彼にあっては裏返しの自己主張であったとも言えるのである。

郭沫若は、彼の文学の自己暴露（懺悔性と私が呼んだ所）を捉えて、彼の「卑己自牧」を中国新文学の「三絶」の一つに数えた（「再談郁達夫」）。

しかし、ここで「沈淪」に見える醜悪なる自己の暴露、分析、懺悔は、彼の内部における何らかの思想的な戦い（たとえば「霊肉の衝突」）の結論として書かれたものではなく、彼の言う如く、一人の「理想主義者」すなわち自己の、「没落」感を表白したものである。頽廃における悲痛さは、懺悔を媒介に、自らの生来の正義感・潔癖感を表白するものであった。

ここに、彼の文学の浪漫性の本質がある（それは、後に見る彼のリアリズムへの誤解と表裏をなすもので、この点についてはなお後に述べる）。

そして、このような正義感・潔癖感から発想された、抗議としての、自己破壊或いは自然への逃避が、彼の所謂「流氓」あるいは「隠士」の世界だったので、この発想は、古来の伝統的文学意識の中から一つの型として取り出し得るものではないだろうか。

そこで、郭氏の言う「卑己自牧」あるいは性格的な「自卑意識」（「論郁達夫」）というものも、実は「自己誇大」と背中合わせなもの、ある種のエリート意識を担った「臆病な自尊心」とでも言うべきものの一つの現われではなかっただろうか。以下、このような作家の性格、今まで見て来た「沈淪」における様々な現象を生んだ、作家の側にあったものを、この伝記の側から見ておきたい。

(4)「洋秀才」のエリート意識

今まで見てきた所は、郁達夫の「自我」が、或る種の理想主義と、また、旧来の伝統的文人意識に近いものを含むことを予想させる。

彼は中産読書人の家庭の子として、何の疑いもなく、勉学によって身を立てるという道に身を委ねた。それ以外の生き方は考えてもみられない。彼の心に無意識のうちにあった（又それ以外にありようもなかった）「偉大な前途」（自伝）とは、一人は文官、一人は武官として、それぞれに頭角をあらわし、故郷の一県城の人々の評判となった（同上）二人の兄のあとを追って、「洋秀才」として身を立てることであっただろう。それは没落しつつあった旧読書人階級の子弟にとって、科挙廃止後における最も一般的な生き方であっただろうし、それはまた、科挙時代からの伝統的な意識や生き方の継承でもあったわけである。

彼は書塾から、田舎町の人々の驚嘆の的だった洋学校（高小）へ入る。而も一年後には成績抜群で知事の抜擢をうけて一級こえて進級する。中学においても国文の成績抜群で「怪物」の渾名を得る。幾つかの中学を（ストライキの主謀者と見なされたりして）転々とした挙句、同級生と共にのろのろと普通の過程を進むことは馬鹿々々しい、と考えている……。

彼は勤勉で品行方正な模範生だった。家庭は第六才子書などまでが禁書、彼は女子と交際することは男子のしてはならぬ恥ずべき事、出世の妨げになると考えていた。……

家は、洪楊の乱以来、一郷紳になり下っていたと彼はいう。三才で父を亡い、地主としての仕事は母の手に移る。

親戚の仕打ちのひどさに、寡婦と孤児が父の祭壇の前で手をとりあって泣いたことも屡々だったという。彼は末子、盲目的に彼を愛した祖母と優しい女中との間で、かなり甘やかされて育ったことが推測できる。……

こうした「自伝」の語る少年郁達夫の世界の特色は、彼の常に自分は他人と異なっていなければならぬとする意識であろう。中産階級特有とも言える、自分だけを特に、孤高、純粋、潔癖と考える自尊心。それは高過ぎるが故に、また甘やかされて育ったが故に、たやすく被害者意識とも結びつき易い臆病な自尊心でもある。

こうして醸成されたものは、或る種の理想主義・正義感・潔癖感と結びついた。また古風な（あるいは素朴な）、立身出世主義をも内に含んだ、一種のエリート意識だったと言うことができよう。今これを、その、封建士大夫の意識を継承する古風さと、西洋近代との接触を経験している新しさとを含めた気持で、仮に「洋秀才」の意識と呼びたい。そして、今まで「沈淪」に関して見て来た世紀末への共感をはじめとする様々な側面を、すべてこうした「洋秀才」のエリート意識から発したものと考えたい。

一七才で渡日した郁達夫は、日本の学校の課程に追いつくために、後年の肺疾の原因となった程の苦学によって、一高特設予科に主席で合格する（自伝）。留学生間でも、語学に長じ、旧詩の巧みな「才子」として重んじられていたことは、同窓郭沫若の言う所である（「論郁達夫」）。高等学校では、一度は医科から長兄の反対を押し切って文科へ転じ、文学へのはげしい耽溺もあったにもかかわらず、大学はやはり経済学部を選んでいる。当時の一般的風潮（郭沫若は医科、成仿吾は造兵科）であるとは言え、やはりこうした所にも「洋秀才」的発想が感じられる。

ところが、こうして東京帝大を卒業すれば「帰国後の地位は当然低くない」と考えていた「洋秀才」は、帰国後の彼らを待っているものが「なまじ学識があると却って」あのいい加減に遊んで帰国した名前だけの五ヶ月留学生に到底及ばない中国の現実であることを知らねばならなかった（「沈淪」及び「風鈴」）。

しかもまた、このような才子、秀才も、今身を異国に置いて、祖国の弱小の故に「支那人」に対する侮蔑には屈辱の涙を呑む他なかった。

ここから生まれた、エリートの誇りの故に、一層深からざるを得ぬ孤独感と屈辱感が「沈淪」執筆の主要なモチーフとなったのではないだろうか。だとすれば、それはいわゆる「憤世疾邪」の精神と、極めて接近したものとなるのである。この点、魯迅が創造社の文学を「才子＋流氓式」（「上海文芸之一瞥」）と言った時、少くとも郁達夫に関しては、彼が娼妓などの女性との交渉を描いたという点だけでなく、その発想の根底にあった、この「洋秀才」意識の古風さを見ていたのではあるまいか。

(5)　感傷の美学——「沈淪」の文学性

郁達夫の文学は、感傷と頽廃の情趣をもって特徴づけられる。そして「沈淪」の「病態心理」、「憂鬱症」は屢々それの代表（少くとも彼の文学の初期の）とされてきた。

この点に関しては、彼は「幼年時代、父を失い、同時に母の慈愛をも失った。この幼い心の悲しみが彼の憂鬱症の基礎を作った。長じては、婚姻についての不満、生活の不安定、経済の逼迫、社会的苦悶、故国の哀愁、眼前にひろげられる労働者階級の悲惨な生活の実際等々……が彼の憂鬱性を次第に拡張し……彼の生活を完全に変態的に変えてしまった。」（銭杏邨「達夫代表作後叙」）とする見方がある。ここでは彼の頽廃心理は心理学を借りて説明され、白村を援用して、彼において完全な「時代病患者」を見ているのである。[21]

確かに彼が小説に書いた所を見る限り、それはこのように理解することができる。

たとえば、

母親は、彼の父親があまりに早く亡くなったため、半男半女の性格に変ってしまい、小さい時から、彼を愛することを知らなかった。このため彼は次第に厭世憂鬱の人と変っていったのである。（「南遷」）

可京そうに、彼は小さい時から社会の虐待を受けたので、今に到っても、この塵世に一人の善人のあることを信じようとしない。（同上）

と彼は書いている。

しかし、私はこのような小説にあらわれた「憂鬱症」「厭世感」「時代病患者」の姿を、一種の擬態、誇張とみるのである。何故なら、たとえば、母親についても、「自伝」などに見える所はかなり異なっている。総じて、「幼時からうけた社会的虐待」は信用できない。私が「自伝」から見た所はむしろ、甘やかされた末子、「お坊ちゃま」、模範的優等生の姿であることはすでに述べた。郭沫若は次の如く書いている。

一九二〇年の春の事だった。……その時郁達夫は、非常に感傷的な別れの手紙を私にくれた。彼は私に、上海へ行ったら、流俗に染んではいけない、また、私が海外に置きっぱなしにした妻子のことを忘れてはならない、と警めた。この手紙は私に深い感銘を与えた。多くの人はみな達夫をいささか「頽唐」だとしているが、其の実、これは皮相な見解である。李初梨がこんなことを言ったのを覚えている。「達夫は擬似的頽唐派で、本質的には清教徒だ」と。この言葉はもっともよく達夫の実際を言い得ている。

彼において「頽廃」は「欲望が充足された過食と安逸から生じた堕落」ではなくて、「欲望を満さんとして満し得ぬ苦悶の結果」であったことを既に述べた。だがこの点でも、上の如き点からみると彼が実際に「頽廃」したかという点では疑問が生ずる。

「沈淪」を書いた頃の生活について、「五六年来的創造回顧」や「蔦蘿行」などには、「毎日小説を読む暇には、大方カフェで女を追いまわし、酒を飲んでいた。」とか「紅灯緑酒への沈湎、荒妄なる邪遊、不義の淫楽」などと書いている。しかし、これも、いちはやく時代の風潮の中へ入っていった才子らしい敏感さや、好奇心の強さを示してはいても、また、そうした流行にあわせた擬態や誇張は感じられるにしても、彼の実際の堕落や怠惰の証拠にはならないように思える。彼自身別の作品では、大使館に知人を持ち、毎日料理屋などへ出入して全く勉強など見向きもせぬ同宿の五カ月留学生の傍で、夜遅くまで刻苦する自分の姿を描いているのである。貧しい官費留学生の生活は、むしろ郭沫若らの言う如く、かなり清教徒的であり、模範的「洋秀才」の型に属していたのではあるまいか。

つまり、ここでこの章に於て見て来た所のまとめとして、私の言いたい事は、「沈淪」における「頽廃」「病的心理」の描写は、確かに「世紀末」に擬されたものではあるが、それを支えたものは、本質的には、いわゆる頽廃の美学（先に河上氏の引いたボードレールのものは勿論、厨川白村の場合をもふくめて）であるより、むしろ、先に述べた、伝統的な感傷の美学であったという事である。

「沈淪」は、「情欲と圧迫の対抗」を描いたものであった。そこにおける欲望とは如何なるものだったか。

蒼天よ蒼天よ、私は知識もいりません、名誉もいりません、あの無用な金銭もいりません、ただもし、私に一人のエデンの園のうちのイブを賜わり……（「沈淪」）

名誉、金銭、婦女、今私には何がある。何もない、何もない、……（「南遷」）

つきつめれば、‘money, love and fame’（南遷）の三つにつきる。――「沈淪」においては特に女性に中心があるのだが――それを求めて得ることの出来ぬ苦悶が、「沈淪」を生んだ。これは「洋秀才」の出世主義の反面とも言える。

つきつめれば、これだけのものを、文学にしたもの、言いかえれば「沈淪」の文学性を支えたものは、頽廃の美学ではなく、伝統的な感傷の美学であったという事である。

この事から結果されたもの、それがこの章において見て来た所であるが、今、もう一度整理して、この章のむすびとしたい。

第一に、郁達夫における「近代自我」は、社会的梗塞によって、欲望を満たし得ぬ個人の悲痛感や没落感といった、感覚的理解に止まったということである。それを我々は、世紀末をはじめ近代の諸思想家・作家に対する形式面からの共感に見ることができる。それは、封建士大夫の「牢騒」にも通ずる、近世的なものをかなり残した自我意識だったと言えよう。――根本的にはそれは中国社会における近代の未成熟に原因することではあっただろうが――。

第二には、このような自我の悲痛さの表現としての頽廃や憂鬱の文学性を支えたものが、伝統的な感傷の美学だったということは、流派や影響を同じくする日本文学と比較した時、彼の場合、頽廃の美学に、全く心酔しながら、そこから、頽廃美の追求や、人間の生命への深い掘り下げといった方向には向わず、実は、それを借りて、社会的・政治的抗議、訴苦をすることになっているという事である。

言いかえれば、「沈淪」においては、作者の欲望を満たし得ぬ苦悶の訴えが、それだけに止まらず、中国人全体、少くとも知識青年全体にかかわる社会的暗黒、不合理、祖国の弱少に対する抗議となっているので、そこから、「沈淪」における頽廃は、逆に、より良き明るい社会、富強なる祖国を呼び求める声ともなり得るものを含んだのである。

この事には（特に西洋文学から同じ影響を受け取っていた同時代の日本文学と比較して考えた時）伝統的な士大夫の文学において、牢騒は、常に個人だけのものに止まらず、士大夫の社会的・政治的責任感を媒介に、より広い社会的拡がりを持ったものでなければならない、とされてきた中国の文学の伝統が作用しているのではあるまいかと考えられる。

第三に、このような、社会的抗議は、当然社会的被圧迫者への同情共感へ進むべき要素を含んでいる（事実彼の文学はこの後その方向への発展を示すのである）。すでに、形式的（或いは感覚的）理解にもせよ、近代諸思想への共感があったことには触れた。「沈淪」（就中「南遷」）には、同じく感覚的なものにもせよ、社会主義への共感も語られる。しかし、「沈淪」における社会的抗議は、結局、個人的牢騒、自らの「生来の」孤高・潔癖を主張する自我主張、に終わっているのである。そこに、私が「洋秀才」意識と呼んだものから出発した彼の文学の、個人主義・浪漫性があるということができるであろう。

以上をもってこの章の叙述は終る。ここに整理した諸点、殊に第三点は、これと表裏をなす彼の文学の方法に、深くかかわっている。「沈淪」は何ゆえ「自我表現」の文学に止まったか、また「沈淪」にはじまる彼の文学は如何にして、この浪漫性を乗り越え得たか、または、得なかったか、それは何故か、等々の問題は以下、章を改めて、「日本自然主義」の理念と方法の継承という面から、彼の文学の方法を検討する中で考えてゆきたい。

Ⅳ　日本自然主義の継承

㈠　作品は作家の自叙伝である

⑴　浪漫主義か現実主義か

「文学研究会」の写実主義に対して「創造社」の浪漫主義ということが屢々いわれてきた。この場合、郭沫若と郁達夫とは、その浪漫主義の異なった二つの側面を代表するとされる。[42]このような図式は一応定説といえるにしても、必ずしも精密なものではない。中国近代文学の歴史を、それ自体のもつ法則性によって整理しなおす仕事は、むしろ今後の課題であるかに見える。

事実、近年、中国で出版された現代文学史に関する著作の中には、創造社乃至は郁達夫の文学を単に「浪漫主義」と規定してしまわず、それが持つ「現実主義的」な面をあげて、これを中国現代文学の流れの中に「社会主義レアリズム」への発展の過程として位置づけようとするかに見える見解が散見される。今、その中から二つの見解を取り上げてみよう。

(1)　葉丁易氏の『中国現代文学史略』（一九五五）は、創造社が「内心の要求」を重んじて客観的な現実生活の反映を重視しない浪漫的な主張を掲げた反面、また文学の時代に対する使命を強調し、明らかな写実主義の主張をもしている点を挙げて、これは「一見矛盾した相反する思想の同時並存」であるが、それも当時の中国社会においては現実を遊離して生活することは不可能であったことを考えれば不思議ではないとし、これを「浪漫主義的傾向を帯びてはいるが、基本的にはやはり現実主義であった」とする。

(2)　曽華鵬・范伯群両氏の「郁達夫論」（一九五七・六〈人民文学〉）は、彼の浪漫的傾向について、「当時の社会は異常に複雑だったので、作品の反映した現実もまた多様であった。もし作家が真実に芸術的に生活の側面を反映していれば、それは芸術の現実主義の法則に合致している」とし、ゴーリキーを引いて「偉大な芸術家たちにおいては、現実主義と浪漫主義はしばしば一つに結合しているかに見える」という点では、上の見解に近いが、特に一九二八年以降の彼の所謂「作風転換」をもって「創作実践の苦悩を通して『文学は作家の自叙伝である』という発言に見られる初期の浪漫主義を自ら改めて現実主義者になった」とし、この時期の彼がリアリズムの立場に立った「典型論」を書いていることをその例証としている。

後にやや詳しく触れる如く、彼の発言に「一見矛盾した」ものがあることも、また「作風転換」があったことも指摘し得る。また彼の作品が、浪漫的ではあるが、やはり現実生活を「反映」しているということも言い得よう。しかしながら、彼の文学を中国現代文学の上に歴史的に位置づけてみようとする場合、「現実を反映」した仕方、方法が実は問題であろう。その意味で上の見解には、まだ十分整理されていないものがあることが感じられる。[43]

以下の最初の問題は、現実主義・浪漫主義ということを——ここでの問題に即していえば、「沈淪」の成因に関する作者自身の「懺余独白」と「沈淪自序」とにおける「一見矛盾した」言葉（第Ⅱ章）と彼の文学の挫折との問題として——第Ⅰ章の問題提起に帰って、「沈淪」と「田園の憂鬱」の間に見られた形式上の共通点を手がかりに、日本文学における研究成果を借りながら、彼の文学の方法＝現実認識の方法という意味でもう一度整理しなおしてみることである。

(2)　作品は作家の自叙伝である

第Ⅱ章において指摘した「沈淪」と「田園の憂鬱」との間に見られる形式面での共通点の第一は、両者が共に、明らかに作者自身をモデルにした「自伝」的小説であることであった。このことは、郁達夫に関していえば「沈淪」に限らず、以後の彼の作品の大部分が所謂「自叙伝式」小説であったのであり、それは既に屢々言われて来たところでもある。ただここでことさらに取り上げて言えば、彼の場合、このことの背後には、これまたよく知られていることながら、「作品はすべて作家の自叙伝である（なければならぬ）」という極めて自覚的な主張があったわけである。

この、彼に関してよく引用される言葉は、一九二七年八月に書かれた「五六年来創作生活的回顧」の中に見えるが、そこで彼は次のように主張している。

ある事柄について経験のない人間は、決して空で捏造して（憑空捏造）、この事柄に関する小説を書くことはできない。だから私は主張する、無産階級の文学は無産階級自身によって創造されねばならない、と。Maugham が息子を作家にしたいと言って来たあるアメリカ人に答えて「年々二千ドルを与えて彼を悪魔のところへやりなさい」と言ったのは「作家が自分自身の体験を尊重しなければならぬということの証明であると思う。いかなる大文豪にしても、彼らが書いた殺人や盗賊の話は、我々のように、その経験のない者が読んで面白いだけで、もし本当に殺人、盗賊を働いたものが読んだならば、必ずや感動しないばかりか、作者の軽薄を嘲笑するにちがいない」。だから、この「作品はすべて作家の自叙伝でなければならぬ」という主張については、たとえ何といわれようとも、

私が創作に対して抱いているこの態度は、はじめからこうであったし、現在もやはりこうであり、将来も恐らく変ることはないであろう。

というのである。

ここで彼が「はじめから」と言うことからも、「沈淪」を自伝的な形式で書いた時から、すでにその背後には、こうした自覚的な主張乃至は信念があったと考えてよいであろう。

ところで、この「自叙伝」という語に集約される彼の主張は、これを当時の文壇の思潮の中に置いて考えた時、二つの側面を含んでいたといえよう。

第一に、上に引用した「創作生活の回顧」そのものが、自然主義の立場からする「若い作家」の批判に答えるという形で書かれているのである。彼は先の引用部分に続けて、自然主義者のいう「客観描写」に対して、それが「たとえどれほど客観的な所へ到達出来るにしても、もし真に客観的態度、客観的描写が可能になったとしたら、芸術家の才能は不要なものとなり、芸術家の存在理由は消滅するであろう」とし、もしゾラの文章が「純粋客観描写の標

本」だというのなら、何故彼の書いた小説にゾラという署名を必要とするのか、と反問し、「だから、作品中の作者の Individuality は決して失われてはならないものなのだ」という結論を導くのである。

ここでは恐らく茅盾らの主張が意識されていたであろう。そして、これは自然主義の没個性的な文学観に対する個別性を重んずる主我主義的な文学観の主張であり、天才や個性を重んずる反主知主義的な立場に立つ主張であるといえよう（それが大正期の日本文壇の思潮と関係することは既に先に引用した鄭伯奇が「自然主義は失敗していた」という如くである）。その意味でまたこれは葉丁易のいう「『内心の要求』を重んずる浪漫主義」とも言い得よう。

第二に、先に引用した彼の議論は、自然主義の「客観描写」への批判の言葉と、「作家の Individuality は失われてはならぬ」という結論とを外して読めば、「憑空捏造」に反対し、作家自身の体験を重んずべきことを言う、これは浪漫主義というよりむしろ明らかに写実主義の主張である。

同様の主張は「日記文学」（一九二七・六）にも見え、そこでは彼は、作品中の主人公を第三人称で書く時、この主人公の心理を余り詳しく書くと、読者は、作者が他人の心理をなぜそのように詳しく知り得たかに疑問を感じ「そこから一種の幻滅感が生じて文学の真実性を失わせる」として、文学作品があくまで事実を離れてはならぬことを言うのである。

もう一条「文学概説」（一九二七・八）を引けば、そこで彼は次の如くいう。

もし芸術家が良心を失い、芸術衝動と彼の表現とを一致させることができず、芸術と生活とをかたく一つに結合することができず、実感と作品とを完全に一つにすることができなかったならば、芸術の堕落はすなわちここに始まる。技巧偏重の弊、矯揉造作の弊、それらはすべてここから発生するのである。

これらには、後にも触れるように、真実――事実――実感の混同が見られる。その意味で、これらは確かに「『内心の要求』を重んずる」主張なのだが、同時にそれは「技巧偏重」「矯揉造作」を却け、芸術が生活を緊密に反映すべきこと（美醜を問わず、偽らず、ありのままに描くべきこと）をいう点では、葉氏らのいう意味で「現実主義」の主張を含んでいるといえよう。事実、郁達夫の諸作品は、現実を離れて空想の世界に遊ぶといった意味での浪漫的作品ではないし、その文学論を見ても、自分の主張を「浪漫主義」として標榜したものは見当らない。また更に、彼自身ではないにしても、郭の詩、郁の小説と並んで創造社の評論を代表するとされた成仿吾は、自分たちの主張を明瞭に浪漫主義と区別し、その否定の上に立つものとして「真実主義」（真の写実主義という程の意味であろうか）と称している[44]し、彼自身の「文学概説」などにおける文学史の記述の論調も、ほぼ成仿吾と同様の立場を示しているのである。

このように見て来ると、彼が、「初期の浪漫主義」を後に「自ら改めて現実主義となった」（上掲）か否かはなお一応別個の問題として残すとしても、少くとも、初期の「作品は作家の自叙伝である」という主張は、それ自体にすでに、むしろ葉氏のいう「一見矛盾した相異なる二つの思想の同時並存」を含んでいたといえる。しかもこの場合、郁達夫においては、少くとも自覚的には、それは決して「二つの思想」の並存ではなく、一つの思想（文学理念）であったので、この点にこそ彼の主張の特異性があったのだし、またそれは日本文学との関係を抜きにしては説明できぬものであろうと考えられるのである。

(3)　日本自然主義の理念の継承

今唐突を顧みずに言うならば、上段に引用紹介した郁達夫の所説は、そこから自然主義に対する直接の攻撃の言葉だけを削って見る時、たとえば次に挙げるような、田山花袋をはじめとする明治末——大正期の日本の諸作家の言う所と、奇妙なほどの符合を示している。

「他人のことを描くとどうも『真に迫る』度数が足りない」（田山花袋）
「やはり想像では駄目だということである。想像で書いた作品に、権威ある、心から人を動かすような力を持っているものは一つもなかった。想像で書いた作品の中にも、此処は鳥渡光っているなと思うと、それは想像で書いた処でないことがすぐ知れた」（同上）
「『アンナ・カレーニナ』も通俗小説だ」（徳田秋声）
「バルザックの『人間喜劇』も結局作りものであり、彼が自分の制作生活の苦しさをもらした片言隻語ほどにも信用おけない」（久米正雄）

郁達夫の、いかなる大文豪が書いた殺人盗賊の話も、実際の体験者からは嘲笑を買うだけだ、という論や、日記文学を推賞する考え方は、まさしくこの花袋らの言う所に符合する。「憑空捏造」に反対した彼の所論は「旧時代の捏造的ロマン主義」（里見弴）の言葉を攻撃した花袋らのそれに類似している。「蒲団」を書くに当って「かくしておいたもの、壅蔽しておいたもの、それを打ち明けては自己の精神も破壊されるかと思うもの、そういうものを開いて出してみよう」と決心したという花袋の態度こそは、彼が「文学概説」に書いた「生活と芸術、実感と作品をかたく一致」させた、「作家の良心」の模範であっただろう。

また彼が引用する「二千ドルを持たせて悪魔のところへやれ」というモームの言葉は、たとえば「都会の憂鬱」の中で、一人物について作者が語るように、まさしく或る時期の日本の文学青年がその文学修業として実行していたところではなかったか。

ここに挙げただけの資料では、彼の「作品は作家の自叙伝でなければならぬ」という主張と、たとえば、花袋の「平面描写」論などとの間の影響関係をいうには不足であろう。詳しくはなお後に見るとして、もし両者の間に少くとも或る種の共通な考え方があるとすると、ここには一見甚だ奇妙な関係が見られることになる。つまり、花袋らのヨーロッパの自然主義を学んだいわゆる日本自然主義の立場からの主張が、彼の場合ではそっくりそのままで自然主義への反論となっているのである。

更に、彼ら創造社の同人が日本留学を通じて受けた影響といえば、つとに鄭伯奇らが指摘する（新文学大系小説三集導言）如く、大戦前後の反理知主義的思潮、文学流派でいえば新浪漫派のものであったし、本稿でもその最も直接な例として「沈淪」と「田園の憂鬱」との間の影響関係を問題の出発点としてきた。もし、花袋ら日本自然主義との関係がいい得るとすれば、このこととどう結びつくかという問題も考えねばならない。

ここで思い当るのは、中村光夫氏の「風俗小説論」である。というより、そもそも、先に引いた花袋らの言葉は、これから示唆を与えられたものであった。

氏がここで指摘している所を借りるならば、第一の点については、「その後の日本文学の運命を定めた」ところの「破戒」から「蒲団」への文学革命、定説としてそこで確立されたとされて来た日本自然主義は、ヨーロッパの自然主義を学びながら、実は大きな誤解を犯していたので、本質的には浪漫主義の文学であった（後述）。とすれば、上のような一見奇妙な関係は、むしろ氏が明らかにされた所を、中国文学の側から裏付けた事柄として理解できる。

第二の点については、同じく氏は、「蒲団」において定着した「私小説」の理念（上に引用した言葉に見られるような）が、大正期を通じて、作家の気質や流派の別をこえて広く文壇全般の根底を流れる強固な「一般通念」となっていたことを指摘されている。[45]この指摘を前提にして考えれば、彼の発言が花袋らのそれと符合することは両者の間に直接の影響関係があったというより、彼が春夫なり新浪漫派なりの影響を受けたことを通じて、このような当時の日本文壇に共通してあった「一般通念」を暗黙の中に受けついでいたという、いわば間接的な関係として納得できよう。

ともあれ、「作品は作家の自叙伝である」という言葉に代表される彼の文学観の背後には、こうした大正期の日本文学に「作家の思想や流派の別をこえて」底流として根強く存在した文学に対する「一般通念」があったであろうということを、今はひとまず仮説として提出しておきたい。そして、もしこの仮説が成り立つとしたら、影響の産物であるはずの「沈淪」の中には、その直接の媒介となった「田園の憂鬱」とも共通して、中村氏の指摘されるような「日本自然主義」「私小説」の方法――自然主義の姿をとった、浪漫主義とは自覚されなかった浪漫主義――の諸特質が検出されなければならないはずである。

以下、それを見てゆきたい。それは、先の仮説を確かめると同時に、「一見矛盾した相異なる二つの思想の同時並存」をふくむと見られた彼の文学を、中村氏の指摘する所に照して見直してゆくことにもなるであろう。

㈡「沈淪」の方法――写実主義で偽装されたロマン派文学――

⑴「蒲団」――「田園の憂鬱」――「沈淪」

先に問題提起として、第Ⅱ章に指摘した「沈淪」と「田園の憂鬱」との間に見られる形式上の共通点の第二は、それらが共に「憂鬱症」あるいは「病的心理」の進行過程を丹念に追うという形で描かれている点であった。

この点について少し仔細に見てゆくと、すぐ気づくことは、両者が単に筋の立て方において共通しているばかりでなく、登場人物の描き方においても同じ特徴を具えていることである。

まずここでは、主人公以外の登場人物――「沈淪」の場合についていえば、主人公「彼」を死にまで追いつめてゆく「憂悶」「屈辱」乃至は心理的葛藤の相手である日本人学生、中国人留学生、日本人の女性たち、義絶するに至る長兄等々――はすべて、主人公の眼を通してみた描写しか与えられていない。「沈淪」の場合もっとも詳しい描写を与えられている下宿屋の娘にしても、彼女が、完全に孤独になった主人公にとって唯一の心の支えであり、彼は彼女を「大へん愛し」たが、表現できない鬱屈した思慕の情が日一日と強くなって行き、ついに浴室の窺き見という事件になるという主人公の例の心理描写が主で、娘自体については、「彼」の側からみられた彼女の容貌や笑顔が描かれているに過ぎない。このことは「田園の憂鬱」における「細君」などについてもいえることで、主人公以外の登場人物はすべて主人公の感慨を引き出すための「ほんの筋を通す道具たるにすぎず」、彼らの「心理描写が一言もない」という点で、二つの小説は共通している。

これと同時に、両者は共に「青年の憂鬱症の解剖」――“Anatomy of Hypochondria”とその間に織り込まれる主人公の独白、咏嘆を借りて、実は作者自身の「主観的感慨」で「主人公だけでなく、作中人物をすべて塗りつぶして」しまっている点でも共通している。

そして、これらは実は中村光夫氏が田山花袋の「蒲団」について指摘する所そのままなのである。それは、氏によれば、

少なくとも自然主義以後の小説では、構成とは筋の起伏を工夫することではありません。それは作品の主人公に対して持つ作者の人間的批判であり、言葉をかえて言えば、彼の意識の限界を作者が明確に意識することによって、他の作中人物に彼と対等なそれぞれ独自の生命を浮彫りすることなのです。

という意味での「構成」を欠いていることであり、そうした「息苦しい平板性」の原因は、「主人公の独白という表現形式」にあるのではない。「モノロオグで深い立体感を与える小説の例として、僕等は書簡体、日記体の小説の傑作をいくらでもあげることができる」ので、それはつまり「作者と主人公が同じ平面にいてしかも両者の距離がほと

んどゼロに等し」く、「作者は主人公の人物を少しも批評していない」という「根本的な作者の主人公に対する態度から来て」いる。

そこから、「作家と作中人物との距離をまったく無視して」単純に主人公＝作者自身が実際に体験したこと実感したところを「ありのまま」に告白しさえすれば「真実に迫り」得ると考え、「作品全体が結局作者の『主観的感慨』の吐露に終ってしまう」ことになりおわった所に、西欧の自然主義を学ぶに当って、近代リアリズムの批判的方法としての意味を捨象してしまった花袋らの「大きな錯誤」があった……。

このような指摘は「沈淪」や「田園の憂鬱」にもそのまま当てはまる。「沈淪」についていえば、ここに描かれたところがすべて作者の体験や実感を文字通り「ありのまま」に描いたものだという証拠はない。むしろ「作品中の達夫は背徳者だが、実在の達夫は一個の善良なる道徳家だ」（郭沫若「論郁達夫」）と言われるように、そこに誇張や修飾や演技を見る読者も多い。また筋を単調にすまいとする「構成」上の配慮もみられる。しかしそれは要するに修飾や誇張＝表現上の技巧であるか、さもなくば、作者自身のポーズ、演技をそのまま描いたにすぎず、作者の性格の発展の上にその分身としての一個の人物（つまりは他者）を客観的に造型しようとする試みははじめから放棄されている。つまり「沈淪」が一方では「赤裸々な告白」とみられると共に他方では「無病呻吟」「偽悪」のポーズとみられた（後述）ことは、それが「田園の憂鬱」と共に、根本的には、中村氏の指摘する如き方法――端的にはハウプトマンの「寂しき人々」と花袋の「蒲団」の間に見られるような「花袋の最大の独創であった、外国小説また戯曲の人物にみずからなりきって（またはなったつもりで）その作品のモチィフを生きて見、同時にそうした演戯をする作者の姿をそのまま小説の主人公とする方法[46]」――であったことを意味していた。ただその場合、達夫のちがっていた点は、このような方法を通じて、社会的乃至民族的な抗議をしようとするモチーフを根底に持っていた点だけである（このような方法でこうしたテーマと取り組んだところに彼の文学の苦悩と挫折の根本原因があったことは後に触れる）。そして、このような方法、つまり近代リアリズムについての大きな「錯誤」が、「やはり想像では駄目である」あるいは「作品は作家の自叙伝でなければならぬ」という信念の意味したところだったのである。

郁達夫が「沈淪」執筆直後に、ここで「田園の憂鬱」の“Anatomy of Hypochondria”に学んで（と先に推定した）「青年憂鬱症の解剖」を行ったと言った時（「沈淪自序」）、彼は恐らく上のような意味で「想像で書いた」ものではない、「真実な」、解剖をしてみせたのだという意味を含ませていたので、その背後には「田園の憂鬱」で「東洋古来の伝統的主題を欧州近代文学の手法で」描いたといった時の春夫の場合と同じく、「私小説」なるものを以って文学の「真の意味での根本であり、本道であり、真髄である」と考える当時の文壇の一般通念があり、「大正時代の優れた作品の過半は、その作家の持つ思想や彼の属する流派をとわず、花袋の「蒲団」の形式を踏襲して、その延長上に書かれたので」（注（45）参照）といわれているような事情があったのである。

「沈淪自序」にいう「解剖」がこのような意味でいわれたものであったからこそ、後に作者が同じ作品を「荒淫残酷な軍国専権の島国」で過した青春の「憂悶」「屈辱」、「夫を失った若妻」のようにひたすら哀しくあげた「悲鳴」だったといった（「懺余独白」）としても、彼にとってはそれは矛盾したことばではなかったので、いわば、「沈淪」の成立に関する作者のこの二つの言葉の間に、彼の文学の方法が、はしなくも語られていたともいえよう。

(2)　「詩人」郁達夫

以上のように、彼の方法が日本自然主義――私小説の方法を継承したものであり、それが近代の小説に不可欠のものであったはずの「構成」あるいは「虚構」を、単純に「空想の産物」「捏造的ロマン主義」あるいは「矯揉造作」

として却けてしまったものであったとすると、「芸術と生活とをかたく一つに結合」するべき彼の芸術において、生活を「ありのままに」「偽らずに」告白すべき「芸術家の良心」の問題を別にすれば、「芸術」の側に残される仕事は、「筋の起伏」を工夫することと、「芸術家がその天才を用いて」事実を如何に「真に迫って」描写するかという写実の技術の問題だけということになる。となれば、「技巧偏重の弊」を軽蔑するその主張とは裏腹に、事実上彼の文学は技術主義（美文主義）に接近してくることになるだろう。

とはいえ、これは彼が所謂「スタイリスト」であったことを意味しはしない。「流麗」の名を得ているとはいえ、彼の文体は、これを同時代の諸作家（たとえば魯迅など）の中で考えてみても、最も平易明快の部類に属し、あまり雕琢のあとを感じさせない。そこにはむしろ「硯友社」流の文章技巧を否定した日本自然主義と同じ思想を見ることもできよう。ただそのことも彼の技術主義を否定することにはならぬだけである。

「文学概説」の中でも彼は、フローベルの「一つの表現には一つの言葉しかない」という語を引用して、「芸術家の苦悶」とは「言葉を選択する苦悶である」と断じているが、彼が書いた作品批評をみても、佐藤春夫の「剪られた花」の「細かく到らざるところない」恋愛描写を特に挙げてたたえ、彼に学ぼうと努めているといい（「海上通信」）、蘇曼殊について、筋の不自然な点、表現の幼稚さを細かく挙げて作者の「不高明」、描写の「太不写実」を批判する（「雑評曼殊的作品」）など、専ら、描写の技術、花袋風にいえば「真に迫る度数」、を問題にしているものが多い。

この点に関係すると思われるのは、彼が、「銀灰色的死」「沈淪」執筆後間もなく、それらの中から流麗な抒情あるいは抒景の部分を抜粋して、「清晨」「懺悔」「郊外」（以上「沈淪」から）「月下」（「銀灰色的死」から）という題で、「辛夷集」（一九二三・四、泰東書局）という創造社同人のアンソロジーに、「散文」と銘うって載せていることである。如何なる事情によってなされたかは不明であるにしても、こうしたことが行なわれたのは、単に技術主義、美文主義乃至は表現の重視という以上に、彼の小説というジャンルそのものに対する考え方に関わっている事柄であるように見える。

少くともここでは、（以下また中村氏の所説を借りることになるのだが）小説は、作品全体を通じて作者の「思想」を表現するもの、としては取り扱われていない。いいかえれば、小説は、散文の論理性乃至は機能性の上に成り立つ芸術のジャンルとしてよりは、むしろ伝統的な抒情持と同じ発想の延長線の上にとらえられているのである。

上に見て来たように、彼は確かにある種の「写実」を主張し、また実行している。そしてそれは日本自然主義と共に「近代欧州文学の手法」を学んだはずのものであった。しかしながら、そこでは、「元来他者（『社会』）を『蓋然的な一般性』において捕えるための技術であったリアリズム」が、「その内面の思想性を失い」、「バルザックのいわゆる『荘厳な虚偽』を支える『細部の真実』であることを止め」、「あらかじめ『自然』と『真実』とを保証された作者の生態の描写」にすりかえられてしまっていた。

西欧の自然主義（或いは更に広く言って一般に近代小説）においては、作品は作家にとってその懐抱する思想の正しさを検証するために書かれ、思想の普遍性はその作品の完成または客観性と同義語であるために、作者の思想はつねにその作品全体を通じて現われるものであり、作品の中心をなす人物は――そこに自身の生活の影がどの程度にさしているにせよ――必ず作者の持つ思想の普遍性に映る自己の、彼の自己批判の形式またはアリバイの作成であるのに反して……

彼らの写実主義は、このような「自己の内面を普遍化し、その思想を具象化する労苦」、「いわば近代小説のもっとも困難な作業」を巧みに避けて通ったものであった。

だから、そこでもし何らかの「思想」が語られようとした時には、それは作品全体の構成を通して語られ、その完結によって普遍性を確かめられるのではなく、作者の「思想」が主人公の口を通して投げ出されればそれで足りたとされることになる。創作集「沈淪」中の第三篇「南遷」の末尾に、主人公に長い演説をさせ、「自序」でそれに触れて、「主人公の思想はその演説の中に見ることができよう」と書いているのは、彼の場合、このような小説理解の端的な現われであろう。

これは、明らかに、彼における抒情持と散文の未分化を示している。彼にとっての小説とは、少年時代から伝統的な詩詞・雑劇を愛し、留学生時代早くも巧みな旧詩の作り手として知られていた彼が、第Ⅱ章に見た如く、西洋近代小説への耽溺の中で得た共感や憧憬を、そのままわが身にひきうつして、伝統的詩詞の形式には盛り難いままに、上のような「欧州近代の」「写実的」な手法で表現する手段であった。アーネスト・ダウスンの伝記を下敷きに、それを東京での自身の生活に直接重ね合わせることによって書かれた処女作「銀灰色的死」から、そのような関係をより間接的なものに置きかえた「沈淪」への歩みは、このような彼の小説家としての出発をよく示している。いいかえれば、そこでは伝統的な詩人から近代的な小説家への転換は十分自覚的だったとはいえず、小説を書くことは、自らの中にある抒情乃至感傷を乗り越える自己批評の仕事としては意識されなかった。むしろ、そのような感傷や屈辱感（外国文学の作品から得た「近代人の感覚」への共感と重なり合った）を、できる限り「真に追って」表現することが、彼にとって、小説家になることであったのであり、そして、前章に述べた如く、この感傷こそが、彼の作品――少くともこの場合「沈淪」――の文学性を支えるものだったのである。

以上のことは、言葉をかえれば、「芸術」と「思想」の二元的理解、あるいは、小説芸術における思想性の排除であったともいえるだろう。「沈淪自序」にわざわざ「宣伝の文学と見られることを避けるために云々」と書かねばならなかった（第Ⅱ章参照）裏には、このような、小説の技術の中から、「思想を具象化する」作業をドロップさせた

「芸術」理解が存在したと言えよう。従って、そこでの「芸術」とは、「芸術家の良心」に関する作家の内面の「真実」の表白と、「芸術家の天才」による文章表現の技術とを意味していたといえる。創造社が「芸術の尊重」を唱え、「芸術派」と呼ばれたという時の「芸術」とは、まずこのような意味だったのではないだろうか。

先に「田園の憂鬱」と「沈淪」との形式上の共通点として挙げた第三の点、両者を通じてみられる抒情詩的なムードが背後に持っていたもの、また、郁達夫について屢々言われてきた「詩人的」ということは、単に作者の気質という以上にこのような近代小説そのものについての理解の問題を含んでいたのである。そして少くとも郁達夫に関する限り、このような抒情詩と散文の未分化は（その分化が近代の文学の特色の一つだとすれば）彼の文学の近代性のある限界を示していよう。それは彼の文学の方法＝現実認識の方法としていえば、彼の文学は、一見徹底した写実主義という面を持ちながら、その実、繰返し見て来たように、作家の自己批評を通して、その思想を客観化するというリアリズムの批判的方法としての面を完全に脱落させた、つまり、中村氏のいう所の「写実主義で偽装されたロマン派文学」であったということである。そしてまたそれは、根本的には、第Ⅲ章に詳しく見て来たように、彼における「近代自我」の、多分に古風なものを残した不徹底さに由来しているであろう。

以上、現実主義か浪漫主義か、という問題から出発して郁達夫の、特に「沈淪」の方法を検討して来た。結論としていえることは、日本自然主義――私小説についていわれる諸特徴が、郁達夫の場合にもそのまま検出できるということであり、それは、日本自然主義文学の、西洋の自然主義（近代自然科学の方法）への「誤解」の継承を意味し、「基本的には現実主義」あるいは「相異なる二つの思想の同時併存」というより、むしろ「リアリズムに対する誤解」であり、リアリズムの衣をまとってはいるが、本質的には浪漫主義の文学であったということである。

ところで、このように彼の文学の母胎となった私小説的リアリズムが、「自己の内面を普遍化し、その思想を具象化する」ことを放棄したものであったということは、そもそもそれが社会性の喪失を代償として成り立ったものだったことを意味している。日本私小説は、伊藤整氏のいわゆる「逃亡奴隷」の生んだ抒情持といわれる。このような「社会性の喪失」を代償してのみ成り立つはずの方法をもって、社会的、政治的抗議（第Ⅲ章）をしようとしたところに、「沈淪」にはじまる彼の文学のテーマと方法との間の矛盾があり、またその後の彼の作家としての苦悩の根本原因があったであろう。私小説を生んだ日本文学のゆがみの根本原因として、屡々、日本社会の近代の未成熟ということが言われてきているが、中国の近代は、そもそも「逃亡奴隷」の存在すら許さなかったといえるのではないか。文学は必然として社会政治から離れては成り立ち得なかった。その中で、彼が果して「初期の浪漫主義を自ら改め」たか否かという残された問題と共に、以下、日本私小説の方法が中国において如何なる役割りを果したか、その苦闘と挫折のあとを追ってみたい。

V 「沈淪」の位置とその主題の展開

(一) 非難と歓迎——「沈淪」の新しさとその限界——

(1) 「性欲描写」について

一九二一年一〇月、創作集「沈淪」が発表されるや、それは「文壇に多大の論議を捲きおこした」（『中国新文学大系第十巻』「資料篇」「沈淪」の項）。一方では数年を出ずして二万部売れたということからも知れるように、知識青年層から「熱狂的」といわれる歓迎を受けたと共に、他面激しい非難をも呼び起こした。これらは何を意味し、何に由来していただろうか。

今、それが受けた非難の側から見てゆくと、それはほぼ二つの方向に整理できる。一つはその「性欲描写」をとらえて「誨淫の書」「不道徳」「肉欲描写作家」「頽廃派」とするもの、一つは作中の主人公即作者の「頽廃」ぶりをもって「無病呻吟」と見るものにそれぞれ代表させることができよう。

以下まず前者から取り上げてみたい。

一体「沈淪」は中国新文学史上、「性」の問題をはじめて取り上げた作品だとされる。故岡崎俊夫氏は次の如く言われる。

……事実魯迅のようにあれほどきびしく儒教道徳の悪をついた人でも、その悪に抑圧されている性本能についてはほとんど取り上げていないし、冰心にしても、その描いた愛は母の愛でしかない。性のことには触るべからずというきびしい儒教的禁忌が潜在していたわけてある。これに反して郁達夫が勇敢に性の問題を文学の中に持ち込んであらわに表現し得たのは……（「中国作家と日本」〈文学〉一九五三・九）

「沈淪」を「不道徳」とする非難には、恐らくこのような背景が考えられよう。こうした点での非難に対して彼を弁護し、「沈淪」の出世作としての地位を決定したのは、周作人が〈晨報副刊〉に寄せた評論「沈淪」であったとされる。ここで周作人は、「郁達夫氏の書いた小説『沈淪』について述べる前に、まず『不道徳な文学』という問題についていささか語らねばならぬ。何故なら現在かなりの人々が、それを不道徳な小説だとしているからである」といい、このことを論ずることに紙数の過半を割いているのである。——Mordell の説を引用し、不道徳な文学を三種に分けて論じ、性を描くこと即ち不道徳ではないことを述べ、かくて有名な「『留東外史』は説書だが『沈淪』は芸術作品である」という弁護を述べるのである。

このような立論の調子自体が、今日からみると頗る啓蒙的という感じを与える。事実、ここで周作人が果した役割は、恐らくはそのようなものであっただろう。ただこの「沈淪」をめぐる論議について、注意すべき点があるとすれば、それは、これが文学乃至は芸術の自律性という問題を含んでいる点であろう（「創造社」が「芸術派」と呼ばれたということは新文学の歴史の上で、恐らくそのような点にかかわりを持つ事柄であっただろう）。そして周作人の評論が啓蒙的な調子を持つこと自体が、「沈淪」がはじめて性の問題を描いたということが、こうした意味で、当時において一つの意義と役割を持ったことを示していよう。

同時にまた、五四期の「自我解放」ということが、硬直した封建的な人間観からの解放を意味していたとすれば、「沈淪」はまさにそのような戦いの尖兵の役割をも果したにちがいない。それは郭沫若の言う如く「中国の旧礼教に猛烈な爆弾を投じた」結果となった。

大胆な自己暴露は千万年を経た甲羅の奥深くかくれていた士大夫たちの虚偽に対して、全く暴風雨のような衝撃を与え、これらのえせ道学者、えせ才子どもを発狂するほど驚かせた。（「論郁達夫」）

また、岡崎氏は、その意味を「封建主義の道徳のもとでもっとも抑圧されていたのは性であり、性の解放こそ西欧では近代への巨歩だったので」、郁達夫によって、「はじめて中国における近代文学が大きく花開いた」（上掲「中国作家と日本」）とされるのである。

ただこの点に関して一つ留保をつけなければならぬと考えられるのは、「沈淪」は、結果として、郭氏あるいは岡崎氏の言う如き役割を持ち得たとしても、この小説自体は、性の解放あるいは新しい性道徳の提唱といった思想乃至は主張をテーマとして持ったものではないということである。

ここに見られる性欲描写は、すでに見た如く（周作人も上掲の評論の中で、作者は「霊肉の衝突」を描いたというが実は「情欲と圧迫の対抗」を描いたにすぎぬといっている如くに（Ⅲ章（三）の(3)）、「霊肉の衝突」というような作者の内部における何らかの思想的な戦いの結論として形象を与えられたものではなく、本質的には感覚的な、社会的被圧迫者の受けた苦痛の表白として取り上げられている。

ここに描かれる性は、あくまで、「生来孤高・純潔な」主人公の堕落の象徴であり、その「赤裸々な告白」は、彼の言う「理想主義者の没落」（「沈淪自序」）即ち作者自身の堕落の「大胆卒直な」懺悔・告白であった。この作品が提出した「理想主義者」の像は（後に触れるようにある時期の新しい知識青年の像を代表したものではあったが）先に「洋秀才意識」と呼んだような、かなり古風な意識を残したものであったし、詳述は避けるが、作者自身の性道徳乃至は女性観もまた実はかなり古風な、そして実直な（郭沫若が「実在の達夫は一個の善良なる道徳家だ」といったように）ものだったので、[47]この作品中から既製の性道徳そのものに対する抗議や否定を見出すことはできない。

しかもここでの懺悔乃至は告白は、既に見たように、自己、即ち社会的被圧迫者の受けた苦痛乃至悲痛さ、あるいは「孤高・純潔」の裏返しの強調である（Ⅲ章（三）の(3)）。ということは、本来自己反省の所産であるべき告白が、ここでは、奇妙にも作者の自己批評ぬきで成り立っているということである。

その点をよく示しているのは、ここに描かれたセックスが――主人公の手淫や下宿の娘の入浴を窺き見して興奮のあまりガラス戸に頭をぶつけてしまう場面などにしても――全く「滑稽」の要素を欠いていることである。それらは極めて生真面目であり、悲痛でさえあるのだが、我々がそれらの箇所を読んで感じるものは、花袋の「蒲団」について、このことは彼が……純潔な心の持主である証拠で、その限りでは読者の同情を得ることができるのですが、不幸にして作者がこの主人公の姿の滑稽さにまったく気付いていないので、元来作者と主人公との間にある筈のアイロニーが、作品と読者の間に移って来て、読者はこの純潔な観念家の狂態に、作者の意図したような「深い同感」または、「無限の悲痛感」を与えられる代りに、非礼な微笑を余儀なく強いられるのです。（「風俗小説論」）

といわれる所と同じものになるのである。つまり、ここでの主人公が、作者自身の自己批評をふまえた分身として、周囲の社会との関係の中で客観的にとらえられることが全くなかった結果である[48]。

以上のことを言いかえれば、彼は確かに「勇敢に」性の問題を告白したが、その告白を支えたものは、何らかの新しい思想なり道徳なりから出た「道徳的勇気」ではなかったということだ。にもかかわらず彼が「赤裸々」に「大胆卒直」に告白をなし得たのは、自らの背後に外国の文学——この場合鄭伯奇や岡崎氏が指摘する大正期日本の「反理知主義的風潮」からの影響と刺激——をたのんでいたからであり、かつまた、それは彼のいわゆる「生活と芸術をかたく一致させねばならぬ」という「芸術家の良心」（上掲「文学概説」）の問題であり、「ありのまま」に告白することによってこそ「真実に迫る」文学たり得るとする文学的信念をたのんでいたのであった。そして、これらのことは、「蒲団」を書くに当って、「かくしておいたもの、それを打ち明けては自己の精神も破壊されるかと思われるもの、そういうものを開いて出してみよう」と考え、それを「捏造的ロマン主義」から「自然主義」への道と考えた田山花袋の場合の告白について言われる所と軌を一にしている。

かつて竹内好氏は「沈淪」について、「その社会的反響はあたかも花袋の『蒲団』に似た位置にある」（「郁達夫覚書」〈中国文学月報〉二二号）ことを指摘されているが、両者の告白を支えたものが共に「道徳的勇気」ではなく「文学的勇気」だったという点が、まず両者の「社会的反響」の性質に関係していよう。

「沈淪」における「性欲描写」について、以上のようなことが見得るとすると、それが当時において持ち得た意味、社会的反響というのも、またこれらの点に関わってくると考えられる。

第一に、それの当時の社会に対する問題提起は、少くとも作者の意識においては（たとえば沈淪自序に見るごとく）中国近代文学史の中では珍しく（と思える）「文学的」――文学乃至は芸術プロパーの問題にかかわってなされたもの――であった（たとえば後にふれる文学研究会との対立にしても、決して思想的対立ではなかったように）。

確かに、セックスの取り上げ方の真摯さのゆえに、それは、郭氏らの指摘の如くに、封建主義の「虚偽」に対する「爆弾」となり得たが、それも、彼がセックスの問題を戯作の世界からもぎ離し、一個の人間の内面にかかわる問題として真摯に告白したことの結果であって、ここでは彼は、その「驚人的取材与大胆的描写」（成仿吾「沈淪的評論」）をあくまでも「芸術家」としての意識でしているのである。いいかえればこれは当時の中国社会が「『芸術家』であることが、それだけで作家の周囲の社会に対して、或る倫理的な意味を持った」時代であり、自己の内面を偽らずに真摯に告白する態度自体が「封建道徳の支配に対する果敢な反抗であり、新たな人間覚醒の声であった」（『風俗小説論』）ことを意味していよう。

第二に、それは「懺悔・告白」であり、自己の「孤高・純潔」の裏返しの強調であって、作品の中では、セックスの問題として独自の主題をなしているというより、むしろ、「病態心理」の進行過程という形を借りつつ、実は主人公＝作者の受けた「悲痛さ」を強調する役割の一部を担わされている。「沈淪」全体の主題としていえば、上のような封建礼教の虚偽に対する反抗、暴露よりはむしろ祖国の弱小に対する訴苦という民族的な主題、反封建よりむしろ反帝（あるいは愛国）的な主題に中心があったといえるのである。

(2)　文学研究会との対立について

これとほぼ同様のことが文学研究会との対立についても言えると思われる。『沈淪』出版の直前（一九二一年九月）、上海で、帰日する郭沫若と入れちがいに、その手から創造社設立の事務を受け継いだ郁達夫は、郭沫若の乗船後三日目に、早くも〈創造季刊〉発行の予告を上海新聞に載せて郭を驚かせた。それは郭が同人の実力不足を危惧して、半年の間実行できなかったことであった（「創造十年」）。しかもその予告には、この盟友をして「藪をつついて蛇を出すこと」だし「いささか誇張をまぬがれぬ」と感じさせた（同上）「有人壟断文壇」という言葉があった。そしてその翌月には、創造社叢書第一種、第三種として『女神』『沈淪』が出版される。

この辺りの経過には、何となく、日本において学び来たった所の新しい「文学」をひっさげて、はじめて祖国の文壇に自らを問うた時の彼にあった、或る種の気負いが感じられる。そしてこの「有人壟断文壇」の一語は、その後の文学研究会と創造社の対立といわれるものの直接の発端になったとされる。

ここで盟友沫若にすら「誇張」「藪蛇」と感じられたような挑戦を、彼に敢えてさせた自負は何だったのだろうか。この問題について、郭沫若は、創造社と文学研究会との間には何も根本的な対立はなかった、「人生派」といい「芸術派」といっても看板に過ぎず、その対立は「文人相軽んずる」旧式な文士気質、また「ギルト意識」のあらわれに過ぎなかった、という（「創造十年」）。これは定説になっているようであるし、事実、両者の間に思想的な対立を設定することは困難である。だがそうとしても、「ギルド意識」といわれるもの（恐らくは書店との関係などをもふくむ外的事情が生んだもの）を除いても、なお「文人相軽んじた」ことには、やはり理由はあったはずである。

問題を今郁達夫に限って言えば、それは、文学研究会を既成文壇に見立て、自らは外国（この場合日本）から持ち帰った文学理念――前章から見て来た所――を恃んで、新しい文学の担い手と気負った文学的自負であったと考えられる。この翌年、文学研究会の茅盾たちの攻撃をうけて「我慢できないところに追いつめられ」（「創造十年」）て彼が書いたという小説「血涙」は、その辺の事情を物語っている。

これは、「雁冰や振鐸たちが当時空論をやらかしていた『血涙文学』を嘲弄したもの」（同上）だという。紹介する煩を避けるが、要するに、この小説で郁が「嘲弄」しているのは、「作品の中に血と涙がなければならぬ」という「問題小説」的な主張[49]に対してである。労働者か農民が主人公として登場し、それが血や涙を流すといった小説でなければならぬというが、そうした筋書きで小説をつくれというなら、自分にとってはいと簡単なことだ、しかし、そのような作者の内心の真実と関わりを持たない「つくり物」や「想像の産物」は真の文学であり得ようはずがないと皮肉ったものだといえよう。

そこには、単なる個人的、感情的な反撥、あるいは所謂「ギルド意識」だけではなく、彼なりの文学的主張の上に立った当時の文壇の風潮に対する批判があることが見てとれる。そこには、「沈淪」について「宣伝のための小説とみなされること恐れ」（「沈淪自序」Ⅱ章の㈠参照）と書いた時から、前章に引いた「五六年来的創作生活的回顧」に至るまで一貫した彼の主張がある。つまり、彼の「文学研究会」に対する勇敢な挑戦を支えたものは、彼が日本から持ち帰った文学上の主張――それも単に、新浪漫派、頽唐派、反理知主義的思潮等の影響というよりは、前章にみた「日本自然主義」から「私小説」に流れる文学上の信念――であった。従ってそれはまた、その「勇敢」さを支えたものが、思想的あるいは道徳的勇気ではなく「文学的勇気」であった点で、上の性欲描写の場合と軌を同じくしているとともに、単に写実主義に対する浪漫主義の対立とだけはいえず、観念性あるいは「捏造」に対する「写実」の主張という面をも持っていたといえよう。そして、これは現代文学史の中で彼の位置を考える時、見逃がされてはならない点ではあるまいか。

(3)『沈淪』の位置

小説集『沈淪』が、出版当時、一部から不道徳な小説という非難をうけつつも、他方、「広大な青年の注意と共鳴を博した」[50]ということは多くの文学史が斉しく記す所である。この、今日から見るとかなり幼稚なともいえる小説が、数年をいでずして二万部も売れたという当時からすれば珍しい反響を呼んだことは、単にその「驚人的取材」と「大胆的描写」（上掲）の故とだけいえるだろうか。それはむしろより深く上に見て来たような事柄に関わっているかに見える。

当時の文壇の傾向について、鄭伯奇は「文学研究会は、帝政ロシヤの人生派に近づき、自然主義には至っていない」（『新文学大系小説三集』導言）といい、茅盾は「傍観的写実主義の傾向に退いてしまった」（同上小説一集導言）と書いている。茅盾はまた、当時の小説の大部分を占める恋愛小説が観念的であること、殊に農民や労働者を描いた場合にそれが甚だしいことを指摘し、それらが「自然主義的文学作品でない」ことに不満を示している（「評四、五、六月的創作」〈小説月報〉一二巻八号）。

これらの異なった立場に立つ二人の批評が一致していることは、上に見た郁達夫の「血涙」の中での「嘲弄」が客観的にも単に「ギルド意識」からする言いがかりではなかったことを示していよう。そしてこのような「観念的」あるいは「傍観的」な作品が、小説読者の大半を占めたであろう知識青年層を満足させるものではなかったであろうことは容易に想像できる。

「五四運動以後、確かに浪漫主義的な風潮は、全国青年を風靡する形勢だった。『狂風暴雨』（シュトルム・ウント・ドランク）は、ほとんど、すべての青年が常に口にするスローガンとなった」（上掲、小説三集「導言」）と鄭伯奇は書いているが、それはまた、「五四の自我解放」を経験しながら、その自我を発展させ得る場を見出し得ないでいた当時の青年の苦悶の姿だったともいえよう。彼らが文学に求めていたものは、何よりも、そうした自分たちの苦悶に生きた形象を与えてくれるものであっただろう。

　そうした時代の中で発表された「沈淪」をはじめとする郁達夫の初期の諸作品が、「およそ、五四時代の文芸に関心を持っていた青年なら誰でもみなこれを読んだであろうし、また、どれほど忘れっぽい人でも、これらの作品が当時の彼の心に残した印象を忘れ去ることは、決してないに相違ない」（韓侍桁）[51]といわれる程の反響を呼んだのは、まさに、それがこのような青年の要求にこたえたものであったからだ。ある文学青年のグループは、上海まで行って「蔦蘿行」の主人公と同じ「香港布」の揃いの服をつくって着、自分たちのグループのシンボルにしたといい、その反響は「若きヴェルテルの悩み」がドイツの青年の中に起こしたそれにも似ていたとまでもいわれる（同上）のは、一読者がいみじくも書いているように、彼らが作中の主人公に対して「同情ではない、同感の涙を流した」といった性質の共鳴を、作品が呼び起こしたからに外ならない[52]。そして、このような受け取られ方をしたことは、まさしく郁達夫の文学が、その方法が、当時の文壇の状況の中で持ち得た意味を物語っていよう。

　つまり、彼の文学、その方法は、彼の同時代の知識青年の苦悩を、批判を通して客観的に描き出すことも、それに解決の方向を示すこともなし得なかったが、彼らと同じ苦悩の中にあった自分自身の姿をモデルに、その実感をありのままに告白してみせることによって、血肉をそなえた、また作者と内面の真実を分けあった生きた人間像として、はじめて彼らの前に示すことができたのである。その意味で、彼の最初の文学的成功は、その「流麗」と評される文章技術にもよっていようが、何よりもまず彼の「方法」の成功だったといえよう。そして、それは、

　……読者が何より望んだことは、その小説的方法はどうであっても、和服を着たルーギンを、ラスコオリニコ

フをなまなましい手で触れられる人間として描きだしてもらうことで、作者にもし舞台裏から彼らをあやつる余裕がなければ、作者自身が舞台に登ってもよかったので……いわば時代の文学そのものがひとつの肉体を求めもがいていたとき花袋の大胆な演戯は、まさしくこの要求にぴったり応えていたのです。（『風俗小説論』）

といわれるような意味で、まさに「その社会的反響は花袋の『蒲団』のそれに似て」いたのである。

彼の方法は、本質的にはロマン的な文学のそれではあったが、それなりに強力な方法だった。それによって、作者と「内面の苦悩によって結ばれている」主人公を「生々しい、血肉をそなえたもの」として内面から刻み上げてみせたという点に、彼の文学が中国新文学の歴史の上に持つ最大の意味があり、「新しさ」があったであろう。封建主義の虚偽に対する「爆弾」となった等々の役割を結果として果し得たことも、実はこの一点に関わっていた。

しかしながら、このような彼の方法は、同時に、上のような熱狂的な歓迎が過ぎ去ることもまた早く、数年後の青年、学生には、この「伝統的な感傷」はもはや全く関心を惹かぬものになってしまった、といわれる結果を招いても(53)いるのである。これまた「蒲団」の場合に似て、それについていわれるように、作中の主人公の悲痛さが、あまりに作者自身の主観的感慨に即きすぎ、実際の体験ということに凭れかかっていて、読者の側に同様の条件が存在する時にこそ、上述のような熱烈な「同感」を呼び得ても、一度そうした条件が失われた時には、もはや読者の「同情」を呼び得るだけには客観化されていないからである。これまた彼の方法が招いた当然の結果といわねばならない。

またこの辺りから彼に対するもう一つの非難――「無病呻吟」という――が出てくる。彼の初期諸作品に描かれた主人公の頽廃ぶりは、一方では作者自身の体験の赤裸々な告白と考えられた所から（事実そうでもあったのだが）それに同情同感するしないに関わらず、背徳者・頽廃主義者・時代病患者郁達夫というイメージをかなり広く抱かせた（そのような観点から彼を論じた代表的なものは銭杏邨の「達夫代表作後叙」である――Ⅲ章㈢の(5)参照）。しかし、他方それを

「無病呻吟」と見た者も多いようである。彼の作品には「技巧を弄した所が多すぎ（売弄技巧的地方太多）」作者は「結局田漢氏の言う所の、〝一個の偽悪者〟であり、一度だって本当の頽廃派文人だったことはない」（張若谷）[54]というわけである。彼ら冷静な読者は、魯迅が「日記文学」の主張を批判して言ったように、「真実の中に虚偽を見」て幻滅を感じたのである。[55]彼らは、作者自身に重ねられる彼の作品の主人公の頽廃やその病態心理の中に、演技の要素があることを見たのである。

前章に既に見たように彼が日本から持ち帰った創作方法は、外国文学を受け容れるに当って、その作品の方法を学ぶのではなく、その「内容」に共感して、自分がその作品の主人公になったつもりで演技し、その演技する自分の姿をモデルにして自らの作品を書くという方法（屢々引く中村氏が「蒲団」における花袋とハウプトマンとの関係を例に指摘されるような）であった。彼が日本自然主義の方法を継承したということは、このような、「蒲団」や「田園の憂鬱」をふくめて、留学当時の日本文学に一般な西欧文学受容のあり方をも、そのまま受け継いだことを意味していた。

具体的には、これもすでに見てきたように、彼は我が身にひきくらべて「頽廃派文人」に惹かれた。それこそ「同情ではなく同感」したのである（だから彼はそれをかなり自分の上に引きつけて理解した）。作品の中で彼は確かに「赤裸々に」自己を告白した。だが、その作品の主人公のモデルになっている彼自身は、無意識にもせよ、逆に彼の理解した「頽廃派文人」に擬せられ、ひきつけられている。そこには無意識の演技・擬態（それは科学的虚構ではない）が生ずる。アーネスト・ダウスンの伝記上のエピソードをそのまま自分の東京での体験と重ね合わせて書かれた処女作「銀灰色的死」においてそれは最も明瞭に見られるが、その他の彼の作品においても多かれ少かれ事情は根本的には同様である。そこから「無病呻吟」の非難が生まれ、先に引いたような批判が生じたのである。

このことは、一般に外国文学受容のあり方として、かなり重要だと思われる。中国近代文学が「僅々十年の間に西欧文学二百年の歴史を大急ぎでくり返した」（「新文学大系小説三集導言」）といわれるような事情の中で、郁達夫が日本文学から学んだ方法が、西欧文学の受容の仕方において上のような面を含んでいたということは、彼が西欧文学について豊富な読書をし、多くの知識を持ったにも拘わらず、そこから何らかの「方法」を学んで、変動する中国の現実を描き上げる方法となし得なかった所以となったのであるし、次段に見る如く、彼の作家としての生命が短かったことも、またここから生じた必然の結果であっただろう。

しかしながら、繰返して言えば、かかる欠陥を持ったにもかかわらず、彼は、この方法によって、西欧近代文学の外形を学ぶに止まらず、それを作家の真実にかかわるものとして「内面化」し、輸入された「文学の自律性」の観念に、実作をもって裏付けを与えたのであって（なお注（46）参照）、この点においてこそ「沈淪」は、今もって、中国近代文学史の上に、単に「写実派」に対する「浪漫派」、あるいは「文学研究会」に対する「創造社」の「ギルド意識」からする対立というだけではない、一つの「位置」を要求し得ると考えられるのである。

（二）「沈淪」の主題の発展とその挫折

(1)「沈淪」から「薄奠」へ

「沈淪」の主題は、留学を通じて受けた日本文学、特に新ロマン派文学の影響（中でも「世紀末文学」への強い共感）を背景に、「近代人」の「病的心理」を描くことによって、実は、それ自体を描くというより、むしろ、自己にそうせざるを得なくさせる外的抑圧に対する痛恨の訴え、抗議の叫びを上げることにあった。その意味でそれは感覚的な自我主張の文学だったと言えよう（第Ⅲ章参照）。

ここから出発した彼の文学の展開を考える時、第一に言えることは、そのような訴苦、抗議の対象が、留学中に書かれた「沈淪」では、民族的——性的な抑圧であったものが、帰国後は、社会的——経済（政治）的なものに変っていったということである。それは、一般的にいえば、革命退潮期の当時の中国社会で、彼ら近代的インテリゲンチャが受けいれられる場がなかったことの反映であっただろう。殊に上海は、後に魯迅が『才子＋流氓式』（「上海文学之一瞥」）と呼んだ文学の温床だったようだ。彼についてみれば、はじめて帰国した時のことを書いた作品[56]の中に「帝大を悪くない成績で卒業した自分の、帰国後の地位は当然低くないはずだ」と思っていた期待が全く裏切られた憤懣を述べているのは、そうしたテーマの移行の過程をよく語っている。

それと共に、第二に指摘できるのは、作品中に、副人物として、自分と同じ社会的圧迫に苦しむ者、善良な、素朴な、そして弱い者が、登場させられ、それが次第に重い比重を与えられるようになってくることである（「沈淪」中の副人物は比重が小さいだけでなく、おおむね自己に対する圧迫者の側の人物として登場する）。

「茫々夜」（一九二二・二）「秋柳」（一九二二・七初稿）「孤独的悲哀」（一九二二・一〇）などにおける妓女・売春婦、「蔦蘿行」（一九二三・四）などにおける妻から始まって、「春風沈酔的晩上」（一九二三・七）における可憐な煙草女工「陳二妹」、「薄奠」（一九二四・八）における貧しい人力車夫に至るまでの系列を考えると、これらの副人物は、単に自己の痛苦を訴えるという主題のための道具という性格から、次第に、それら社会的被圧迫者の苦痛それ自体をも描くという方向を強くしてくる。それらは被圧迫者の苦痛として発想されるが故に、「茫茫夜」等に描かれる売春婦にしても（曽・范両氏の「郁達夫論」も指摘する如く）そこには卑猥感はなく、むしろ温かい同情とヒューマンな詩情をすら我々は感じるのである。更に「春風沈酔的晩上」を経て「薄奠」に至ると、この被圧迫者は、「弱い女性」という性格から「民衆」という性格へと移ってゆき、その描写は、「社会主義的」色彩をすら帯びてくる。

以上のようなテーマの発展は、すでに見た所の彼における「頽廃」の性格から当然導かれる所であるし、また特にこのように、自分自身のの訴苦から出発して、同じ苦しみの下にある他者へと眼が向いて行った所に、彼の文学を、その強い影響関係にも拘わらず、日本私小説と区別する最大のポイントがある（Ⅲ章(二)の(4)参照）。

しかしながら、このような発展の方向を示しつつも、これらの諸作品は、本質的には、その思想と方法において、「沈淪」において定着されたものの範囲を越えることはできなかった。ここに描かれた副人物たちは、確かに、ただ主人公＝作者の主観的感慨を引き出すための道具だてとしての役割を与えられているだけのものであることから、次第に脱却する方向を示してはいる。しかし、結局は、主人公＝作者の眼から見た外側からの描写しか与えられておらず、小説を構成する「性格《キャラクター》」の一つとして、主人公と対立する独自の「生命」を持ったものに描かれることはなかった。それは、せいぜい主人公と共通する面（弱さ、善良さなど）でだけ捉えられて、主人公＝作者の主観的感慨を分担させられるに止まっている。

たとえば、「春風沈酔的晩上」における煙草女工「陳二妹」をとってみても、それは「虐げられたもの」「心美しきもの」「素朴なもの」「無知なもの」として、愛情をこめて描かれる。主人公と彼女との交渉を通じて私たちは、そこに「頽廃」をもって呼ばれた作者の、こまやかにも美しい善意の叙情詩を聞くことができる。しかし、それは結局末尾の次のような主人公の独白につながっていくのである。

「あの娘はほんとうに可哀そうだ、だが今の俺の境遇はあの娘にも及ばないじゃないか。彼女は仕事をしたくないのに仕事の方で強制してくるのだが、俺の方は仕事をみつけたくても全然みつからないのだから……」

さらに、このような傾向の一つの頂点を示すと思われる「薄奠」においても、そこに描かれる人力車夫は、本質的には「二妹」とほとんど変らない。誠実な人柄、社会的被圧迫者として、いわば作者＝主人公と同じである面だけで捉えられ、主人公が、人力車に乗るとき、少しでも車夫の労苦を少くしようとする自らの「浅薄なる社会主義」を自嘲と共に告白するに止まり、末尾は「春風沈酔的晩上」の場合と軌を同じくして、「社会的圧迫という点から言えば、俺の方がもっとひどいではないか」という自らの悲痛の告白に終るのである。

こうした意味で、帰国後のこれら諸作品も、結局は、「沈淪」の場合と同じく抑圧された自我の自己主張の文学という範囲を出ていないと言えよう。

このことを別な面から言えば、そこに彼の方法的限界があったといえる。彼が「沈淪」の場合から一歩を進めて、自らと同じく社会的圧迫の下にある民衆を描こうとする方向を強めたことは、中国近代文学の歩みの中でいえは、当然すぎることだった。だがこの当然すぎることに眼を向けたと同時に、彼は、日本文学から学び帰った方法をもってしては処理し切れないテーマを自らに課したのである。ここでは、その方法が、先に見た如く、「近代リアリズムに基本的な作業を避けて通った」もの、元来「社会性を犠牲にすることによって成り立った」ものだったことが決定的な障壁となった。彼が「個人主義」から脱却できなかったといわれることは、方法的にみれば、このような日本私小説の理念に基づいた方法の限界だったのである。

ここから、彼の作家としての苦悩がはじまる。

(2)「作風の転換」とその挫折

郁達夫は、一九二九年一月に出版した『小説論』の中で、現実主義芸術の中心問題として「典型化」について論じている。この典型論と、「文芸漫談」（一九三二・一）に見える「我々は文学を用いて宣伝をしなければならない云々」という彼の発言とを例に取り上げて、曽、范両氏の「郁達夫論」（前掲）は、彼が初期の「文学作品はすべて作家の自叙伝である」という主張をその誠実な創作実践の苦心の中で、ついに自ら改めて「現実主義者」になった、としている。

確かに、ほぼ一九二七年を境にして、彼の評論に、以前とはやや異なった論調が見られるようになる。そして、同じ頃から、実作の上でも、所謂「作風の転換」を意図して苦しんだことが知られている。それは、彼が自らの生き方の上でも「方向転換」の決意を公けにしたのとも、(57) 時期を同じくしている。彼は、作家として進歩的な立場に立ちつつ、反動支配が残酷化しつつあった中国の現実に、誠実に取り組んでいこうとすればするほどに、そうした意図と、先に見て来たような方法との矛盾に悩まざるを得なかった。一九二七年八月には、まだ「将来も恐らく変ることはないであろう」（前出）と言い切っていた所の留学以来の文学上の主張にも、ついに自信を失ったのが、彼の「作風の転換」であっただろう。

だが、彼の「方向転換」の決意が、時として人々の揶揄の対象となったと同様に、彼の「作風転換」もまた成功したとは言えない。というより、彼がその評論にいう「典型化」という作家の仕事を、実際の制作の上で、どの程度理解していたかは頗る問題である。彼の場合ロマン派の自覚はなく、「リアリズムの誤解」だっただけにことは却って困難だった。たしかに、一九二七年以後、彼には、たとえば、「迷羊」（一九二七・一二）以後、「她是一個弱女子」（「迷羊」と共に彼のたった二つの長篇）「二詩人」（創造社の王独清らを皮肉ったものという。ユーモア小説と称する）「出奔」（彼の最後の小説となった）等、従来の「私小説」的作品とは異なった作風の作品がいくつか見られる。それらには、従来の作品には見られなかった複雑なストーリーの展開や、主人公＝作者ではない主人公あるいは多くの登場人物、さらには、上海の労働者の大衆行動や上海事変の如き社会的事件さえ描かれる場合が見られる。こうした点でそれらは確かに「自叙伝式」小説から一歩出たものではある。しかし、「迷羊」などを見る限りでは、彼は「小説性」（あるいは「虚構性」）というものを、単に事実の誇張や空想の加味、要するに「筋の起伏を工夫すること」と考えることから一歩も脱していない。また「她是一個弱女子」に描かれる人物や社会的事件にしても、全く、外側からの粗い肉付けされないデッサンを与えられるに終っている。それは「作者の革命行動に対する経験の欠乏……」（丁易「郁達夫選集序」）などに起因するというより、彼が他者を描くという作業の意味を殆ど理解していなかったためではないか。「二詩人」はその極端な例で、作者の主観だけが先走って、描かれる（揶揄される）対象である二人は全く客観化されず肉付けされない。この殆ど作品と呼ぶに耐えぬ作品を自ら「ユーモア文学」というのは、(58) 理由はどうあれ、彼が批判の方法としてリアリズムについて全く理解していなかったことを語るとしか思われない。

これらの作品は「自伝性」を脱したが、それによって通俗小説に堕し、逆に「文学性」そのものを失ってしまう結果となっている。

そして、これらを経て、一歩リアリズムとして完成に近づいたと見える「出奔」（一九三五）にしても、むしろ主人公を通じて作者自身の生な感慨を吐露することによって、その文学性を保っているので、それは逆に、この作も「沈淪」以来の方法を結局は脱し切れなかったことを語っているのである。日記によれば、「迷羊」「蜃楼」「春潮」の「三部作」によって、現在・過去・未来の「中国青年の典型」を描こうという計画を持っていたというが、失敗作「迷羊」の外は、完成されぬままに終った。

かくして「出奔」をもって、彼の小説家としての生命は事実上終る。「作風転換」は結局失敗したと言わざるを得ない。同時に、この前後からの彼の社会的行動も、全体として、少くとも表面に現われた限りは、戦線脱落という外ない。社会的挫折が、新しい小説家の出発、作品の結実を生むという関係は、そこでは遂に見られなかった（逆に言えば、この時期の作品で成功しているものの場合は抒情詩としての成功であったことをそれは語る）。むしろ彼の場合、作家として変革の中の中国の現実を描き切れなかったということは、同時に社会的人間としてもこの変革の時代を生き抜き切れなかったことを意味していたかに見える。そして、このことは、報告書には、その原因が彼の文学の方法、イコール彼の現実認識の方法にあったことを語っているかに思われるのである。

いいかえれば、彼の「作風転換」の失敗とそれに並行する「方向転換」の挫折の原因を、その「思想的不徹底」と[59]だけ言ってしまうことは十分でないと考えるのである。同じ一九二七〜八年頃の評論などに見られる時事的発言は、マルクス主義に対する理解という点から言って、確かに「不徹底」にはちがいない。しかしまた、それは、同世代の他の作家とならべてみた時、少くとも表面だけを見た時、むしろある意味では大いに「左翼的」とはいえても、決して落伍的、あるいは保守的とはいえない[60]。マルクス主義への接近の時期も、秀才らしく、かなり早い方だったといえるし[61]、我が国などでも、魯迅よりは、はるかに「左翼的」文人とみられていたようである[62]。

用語の正確を欠くが、問題はそこにある「思想」や社会的認識それ自体、公式としてのマルクス主義への距離の遠近にあったのではなく、作家としていえば、それを評論としては書き得ても、小説としては客観化し得なかった点にあるので、その原因は端的には「南遷」において主人公の「思想」を演説によって示そうとした（Ⅳ章(二)の(2)）時以来の、主情的ロマン的な方法にあったし、それは社会的人間としての現実認識の方法でもあったと考えるのである。

たとえ「不徹底」でも、評論に見られるほどの社会的認識を、作家として小説に客観化し得る方法をつかみ得ていたら、そこから逆に認識自体を「徹底」させていくことも、また作品が作者の「思想」以上のものを持ち得ることも可能だったはずである。——そう考えると、「作風転換」「方向転換」の失敗、挫折の原因は、彼の〝認識〟〝思想〟自体にあったというより、むしろ〝認識方法〟〝現実をとらえるとらえ方、姿勢、態度〟とでもいうべきものにあったと思える。そして、それを本報告では、Ⅲ章およびⅣ章に見て来た所が表裏をなすという意味で、「思想＝方法」と呼んできたのである。

㈢　結　語――被害者の文学・敗北の叙情詩――

最後に、小説「沈淪」の結尾を見なおして見ることから、これまで見て来たところをまとめてみたい。「沈淪」の末尾は、主人公の自殺を暗示しつつ、有名な「祖国よ、祖国よ、富強になってくれ！」という叫びをもって結ばれる。

自殺という点でいえば、「沈淪」に先立つ「銀灰色的死」の結末も一種の自殺であり、「薄奠」においても、主要な登場人物である人力車夫の自殺という結末が与えられている。それはまず、先に見たように、彼が世紀末文人に見た、社会的圧迫――憂悶・反抗――頽廃――自殺という図式をふまえたものであり、主人公の「悲痛」の表現の極点をなす。と同時に、自殺ということを、ある状況からの脱出、ある現実の場の放棄と考えるならば、これは最後の作品「出奔」に至るまで、彼の作品の大部分の結末について当てはまる（これは彼が「懺余独白」の中で自らの創作動機を、〝Wander Lust〟と説明するのにも照応する――Ⅲ章㈢の⑶参照）。創作を一つの社会的現実の追求としてみれば、主人公の自殺はその放棄であり、彼については、実際に体験したことのない事柄を空想で捏造することはできぬという文学的信念の放棄でさえある。さらに、彼の作品における作者＝主人公という関係を考えれば、作家の自己放棄あるいは自己否定だともいえよう。

これは伊藤整氏が「自己否定、自己放棄または無の意識は、日本では潔癖感や正義感と深く結びついたものとして存在している」（「小説の認識」）という所に、かなり似ている。彼の場合、主人公の死はある種の立身出世主義と結びついた「正義感」「潔癖感」（先に「洋秀才意識」と呼んだ所）の裏返しの強調としての「悲痛さ」の極点としてあるのだから。そして、「社会的関連を考えずに単独人としての生命意識を考える場合、これは強力な思考法である」（同上）。彼が「個人主義」といわれるのも、またその文学的成功も、さらには彼の文学が封建道徳に対する激しい反抗となり得たことも、このような方法に由来している。

ただ、彼の場合が異なっていたのは、日本ではこのような「社会的関連」を抜きにすることで栄えた文学の方法をもって、社会的な主題ととり組んでいったことである。そこには文学流派や作家の個性の問題を越えて、両国の文学伝統や近代史の質のちがいという問題があるであろう。

「生来孤高・純潔な」青年が、「万悪に満ちた」梗塞せる社会の中で、出口のない戦いを続け、疲労し、頽廃し、敗北する姿を告白してみせることが、まず彼の文学だった。「現世的なまたは社会的関連的な文芸作品に描かれる生命の相は、一般に否定的であって、悲哀・苦痛・倦怠・羨望・不安・憎悪等の感情をもって初めて生命が描き出されるのが常で」（同上）あったのである。そしてそれが「生命が拡大しようとして他のエゴや権力に抑止される時に、初めて生命の存在感は現われる。抵抗感が生命の実在を認識させる」（同上）ためとされ、また「生命を圧迫したりはばんだりするものに受け身で抵抗するものとしてだけ芸術的表現があるのではないか」（同上及び同氏の『小説の方法』参照）といわれるような発想は、我が国の文学に、少くも大正期から、根深くある。彼の文学はそれを承け継いだ、文字通りに「受け身」な「被害者の文学」であった。このような形での「自我主張」（Ⅲ章）が彼の文学の本質だった。描かれた「頽廃」の姿には、その方法から来る「演技」の要素を含みはしたが、その「自我主張」そのものは真実なものだった。だからこそ、それは真実な文学が常にそうした側面を持つように、「抵抗」の文学たり得た――

「自我主張」はそのまま封建礼教に対する「爆弾」といった社会的反抗・抗議とされたし、またそうなり得た。これが先に「流氓」郁と呼んだ面である。

しかしながら、このように彼の「告白」が本質的には「自我主張」だったということは、「被害者」である自己への自己批評を欠いていたことでもある。彼の告白は一つの「懺悔」だったが（Ⅲ章㈢の⑶）それは奇妙にも「自己批評」から出たものではなく、むしろ「自己否定」「自己放棄」から出たものだった。だから、彼の文学には、たとえば魯迅の「狂人日記」などに端的に見られるような、「被害者」が同時に「加害者」だったという認識はない。

このことは、同時に加害者の側（「沈淪」では、「支那人」を蔑視する日本人や、「庸俗」「軽薄」な世人。帰国後の作品では「万悪にみちみちた経済組織」や「正人君子」。最後の作品「出奔」では、堕落した国民党革命政府の「政客・悪棍」等）もまた正確に批評され得ない結果を生んだ（Ⅳ章㈡の⑴、Ⅴ章㈡）。単に作品の中でそれらが充分肉付けされず、独自の生命を与えられなかった（同上）というに止まらず、そこでは、社会も、自己も、倫理も、すべて固定化され、静的にしか捉えられなくなる――「老残遊記」の著者の「正義を渇慕する精神」を「現代の革命家」のそれと等置する（Ⅲ章㈢の⑵）反面、革命への満腔の熱情と期待に燃えて身を投じた広東政府の中に、腐敗や堕落の醜悪さを見るや、早くも「中国には革命が成就しがたい」ことに「確信」を深めたという（「鶏肋集題辞」）彼であった――。

文学の方法は即ち作者の現実認識の方法であり、またその逆でもあったとすれば、このような受け身な方法によっては、そこに如何に変革（自己変革をふくめて）への意欲と希求はあろうとも、科学を前提とする真の意味での変革は成り立ち得ない。誠実に変革を求めたが故に[63]、その戦いには出口がなかった。必然的に「自己放棄」（主人公の死あるいは脱出）にゆき着かざるを得ない（そして実はそこから彼の文学――告白と叫び――が始まっている）。

こうした意味で「沈淪」末尾の主人公の死の結末（「自己放棄」）は、実はまた、作者の「自己保存」のための――

自己を破壊から救うための、作者が用意した唯一の文学的な逃げ道だったとも言えよう。

このような自己保存の方法としての「流氓」郁の自殺と共に、「隠士」郁が生きはじめる。端的には、先に見た「作風転換」の失敗の後に、夥しい「遊記」「山水記」の類が産まれたことにそれは見られる。また「転換」を意図した諸作品に並行して書かれた「過去」（一九二七・一）「灯蛾埋葬之夜」（一九二八・八）「東梓関」（一九三二・九）「遅桂花」（一九三二・一〇）等の諸作品を見よ、前者における「流氓」の苦渋に満ちた、またいかにもぎこちなく泥くさい仕事ぶりに比して、後者において「隠士」郁は、何んと静かに、「身外の嵐」を観じ、優しく、調和に満ちて、抒情し、感傷し、珠玉の小篇を残していることか。それは自己放棄の産物である。さらに遡って、それは「沈淪」においてすでに見られる。先に彼における美しい自然と醜悪な社会との対置について指摘したが（Ⅲ章㈢の⑴）、実は帰国後は醜悪な憎悪の対象でしかないように描かれる中国社会も、今「沈淪」の末尾で死を決意した（自己を放棄した）主人公にとっては、「西方の空にゆらめき動く一顆の明星の下」に、限りない懐郷の想いと愛国の情をもって呼びかけられる「祖国」「故国」なのである。

「沈淪」等に見られる激しい苦悩・頽廃と静かに美しい自然への抒情の並存も、実は一つの「自己放棄」による認識ではなかっただろうか。そして、それは、伊藤整氏が、

だが現在を放棄したものにとっては、実在自体が美しく意識される。対人関係から解放された時急に空の美しさ、山の美しさ、木の葉の美しさなどが意識される。人の姿の美しさも……自分と利害関係を持たない異性に突然逢った時に強く意識される。そういう肯定的な生命感が最も強く感ぜられるのは、その人間が死ぬことを意識した時である。……（『小説の認識』）

と書いているような日本「私小説」の中に多くある一つの型に類似すると共に、中国の伝統的な文学の中にこれも多

く見られる反俗（山林隠逸・科挙不第の文人）の文学にも接近している。事実彼がそうしたものに深い共感を示していることは既に述べた（Ⅲ章）。

このように、彼の文学は、日本自然主義――私小説の中国への移植の記念碑ともいえるし、また、中国の伝統的な士大夫文学の中のあるものと日本の近代文学との血族結婚が生んだものともいえるであろう。この際、恐らく明確にそれと意識されぬままに、「芸術派」「内心の要求の尊重」「作品は作家の自叙伝」といった主張の衣裳の下に持ち込まれていたものは、恐らく文学の自律性、西欧近代小説の自国へのアダプトに当っての内面化（方法の安易さという欠陥はあっても）ということだったので、その点に、単に大戦後の日本の「反主知主義」「新浪漫派」の輸入（それと革命退潮期の中国知識青年の苦悩との結合）というに止まらず、魯迅の「狂人日記」による中国近代文学の出発と呼応する一つの進歩、一つの段階――少くともその可能性――をもたらしたものだったという中国近代文学史上での「位置」を（言いかえれば、少くとも初期創造社に関して在来の文学史の書きかえを）、報告者は、彼の文学のために要求したいのである。

その意味で彼の文学の中国近代文学への寄与は、幼稚な作品ながら『沈淪』一冊に尽きると――日本私小説の移植として、「沈淪」から「過去」へと、その円熟のあとを辿ることも一面では可能であるにもかかわらず――考えるので、むしろ、その当初の成功とその後の苦悩・挫折の方に報告者の眼は向いた。それは、無批評的な「風俗小説」と閉鎖的な自伝小説に分裂して「輸入品『近代リアリズム』は滑走を続け」（渡辺一夫）(64)てきたとみられる我が国の近代文学と、「文研」「創造社」の時期から、「抗戦文学」「人民文学」に至る、社会主義リアリズムへの道を歩むとされる隣国のそれとの一つの出合いと分岐――両国の近代史と文学伝統との異質を反映したもの――と見えた。章を分けて触れ得る限りは触れたが、曖昧な表現に終った点が多かったことについては、全面的にそれらの問題に取り組むことは今の報告者の力のおよぶところではなかったという外ない。

Ⅵ 補 説——残された課題——

(一)

本稿は、一九五九年から六四年にかけて発表した三篇の旧稿[65]を一つにまとめたものである。これは私の研究者としての最初の仕事であり、また今から見れば私にとっての「戦後民主主義」の記念でもある。

いったい、日本における中国近現代文学研究の、いわば第二世代に当る私たちの、戦後における中国近現代文学研究の出発点は、第一に一九四五年八月一五日の日本敗戦と、第二に一九四九年一〇月一日の中華人民共和国の成立という二つの歴史上の事実が私たち日本人に与えた衝撃にあったといってよいだろう。前者は、国民を侵略戦争に導いた軍閥・財閥の政治的責任の追及から始まり、幾多の残虐行為を犯していたことが私たちの眼に初めて明らかになった日本人の道徳的責任への反省へ、さらにはそれらの根底にある明治以来の日本近代の文化的(精神的)体質へのトータルな自己反省に及んだし、後者、つまり中国革命の成功は、単なる軍事力の優劣の問題としてではなく、むしろ軍事的、経済的な劣勢をもはねかえした思想の勝利、さらには中国共産党の倫理性の高さの結果、つまり「人間革命」の勝利、として受けとられた。こうした意味で、日本近代への反省と結びついた中国革命への関心が私たちの出発点だった。「中国革命から学ぼう」というのが私たちのスローガンだった。

私たちに最も大きな影響を与えた所謂「竹内好の問題提起」——すなわち、中国近代(といっても特に魯迅)を借りた、それとの比較による日本近代文化へのトータルな批判は、まさに、この両者、つまり日本近代への自己反省と中国革命の思想的勝利がもたらした衝撃とを結びつけたものだったと言えよう。その背後には、そうした明治以来の日本近代のあり方への反省を通して新しい日本を建設しなければならないという、一種ナショナルな熱情が、戦後日本を特徴づけていた。そして、その場合、中国革命が思想の勝利、「人間革命」と受けとられたように、戦後は何よりも、思想の力（その意味での文学の力）が信じられた時代だった。思想というこの無形のものが、如何にして新しい歴史を切り拓く力となり得たのか、その秘密を解くこと、その意味で中国革命から学ぶことが、戦後の中国近現代文学研究の出発点だったと言っても、そう甚だしく独断的なことではないだろう。魯迅と毛沢東とに関心が集中したのも、そうした戦後の私たちの問題意識のあり方を示す事柄だったと言えよう。

㈡

本稿、すなわち私の戦後の郁達夫研究のモチーフも、以上のような、戦後日本にあった日本近代への反省と、思想というものへの関心という二点を反映していた。

第一に、私が郁達夫を自分の研究テーマとして取り上げようと考えた理由の少くとも一つは、彼が日本憲兵に殺害された中国作家だったという点にあった。郁達夫を取り上げて調べてみることは、日本人の道徳的責任への反省につながる問題であるように私には思われたのである。

第二に、私の研究の主題は、一言で言ってしまえば、郁達夫は一九二七年以降なぜ革命文学の戦線から脱落して文人的世界に退くことになってしまったのか、その原因を彼における思想のあり方の問題として考えてみることであったと言える。

この場合、私は、「思想」というものを既成のマルクス主義への接近の早さ遅さや、教養理解の正確不正確や、共産党との距離の遠近などとしてではなく、彼の文学の方法（それは同時に彼の社会認識の方法でもある）に端的にあらわれるものと捉えるべきだと考えた。――私が自分の「『沈淪』論」の副題を、「日本文学との関係より見たる郁達夫の思想＝方法について」としたのは、そうした意味だった。そして、私が得た結論は、これも一言で言ってしまえば、小説家としての郁達夫の挫折の原因は、彼が日本留学を通して、「自我表現」という「社会性を捨象することによってはじめて成り立った」ところの日本自然主義――私小説の方法を承け継ぎながら、一人の誠実な中国知識人として中国社会の現実への批判や反抗をその文学の主題とせざるを得なかったという、〝主題と方法との矛盾〟にあった（そのことは彼が表現しようとした〝自我〟の性質が、伝統的な落第文人のそれを色濃く残すものであったことと一体をなすことであった）というものであった。

今から見ると、こうした私の最初の仕事は、竹内好の強い影響の下に、その問題提起をそのまま受けて、いわばその裏返しの作業を試みたに過ぎなかったとも言える。――つまり、竹内は魯迅を取り上げることによって日本近代文学の主流をなして来た「マルクス主義者を含めた近代主義者」を批判したわけだが、私はその竹内によって批判された日本文学（その影響をストレートに受けたと考えられた郁達夫）を取り上げることによって、いわば、日本文学の「方法」が激動の中国革命の現実の中に持ち込まれた時に辿らざるを得なかったその「運命」を見、日本近代文学においては主流となった方法が中国においてはそうなり得なかった理由を考えることを通して、私なりに、上に言ったような「日本近代への反省」を試みたのである。――その背景には、むろん私なりの郁達夫への「偏愛」があった。私は当時の先進的な学生運動に共鳴しながらもそれに必ずしも積極的には参加していけないでいた自分の軟弱さを、郁達夫の身の上に重ねていたのである。その意味で、私の郁達夫批判は、私の自己批判でもあった。戦後には安藤彦太郎氏の著書に代表されるような「知識人の自己改造」学生の「プチブル意識の克服」といった言葉が私たちの心を揺さぶっていた。それが私の郁達夫研究のもう一つの隠れたモチーフだったのである。

それから三〇年が過ぎて、今回これら私の最初の仕事を、ほとんどそのままここに収録したのは、何んと言っても私の怠惰のせいであって、そのことの言い訳をしようとは思わない。ただ、敢えて三〇年前の旧稿をそのまま収録するのには私自身がここに書いた限りでは今も見解を修正する必要はないと考えていることが最低限の条件だとは思っている。さらに言えば、最初に書いた私の「戦後民主主義」――戦後日本の初心――を、私が、今日の中曽根内閣の下の日本においても、否、今日においてこそ、改めて想起したいと思っていることの、これは、私なりの表明でもある。

しかしながら、三〇年前のこれらの仕事は、私自身にとっても、言うまでもなく満足できるしろものではない。たとえここに書いた限りではその大筋については今も新しい見解を持ち得ないでいるにしても、私は、今日では、少くとも、この三〇年間の日本の民主主義の歴史と、その中での私自身の学んだ経験をふまえて、この先を書かなければならなかった。それが出来なかったのは私の怠慢である。――では、この最初の仕事の延長上に、今日では、何が書かれなければならないと考えるか、せめてその方向だけでも述べておくことが、三〇年前の旧稿を再公表する際の、私の最小限の責任であろう。

(三)

前段に言ったことをもう一度言いかえるなら、「竹内魯迅」による郁達夫（実は日本近代文学）批判が、私の最初の仕事の隠れた主題だった。その前提となっていたのは、魯迅は日本文学から本質的な影響を受けなかったが、同じ日本留学生の文学運動でも、一〇年後の創造社は日本文学の強い影響を受けた、という当時の〝常識〟があった。この点については、その後私は、内田義彦氏が「知識青年の諸類型」（『日本資本主義の思想像』岩波書店）に言う「『我』の内容」の変遷という概念装置を借りて、魯迅と明治三〇年代文学、創造社と大正文学との、それぞれの間の〝同時代性〟を比較してみることを通して、若干の修正を試みた[66]。しかし、この当初のモチーフ自体は、その後も、創造社と魯迅との間の、たとえば両者の「民族主義」あるいは「リアリズム」理解のちがいを見るというテーマとして、一貫して持ち続けて来た[67]。

ただ、この場合私が創造社を代表させて考えて来たのは、郁達夫ではなく、郭沫若や成仿吾であった。つまり、私は問題の中心点を少しずつ移動させて来ていたのである。――一九二七年以後についていえば、最初の問題は魯迅は前進を続けたのに郁達夫は脱落した、その理由はどこにあるのか、というところにあったが、その後の問題は、同じくマルクス主義を受けいれて〝前進〟した魯迅と郭沫若らとの問のちがいはどこにあったのかという点に移っていった――、それは、その後の三〇年間の私の問題意識の移動、私の日本のマルクス主義者への不満及び中国の解放後のマルクス主義文芸（とりわけ文革後半に明らかになって来た傾向）への不満と結びついていた。解放後の中国文学の主流（そのマルクス主義理解及びリアリズム理解、あるいはその文学の〝方法〟）は、魯迅のそれではなく郭沫若や成仿吾に代表される創造社のそれを継承したものであるように私には思われはじめた。私はそこに竹内好が批判した「近代主義」が、日本文学だけではなく、実は中国文学においても「主流」となっているのではないか、と考えるようになったのである。

そうなると、一九三〇年代における郁達夫の苦悩と脱落の意味が、もう一度改めて考えてみなければならない問題として浮び上ってくる。少くとも、最初に「魯迅は前進したのに郁達夫が脱落したのはなぜか」と考えたのと同じ意味で、「郭沫若らは前進したのに郁達夫が脱落したのはなぜか」という問題を考えることは出来ない。ここでは、「民族主義」の問題にせよ、創作の「方法」の問題にせよ、これまで一括して創造社の「近代主義」ととらえて、これを魯迅と対置して考えて来た私の視点が不十分なことは明らかである。とは言え、むろん、魯迅と郭沫若らとを一括して「革命派」ととらえ、郁達夫らを「中間派」あるいは「非革命派」ととらえる観点は、上に述べたように、既に「思想」を「方法」の問題として考えようとした時から私には有効とは思えなかった。ここでは、本稿におけるように、単に郁達夫の「自我」の前近代性を批判するだけでは不十分で、同じ創造社の中でも、たとえば郁達夫と郭沫若とにおける文学的な自我のあり方を区別してとらえるための、別な新しい観点と方法が必要である。

　これは、より広く言えば、中国近現代文学史を見直すために、どのような観念と方法があり得るかという問題である。解放後に書かれた中国近現代文学史は、魯迅の「方向」を主流に据え、大きくはブルジョア的な個人主義の文学から、マルクス主義の立場に立った階級的な大衆文学への流れとしてとらえられ、作家たちも、これまた粗く言えば、革命派、中間派、反革命派といった政治的、思想的な規準で区分されて来た。私の本書に収めた郁達夫論も、大きくはこの枠組みを肯定し、この枠組みの中で書かれたものである。こうした枠組み（唯物史観あるいは進歩史観）が今日ではもはや全く無意味になったとは、私には考え難い。しかし、これからの世界を考える上で、従来の「資本主義か社会主義か」というパラダイムがその有効性が問われているのと同様に、今日の日本また中国（ひろくはアジア）の思想的状況の中で、もう一度「思想」が（その意味で「文学」が）力を持ち得るためには、たとえ、進歩史観や唯物史観に固執するにしても、もう一歩、いわば〝人間〟の問題にまで深められた〝思想〟というものの捉え直しが要請されていることは確かだろう。

　以上のような意味で、私自身としては、ここに収録した最初の仕事の、いわば〝魯迅と郁達夫〟というテーマ、その後の〝魯迅と郭沫若〟というテーマの先に、たとえば〝郁達夫と郭沫若〟というテーマが必要であることを感じているのである。私としては差し当りやはり魯迅を軸にして考えていくしかないとすれば、魯迅が郭よりは郁の方に好意を抱いていたこと、郁には「創造臉《づら》」がない、と言っていることなどの意味を、単に個人の性格などの問題としてではなく、より一般的の問題として考えてみることが、その手がかりになるのではないかと思っている。

それは、一九三〇年代の郁達夫を考えてみることでもある。彼がこの時期「脱落」し、旧文人的な世界へ後退したことは事実である。それは、本稿において見たような彼における〝近代自我〟の性格に関わることだっただろう——ここまでは、大筋において、私は本稿での見解を訂正する必要を、今の所、感じていない。ただ、今日ではここから先——つまり彼の「脱落」が持っていたいわば積極的な意味——を考えることが必要だと感じているのである。ここには、三〇年間の恥ずかしい経験から私なりに学んだ、私自身の「思想」の捉え方の浅薄への反省がある。

（四）

上に私は、戦後は「思想の力」が信じられた時代だったと書いた。その際私たちは「思想」というものをどう考えていただろうか。私にはそれは端的にはマルクス主義を意味していた。それはつまり「思想」とは、個人のものではなく、マルクスの思想、ウェーバーの思想等々……であったということだ。思想が個人々々の精神の営みであることを認め得なかった[68]、或いは「統一と団結」の名の下にそれを許そうとしなかった。竹内好を借りていえば、「思想を所有すること」と「思想に所有されること」との区別がわからなかった。その結果、個人の思想の〝発展〟をも、ある思想（たとえば唯心論）から他の思想（たとえば唯物論）へ移ることだと考えがちだった。その背後には、思想（あるいは世界観）というものを歴史社会の産物である（従って階級社会にあっては全ての思想は「階級性の烙印を押されている」）

と考える「歴史主義」の強い影響があった。そこでは、個人の思想というものは、「主観的」にはどう考えられようとも、同じ歴史社会の産物である以上（「存在が意識を決定する」）、「客観的」にはいずれも似たりよったりのものであることを免れず、その階級性や時代性によって幾つかに分類（「進歩」、「保守」等々という「レッテル貼り」）の出来るものだった。そして、思想の発展は、これも最も単純化して言ってしまえば、社会の「発展段階」に対応して、たとえば、ブルジョア個人主義を克服してプロレタリヤ集団主義へと進むべきものだと、私には考えられた。つまり、私は、個人主義（近代）と社会主義（現代）とを対立・分裂させてとらえていた。

むろん、当時から、個人の自立を抜きにした集団主義は、心情的乃至は精神の構造の上から見れば戦中の国家主義の形を変えたものにすぎないのではないかという反省はあり、その点をめぐる議論もなかったわけではない（たとえば「主体性論争」）。また、竹内好は、魯迅の思想を、ニーチェ風の唯心論・進化論からマルクス主義への「発展」としてとらえる観点に対して、それは個人の思想全体の中から既成の思想だけを「抽出」するやり方だという批判を提出していた。――私も多分そうしたものの影響を受けていて、郁達夫の「思想」を考えるに当って、彼の「思想」を単に既成のマルクス主義への距離ではかるのではなく、「方法」として見ようとしたことは、既に言った通りである。だが、それにしても、私の郁達夫論は、やはり、郁達夫はいわばプチ・ブル意識を克服できず、革命文学の戦線から脱落した「頽廃と感傷の作家」だったという一種の〝常識〟を、動かしがたい前提とした上で、その原因を考えたものだった（「知識人の自己改造」という当時の風潮が、私の研究の隠れたモチーフだった）。

私は彼の脱落の原因を、彼における「近代自我」が、文人のエリート意識を色濃く残した、封建的な感性的自我意識であった点に見た。それは彼における西洋近代受容の態度および彼の小説の方法にも表われていると考えた。――前にも言ったように、そこまではよい、と今も考えている。この点は、たとえば魯迅が意志的な「精神」として西洋近代を理解したのと比較した時、郭沫若らを含めた創造社の文学運動全体についても、ある程度共通に認められるものであろう。ただ、この観点と方法では、一九三〇年代に、郭沫若らは〝前進〟し、郁達夫は〝脱落〟した理由を説明することはできない。それをするには、その後の三〇年の経験が私に与えた「思想」のとらえ方への反省をふまえた、新しい観点と方法が必要である。

しかも、この私自身への「反省」は、私がその尻尾について来た「戦後民主主義」運動の敗退の原因への私の反省であり、それは同時に私が、一九三〇年代以降中国現代文学の主流をなして来たと考える郭沫若らの「創造社式」の革命文学の方法と、彼らにおける「思想」のあり方に対して私が感じている問題とも重なって来る。そうなると、同じ創造社同人の中でも、郭沫若や成仿吾と郁達夫とを分けて考え、郁達夫の「脱落」という事実自体の中に、当時の文学状況の中での、郁の側にあったある積極的な（或いは消極的な）主張を見る、あるいはその意味を考えることが必要になる。それは或いは、魯迅の「〝創造社式〟革命文学家」への批判とも、どこかで接点を持つだろうと考えられる。

言いかえれば、私は、今日の日本及び中国（つまりアジア）の思想状況に対応する研究課題として、旧稿の中で考えたような郁達夫における「近代自我」が、西洋近代文学受容史として見た時の中国近現代文学史の中に占める位置を、今日の視点から、もう一度とらえ直し、それが持っていたであろう積極的な意味を考えてみる必要を感じているのである。旧稿の末尾で私は「文芸の自律」という面からそれに触れかけてはいたのだが――。それは同時に、長い中国伝統文学の歴史を貫いている「政治と文学」の構図の中での、文学及び文学者の営みの一つの型として、私が郁達夫の中に見出して「文人の伝統」と呼んだものに、もう少し丁寧に分析を加え、その今日的な意味をもう一度私なりに考えてみることにもなるだろう。

つまり、私が旧稿で、当時の私自身への自己批判を通して、いわば批判的に取り上げた郁達夫の「思想＝方法」を、今もう一度、肯定的な意味をも含ませて言いかえるなら、それは、いかなる既成の「普遍的」な道徳、理論、思想といった外的な価値の権威をも借りることをせず、ひたすら権勢も名誉も持たぬ一介の平凡な文人としての自己の、裸の感性としての自我に依拠して、中国社会の暗黒の構造全体と対決するものだったと言えよう。確かに、こうした文学の方法（同時に社会を認識する方法）では、中国社会の現実を構造的にとらえ切ることは出来ず、またそれは必然的に彼の作家生命を挫折に導きもした。その理由として、彼は超越との対決を通して自己の内に新しい普遍的価値を形成することは出来ず、その自我は封建的なものを残した感性的自我に止まったことも指摘できる。だがそれは同時に、彼が一個の文人として世界を見る「眼」を、たとえばマルクス主義などの「権威ある」思想や世界観にゆだねてしまうことを最後まで肯んじなかった誠実をも意味していた。――こうしたことが、旧稿（本稿第Ⅴ章）で「文学の自律」という面から、彼のために文学史上の「位置」を要求した時に、私が考えかけたことであった。そしてその後の中国文学が、とりわけ『文芸講話』以後、科学的な社会認識の方法を獲得したというより、多くの場合単にその「方法」を毛沢東思想から借りたというに止まり（思想を所有するより思想に所有されて）、文学が自律的に「方法」を持つことを放棄する方向に進んで来たという面が指摘できるとすれば、今日、郁達夫における自我のあり方は（日本私小説が単に「社会性を放棄した」と言い切れるものではなく、社会批判の一つの方法だったのではないかという問題と共に）、改めてその消極面と積極面をあわせて、取り上げ直される必要があるのではないだろうか。

――以上が、現在の時点で、ここに再録した旧稿の先に、もう一度検討してみなければならないと、私が考えている問題である。今回それが書けなかったのは、私の怠惰と共に、それを書く新しい観点と方法とを、私がまだ見出し得ないでいるためである。ただ、旧稿の幼稚さへの赤面する思いは措くにしても、それを殆どそのまま収録した以上、せめて現在の時点での私のそれへの〝総括〟くらいはしておきたかった。無くもがなの「補説」をつけ加えた理由である。

一九八五年一〇月

注

（1）本稿は二〇年前の旧稿である。原題及び原載誌は、注（65）参照。

（2）伊藤・稲葉編「郁達夫研究資料初稿」（《中国文学研究》第一号　一九六一・四）。

（3）たとえば、王瑤の『中国新文学史稿』（一九五九、上海新文芸出版社）は次の如くいう。
「五四期の個性解放の思想を代表して、これを個人主義に向って発揚したのが郁達夫の小説であり、五四期の科学観を代表して、これを汎神論的世界観に発展させたのが、郭沫若の詩である。これらは初期創造社の代表思想といえよう。その、当時の社会における意義と影響とは、すなわち反封建と、現実の人生に反する破壊精神とであった。」

（4）たとえば劉綬松『中国新文学史初稿』（一九五六、北京、作家出版社）。
「彼の故国に対する熱愛、帝国主義に対する仇恨は、またこの『沈淪』という小説に極めて濃厚な愛国主義の色彩を与えている。」

（5）「五六年来創作生活的回顧」（〈文学週報〉五巻一〇期、一九二七年所載）。

（6）「風鈴」一九二二年七月（創造季刊一巻二期所載）。

（7）「The Yellow Book 及其他」一九二三年九月（〈創造週報〉二〇・二一期所載）。

（8）（9）（10）同右。

（11）郭沫若「創造十年」（『革命春秋』一九五二、上海一〇四頁）その他。なお周作人が晨報副刊に寄せた、『沈淪』を弁護した評論「沈淪」にも白村の影響が指摘出来る。

（12）「沈淪自序」一九二一・七・三〇（『沈淪』創造社叢書第二冊、一九二一年一〇月、泰東書局所収）。

（13）中村光夫著『風俗小説論』（昭二六・三、河出書房）による。
（14）郭沫若「論郁達夫」（『歴史人物』所収）。
（15）田漢の言葉、右の書中に、郭沫若もこの語を引いて、小説中の達夫と実際の達夫とが相違していることを言っている。
（16）同（5）。
（17）「中国作家と日本」昭二八・九〈文学〉二一巻九号）その他。
（18）「雪夜」一九三六・一〈宇宙風〉二期）。
（19）「海上通信」一九二三・一〇〈創造週報〉二四期）。
（20）沢田瑞穂『中国の文学』昭二三（学徒援護会）参照。
（21）注（2）参照。
（22）『郁達夫選集』序（丁易）（一九五四、北京人民文学出版社）その他。
（23）たとえば（22）の「『郁達夫選集』序」は次の如く言う。

「但是、可惜得很、達夫先生看出了中国現実社会的黒暗、卻不知道如何消滅這黒暗・希望中国富強、卻不知道怎様纔可以使中国富強起来、這就使他堕入了更苦悶的境地。……他卻讓自己更走向荊棘叢中、那就是更感傷更頽廃下去。……、

「郁達夫論」（曽華鵬・范伯群、〈人民文学〉一九五七・五、六合刊）もこの見解をうけついでいる。これらは、既に郁達夫の文学の本質を的確に指摘したものと言える。

（24）「銀灰色的死」の骨ぐみは、E・ダウスンの伝記に見られる所の、彼がロンドンで亡命イタリヤ人母娘の経営する酒場に出入し、その娘に恋し、裏切られたという話と、作者自身の、後に「風鈴」の中にも書いている留学中のエピソードとを継ぎ合わせることで組み立てられている。この事に関してはすでに書いた（第Ⅰ章）のでここでは触れなかった。

ここでは、ヴィヨンと重ねてダウスンという一人の世紀末文人の性格を現代に移して、それに憧れる自らの姿と重ね合わせて描き出そうとする意図が露骨にみられるが、「沈淪」では、一歩進んで、ダウスンらへの共感を一般化して、背後におしやり、自分自身を描くことで貫いている。

（25）「『頽廃の近代的傾向』Decadent modernism のうちには懐疑苦悶に陥るとか、或は心が常に深い悲哀に鎖されるとか、またひたすら楽欲を貪り歓楽を追うというような傾向が先ず第一に数えられている。」（『近代文学十講』）（かれ（François Villon）の態度と生活とは明らかに『近代的』であった。慣習に反抗し権威に屈せず、鋭く個性を発揮して憚る所なく、また人生に対する熱烈なる愛慕の情において、或いは感覚の世界に楽欲を貪り、やがてまた深い絶望悲哀の淵に陥るところなど、彼は全く『近代的』の人であった。」（同上）

（26）文芸を「苦悶の象徴」とする白村の考え方全体がすでにこのような発想を含んでいると考えられるが、例えば次に引く所などは端的に頽廃に対するこうした理解を示している。

「外的生活の圧迫と内的生活の苦悶とは、近代の文芸に強く深い病的色彩の暗影を投じた。……諦めんとして諦め得ず、逃れんとして逃れ得ざる者は、糜爛し頽廃した肉感生活に自己の苦悩を忘れようとする。革命のための努力が失敗に帰したような時代に、性欲生活の病的現象が特に文芸の上に最も強く現れるのはこれがためである。」（「文芸と性欲」『十字街頭を往く』所収）。

先の注（25）及びここに引いた所を見ただけでも、郁達夫の文学に現われた「世紀末情調」あるいは「頽廃」といわれるもの（後に引く「蔦蘿集自序」もその一例だが）が殆ど完全に、白村の言う所によって説明されつくすことが感じられる。

（27）「The Yellow Book 及其他」（一九二三・九）〈創造週報二〇期・二一期〉に発表。後に、「集中於黄面紙中的人物」と改題して全集第五巻『敝帚集』に収む。

（28）注（25）及び注（26）参照。また、郁達夫の「The Yellow Book 及其他」は、厨川白村の文芸時評「若き芸術家のむれ」（「小泉先生その他」大正七所収）と一致する部分をふくむ。白村は、これを「ケネディ氏の新著によった」と言うので、達夫は少くとも、一部を白村に拠ったか、あるいは、これと原拠を同じくしたと考えられる。

なおこの点を特に強調しているのが、銭杏村の「達夫代表作後叙」である。彼は、白村の『近代文学十講』から Max Nordau の説を引いて「厨川白村の、文芸は苦悶の象徴であるという見解、ノルドウの見た近代人の病的生活は達夫の著作の中に完全に表現されている。」と書いている。

（29）　ホルブルック・ジャクスン著、小倉多加志訳『イギリス世紀末文学』（昭三〇　千城書店）によった。（原著名「The Eighteen-Nineties」一九一三）

（30）　注（28）参照。

（31）　然而悪人的世界、塞尽了我的去路、有名的偉人、有銭的富者、和美貌的女郎、結了三角同盟、擯我斥我……。這事説起来雖是好聴、但是我的苦処、已経不是常人所能忍的了。

……然而他們那裏知道我何以要追求酒色的原因？唉々、清夜酒醒、看々我胸前睡着的被金銭買来的肉体、我的哀愁、我的悲嘆、比自称道徳家的人、還要沈痛数倍。（蔦蘿集自序）

All night upon mine heart I felt her warm heart beat
Night-long within mine arms in love and sleep she lay;
Surely the kisses of her bought red mouth were sweet;
But I was desolate and sick of an old passion,
When I awake and found the dawn was grey:
I have been faithful to thee, Cynara!? in my fashion.

（Non Sum Qualis Eram Bonae Sub Reguo Cynarae? E. Dowson. VERSES 1896）

（ここでは、頽廃は共に、作者の「fashion」によるその悲哀や「faithful」の表白である。）

（32）　たとえば『苦悶の象徴』の中で次の如く言う。

「内心にあって、燃ゆるが如き欲望が抑圧作用によって阻止せられ、そこから生ずる衝突葛藤が人間苦をなしている。」そして、「真の生命の芸術」の「突込んだ描写」とは、「作家が自己の胸奥を深く、またより深く掘り下げて行って、自己の内奥の底の底にある苦悶に達して、そこから芸術を生み出す」ことだとする。

（33）　当時の日本文学には、実に種々雑多なものが同時に流入していた。それは、引用した「雪夜」に郁達夫の言う如くである。百年前の「イプセンの問題劇」から自然主義、世紀末、社会主義の文学観まで同時に流入していた。その中で、郁達夫も、種々雑多なものをうけ入れている。

ここでは（1）特に「世紀末」に関連して、佐藤春夫と厨川白村とについて取り上げたのだが、この場合、春夫と白村とがどう関係を持つか等の問題については、これは、日本文学内部の問題として日本文学研究者の手に委ねるべきものとして触れず、別個に、郁達夫との比較だけを行った。

また（2）二人以外の他の作家との間にも、種々雑多な影響関係が検証し得るかも知れぬが、ここでは、雑多な影響関係の中で、達夫には特に顕著な一つの偏向が見出されることを指摘し得れば充分なので、これと矛盾する方向が見られぬ限り、取り上げなかった。

（34）仮に予想として言えば、屢々言われるように、中国文学の伝統として、「文学は政治に役立たねばならぬ」（吉川幸次郎氏）とする思想があり、それは、日本において、隠者文芸として受け取られている作家についても同様で、文学者＝政治家の政治的責任感は決して失われることはなかったといった点が考えられる。

（35）「静的文芸作品」（一九三三・一二）『閑書』一九三六・五　良友図書）所収。

（36）「Alexander Herzen」（一九二三・八）〈創造週報〉一六期に発表。後に「赫爾惨」として『敝帚集』に収む。

（37）「Max Stirner 的生涯及其哲学」（一九二三・六〈創造週報〉六期に発表。後に「自我狂者須的児納」と改題して、『敝帚集』に収む。

（38）たとえば「盧騒伝」、「盧騒的思想和他的創作評論」（共に一九二八・一）（共に『敝帚集』に収む）「超人的一面」（一九三〇・一）（『断残集』に収む）等。なお、ニーチェは、「沈淪」の中にも出てきている。

（39）ここに彼が名を挙げているものには、史悟岡『西青散記』、冒辟彊『憶語』、沈復『浮生六記』、陶潜『帰去来辞』、羅大経『鶴林玉露』の中の一節などがある。

（40）たとえば、孫文是『南遊記』、沈去矜『臨平記』、田汝成『西湖志余』、張大昌『臨平記補遺』、黄秋宜『黄山紀遊』、徐霞客『遊記』（いずれも「屐痕処々」（一九三四・六より）、「西湖集覧」（「山水自然景物的欣賞」（『閑書』所収より）等。

なお、これらと同じ旧文人（特に不遇の文人）への関心を示すものとして、袁中郎については、「清新的文芸作品」の中で言及する他「重印袁中郎全集序」（一九三四・六）があり、厲鄂を主人公にした小説「碧浪湖的秋夜」（一九三二・一〇）等、多くをあげる事が出来る。

（41）注（28）参照。

（42）注（3）参照。

（43）ここに引いた二つの見解は共に創造社乃至は郁達夫の文学を「基本的には現実主義」と見る方に傾いている点では一致している。この場合、こうした見解の前提となっているかに見えるのは、それを「現実主義」とは呼ばないにしても、すでに早く王瑶の『中国新文学史稿』などに見える次のような見方である。

「……但事実上在中国的現実社会裏、像他們這様如瞿秋白所説的『小資産階級的流浪人的知識青年』是会感到没有所謂芸術的象牙之塔。『他們依然是在社会的桎梏之下呻吟着的時代児』……所以創造社的文学活動還也是表現了中国的現実人生、並反抗這現実人生的。……」

とすれば、実は、ここでいわれる「現実主義」と本稿にいう「リアリズム」とは、そもそも内容が多少くいちがっていることになるが、ここでは言葉の概念規定の問題には触れず、ただ報告者は上のような意味での「現実主義」か否かをいうだけでは、郁の文学を捕え切れないと考え、本稿では、言葉を、現実をとらえる「方法」という意味に、また、近代小説における歴史的な概念として、限定して用いることを断わるに止めたい。

（44）成仿吾「真実主義与庸俗主義」（『使命』一九三〇、上海光華書局版　所収）。なお葉丁易氏も、彼がここで「明らかに写実主義を主張」していることを指摘している。

（45）「『私はかの〝私小説〟なるものを以って、文学の——と言って余り広範囲すぎるならば、散文芸術の真の意味での根本であり、本道であり、真髄であると思う』と久米正雄が大正の末に書いていますが、これは彼の個人的見解というより当時の文壇の一般通念であったので、このような通念が生まれた根拠としては『和解』『世間知らず』『田園の憂鬱』『新生』などが人々の頭にあったわけです。」

「大正時代の優れた作品の過半は、その作家の持つ思想や彼の属する流派をとわず、花袋の「蒲団」の形式を踏襲して、その延長上に書かれたので、……」(中村光夫『風俗小説論』)。

(46) これについて中村氏は次のように指摘する。

「小説の方法としてどのような欠陥を孕んでいたかを別とすれば、ともかくこれが西欧の近代文学をアダプトする方法として、極めて手軽であると同時に確実なやり方であったのは事実なので、しかもそれは外国小説の筋立や文章の外面のみしか理解せず、したがってそれしか模倣しなかった硯友社時代に較べれば、確かに内面化した進歩であったのです。……従ってこういう観念的陶酔に身を委ね得ることは、それだけで新時代の代表者たる資格であるとともに、さらに好都合なことには、ある外国作品の観念に陶酔する主人公の姿を日本の環境に描き出すことが、そのまま作者の思想を、肉体と生活を通じて我が国に移植することと見られたので、極端な言い方をすれば、ポオの小説にかぶれた主人公を描けば、それがそのままポオの思想の我が国の環境へのアダプテーションになり……」

「むろんこのことは、当時の私小説がすべて『蒲団』のようにひとつの特定の外国作品をはっきりと手本にしたのを意味しません。数種の作品を混合してモデルにした場合も、もっと漠然とある流派の『思想』や『気分』を真似た作家もあり、また外国小説の直接の影響をほとんど指摘できない人もいます。しかし直接にせよ、また間接にせよ、私小説が外国小説の『内容』に刺激された作者の観念的演戯を中心にして成立しているという事実は共通なので、この点から見れば『蒲団』も『田園の憂鬱』も『家』や『黴』と同じ構造を持っているのです。」(同上)

ここでいわれる「日本」を「中国」におきかえてみれば、これはそのまま「沈淪」や「銀灰色的死」以下の郁の作品についても当てはまることのように見える。

(47) Ⅲ章㈢の⑸に挙げた、郭沫若の「論郁達夫」からの引用を参照。なお少年時代を回顧した郁の「自伝」からもこのことはうかがえる。

(48) 「滑稽感」について中村氏は次の如くいう。

「元来『目覚め来れる生活の願望』と周囲の社会との衝突は、その『願望』が純潔であり孤独であればあるほど、喜劇としての側面を強く持つものです。……従って、作者は悲劇とするにせよ、喜劇とするにせよ、主人公をカルカチュアするにしろ、また社会を戯画化するにしろ、滑稽の要素なしにこのテエマを生かし、主人公の現実の姿を把握することは不可能な筈です。この意味で青年を主人公とした近代小説の傑作は、『赤と黒』にしろ『感情教育』にしろ、また『罪と罰』にしろ、すべて喜劇的要素を重要な構成分子として持たぬものはない。」

(49) 鄭振鐸の「新文学観的建設」の中に、このような主張がみられる。

(50) 劉綬松『中国新文学史初稿』(一九五六　北京作家出版社)その他「中国新文学大系資料篇」「沈淪」の項をはじめ、たいていの文学史が同様のことを記している。

(51) 韓侍桁「郁達夫先生作品的時代意義」(『文学評論集』一九三四　上海現代書局版所収)。

(52) 賀玉波編『郁達夫論』(一九三二　上海光華書局版)所収の「蔦蘿集的読後感」「読蔦蘿集」その他の感想を参照。

(53) 注(51)に同じ。

(54) 張若谷「従郁達夫説到珈琲店一女侍」(『珈琲座談』一九二九　上海真善美書局版、その他の上掲の『郁達夫論』等に収む)。

(55)「怎麼写」(〈莽原〉18・19期　一九二七・一〇、『三間集』に収む)。

(56)「風鈴」(一九二二・七)『中途』(同)。

(57) 雑感「在方向転換的途中」(一九二七・四・八)〈洪水〉29期に発表。

(58)『達夫自選集』(一九三三　天馬書店版)の「序」参照。

(59) たとえば丁易氏の「郁達夫選集序」(前掲)はすぐれた評論であるが、その中で「春風沈酔的晩上」「薄奠」の二作に触れてその欠陥を惜しみ、その原因を「結局作者は第三者の立場に立っていて」「最後まで小資産階級知識分子の立場を放棄しなかった」ことにおき、「この思想上の不徹底が、達夫先生の大革命前後の行動とその創作の内容とを決定した」という。

(60)「郷村裏的階級」(一九二七・九・一四)「公開状答日本山口君」(同年四・一一)「訴諸日本無産階級同志」(同四・二六)等々参照。

(61)「南遷」(一九二一・七)にすでに「社会主義者」への共鳴を語る。また郭沫若が郁の「文芸上的階級闘争」(一九二三・五)

に触れて、彼の「勇猛」ぶりを述べ、中国の文芸界に「階級闘争」なる名詞を持ち込んだのは恐らく達夫が最初だろうが、しかし実際の内容は表題から遠い、という（「創造十年」）のなどは、彼の「秀才」らしい思想の受容の仕方を示す例といえよう。

(62) 飯田吉郎「現代中国文学の紹介について」（〈東洋大学紀要〉第12集一九五八・一二）その他参照。

(63) 「南行雑記」（一九二六・四）等には、彼が広東に成立した革命政府に寄せた期待、熱情の程が窺える。また、『日記九種』（一九二七・九刊）には、しばしば「振作」などの自戒の語が見え、自己変革へ努力、焦慮したことが知れる。彼のその後の政治的消極性についても、胡愈之が、それを「革命や抗戦そのものに対してではなく、指導者や制度の腐敗に対する不満から出たものだった」ことを弁護しているのは、彼の少くとも一面を正しく捉えたものと考えられる。

(64) 感想——風俗小説論を読んで——（河出書房、市民文庫本『風俗小説論』解説）。

(65) 本稿の原題及び原載誌は以下の通りである。今回一つにまとめるために若干の改訂は加えたが、内容は変えていない。「郁達夫の処女作について——その主題と方法をめぐる二、三の比較的考察——」一九五九年六月〈漢文学会会報〉第一八号（東京教育大学漢文学会）。本稿、第Ⅰ章。
「『沈淪』論——日本文学との関係より見たる郁達夫の思想＝方法について——（1）」一九六一年四月〈中国文学研究〉第一号（中国文学の会）。本稿、序章第Ⅱ、Ⅲ章。

「同右（2）」一九六四年一二月同右第三号。本稿、第Ⅳ、Ⅴ章。

(66) 「初期魯迅のニーチェ理解と明治文学」一九七九年三月『加賀博士記念中国文史哲学論集』（講談社）。
「問題としての創造社」一九七九年一〇月『創造社研究』（『創造社資料』別巻、アジア出版）。

(67) 「『故事新編』の哲学」一九七八年三月〈東京大学東洋文化研究所紀要〉第六九冊。
「郭沫若の歴史小説」一九八五年三月〈東洋文化〉第六五号。

(68) 私が、この「思想」についての二つの考え方のちがいにはじめて気付かされて愕然としたのは、一九六〇年代の終り頃、森有正『遙かなノートルダム』（昭和四二年　筑摩書房）の一節を読んだ時のことであった。

（『近代文学における中国と日本』汲古書院　一九八七年）

郭沫若の歴史小説

一

かなり不確実な伝聞の記憶から話を始めたい。かれこれ七、八年前、研究会で、東京大学東洋文化研究所七階の会議室に鹿地亘氏を迎えて、一九三五―六年の上海の状況について、氏の回想を聞いたことがあった。その時の鹿地氏の話の中に「郭沫若派」「魯迅派」という言葉が出て来たことが、強く私の印象に残った。それは多分鹿地氏が上海に亡命した時、最初に埠頭に出迎えてくれた沈端先と交した会話についての回想の中に出て来たと記憶している。――むろん私も革命文学論戦における両者の対立について知らなかったわけではない。ただ、三五―六年という時点でも、なお「其々は魯迅派（あるいは郭沫若派）だ」といった言われ方があったという証言には、私の聞きちがいだったかも知れぬが、あるなまなましさと、やはり一種の抵抗感があった。私には竹内好以来の、分裂を繰返した日本の民主主義運動に対置された、中国左連の理想化されたイメージの残像がまだあったからだろう。

今では、左連のセクト主義は、多くの人の指摘する所となっている。だがそれを、政治的あるいは倫理的に誤りだったと非難してみても、余り意味があるとは思えない。人は思想に忠実であろうとすれば多少ともセクト的になるものだろう、まして若い時には。――今日の問題としてより重要なのは、セクト的分裂と見える事態の底に、実は、何か十分に自覚あるいは論理化されなかった食い違いがあったことではないか。

魯迅と郭沫若とを対比して、思想のあり方の相異を論ずる観点は、またその際両者の歴史小説を材料にするのも、別に目新しいことではない。たとえば既に早く尾上兼英に「郭沫若にとっては、その立場が何であるかによって自己との距離が決定される。……魯迅にはその方法が問題なので……」[1]といった指摘がある。この辺りが私の出発点になる。――それはつまり、両者における科学―マルクス主義の理解が、どう異なっていたかという問題である。

二

一九三〇年の一月に、二つの雑誌が発刊されている。魯迅主編の〈萌芽月刊〉と蔣光慈主編の〈拓荒者〉である。同年三月の中国左翼作家連盟の成立をいわば間に挟んだ格好で、二月発行の〈萌芽月刊〉第二期に魯迅が「我和〝語絲〟的始終」を書き、その中で創造社に触れたのに対して、五月発行の〈拓荒者〉第四・五期合刊号に郭沫若が「眼中釘」を載せて反論したことはよく知られている。

魯迅は、一九二七年に彼が編集を担当するようになって以後の〈語絲〉は、「まことに廻り合わせが悪かった」といい、

受了一回政府的警告，遭了浙江当局的禁止，還招了創造社式〝革命文学〟家的拚命的囲攻。（傍点伊藤、以下同じ）

と三つの事を並列し、さらに

至于創造社派的攻擊，那是属于歴史底的了，他們在把守〝芸術之宮〟，還未〝革命〟的時候，就已経将〝語絲

派〟中的幾個人看作眼中釘的，叙事夾在這裏太冗長了，且待下一回再説罷。

と書いていた。

魯迅がいう「眼中釘」という言葉を取って題名とした郭の文章は、まず魯迅の「我和〝語絲〟的始終」を、まだ「朦朧」たるところはあるが、一つの「小団体」の内部に「自我批評」が生じたことを示すものであり、かつ、「魯迅先生」が〝語絲派〟という段階を「超克」して「新しい発展」をなし得たことも示すものである点において、「頗る意義のあるものである」と高く評価（?）する。そして、自分の文章は、批評のためのものではなく、事実について「辯正」するためのものであると言う。

具体的には、まず一九二三、四年の段階での創造社の魯迅、周作人への攻撃の事実について弁明（?）した上で、当時の対立は、始めから終りまで、「旧式な〝文人相い軽んずる〟封建遺習」が原因になっていたことを、「卒直に白状（担白地招認）」する。

次に、最近数年来の「創造社式〝革命文学〟家的囲攻」については、情況は完全に別である、と彼は言う。なぜなら――

中国的文芸運動在最近両三年来完全進展到了另一種新的階段，……。創造社已経不再是前期的創造社了，……他們以戦闘的唯物論為立場，対於当前的文化作普遍的批判。……。

彼らの魯迅に対する批判は、「決して〝魯迅〟という一個人に対する攻撃ではなかった」。後期創造社の「批判」は、前期創造社の「駁斥」とは「意識の上で完全に異なるもの」である。それは、一般の社会的歴史的な成果であって、「陝隘な小団体の範囲内においては」、魯迅の言うような「歴史底」な関係などはないと、郭沫若は言うのである。そして彼は、次のように結論していた。

以往的情形大抵就是這様。総帰成一句話，便是創造社的幾個人並不会〝将語糸派的幾個人看成眼中釘〟。……我們現在都同達到了一個階段，同立在一個立場。我們的眼中不再有甚麼創造社，我們的眼中不再有甚麼語糸派，……自然站在新的立場上来的〝眼中釘〟是会有的，……然而以往的流水賬我們把它打消了罷。

この郭沫若の文章の表向きの「社会的意義」は、恐らく、この直前の左連の結成に至る「魯迅先生との連合」という方針への「創造社派」の方向転換の一環として、結びの部分に言うごとく、過去の確執を水に流して統一戦線を組むことを呼びかけている点にあるだろう。だが、私の個人的興味から言えば、このやりとりの面白さは、魯迅のいわば嫌味っぽい皮肉な言い方と、それに鋭敏に反応している郭の物言いにある。——たとえば最初に引いた「還不免朦朧」と言うのは、成仿吾の「芸術与生活」を意識しているだろうし、その他にも魯迅の『吶喊』について、それを実は「読み通したことはない」というなど、郭は、いわば負けずに皮肉を返している。

つまり、郭沫若は、ここで、「魯迅先生」と呼び方を和らげ、今や同じ「一つの段階」に到達し、「一つの立場」に立ったのだから、過去の「流水賬」は帳消しにしようと言うものの、「創造社派」の側としては、自己批判は全くしていないのである。——より正確に言えば、確かに「〝文人相い軽んずる〟封建遺習」は「卒直に白状（担白地招認）」されている。だが、それは前期創造社時代のことであり、しかも語糸派を含めた双方に存在したとされるものである。今や「戦闘的唯物論を以って立場とし」、新しい「意識」に到達した後期創造社のことではない。と言うより、郭の文脈の中では、この「卒直な」反省は、既にそうした「旧式な文人意識」を克服して新しい「意識」を獲得した後期創造社＝革命文学派の立場から、いまだにそれを克服していない魯迅に自己批判を勧告するものになっているのである。

つまり、この「眼中釘」という文章全体の論理が、「創造社式〝革命文学〟家的囲攻」という言い方に示されるように、「革命者」の攻撃と「芸術の宮殿の番人」のそれとを区別できないでいる魯迅に対する、弁明の形を借りた批判であり、文芸運動は既に「新しい段階」に入っているのに、未だ「旧式な」文人意識から脱し切れず過去の「小団体」間の対立にこだわっている魯迅先生の「認識の誤り」を正すという、ほとんど啓蒙的乃至は教訓的でさえある口吻に貫かれている——つまりは、我々は既に新しい意識に立っているのに、魯迅はまだ相変らずの後れた意識・認識に止まっている、というのである。

だから「我々は今や共に同じく一つの段階に到達し、同じく一つの立場に立った……」という結尾の言葉は、確かに魯迅への連帯の声明ではあるが、しかしそれは、魯迅先生は「自己批判によって〝語糸派〟という小団体をアウフヘーベン（揚棄）した」のだから、つまり魯迅の方が自分たちの正しい立場へと階級移行を遂げたのだから、今や連帯が成り立つはずだという論理である。その意味では、郭自身の立場は、たとえば、一九二八年の「段階」での魯迅を、「資本主義以前の封建主義の生き残りで、二重の反革命人物」（「文芸戦線上的封建余孽」〈創造月刊〉二巻一期）ときめつけた杜荃の立場と少しも変ってはいないと言うこともできる。

むろん、ここでの郭沫若の観点が全面的に誤っているとはいえない。しかし、郭のこの政治的に割切った論理が魯迅を納得させ得たか、或いはそれが魯迅の不満に対してきちんと噛み合った答えになっているかということになると、そうは思えない。つまり、左翼作家連盟の成立を間に挟んで行なわれた両者のこのやりとりは、完全にスレ違いに終っている。郭沫若には魯迅の「創造社式〝革命文学〟家」に対する不満の理由が全く理解出来なかったことを、この文章は示しているように思われる。そしてこのスレ違いは、実は今日にまで持ち越されている問題ではないか——私が「歴史小説」という本題に入る前にこのやりとりにひっかかって長い引用を敢えてした理由はここにある。

両者はどこでスレ違っているか。

くどくなるが、郭沫若の論点は二つだった。

一つは、一九二三、二四年の段階での、前期創造社の郭沫若・成仿吾と魯迅・周作人との間の確執は、旧式な文人意識が禍いした（作怪）にすぎないということである（創造社発足時の文学研究会との対立についても、郭は『創造十年』の中で、同様のことを言っている）。だが、魯迅がこの言い方に納得しなかったことは、この数年後に『故事新編』の「序言」（一九三五・一二）で、もう一度この時の問題を取り上げていることからも、明らかである。後にも述べるが如く、魯迅はこの時の対立を単なる「〝文人相い軽んずる〟封建遺習」によるものとだけは考えていない。[2]

郭のもう一つの論点は、一九二八年以後の後期創造社は、「戦闘的唯物論の立場」に立ち、前期創造社とは全くちがうものに変ったのであり、その魯迅への「攻撃」も、先の場合とは「社会的意義」を全く異にするということである。この点についても、魯迅は、郭の説教を待つまでもなく、創造社が立場を変えたことは先刻承知の上で、それが実は前期創造社と全く変らない側面を持つことを衝いていたのである。「創造社式〝革命文学〟家」という言い方は、当然そう読めるであろう。

そうであるなら、郭沫若の「辯正」は、二つの論点のいずれについても見当外れだったことになる。――つまり、郭沫若は、創造社は変ったと言い、魯迅は、変っていないと言うのである。ここで、はじめに引いた尾上兼英にならって、郭が「変った」というのはその「立場」あるいは「意識」であり、魯迅が「変らない」と見たのはその「方法」であったと言ってしまえば、一応の結論は既に出ていることになるが、以下、郭沫若の言う如く、この時、共に「同じ一つの立場」に立っていた――つまり共にマルクス主義を受けいれていた、と考えられる郭と魯迅との「スレ違い」を、歴史小説の「方法」に即してもう一度見てみることが、本稿の本題である。

三

さて、ここで郭沫若の〝歴史小説〟と呼ぶものは、次の諸作品である。

(1)「漆園吏游梁」（原名「鵷鶵」一九二三年六月）
(2)「柱下史入関」（同「函谷関」一九二三年八月）

この二篇は魯迅の「補天」（原名「不周山」一九二二年一二月〈晨報四週紀念増刊〉に発表）を収めた『吶喊』（一九二三年八月初版）の出版に前後する時期に書かれている。

(3)「孔夫子吃飯」（一九三五年六月）
(4)「孟夫子出妻」（同年八月）
(5)「秦始皇将死」（同年九月）
(6)「楚覇王自殺」（一九三六年二月）
(7)「斉勇士比武」（同年三月）
(8)「司馬遷発憤」（同年四月）
(9)「賈長沙痛哭」（同年五月）

これらの諸篇は、魯迅の「非攻」（一九三四年八月）「理水」（一九三四年一一月）「出関」「采薇」「起死」（同年一二月）の執筆及びそれらを含めて八篇の歴史小説をまとめた『故事新編』の出版（一九三六年一月）と同じ時期に、その後を追う形で書かれている。

これらの作品のうち「斉勇士比武」を除く八篇は『歴史小品』（一九三六年九月　創造書社初版）[3]に、同じ作品を除く「孔夫子吃飯」以下の六篇は『豕蹄』（一九三六年一〇月　上海不二書店初版）に、これまた『故事新編』の後を追ったような形でまとめられている。

＊　＊　＊

『中国新文学大系・小説三集』の「導言」で、鄭伯奇は、郭沫若の小説は「二類に分けられる」として、「一つは古人あるは外国の事に寄托して自分自身の情感を発抒したもので、寄托小説と呼んでいいだろう。もう一つは自分自身の身辺の随筆風の小説、つまり身辺小説である」といい、彼の歴史小説をこの「寄托小説」のうちに含めている。後に触れるように魯迅の歴史小説が一貫してある典型人物を造型するという意図を持っていたとすると、この「発抒自己的情感的」という言葉は、創造社結成当初からの盟友の言葉だけに、魯迅のそれとは異なる郭沫若の歴史小説の特色を言い当てている。

たとえば、一九二三年六月に書かれた「鵷鶵」は、郭自身の身世の感慨を荘子に「寄托」した小説であるといえよう。むろん、これを作者の荘子哲学批判を盛った思想小説という側面から見ることも可能だが、その批判の内容は、荘子の思想は現実逃避で足が地についていなかったという程度の通俗的なもので、とりわけ批判と呼べるほどの世界観や人生観を含むものではなく、その面ではとくに取り上げるほどの知的衝撃力を持つ作品とは思えない。むしろ、作中の荘子自身の口を借りて語られるこの荘子哲学批判も、実は、曽て荘子を愛読し「我愛我国的荘子……」（「三個泛神論者」）と唱ったこともあった彼自身の、その後の生活経験の中での思想の変化、あるいは身世の感慨を、荘子に「寄托」したものと読むことが出来る。その点を含めて、この小説が今日の我々にとって面白いところがあるとすれば、それは鄭伯奇の言う「寄托小説」という側面であろう。

一九二三年六月といえば、前期創造社が最もそれらしい若々しい活動の頂点にあった時期である。郭沫若は四月に妻子と共に日本から帰国し、郁達夫と成仿吾を加えた三人が民厚南里の一郭を「首陽山」に見立てて「籠城生活」を決意し、郭は折角九州帝大医学部を卒業したにもかかわらず医師となる道を棄て、北京大学の張鳳挙からの誘いや、商務印書館からの「著訳契約」の話もことわる。五月には従来の〈創造季刊〉に加えて〈創造週報〉を創刊し、魯迅がのちのちまでこだわっているような文学研究会に対する「勇猛」な筆戦を挑んだ。この小説はちょうどその〈週報〉の第七期が出た頃に書かれている。

そこで、この小説を、後に『創造十年』などに回想されている当時の生活状況と重ね合わせてみると、一見平板で退屈な荘周の感慨などが、にわかに生き生きと読めてくるのである――たとえば「荘周は貧乏してはいたが、その名声はなかなか小さくはなかった」と書かれる荘周を郭が当時の自分と重ねていると読めば、楚国の王の宰相にという招きをことわり、宋国の王の招聘をもことわったというのも、彼自身の「籠城」の事でもあったと見ることが出来る。そしてその時の「他是太看穿了，他説他不願意做別人的犠牲，他願意拖着尾巴在泥塗中做小烏亀……」という荘周の心境も、またその際、荘周が「夫人と何度も言い争いをした」とされているのも、『創造十年』などに述べられている作者自身の当時の〝心境〟でもあり、また〝経験〟でもあったと見ることができよう。そう考えると、荘周の飢えと貧窮も、旧友に借金を申込んで断わられる話も、「有血有肉的鮮味」が欲しくなり、「人的鮮味」が恋しくなり……等々の話も、すべて当時の彼自身の経歴の中から、直接、間接のそこに「寄托」された事実や実感を捜すことが出来るように思われて来るし、結尾の「人的滋味就是這麼様！」という荘子の感慨も、或いは、この後間もなく、貧窮の中での奮闘に疲れ、解散への道を辿ることになる前期創造社の同人間の人間関係の葛藤を、いち早く反映しているようにも読めてくるのである。――そして、そう思って（そういう立場に身を置いて）読めば、作品の中では必ずしも読者の共感を得られるような客観性をもって描かれているとは言い難い主人公の感慨も、それなりに共感できるものにもなるのである。

言いかえれば、これは歴史小説の形をとってはいるが、観点を変えて見れば、一種の「心境小説」でもある。そして、こうした、作品の（作中の主人公の感慨の）真実性の根拠を、作者自身の経験した〝事実〟に置くという「近代リアリズムに対する重大な誤解」は、日本文学の大正期の「私小説」（「心境小説」）について、その最大の特徴として既に指摘されて来たところである（中村光夫『風俗小説論』など）。日中近代文学の性格のちがいにもかかわらず、この点では、郭沫若の小説は、「寄托小説」「身辺小説」の別なく、大正期の日本文学の影響の下にある。この場合、本稿のテーマに関わって重要なことは、その影響がたとえば後に触れる彼の典型論などにも見られるように、近代リアリズム論乃至は〝思想〟のあり方の根本にまで、またそれがほとんど無自覚的なまでに、深く及んでいることである。その意味では、彼の自覚を越えて、まさに、郭自身の言うごとく「日本文学の弊害もまたことごとく流入した」（「創造社的自我批評」）といえるだろう。

＊　＊　＊

では、後期の作品はどうだろう。所謂「創造社の左旋回」を間に挟んで二つの時期に分けられる作品群の間で、どこが〝変り〟、どこが〝変っていない〟だろうか。

この時期の六篇の歴史小説を集めた『豕蹄』の序文として書かれた「従典型説起」で、郭沫若は、自分の歴史小説の目的は主に「史料の解釈と現実社会に対する諷諭」にあったと言う。確かにこれらの作品から二つの意図を読み取る事は容易である（郭の歴史小説の第一の特徴はすぐ底の見える解り易さだ）。

第一に、伝統思想批判、つまり史料に新しい「解釈」を与えることによって、「聖賢」と尚ばれてきた孔子・孟子を、ごく普通の卑小な人間として描き出すこと。——これは一九三四年に国民党政府が「新生活運動」を提唱し、その一環として孔・孟を尚び封建道徳を鼓吹したことへの批判で、「〝求真〟の信念に迫られて作者の筆は叛逆の道を取った」（同上）ものだと彼自身言っている。

第二に、「諷諭」つまり政治批判。——「孔夫子吃飯」で孔子を「領袖（指導者）意識の強い人物」として描いたのは、「現在の領袖意識の強い人たち」を意識してのことだったという（同上）。

「孟夫子出妻」で孟子に、「聖賢」の修行一つも「他人」の「賤しい労働」に支えられてこそ可能だったという「極浅顕的真理」を覚らせ、「実践」の大切さを教え、「遠く孔子を師とするよりは、近く我が妻に見習うべきだ」と考えさせる孟夫人に、郭沫若は「人民」を象徴させているようにも見える。そして斉梁諸国へ「教義の宣伝」に出るという表現にも、あるいは「到民間去」という当時のスローガンの反映を見ることが出来るかも知れない。

このような「諷諭」の意図は、「秦始皇将死」以後の作品になると一層強くなる。死に臨んだ始皇帝の回顧を借りて語られるその悪業、とりわけ焚書坑儒に対する反省は、明らかに国民党政府と蔣介石の文化弾圧に対する批判である。「楚覇王自殺」で、烏江の亭長（実は無名の読書人とされる）の口を借りて語られる項羽批判や、鍾離昧将軍への「項羽は〝好人〟だったが結局は〝自分のため〟ということしか考えなかった。我々は、〝自分を捨て〟文人と武人と力を合わせて〝人を利し世を益する〟事業に身を捧げよう」という勧告は、蔣介石や国民党への批判乃至は勧告であり、広く中国の人々への抗日統一戦線結成への呼びかけでもあっただろう。冒頭と末尾に、「滔々蕩々たる」長江の流れが謳われているのも、悠久な中国の歴史と広大な人民とへの信頼の賛歌だろう。この時期の歴史小説の頂点をなす作品である「賈長沙痛哭」で、漢代の中国は二千年後の今日と同じ状況にあったといい、強大な匈奴に屈辱外交を余儀なくされていた有様を描くのは、当時の国民党政府の対日外交を「諷諭」しているものであることは明らかだ。

賈誼が、政客たちの「水平運動」、嫉妬中傷によって引き摺り下ろされた直情的な愛国者、不遇の「天才」と描かれ、その『陳政事疏』の一段を引いて、「最早的〝国防文学〟」と言うなど、これは殆ど作者自身の直接の時事への悲憤慷慨の発言である。

こうした「諷諭」を、前期の「鵷鶵」での荘子の「人生的滋味」への嘆きや、「函谷関」の老子の「与其高談道徳跑到砂漠裏来、倒不如走向民間去種一茎一穂」という〝自己批判〟に作者が「寄托」したものと較べて見れば、作品の内容、作者の思想が、〝変った〟ことは明らかである。それはいわば、個人的感慨の「寄托」から、時事的・政治的「諷諭」への変化といえようし、また、所謂「階級的立場」なり「意識」なりの明確化であったことも言うまでもあるまい。

＊　＊　＊

前期の作品と後期の作品との間に、作品の内容の変化があったことは明らかだとすると、方法の面ではどうだろうか。

向培良の「所謂歴史劇」という文章[4]は、郭沫若の初期の歴史劇を批判したものだが、そこに指摘されている幾つかの点は、彼の歴史小説についても――それも前期の作品と後期の作品に共通して、当てはまるように思われる。

第一に、郭沫若の特徴は「教え」にある、と向は言う。郭にあっては「戯曲は全くどうでもいいもので、主要なのはその中に含ませられている教訓である」。彼の戯曲は「格言」か「寓話」のようなものだ。たとえば「三個叛逆的女性」は、「婦女運動の宣言」である。郭は芸術の「独立と尊厳」を無視し、これを「教訓の軛の下に置き……教条の下に屈服させ」ている、と。――思うに、創造社の文学主張は、前期の「文学は感情の表現でなければならぬ」（成仿吾）という所から、後期には「階級的意識を反映しなければならぬ」（同）と変って来てはいるが、「感情」にせよ「意識」にせよ、その本質が「教訓」だったという体質は、とりわけ郭の場合、前、後期を通じて変っていない。歴史小説について見た前期の「個人的感慨の寄託」も後期の「政治的諷諭」も、その意味では同じである。前期作品における荘子・老子の自己批判も、後期作品における烏江の亭長の将軍への勧告も、賈誼の幻想の中に現われる屈原の励ましも、作者が語る「教え」である点は〝変っていない〟。

第二に、向培良は、郭の歴史劇は、まったく「歴史的」ではないという。彼の作中人物の名前は使っていても、実はとっくに近代化され、近代人に変えられてしまっている。こういう戯曲を、歴史劇と呼ぶ理由は全くない」。「我々には歴史上の人物を借りて来て、二十世紀の新思想を語らせる権利はない」と。――これは、先に「鵷鶵」について見たような、作品のリアリティの基礎を（近代人である）自分の体験した事実に置くという日本「私小説」的な彼の方法に由来しているだろう。そしてこのような方法は、前期のみならず後期の作品にも共通している。たとえば、三五年の「孟夫子出妻」での孟子夫妻の生活は、「活きた博物館」である日本の現代の家庭生活の様式をモデルに描かれる。孟子が、台所で、いなくなった妻のエプロンに鼻を押し当てて匂いを嗅ぐといった場面など、まるで田山花袋の「蒲団」の有名な場面の引き写しである。

第三に、彼の歴史劇は「戯劇的」という面でも失敗しているという。彼が劇という形式で作品を作ったのは、別に劇というものに特別な興味があったわけではなく、「ただ作中人物に、大声で喋らせることができる」からである。そこで、「すべての劇中人物の口は、全て彼に占領されて彼個人の言葉を語り、彼個人の主義を宣伝するために使われる」。しかもこうした態度は余りにも露骨なので、「彼の創造した人物で、生命あり、個性あるものを見出すことは絶対に出来ない。ただ、機械人形たちが、作者の指揮を受けて、作者が彼らに歩かせようとしている路を歩き、機械的な口が、作者に代って作者が喋りたい言葉を喋るのを見るだけである」。しかも彼の作劇法は、あらかじめ「目標を予定している」。「彼はある一つの劇の中で、彼の読者にある一定の教訓を与えることを予定しており、これらの教訓は、劇中人物の行為を例として、或いはそのまま劇中人物の口を通して、宣べ立てられる。彼が創造した人物は、聶瑩、卓文君、紅簫、王昭君、毛淑姫あるいは孤竹君の二君子等々いずれをとってみても、すべて個性なく生命なきものである……」。――この点もまた、彼の歴史小説のすべてについて当てはまることである。彼の歴史小説の第一の特徴は、作者が主人公に語らせる長大な科白と思い入れにある。「寄托」も「諷諭」もほとんど全て、登場人物の「口」を借りてなされる点では、前期も後期も区別はない。

要するに、これらの点では、郭沫若の歴史小説の方法は〝変っていない〟と言ってよいであろう。

四

ここで思い出されるのは、魯迅の『故事新編』の「序言」（三五・一二）である。

我是不薄〝庸俗〟，也自甘〝庸俗〟的；対于歴史小説，則以為博考文献，言必有拠者，縦使有人譏為〝教授小説〟，其実很難組織之作，至于只取一点因由，随意点染，鋪成一篇，倒無需怎様的手腕，……

この歴史小説論は、まさしく、上に見て来たような郭沫若の歴史小説の弱点を辛辣に衝いた批判になっている。しかもこの文章は、十余年前の成仿吾の「『吶喊』的評論」（二四・一〈創造季刊〉二・二）に対して反論したものであり、その意味では、最初に見た五年前の郭沫若の「眼中釘」が、当時の対立を単なる「旧式な文人意識」のあらわれでしかなかったと言っていたことへの魯迅の回答とも言えるだろう。――時はちょうど鹿地氏の亡命の頃である。

それは直接には十余年前の事だが、しかしこうした場合、魯迅の回想は通常過去の事に止まらず、現在の問題であることが多い。少くとも三〇年の「眼中釘」での郭のこの問題（成の『吶喊』批判）についての言及を見る限り、郭の理解はせいぜい「趣味」の問題に止まっていて、二四年の成の立場と余り変りはない。だからこそ郭にとっては、二四年の段階での対立は、「文人相イ軽ンズル」封建遺習乃至は小団体主義ととらえられた。だが魯迅にとっては、対立はそうしたレベルに止まらぬ近代の文学や芸術の営みの関鍵とも言うべき根本的な問題を含むものだった。そして言うまでもなく、文学の方法は社会を認識する方法であり、小説構成の方法は理論構築や方針策定の方法でもある。三〇年の時点での魯迅の「創造社式〝革命文学〟家」への皮肉は、そうした点を含めて、郭が「卒直に白状」した「封建遺習」以上のもの、前期創造者以来変らぬ〝創造社式〟の体質（思考の方法、行動の様式）、に向けられた批判だっただろう。そして魯迅がこの「序言」で敢えて十余年前に遡り執拗なまでに成仿吾への「軽視」を語り、郭沫若の歴史小説への批判とも読める文章を書いたのは、魯迅には、この三五年末の時点においても、二四年以来の問題が、依然として変らぬまま残っているという認識があったことを示しているように思われる。

これに対して郭沫若も、あたかも『故事新編』に対抗するような形で歴史小説集『豕蹄』（三六・一〇）を出版し、その序文として自らの歴史小説論とでも言うべき「従典型説起」（三六・六）を書いている。

この序文は、そう思って見れば、かなり魯迅の「序言」を意識して書かれたようにも読める文章だが、しかし、三〇年の「眼中釘」の場合と同じく、今度も彼は魯迅が「序言」で提起した問題乃至批判の意味を理解し得ていたとは思われないのである。

まず彼の「典型論」から見てみよう。

＊　＊　＊

郭沫若は、具体的に「典型を創造する過程」について、「客観的な典型人物を核心として、これに作家の芸術的淘汰を加えなければならぬ」という。「平常な部分に抑制を加え特徴的な部分に誇張を加える」ことによって、「客観的に存在する典型人物よりも一層典型的な人物」を造出できるとする。

これは魯迅が「我怎様做起小説来」（三三・三）に語っている彼の「人物」の作り方とはまるきり異なっている。魯迅は自分の作品の人物について「モデルは一人だけを使ったことはなく、屢々、言葉は浙江、顔は北京、服装は山西」というようにして合成すると言っている。つまり魯迅の人物は、複数の具体的な中国人から合成、つまり虚構された新しい人間（個性）である。ここには創造あるいは発見の営みがあるだろう。これに対して郭沫若のいう「典型の創造」は、一人の「客観的典型人物」に、「抑制」や「誇張」（これは変形ではあっても虚構ではない）を加えることによって「より一層典型的」にすることである。「より一層」典型的に、と言う以上、「典型」はあらかじめ与えられているものである。ここには実は創造や発見はない。彼のいう「創造」は誇張や抑制を加えることにすぎない。

そして彼のいう「典型」は「気質」を主要な核にするものである。

人是有種種不同的気質，近代的心理学家大別之為内向性与外向性。……内向性的人，体格痩削，精神孤独，愛馳騁玄想，宗教的狂信徒及早発性痴呆是這種人物的典型。外向性的人，体格博大，精神豁達，富于社交性，成功的大政治家，大教育家及燥鬱狂是這種人物的典型。……孔子一定博大，孟子一定痩削，秦始皇一定是内向性，楚覇王一定是外向性。……

こう言われてみると、孔子、孟子をはじめ彼の歴史小説の主人公たちは、全てそのような描写を与えられていたことに気付く。つまり、これらの人物は一見甚だ新しい人物に作り変えられているが、それは実は彼の発見でも創造でもなく、「近代の心理学者」によって与えられている既成の「気質」――「典型」の枠への当てはめにすぎなかった。彼の歴史小説のつまらなさの根本原因はここにあろう。

魯迅は、上述のように「人物」を作った場合、「一気に書いていけば、この人物は次第に動きはじめ（活動起来）その任務を尽す」が、もし途中で気を散らすと、人物の「性格」が変ってしまったり、「状況（情景）」もはじめに予想したのとはちがってしまうという「困難」が伴うと書いている。これは、魯迅にあっては、自分が創造した「人物《キャラクター》（性格・個性）」に作品世界の中でその生命を持続させること自体が、いわば科学的な実験あるいは実証作業であったことを語っている。ここで大切なことは、主人公の辿る運命が、あらかじめ決定されてはいないことである。これに対して郭沫若にあっては、作品の結論はあらかじめ「予定」されている。つまり作中人物の任務は、「予定された」教訓を語れば足りるのである。魯迅にあっては、作者の思想はいわば作品の外にあり、作品の構造全体と主人公の運命を通して示されるが、郭沫若の場合には、思想は作品の内部に、作中人物の〝喋り〟の中に託される。郭沫若の「典型」は「気質と境遇との相成関係の如何」によってその「典型度」がはかられるものだが、魯迅の人物の「性格（個性）」は、状況との関係の中での行動によって示される。

＊　＊　＊

次に、郭沫若は自分の歴史小説に言及する。

……我始終是站在現実的立場的。我是利用我的一点科学知識対于歴史的故事作了新的解釈或翻案。我応該是写実主義者。

彼はさらに、彼が描いた「古人の面貌」は事前に「相当的検査和推理的能事」を尽してつとめてその「真容」を追求したものだといい、「任意汚蔑古人比任意汚蔑今人還要不負責任。古人是不能説話的了。対于封着口的人之信口雌黄，我認為是不道徳的行為」とさえ言っている。この部分がもし魯迅の「序言」の「……有時却不過信口開河。……自己対于古人，不及対于今人的誠敬……」を意識しているとするともはや論外だが、ともあれここに郭の言うことは、魯迅が「序言」にいう「言必有拠……」と余り異なる所はないように見える。本人もそのつもりだったかも知れない。少くともこれは「序言」への反論とは思われない。つまり魯迅との対立は意識されていないように見える。

だが、「序言」で魯迅が言っているのは、たとえ「庸俗 trivial」に見えようとも、博く文献を捜集して考証を行ない（博考文献）、いわゆる「細部の真実」に支えられた（言必有拠）虚構の作品世界を構築（組織）することで、そういう作品こそ、たとえ「教授小説」といわれようとも、実は最も難しいものだ（其実佷難組織之作）ということだった。これは、実証科学としての近代の学問と同様な、文献史料の科学的再構成を、歴史小説に要求するものである。

これに対して郭沫若もまた「検査と推理の能事」を尽して、古人の「真容」を追求した、と言う。実作を見ても、彼は確かに「現実の立場に立ち」「科学知識を利用して史料に新解釈を与え」ているが、しかしその「写実主義」の実態は、既に向培良の指摘などを引いて見たように、むしろ魯迅の言う「ちょっとしたタネをみつけて勝手な潤色をほどこし、一篇の作品にこしらえ上げ」たというに近い。そしてそれは魯迅に言わせれば、作品の「組織」つまり虚構としての事実の再構成という困難な作業を脱落させたもの、「何らかの手腕を必要としない」ことだった。――だがこの文章からは、郭には、「科学知識を利用」して歴史文献に「新しい解釈」を加えることと、それの科学的再構成とのちがいが区別できず、また、自己の思想や主義を「寄托」して「諷諭」を行なうことと、他者（社会）を「蓋然的一般性において」虚構化（再構成）することを通して現実批判を行なうという「現実批判の方法としての近代リアリズム」との区別がついていなかったように見える。先に、彼らにおける日本文学の影響が「無自覚的なまでに」深い、と言ったゆえんでもある。

＊　　＊　　＊

以上、この二つの歴史小説集の序文には、幾つかの重大な「スレ違い」が含まれていた。

第一に、「科学」あるいは「写実主義」をめぐって。郭沫若は、「典型創造」は、「近世科学の発展」がもたらした「科学の明灯」に照らして、「すべからく科学の律令を遵守しなければならぬ」という。「科学知識を利用」して史料に新解釈を与えたともいい、自分を「写実主義者」だとしていた。

彼のいう「科学知識の利用」とは、具体的には既に見た外向・内向の「気質」や、また関尹が怒りっぽいのはバセドー氏病のため、孟子の「浩然の気を養う」とは今日の深呼吸のこと、秦始皇は鳩胸で軟骨症でテンカン持ち、賈誼は腺病質で肺結核……等々の心理学、生理学の知識など、つまりは既成の科学「知識」（教条）を史料に当てはめて、何らかの新しい（そして現在ではもう古びた）、合理的な「解釈」をすることであり、彼の言う「写実主義」とは、そうした「解釈」によって、古人を実感の世界まで引き下ろす（その意味では成仿吾の「写実主義興庸俗主義」以来変らぬ「私小説」的経験主義だった（『実践論』風にいえば、教条主義と経験主義はよく対応する）。

つまり、彼は確かに「科学的」態度の必要を強調しているのだが、しかし既成の知識を権威とせず自らの実践、実証を通して、現実の再構成として新しい知識を創ることこそが真に科学的な態度（方法）だとすると、ここには、科学の意味の逆転がある。科学を既成の知識（乃至は教条）として受け取るか、それを産み出した自由な精神（乃至は方法）として学ぶかのちがいとも言えよう。そして郭沫若にはこの両者の区別は意識されていない。

第二に、郭における「典型の創造」が、科学的＝普遍的な概念[5]（「気質」乃至「階級」等々）による裁断（当てはめ）だった必然の結果として、彼の作中人物は抽象的で、「生命」や「個性」を、ひいては「国民性」を欠くものとなった。――つまり、歴史小説であるにもかかわらず民族の問題が欠落する結果となった。むろん、賈長沙の「痛哭」に見られるような政治的な意味での民族主義（愛国主義）はある。私が言うのは、『故事新編』に見られるような「国民性批判」と「民族伝統の回復」（民族的個性を具えた英雄人物の造出）という両面のモチーフ、いわば文化的な意味での〝民族主義〟は、郭の歴史小説からは完全に欠落しているということである。文化（あるいは人間）の問題としていえば、向培良が、郭は古人を「近代人」にしてしまったというのにも留保が要る。「二十世紀の新思想」を語っても、それを上からの権威として〝時代の落伍者〟を糾弾あるいは「教訓」するのは、封建的身分意識、上下意識の残存で、近代人の資格たる主体的自立を欠くものだというのは、竹内好の「近代主義」批判だったし、それはまさに「奴隷と奴隷主は同じものだ」という魯迅の「国民性批判」を引き継いだものだった。最後までこの「国民性批判」の観点を保持していた所に魯迅のマルクス主義の特徴があったとすれば、ここにも、同じ立場にあった郭との一つのスレ違いがあったのではないか。そしてそれは上述の両者の「典型創造」の方法のちがいでもあった。

＊　＊　＊

以上舌足らずのままに終るが、言いたかったことは、郭沫若と魯迅との間には、科学・典型・個性・民族等々の概念の理解に食いちがいがあり、それは日本文学にとっても無関係なことではなかったということである。ただ、本稿での私の問題は、そのこと自体よりも、それが少くとも郭の側では自覚されず、ここに取り上げた三つの時期に渉る両者の対立は、魯迅の死によって、いわば「スレ違い」のまま残されたのではないか、という点にある。

このスレ違いは、単に文学上の問題に止まらず、また個人間の問題に止まらぬ拡がりを持ち、しかも、「無自覚的」だったゆえに正面から対決されることなく、従って克服もされず、その後長く、革命派と非革命派の対立、あるいは革命派同士の間での単なるセクト主義的対立、と見られて来た論争においても、実は隠れた対立点として底流して来たのではないか。今後、それを明らかにしていくことによって、中国現代文学史の再構成のための、少くとも一つの視点が得られまいかというのが、本稿における、私の私自身への問題提起である。

（東京大学東洋文化研究所『東洋文化』第六五号　一九八五年三月）

注

（1）「儒・道・墨と作家」（『近代中国の思想と文学』一九六七・七　大安）。

（2）この問題については既に「『故事新編』の哲学」（東大東洋文化研究所紀要　六八冊、一九七九・三）に詳論した。本稿はその続編というべきものである。

（3）原本未見。岩波新書『歴史小品』（昭和二五・一二）の訳者平岡武夫氏の「あとがき」による。

（4）『論郭沫若的創作道路』（黄人影編　中国新文学研究叢刊第二輯、一九六七　香港華夏出版社）所収に拠る。

（5）一九二四年の段階での成仿吾の「『吶喊』的評論」における魯迅批判の中心は、魯迅は「典型」の造型には成功したが「普遍」を描くことには失敗した、という点にあった。前期における「感情」にせよ、後期における「科学」（マルクス主義）にせよ、彼らが拠り所としたのは、その「普遍」性であった。これは本当は「擬似科学」、「擬似普遍」と呼ぶべきであろう。

Ⅲ　中国関係論考

脱亜論とアジア主義の間で——日中近代比較文学論序説——

以下は一九九三年九月九日、東京女子大学の中国文学専攻の学生の外に、北京大学に留学中の二、三の大学院生及び同学の友人と共に、北京の中国現代文学館を参観した際に行なった講演である。元来は中国の学者向けの日本の学界紹介だったたが、今回日本文学科の一般学生向けに書き改めた。

はじめに

突然の事で何の準備もないので、日本における中国近現代文学研究の歴史を極く粗く、然も甚だ主観的に概括してご紹介することで、責めを塞ぎたい。ここに「主観的に」というのは、第一に取り上げる範囲を、私自身が先人の仕事をどう受け取って来たかという事に限定すること。第二に、私が専門として来た（というには甚だ気後れを感じる程度のものでしかないのだが）日中近代比較文学がどのようにして成立し、どのような課題を担って来たかという視点からの私なりの恣意的な概括の試みだということである。

その「日中近代比較文学」と敢えて呼んだ問題意識及び方法について、最初に一言だけ言っておきたいことは、私はその目的を、アジア比較近代化論の第一歩として、第一に、日中両国の近現代文学のそれぞれの「ちがい」すなわち文化上の「個性」（それは「先進―後進」という枠組みで優劣を比較出来ないものだ）を自覚的に明らかにし、それによって「先進国―後進国」といった序列的な思考を克服すると同時に、第二に、そうした「ちがい」の認識を通して、未来に向かって克服すべきアジア「共通」の文化的課題を発見することにあると考えて来た。なぜなら、文化的・精神的な「共通の課題」の発見無くしては、たとえ如何に友好が叫ばれようとも、また政治的経済的な「友好」がどれほど進展しようとも、実は真の友好などあり得ないと考えるからである。私の考える「比較」とはそのための「方法」である。

そもそも日中あるいは文学とは限らず、比較とは、ちがいを知るための方法であろう。敢えてわざわざそう言う意味は、比較とは、予め、唯一の、本来あるべき理念なり規範なりがあり、それへの接近度を比較し、優劣・上下の「序列」をつける事ではなく（それには偏差値は必要でも、学問は必要としない）、逆に「比較すること」によって、互いに比較することの出来ない「ちがい」すなわち「個性」を発見するための方法である、ということである。そしてこのような意味での日中近代比較文学ないしはアジア比較近代化論は、一九四五年の敗戦を契機とする戦後日本人の自己反省を背景として、初めて生まれた学問分野であると私は考えている。言い換えれば、近代の学問が、日常的な視点では克服困難な偏見や常識や先入観を克服し、新しい発見をするための技術であるなら、私の場合、学問の力を借りなければ克服困難だった常識（それが、少年だった私が侵略戦争に対して批判を持ち得なかった根本の原因と考えられたもの）とは、日本をアジアの先進国、西洋近代の模範生と考え、中国やアジア諸国を後進国と考える意識であったということであるが、このことについては、後に叙述が戦後に及んだ所でやや詳しく補足したい。

ともあれ、比較研究を含めて、日本における、中国の近・現代文学に対する「研究」と呼び得るようなものは、後述の如く、一九三四（昭和九）年の竹内好らによる「中国文学研究会」に始まると考えられている。従ってそれは僅々六十年の歴史を持つに過ぎない。だがこの歴史は、「近代」の日本人が中国をどう考て来たかという歴史的、精神的な背景と切り離して考えることは出来ない。つまり、中国近現代文学研究は、西洋がその軍事力と資本主義と新しい人間観とを携えて我々の前に姿を現わして以後、日本人がその西洋と対比して中国をどう位置づけて来たかという歴史の中から生まれた（その意味ではそれは、当初からヨーロッパ・アジア・日本の「多国間の比較研究」という性格を帯びていたとも言えよう）。そこで研究史の前史として、日本人の中国観の変遷に触れない訳にはいかない。本来アヘン戦争後（江戸末期）から話を始めるべきだが、ここではひとまず明治から始めたい。

（一）福沢諭吉と岡倉天心――日本近代史の「楕円運動」の二つの中心――

日本人の魂の分裂　西方の文明に接触し近代化の道を歩み始めて以来、日本人の魂は常に二つの方向に引き裂かれて来た。竹内好・橋川文三編『近代日本と中国・上』（朝日新聞社　一九七四）の冒頭に収めた文章で、橋川氏は、近代日本において「アジアに対して対極的に異なる姿勢を象徴する二人の思想家」として福沢諭吉（一八三四～一九〇一）と岡倉天心（一八六二～一九一三）とを挙げ、前者を「脱亜論」（一八八五）によって、後者をそのほぼ二〇年後の「アジアは一つである」（『東洋の理想』）という「宣言」によって代表させ、「日本近代史は、この二つの宣言というか、予言というべきものを二つの中心とする楕円運動のごときものであった……」と言っている。

反封建の脱亜論　よく知られる通り、福沢の「脱亜入欧論」は、清・韓両国という「未開野蛮」な「アジア東方の悪友」との惰性的な関係を「謝絶」し、西洋に見習い「文明」に進むべきことを主張したものであった。この場合福沢は「東方」すなわち中国・韓国を単一の儒教支配の国と見なし、これを「野蛮」としたのである。橋川氏によれば、福沢は「要するに政治権力の原理がそのまま人間精神の規範として作用するような社会システムの典型を中国に見出し、そこに文明と相容れない停滞性＝野蛮性の根源を認めているわけである」。これは言うまでもなく彼が他方で政教分離の西洋に「文明」を見たことに対応している。だが他方彼は軽薄な西洋追随（『開化先生』）は拒否する。大切なことは彼が見た「文明」が単なる物質文明ではなく、これまたよく知られる「天は人の上に人を造らず、人の下に人を造らず」という言葉に代表される「人間の尊厳」の発見を意味していたことである。以前に書いたことなので（『魯迅と日本人』一九八三）繰り返さないが、こうした福沢の思想は、同じく西洋の文明と初めて本格的な出会いを経験した魯迅（一八八一～一九三六）の日本留学時代（一九〇二～〇九）の評論と共通するところが大きい。敢えて、中国の学者が屢々使う概念で言えば、これは「反封建」の主張だと言うことが出来よう。

「アジアは一つ」の意味　これに引きかえ岡倉天心の立場は福沢とは殆んど正反対である。彼が『東洋の理想』の冒頭で「アジアは一つ」といった時、それは「西欧のはるかに及ばない高い価値において、アジアの諸民族が一つであることを出張したものであった」（橋川上掲書）。この一句に続く、これまた有名な「ヒマラヤ山脈は二つの偉大な文明――孔子の共産主義（コミュニズム）をもつ中国文明と『ヴェーダ』の個人主義をもつインド文明を、ただ際立たせるためにのみ、分かっている。しかし雪を頂くこの障壁でさえも、究極と普遍を求めるその愛のひろがりを瞬時といえどもさえぎることは出来ない。この愛こそは、アジアンのすべての民族の共通の思想的遺産であり、……また彼らを、地中海やバルト海の沿海諸民族から区別しているものである……」という部分について、橋川氏は、岡倉は現実アジアが一つではないことを知っていた（福沢が一元的に儒教国と捉えた中国をも岡倉は多様性をもつものと認めていたし、中国は日本よりむしろ西欧に近いという判断さえもっていた）という。にもかかわらず彼が「アジアは一つ」だというのは「事実ではなく、要請である」と、竹内好を引いて橋川氏はいう。岡倉は、「西洋の光栄は東洋の屈辱」（『東洋の覚醒』）と言い切り、西洋文明への盲目的崇拝や追随に反対して、東洋文明の自尊と独立を主張している。それは（上と同様に敢えて中国で慣用される言葉に合わせていうなら）「反帝国主義」の思想と呼ぶことも出来るであろう。

アジアの自覚の二側面　この二人の主張は一見確かに対立してはいるが、実は「西洋の衝撃（Western Impact）」が生んだ「東洋の覚醒」（岡倉）つまり自覚意識の、いずれも欠いてはならない二つの側面を語るものだった。そもそも「東洋」（或いは「西洋」）という意識自体が「西洋」の衝撃（或いは「東洋」の抵抗）によって初めて生まれたものだった。

この「自覚」が、日本では、一面では福沢のごとく日本人の儒教文化からの独立、伝統的な中国崇拝からの脱却の主張となり、一面では岡倉のように、西洋に対した時の東洋の一体感の主張となり東洋の「美」の自覚となった。ただ両者に共通しているのは「独立」への意志である。全面洋化論と見える福沢にしても、むしろ日本人が儒教文化の支配から脱して政治的・精神的に「独立」の精神に目覚めることを目指していたのである。

日本人の変質　だが、このように日本の「独立」をめざしたものだった福沢の「脱亜論」が思想的有効性を持ち得たのは日清戦争までで、その後は、そこにこめられていた「一定の自覚的な問題の限定は忘れ去られ、その形骸としての中国―アジア侮蔑の自然感情だけが残されることになった。端的にいうならば、日清戦争後、日本人は何か別の人種になってしまったという印象である。……天心の『アジアは一つ』という声は、そうした日本人の魂が失われようとする時期の孤独な叫びにほかならなかった」と橋川氏はいう。その岡倉の叫びも、その後の歴史の中で、結局は、独善的な「アジアの指導者」意識や「大アジア主義」などに利用されるものになっていってしまう。アジアの「自覚」の、欠いてはならぬ二つの側面を代表していたはずの福沢と岡倉の思想が、アジアの「反帝・反封建の二重の戦い」との連帯を作り出すどころか、逆にアジアへの侵略の根底を形づくることになった日本人の中国―アジア観の形成に、相乗的或いは補完的役割を果たすことになっていったのである。

（二）漢文と支那語――その不幸な関係――

中国観の分裂　こうした不幸な成り行きの端的な表現として、屢々指摘されて来たことの一つに、戦前の教育における「漢文」と「支那語」の分裂と呼ばれる現象がある。つまり、戦前の我が国の中等教育において、「漢文」すなわち日本で独特の発展を遂げて来た訓読法による中国古典と日本人が古典中国語で書いた中国詩文の教育は、当時「英・数・国・漢」と呼ばれた主要四科目の一つとして、五年間、毎週四時間の授業時間を割り当てられていたが、「支那語」つまり外国語としての現代中国語を教える学校は皆無と言ってよかった。今考えれば甚だ奇妙な事とも言えるが、当時の私たちにはごく当然なことであった。両者は全く別のものと考えられていたからである。単純に言えば、「漢文」は中国古典ではあると同時に殆ど日本古典と区別されず、広く知識人なら誰しもに必須の教養として尊重され、「支那語」は（英独仏語が新しい教養語学として尊重されたのとは全く別に）、戦後に「これまで日本には『憲兵支那語』と『行商支那語』しか存在しなかった」と批判されたように、特殊な実用語学としての一段低い位置しか与えられてこなかった。こうした状況は、日本をはじめアジア諸国の近代化の目標がひたすら西洋に学ぶことであった以上いわば当然のことである（現在でも日本の大学におけるアジア関係の諸学科は甚だ弱少である）。問題は、福沢や岡倉には認められた（上に反帝・反封建と呼んだような）アジアの「自覚」（自立と連帯）につながるモチーフが全く変質してしまった事にある。

儒教主義と中国蔑視の結合　すなわち、「漢文」が捉えた中国像は、一見岡倉の主張に繋がるかに見えて、実は彼がとらえたような未来への文化的創造力に満ちた、多様な「アジアの美」の中の中国でも、生きた現実の中国でもなく、むしろ福沢がそこからの独立をこそ急務とした。儒教を軸とする一元的で観念的な中国像だった。そして「支那語」に至っては、まさに形骸化した「脱亜論」が残した「中国―アジア侮蔑の自然感情」と結び付き、かつそれが当初から含んでいた、西洋列強に見習って中国・韓国を「処理」の対象とすべきだという論理に奉仕する役割を期待されるものであった。つまるところ、日清戦争後の近代日本人の中国像は、「漢文」的なものと「支那語」的なものとに分裂し、両者は、アジア侵略のために都合よく、補完しあう関係にあった。

こうした状況は、近代日本文学に現われた中国及び中国人像を見た場合においてもほぼ同様で（例えば夏目漱石の場合を見よ）もしここに加えるものがあるとすれば、中国俗文学や所謂「風流譚」への関心などとつながる「支那趣味」（例えば佐藤春夫などにも見られた）風な中国像であろう。「漢文」と「支那語」の二分法を取るにせよ、これに「支那趣味」を加えた三分法をとるにせよ、これら近代日本人の中で主流になっていった中国観・中国像には、現実の中国及び中国人との連帯の契機はどこにも見いだせなかった。

（三）世界文学の一環としての中国現代文学――日本留学生の文学のはじまり――

国家を越える価値の発見と留学生作家　冒頭に述べたように、日中両国民の間に、真の友好関係が成り立つためには、まず日中共通の課題を探し当てることが必要であるとすると、それを可能にする最初の前提とは両国民が互いに「国家を越える価値」を発見することであろう。日本近代史の中では、「日露戦争が勝利に終わって初めて『日本国民』が……国際的緊張感から解放され、その結果初めて自分の内面のなかで国家的価値を第一位に置くという精神構造をひっくりかえして国家より高いものを作り出すための消極的条件が生まれた」（藤田省三『維新の精神』）と言われる。藤田氏はじめ内田義彦（『日本資本主義の思想像』）、丸山真男（『日本の思想』）等の諸氏の言うところを聞けば、日本自然主義における近代文学の成立や大正期における学者意識・芸術家意識の成立は、日露戦争前後、日本で初めて学問や文芸に国家的価値を越える価値を認める思想が生まれた事を示すものと考えてよいように思われる。

ここで私の注意を引くのは、魯迅の日本留学（明治三五）が、あたかもこの時期に当たっており、彼から以後、留学生の中から多くの作家が出るようになることである。彼らがいずれも、当初実学を求めて来日しながら、中途で文学に志を転じたことの最も深い理由は、彼らが留日後に、「文学」に国家や民族を越える（同時に彼らが深く憂慮していた民族の運命に関わる）普遍的な価値を見出した所にあったのではないだろうか（内田氏上掲書）。

中国近現代文学に大きな流れを作った留学生の文学の研究は、比較文学の好個の対象であり、多くの業績もあるが、その背景には、文学が人類の精神史の結節点をなし、民族を越えた共通の言語となり得た時代があったといえようか。ともあれ、これ以後、日・中・韓国の近代文学は「世界文学」の一環としてその思潮の変遷を共有することとなり、アジア近代比較文学というテーマも、この時初めて成立し得たのである。

プロレタリヤ国際主義　そしてこのように両国の知識人がその時代の「世界的」思潮を共有し、民族を越える普遍的な価値を共有した時代が一つの頂点を迎えたのは、マルクス主義文学運動においてであった。一九二〇年代中頃から三〇年代にかけて、後期創造社の留学生作家たちを中心にした中国革命文学運動が、日本のプロレタリヤ文芸運動から多くを得ていたことはよく知られている。所謂「三〇年代文学」の研究は、我が国の現代中国文学研究の中でも最も業績の挙がった領域の一つで、両国の作家個人や文学団体の間に持たれたさまざまな交流や文芸理論の翻訳紹介等についても、既に多くの業績があるが、ここでは一々触れない。

ただ一言、この時代、マルクス主義が齎した大きな功績の中の一つは、「階級」という「民族」や「国家」を越えるより普遍的な理念を提示し、「万国の労働者よ団結せよ」というスローガンによって、岡倉天心の「アジアは一つ」という宣言をはるかに越える明確さで、世界が一つであることを宣言した所にあった。そしてこの遺産が、やがて中国研究の分野でも、中国近現代文学を同時代の世界文学の一環として取り上げる学問の成立を促すこととなる。――長くなったが、以上が日本における中国近現代文学研究史の、いわば前史である。

（四）「中国文学研究会」――科学主義と文学主義とアジア主義――

研究史の出発点　我が国での魯迅を中心とする中国現代文学の紹介や翻訳の歴史は、早くは明治末年にまで溯ることが知られているが、研究と呼び得るものは、ほぼ一九三五年二月の『中国文学月報』の発刊、或いはその前年の「中国文学研究会」の発足に始まると考えられることは、先にも触れた。一体、この時期は、ナルプ（プロレタリヤ作家同盟）の解体（一九三四年）の前後、マルクス主義の実際運動が全面的な崩壊に追い込まれた時期として、昭和史の上に、一時期を画する年となっている。「中国文学研究会」の成立が丁度この時期に当たっているのは、以下に見るごとく、決して偶然の事ではなかっただろうと考えられる。つまり、今考えると、竹内好、武田泰淳、松枝茂夫ら東京帝国大学文学部支那文学科の卒業生たちを中心に結成された「中国文学研究会」の運動の、中国文学研究史の上で、それまでには見られなかった特徴、あるいは新しさとでも言うべきものは、当然の事ながら、そうした時代の思潮と無関係ではなかった。以下三点に分けて見て行きたい。

同時代性・世界文学という視点　第一に、彼らが画期的だったのは、日本で初めて、中国文学を言わば「日本文学」

と文芸思潮を共有する「同時代」の、「世界文学」の一部として（そういう意味でいわば連帯感をもって）、取り上げたという点である。そして、これは実はマルクス主義が、実際運動の崩壊の後に残した思想的遺産の、まことに正当な継承だったであろう。

例えば改造社（社長山本実彦）が世界最初の魯迅の「全集」を出版したのも、同じ社の雑誌《文芸》（編集高杉一郎）が同時代の支那文学の特集を企画して成功したのも、また魯迅逝去の際に小田岳夫が彼の文学について「まことにこの文学は見ようによっては弱国人の代表的表現とも見られ得る。事実ぼくはその文学に遭って初めて強国人の文学というような思索対象にぶつかった」と書いたような魯迅観や、その他当時かなり盛んだった両国文学者の交流や対話の記録を見ても、それらに見出される相互理解や友情は、やはり、共産主義運動のみならずエスペラント運動までを含めた「国際主義」の影響を抜きにしては考えられない。そうした意味で中国文学研究会の運動も、こうした時代の、いわば開かれた精神の流れの中にあったと考えられる。

「文学主義」　彼らの運動の第二の特徴は、私達には既に失われている、「文学」への信仰とでも言うべきものである。つまり、彼らはみなマルクス主義の強い影響を受け、個人差はあったが、実際運動にも一定のシンパシィを抱いていた。しかし彼らの運動は「政治的」ではなかった。交友の面でも《近代文学》の同人達に近かった。

例えば、世界で最初の魯迅の評伝となった小田嶽夫の『魯迅伝』（一九四一年）は、「『愛国』者という魯迅の面に知らず知らず傾斜した」と自らいうような魯迅像を提出していた（この「愛国」には括弧がつけられていて、当時の一般の場合とは逆の、いわば反権力の「愛国」であることが暗示されている）。これに対して、武田泰淳の『司馬遷』と共に中国文学研究会を代表する作品となった竹内好の『魯迅』（一九四三年）は、「私は、魯迅の文学をある根源的な自覚、適当な言葉を欠くが強いて云えば、宗教的な罪の意識に近いものの上に置こうとする立場に立っている」といい、よく知られるように「魯迅の文学の根源は、無と称さるべきある何者かである。その根底的な自覚を得たことが、彼を文学者たらしめているので、それなくしては、民族主義者魯迅、愛国者魯迅も、畢竟言葉である。魯迅を贖罪の文学と呼ぶ体系の上にたって、私は私の抗議を発するのである」と言うのである。

この魯迅像は、小田が「愛国者」と呼び、また「西欧の科学文明に傾倒した」という魯迅像と比べたとき、明らかに「日本浪漫派」風な「文学主義」への傾斜を深めているといえよう。そこには、竹内の『魯迅』が、彼の「シェストフ経験」を示すものだったと云われるような、ある時代があったのである（ちなみに、シェストフの『悲劇の哲学』が翻訳紹介されたのは一九三四年のことである）。

いったい、上に「中国文学研究会」が活動を始めた一九三四年が、昭和史の上で一時期を画する年だったと言ったのは、丸山真男氏の「近代日本の思想と文学」（『日本の思想』岩波新書　一九六一所収）に拠ったものである。丸山氏のこの文章は、「いわゆる『政治と文学』という文学史上の周知のテーマにもう一つ『科学』という契機を入れて、――と言うより、『科学』の次元を独立させて、政治―科学―文学の三角関係として問題を見直しみることで、近代日本文学の思想史的問題にある照明を当ててみる」ことを意図したものであるという。ここで氏は、当初のマルクス主義優勢の時期から、やがてファシズム支配の時代へと変転した昭和思想史を、①昭和初年の、文学に対する「政治（＝科学）の優位」の時代から始まり、②一九三四年のナルプの解体前後、「文芸復興」という合言葉が登場し、「科学主義対文学主義」の問題が評論界を賑わした頃から、日中全面戦争の始まる一九三七年頃までの四年程の間の「中日和」の時期を経過して、③その後の文学がヨリ直接的に、先の「政治」とは全く方向を逆にした政治との関係で取り上げられるようになる「政治（＝文学）の優位」の時代への「旋回」の過程と捉えて、一つの優れた昭和文学史の概括とも言うべきものにもなっている。

ここに言う「政治（＝科学）の優位」とは、科学的真理たるマルクス主義、すなわち「『理論』と等式に置かれた『政治』」（「一般的なるもの」）が、文学の上に圧倒的な権威をふるった時期（「過度の合理主義」）をいい、そのために抑圧されて来た「個別」作家の「非合理な情動」が運動の下降とともに急激に意識化され、さまざまな形で「政治」に「復讐」を始めたことをバネに、時代はやがて「政治（＝文学）の優位」の時代へと変転したとされる。「中国文学研究会」の発足は、丁度ここに言われる「科学主義」から「文学主義」への激しい転換の「中日和」の時期に当たっている。上に見た竹内の「抗議」は、個別作家の、奪うことの出来ない主体的な意志（自覚）を「一般的なもの」に還元してしまうことへの抗議であったという意味で、この時期の「文学主義」と同じ流れのなかにある。

ただ、ここでの問題意識からは見落とせないのは、少くとも竹内の場合、この時期の科学主義と文学主義との対立が、「脱亜論」と「アジア主義」の分裂の一つのバリエーションだったことである。彼の場合、科学主義すなわちマルクス主義は脱亜論の系譜の上にあり、彼の文学主義すなわち個人の主体性の主張は、後述の如くアジア—日本の文化的自立の主張と不可分の関係にある。彼の「日本浪漫派」への親近はこのことを意味していた。そして、私はここにこそ彼の最も正統的な意味での近代的学問への志向を読み取るのである。

新しい学問への志向　第三の特徴はこの点に関わっている。中国近現代文学研究の歴史で、学問研究と呼び得るものは「中国文学研究会」から始まることは既に述べた。いったい竹内は生涯、学者と呼ばれることを嫌い、その「文学主義」は我々の世代にも影響を及ぼしていて、我々はいまだに「学会」で「文学を語る」ことに気後れや場違いを感じる事から抜け出せない所がある。だが、見落としてならないことは、彼らの「文学主義」、すなわち「科学主義」批判が、実は戦後に彼が厳しく批判することになる日本的なマルクス主義受容の在り方への批判と動機を同じくするものと考えられることである。つまり彼らは日本型の「マルクス主義者」の権威主義的なニセ科学主義に反発したのであって、他方では、マルクス主義の理想的影響の下に、中国文学の世界に、新しい、近代的な学問が生まれるべきことを主張したのである。その際彼らが当面の敵としたものは、先に言った「漢文」につながる漢学・支那学アカデミズムや「支那語」や「支那趣味」的な学問だった。彼の学者嫌いは、近代の分業の形をとった実は「封建的な縄張り意識」や、実証に名を借りて実は思想を欠いた「官僚的」乃至は「趣味的」な学問などへの嫌悪であって、実際は、近代或いは近代の学問とそれを生んだ「精神」に対する本質的な理解とまた尊敬の裏返しの表現だったと理解すべきだろう。つまり、彼の「文学主義」は、当時その代表だった小林秀雄が、マルクスのデモーニッシュな「精神」には敬意を表しながら、その理論に拠って自分では「責任を取らない」と主義者を批判し、同じ頃、三木清が仮設的思考の欠如を批判し、「近代科学が齎した最大のものは仮説の思想である」（『人生論ノート』）といっていたのと同じ、学問における個人の主体性、空想力（すなわち理論の仮説性）の重視、つまり文学の自律性、学問の自律性の主張と同じ流れの中にあるものだと考えられるのである。

そしてこの時期、実はデカルト以来の近代の学問（＝科学）に内在していた「学問と思想の切り離し得ない関係」や理論の仮説性の論理が、日本では「マルクス主義によって初めて大規模に齎された」ことについては、丸山真男氏の『日本の思想』に見事な分析がある（「日本におけるマルクス主義の思想的意義」その他）。

また、内田義彦氏は、我が国の知識青年の「類型」の変遷を歴史的に跡付け、この時期の知識青年（昭和青年＝市民社会青年と呼ぶ）特徴を、「講座派」マルクス主義理論の圧例的影響を受けながら、実際運動が弾圧されて崩壊した「政治的窒息の時代」に、それぞれの「専門領域」で、独自の「知的」活動を開始した所にあるとしている（「知識青年の諸類型」）。この指摘は上に引いた丸山氏のいうマルクス主義の影響についての指摘とまさに符合する。この内田氏の論を私に紹介してくれた日本文学専攻の友人のSによれば、先行する時代の「学問」が、言わば横文字を縦に直して紹介する底の「概論の時代」だったのに対して、この時期になって初めて（まさに上の引用部分で丸山氏の言うごとき）自己の実践的な問題意識に立った対象の再構成として近代的学問が始まったが、それはまだ序説に終わりがちだった、それを代表する大塚久雄氏の『欧州経済史序説』から名をとって「序説の時代」と呼ぶが、日本文学ではその後の研究の二つの流れに道を開いた岡崎義恵『日本文芸学』、近藤忠義『日本文学原論』が、それに当たるという。中国文学研究領域での「中国文学研究会」の誕生も、同じ時代の流れの中にあったといえよう。

全面戦争と研究の断絶　一九三七年七月日本は中国との全面戦争に突入する。以後四五年の敗戦まで、「同時代の文学」としての中国文学（具体的には「抗戦文学」「人民文学」）の研究は、断絶する。

この間の事については、これまで述べて来た事の文脈から、二つの問題を指摘しておきたい。

一つは、国家間の戦争が、上述のような文学者の間の交流を（様々な試みはあったが、結局はプロレタリヤ作家の細いつながりと、「大東亜文学者会議」に象徴される、お仕着せの交流を除いて）完全に断ち切ってしまったことである。この事態は戦後も続いているが、これは、「政教分離」の文化伝統を持つ西欧の場合と異なり、上述の文学や芸術や学問に国家や民族を超える価値を見出す思想の根が浅かったことを意味していただろう。

もう一つは、岡倉天心以来の（日本近代史の「楕円」運動の中心の一つだった）「アジア主義」の運命である。一方での消しがたい残虐行為の事実（当時は隠されていたが）と並べると、一見殆ど絶望的だが、岡倉以来のその理想は、白人侵略者の百年の東亜支配との戦いにおいてアジアはみな「同胞」だとする「東亜共栄圏」の思想において、つまり日本を明確に「アジア」に位置づけたという意味で、一つの頂点を迎えていた。たとえ「アジアへの侵略戦争」という現実の枠組みに取り込まれ、「宣伝」という側面も否定しがたいにしても、少くとも私たち国内にいた日本人の意識の中で、この連帯感が一定程度現実だったこともまた事実だった。戦後日本が再び福沢の「脱亜論」の方向に揺り戻したことはいいことだったが、五十年を経た今日、日本人のアジア侮蔑の差別意識が戦中よりも甚だしいという現実への反省の視点から、この連帯意識には、なお解明さるべき何かがあるだろう。

ともあれ、武田泰淳『司馬遷』や竹内好『魯迅』は、そうした「暗い谷間の時代」の産物だった。

（五）アジア比較文化論の原点──戦後日本の自己反省──

さて、本日私が敢えて「日中近代比較文学論」ないしは「アジア比較近代化論」と呼んだ問題意識及び方法は、如上の歴史をうけついで、戦後に誕生した。すでに紙面も尽きたので、以下その歴史を素描することで、とりあえずの結論とする。

戦後日本の自己反省と中国革命　私たち戦後世代の学問は、領域を問わず一般に、一九四五年八月十五日の敗戦を契機とする、戦中・戦前の学問の在り方への反省を出発点としていた。そこには、敗戦に帰結した、明治以来の日本近代へのトータルな自己批判こそが求められているとする、時代の風潮があった。とりわけ中国研究の場合には、そこに、一九四九年十月一日の中華人民共和国の成立の衝撃が重なった。「日中比較」という問題意識は、日本の敗北と中国革命の成功という、二つの民族の歴史の交錯した場所から生まれた。

私などの当初の問題意識は、かなり素朴だったかも知れない。その頃一部知識人の中で、かなり大きな影響を持った陶晶孫の『日本への遺書』に、「かつて我が国の港には外国の軍艦がおり、我が国の都市の郊外には外国の軍隊が駐屯していた。街には外国の自動車が走り……、かつて中国にあったものが、いますべて日本にある」とあったのを読んだことが、私の応用化学から中国文学への転科の直接の動機になった。「後れた民族」とのみ思って来た中国がそうではなかったらしいという衝撃と、米軍占領の日本の独立と再建のために、より悲惨な隷属から起ち上った中国の経験を学ぼうという民族主義乃至はアジア主義がそこにあった。

明治以来の日本が達成した「カッコつきの近代化」に対して、それが出来なかった中国に、実は別の、あるいは真の、「民衆レベルでの近代」があったのではないかという中国像、いいかえれば、戦後日本の自己反省を投影した中国像は、単に中国研究者の中だけでなくたとえば丸山真男氏などまでを含めて（『日本政治思想史研究』あとがき）、広く認められるものだった。

こうした出発点の問題を、どのような方向にどのように実証的に深めていくかということが、その後五十年の、アジア文化比較論の歴史である。

学問論と戦争責任論　「反省」の一面として、戦後はまた（新制大学の発足とも係わって）大学論・学問論が盛行した時期でもあった。上原専禄、大塚久雄と言った人達をはじめ、前章に引いた内田義彦氏の所謂「市民社会青年」、つまり「文芸復興」期に世に出た人たちと、復活した「正統派」マルクス主義者とが、私たちの時代のオピニオン・リーダーだった。

何を、どう反省するかが、学問論の中心課題だった。その意味で、ほぼ同じ時期にやはり評壇を賑わせていた「戦争責任論」は、いわば、すべての領域に及んだ自己反省の、関鍵に位置していた。「反省」という点では、共産主義者だけが殆ど唯一の反省を必要としないグループだった。彼らは苛酷な弾圧に屈しなかった倫理性のみならず、多くの人が予想もし得なかった日本帝国主義の崩壊を予言し得た理論の科学性において、その権威は、とくに私たち若い学生の間で、ほとんど圧倒的だった。つまり、時代は先に引いた丸山氏の「政治（＝文学）の優位」の時代から、再び昭和初年の「政治（＝科学）の優位」へと揺り戻された観があった。だが、「科学主義と文学主義」の論争の中で解決されなかった問題も同時にそのまま持ち越されたいた。それを端的に語るのが「戦争責任論」に見られたある分岐であり、それはまたすべての領域に及ぶ学問論上の「反省」の分岐点でもあっただろうと、考えられるのである。

二つの戦争責任論　何をどう反省するかという問いは、当然、戦争責任をどうとらえるかという問いになる。

①マルクス主義者を中心に強く言われたのは、責任は軍部、財閥、官僚等支配階級にあった。国民は「欺されて」いた、被害者であった。だがその故に加害者ともなった。その反省（「教え子を再び戦場に送るな」という教員の反省等々）に立って、「社会科学を学び」、再び誤ったイデオロギーに欺されてはならない……といった議論である。

②他方、確かに支配階級に責任はあるにしても、国民全体に責任がないといえるか、という議論があった。たとえば、丸山真男、鶴見俊輔、竹内好らの議論の中では、カール・ヤスパースの『責罪論』に言う「法律上、政治上、道徳上、形而上学的」という「四つの罪」の分類が引かれ、最後の「形而上学的な罪」への反省の必要が説かれていたし、丸山真男氏が著名な論文「超国家主義の倫理と心理」で、天皇制が実は独裁制とは正反対の「無責任体制」であり、残虐行為の実行者は実は、国内ではよき庶民だった下級兵士だったことに、より深く救いがたい問題があることを指摘していたことは周知の通りである。

すなわち、前者にあっては「反省」の重点はまず支配層の政治イデオロギー（＝理論）におかれ、道徳のレベルに止まったのに対して、後者は、この批判を共有しつつも、更にその根底にあった国民全体に及ぶ「形而上学的な罪」（八〇年代になって中国の学者が提起した「文化心理」というのもこれに近いだろう）を問うたというべきであろう。

竹内好と丸山真男　これはいわば文明批評的な日本近代総批判というべきものだろう。その中で、丸山真男（の福沢諭吉論）は近代主義の、竹内好（の魯迅に拠った日本近代批判）はアジア主義の立場を代表するといわれた。だが両者の言う所は実は甚だ近い。侵略戦争を含めて近代日本人が犯した「罪」の最奥の所に、今も根強く息づいている内的な「天皇制」を見た所で、両者の日本近代批判は一致している。上に引いた丸山氏の、天皇制＝無責任体制から生まれた日本軍の残虐行為の構造の指摘は、竹内が、魯迅の「暴君の臣民は多く暴君よりも暴虐である」という言葉などに拠って言う所の「ドレイとドレイの主人は同じものだ」という命題と同じである。

竹内の思想の特色は、「国家の独立、民族の独立、個人の独立、文学の独立（自律）を一つながりのもの」として考える「独立」の思想にあるという（日高六郎）。竹内は日本人の西洋近代思想受容におけるドレイ性を批判すると共に、中国思想からの独立が出来ないでいることをも批判した。中国思想つまり身分制的な思考を残存させたまま、西洋近代の思想を「外から権威として持ちこむ意識形態」を、「近代主義」と呼び、日本のマルクス主義者を、その代表とみなした。そして、このような「近代主義」が主流となった日本近代を、「抵抗」（＝自己固執）を欠いた「転向文化」「優等生文化」と呼んだ。――この「独立の思想」において、竹内好と丸山真男は、いいかえれば、「脱亜論」と「アジア主義」とは（内的天皇制の克服という一点で）、はじめて一つになったといえるのではあるまいか。そして、ここに言う「日中近代比較文学」、「アジア比較近代化論」は、この時成立したと私は考えるのである。具体的に言えば、実は、同時に現代日本論でもあった竹内好の『現代中国論』（一九五一）は、その記念碑である。

すなわち、竹内は、上述の如く魯迅に拠りつつ、日本人が西欧に対する「ドレイ」意識とアジアに対する「ドレイの主人」意識とを、意識の中に同居させていて疑わないことを指摘したが、私たちの「比較」研究は、日本が侵略戦争への道へ進んだ「責任」の所在を、単の指導者の政治イデオロギーの誤りのみならず、国民全体の中にあったアジア蔑視（実は西欧崇拝ともなる「ドレイ＝ドレイの主人」意識）に見出し、その克服にこそ私たちの「戦後責任」があることを自覚した所から始まった。冒頭に述べた如く、比較を通して比較し得ない（個人にせよ、民族にせよ）個別性の発見がその目的となったのである。

むすび――ある転換――

さて上述の如く、「正統派」マルクス主義者と近代主義者との間に若干のズレはあったが、「戦後民主主義」の運動は、五四運動にも似て、両者の統一戦線によって担われたと言ってよいだろう。やがて分裂の時代が来る。全共闘運動やプロ文革への道は、一見、先の「政治（＝文学）の優位」の時代への転変と似ていたが、それが意味したことは若い学生たちの中で、先に丸山氏を引いたような、戦争中の残虐行為を生んだ「皇軍」の意識構造が、全くそのまま何も変らずに残っていたということであり、もう一つは、同じ状況がそのまま中国にもあてはまることが明らかになったことである。かくして、文革の実態が漸く明らかになりはじめた七〇年代末頃から、私たちの比較研究は一つの転換点を迎えることになった。

すなわち、私は先に戦後の問題意識について「かなり素朴だったかも知れぬ」と書いたが、そこに（竹内好の中国論が実は日本論だった顰《ひそ》みに倣って）日本の反省のために中国に学ぶということであればいいという自己限定があった。だが今やその目的は（冒頭に述べた如く）「共通の反省課題」の探求へと、或る種の転換を求められることになった。

考えてみれば、竹内が指摘した「ドレイ＝ドレイ主」の意識構造は、単に日本近代のみに固有のものではなかった。そもそも、すべてを序列化し、強者には媚び弱者には残酷になるのは、殆ど人間一般の抜きがたい「傾向」である。その思想上の表現たる「近代主義」が中国その他の国にも「革命前には」屢々見られた事は、竹内も指摘していた。戦後日本の竹内や丸山の問題が中国の学界の問題になりはじめたのは八〇年代のことである（それを象徴するのが一九八六年のいわゆる「文化論ブーム」だっただろう）。言いかえれば、私にとって、それは、戦後日本人の「自己」反省が、自己のみに止まらず世界に向かっても「発信」し得る普遍的な意義を持ち、今後も堅持され深化されなければならないことの再確認を意味していた。

こうして私たちの比較研究は、この時期から、交流と協力によって共通の課題をとらえ、互いに固有の文化的個性を探求する新しい時代を迎えた。具体的な「課題」として私たちが魯迅から与えられたのは、①個の自立を欠いた集団主義（個人と集団の緊張の欠如）は封建主義かファシズムに陥るしかない、一見「超越者」を欠く文化の中で「個人」（日本型個人・中国型個人）の形成をそれぞれの文化史の中から発見出来ないか、②近代科学を産んだ「精神」（東洋にはなかったもの）を古代の「神話」や民衆の「迷信」の底にある土俗の心とどう結びつけるか……等々、日本人にとっては福沢、岡倉以来の問題である。貧しいながら今日までのその成果と今後の課題については、機会を改めて語ることとしたい。

（東京女子大学『日本文学』第八二号　一九九四年）

「言志」から「温柔敦厚」へ
――朱彝尊における政治と文学――

一　はじめに――文学の自律について――

水落ちて石出づるたとえ、歴史の大河が激しい瀬をなして流れを変えるとき、人ひとりひとりの生き様はその根元まであらわになる。とりわけ中国の知識人にとって「政治」は、今なお圧倒的な、直接の「力」であるようだ。なかんずく伝統詩文において、作者は基本的に、或は潜在的に官僚或は官僚有資格者だった伝統は、今日なお受け継がれていて、「政治」は「文学」にとって、単に外側からの暴力であるだけでなく、魂の内側においても強い倫理的な力を保持し続けているかに見える。

明末清初という時代は、そうした意味でしばしば振り返られる時代であり、江左の士大夫たちは、とりわけ厳しく個の生の選択を問われた人達だった。その浙江の後輩、魯迅の目は「遺老」に厳しかったが、彼が「人と刀」と呼び「聖武」と諡《おくりな》した（随感録五十九）ような、むきだしの「政治」の暴力の前で、彼らが「文学（或は学問）の自律性」(1)をどのように自覚したか、しなかったか。それを考えてみる事が本稿の目的である。

無論、「文学の自律」「政教分離」「人権」等々の理念は「近代」のものであり、同時に「ヨーロッパ文化」の産物でもあるのだから、それが十七、八世紀の頃の中国知識人に見いだせるとは考えられない。だがそれに「似たもの」[2]は、梁啓超が『清代学術概論』でルネッサンス期になずらえたこの時期の中国に、何らかの形で見いだせないか。そこにどんな可能性とどんな挫折があったのか。それがここで考えて見たいことである。

「国家と教会」「世俗と真理」等々の原理的分離（即ち「超越」の存在）という文化とは伝統を異にする日本や中国にとって、「近代」の普遍的原理を「接木」すべき「台木」を自己の文化のどこに見出すかは、すぐれて九十年代的な問題だと考えるからである。[3]

朱彝尊、字は錫鬯、号は竹垞（一六二九・明崇禎二年～一七〇九・清康熙四八年）。文学史的には銭謙益・呉梅村らの次の世代に属し、清一代の文風を開く位置にある。彼の詩論・文論・詞論を見る資料としては、自訂の詩文集『曝書亭集』八十巻から、主として「序」及び「書」から計七五篇を用い、その篇名は番号を付して巻末に挙げた。[4]

二　政治と文学の間――「言志」説の構造――

以下の本論は、先に書いた「朱彝尊『高念祖に与えて詩を論ずるの書』――反政治と非政治の間――」（伊藤漱平編『中国の古典文学―作品選読―』一九八一　東大出版会）のいわば続編に当たる。即ち、そこで見た朱彝尊の詩論が、その後どのように変質し、或はしなかったかを見ていくことが、本稿の差当たりのテーマである。叙述の必要上、初めに前稿の内容を要約し、併せて多少の資料を補足しておきたい。

（一）「詩は志を言う」　朱彝尊の詩論で最も目立つのは「言志」（「性情」や「情」が「志」と同じ意味で使われている例を含めて）の強調である（＊01、06、08、09、12、22、27、28、30、34、37――＊印の後の数字は【注】にあげた資料の番号である。以下同じ）。

高念祖への手紙に述べられている彼の詩論の骨格は、詩は「志」、即ち人の抱く「已むべからざる」真情の吐露であって、その志ゆえに人は詩に「美刺」、時代への褒貶の意を籠めずにはいられない。だからこそまた詩は政教に益あるのだ。つまり「言志」説を「美刺」説につなぎ効用論を説く、その限りでは儒家の正統的詩論の枠を一歩も出ていない。

（二）尊唐詩派　この時期の朱彝尊の立場を『曝書亭集』全体について整理してみると、「言志」「吟詠情性」の強調を軸に、①六朝詩の修辞主義を斥け、②唐詩も大半は「賦景」に長ずるのみだとし、ただ杜甫の詩の「本あり」「綱常倫理の目に関わらざるはない」のを、唯一の模範とし（＊01）、③当時の詩壇における宋元詩の流行（銭謙益の鼓吹の結果と言われる）を激しく攻撃する（＊05、16、20、30、33、34、36、37、39、43、45、47）。④明詩では、正徳を最盛とし李夢陽（献吉）鄭善夫（継之）のみを、杜甫の「憂時」の精神を継ぐものとし（＊01）、嘉靖以後の格調派の模擬と千編一律を批判（＊22、10）。⑤同時に、公安派をも「卑靡浅俚」（＊46）「無学」（＊38）と呼び、⑥当時流行の竟陵派をとりわけ厳しく攻撃するが（＊38、10）、それらとは別に「啓・禎死事の臣、復社文章の士」の表揚に努める（＊03）……。この時期の朱彝尊の詩論の特色は、詩に芸術的な「興趣」より道徳的な「内容」（杜甫のように「本」があり「綱常倫紀の目に関わる」こと）を要求し、しかも杜甫一人以外は一切認めないというに近い一種の「窮屈」な態度にある。この点では、彼の「言志」を強調する詩論は、同じく尊唐詩派と言われても、王漁洋の「神韻説」とは体系的に対立していると言えよう。それは後に周作人が『中国新文学源流』で中国文学史を「言志」派と「載道」派との二つの流れの消長としてとらえた時の「言志」とは反対に、むしろ「載道」派の倫理的政治主義に近い側面を持っていた。

（三）「山沢に憔悴せる人々」の文学　このような一種「窮屈」な道徳的政治主義（「載道」主義）の背景には、明末の東林党・復社以来の正義派的な反体制政治運動の伝統があった（それが漁洋と「南朱北王」と並称されたときの「南」の意味だったろう）。また「言志」―「美刺」―「政教への効用」を強調する一見ありふれた詩論の背には、明末清初の陰惨苛酷な時代と反清抵抗運動と深く関わった朱彝尊自身の生々しい体験があった。つまり、彼が「詩は志を言う」という時の「志」とは、最も具体的に言えば、明に殉じ、官を捨てた「山沢憔悴之士」（『感旧集序』）「幽憂失志之士」（＊11）の「国難に遭い君臣師友を失った深い悲しみ」や「あらわには人に言い難い隠痛」（＊8）であり、彼自身が、二十代の半ばから「十年の間、凡そ与に詩歌洒讌せる者」（＊9）たちと共有した「抗志山棲」の志（「寄屈五金陵」詩）であったと言っていいであろう。

（四）「必伝の業」としての文学　このように朱彝尊は殉節の士や遺老たちの「志」に深い共感を抱いていたが、しかし、無条件に彼らに同調してはいない。彼らの「志」は実は《政治》にあって、詩、即ち《文学》そのものにはないのに対して、自分自身にとっては「詩・古文辞」は、官僚としての立身の道を捨てた代わりに、我が「名」を後世に伝えるための「必伝の業」であると言う（＊11）。ここで彼は、清に仕え官途についた「達仕者」の「判牘（文書事務）」と、仕えることを拒否した「失志の士」の「時を憤り俗を嫉む離騒変雅の体」とを、ともに彼が目指す「必伝の業」たる「風雅」とは区別している。つまり《文学》は、体制、反体制の両方を含めた《政治》の道と別に、彼が自覚的に選んだ第三の道だった。後に彼は『春秋左氏伝』に見える「三不朽」の説を引いて「立言」（学問・文学）と「立功」（政治）を対置し「経術を談る者」を「書生々々」とバカにし、「文章を無用の物と見なし富貴は以て人に驕るに足る」と思っている「利達の士」に向って、「百年後の公論」は爵禄の上下で人の賢不肖を決めはしない、と言う（＊19）。

〈五〉「反政治」の文学的自覚　つまり、彼の「志」は反清運動にあった。その意味で彼の文学を《非政治》的とは言えない。しかし、同時に、彼にとって文学は「達仕の士」「利達の士」のみならず「幽憂失志の士」とも別の道を選ぶ事だった。そういう意味で、私はこれを《反政治》の文学と呼びたいのである。

事実に即して言えば、彼が「科挙を捨てて詩・古文辞を学んだ」のが、反清の抵抗の（政治的）意志表現だったことは疑えないが、同時にこの決心は、数え十七歳で明滅亡を迎える二年程前から既に始まっていたと推定できる（『静志居詩話』巻二十二）。彼は一面では東林・復社の抵抗の伝統を継ぎつつ、一面では彼らの過激な政治主義と党派主義への強い（反政治的）批判をも、父親などから受け継いでいた（「話山集序」その他）。中国知識人にとって、「政治」とは具体的にはまず官僚としての「立功」であり、復社をはじめとする文社の基本性格は科挙の為の文章の評選機関だった。科挙を通じて自派の官僚を官界に送り込むことは、彼らの政治活動の大事な側面だった。無論彼らは正義派だった。その「志」は朱彝尊も表揚する。だが、政治的正義派特有の党派（集団）性と「過激」とに、彼は「家風」として批判的だった。――これが彼の「言志」説における《政治と文学》の構造だった。

彼において「詩」（及び「古文辞」「古文」「六経」）は、「時文」（科挙、即「政治的」な立身のための八股文）と対置されたものであった。詩は「時文と異なり、衆人に雷同せずして後伝わる」（＊44）といい、「立功は人に倚り、立言は己れに在り」（＊19）という言葉には、復社等の政治運動の党派的な集団主義に対する批判と、個人に基礎を置く《文学の自律》、少くともそれに「似た」ギリギリの自己主張を見ることができるのではないか。朱彝尊が明滅亡後郷里にあって、その文学的生涯の出発点において、文社の交わりを一切謝絶し「詩・古文辞」に「百年後」の「名」を賭けた事は、彼にとってはこうした「反」政治・反党派的な行為を意味していたと考えられる。

三　「反政治」から「非政治」へ——詩と学問と詞——

清朝の江南知識人への弾圧があい継いだ中で、彝尊は直接の抵抗運動には加わらなかったが、呉、越、嶺南を往来して反体制知識人と深い交わりを結んだ。やがて「通海の案」で二人の友が刑死し、彼ら山陰梅市の祁彪佳の寓園に集まっていたグループに弾圧が及んだ後、[5]彝尊は逃れるように山西の曹溶の幕下に赴く。康熙三年、時に年三十六である。それは桂王が殺され反清抵抗運動がほぼ終息に追い込まれざるをえなくなった時期でもあった（『与高念祖論詩書』はこの年に書かれている）。彼の身世は大きな転機を迎え、以後約十五年間、「飢寒に迫られ」、幕客として全国を転々とすることとなるが、この時以後、交友の範囲は大きく入れ変わり、各地の名士、遺老との間に交わりを広げ、顧炎武らと共に在野の知識人としての名声は一世に高くなる。かくて康熙一七年（一六七八）康熙帝が博学鴻詞科を開いた時の、最大の標的の一人は彼だったという。召に応じた彼は、天子自身によって第一等に簡抜されて翰林院検討に除せられ、「驢に乗りて史館に入り」、『明史』の纂修に参画する……。こうした時代と境遇の変化の中で彼の文学の上に何が起こったか。

（一）詩風の変遷　朱彝尊は晩年になって、同郷の友人繆永謀の集に序を書いて、その中で自分の一生の詩風の変遷を述べている。

まず、十七歳で始めて詩を作り始めた頃は、永謀らと共に、流行の竟陵派や格調派を嫌い、『文選』や『楽府詩集』を学び、同郷の仲間が唱和し合って「東南の隠君子」の間で評判になったと回想している。これは年譜の上では、明滅亡後の約十年間に当たる。そのあと郷里を出て各地を遊歴するようになってから、詩風は六たび変わったと言う。

「一変して騒誦となり、再変して関塞の音となり、三変して呉傖相い雑え、四変して応制の体となり、五変して放歌を成し、六変して漁師田父の語となり、訖《つ》いに未だ一家の言を成さず。」（＊10）

これらは伝記の上ではそれぞれ、呉越の間を往来して、明に殉じて山野に隠れた人達や反清運動の志士たちと交わりを結んだ十年、幕客として山西の大同や代州にいた時期、同じく江の南北を往来した時期、博学鴻詞科に応じて出仕した時期、そして「五変」、「六変」は、郷里に退き、やがて後に四庫提要が「惟だ暮年は老筆縦横、天真爛漫、惟だ意の造る所、頗る剪截に乏し」と言う時期に、当たっているだろう。

（二）**狭隘から博覧へ**　前に見た「与高念祖論詩書」は、ここに言う「二変」の初めの時期に書かれている。その詩論は専ら「志」を強調し、杜甫以外は一切認めないと言わんばかりの窮屈さが一つの特徴だった（そしてその窮屈さの背後には彼自身の反清の「志」があった）。その後交友を広げる中で、例えば王漁洋が、彝尊に宋詩を薦め、唐詩に劣らぬ絶句数十首を選んで示したといった挿話も伝えられているが（『池北偶談』巻十九）、中年以後の変化の基本的な方向の一つは、詩風の幅を広げて行ったことにあった。

「予少くして詩を学ぶに、漢魏六朝三唐の人の語に非ざれば道《い》うなく、材を選ぶにも良《まこと》に精しきを以てし、稍も縄墨に中らざれば、則ち屏けてこれを遠ざく……

「中年鈔書を好み、…（中略）…ここにおいて縁情体物、また少き時の隘《せま》きがごとくならず、惟だ自ら心に喩るのみ。」

「予、故に詩を論ずるに必ず材を取ること博き者を尚しと為す。」（＊36）

これは明らかに若き日の「窮屈」な態度（つまり、あるこだわり）の放棄である。

もともと「言志」の主張は、自己の「已むを得ざる」の情を重んずる所から、「模擬」や「雷同」を斥け（＊2、14、

30)、「格律」や「流派」を問わず（＊21、31、14、28)、「専ら一人だけを師とすることをしない（不専師一家）」こと（＊35)、「広く学問を積み（博覧）」（＊32、39）「多師を以て師と為す」（＊42、37）という方向につながる論理を含んでいた。宋詩派或は公安派の流行を非難する場合にも、「博覧を事とせず、専ら宋の楊・陸のみを師とし」（＊39）というような言い方をし、逆に「上は漢魏六朝から下は宋元明に至るまで」併せ学ぶ場合にはむしろ賞賛し（＊32)、必ずしも宋詩を排除しなくなっている。

しかしながら、ここで起こっている変化は、実は、単に「師とする」ものの範囲が博くなったというだけではない。「博覧」を重んじるということは、何かを「師とする」こと自体の放棄である。さりとて「自ら心に喩《さと》るのみ」というのは、「吾が志を言う」ことを重んじ、模擬を排して「一師を師としない」というのともちがう。そもそも尊唐詩派といい、とりわけその詩が「一として綱常倫紀の目に関わらざるはない」として杜甫一人を取るといい、その「狭隘さ」は、その背後に、言うべき「吾が志」にかかわるこだわりがあったればこその事であっただろう。朱彝尊の場合は、それは、明の滅亡と東南知識人の反体制的・正義派的政治主義へのこだわりだった。狭隘から博覧への変化の過程は、そのこだわりの、どうすることも出来ない風化の過程を語っていただろう。

無論これは、表現上修辞上の問題である。「志」を言うための「材を取る」際のことで、そのまま「言志」の主張の放棄を意味してはいないし、自らの「志」そのものを捨てた《転向》とは言い得ない。だが、今かれの中で、確かに何かが変わろうとしていた。

(三)　詩と学問――「鈔書」から「学人の詩」へ――　ここで、彼自身こうした変化の契機として、上の引用の中略部分に「中年より鈔書を好み、通籍（仕官）以後は、史館に儲うる所や、京師の学士大夫の秘蔵する所のものは、必ず借りてこれを録し……帰田以後は愈々鈔書に努め、暇あれば輒ち瀏覧し、恒に資して以て詩材となす……」ということを言っている。鈔書は当時とりわけ盛んに行われた学問の方法の一つだった。朱彝尊の潜采堂の鈔本は毛氏汲古閣や銭氏絳雲楼の鈔本には及ばずとも、徐乾学の伝是楼や恵棟の紅豆斎のそれと並ぶものだったという。彼の熱心ぶりは幾つもの逸話を残しているほどで、『書林清話』は、「竹垞の好学、古今に未だ有らざる所なり」と書いている。こうした努力が、『義経考』三百巻『日下旧聞』四十二巻等の清朝考証学の先駆とされる業績を生み、また『絶妙好詞』をはじめとする詞集の発掘となり、『詞綜』三十巻を生み、明代に殆ど滅んだ詞の復興にも大きな貢献をすることになったのである。

「鈔書」はまだ学問とは呼べないかも知れない。だが、こうした過程を顧炎武らとの交友と併せて見て行く時、反清抵抗運動の挫折の中から、後の清朝樸学が育って来る意味合いも納得される思いがある。今、詩論の問題に限って言えば、これは、否応も無い風化や屈折をせまられた明末清初の知識人の、言わば政治的な反清の「志」が、次第に非政治的な「学問」への情熱と入れ代わって行く過程であり、それは「学問」が（先の「志」と少しずつ入れ代わって）「詩」との結び付きを深めて行く過程であったとも言えるだろう。彼自身、曹溶の詩が「多師を師とし」とする事を言う論理の中で、こう書いている。

「今の詩家の空疎浅薄は、皆厳儀卿（羽）の『詩有別才匪関学』の一語これを啓く。天下豈に学を舎きて詩を言うの理あらんや。」（＊42）

ここに言う「学」が基本的には道徳の学（六経）である事を考えれば、これは先の「言志」の立場からの、宋元詩の流行（あるいは「興趣」の重視）への批判と矛盾はしない。しかしここは、そうした倫理的政治主義というより、むしろ詩と学問が（非政治的な意味で）切り離せないことの主張であるように読める。よく知られる『四庫全書総目提要』（巻一百七十三「曝書亭集」）の次のような言い方は、その事を裏付けているだろう。

「……彝尊未だ翰林に入らざりし時、嘗て其の行藁を編みて『竹垞文類』を為《つく》る。王士禎為に序を作り、其の永嘉詩中の「南亭」「西射堂」「孤嶼」「瞿渓」の諸篇を極称す。然れども是の時は僅かに王・孟を規撫するのみにして、未だ長とする所を尽さず。其の中歳以還に至りては、則ち学問愈々博く風骨愈々壮んにて、長編険韻奇を出して窮まりなし、趙執信『談竜録』国朝の詩を論じ、彝尊及び王士禎を大家と為す。謂く、王の才は高くして学以てこれに副うるに足る。朱の学は博くして才以てこれを運らすに足る……と。亦た公論なり。」

これは朱彝尊の詩風の変化を言ったという以上に、四庫提要の著者らには既に詩壇の本流だった、所謂《学人の詩》の成立を称えたもの、と言ってよいのではないだろうか。

（四）「言志」から「温柔敦厚」へ　こうして、学問との結び付きを深くしつつ詩風の完成を見る過程で、詩論について私の注意を引いたことは、「温柔敦厚」という言葉である。「曝書亭集」中で詩論を見得る文章四十七篇中、この言葉が見えるものは、管見では五篇に過ぎない。そして、そのうち二篇（＊17、20）は、康熙二十年前後、帰田以後の作であり、その他の三篇（＊24、26、32）もほぼ「中年」以後のものと推定できる。ここから、上に見た、反清運動挫折後の、詩風の変化に見合う詩論の変化が見て取れないか。

「且つ夫れ詩なる者は、情に縁りて以て言を為し、これを政に通ず可き者なり。君蔬果の微に其の親を忘れず、山水の游に惟だ氓《たみ》を是れ恤れみ、而も又た朋友に篤く、居る者には其の来たらんことを思い、来たる者はこれを留めて去らしめず、懐旧の感言表に溢る。其の情を用うるや摯なれば、斯にすなわち温柔敦厚の教え生ず。宜なるかな、これを政に通ずれば政挙がり、これを民に施せば民其の愷悌を楽しむ」（＊32「憶雪楼詩序」）

「……其の師友に篤きこと是くの若し。故に其の詩たるや、纏緜悱惻、温柔敦厚の遺を失わず」（＊17「銭学士詩序」）

「故に詩を誦する者、必ず先ず其の人を論ず。……凡そ詩人の目を受く可き者、類として皆温柔敦厚にして愚ならざる者なり」（＊24「高舎人詩序」）

「……予これを誦んで巻を終わる。温柔敦厚孝友の風、言表に溢る」（＊26「張君詩序」）

「（梅公先生の）詩は則ち努めて正始を追い、温柔敦厚これを出して窮まらず」（＊20「石園集序」38）

まず第一に、少くとも上の四条について言えば、この、『礼記』「経解」篇に基づく「温柔敦厚」なる語のここでの意味が、作者の人柄に関するものであることは明らかである。民をあわれみ、親属を忘れず、師友を思う暖かい心、篤実な人柄、それがここでの「温柔敦厚」の中心的な意味である。その内容は言わば私的であり非政治的である。「温柔敦厚」と言えば直ちに想起されるのは後の乾隆期の沈徳潜であるが、彼がこの言葉に持たせた政治的・体制教学的な意味と、朱彝尊のここでの用例との間には、なおかなりの距離があったと言えよう。

更に、このことにかかわって、「銭学士詩序」に見られるような、詩の本質を《縁情》の作と規定し「真摯な《情》があれば、それが詩の社会的政治的効用性に通ずる」という議論は、既に見た「与高念祖論詩書」のように、詩の本質を《言志》と呼んで、詩三百五篇に「美刺」があるのは、みな「已むべからざる」思いから出た事で、だからこそ社会的政治的効用性をもつのだという議論（「それ惟だ已むべからざるに出づ、故に色を好みて淫せず、怨悱して乱せず、これを言う者は罪無く、これを聞く者は以て戒めとするに足る。後の君子これを誦めば世治の汙隆、政事の得失、みな考え見るべし……」）とよく似た論理になっている。だが、ここには実は、あるかなり大きな変化が認められるのではあるまいか。

既に触れたことだが、「与高念祖論詩書」では、詩経の《言志》の作と対比して魏晋以後の《縁情》の作（「詩を指して縁情の作と為し、専ら綺靡を以て事と為す……」）を厳しく斥けていた。そこでは《情》は（「閨房児女之思」のように）《志》に比べてより多く私的・感性的（その意味で人間が一般的にもつもの）であり、《志》はより多く天下国家にかかわる公的・意志的（その意味で他人に「雷同」しない個別的なもの、杜詩の「憂時」の作を重んずるように、「時」すなわち歴史社会への責任を内に含むもの）であった。朱彝尊にとって「詩」は、このような《志》を言うものであった。だが今、執筆年は不詳ながら、北京で書かれた「憶雪楼詩集序」で、彝尊は「言志」に代えて曽ては否定した「縁情」を言い、「美刺」に代えて新しく「温柔敦厚」を言う。ただ、それあるがゆえに詩は政事と教化に益があるのだという効用論だけは変わっていない（これは体制的な政治主義にも道を用意するものだ）。

この二つの論の言わば中間に「情」や「性情」を「志」と余り区別しないで使っているかと考えられる例も幾つか（＊12、28等）あることだから、ここの例だけで結論的な事を言うことは避けなければならないが、少くとも、先の「言志」の論に代わって（あるいはそれに混じって）見られるようになった「温柔敦厚」の論は、朱彝尊の詩論が、上述のような意味での《志》から《情》へと重心を移していることを示しているとは言えるであろう。それは、詩風の変遷について自ら「騒誦」とよんだ「幽憂失志の士」と共有した《志》を言う詩風が、やがて三変、四変していくのと並行する変化だっただろう。私はそれを、ほぼ同時的に始まったと考えられる学問（鈔書）への熱中及び詞（詩余）作の開始とも内面で深く関係していたことだったと考える。そして、そこに単に朱彝尊個人の問題に止まらない、「反政治《アンチ・ポリティカル》」の文学から「非政治《ノン・ポリティカル》」の文学へという清初の文学の推移の姿を見るのである。

結び

以上、朱彝尊の「中年以後」の詩論を見て来たが、実は、彼の文学論全体の構造の中では、詞論と文論とが詩論を挟んで対極をなす形で、詩・文・詞にそれぞれに役割を分担させているように見える。それらに触れる余裕はもはやないが、とりあえず仮りにごく粗い見取り図だけでも提出して置きたい。

まず文論について見れば、(イ)全体として、しばしば「時文(時芸・制芸)を捨てて詩・古文辞を学ぶ」と言われ、詩と並列されて科挙と対置される。(ロ)文章の道は経学を離れてはあり得ない事を強調(＊48、52)、六経・諸史を重んじ(＊52)学問が大切な事を言う(＊56、57)。(ハ)「達意」主義を取り、「性情」を重んじ、(ニ)「載道」主義を強調(＊48、39、50)。(ホ)そうした立場から格調派(秦漢擬古派)に反対して(＊50、52、54)、唐宋古文を取る(＊48、49)。――過度の単純化を恐れずにいえば、文は、先に見た彼の詩の倫理的政治主義(載道主義)の側面を、いわば分担している。これに対して詞論では(イ)文論での達意主義・載道主義とは反対に、修辞技巧を重視し、南宋詞の徴典の作を鼓吹(＊69、70)、詞は南宋に至って始めて「工」と「変」を極めたとし、姜白石を最高と推す(＊53、64、71、『詞綜』発凡等)。(ロ)詞に「雅」を要求する(＊71、72)。これは「博学」を基礎とした修辞技巧を意味しており、この点では詩詞ともに「その術は一つ」(＊66、68)と言われ、詩の場合と同様に、中年以後の学問(鈔書)への熱中と深くかかわっていた。(ハ)詞は「閨房児女子の言をかりて、これを離騒変雅の義に通ずる」(＊63)もので、詩と「併せ存すべき」だとされる。これは、詩といういわば公的な領域からはみ出す題材のために、詩の外に、より自由な私的な叙情の場を設けることであり、詩論の「言志」から「温柔敦厚」への変化と見合う事だっただろう。つまり、「中年以後」のこの変化は、亡国を哀しむ「変雅の体」を、詩の外、詞という私的叙情の領域に押し出し、私的叙情の領域を「艶詞」にまで拡張する事を意味していたと言えよう。

さて、始めに見たとおり、朱彝尊の文学の出発点における「言志」説にいう「志」は政治的だったが、彼の文学者・学者としての自覚は「反」政治的だった。そこには、正義派特有の党派的政治主義への批判があり、敢えて言えば、「個人」の自覚に基づく「文学・学問の自律」の原理の上に立った、政治・社会・集団への関与という近代精神の萌芽を垣間見る事ができた。しかしながら、既に見た「中年以後」の変化は、「反」政治の文学から「非」政治の文学への変遷と概括できるものだった。それは公的・政治的な「志」が、私的・非政治的な「情」へと移行していった過程であり、文論と詩・詞論との一種の分裂の進行した過程でもあった。ここには「政治（＝集団）」対「文学（＝個人）」という図式は残っているが、政治を含めて自然と社会に積極的に関与していく主体的能動的な「個人」という、真に近代的な人間の成立には逆行するものでしかなかった。従って彼における「学」は伝統的な「道徳の学」に止まり（むしろ古典趣味への逆行さえみられ）、「実学への転換」(7)も「文学の自律」も生まれるべくもなかった。かくて、朱彝尊の「言志」説から「温柔敦厚」説への変化の過程は、結局、明末清初の東南知識人の反体制的な載道主義を、後の沈徳潜の「温柔敦厚」説に代表されるような体制的な載道主義へと媒介する位置にあるのではないか。

何故そうなったのか。これは蒋方震が梁啓超の『清代学術概論』への序文で提起している問い（一、康熙以後、科学の輸入が頓挫したのは何故か。二、顧亭林以後、致用の学が何故、経典の考証だけになってしまったのか）と同じ問題である。今日改めて問われているこれらの問題を考えるためには、文学史の問題を同時に考える必要があることへの注意を喚起することで、取り敢えずの結びとしたい。

注

（1）竹内好は『現代中国論』で、日本のそれは、近代的分業では実はなく、封建的縄張り意識に過ぎぬと指摘した。

（2）同上書。儒教や仏教の中には「精神に似たもの」があったとする。

（3）内村鑑三『代表的日本人』序文。

（4）『曝書亭集』中から朱彝尊の文学論を見る事のできる資料として、少くとも以下の諸篇を挙げることができる。（括弧内は『曝書亭集』の巻数を示す）。

（一）　詩論を見得るもの。

01、与高念祖論詩書（第31巻）02、寄礼部韓尚書書（第33巻）03、答刑部王尚書論明詩書（第33巻）04、寄査徳尹編修書（第36巻）05、梁谿遺藁序（第36巻）06、放胆詩序（第36巻）07、清風集序（第36巻）08、天愚山人詩集序（第36巻）09、九歌草堂詩集序（第36巻）10、荇谿詩集序（第36巻）11、王礼部詩序（第37巻）12、銭舎人詩序（第37巻）13、程職方詩集序（第37巻）14、葉指揮詩序（第37巻）15、丁武選詩集序（第37巻）16、王学士西征草序（第37巻）17、銭学士詩序（第37巻）18、繰碧山房詩序（第37巻）19、徐電発南洲集序（第37巻）20、石園集序（第38巻）21、尚書魏公刻集序（第38巻）22、王先生言遠詩序（第38巻）23、葉李二使君合刻詩序（第38巻）24、高舎人詩序（第38巻）25、胡参議転漕雑詩序（第38巻）26、張君詩序（第38巻）27、陳叟詩集序（第38巻）28、馮君詩序（第38巻）29、高戸部詩序（第38巻）30、沈明府不羈集序（第38巻）31、劉徳章詩序（第38巻）32、憶雪楼詩集序（第39巻）33、張趾肇詩序（第39巻）34、成周卜詩集序（第39巻）35、南湖居士詩序（第39巻）36、鵲華山人詩集序（第39巻）37、劉介于詩序（第39巻）38、胡永叔詩序（第39巻）39、汪司城詩序（第39巻）40、李上舎瓦缶集序（第39巻）41、王崇安詩序（第39巻）42、棟亭詩序（第39巻）43、橡村詩序（第39巻）44、東浦詩鈔序（第39巻）45、書剣南集後（第52巻）46、王処士墓誌銘（第74巻）47、知伏羌県事蒋君墓誌銘（第75巻）

（二）　文論を見得るもの。

48、与李武曾論文書（第31巻）49、査韜荒弟書（〃）50、報李天生書（〃）51、与顧寧人書（〃）52、答胡司皐書（第33巻）53、道伝録序（第35巻）54、朱文公文鈔序（第36巻）55、王文成公文鈔序（〃）56、黄先生遺文序（〃）57、王築夫白田集序（〃）58、秋水集序（第37巻）59、禹峰文集序（〃）60、処士文君墓誌銘（第74巻）

（三）　詞論を見得るもの。

61、楽府補題序（第36巻）62、宋院判詞序（第40巻）63、陳緯雲紅塩詞序（〃）64、黒蝶斎詩余序（〃）65、蒋京少梧月詞序（〃）66、紫雲詞序（〃）67、柯寓匏振雅堂詞序（〃）68、孟彦林詞序（〃）69、魚計荘詞序（〃）70、水村琴趣序（〃）71、群雅集序（〃）72、楽府雅詞跋（第43巻）73、書絶妙好詞後（〃）74、書東田詞巻後（第53巻）

（この他に、詩については『明詩綜』一百巻、『静志居詩話』二十四巻等を、また詞については『詞綜』三十巻等を挙げなければならない事は言うまでもない）。

（5）祁彪佳寓園の事件については、主として「祁六公子墓碣銘」（全祖望『詰埼亭集』巻一三）、『小腆紀伝』巻五二（魏耕）、「貞毅先生墓表」（『曝書亭集』巻七二）に拠り、その他『小腆紀伝』『清史稿』『静志居詩話』『嘉興府志』中の関連人物の項、『曝書亭集』中の彼らとの贈答の詩詞等を参照。

（6）朱彝尊の伝記資料としては、『曝書亭集』特に古今詩の編年、が基礎資料となる外、楊謙「朱竹垞先生年譜」（『曝書亭詩註』付録）はじめ少くないが、ここでは省略に従った。

（7）丸山真男「福沢に於ける実学の転回」（《東洋文化研究》第三号　昭和二二年）及び「福沢諭吉の哲学」（《国家学会雑誌》第六十一巻第三号　昭和二三年）

（中国文化学会『中国文化』一九九二年）

【解題】戦後五十年と『日本への遺書』

陶晶孫『日本への遺書』が再刊される運びになった。しかも今回は、戦後五十年目の八月十五日を期して出版したいと言う。私には近来稀な欣快事である。

この本が最初に出版されたのは、一九五二年の十月のことだった。それは五一年九月のサンフランシスコ条約締結直後、講和をめぐって国論は沸いていた。日本の戦後民主主義がまだ生き生きと息づいていた時代であり、中国革命がまだこの上なく輝いて見えていた時代でもあった。そうした時代の中で、この本は、その後六〇年代の半ばまでに二度書店を変えて出版され、日本の知識人の中に幅広い共感を呼び起こした。私自身にしてから、中国近代文学を生涯の仕事にしようと考え始めたのは、この本との出会いがあったからこそのことだった。つまりこの本は「私の戦後民主主義」（それは民主主義という西欧の原理に基づく日本再建の情熱に燃えていたという意味では、同時に「戦後民族主義」ともいうべきものでもあった）にとって忘れられない〝一冊の本〟なのである。

しかし、私がこの本の再刊を喜ぶのは、決してこうした個人的なノスタルジアからだけではない。「戦後五十年」という節目の年に出版されるにふさわしい本は、分野ごとにそれぞれにあるだろうが少くとも〝アジアの中の日本〟の在り方を考えるという立場から言えば、この本以上にふさわしい本はそう多くはないだろうと思うのである。そうした意味で、私は、この再刊を機会に、戦後日本の新しい出発と、そこにあった日中知識人の心の触れ合いがどのようなものだったかを振り返り、それが今日どういう意味をもっているかを考えるために、この美しい本がもう一度広く日本人に、とりわけ若い人達の中で、読まれることを切に願う。それだけではなく、この機会にこの本が翻訳され、中国の友人たちの中でも、広く知られ読まれることを心から期待するのである。

なぜ、今、日本でも中国でもこの本が読まれることを願うのか。第一に、日本人として、この本を通して、改めて「戦後民主主義」が何だったかを再確認したいからであり、第二に、陶晶孫という「新らしい日本と新らしい中国とを結ぶべき紐」（佐藤春夫）を通して、「戦後民主主義」を改革開放、民主化の始まった中国へも「発信」したいからである。そのことに触れる前に、まず、この本とその著者について少し書いておきたい。

1　『日本への遺書』の出版まで

陶晶孫という人の経歴については後に触れる。ここでは、とりあえず本書の出版前後の経緯だけを少し紹介しておきたい。

日本敗北後、一九四六年に台北帝国大学接収のため台湾に派遣され、そのまま留まって台湾大学医学部衛生学教授兼熱帯医学研究所長の職にあった陶晶孫は、一九五〇年四月十九日、「亡命に似た形で」台湾から羽田についた。四九年大陸を追われた国民党政府が台湾に移って以後、「〝反蒋の危険分子〟と見られて特務から監視される身」となっていたためだという（須田禎一「陶晶孫の人と作品」）。強制送還を恐れて市川の自宅に家族とともに身を隠すようにしていた彼が、公けの席に姿を見せるようになるのは、やっと永住許可がとれた翌五一（昭和二十六）年初め頃からのことのようである。佐藤春夫は後に『日本への遺書』の序文に、「二十六年初頭、水道橋能楽堂の戸川秋骨先生の追善能に先生が来て居られるのを丸岡明によつて教へられて、先生の東京に居られるのをはじめて知つた」と書いている。四月からは、倉石武四郎教授の招きで、東京大学講師（「月手当金五千弐百五拾円を給す」という辞令がご遺族の手元に残っている）として中国文学史の講義も始めている（「中日友好のために」）。千葉大学医学部衛生学教室に寄生虫学の論文を提出して医学博士の学位も取る。その頃から日本の雑誌に執筆が始まり、彼の文章はたちまち文壇の注目を受けるようになる。『展望』七月号に載った「淡水河心中」は台湾に取材し「蔣政権への露骨な怒りではなく、中国本土出身者と台湾の人々との余儀なくされた葛藤が淡々と描かれ、世界感覚の高さに達している」（須田禎一）といわれるが、佐藤春夫は上掲の序文で、

「その新鮮な文体と自然科学者と詩人とを兼ねた独自の着想の尊重すべきを感じて、続々新作の発表を期待した」と言い、河上徹太郎も、戦中に日本語で書かれた『陶晶孫日本文集』を読んで「これは一寸叶はない、と思つた」ことを回顧した後に、

「所が戦後の思ひがけない日華両国民の運命は、氏をこの仮普請の東京へ流離の墨客として迎へたのであつた。次に先づ『文芸』に書いた『日本見聞記』は、その警抜な観察に、この人ならでは、の感を以て懐しく読んだが、次に『展望』に出た短編『淡水河心中』では、その持前のユーモアの中に、哀愁と共に憤りにも似たパトスがあつて、それは正しく現代中国文学の一特質なのだが、それがわが文壇小説のジャンルの中に現れたことが、思ひがけない新しい収穫に思へたのであつた。これは正に大した『新人』の発掘であると私は喜んでゐた」

と、まるで日本の文壇の作家であるかのような扱いである。もっともこの「現代中国文学の一特質」という批評には、そうはいえないと思うという反論もあった。「すぐれた自然科学者で詩人で作家である陶氏でなければ書けない逸品であるにしても、あくまで、〔王冠から〕こぼれ落ちた珠玉だといいたい。中国文学の本流や特質はこれとは別にあ

ろう。……陶氏はすくなくとも本流からそれた人だ」（平貞蔵）というのである。

同じ頃『三田文学』七月号には、佐藤春夫、奥野信太郎、竹内好、丸岡明との「陶晶孫氏を囲む座談会」が載るが、その頃から既に健康はかなり損なわれていた模様で、この時のことを佐藤はこう書いている。

「二十六年の晩春、三田文学が中日の現代文学的交渉に関する座談会に先生のご出席をお願ひすると、政治的な話題に亘らないならばといふ条件付で快諾あつたがご出席が多少おくれた。何でもその日、御不快の様子で出席もおぼつかないらしい電話だつたとかでほとんどあきらめてゐると、ひよつくり見えて思ひの外元気に、夕方から気分がさつぱりして皆さんの顔が見たくなつたから来たといふご挨拶、おかげで賑やかに有意義な座談会になつた」

だが、河上徹太郎が後に「氏が医学者であるからには、覚悟の上であつたに相違なく」と書いたように、この時期から翌年にかけての執筆活動は、あたかも死を覚悟していたかのごとくに目覚ましいものであった。特に「日本に住む楽しさ」（『女性改造』）、「近頃の日本」（『新文明』）、「中日友好のために」（『群像』）……と文明批評の筆はいよいよ冴えを見せるが、その活躍は短かく、自ら夫人の姉に当る佐藤をとみの郭沫若との恋愛を書き残そうとしたという「セントラルサプライの泥棒」（『看護学雑誌』）と「漢文先生の風格」の連作も、後者はまだ原稿のまま中絶し、翌五二年二月十二日、千葉県市川市の国立国府台病院で逝去する。享年五十五歳であった。河上徹太郎は「大げさにいへば日本文壇の損失である」（創元社版序）と書いたが、逝去前後のことは、巻末の三男易王氏の美しい追悼文に譲る。

葬儀は、二月十七日、家族で通っていた日本基督教団市川三本松教会で執行された。牧師森政雄、司会には彼が死を迎えた国立国府台病院の外科医長庄司敏彦が当り、聖書、賛美歌、祈祷……のあと、内山完造による故人略歴、有志による故人の思い出、牧師による作品朗読、国府台病院内科部長西敏夫による病歴報告、説教、式祷、弔辞……、と続いた葬儀に出席した松村潤（東大での講義の受講生・東洋史）は「会葬者の半分は医者、半分は文学者で、医者は陶晶孫が文学者だったことを知らず、文学者は陶晶孫がどんな医者だったかを知らなかったのが印象に残った」という（岡田英弘「日本を愛した中国人」『中央公論』昭和五十五年十二月）。

＊　＊　＊　＊　＊

逝去後すぐに幾つかの追悼文が出た。特に雑誌『歴程』は、昭和二十七年七月号を「陶晶孫追悼」号とし、巻頭に「陶晶孫遺影」として、草野心平、川鍋東策、串田孫一、坂本徳松、藤島宇内ら十余人と一緒の宴席の写真を載せ、陶氏自身の「箱根遊記」「黄言集（四）」、三男伊凡（易王）氏の「父陶晶孫の思出」の外に、内山完造、門屋博、河上徹太郎、小玉敬信、小宮義孝、草野心平の、それぞれに心のこもった追悼の文章を載せている。そうした中から、彼のあまりにも早かった死を惜しむ日本の友人たちの手で、遺著の出版が、計画される。

最初の『日本への遺書』は十月十五日付けで東京の創元社から出版された。巻頭に「著者遺影」三葉を掲げ、続いて五篇の序文――佐藤春夫（「陶晶孫先生が遺著のために」）、河上徹太郎（「陶さんを想ふ」）、呉清源（「序」）、内山完造（「寒山詩の味」）、草野心平（「陶晶孫への手紙」）――を載せていた。本文は二部に大別され、第Ⅰ部には最期の来日以後逝去までの約一年間に執筆された十八篇を、第Ⅱ部には戦中の旧著『陶晶孫日本文集』から十一篇を選んで収め、巻末には夫人佐藤操（みさを）の「あとがき」、三人の令息の「父陶晶孫の思出」と、柘植秀臣の「追憶と業績」が付けられていた。初版が何部刷られたかは詳らかにしないが、二ヶ月後の十二月十五日には早くも第二版が出、年を越して昭和二十八年三月三十日には第三版が出ている。後に見るように、広くジャーナリズムに取り上げられたため、売れ行きが早かったのであろうか。なお、この再版本から巻頭の著者遺影に「颱風従井裡起　洪水従沙漠来」（台風は井のうちより起こり、洪水は砂漠より来る）という遺墨の写真が加えられた（当時編集に関わった三男易王氏によれば、これは草野心平の意見によるものだったという。ちなみに私の架蔵する第三版の巻頭写真には、何故かこの遺墨がない）。

2　『日本への遺書』への共感

出版が今ほど風俗化せず、日本にまだ「出版文化」が存在した時代だった。晶孫の逝去から一年程の間に、新聞や雑誌に掲載された追悼文や書評は、今私の手許にあるものだけでも、かれこれ三十篇に及ぶ。

まず、初版出版直後の十二月二十七日の『新夕刊』に川鍋東策、同二十八日の『社会タイムス』に須田禎一の紹介が載ったのを手初めに、十一月九日『読売新聞』（臼井吉見「ユーモアとユーウツ」）、同日『西日本新聞』（奥野信太郎「陶晶孫回憶」）、同月十五日『図書新聞』（倉石武四郎「愛情から湧きでたもの」）、同日『朝日新聞』（竹内好「明治日本へのノスタルジア」）。続いて『週刊朝日』十一月三十日号と『週刊サンケイ』の同日号がいずれも須田禎一による、それぞれ「隣人の忠告」「世界感覚の高さ」と題した書評を載せる。週刊誌では、この月の『サンデー毎日』にも須田の「インテリの善意」という文章が載っている。十二月に入ると八日の『読売新聞』が再度「ひびいてくる自由な声――胸にしむ〝文弱の徒〟の文明批評」（手塚富雄）を載せ、十日の『時事通信』には平貞蔵「日本への親しみと苦言――一中国自然科学者の作品集」が載る。年を越えて昭和二十八年に入ると、二月三日の『毎日新聞』に草野心平（「近代東洋を流れるパトス」）、雑誌『婦人公論』二月号に岡崎俊夫、『群像』同月号に奥野信太郎（「くりかえして読むべき書物」）がそれぞれ一文を寄せている。そしてそれらを集めて、『陶晶孫遺稿集「日本への遺書」に寄する言葉』と題し、表紙に陶氏の写真と「昭和二十八年二月十二日、一周忌に当り故人の霊前に捧ぐ」という献辞を印刷した小冊子も刊行された。その外、『朝日新聞』（昭和二十八年二月二十五日）の河上徹太郎「陶晶孫、ビスケット、カモナベ」、

『詩学』（昭和二十八年四月）の草野心平「陶晶孫を偲ぶ会での即興詩」、『新夕刊』（昭和二十八年十一月）の川鍋東策「永遠の牽牛星・日本における陶晶孫先生」（上・下）など一々は挙げないが、その中には『福岡医学雑誌』（昭和二十七年十二月）の金関丈夫「陶熾博士のことども」、『日本医事新報』（昭和三十四年二月七日号）に載った藤田敏彦（東北大学医学部教授、生理学）「陶晶孫君を憶う」、『公衆衛生』（昭和三十七年八月）の小宮義孝「上海自然科学研究所の思い出」など医学関係の雑誌に載ったものも少くない。

著者の「十周忌」のあとの一九六三（昭和三十八）年五月三十日付で、普通社版『日本への遺書』が「中国新書四」として出版される。創元社版の巻首の序文や写真を削り、作品も若干差し替え、配列を七部構成に変え、巻末の「あとがき」等も削り、柘植秀臣の「追憶と業績」の一部書き改めたものを残した上に、須田禎一の「陶晶孫の人と作品」を加えている。

この普通社版はその後勁草書房に譲られる。勁草は在庫の本を含めて買い取ったらしく、私の家蔵する勁草書房版『日本への遺書』は、普通社版の本の出版社名の所にだけ上から紙を貼って訂正したものである。この前後にも倉石武四郎「ユーモアある批判——日本語の文章も立派」（『朝日新聞』昭和三十七年十一月「一冊の本」欄）や河上徹太郎「中国の心と日本の教養」（『朝日ジャーナル』昭和三十八年七月十四日）などがあるが、その後は次第に「辞典」や「研究論文」という形になっているように見える。

＊　＊　＊　＊

以上、煩を厭わず紹介したのは、日本の読者の間にこれほどの尊敬と共感を呼び起こした中国人作家がいたこと、またその中国人作家の日本批判を深い共感をもって受け入れた多くの日本人読者があったことを、日本の読者と共に中国の知識人にも知って欲しいからである。

近代以後の日中文学交流史や日本人の中国観については、陶晶孫自身が「中日友好のために」で、東京大学で中国文学の講師を引き受けたことに関わって、実に適切な言い方をしている

「近くて遠いような、遠くて近いような、日本における中国文学である。……この様に文献も学者も多いに拘わらず、中国文学は日本人一般にはどう云うわけか甚だ遠い。そのわけはしかし明らかである。日本上代はその文化を中国一辺倒に取ったが、明治から西欧文化に一辺倒して、今まで中国一辺倒につかった能力を西欧に傾倒したからである」

実際、彼の言うとおりである。こうした中で陶晶孫は稀有の例である。例えば陶晶孫と同じ留学生仲間である郭沫若や郁達夫などの場合、確かに日本の大正文学から深い影響を受けてはいるが、彼らが「日本人一般」の中に何らかの影響を与えたりしたかと言えば、当然のことながらそれは皆無と言ってよい。例外は魯迅と陶晶孫しかないのではないだろうか（それをいうと、中国の友人たちには怪訝な顔をされてしまうことが多いのであるが）。こうした関係は、日中双方から、文学的に打ち破られなければならないが、その際、なぜ陶晶孫（と魯迅）の場合においてのみ、それが可能だったのかが、中国文学の問題としても残るだろう。

3　自由の人・陶晶孫

さて、初版本『日本への遺書』の帯には、背の部分に「ユーモアと怒り」と縦書き二行、表の部分に「日本を愛し日本に死した中国作家の日本文遺稿集」と横書き三行と「推薦」として右から内山完造・奥野信太郎・河上徹太郎・草野心平・呉清源・小林秀雄・佐藤春夫の七人の名前が縦書きで並んでいる。裏は「序文より」として佐藤・河上・

草野三氏の序文の抜粋を載せ、さらに折返しの部分には短い著者紹介が載っている。
「陶晶孫 Tao Tsing Sung 十才《ママ》にして渡日、日本で育ち学び、医学を専攻する傍ら文学・音楽・建築と多彩な才能の開花を示した。郭沫若夫人の令妹と結婚、帰国後は中国に近代医学を移植するに努め、一方魯迅、郁達夫たちと交り、創作・演劇活動を続けた。亦、尾崎秀実など他、日本の文人たちとも交遊があった。戦後台湾を経て来日、今後の活動を期待されていた矢先、五二年二月惜しまれつつ流寓の地に逝いた」

＊　＊　＊　＊　＊

ここでなお陶晶孫の人となりについて二、三のことに触れておきたい。

第一に、陶晶孫は「豊かな生立ち」（平貞蔵）の人だった。一八九七（明治三十）年、江蘇省無錫の名家の長男として生まれる。日本に留学した弁護士だった父君に伴われて日露戦争の翌年の一九〇六年、姉と共に来日、翌年東京神田の錦華小学校四年に転入。東京府立第一中学校（同級には内村祐之らがいた）から、第一高等学校理科乙（医科）へ進む。典型的な秀才コースである。九州帝大医学部を卒業後、さらに東北帝大理学部物理学教室に入り、同時に医学部生理学教室で電気生理学的実験に従い（藤田敏彦）、傍ら交響楽団を作り指揮者になっている。ピアノに巧みで、作曲もし、絵画も嗜んだ（本書カバーの自筆カリカチュア参照）。「豊か」だったのは生立ちだけではなかったのである。

第二に、彼は自然科学者である。一九二六年、二十九歳で東京帝大医学部副手、泉橋慈善病院（現三井記念病院）医師。二九年、上海東南医学院教授。三〇年、父の命で郷里無錫で開業医。三一年、上海自然科学研究所研究員。公衆衛生学・細菌学に関する多くの論文及び啓蒙的な医学書を何冊か残している。私には医学論文をあれこれする資格はないが、「上海市小学校腸内寄生虫の調査」「中国健康男子の包皮に関する統計的研究」「蝿による蠕虫の伝播」など十数編の論文の表題を見ただけでも、「専門家によるこの種の調査研究は中国では恐らく前例がなく、行動の人であるより思索の人であった陶晶孫が、タブーに踏みいって極めて積極的に仕事をしたことがよくわかる。啓蒙と調査による実態の把握。中国人と蠅の〝親睦と共存〟は伝説的だが、陶晶孫のやろうとしたことは、政治がなすべきことの土台つくりの一つであったといえよう」という沢地久枝氏の言葉が納得できる。つまり、彼は既成の科学知識を権威としてこれによりかかるだけの「科学者」ではなく、自由な問題意識に立って実証を行おうという言葉の本来の意味において「科学的」な教養人だったと言っていいだろう。

第三に、陶晶孫は大正時代の言わば日本風「文学青年」だった。いったい中国近代文学の源流の一つは日本留学生にある。陶晶孫が一高特設予科に入った一九一五（大正四）年、郭沫若と郁達夫と張資平も共に一高特設予科を修了してそれぞれ六高、五高に入学し、成仿吾は既に六高に在学していた。彼らの間で『グリーン』という今では残っていない幻の同人誌が生まれ、陶晶孫は日本語で書いた抒情的短編「木犀」を載せる。彼は「中国語より日本語の方がうまい」などと言われたくらいの人で、この作品が後に中国語で発表された時、郭沫若が後記に、自分はこの作品の細やかな味わいを愛して中国語にすることを勧めたが、「一国の国語にはそれ独特の美しさがあり、この中国語訳は日本語の原作の味わい深さにははるかに及ばない」と書いたことは有名だ。彼ら「文学青年」たちは、東京で文学結社「創造社」を結成し（一九二一年六月）、「文学研究会」に対抗して中国近代文学の草創期の文壇を二分することとなる。陶晶孫の代表作は短編小説集『音楽会小曲』（一九二七年）である。中西康代によれば日本の新感覚派文学の最初の受容者でもある。ここで大事なことは、この時期日中両国の文学の間に親しい関係があり、共通の言語があったということだ。陶晶孫が日本で広い共感を呼び起こした理由の一つはここにあっただろう。

第四に、左翼文芸運動との関わりがある。柘植秀臣は一九三〇年に日本で急死した令弟烈氏（社会主義者だったという）が唯物論研究について「兄貴はクリスチャンだからあまりそんな議論をしても無駄だよ」と言ったという思い出を書いている。確かに彼は、病弱だったためもあって、郭沫若のように政治的ではなかったが、無論時代の子ではあった。特に「一年間」にも語られているように、一九二九年、二十三年ぶりに日本での生活を切り上げて帰国してから厳父の命で郷里無錫に帰り「厚生病院」を開くまでの一時期、『大衆文芸』の編集に携わり、演劇運動に加わる。レマルクの「西部戦線異状なし」上演の際、スメドレーが写真撮影のため焚いたマグネシウムが爆弾と感ちがいされて騒ぎとなり警察の介入を招き、一時尾崎秀実宅に避難したエピソードは有名である。あまり知られていないことだが、山田清三郎の『プロレタリア文学風土記』（青木文庫）によると、青山墓地の解放運動「無名戦士の墓」の合葬者の名簿には「新居格（生活協同組合）」と並んで「陶熾（晶孫の本名）新文学運動　医療」の名がある。進歩思想やプロレタリヤ国際主義の復活は、戦後民主主義の一つの側面だった。

最後に、夫人と家庭のことに触れておきたい。九大在学中に洗礼を受けていた彼は、大正十三年三月三日、仙台の教会で佐藤みさをと結婚式を挙げた。夫人の父佐藤卯右衛門は伊達藩の「一番士族」剣術指南番の家柄だったが、日清日露戦役の後、感ずる所あって神学校に進み牧師となっていたが、先祖以来の所領地、宮城県大衡村には田五町歩、山林数十町歩があった（近年大衡村には郭夫人佐藤をとみと陶夫人みさをの姉妹の記念碑が立てられた）。夫人はここの屋敷で生まれ、仙台のミッションスクール尚絅女学校から津田英学塾に進み、卒業後母校の教員をしていた。陶晶孫が九州帝大卒業後仙台の東北大学に移ったのは、彼女との結婚を考えてのことだったという。

彼女が大正十一年の夏休みに、姉（郭沫若夫人）に招かれてその福岡の家で初めて会った時、陶晶孫は二十六歳、「一八〇センチの長身で、浴衣を着て、全く癖のない日本語で話をした。九州帝大在学中に交響楽団を作り、音楽的な日々を送っている。みさをは晶孫がピアノだけでなく、チェロの名手でもあることを、会って間もなくの演奏で知った……陶青年はやさしくて親切な〝いい人〟であった。この印象を死ぬまで裏切らなかったという人である。」。長男棣土（テトス）、次男坊資（フランツ）、三男易王（イワン）。二人は医学を継ぎ一人は工学部に進んだ。後年夫人の聞き書を取った沢地久枝氏は「……それは淡いが人間味のあふれた夫婦の物語であり、国籍を越えて〝幸福〟であった妻の亡夫へのなつかしみにみちていた」と書いている（「日中の懸橋郭をとみと陶みさを」『続昭和史のおんな』文芸春秋社、一九八三年五月）。佐藤みさを（中国名、陶弥麗）は一九九三年十一月七日、九十四歳で世を去る。同十三日、葬儀は四十一年前夫君を天に送った同じ市川三本松教会で行なわれた。

このような「夫婦の物語」を流れる愛情の基調音は本書所収の作品からも時折聴き取ることが出来るだろう。動乱の時代に、私にはそれは（同じ中国人留学生作家である義兄郭沫若や僚友郁達夫や……の例を考え合わせたとき）希有な事のように思われる。男女の事はその人の「思想」の体質を隠しようもなく示すものだとすれば、これは何よりも彼の思想の真の〝新しさ〟を語るものだろう。そしてそのような男女観の革命は、戦後民主主義の（また中国革命の）主旋律の一つだった。後に見る『日本への遺書』の日本近代批判が、例えば政治公式的な軍国主義批判といったレベルに留まらず、より精神的な「文明批評」となり得たのは、このような、人柄のレベルにまで達していた彼の思想的自由（それを、既に上に見た科学者、音楽家、芸術家という面を含めて、〝西欧的ヒューマニズム〟と呼んでもいいだろう）に由来するだろうと考えるのである。

4　日本への文明批評

『日本への遺書』という書名は、言うまでもなく陶晶孫自身の命名ではない。平貞蔵は「〝遺書〟とあるから……きびしい苦言であろう」と考えたが「内容は、遺書というに似つかわしくない」と言い、倉石武四郎も「陶さん自身がこの文集を編んだとして、どういう日本語を表題にしたか、それを知りえないのが残念である」と言っている。手塚富雄も、読売新聞にこう書いていた。

「……題は、もちろん本人のつけたものでなく、来日後おりにふれて物した短章をあつめた遺文集で、主として平語俗談の形をとり、題名の思わすようなぎょうぎょうしいところは少しもない。ところが、気がるに読んでいくと、ユウモアのあふれる一行一行は、日本のことを底まで知りぬいた日本の友人の手痛い文明批評であることがわかり、だんだんに頭があがらなくなっていく。いや、それよりも、その独特の日本語ににじんでいる高風ともいうべきものは、いつも、りきみかえって成り上ろうともがいている息ぐるしい我が国の文学の世界へ、思いもかけぬ広野から、人間一匹、男子一人の自由の声がひびいて来たような気がして、ハッとさせられる。できるなら、私らもそれを真似たいような気になるが、それには文章を書く私たちの根性そのものを洗って出直さなければだめだろう」

そして手塚は、「陶氏は、居丈高な言葉は一度もつかわない。憎む事柄にたいしても動機を思いやり、表現は温籍であるが、批評の筋はけっしてまげない」といい、「進貢帰朝」という文章を例に挙げ、

「これが書かれたのは、昨年九月、和解のサンフランシスコ平和条約調印の直後であることをいえば、それ以上蛇足をくわえる要はあるまい。……陶氏は「文弱の徒」であることを自覚して、文弱の徒の言葉で、植民地的な不義の富貴は何にもなりませんよ、アジアの人民の運命はアジアの人民の力で開いて行くより道がありません、ということをくりかえし言っているように見える。その心は、実体として胸にしずんでくる」

当時国論を二分した全面講和か片面講和かの議論を知らない世代が、ここから何を感ずるかは知らないが、少くと

も、ここにある日中知識人の心の触れ合いは、単に政治上の選択のレベルに止まるものではなく、その意味で今日においてもなお残っている問題ではないだろうか。

『日本への遺書』が呼び起こした反響の一つは、「篇中『日本見聞記』『中日友好のために』のほか小説『淡水河心中』等は……そのユニークな文体の中の辛辣なユーモアは広く話題となったもので」（川鍋東策）、「明晰流麗な中に辛辣なユーモアを含んだそのスタイル」（河上徹太郎）、「その日本語の文章は、清潔であって、詩人らしくキメがこまかく、感覚が鋭い。一見日本人ばなれしているようで、しかも日本語の特質をきわめて個性的に生かしている」（竹内好）、「兎に角僕が感じたのはその内容の感懐よりも表現といふものの得体の知れない代物の偉大さだつた。そしてもう一つ驚いたことは、それは翻訳ではないといふことだつた。……つまりテッキリ、中国人のヂカの日本語でしかもたつた一人の日本語だと直感したんだ。だから二度おどろいたんだよ」（草野心平）……などと評されたその日本語、スタイル、表現についてである。ここには文学的に大事な問題が含まれていようが、ここでは触れない。

もう一つは、「文明批評」と呼ばれた面である。その中でも、上に見た諸家の書評の中でも最もよく言及されていたのは、「落第した秀才・日本」である。

「このたびの戦争では……〔日本は〕傷痍とか未亡人とか混血児に至るまで日本に今あるものは中国にも残して来た。しかし中国人はそれを日本と清算しようとするのではない。降伏の約束しながら近ごろはそれを逃げてしまった形である。それすら中国人は日本国民をとがめまい。しかし講和を逃げてしまったので、気まずいから中国をなるべくわるくいって、竹のカーテンとか何とかいって実は自分の眼の前にカーテンを下ろすのはそれはわるい」

岡崎俊夫は、この箇所を引いて、

「一読冷汗の出る文章です。こういうことを中国人からいわれることは、日本としてじつにつらい。……しかし敢て受けとめなければいけません。著者は日本を責めているのではない。日本を愛し、中国を愛するがゆえに、今日の両国のありかたに対し、悲しんでいるのです。ユーモアをふくんだ言葉の裏に、苦渋をたたえた著者の表情を読者は見とおすことでしょう」

と書いている。この岡崎の引用部分に続く次の段落――

「……『余計なことだ。わが日本はこれから独立国となって〝再び〟アジアの有力国になるのだ。……』とおっしゃるかもしれない。それでも中国は同情する。なぜならば、中国は現在の日本の状態を見て、それがみな自分の経験して来たことだからである。中国が半植民地状態にあったとき、自分の港には外国の軍艦がいた。自分の町の郊外には外国の兵隊が隠されていた。外国人の店や家に勤めれば月給が多かった。官吏は腐敗し、街にはキャバレーがさかえ、高級自動車が走り、検事は社用族を捉えても捉えてもいくらでも出て来た。即ち、昔中国にあったものは今日本にはみなある。中国人は、この状態に甘んじることは決して独立国に到る道ではないことを知っている。だからこそ、日本人に同情するのである」

戦争被害者としての日本に今あるものは、実は同じものをすべて、日本は戦争加害者として中国に残してきた。アメリカ軍占領下の日本に今あるものは、すべてかつて半植民地だった時代の中国にあったものだ、という認識は、私には、戦前に教えられた「アジアの指導者たれ」という民族主義から、「アジアの連帯」のなかの民族主義への転換を迫るものだった。ここにこそ民族対民族の対立を越える新しいアジアとの連帯の出発点があることを私は学んだ。そして、「昔中国にあったものは今日本にはみなある」という一句は、戦中の教育のおかげで、熱烈な愛国少年だった私に、戦後のこの悲惨から、いかにかして祖国の栄光を回復するために、同じ植民地状態から革命をなしとげた中国に学びたいと考え始めさせた――それが私の中国に抱いた最初の関心だったのである。

そして次の一句は、同じころ読んだ竹内好の『現代中国論』（一九五二年）の、日本近代は「優等生文化」「転向文化」だという指摘と共に、明治以来の日本近代の根本をつく文明批判だと思われた。

「遠慮なくいえば、日本もドイツも、一度暴れたために、先生に落第させられた秀才である。汚い植民地人民の後ろに並べられてしまった。努力して再び進むのに『再び優越』しようと言って他の生徒をつきのけたり、軽べつしたら、また先生に叱られる。……」

こうした日本近代の病根をもっと軽妙に語っている文章もある。

「日本人は何でも本気でやる、月謝をはらってバレーを習う。頑張る、りきむ、負けず嫌いだ、……エチケットの隅に到るまでも研究している日本人は気の毒だが私は丁度小人国へいったような可愛らしさ珍しさを感ずる」（『日本に住む楽しさ』）

ただこの「小人国」の電車の中で、多くのカツギ屋に出会って彼は何となく安心し、何となく親しみを感ずるのである。しかしまた、日本人はいつも本気でいつもりきんでいる結果、街を歩いただけでも、

「綺麗な広告、独仏語、書物の広告、電車の中で勉強する青年の手にしている難しい書物、音楽、タイプ、英語、ビジネス、ドレメ、クッキング、……〔私の子供のころは漱石が『猫』を書き、藤村操が華厳の滝に飛び込んだが〕今は理由のない心中はない、……即ちユーモアとユーウツが同時になくなったのだ」（『日本見聞記』）

臼井吉見は陶晶孫の「皮肉とユーモア」を「弱い、そして優しいひと」の「批評的武器」だという。そして彼は「ユーモアとユーウツが同時になくなったのが日本だということほど、この国の文明を一言で批評しつくした言葉はない」

と言うのである。

佐藤春夫は上にも引いた巻頭の序文で、著者の死を惜しんで、こう書いていた。

「あの苦渋に満ちた皮肉とユウモアとの中間の表情で内心には温雅な好意に富んだ日本への文明批評も再び見ることが出来ないのは腹立しい程に悲しい。……新らしい日本と新らしい中国とを結ぶべき紐が思ひがけなくぷつつり断たれたやうな思ひは自分ばかりではあるまい」

ここで佐藤春夫が言う「日本への文明批評」とは、具体的には上に引いた幾篇かの文章などをさして言っていると考えてよいだろう。

佐藤春夫という人は決して新しい思想の人ではない。戦争中の郁達夫・郭沫若をモデルにした『アジアの子』（のち「風雲」と改題）などという作品（それが彼を深く尊敬していた郁達夫を激しく怒らせたことはよく知られている）を見ても、むしろ右翼的ないしは国士的な所もある人だったと思えるのだが、その彼にしてからが、陶晶孫のこうした「日本への文明批評」に深く共感し、ここにこそ「新らしい日本と新らしい中国を結ぶべき紐」、すなわち民主主義の日本と革命の中国とを結ぶ路があることを感じているのである。私は、このことを佐藤春夫のために言っておきたいと同時に、後述のごとく、今日の日本と今日の中国を結ぶべき紐帯、をどこに求めるかを考える時の鍵の一つがここにあることを感じるのである。

5　戦後五十年目の『日本への遺書』

さて、日本の「戦後」改革は、明治の開国につぐ「第二の開国」と呼ばれる。即ちそれは（丸山真男などに代表されるように）、明治の「第一の開国」が、機械、制度から思想にいたるまですべて〝既製品〟の輸入と模倣に止まり、西欧文明を「それらを産み出した精神から」（『日本の思想』）学ぶ所にまでは及ばなかったという不徹底への「反省」に立って、西欧の精神原理のより深い受容に基づく新しい国家として、日本を再建しようとするものだったといえよう。

その意味で「戦後民主主義」は、民主主義と科学主義とが並べて唱えられたという、日本近代史の上では珍しい（むしろ中国の五四新文化運動を想起させる）例からも知られるように、〝民主〟と〝科学〟、即ち主権在民、議会制民主主義、男女平等の人権、思想・信仰・言論・学問の自由等々を、近代科学の合理主義と共にそれぞれ単なる政治制度や便利な技術としてだけでなく、日本には未だかつて存在しなかった西欧近代の精神原理として（その意味でいわば一体のものとして）、その「精神から」学び直そうとする志向を含んでいた。

このような志向、即ち〝第一の開国の不徹底への反省〟は、戦後の戦争責任論の中での、「形而上学的な罪」の指摘とちょうど見合うものだったと言えよう（『日本への遺書』が出た前の年に出版された『戦争の責罪』（桜井書店、橋本文夫訳）で、K・ヤスパースは「刑法上の罪、政治上の罪、道徳上の罪」に「形而上学的な罪」を加えた四つの分類を示していた。竹内好によれば、議論の中で丸山真男が最初にこれを紹介し、鶴見俊輔は「形而上学的な罪を深く感ずる」と発言したという）。視点を変えて言えば、こうした「罪」の自覚は、敗戦の原因を単にアメリカの物質力（軍事力とその背後にあった工業力）に負けただけではなく、実は我々自身の精神においても敗れたのだという認識を意味していた。それはまた、侵略戦争を起こした責任は単に軍閥・財閥・官僚にだけある（国民はだまされていた）のではなく、そうした指導者の支配を許した一般国民の卑屈と傲慢にも責任があったのだ、という反省をも意味していた。

陶晶孫の『日本への遺書』での日本に対する「文明批評」はまさしくこの「形而上学的な罪」の指摘であり、日本近代の精神の在り方への批判だった。「落第した秀才・日本」がそういうものだったことは分かりやすいが、例えば

「日本に住む楽しさ」などにしてもそれと同質のものだ——小野忍（私の恩師だ）に自分のピアノ上手が贋物だったと知ったことを話すくだりを、当時私は、竹内好の、近代日本を「優等生文化」と呼ぶ文化批判（『現代中国論』）と同じ指摘だと感じたものだった。——それらは決してあらわな侵略戦争批判ではないが、それ以上に深くかつ日常的な「罪」、即ち侵略戦争に走った近代日本の根底にあった形而上学的な「罪」を、ユーモアの中に、しかし的確に指摘し、それへの反省に立つ日本の再建の方向を、温かく助言していた。

＊　＊　＊　＊　＊

冒頭にもどって、私が今日本でも、中国でも、『日本への遺書』がもう一度読み直されることを願うのは、以上のような戦後日本人の「反省」にかかわっている。

第一に、日本人の中で読み直されることを願うのは、ここには戦後民主主義の初心があるからである。

一体、今日から見ると、あの『日本への遺書』の前半が書かれた時期、つまり一九五〇年代初頭の講和条約をめぐる論争の中で、日本人が選択を迫られていたのは、日本はアメリカの物質力に敗れたのだ（中国に負けたのではない）という認識にたって、アメリカに従いアメリカの経済力に学んで物質的繁栄を目指すか、それとも日本はアメリカのみならず中国にも精神においても敗れていたのだという認識にたって、その反省の上にアジアへの贖罪を通しての連帯を目指すのかという二つの途だったと言えるのではないだろうか。それは、戦後「日本が新しい日本になったと考えるか、早く昔の栄光を取り戻さなければいけないと考えるか」（宮沢喜一、『朝日新聞』一九九五年六月七日）の違いだったし、また、心からなる懺悔と反省に立って謝罪するか、臥薪嘗胆して捲土重来を期するか、そのいずれに真の日本民族の威厳を見いだすかという選択だった。上に引いた岡崎俊夫が「こういうことを中国人からいわれることは、日本人としてじつにつらい。多くの人が避けたがります」と書いていたのは、この選択の「つらさ」だった。そして

〝戦後民主主義の初心〟は前者にあった。だが、この二つの途の間で、日本人の選択は、大江健三郎の言うような意味で「あいまい」（『あいまいな日本の私』岩波新書）だった。それがはっきり露呈されたのが、今年の国会での「反戦決議」をめぐる恥ずかしい経過であろう。

反省や謝罪を「先人を辱める」ことと言い、「『植民地支配』『侵略』をして悪うございましたと、前科者として頭を下げるような決議に名前を連ねることはできない」と居丈高に言う政治家（『朝日新聞』一九九五年六月八日）に、私は陶晶孫の「……このたびの戦争では……傷痍とか未亡人とか混血児に至るまで日本に今あるものは中国にも残して来た。しかし……」（上掲）という言葉を読ませたいのである。その上で、これをしも「一方的断罪」とか「外圧」とか思うか否かを聞きたいのである。潔く「前科」を認めることこそ民族の道義的威厳を保つ道ではないのか。戦いには敗れたが、この誇りだけは失わないことが、生き残った私たちの、戦死した「先人」たちを辱めないための最小限の戦後責任だと、「戦後民族主義者」として私は抗議したい。それはまた陶晶孫に教えられたことでもあった。

陶晶孫の「忠告」にもかかわらず、当時の日本人の選択はあいまいだった。しかし、我々は日本国憲法を選択した。それは戦後の日本人の、罪を犯した敗戦国民のみがなし得た（戦勝国民のなし得なかった）反省の表現である。それを「アメリカの押し付け」に過ぎないというのは、自らを卑しめるものだ。日本国憲法は、唯一つ我々が陶晶孫の忠告に応えて、アジアに向かって誇りをもって「発信」できるものであることを『日本への遺書』は教えてくれている。

第二に、この本を中国の友人たちにも読んでほしいと願うのは、陶晶孫の「日本に対する文明批評」には、解放直後の中国革命の初心（と私たちが思ったもの）があるからである。――念のために言っておけば、この場合「革命」精神という言葉がもつイメージが、後の何か拳を振り上げて人を糾弾するようなものとは違っていたことである。当時広く日本人の共感と尊敬を得たそれは、竹内好が書いた「新中国の精神」（『現代中国論』）に代表されたような、党派を越えて他人のために苦労を惜しまない高い道義性と寛容の精神を意味していた。

そこで、私がまず第一に中国の友人たちに知って欲しいことは、既に見たように、魯迅以外にも日本でこんなに広く愛され尊敬され影響を与えた近代中国文学作家がいたということである。中国ではあまり知られていないようだが、陶晶孫以外にはこうした例を私は知らない。彼の場合どうしてこういうことが可能になったのか。このことは、今後相互の尊敬の上に日中の友好を築いて行こうというとき、極めて大切なことであろう。私は陶晶孫が日本で深い共感と尊敬を得た理由を、第一に、上述のような意味での中国革命の初心、第二に、文明批評的な態度、第三に、その文明批評の背景となっていた西欧的教養（即ち彼が自由な人であったこと）にあったと考える。それらは既に見た「戦後民主主義」と陶晶孫が共有したものであり、中国ではその後の政治主義偏重の流れの中で影を潜めていったものである。特にその西欧的教養に基づく文明批評は、（ある友人が「日本の戦後にあった「反省」は中国では八〇年代になって初めて生まれた」と言ったように）「文革」への反省と文化論の盛行の中で、李沢厚などによって、改めて「反思」されたアジア的な「文化心理」の残存への批判と同じものを既に含んでいたことである。その意味で、この日本に対する文明批判からは、実は、革命の初心を受け継ぎつつ、改革開放の新しい文明を築こうとしている中国の人々へのある種の予言をも、読むことができるだろう。

第三に、『日本への遺書』とそれへの日本知識人の共感には、〝日中友好〟と日中の知識人の心の触れ合いの、いわば原点とでもいうべきものがあるからである。

ここ十年あまり、私は、日中の真の友好のためには、日中近代の〝ちがい〟を知ることを通して〝共通の課題〟、それも共通の〝文化的・精神的〟な課題、とりわけ共通の文化的〝反省〟課題が発見されなければならないと考えてきた。如何に〝友好〟が叫ばれても、それが例えば単に政治的・経済的な一時の利害に基づくものに過ぎないなら、そこに真の友好があるとはいえない。共なる〝反省〟がなければ、共なる〝発展〟という前向きな友好もない……。

こうした問題意識から日中文学交流史を眺めてみると、戦前、日本と中国との文学の間には、親しい交流があり、共通の言葉のある時代があった。陶晶孫はその時期の日本留学生である。戦後、『日本への遺書』に寄せられた広く深い共感は、その共通の言葉の上に、新しい中国の革命精神の初心と新しい日本の民主主義の出発点となった「反省」とが共鳴し合うことが出来た時代の証である。それは今日の日中関係の基礎として受け継ぐことのできるものである。ここには自由な精神の反省を通しての発展という、西欧近代の精神的伝統の受容を共通の基盤としながら、それぞれ自己の文化的個性を発見するという、アジアの近代の共通の課題が示唆されているのではないだろうか。それを今日の日中友好の出発点として「再確認」することにこそ、本書が今年の八月十五日を期して再刊されることの、一番大きい意義があるだろう。

だが、現実には、日中の国交は回復して二十年にもなるが、文学上の国交は陶晶孫の留学時代のレベルをさえ、いまだに回復していない。魯迅は昔、「人間にとって最も望ましいことは、互いに隔てなく心を通わせ合うことです。そのために最もふさわしい道は、文芸によってのみ切り開くことができます。ただ残念なことにこの道を歩む人は昔から大変少いのです。」（チェコ語訳『吶喊』序文）と言ったが、『日本への遺書』の再刊が、少しでも「この道を歩む人」を増やすよすがとなることが今回の企画にかかわった者の心からの願いである。

6　本書の企画と編集について

さて、本書は私の戦後にとって忘れられない本であり、新中国への関心のきっかけにもなった本である。それだけでなく、既に縷々述べたような観点から、私は、本書を、例えば竹内好の『現代中国論』など日中関係を考える上での〝現代の古典〟と呼ぶべき何冊かの本の中の一冊と考えていて、大学での講義の参考文献にも何度か取り上げてきた。ところが、いつの頃からか学生が、絶版で手に入らないと言ってくるようになった（こういう本は若い人がいつでも買えるようになっているべきではないか）。ぜひどこかでもう一度出版して欲しいものだと思ってきた。今年三月、たまたまある会合で同席した東方書店の神崎勇夫氏にこの思いをお話ししたところ、彼は即刻、概然として「うちで出しましょう」と、しかも八月十五日までに、と言うではないか。冒頭に「近来稀な欣快事である」と書いたが、実際、今年は「戦後五十年」の節目の年だというのに、国会の不戦決議を巡る醜態など不愉快な事が多かった中で、私がこの「八月十五日までに」という神崎氏の申し出にどれほど感激したかは、もはや繰返すまでもあるまい。ここに出版の縁起を記して感謝のことばに代える。

その後の書店側の準備は早かった。早速、遺族の了解を取るなどの手続きを済ませた上で、編集の原案が提示された。担当の朝浩之氏との間で同意した編集の原則とそれに基づく最初の案は、次のようなものだった。

⑴戦後五十年記念企画というにふさわしい編集にするため、出来るだけ初版本が出された一九五〇年代当時の雰囲気を残したい。その意味で、創元社版を底本とする。

⑵ただし、初版本の巻頭の五人の人たちの「序文」や、巻末に「追憶」としてまとめられている未亡人の「あとがき」、三人の令息それぞれの「父陶晶孫の思出」、柘植秀臣氏の「追憶と業績」（「年譜」「研究業績」を付す）は、今回は一切削ることとし、代わりに三人の令息を代表してどなたかお一人に（あるいは三人連名で）新しく「父の思い出」を書いていただく。

⑶現在の読者のためには、ぜひとも本書の背景と著者についての説明や紹介が必要であろう。そのために伊藤虎丸

が二十枚程度の序文を書いて巻頭に置き、年譜を新たに作成して巻末に加える。これらは出来るだけ読みやすい軽いものにするよう留意する。

(4)表記については、原則として出来るだけ初版本の風格を残すようにするが、新字の使用など、現在の読者に受け入れられやすいよう最小限の手直しはやむを得ない。

この当初案はその後多少変更することになるが、今回の出版の趣旨にも関わることなので多少説明しておきたい。と言うのは、初版の創元社版は、一面では上に紹介した書評の幾つかで言及されているように、「遺書」という書名には陶晶孫の近代日本に対する文明批評を広く紹介したいという、編者たちの強い意図がくみ取れる。だがもう一面では、急逝した著者を追悼する「記念遺文集」を出版したいという文壇の友人たちの意図もまた読み取ることが出来るのである。当時から「多すぎる」という批判のあった五人もの人の序文や、未亡人と三人の遺児と柘植氏という友人との五篇の「追憶」を載せたことは、そういう意図を語っているだろう。実際、編集に当っては、ご遺族の方も参与しておられたと聞いている。十年後の「中国の会」の人たちの編集による普通社（後に勁草書房）の「中国新書」版が、柘植秀臣の「追憶と業績」のみを残して著名人の「序文」や遺族の「追憶」を削り、本文も組み替え、須田禎一の解説「陶晶孫の人と作品」を加えたのは、初版本への大きな反響を承けて、その「記念遺文集」という私的な性格を薄め、この「新書」の「日本の中の中国」を出版する（「『中国新書』刊行について」）といういわば公的な目的に合わせた改編だったと言えるように思われる（ちなみにこの「新書」の構成は、1竹内好『現代中国論』、2宇都宮徳馬『日中関係の現実』、3尾崎秀樹『近代文学の傷痕——大東亜文学者会議その他』、4陶晶孫『日本への遺書』、5武田泰淳『我が中国抄』……以下、尾崎秀実『現代支那論』、伊藤武雄『満鉄に生きて』などを含んでいた）。

今回の企画は「戦後五十年」の企画であり、私はここに繰り返すまでもなく、「中国の会」の人たちの問題意識を受け継ぐ方向にある。にもかかわらず、令息に追悼の文章を依頼したのは出版の趣旨に反するようだが、私は、上の解説にも触れたように、著者の家庭を著者の人柄の一部と考えてきたので、肉親の目から見た著者の姿をここに書いていただくことは、今後著者の〝文学〟を考える人のためにも、意味のあることだと思ったのである。また、私が創元社版を底本とすることに同意したのは、出版当時の雰囲気を出来るだけそのまま再現したいと考えたからである。実は、同じ気持ちから五篇の序文も全部再録したいと提案したが、それは実務的にも難しいことが判ったので、断念した。ただ令息たちの捨てがたい印象を受けた「父の思出」のうち易王氏の文章だけでも「本文に準ずるもの」として残すことを提案し同意を得た。結果として、令息の文章が二つ載ることになり、さらに巻頭に載せる予定だった私の序文が長く（重く）なり過ぎたため、これを巻尾に移し、棣土氏の文章を巻頭に置くことになった。ただ内容的には、棣土氏の文章が巻頭に載せるにふさわしいものであったことは、読者にもお認めいただけるであろう。編集の意図を了承され、温かいご支持を賜わり新しく多くの資料をもご提供くださるなど積極的にご援助を賜わったご遺族の方々に心から御礼を申し上げたい。にもかかわらず、当初予定していた「略年譜」を完成出来なかったのは、これまた私の責任である。陶晶孫研究を志す友人たちとともに、後日を期したい。

（陶晶孫『日本への遺書』東方書店　一九九五年七月）

お詫びしきれないこと——増井経夫先生と郭沫若書簡集のことなど——

（一）海鮮料理店で

増井先生に最後にお目にかかったのは何時の事だっただろうか。昔からの物覚えの悪さが近年とみに進行して、八〇年代末だったか、もう九〇年代に入ってからの事だったか、どうも思い出せない。とにかくその日、私は先生のお招きを戴いて、赤坂の海鮮料理の店で美味なお料理の御馳走に与かったのである。その頃、先生が御手許に保存して来られた岳父田中慶太郎翁宛の郭沫若の書簡二三〇通（内一八〇通は日本文）を北京の文物出版社から写真版に釈文をつけて出版するという計画が進行中で、私がそのお手伝いをしていたものだから、どうもその慰労というお気持ちで招んで下さったもののようだった。

「ようだった」などと失礼な言い方をしたのは、私は鈍くて、その日何となく、何の御用だろうか、というような曖昧な気持ちを残したまま参上したからである。というのが、先生は電話口で慰労などとあからさまなことは仰っしゃらなかったし、私の方から言えば、上述の郭沫若書簡集の出版については、この事にあまり乗り気ではいらっしゃらなかった先生に、無理にお願いして貴重な資料を（しかも無料で）提供して戴いたという経緯があったので、私の方からお礼を申し上げるべき筋はあっても先生からお招きを戴く理由はないという気持ちがあったのである。

ともあれ、直接講筵に侍した事はないにしても、いわば恩師すじの大先輩からのお招きである。私にしては珍しくお約束した刻限よりも少し早く、ご指定のあった中華料理店に参上した。大きくはなかったがかなり豪華な感じの店の入り口近い待合室のような場所でお待ちしていた。間もなく先生がお見えになり、予約して下さっていた小部屋で、ご丁寧なおもてなしに与かった。やはり、別に承る御用があった訳ではなく、郭沫若書簡集の編集作業で多少の苦労をした私を慰労してやろうというお気持ちから出た事であったと知れた。その時どんなお教えにあずかったか、例によって、もはや定かではない。

ただ今も覚えているのは、いつものように私のような後輩に対しても静かで慇懃なお言葉使いと、少しお弱りになっていらっしゃるやに伺っていたにも拘わらず、矍鑠とお元気だったご様子と、もう一つは、店に入って来られた時の先生が召しておられた洋服である。上下色違いの洒落た柄の明るい色のそれが最初に目に入ったとき、私は「アッ」と思った。つまり、日頃お親しい方々には珍しいことではなかっただろうが、私には、それまで存じ上げなかった先生のお人柄のもう一つの面に触れたような思いがあったのである。それをどう言ったらいいだろうか、使い慣れない言葉で「ダンディ」（私の語感ではこれは一九二〇年代から三〇年代のもの、恩師たちの世代にはあったが、私たちの世代には真似したくても出来ないものである）と申し上げたらご無礼に当たるかも知れないが、私が感じたのは何かそういうものであった。

ここで書きたかったことはただこれだけの事で、先生を記念するには少々瑣末に過ぎるのだが、しかし私はこのとき先生の文章のこれまで読み過ごして来たある一面が読めたような気持ちがしたのである。その時私が感じたことについて、もう少し書き足しておきたい。

このことは多分先生の直接の教え子たちが書くことだろうから、私が言うべき事ではないだろうとは思う。というのは、和光大学にいた頃の同僚に祖父江昭二という秀才がいて、戦後に当時秀才しか入れなかった武蔵高校（無論旧制の）に入り、そこで増井先生のお教えを受けていた。私がその時思い出していたのは、この祖父江から聞いていた話である。

（二）「自由人」の系譜

彼はその後東大文学部の美学に進み、私が交わりを得た頃には日本近代文学、とりわけ演劇史を専門にしていたが、彼は武蔵高校教授の頃の増井先生から受けた薫陶の内容を大変具体的に覚えていて、時に熱を込めて話してくれたものだった。その頃彼が話していたことは（彼自身がどこかに書いているかも知れないが、それはそれで別の事だからいいのである）、私の記憶では、――増井先生のご専門が東洋史だという事は隠れもないが、実は先生の「門下」には自分のように専門違いの分野に進んだ者が大勢いる、先生は単なる学者であるに止まらず大変な教育者でいらっしゃった、そこに先生の偉さがあるのだ――という風なことだった。それは当時私たちがよく議論していた「大学における一般（教養）教育」のあり方の例の一つとしてだったか、或いはその頃祖父江と一緒に企画していた総合研究のなかで、増井先生に御講演を戴いた時（それは太平天国の場合を例とした「歴史の書き換え」を今日の問題に結び付けた味わい深いお話だったと記憶している）の事だったかも知れない。いずれにしても、彼はその時彼自身の体験として増井経夫、上原専禄両先生を並べて、我々が模範とすべき真の一般教育、或いは学問と教育との本来的な結び付きの例に挙げていた（と私は理解した）。

もう二〇年も前のことだし、彼の話したことと私の理解との間には多少ともズレがあるかも知れないが、ともあれ、祖父江昭二などというウンと生意気で批判力旺盛だったに違いない生徒が、先生からかなりの知的なインパクトを受けたのは間違いないことで、その理由の一つは、その時私が上に言った先生の「ダンディ」ぶりと無関係ではないだろうというのが、海鮮料理店で私が考えたことである。ここで私が「ダンディ」などという言葉で言ってみたものは、先生晩年の『中国的自由人の系譜』（朝日選書）といった御著書の発想にも繋がるものであり、それは恐らく「先生方の世代」が青春を過ごされた「時代」と無関係ではないだろうし、その先生から祖父江が受けたインパクトは、先生方のように豊饒な青春経験の可能だった「時代」を知らないで大人になった、私自身を含めた「私たちの世代」にある程度共通するものだったかも知れない。さらに勝手な憶測を逞しうすれば、彼がその後プロレタリア文学を中心とする昭和文学への関心を深めていったのにも、武蔵高校時代に先生から与えられたインパクトが何がしか関係していたかも知れないし、それは私自身が恩師小野忍先生から与えられたものなどにも共通する「先生方の世代」の教養から「私たちの世代」が受けた影響といってもいい。つまり、私たちが増井先生から受けたものは、単に個人的な敬慕といったものを越えて、そこには昭和思想史のある種の連環を見ることも可能だなどと言い出すと、これはもう物笑いの種にしかならないだろうが。

(二)『増井経夫日記』(仮称)について

さて、始めに書いたように私が増井先生に最後にお目にかかった日は定かではない。だが初めてお目にかかった日は、かなりはっきりしている。昭和四九（一九七四）年七月刊行の『郁達夫資料補篇（下）』（東京大学東洋文化研究所付属東洋学文献センター「東洋学文献センター叢刊」第二二輯）に載せた「付録Ⅶ　我が国の文学者等との交流に関する資料」「8、増井経夫氏」の項（二〇九頁〜二一二頁）の末尾に、私自身が「昭和四七年一〇月二六日談。昭和四八年一一月補足。　文責　游・伊藤」と記録しているからである。「注」には次のように記している。――

増井氏の日記に基づいたお話を、游千沙君が記録したものに、伊藤が手を加えた。特に達夫訪日時の行動について、これまで書かれていない部分をかなり正確に補う資料と考えられる。

ここで話されているのと同じ時の事については、すでに増井氏自身の筆になる「魯迅・郁達夫さんの思い出」（《大安》一〇巻一〇号一九六四年一〇月。後に『中国の歴史と民衆』昭和四七年三月に収む）という美しい回想記がある。ここでは、増井氏のお話の中から、これと重複することは努めて省いた。

また、お話の中にある歌舞伎座でとった写真と、郁達夫が文求堂主人に贈った写真とは、増井氏のご好意によって、本「補篇」の上冊の巻頭に収めた。

なお、今回収録に当って伊藤がお訪ねして再度お話をうかがい、あらためて日記を確かめていただくなどのご面倒を煩わし、游君の記録を補った。

ここに游君とあるのは当時慶応大学の中国文学専攻四年生の女子学生で、卒業論文に郁達夫を取り挙げたいということで、夏休みだったたか、帰郷の途次に指導教員の藤田祐賢氏の紹介状を持って広島大学教養部にいた私を訪問されたので、私が当時やりかけていた郁達夫資料の仕事の手伝いを兼ねて、佐藤春夫の令妹など何人かの人の聞き書きを取って卒業論文にすることを勧めたのである。聞き書きの末尾に「昭和四七年一〇月二六日」とあるのは、游さんが増井先生をお尋ねしてお話を伺った日付であり、「昭和四八年一一月補足」とあるのが、その年の三月広島大学を退官して和光大学に移り、東京に帰って来た私が、あらためて先生のお宅に参上した日付（日までは覚えていなかったようだ）である。これが多分、私が先生にお目にかかる機会を与えられた最初である。

このとき私たちは先生から、二つの時期の郁達夫との交流についてお話を伺っている。一つは昭和一〇年一二月、先生が内山書店の番頭の王宝良の案内で夫人と共に杭州の大学路にあった郁家を訪問して、郁達夫と夫人王映霞と、何人かの同席者とに会ったときの事であり、もう一つは翌昭和一一年一一月の郁達夫訪日時のことである。その内容についてここでもう一度繰返すことはしない。私がここで再度持ち出したいことは、この「注」に、私が「改めて日記をたしかめて」いただいたと書いていることである。聞き書きの本文を見ると、例えば

「古い日記を出して見たところ、昭和一一年一一月二一日に郁さんは本郷の文求堂に来たらしく、その日の夕方文求堂から私に電話があった。私は不在だったので、その電話が郁さん自身が文求堂からかけてよこしたのか、ことづてだったのか、今は思い出せない。翌二二日（土）、私は家内と万平ホテルへ行き、茗渓会館へかわられたときき、そちらへまわりましたが、……」

と、私たちが他の資料で承知していることと照らし合わせてみても、甚だ正確でしかも詳細である。（もっとも、今気が付いたことだがこの「二一日」という記録には矛盾がある。どうやら私の聞き違いか書き違いがあるようだ。その確認のためというのではないが）私は先生の『日記』が刊行される可能性はないだろうか、と思うのである。

私がそう思うのは、私が記録した郁達夫に関する短い聞き書きの中にも、例えば、何人もの人の名前が出て来る。それが『日記』にあったのか先生の記憶によるものだったのかはわからないが、とにかく先生は、私たち近代日中交流史に関心あるものにとっては、言わば生証人だったのである。先生を天にお送りした今、随筆風に書き残された文章の外にも、日記にはなお多くの事実が書き残されているのではないだろうかと推測するからである。――こんなことを言い出すことの不謹慎ないしは卑しさは承知しているのが、いつの日にかどなたかの手で整理され、差し支えな

い部分だけでいいから、研究者が利用できる形にしていただけないだろうかというのが、私の希望である。

私の期待は、とりわけ、郭沫若が日本に亡命していた時期のことにある。この時期の郭氏と日本人との交流については比較的多くの資料があるが、それ以外にも私たちは根も葉も無い（かどうかも実ははっきりしない）噂話に類する事を幾つか聞かされて来ている。それを先生に直接確かめてみることはもう出来ない。先生以外には知る人のない、また或いは先生ご自身も一度は書いておきたいとお考えだったかも知れない事柄が、『日記』の中にはまだたくさん眠っているかも知れない。

(四)『郭沫若致文求堂主人田中慶太郎書簡集』について

私たちの学生時代には、文求堂はまだ本郷通りに中国の牌楼風な表構えの三階建ての威容を誇っていたし、その文求堂氏主人田中慶太郎（救堂先生）が、なまじいな東大教授など歯牙にもかけぬ見識ある学者で、我々の恩師に当たる世代の方々が学生時代に屢々彼の教えを乞いにいったものだといった類いの話は、増井経夫先生の柳子夫人が、その救堂先生の御長女でいらっしゃった事と共に、当時の東洋史や中文・中哲の学生なら何らかの機会に先輩たちから聞かされていたはずである。

私が、冒頭に書いた郭沫若の田中氏（及び子息の乾郎氏、震二氏）宛の書簡（そのほか周作人の書簡も）が、先生のお宅に保存されていることを知ったのは、多分七〇年代も後半の事だったように思う。それは先生が金沢大学を退休なさって東京のご旧宅にお戻りになって間もない頃のことであり、またどちらが先のことかは存じ上げなかったが、夫人をお亡くしになって間もないと伺っていた記憶がある。私は、先生が押し入れの中の柳行李の中から、「金沢から持ち帰ったままで、整理できずにいる」とおっしゃりながら、一九三一年から一年ごとに年を墨書したハトロンの封筒に入れてある古い手紙を取り出して見せて下さったときには、正直なところ興奮を禁じ得なかった。私は今もその時の先生の古いお宅の様子をまざまざと思い浮かべることができる。

その日、私はこれらの書簡を全部お預かりして帰り、透明のファイルに日付順に整理し、不慮に備えて全部のコピーを作った上で、そのまま先生のお手元にお返しした。私自身、当時の中国の、政治的に歪められがちな資料整理法に多少不信感を抱いていたし、なにより先生がまだこれらを公表なさるご意図がお在りにならないことを知ったからである。

それから何年かが過ぎて、一九八六年一一月に、郭氏の滞日中の資料収集等を任務として来日した中国社会科学院文学研究所代表団（或いは郭沫若著作編集出版委員会もしくは郭沫若故居の代表団だったのかも知れない）の団長、文学研究所副所長の馬良春からの依頼で、彼を先生のお宅へ伴って、これらの書簡の公開出版を許されるようお願いした。馬氏とは旧知の仲で、この人の人柄は信頼できると信じていたからである。それでもなお自分の中国語に自信のない私は、通訳にいささかの誤訳もないようにと、彼なら絶対安心とおもえた刈間文俊（現在東大教養学部助教授）に立ち会いと通訳を依頼した。

実際馬良春は増井先生に対して、その人柄そのままに誠実を面にあらわして書簡の公開を懇請し、先生もその場で快く許諾を与えられた。私はさらに刈間氏に頼んで「先生の了解なしに書簡に勝手に手を加えたり、部分的にこれを発表したりすることは一切しない」といった、この書簡の出版に関する「備忘録」を中文で作ってもらい、数日後に馬氏と私の間で交換した。馬良春は帰国するなりすぐに文物出版社から出版する手筈をし、事は順調に始まった。その後も馬良春の資料の取り扱いは極めて厳正であり、先生に対しても、こちらのつけた条件に対しても、まことに誠実で、先生も深く信頼を寄せられ、私も先生に対して「顔が立った」という思いがあった。ところが思いがけず、一九九一年一〇月彼は世を去った。病気は肺ガンと聞いたが、恐らく八九年六月四日以後の、文学研究所所長としての心労がその死を早めたに違いない。私には痛恨の事だったが、『書簡集』の出版もこれ以来停滞し始め、実は、今日に至るまでまだ出版されていない。

これら出版の経過や書簡の内容については、私は既に（《東京女子大学比較文化研究所紀要》第五三巻　一九九二年三月）に書いたことなので、これ以上多くは繰り返さない。ただ書簡の多くは郭氏が文求堂から金文関係の著書を出版した際に往復した手紙だが、中には、例えば増井先生と柳子夫人とのご結婚を祝う手紙や、折に触れて慶太郎氏（子祥先生）や夫人に献じた達筆な詩箋など、郭家と田中家・増井家との親しい間柄を語る興味深い資料も少なくないことだけを言って置きたい。

一九九四年の夏、私は北京で郭沫若故居と文物出版社に電話を掛けて、郭沫若書簡集の出版は元来中国社会科学院文学研究所と東京女子大学比較文化研究所との間の国際共同企画として始まったものだが、中国側の当事者たる馬良春は既に亡く、もう一方の当事者たる私も九五年三月で定年を迎えるので、それまでには是非出版してほしい。況《ま》して増井先生は既に御高齢である。出版を待たず万一のことがあったら、我々は申し訳が立たない。とにかく急いで欲しいと、もう何度目かの催促をした。出版社の返事は、今年の年末までに、出版を「争取」すると言うものだったが、それもまた口先だけのことに終わった。

昨年、研文出版の山本社長から増井先生の御逝去のことが知らされたとき、私が真っ先に思ったことは、とうとう取り返しのつかないことになってしまったということだった。すぐに北京に通知しなければと思い、研文では電話番号の調べがつかないというので、結局は内山書店の三浦勝利氏に頼んで、その日の内にＦＡＸを送ってもらい、郭沫若故居からも珍しく折り返し返事が、同じＦＡＸで返って来た。所長郭平英女士の名前で出版の遅延を詫びる鄭重な弔電だった。

同じく昨年の一〇月、ことの成り行きを心配した北京の友人が、文物出版社の知人に直接事情を確かめてくれた。郭故居の催促を無視していた出版社もやっと国際問題であることに気づき、重い腰を上げようとしており、九六年春には出そうだということであるらしい。私自身も社会科学院文学研究所副所長董乃斌氏に手紙を書いて協力を依頼したところ、一一月末に鄭重な返事があり、文物出版社と交渉の結果、明春出版という明確な返事があったという事だった。なお私が直接催促する方がいいという事で、今年二月、董氏が知らせてくれた文物出版社の責任者李中岳氏宛てに、増井先生逝去のことにも触れ、これまでの努力への感謝と一日も早く先生の霊を慰めたいという催促とを兼ねた手紙を書いた。返事はまだないけれども、書簡集の出版はもうそんなに遠いことではないだろう。いまさらどんなにお詫びしてもしきれないが、今はこのことを御報告して先生の御霊前への供え物とするしかない。

（学習院大学史学科『増井経夫先生追悼　呴沫集』一〇　一九九六年六月）

「文士」小田嶽夫と中国

一

一九八五年、小田さんの七回忌に令息の小田三月氏が編まれた『小田嶽夫著作目録』（育英社）に井伏、浜谷、紅野といった方たちの驥尾に付して、今回と似たような題名の一文を草して、この敬愛する作家の霊前に献じたことがある。どうしても二番煎じにならざるを得ないが、今回はこういう題目が出て来る理由から考えてみたい。

まず上述の『著作目録』及び同じ編者による『小田嶽夫著作目録・補遺』（一九九一年　育英社）によれば、寡作と言われる小田さんの著書は五〇余冊、その中の半数が（重版を含めてだが）中国を題材としたものと言ってよいだろう。それ以外に雑誌新聞等に掲載された中国や中国文学関係の文章も一〇〇篇を越えている。これは決して少い比率ではない。

とりわけ、小田嶽夫と言えばまず第三回の芥川賞を授けられて出世作となった『城外』（『文学生活』昭和十一年六月、『文芸春秋』同年九月　芥川賞発表、単行本は同年十一月竹村書房発刊その他）の名が挙がるということがある。さらに、私たち中国近代文学の側からすれば、まず想起するのは、『魯迅伝』（昭和十六年三月　筑摩書房）である。これは、日本のみならず中国でも世界でも最初の「まとまった形の」魯迅の伝記である。もう一つ、小田嶽夫の中国に関する仕事としては、魯迅以外の作家の作品を含めた同時代の中国文学の作品の翻訳があり（当時翻訳者はそう多くはなかった）、多くは短いものだけれども、数多く書かれている同時代の中国現代文学の作品や作家の紹介、批評があり、また実際の作家たちとの直接の交流がある。それらの小田さんの中国との関わりは、例えば《日本近代文学と中国》といったテーマを立てて見たとき、かなり特徴的だと言うことが出来るだろう。

二

一体、近代日本作家の中国文学との繋がり方を分類してみると、第一には、夏目漱石や永井荷風に代表されるような「漢字文化の共有」、漢詩漢文の素養ということがある。

前にも書いた事だが、私が小田さんとお近づきを得た最初は、郁達夫という中国作家の資料集を作っていた私が、彼の手紙などがお手許に無いかとお尋ねしたのがきっかけだったが、その時紹介して下さったのが、井伏鱒二氏が子供の頃の思い出を集めて『鶏肋集』という本を作ろうとしていて、小田さんが、郁達夫に同名の本があるから断わった方がよくはないかと進言して井伏氏が書いた手紙への郁の返事を、井伏氏がまだ保存しているはずだということだった。小田さんのお口添えで拝借した郁の日本語の手紙は、書名の件は無論問題にならないと書いた後に「昔し、メーデルリンクがマリア・マグダレナの脚本を書く時、曽て独逸の Paul Heyse が同名の本を書いたことが有るとて、手紙を書いてその名を借りる旨通知した処、ハイゼ先生仲々承知せずと聞く、実に毛唐のやつは妙なものです。云々」というもので、これは日中の文学者が西洋近代文学の教養と漢字文化の教養（戦後日本では滅んだ）とを共有し、しかも「毛唐のやつは」といった東洋人同士の心情的連帯感も抱いていた時代の貴重な証言である。井伏さんの『鶏肋集』の内扉には「棄之可惜、存之無味」と「鶏肋」の二字の典故が記されているが、こうした漢語が別に中国文学者でもない井伏さんたちの常識だったこと、そもそも日中の作家が同じ題名の本を出すといった事自体が、戦後以来もう有り得なくなっている。小田さんたちはそういう時代の最後に位置していた。ただ、これは一般的な事で、特に小田さんに特徴的な事ではない。

第二の分類としては、佐藤春夫とか芥川龍之介などに見られる言わば「支那趣味」とでもいうべきものをもつ人達がいる。この人達の特徴は、伝統詩文だけに限らず、例えば幽霊話などまで含めた俗文学にも関心をもっていたこと、それらを含む古典中国への憧憬や賛美と、旅行などで現実に目にした中国、中国人の不潔や混乱への嫌悪とが同居していることだろう。小田さんにも『断橋の佳人――中国男女怪談――』（昭和五十三年）といった著書もあるが、中国への関心の中心はここにはない。小田さんの中国への関心はもっと同時代的であるし、中国に「郷愁」（後掲）を感じる程密着している。

第三分類として、もう一つ、プロレタリア文学の間の連帯を挙げることが出来る。これは近代日中文学交流史の上での貴重な遺産で、魯迅の伝記を書いた小田さんの立場も、敢えて言えばこの連帯の一翼を担うものと見ることも出来るもの（丸山昇「日本における魯迅」等参照）だが、しかし小田さんの文学は政治主義とは対極にあるものである。

小田さんが、『文学青春群像』（昭和三十九年）の中で、自分をもその一人として心からの哀惜を込めて描く「文学青年」（小田さんはそれを今では「死語」になってしまったというのだが）とは「左翼政治文学の怒涛のなかに芸術文学青年として生き、新人若しくは新進作家になるが早いか戦争の渦に巻き込まれた」人達である。同じ著書の中でプロレタリヤ文学の凋落に触れて「軍部の勢力が急激に膨張して来たことは、前途にたいして暗い気持ちを抱かせずにはいなかったが、政治主義の文学が衰えたことは、われわれの活動する世界がひろく開けて来たことであり、われわれは文学的にはやっとひと先ず明るい立場に立たされたのであった」と書いている。

つまり、「小田嶽夫と中国」というテーマを考える上での小田に特徴的な位置は、（これを第四の分類と言ってよいかどうかは別にして）彼が最も日本的な「文学青年」あるいは「文士」だったという所にあったのである。

三

小田さんは東京外国語学校支那語科のご出身である。中国との関係もすべてここから始まっている。まず、新潟県立高田中学校を出た小田さんが、なぜ東京外語、それも支那語科に入学されたのか、その事情が判れば或いは小田さんの文学と中国との結び付きについて何か別の面が解るかもしれないのだが、これに関する資料はない。

大正十一年外語卒業後外務省に入られた事についても、ご本人は「世話をする人があったので漫然と入った」と書いているだけで（『文学青春群像』）、特別な志があった風ではない。その外務省の書記生として杭州領事館に赴任、その時の経験が後年出世作『城外』の題材となったわけだが、しかし昭和三年には外務省を辞めて日本へ帰られている。これはむしろ、文学への思い止み難く、その為に中国を棄てた形であって、ここでも文学と中国との結び付きは認めにくいのである。

そもそも同じ中国研究の名門でも、東京外語は東大や京大とは一味違った学風や人脈をもっていた。藤井省三の『東京外語支那語部』（朝日選書四五八　一九九二）を見ると小田さんのお名前も出て来るが、そこに紹介されている卒業生の中で、一つには語学でなく文学の道を選ばれたこと、もう一つは、どちらかと言えば保守的乃至は国策協力的な人が多かった中で、小田さんは思想的にもやや異色に見える。翻訳の仕事なども、東大出身の武田泰淳や松枝茂夫と一緒の場合が多い。

この二点が『城外』の隠れた動機であり外務省辞職の理由でもなかったか。ご自身の言葉を借りれば「私たちが文学青年時代の文学青年は、原則として職業を持たなかった。二足のわらじを穿くことを極度に嫌った」ということがあり、もう一つ、日本の外交政策が次第に侵略的性格を強めて行く中で否応なしにその手先にならざるを得ないことに次第に耐えられなくなり、外交官という身分を離れて一人の人間として自由にまた対等に中国の人と付き合いたかったと言われている。また、小田さんは帰国後の文士生活について、自分には「他の同人にはない独特なものが一つあった（目が地上へ向いている時は、そういう気持など特に湧かなかったが）ひとたび空へ目が向くと……その空のつづきの中国大陸の広大な空が思われ、私はたまらない郷愁を感じさせられるのであった」と書いている。上の二点にこうした「郷愁」を加えた所に、小田文学と中国との接点があったと言えよう。

四

上の「二足のわらじ」を嫌った理由は「そういうことは文学を冒瀆する事のようにさえ思われていた」からであり、「その根本は、文学を『道』とするところに原因があったようである」と小田さんは書いている。昭和初年の「文士」「文学青年」とはまさにこういうものだったろう。

昭和四十年代末に私が初めてお訪ねした小田さんは、東京の西の外れ埼玉県になる辺りの郊外の粗末な棟割りの市営住宅風の所に、いかにも清らかにお住まいだった（それはもう文士が芸能人扱いされるような時代だっただけに）私は『文学青春群像』に描かれていた「貧乏文士」というものを初めて目の当たりにした思いだった。別に文士に無頼のものを予想していた訳ではなかったが、その後『郁達夫伝』（昭和五十年）の取材に拙宅までお運び下さった折の、小田さんの和服姿と謙遜で優しいお心くばりから与えられた清冽な印象は、私に、奥野健男氏が小田氏の文学を「倫理的」という言葉で評していたことを思い出させた。それは「文学を『道』とする」事に通じるだろう。この「倫理的」という言葉の含蓄の中で、小田さんの『魯迅伝』の立場も理解できるだろう。

五

「竹内魯迅」という言葉があるように、私達日本の魯迅研究では、竹内好の『魯迅』（一九四三年）の影響は圧倒的である。竹内が、先行する小田さんの『魯迅伝』について、「よくできた本である」「魯迅の伝記としてこれが日本でいちばんまとまった本である……文章はよみやすく、そしていくらか感動的でさえある……」「それではこれが伝記として成功しているかというと、どうも私にはそう思えぬ。これが魯迅であると納得する気に、残念ながらなれない」、「どこが間違っているか、と問われると困るのだが、……私の不満の点を強いてあげれば、作者は素朴すぎやしないか、文章を信じ過ぎやしないか、文章をその奥のところで問題にするのではなくて、手前のところで問題にしているのではないか。……文学の真実と事実を混同してやしないか、ということである」「『魯迅伝』は魯迅のいちばんきらいな花鳥風月で魯迅を処理した嫌いがある」（「花鳥風月」）と批判したことは周知の事だ。戦後の魯迅論はここが出発点になったため小田『魯迅伝』はあまり顧みられないで来た。確かに竹内が魯迅文学の原点を「（宗教者における罪の自覚に似た）文学的自覚」に置き「魯迅を贖罪の文学と呼ぶ体系」を提起した意味は今も大きいが、小田を「花鳥風月」と評したのは、竹内の悪い癖が出たものというべきで、竹内魯迅の「体系」は、実は小田魯迅を言わば前提としている。実際、竹内を含め今日までの日本の魯迅像は基本的には小田の『魯迅伝』の延長上にある。

その魯迅像とは、第一に反政府、反体制の「愛国」者である。第二に「弱国人」の文学（日本文学を「強国人」の文学とする反省を含む）。第三に魯迅の「真に重大な意義」は、長い歴史の中で培われた強固な「中国語文化」を否定した所にあり、その「一朝一夕で改め得るものではない」ものを相手に「終生苦しんだ人」、そこに「魯迅の不幸があった」という魯迅像で、これが私の言う「倫理的」魯迅像である。

今日、日中の友好・相互理解への通り道はまだ甚だ細い。政治イデオロギー的連帯が崩れ、「漢字文化圏」の呼び声も信用出来ない今日、一見何もない「文士」を立場とした小田嶽夫の中国への視線が、改めて貴重なものとして思い起こされるのである。

（『国文学　解釈と鑑賞』第六四巻四号　一九九九年四月）

あとがき

伊藤虎丸先生は、二〇〇三年一月三一日午前二時四四分、東京武蔵野の日赤病院でお亡くなりになられた。先生は、「虎丸」というお名前のように、一九二七年寅年の三月三〇日のお生まれである。お亡くなりになられた時、先生は、数えで七七歳、喜寿であった。

それから四年余、ようやく本書を先生の御前に捧げることが出来た。

本書の企画は、先生ご逝去後、先生と親交のあった汲古書院坂本健彦氏からお話があった。それが今日までになったのは、本書の刊行に最も心を配られていた丸山昇先生がお亡くなりになったことが大きい。

丸山昇先生は、二〇〇六年一一月二六日午後一一時一八分、東京大田区の牧田総合病院で肺炎のためお亡くなりになられた。丸山先生がご存命であれば、当然のことながら本書の巻頭には、伊藤先生のお仕事への丸山先生の、それこそ行き届いた「序文」が掲載されるはずであった。だが、丸山先生がお亡くなりになられたいま、それは望むべきすべもない。いまはただ無念としか言いようがない。

二〇〇三年二月一日、伊藤先生ご逝去の知らせを受けた私は、午前九時頃、小金井の伊藤先生のお宅に参じた。それから二〇分ぐらい後だったであろうか、丸山先生がお見えになられた。先生は、伊藤先生のご遺体の枕元に伊藤先生の奥さまが用意された椅子に腰をかけられると、伊藤先生のお顔をじっと見つめ、「虎さん」と呼掛けられた後、肩を振るわせながら涙を流された。私は丸山先生がこのようにお泣きになるのをはじめて見た。

その時、丸山先生は足を痛めておられた。丸山先生は、伊藤先生のお宅に向かわれる途中、ご自宅を出て間もない池上本門寺近くで転ばれ、足を打っておられた。先生は、ソファーに座っているのも辛そうなご様子であった。にもかかわらず、先生は、その日、伊藤先生のご葬儀の一切についてご助言をくださり、その折衝にも当たってくだされた。

丸山先生は、よくこう言われていた。「私は、苦しい時に虎さんに電話した。虎さんからもよく電話がきた。それで何度も救われた」、と。

その後、私は、丸山先生を偲ぶ会の準備のために、「丸山昇先生略年譜」をまとめさせていただいた時、丸山先生には夭折されたお子様があり、その折、伊藤先生が丸山先生御夫妻に心の籠もったお悔やみと激励の手紙を送られたこと、それが丸山先生御夫妻にとって忘れることのできない思い出、励ましになっていることを知った。


本書は、伊藤虎丸先生の中国近現代文学に関する遺稿集である。

丸山先生、坂本健彦氏と相談の上、本書には、伊藤先生のご著書『魯迅と終末論――近代リアリズムの成立』（龍渓書舎　一九七五年一〇月）、『魯迅と日本人――アジアの近代と「個」の思想』（朝日新聞社・アジア選書二二八　一九八三年四月）に収録されていない先生の論文を収めることにした。

本書に収めた論文の叩き台は、伊藤先生のお仕事を踏まえながら小谷が作成し、それを丸山先生、坂本氏に見ていただいた。丸山先生は、ご自身の論集の校正でお忙しい中、伊藤先生の論文すべてに目を通され、字数計算までされて本書のかたちを作ってくださった。

本書の骨格が固まると、一日、本書の企画を伊藤先生にご報告すべく、丸山先生、坂本健彦氏、東京女子大学の下出鉄男氏と共に、小金井の伊藤先生のお宅にお邪魔した。私たちは、伊藤先生に本書の企画をご報告した後、本書の表題について話し合った。「自立した個」、「近代の精神」とは、伊藤先生が、常日頃、説かれていたことである。そうした先生の思いをどうしたら本書の表題に凝縮できるのか。「近代」という語は欠かせない。議論の果てに、先生のお写真を前にまとまったのが、本書の表題「近代の精神と中国現代文学」である。「近代」にはカッコを付けないことにした。

本書に収めた先生の各論文の初出については論文末に記した。

本書では、初出における先生の筆致をそのままにすることを第一義とした。それは、先生のその時の息遣い、先生の各論文ご執筆時期の思いを可能なかぎり残したいと思ったからである。このため、目次部各章立ての表記など、各論文の執筆時期のかたちを尊重し、一書としては必ずしも統一が取れていないこと、また、削除しては論旨の通らない箇所を除いて「本書巻末」等、論文の論旨部に関わる記述は原文のままにしてあることをお許しいただきたい。ただ、明らかに誤字・脱字と思われる部分について、また用語の「五・四」、「五四」などの不統一な部分については「五四」などと改めさせていただいた。

当然のことながら、本書の最終校正の責めは小谷にある。

伊藤先生への思いを、中国では北京大学中文系の孫玉石先生をはじめとする方々が、丸山昇先生、木山英雄先生の論考の出版と同時に、二〇〇五年一一月、伊藤先生の論集『魯迅、創造社与日本文学――日中近現代比較文学初探』

（一九九五年二月初版　北京大学出版社）というかたちで企画、再版してくださった。

あの日、伊藤先生のお宅に本書の企画をご報告に上がった時、伊藤先生のお写真の前には中国で出版されたその本が供えてあった。

いまそこに、本書を添えることができたことはこの上ない喜びである。

伊藤先生は、思いのたけを最後まで述べられる、お考えになっていることをことごとく言葉にしなければ止まない方だった。伊藤先生は、ご自身のお考えを述べられるのに際し、一歩も怯まれることはなかった。このため先生の論文には繰り返しが多いことは、どなたも認められるところであろう。だが、それこそが先生の先生たる所以であり、「自立する個」の大切さ、「近代の精神」を説いて止まなかった先生のお気持ちの現われであり、私たち戦後世代に対する提言、「遺著」なのだと思う。

いまはただ本書を心から伊藤虎丸先生の御霊に捧げたい。


最後に、あらためて、本書の刊行にお心を配られた故丸山昇先生、そして汲古書院の坂本健彦氏、さらには本書の刊行を心待ちにしておられたすべての方々、本書の刊行に際しご助力をいただいたすべての皆さま、汲古書院スタッフの皆さま、校正等々でご助力を仰いだ下出宣子氏（駒沢大学非常勤講師）、大東和重氏（近畿大学）、本書編集に際しご助言を頂戴した丸尾常喜氏、尾崎文昭氏等々に心からお礼申し上げます。

本当に有難うございました。

小谷一郎　記

あとがき

伊藤虎丸先生の亡くなる何年か前のこと、何かの集まりでお会いしたことがあった。本屋の私に用事があるとすれば、本を作ることこれしかありえない。伊藤先生もなにかいいたそうであったが、また今度にしようという雰囲気であった。実は私も前々からの約束でもあり、そろそろはたしていただく頃と思ってはいた。またこの次にしようと思ったのが永遠の別れになろうとは！

大体、学術書は企画してから本になるまで時間がかかりすぎる。一毛作の米作りでも一年たてばできあがるというのに、本の方は二、三年はザラで、中には五年、十年かかるものも珍しくない。中国史関係の研究書をまとめて「汲古叢書」として刊行を始めて十年になる。お陰様で好評を得た。では今度は長年のお付き合いから文学関係を丸山昇先生を手始めにして出していこうと計画した。勿論伊藤先生は、予定させていただいていたし、これまでも何回か議論を交わしていた。

伊藤先生との交遊は四十数年になりましょうか、家が近くにあったこともあったし、なにより東大文学部中国文学科の主任教授小野忍先生の影響がモノをいったといえましょう。一九八〇年十二月小野忍先生がお亡くなりになられた時は、岡山出張中を呼び返され、丸山・伊藤先生のお手伝いをさせていただきました。

伊藤先生が戦闘的クリスチャンであったことは周知の事実で、広島大学では八面六臂の大活躍をされた。しかし日常的にはそのようなことはおくびにも出されないで接しられました。ご結婚前からのお二人を存じ上げてきた者として、先生が本書完成まで長生きして欲しかったというのが私の偽らざる気持ちです。謹んでご冥福をお祈りいたします。

二〇〇七年八月

汲古書院

坂本健彦

近代の精神と中国現代文学

二〇〇七年一〇月二五日　発行

定価一一、〇〇〇円＋税

著　者　伊　藤　虎　丸

発行者　石　坂　叡　志

整版印刷　富士リプロ㈱

発行所　汲　古　書　院

〒102-0072 東京都千代田区飯田橋二-五-四
電　話　〇三（三二六五）九七六四
ＦＡＸ　〇三（三二二二）一八四五

ISBN978-4-7629-2818-5 C3098